西散原创年度优秀作品精选

主编 · 梅雨墨

文化发展出版社
Cultural Development Press

图书在版编目(CIP)数据

鸿烈：西散原创年度优秀作品精选 / 梅雨墨主编 . — 北京：文化发展出版社，2021.5
ISBN 978-7-5142-3396-4

Ⅰ.①鸿… Ⅱ.①梅… Ⅲ.①散文集－中国－当代 Ⅳ.①I267

中国版本图书馆CIP数据核字(2021)第062926号

鸿烈：西散原创年度优秀作品精选

梅雨墨　主编

责任编辑：司　璐
出版发行：文化发展出版社（北京市翠微路 2 号　邮编：100036）
网　　址：www.wenhuafazhan.com
经　　销：各地新华书店
印　　刷：三河市金元印装有限公司

开　　本：710mm×1000mm　1/16
字　　数：462 千字
印　　张：24.25
版　　次：2021 年 5 月第 1 版　　2021 年 5 月第 1 次印刷
定　　价：89.80 元
I S B N：978-7-5142-3396-4

目　录

第一辑　风雅颂

第二辑　解语花

第三辑　菜根香

第四辑　纸上雪

第一辑　风雅颂

古现东村的亮点

王宗仁

不可否认，在离开故乡的这几十年里，我从来没有淡薄过怀念它的印象。相反，越是走得远，离开的时间越长，竟反而感到她一直跟随在身边。这次来到烟台，应该是第三次了吧，但确实不曾记得它怀抱的这个古现东村。不知何故第一次相遇就觉得那么熟悉，总有一种回家的感觉。路旁那高低参差的土木结构房舍，房墙头开始泛黄的小草，特别是从屋顶飘散出来的，不知是炊烟还是工匠铺铁砧上带着火星的烟火闻着就很亲切。汽车从停放着的一堆自行车旁驶进一条窄狭的胡同，眼前是一个普普通通的街门，一辆马车停在门前。一侧的麦秸垛是一个时令消失的纽扣。村委会办公室到了，我看见一只鹰以翅膀和身躯组成十字，从远处飞翔而来，是欢迎我们吧！我立时感到离土地很近，离太阳也近了，闻到了泥土和庄稼苗的味道。

我在这个 420 户人家 1260 人口的具有悠久历史的村庄采访，接触到了村里几个带头人和他们上级的领导。非常之人的非常之功。他们不忘初心，方得始终。古现东村遇上他们算是村庄的幸运，也是我此次采访的机缘。世间所有的相遇，都是久别重逢。我就是这种难以抹掉的感觉。

“有子能文何必贵，做官致富不如贫。”这是村党支部书记王明忠在我落座后，给我说出的一副对联，当然是与古现东村有密切关联的对联。我听了好像有人给我心里点了一盏灯，眼前豁亮，灵魂都在颤动。好个何必贵，不如贫！这是对高贵与贫贱、奋斗与享乐超拔的深刻解读！我逮住这对联不放，让他再说一遍。于是他抬高嗓音又复念了两遍，声如洪钟。我细细扫瞄了一下这位村庄书记，印象是：略显方形的结实的脸盘上那双眼睛格外饱满，给人的感觉说话的声音像从眼睛里发出（后来村里一位年轻人告诉我，冬天的风雪越大，他说话的声音越响）。村里人都知道书记有读书的习惯，总是在随身的提兜里放上一两本书或报纸。可见知识充实了他，磨砺了他。就凭他一见面就把这副对联送给我，我便觉得他既像我曾经见过的基层党支部书记，又不像他们中的任何一个。这时他指指坐在身旁的《古现东村志》执行主编徐志明说：“让我们的秀才给你讲讲这副对联吧！”老徐便讲了起来：

“这副对联原是古现东村爱国志士王懿荣的家训对联，王氏家族被誉为科举之家，出过27名进士，63名举人；又是官宦世家，县令至尚书140多人，另有104人无功名记录但有官职；还是文化世家，著书立说诸多。这个家族清廉做官，倾心为民，无一个人有贪腐劣迹。”

“一族廉政清纯，满村受益荣光！”王书记插话。

王氏家族给古现东村带来了宁静的活力。新中国成立后，全村人弘扬他们的光荣传统，践行社会主义价值观，热爱生活，勤俭持家，村庄多次荣获先进基层党组织、开发区和烟台市文明社区、民主法治示范村等先进称号。一个家族的家训，上升为400多人一个村庄的村魂。这个数代人的传承，不仅是量的变化，更是淬炼后的提纯，质的飞跃。我们这个世界有那么多色泽和光芒，岁月在时光里老去，唯有后来人不断忠诚它，信仰不变，给它淬火添彩，它才能超越生死，在纯洁中存活，亮于原色。

其间，王明忠把一本很厚的书递给我，说：“你采访需要的素材，它都会满足你。”我接过一看，是一本《古现东村志》，方志出版社出版，23万字，沉甸甸的。它是全国第一批24本名村志中的一本。2016年评为全省优秀村志。我说：“这本村志对我写作当然会有很重要的帮助，但是我要的素材更多的还是活的有生命的，你们讲出来的故事都是带着土地的味道，庄稼的味道，就是有生命的！”我们都笑了！

提起村志，不能不提到执行主编徐志明。而徐志明却说，不能不提到王明忠书记，他是村志的编审，是他具有超远的眼光，我们古现东村才有了这本有特色的村志。超远眼光？何以见得？

不必说在古现东村，就是周围十里八乡的人，大家都对他投以敬佩的目光。他做事的远行目光，交友访道，不被常规束缚的言行，加深了他名声的传播。他总是干别人很少干过或干了没干好的事。对于编写这本村志，他一开始就站在高处去规划，具体负责编村志的同志拟订了一个方案，他看后不满意，明确提出：我们的村志绝不能搞成一般的大事记，而是要把古现东村最有亮点最有特色的事挖掘出来，记录在案。他再三提醒编写组：大事不一定是亮点。

好一个大事不一定是亮点！滴水中的太阳，溪流里孕蕴的波涛！谁能不愿意捧起这片阳光！

什么是东村志的亮点呢？

我们的村支书做了这样的解释：我们说的大事不一定是亮点，这是针对“名村志”与“传统志”的主要区别而言。传统志注重存史，突出资料性，所以要面面俱到，凡有必记。而“名村志”则重视教化、资政，挖掘弘扬村落传统文化，突出“名”和“特”。从一定意义上说，是挂一漏万，这个“一”自然是以“一”顶“万”的“一”了。《古现东村志》定位是历史文化名村志，我们不是把它做得多么精美漂亮，而首先考虑的是要经得起历史的考验，得到不仅是东村人而且要让东村以外的人的认可。它的“名”和“特”——也就是那个可以当“一万”的“一”是什么呢？经过我们挖掘、考证，大家公认的应该有三个方面：除如前面提到的爱国志士王懿荣的家族是科举之家这一点外，还有两点：王氏家族还是华夏文明甲骨文之父的佐证者；另外，古现东村是鲁菜的发源地。这三点都是一枝独秀，不仅在今天，即使在时间的长河中，它永远会散发自身的光芒。

《古现东村志》的这三个独具的特点，从东村挤不出去，别的村也挤不进来。因为这只是属于它的亮点。好多事情往往就是这样，它们会挤出一些东西，又可以填进一些东西，或者是好的或者是坏的。东村不是这样，它的东西就是它的，挤不走，别的也挤不进来。属于自己的东西最有价值。

最后，王书记这样对我说：“在编写村志的整个过程中，我们始终坚持做的还有一点，就是对于陈旧的、腐朽的，惰性十足的历史文化，必须绕开它们。但是，这需要有辨别能力，有的时候看似野性的、原始的、混沌初开的文化，却是瑰宝，我们并不弃之远离。总之，我们要独辟蹊径，编写出摁有我们指纹的独特的村志！”

王明忠书记仍然固执地把话题转到了徐志明身上：“平心而论，这本村志的成功出版，作为主要的编写人，志明同志功不可没。他丰厚的学识以及脚踏实地的调查研究，还有大量的案头工作，值得称赞，为我们树立了榜样，没有他的具体操办，这本村志不会这么快就得以出版。”徐志明忙摆手：“书记过奖过奖！我来东村这些年，在这个广阔的天地里学到了在机关和书本上很难学到的知识和见识。我觉得自己过得很充实。我特别要说的是见识，它往往比书本上的知识更有用场！我珍惜这些难得的收获！”

徐志明并不是古现东村人，他原来的工作单位是栖霞市乡镇企业局局长，从局长岗位退下来后，2016 年 5 月应王明忠之邀，参与中国名村志文化工程之《古现东村志》的编纂。其间他接触到大量的王氏家族资料，其中不少是通过他和同事们的深究才浮出水面的。他异常震动、感动。领导把这项任务搁到他肩上，是对他的信任，自己应该做，有责任做，他也喜欢做。2017 年他把党员关系从栖霞市转到古现东村党支部。2018 年村里给他安排了楼房，妻子也随他常住东村。他就这样无牵挂地把家安在村里。《古现东村志》出版获奖后，徐志明又编纂了《古现东村名人苑》。在不断发掘村庄历史文化的进程中，他越发感到先辈创造的丰富历史文化，值得后人弘扬，自己有责任做更多的工作。2017 年底，他起草了《关于王懿荣及王氏家族故居的恢复与开发利用刻不容缓》的报告，经王书记首肯，支持，上报区、市政府，引起重视，催生了古现文旅小镇的策划和方案的诞生。

在古现东村，王氏家族遗留下来的一座屋舍的旧址，一块砖瓦的碎片，一段流传不衰的传说，也许都会蕴藏着文化。我们从历史看，从文化看，都可能澎湃着宁静的活力。都是民族的瑰宝。这就需要有像王明忠、徐志明这样的人去领略它的丰姿和来龙去脉。这也是笔者写这篇小文的初衷！

作者简介：王宗仁，1939 年出生于陕西扶风县，当代著名散文家、军旅作家，国家一级作家、享受政府特殊津贴，数十年以青藏高原为主要创作题材。出版《传说噶尔木》《雪山无雪》《情断无人区》《苦雪》《拉萨跑娘》《藏羚羊跪拜》等作品集 45 部。获全国第一届优秀报告文学奖、全国第四届优秀青年读物一等奖、中国图书奖、解放军图书奖，散文集《藏地兵书》获第五届鲁迅文学奖，散文代表作《藏羚羊跪拜》被选入六年级第一学期语文课本第 19 课（上海版），也被选入五年级下四单元第 2 课（长春版）。曾任总后创作室主任、中国散文学会秘书长，现被推选为中国散文学会名誉会长。

牧羊姑娘放声唱

红孩

我的一个年轻朋友 L 在京郊山区当驻村第一书记，前几天给我来电话，说他们村要搞首届文化旅游节，希望我务必去看一看。我说，你给我准备几瓶自制的山楂酒吧，咱们见面好好喝一喝。

朋友 L 驻村的那个山村我是确曾去过的。那是在三十年前，我当时在北京东郊双桥农场下面的一个乡政府当团委书记。由于业余时间爱好写作，经常给报刊投稿。那一年的“五四”前夕，《北京日报》郊区版的《青年之友》专栏正在开展“京郊青年在行动”的征文。我围绕自己做团干部的经历，也投了一篇文章，很快就发表了。“五四”之后，报社在郊区组织了一次郊区青年联谊会暨征文颁奖会。开会地点在京郊西南房山，快到河北地界，而我所在的农场则在北京的东南郊，两地相距上百公里。当时交通很不发达，从我家到汽车站要骑车二十分钟，然后要倒三次车，才能到天桥长途汽车站。到了长途汽车站，还要坐两个半小时才能到开会的地点。记得那天早晨我五点半从家出门，下午两点才到。

第二天上午开会，除了报社的领导、编辑外，从京郊各地来了近二百人。这其中有团干部，也有一批文学青年。看着一双双陌生而又对未来充满渴望的眼睛，我们每个人都很受鼓舞。特别是在自由发言时，每个青年人都谈了自己的理想，有少部分像我一样的人谈的理想就是当浩然、刘绍棠那样的作家，而更多的人则提出要用双手改变家乡的贫穷面貌。那天，我说，我不管当下文坛出现什么意识流、现代派，我要创造我的北京郊区文学。会后，来自门头沟、顺义、怀柔、密云的几个文友都跑到我的宿舍，他们围绕我的观点展开了热烈的讨论。

而我此时，脑海里浮现的不仅是文学，更多的是一个叫小梅的女孩。这是一个山区女孩，也就十四五岁，眼睛是玻璃花，右脚先天跛足，由于家里贫穷，只上到小学五年级就辍学了。小梅在发言中说，她的理想就是多放几只羊，羊多了，到了年底就可以多卖些钱，这样就能让她家里的日子好过些。小梅的发言，让整个会场变得很寂静。在二十世纪八十年代，北京郊区，特别是边远山区，很多人家过的日子并不富裕。我的一个本家姐夫，就生长在怀柔的山区里。他本是个复员军人，长得一表人才。他告诉我，从他家到火车站要走两个多小时。每到秋天，山里到处都是红红的栗子、黄黄的柿子，可就是运不出来，白白糟践了。这些水果如果能运出大山，那山里人的日子就好过多了。

小时候，我也放过羊。我家的羊既不产奶，也不为了吃肉，更不是为了卖钱，纯粹是哄我们几个孩子玩。因为有了羊，每天家家户户的孩子就可以将羊赶到草地里，然后凑在一起玩闹、聊天，以至捉鱼捉青蛙放风筝。我很感谢放牧羊儿的日子，它使我享受了大自然，也享受了一个孩子该有的童年。

或者有着同样的经历，当小梅的发言结束后，我一直盯着她，眼前不断浮现她在山坡上放羊的画面。几个文友讨论到热烈处，一个文友问我，你进屋总是若有所思的样子，你在想什么呢？我说，我在想那个小梅，我们能用什么办法帮助她呢？我的话立刻让原本热烈的气氛冷却了。一个文友说，其实我们的日子也没好多少，我只上了高一就不念了。一旁的文友则插话，你好歹还念了高一，我初中毕业就回村务农了。

联谊会只开了两天就结束了。大约一个月后，乡政府卫生院突然来了一位李大夫，专门看各种疑难杂症，尤其擅长推拿按摩。党委书记把我叫去，希望我能为李大夫写篇文章。这样，一来二去我就和李大夫交上了朋友。一天，我突然问李大夫，我认识一个叫小梅的女孩，眼睛是玻璃花，右脚跛足，您能给治好吗？李大夫想了想说，这我不敢肯定，你让她来看看吧。我说，那女孩家很穷，恐怕……李大夫看我面露难色，就说：看在你的面子，免费给她治疗。

就这样，小梅很快就来到了我们这里。李大夫说，小梅的病属于先天性的，很难彻底根治，但经过二十天治疗，或许能改善一下。我说，只要能好转，就是很大的进步。为了帮助小梅，我发动机关和工厂的团员给小梅捐款，三天时间就凑齐了五百元。我让小梅用这钱买几件衣服，剩下的过日子用。很快，我们义务救助小梅的事迹被《北京日报》郊区版的记者知道，他们几次过来采访我和小梅。一时间，我和小梅成了新闻人物。

但我不曾想到的是，对于我组织团员青年救助小梅的事，在我们机关里有人说起了风凉话，说我爱出风头，也有人说我放着正经工作不干，盲目地搞什么慈善，更有人背后攻击李大夫，说他是江湖骗子。一时间，我感到压力重重。无奈，二十天后，我把小梅送回了山区老家。

小梅的家很穷，这是人们都知道的。但我没想到，真的到了她家，看到的比想到的还要穷。几间破旧的土坯房，窗户上连整块玻璃都没有，屋里黑黢黢的。她母亲傻呆呆的，父亲佝偻着身子，一看就是重病缠身。再看锅里，是一团黑黑的野菜，不见一点油星。我和同来的一个团干部不忍再看下去，每人除了留好回去的车票钱，把仅有的二十几块钱全留给了小梅。我对小梅说，你要好好地活着，日子会好起来的！

从那以后，我就再也没有见过小梅。

前年，我的年轻朋友 L 由市委组织部安排到山村挂职担任第一书记。他在手机里给我发了一个位置，希望我有时间到他们村看看。我仔细看了他们村的地名，一看吓我一跳，原来竟是我三十多年前去过的小梅居住的村子。我不由得马上打电话问 L，你们村里有个叫小梅的女子吗？L 想了想，说，好像没有。L 又问我，那女子多大岁数？我说起码五十岁了吧。L 说，我给你打听一下，不过比较难，现在村里大多数人都到外面打工或搬到城里住了。村里只剩下几十个孤寡老人和孩子。

几天后，朋友 L 打电话告诉我，村里过去是有个叫小梅的女子，二十多年前她父母先后去世，后来她嫁给山西的一个挖煤的工人，就再也没有了音讯。我说，村里人还养羊吗？L 说，养，不多，也就十几只。

我的这个年轻朋友 L 很能干，这两三年，经过他的努力，现在这个村已经办成了民俗旅游村。过去，到城市里打工的年轻人，陆续回到村里承包了果园，办起了旅游农家乐，他们说，外面的风景再好，也没有自己的家乡好。

我决定去那个山村。在这个决定做出前，我猛然间有个大胆的想法，要是让我的朋友 L 通过各种关系能让小梅回到村里和我见上一面，那将是一段多么感人的佳话。我可以肯定地说，我和小梅一见面，准保谁也认不得谁了，毕竟时间如流水，一晃三十多年过去了。假如小梅会唱歌，我一定让她和我们一起唱——“牧羊姑娘放声唱”。我相信，今天小梅的日子也一定如我当年所盼望的那样，已经好起来了！

作者简介：红孩，1967 年生于北京。1984 年开始从事文学创作，已出版长篇小说《爱情脊背》、中短篇小说集《城市的海绵》、散文集《东渡东渡》《运河的桨声》、文艺随笔集《拍案文坛》《理想的云朵有多高》、散文理论集《红孩谈散文》《铁凝散文赏析》、诗集《笛声从芦苇中吹来》等十余部，创作完成电影《风吹吧麦浪》、话剧《白鹭归来》，2003 年加入中国作家协会，现担任中国散文学会常务副会长、致公党北京市委文化委员会副主任、中国文化报文学副刊主编，文艺评论获得第二十二届中国新闻奖，散文获得第五届全国报人散文奖、冰心散文奖。

母亲的高粱宝贝

周振华

早年，老家京西太行余脉的山脚下，曾经有一片属于母亲的高粱地。那前儿，农事在母亲心里远远重于家事，高粱从种到收全由她一个人打理，她愿意做她认准的事情，且不被家人左右，哪怕再苦、再累。起初的几年种的是一水儿的红高粱，后来又添种了白高粱。每到收获季节，那一拨挨一拨红白相伴的高挑儿身影，随风摇曳，婀娜多姿，各执秋色。

小时候，只知道高粱有红穗白穗之分。红穗，形状饱满，籽粒红润，向心聚拢，秸秆矮壮、敦实；白穗，形状发散，籽粒银白，宛若礼花，它的身子更苗条、柔软，成熟的穗子，攥在手里的感觉像是体味珍珠。至于它们是啥品种，叫什么名字，不晓得。反正用它们熬的高粱米粥，吃进嘴里，味道差不多。后来大一点了，还知道高粱穗脱去籽粒后，有很好的用途，红高粱穗适于绑炊帚，白高粱穗适于绑笤帚。

母亲生前可稀罕高粱。喜欢吃高粱米饭，喝高粱米粥，擅长用高粱秆串盖帘儿，70 岁后每天都要抿一口纯高粱酿制的白酒。母亲对高粱有一种格外的情结。

那些高粱在母亲的眼里胜似她的儿女。风里雨里，为它们锄草施肥，白天黑日，精心伺候、守护着它们。祈求老天爷一定多赏好光景，保佑她的高粱年年能结出籽粒饱满结实漂亮的穗子。

母亲的高粱地不大点儿，身处诺大的原野，可忽略不计。这属我家的自留地，总共一亩多一点，这样一小片高粱，远比不上生产队大田里的高粱方阵，浩浩荡荡，风光无限。别看这一小块那可是母亲心中的宝地，它是母亲超级的精神寄托。

那时，农村居家过日子，家家都离不开炊帚和笤帚，用它们刷锅、刷碗，扫炕、扫地。

“我说，去年那地就种的高粱，今年换换茬儿种点黄豆、芝麻什么的！来年再种你的高粱，成不？”父亲的话音未落，母亲就不耐烦了：“不懂，你不懂！别瞎掺和！”母亲什么心思，为什么执意种高粱，不光父亲，姐姐、妹妹和我，也都不懂。反正母亲心里有她的“小六九”。

母亲是位心很重的人。那些年，我们家一直处在风口浪尖上，再也经受不住什么。父亲出身富农，富农的成分已经很高了，排行老二。可母亲的出身比他还高，地主，属头号。按说这么富的家庭，应该是衣食无忧，可我们家的日子过得也是捉襟见肘。吃的喝的和贫下中农没什么两样。但背负着“地富”的名声让你大气儿也不敢喘。

那年月“地富反坏右”可是最坏的人。在贫苦人眼里，他们个个像幽灵，聚拢在一起，就是一群幽灵，谁都不正眼看他们，甚者恨之入骨。他们常被人诅咒，或被人教训。那年头，时时处处事事都讲成分，讲出身。母亲知道成分高对她意味着什么。地主这个又臭又坏的名声，随时都会被揪出去批斗、暴揍。成分高的母亲，总认为自己做错了事，特别是“文革”刚开始那阵子，她觉得她犯下了滔天大罪，不知道怎么赎。于是，除了每天好好劳动，认真扫街，虔诚请罪，低头改造外，对待身边所有的人都毕恭毕敬，不光吃的喝的，慷慨于街坊四邻，使的用的，也常想着房前屋后。比如收工回来她再累也先要给谁家端去一碗刚出锅的压饸饹，送去几个热气腾腾的菜团子，为大姑娘小媳妇绣副她亲手纳的千层鞋垫什么的。母亲卑微的心一直悬着，每天靠一把酸枣仁维持一、两个小时的睡眠，运动高潮的几年仿佛随时都要崩溃。但从母亲的外表看不出来，她极力隐忍着。还好，她的始终如一，她的真诚，她的热情，她的善良，换来了她想也不敢想的回报。她渐渐感觉好像没那么招人恨，人们的眼光对她也没那么凶煞。

这样，母亲更爱惜她的那片高粱宝贝了。为什么一半种的是红高粱，一半种的是白高粱，这样的规划，母亲是根据它们的用途制定的。每次生产队下地收工了，她总不急着回家，再渴、再饿、再累，也要到那片高粱地里去侍弄侍弄它们，拔拔草，培培埯儿，扯扯干叶子。母亲在意那片高粱的长势和穗子的形状，企盼老天保佑有个好长势。穗子的形状好，绑出来的炊帚和笤帚就漂亮。每年收获的时候，我们几个孩子也去帮母亲。她像个总指挥，一个劲儿地嘱咐：“我的小祖宗们，千万小心，可别扳折了它们的穗和秆儿！”母亲担心我们不会弄，由于我们还小，确实不知道深浅，有忙帮不上，弄折一根来之不易的穗会触疼母亲的心的，没办法，只能是母亲一个人受累，小心翼翼地自己做。

高粱，在所有的庄稼里，长得最漂亮。它们的颜色、身姿、气质都没的说。记忆里母亲的那片高粱，看上去非常抢眼，红白相间，林林总总，整个原野数它们不一般。庄稼人认为，高粱给人的感觉和其他庄稼不一样，如果把玉米比作铿锵硬汉，那高粱就是一位柔情的姑娘。它们妩媚婀娜的姿态，轻轻地晃动几下，就显得很聪慧，很性情。它们生动、光鲜、喜庆的穗子更是招人喜爱。特别是它们的身体随着秋风大幅度舞蹈起来的时候，那长长的叶子就像藏族姑娘身着的长长的衣袖，不停地摇曳着，体态柔情似水，阳光下画出一道道柔美的弧线，那样子看上去真是可人。

但，这只是它们的外表，谁又晓得它们内心世界的苦楚？其实，它们比其他庄稼要艰辛得多，一生里承受着太多的不容易。它们没有玉米那样魁梧的身段，没有小麦那样密密匝匝的阵容，没有大豆相互围拢的互助，它们细细的高挑的极柔弱的身板，支撑着与负荷不相协调的硕大谷穗，稍有闪失，就会夭折。特别是在它们即将分娩的日子里，每天要承受疾风的推搡，群鸟的啄食，有时贪吃的牛羊也会闯进它们的世界，给它们带来莫大的压力。

母亲的那片高粱，只有母亲懂它们。她必须亲力亲为，别人着手她不放心。母亲为什么坚持只种高粱，不种其他作物，母亲心里最明白。后来，我知道了母亲执意种高粱的秘密，但不是从她嘴里说出来的，是我猜出的。

我家的自留地，地处山脚，高岗，土质很薄，适合种些花生、玉米、谷子、大豆、红薯。为什么母亲选择高粱，因为高粱除了能添补口粮，收获以后还有更重要的用途。

母亲说：高粱比玉米、谷子、大豆都好侍弄，别看它们柔弱，可它们没那么娇气。种高粱就像捎带着养个孩子，不用过多地管它们，不知、不觉，它们的个子就蹿得老高，等你醒过腔来，它们已经长高了秀穗了。可事实不像母亲说的那样，高粱确实骄贵，不好种，伤耗大。母亲说的那些话，都不是她执意种高粱的理由，她选择高粱是另有考虑的。

母亲每年把收获回来的高粱，打成捆，罩上竹帘子，晾晒起来。这样做，是防止麻雀啄食，否则就会影响高粱穗的外观。等完全风干后，母亲再用木棍轻轻地敲打脱去穗上的籽粒，剩下的就是上好的捆绑炊帚和笤帚的材料了。

整个冬天，每个夜晚母亲都不闲着。她从供销社买来麻皮子，用水泡软、理顺，然后坐在小板凳上在自己的腿上搓成麻绳。即使用水泡过的麻皮，还是很硬，以致母亲的腿被搓出道道红印子。母亲为了她心中的秘密，这些全然不顾。麻绳搓好了，就开始用脱去籽粒的高粱穗捆绑炊帚和笤帚了。一冬的时间，母亲要捆绑上百把炊帚和笤帚。再看看母亲的手，哪还有女人手的样子，又糙、又黑、又硬，那满手皴裂的口子一使劲儿就会渗出鲜血。母亲这样做，其实都是为了这个家，求个安生吧！父亲心疼母亲，抢过来他绑。但母亲看不上父亲的大糙活儿。母亲说："还是我来吧，你那双手打算盘、拿笔杆子行，干这活儿还差点。瞧绑得松不拉叽的样子，根本拿不出手，怎么送人家呀！"这个时候我说："妈！让我试试！"也许在母亲旁边看多了，也许我带着母亲绑炊帚和笤帚的基因，更重要的是我早已钻进了母亲的心里，探知她的苦楚与心酸。我要做的就是多为她分担，不让她那么辛劳。为了能帮上母亲，我一个人在家时常用我从山上割回来的白草做练习，绑了拆，拆了再绑，细心揣摩。经过一段时间的实习，绑出的样子越来越接近母亲的“作品”了，终于我也敢出手了。我接过母亲手中的家伙事，认真地按母亲的手法操作起来，还行，居然绑的第一把，母亲就看中了，表示非常满意。说：“比你爸爸绑得强多了！出手就像那么回事。”等再绑几把过来，母亲更满意了，母亲笑了，不停地抚摸着我的头，合不拢嘴。记得那年我 11 岁。后来，我就替母亲承揽下来这项活茬儿，现在绑起炊帚和笤帚都还是行家里手，不是吹！

母亲我俩绑的炊帚和笤帚，每年除留几把自家用，其他的统统都送人了。要么按照母亲的旨意由我和妹妹给人送到家里，要么谁来家里串门走时捎上一把。我们的“产品”谁家都稀罕，谁家都喜欢，因为货真价实，再说也不要钱呀，白送。“文革”期间，母亲没有挨过一次重斗。同是地主出身，本村的另一位老太太我眼睁睁看着被几个基干民兵用铁锹打死了，那情景至今都记忆犹新。阿弥陀佛！地主出身的母亲没有遭到如此噩运。我常想，是母亲的罪孽轻？是母亲改造的好？还是侥幸逃脱一劫，或是队干部的良心发现。还也许是母亲执意种的那片高粱起了作用。不管怎么想，母亲都是幸运的。因为凭她的身世，在那个风风火火的年代，竟毫发无损，真算是奇迹。

作者简介：周振华，字博际，号乐山斋人。1957 年生。北京昌平人。北京市昌平区文联名誉主席。北京市第十二届政协委员。北京文联第七、第八届理事。中国作家协会会员、中国书法家协会会员、国家一级美术师、第三届中国散文学会副会长兼中国散文学会作家书画院院长、北京书协理事。中国书法家协会第六次全国代表大会代表、中国文联第九次全国代表大会代表，荣获第四届全国冰心散文奖，第五届老舍散文奖，第五届北京中青年文艺工作者德艺双馨奖，中国散文学会成立 30 周年特殊贡献奖。文学作品见《人民日报》《人民日报海外版》《光明日报》《文艺报》《中国文化报》《中国艺术报》《中国散文报》《十月》《散文百家》《北京文学》《散文（海外版）》《西部散文选刊（原创版）》《山花》等报刊。散文《浓浓枣花香》《人老了竟是那么卑微》《母亲的红高粱白高粱》入选初中语文课文或中考试卷。出版散文集《原野恋歌》《乡音乡情》《跪拜大地》《我爱北京》《温暖记忆》《周振华文集》《真诚与感恩》等 7 部。

牵着肖邦的手

杜京

春天，花正好。芳草，四月天。

莺飞草长万物复苏的春天，柳枝吐露嫩芽，百鸟鸣唱欢歌。一曲浪漫委婉，优美动听的肖邦钢琴曲萦绕耳畔，回荡心头，把我的思绪带回到刚刚过去的这个夏天，令我心驰神往，怀着朝圣的心情，第八次拜谒过的弗雷德里克·肖邦（Fryderyk Chopin）故居——热拉佐瓦·沃拉庄园。

这是一栋坐落在波兰首都华沙郊区，被花木和古树重重包围着的，让人感到亲切温馨的古老住宅。既像一座美丽的别墅，又是一处幽静的农舍。白色的小屋前，一棵巨大的栗子树，日夜守护，四周是一片生机勃勃绿树花草，丁香花、玫瑰花、郁金香、紫罗兰，香气袭人、沁人心脾，把这座古老的庄园装扮的更幽静美丽。

故居内珍藏着肖邦的出生证、洗礼证明书、肖邦儿时送给父母的贺卡以及他少年时代的手书乐谱。屋里摆放着他和父母使用过的炊具、生活用具，其中最为珍贵的要属一架与肖邦年龄相仿的黑色斯坦威三角钢琴，这一切如今都已经成为波兰的国宝。

钢琴静静地伫立在肖邦诞生的房间，好像一位饱经风霜的老者，守望着肖邦，迎来送往络绎不绝的宾客。此时，钢琴的盖子打开着，似乎一曲未终，仿佛肖邦就在眼前。他风度翩翩，温文尔雅，坐在钢琴前，演奏着那一曲曲属于热拉佐瓦·沃拉庄园的恬静优雅，诗意浪漫的乐章。

夏日，披着一身绿荫的树叶在风中婆娑摇曳，鸟语花香的肖邦故居迎来了中国的两位才华勃发的英俊青少年：第一届北京肖邦国际青少年钢琴比赛青年组第一名陈学弘、少年组第一名铁顺顺。

这是一个晴朗的周末，阳光明媚，白云缭绕，风景如画。在肖邦故居举办的“陈学弘铁顺顺肖邦钢琴音乐会”，吸引了不少热心的波兰观众，一位年轻曾经当过记者的艾娃（Eva）女士告诉我，肖邦是最纯真的浪漫诗人，他是波兰的骄傲，民族的象征。今天就在肖邦出生的地方，聆听到来自东方中国的青少年演奏肖邦钢琴曲。一大早我就和丈夫、儿子、儿媳以及八个月大的孙子一同来欣赏这场音乐会，感到特别高兴。

此时，我身边四岁的小女孩卡琳娜（Kalina）和三岁的弟弟拉杰克（Radek）也随父母一起来欣赏这场由肖邦国际青少年钢琴比赛的中国获奖者演奏的音乐会。虽然姐弟俩年纪小，当音乐随着清风悠扬的响起时，他们几乎入了迷，一动不动、安安静静地沉醉于美妙的音乐中。

琴声悠扬，旋律回荡。陈学弘演奏的《肖邦玛祖卡 4 首 op.24》乐曲，流淌着波兰民族音乐的魂魄。无论是《肖邦 D 大调夜曲 op.27no.2》《肖邦 C 小调夜曲 op.48no.1》，还是《肖邦降 A 大调英雄波兰舞曲 op.53》《肖邦升 F 调船歌 op.60》，他的演奏稳健舒缓，极为细腻，把乐谱上的难度都化作了涓涓细流，出神入化。

性格开朗的铁顺顺坐在斯坦威钢琴前，聚精会神，有板有眼。在《肖邦夜曲 op55》中奏响了独奏音乐会的序曲。他将这首“充满了梦中饱满的甜蜜欢乐，将黄昏、夜的寂静以及从中带来的种种感受，表现的淋漓尽致”。接下来的《肖邦叙事曲 op52》《肖邦谐谑曲》《肖邦波罗乃兹舞曲 op53》，每一首肖邦乐曲，铁顺顺都用心演绎，奏出华彩。

陈学弘、铁顺顺的精彩演奏，获得听众的热烈掌声，赢得肖邦音乐爱好者的赞誉与共鸣。18 岁的陶虹屹来自中国武汉，在波兰肖邦音乐学院学习，受父亲的影响，从小就非常喜欢肖邦音乐，他兴奋地说：“今天来到肖邦故居，聆听两位首届北京肖邦国际青少年钢琴比赛青少年组的获奖者，演奏肖邦钢琴曲，每一个音符都深深打动着我的心。”

时而委婉动人，含情脉脉；时而激昂跳跃，如滚滚波涛。肖邦音乐华丽雅致，精美绝伦，深为人们喜爱，世界认同。

在我童年时代，留声机是高贵的“奢侈品”，幸好家里有一台，它成为我最初的音乐老师。母亲是一名军医，出生书香门第。在她很小的时候，家里就有一台留声机，她经常听黑唱片，非常喜欢音乐。记得在我小的时候，母亲经常买回喜欢的唱片，陪伴我和她一起聆听。每次我都听得津津有味，入耳入心。音乐是那么美妙，时而欢乐，时而庄严，时而轻快，时而深沉。听完后，我刨根问底，追问母亲：“这是什么曲子，是哪个国家的哪个人写的？”后来唯一引领我想象波兰的人——肖邦，还有他的《A 大调 – 军队波罗乃兹》《降 A 大调 - 英雄波罗乃兹》《E 大调练习曲“离别”》《玛祖卡圆舞曲》……

谁也不曾想到，喜欢肖邦音乐的我，在四十多年后的仲夏，伴着肖邦乐曲的旋律，牵着肖邦的手，再次来到波兰，这次依然是为肖邦而来。

“肖邦与他的欧洲音乐节”是这个夏天是波兰最重要的文化盛事。从走下飞机的那一刻起，我们就走进了肖邦的世界。以肖邦名字命名的华沙国际机场，是全世界唯一在机场候机大厅里摆放着供乘客演奏钢琴的机场，大厅背景音乐播放着肖邦钢琴曲。从街头的霓虹灯、出租车、歌剧院、商场酒店的广告牌和海报上，悬挂着的都是人们熟悉的肖邦画像。粉色黄色和谐搭配让人眼前一亮，于是铭记心中的“肖邦与他的欧洲”宣传画，身临其境，切身感受到了浓郁的波兰文化氛围。

曾记得 90 年前，在以耶日·祖拉夫列夫（Jerzy Żurawlew）为首的少数追求完美的钢琴家不懈努力下，第一届肖邦国际钢琴比赛终于在华沙爱乐乐团成功举办。然而，时隔 90 年后，经过十年的努力，2016 年 6 月习近平主席对波兰国事访问期间，在两国领导人共同见证下，签署了中波两国文化合作协议书。迄今为止，中国引进的世界顶级赛事——肖邦国际青少年钢琴比赛终于落户北京。这对于促进中国钢琴教育的发展，提升广大青少年与社会大众文化艺术修养，推动我国对外交流文化产生了积极深远的影响，在中波文化交流史上，写下了闪光的一页。

这个美丽的夏天，首届肖邦国际青少年钢琴比赛中的获奖者陈学弘、铁顺顺走进肖邦钢琴大师班，与来自美国、英国、法国、奥地利、俄罗斯、哈萨克斯坦、澳大利亚、日本等 50 位音乐爱好者一同聆听世界最优秀的钢琴大师们面对面授课，参与教学交流与观摩演出，享受具有国际一流水准的音乐饕餮盛宴。

漫步在位于华沙 45 公里处美丽花园宫殿般的波兰艺术之家（Radziejowice），这里绿树成荫、鸟语花香，高耸云天的古树苍翠葱茏，明澈如镜的湖水安和幽静，宛若人间天堂。古老庄重的建筑，给人留下既宁静又厚重的美好印象。

风度儒雅的波兰艺术之家院长波古米乌·穆鲁勃钦斯基（Bogumił Mrówczyński）先生向我介绍，这座美丽的花园宫殿，每年有很多音乐家、画家、导演、艺术家相聚于此，交流学习，畅叙友情。波兰国家和国际艺术节都在这里举办。每年夏天肖邦学院都会在此举办钢琴大师班授课及作品音乐会，为听众带来美好的音乐享受。

阳光灿烂的午后，草地沐浴着阳光，鲜花散发出清香。作为尘世间的乐园，波兰艺术之家——这座曾经古老典雅的贵族花园，张开双臂，迎来世界各地艺术家和怀揣音乐梦想的人们，搭建了以音乐沟通心灵的交流平台，唤醒艺术家们最初的创造灵感。

在莫妮卡（Monika Karpińska Krystek）女士陪同下，我应邀出席肖邦钢琴大师班开班仪式，这里自始至终洋溢着浓郁的“肖邦氛围”。波兰国家肖邦音乐学院副院长斯塔尼斯瓦夫·雷希奇尼斯基（Stainsław Leszczyński）、音乐项目部主任乔安娜·波希珍尼（Joanna Bokszczanin）、教务主任米郝·布鲁尼斯基（Michał

Bruliński）、著名钢琴家托比亚瑟·克赫（Tobias koch）、卡塔琳娜·波波娃·兹德诺妮（Katarina Popowa Zydron）、阿里谢·鲁比莫夫（Alexei Lubimov）、安德瑞思·斯塔耶（Andreas Steier）、尼克莱尔·德米戴克（Nikolai Demidenko）一同出席了肖邦音乐学院钢琴大师班开班仪式。斯塔尼斯瓦夫·雷希奇尼斯基说："优美的肖邦音乐不分国界，无关信仰，人们在美妙的音乐中沟通心灵，分享美好。"

被波兰乃至世界音乐界和教育界亲切地称为"神话般的钢琴教育家"卡塔琳娜·波波娃·兹德诺妮，笑容满面，亲切和蔼。她坐在两位来自中国的"小钢琴家"身边，十分认真地聆听陈学弘、铁顺顺的演奏，对他们的表现投去赞许的目光。她对孩子们说："你们的基本功非常扎实，钢琴演奏的技术也较为娴熟，曲子弹得非常棒。每当你们演奏一首曲子时，就好像在面对观众讲述着一个精彩的故事，用音乐表达情感。双手的配合要讲究柔性，强弱音要有区别。演奏每一音节要有变幻，仿佛是从天上掉下来的样子，令人向往，追逐梦想。"

陪同陈学弘、铁顺顺前往肖邦钢琴大师班的中央音乐学院附中音乐教师权洪波，是铁顺顺的钢琴老师。此时，他坐在一旁，认真聆听波兰钢琴大师"传经送宝"，颇有感触。尽管他很年轻的时候，就赴德国参加钢琴比赛，荣获大奖，之后在德国汉诺威音乐学院攻读音乐教育与钢琴演奏双学位，柏林艺术大学获得钢琴演奏博士学位，四年前回国，进入中央音乐学院附中教学至今。在他看来，中外教育理念各有千秋，我们在抓好钢琴基础教育，学习钢琴演奏，技术水平领先的同时，需要老师尽可能引导、引领孩子走进艺术世界，开阔艺术视野，和学生交友交心。让老师走进学生的心灵，让学生走进艺术的殿堂，激发他们的艺术灵感和生活洞察力。

聆听了波兰钢琴大师面对面、手把手的教诲，陈学弘这样说："虽然是世界级的老师上课，坐在他们身边丝毫不觉得紧张，让人特别放松，心更安静。我在演奏《肖邦第二奏鸣曲》时，完全融入其中，用心去感受音乐，感受肖邦。"

陈学弘出生于甘肃永昌。五岁半开始学习钢琴，原因是父亲喜欢乐器，从小受到影响。2007 年他第一次到北京参加全国青少年钢琴比赛获得第一名，8 岁时，演奏莫扎特《奏鸣曲》父母突然间发现，这孩子还有点"小天赋"，于是下定决心，让他走上钢琴之路。2008 年，陈学弘父母送他到北京学习钢琴。2009 年他考入中央音乐学院附小师从张欣宁教授。他非常用心。2015 年 4 月，陈学弘赴华沙参加第 17 届肖邦国际青少年钢琴比赛预选赛，他是 160 位选手中，年龄最小的参赛者，刚刚 15 岁的他虽未获奖，但对未来的钢琴音乐之路却充满信心。2016 金秋十月，陈学弘终于获得首届北京肖邦国际青少年钢琴比赛第一名。

出生于辽宁锦州一个普通公务员家庭的铁顺顺，3 岁就开始学习钢琴。用他的话说："没人逼我学钢琴，是我自己从小就非常喜欢。"在母亲的支持鼓励下，铁顺顺一直很努力，学习钢琴进步很快。小学六年级时，考入中央音乐学院附中，参加"卡丹萨"钢琴比赛，荣获业余组第二名。后来，遇到权洪波老师，在他看来是一种缘分。"在四年的时间里，我收获很多，不仅学习如何弹钢琴，还学到了许多音乐知识和做人的道理。"

何为幸福？每个人心中对此有不同的解释，而在铁顺顺看来"自己是幸运又幸福的人"。与钢琴结缘，给人生带来一连串的好运，首次参加北京肖邦国际青少年钢琴比赛获得少年组第一名，有机会来到波兰参加肖邦钢琴大师班的学习，感受浓郁的音乐氛围，对未来走好钢琴之路，受益匪浅。

以波兰伟大的爱国诗人密茨凯维奇（Mickiewicz，Adam）命名的学院——密茨凯维奇学院，是波兰国立文化传播机构。温文尔雅、谦和友善的院长克里斯托弗·奥兰德斯基（Dr. Krzysztof Olendzki）博士，在百忙之中会见了来自中国的两位钢琴新秀及代表团一行，他说："肖邦音乐是波兰国家财富，更是世界文化遗产的经典。肖邦富有情感和极具感染力的音乐，足以感动着每一个人，包括我和所有的波兰人。"作为本次大赛的组织者、参与者之一的密茨凯维奇学院，从赛事筹备初期，就对此给予关注和抱有极大的热情。本次大赛受到中国广大青少年的热切关注和积极参与，再次证明肖邦音乐不分国界，在中国广泛流行，深受人们喜爱。肖邦音乐传递着波中两国人们的深情厚谊。

密茨凯维奇学院亚洲事务总监卡尔罗（Karol Templewicz）先生说："肖邦国际青少年钢琴比赛这一高雅音乐赛事的参与者们的演奏水平，展现了他们对肖邦音乐的深刻理解，情感表达，这次赛事落户中国首都北京，对波中文化交流将产生积极而深远的影响。"

周所周知，肖邦是世界上唯一一位以纯钢琴音乐创造奇迹，因而流芳百世的作曲家。在他神奇灵动的指间里，琴键无限宽广，所呈现出的意境又是何其深远。世间的喜悦欢欣、悲絮愁思、家国仇恨，都活生生地融入一个个血泪凝聚的音符，一段段声情并茂的旋律，永恒在亘古的音乐历史长河之中。他的音乐风格，相比门德尔松更加忧郁多情，敏感激昂；他的创作手法，相比舒曼更加稳健而富于幻想；在钢琴技巧上，被誉为"钢琴王子"的肖邦，为李斯特钢琴演奏技巧的升华奠定了基础。可以毫不夸张地说，肖邦是最纯正的浪漫主义钢琴抒情诗人。

光阴荏苒，似水流年。肖邦钢琴音乐旋律优美动人，节奏精致典雅，和声清澈晶莹，极其抒情，诗意浪漫。肖邦无愧为具有波兰民族气质的、最纯真的浪漫主义钢琴诗人，他的艺术实践将欧洲钢琴艺术推向了一个崭新的高度。

十九世纪下半叶以来，从肖邦的音乐中，流淌出的钢琴作品蕴含着丰富的内涵，极具魅力。钢琴在东方人眼中，被视为西方文化的代表，西方文明的象征。肖邦音乐是世界钢琴音乐中的一枝独秀，是不可多得的人类精神财富，极具民族性和超越国际的魅力。肖邦是浪漫主义时期欧洲音乐史上的杰出代表，是闻名于世的伟大音乐天才，其作品在世界钢琴音乐史上，具有特殊而崇高的地位，为后人传承。

九十年的悠悠岁月，再次见证了耶日·祖拉夫列夫的远见，他的创举不仅在波兰本土开花结果，也在世界钢琴音乐史上，抒写了辉煌的乐章。

回望荣登国际顶级赛事肖邦钢琴比赛的舞台，中国人摘取桂冠者："钢琴诗人"之美名的傅聪，获得 1955 年 3 月"第五届肖邦国际钢琴比赛"第三名和"玛祖卡"最优奖；在国外被称为"21 世纪钢琴之星"，国内被誉为"钢琴王子"的李云迪，2000 年 10 月，18 岁的他赴华沙参加第十四届肖邦国际钢琴比赛，荣获第一名，并获"最佳波兰舞曲演奏奖"，成为这一最高水平钢琴大赛有史以来最年轻的冠军得主。钢琴新秀，后生可畏，人才荟萃。首届肖邦国际青少年钢琴比赛落户北京，陈学弘、铁顺顺分别获得青少年组第一名。

此次，世界一流钢琴家及后起之秀，齐聚中国，那些来自维斯瓦河畔，领土面积无足称奇的国度波兰的钢琴家们，早在第一次世界大战前就提出以琴交心的音乐理念，时至今日，依然迸发着鲜活的生命力。

琴声流淌，友谊长存。踏着肖邦的足迹，伴着肖邦音乐，将有更多的钢琴新秀，走进绚丽多姿的钢琴世界。

华沙的夏天美丽凉爽，微风轻盈沉醉了夜晚，清凉的雨丝滋润着心扉。在华沙的每一天，盛情的主人——密茨凯维奇学院亚洲项目中国专家安宁（AnnaOkurowska）女士，陪同我们一行聆听"肖邦与他的欧洲"多场音乐会。在这个为肖邦而来的夏天，有钢琴独奏、交响乐、歌剧演出、摇滚音乐、古典传统的、现代时尚的，丰富多彩，精彩纷呈。无论是老皇宫音乐厅，还是在华沙国家大剧院，无论音乐会安排在白天还是晚上，无论天晴还是下雨，观众都准时入场，格外专注。即使露天音乐会下起瓢泼大雨，也丝毫不影响人们对肖邦的崇敬及聆听音乐会的勃勃兴致。

伫立在瓦津基公园伟大音乐家肖邦塑像前，聆听着从钢琴键盘山流淌出来的肖邦音乐，华丽雅致温婉美妙，给人恬静又温馨的感觉，肖邦的国度蕴藏着丰富深厚的音乐的源泉，回荡着如此优美动人的旋律。

此时，仿佛肖邦就在身边。牵着肖邦的手，回忆和憧憬萦绕在我心头……

作者简介：杜京，祖籍山西，出身军人家庭。汉语语言文学专业毕业，新闻文艺学硕士研究生。曾担任过宣传干事、教师。先后任编辑、记者，文艺副刊部主任编辑、北京日报时事政治新闻部主任、高级记者，中国报纸副刊研究会副秘书长、中国作家协会会员、中国摄影家协会会员、中国散文学会会员。已先后出版《我与老师》《跨越国界的芬芳》《地球上的银飘带》《东方多瑙河》《我，文化波兰》《琥珀色的格但斯克》《四季波兰》等书籍，有数百篇作品百余幅照片在国内《人民日报》《光明日报》《经济日报》《香港文汇报》《澳门日报》《中国国家地理》《中国传媒》《人民文学》等报刊及美国《洛杉矶时报》、英国《泰晤士报》、法国《欧洲时报》等报刊上发表。多次获中国新闻奖、中国报纸副刊作品一等奖及国内外新闻大奖，还是第八届冰心散文奖获得者。2018 年荣获波兰共和国授予的“杰出贡献勋章”。

飞雪千年心依旧（外一篇）

梅雨墨

今夜，飘雪了。

我一直渴望的飞雪，在一个奇寒的夜晚，就这样悄无声息地来了。

在这样的夜，没有什么比一片雪花更加纯洁可爱。

在清冽的寒风中，雪的到来，让尘世的风变得更加干净和清香。

雪，一片一片地飘落下来，宁静而祥和。众多的雪花，慢慢地越来越密、越来越多，直到漫天飞舞。大地就慢慢地白了，什么都变得白了，雪让很多肮脏的东西暂时躲藏起来，雪让一切都变得很纯洁。

孤立在寂静的书房，我没有开灯，当然，也不需要开灯。我用手按在冰凉的玻璃窗上，手上的体温将结满窗户的冰凌花慢慢地融化，看着一条小溪慢慢地流了下来，就好像是一个人的泪水。

透过斑驳的玻璃，我望着窗外的雪。此刻，她们正缓缓地飘落，在路灯下，反射出一团团银白的光晕。是的，时光就是这样，它会在你最不在意的时候，突如其来地带来一些东西，比如说，一段爱情，或者是一场雪，不管你愿不愿意、渴不渴望。

尽管时光能够放旧爱情和思念，尽管时光就横在你我之间，但是穿身而过的时光，仍旧分离不出心中的痛。我现在才知道，时光真的是很可怕的东西，它可以带走你不喜欢的东西，可有的时候也带走你喜欢的东西，甚至是你觉得和生命一样重要的东西，它是不随你的心意而定的，有的时候来不及后悔，时光就带着你走在老去的路上。

但是，只有在下着一场大雪的夜晚，才可以让时光变得不再那样尖锐，不再那样匆匆。雪，虽然轻柔无比，但还是让前世的明月与今世的沧海有了某种说不清的牵绊。

如果不是那次偶然的相遇，你怎么会变成雪花一片，一直飘在我的天空，让我分不清四季的颜色，就像在大雪纷飞的夜晚，分不清东南西北，就像是思念你的心，一直游荡，无枝可依。

你曾经说过，你不管结局，不想永远，只想做我心中一片纯洁的雪花，只想做一个纯净如水、洁白如雪、不染尘俗的透明的素洁女子，陪君笑看红尘走一程。多年以后，即便是孤独如藓，回首往事时，也不说情殇，不想那泪洒清霜雪无尘的冬夜，只为疏斜在闲词里的梅花，摇不动月下的身影，只为让爱我的心如白雪一样，轻落在我的指尖。等到你头发白了，眼睛花了，再也写不动文字的时候，就会在有雪的月下升上一堆炉火，把那些文字铺展开来，让满脸皱纹、胡须发白的我提着那盏古老的风灯，穿过风雪弥漫的白桦林，深一脚、浅一脚地，颤颤巍巍地走向那里，走向等待的你，一如往昔。

所以，我只有把泪藏进剑鞘，放入深山，把思念雕刻在心底。所以，那片有着精魂的雪花，总会在我的梦中复活。这片雪花一直飘飞在我的梦中、我的心中，好像永远都不会坠落尘埃。

第二天的清晨，天空依然落雪。

在雪中，我没有伸出手去，我怕自己敏感的心承受不住那份薄凉的问候。我更愿意让自己的身体低下去、低下去，一直低成天边的云幕，想象着可以把你的身影收拢。

是的，天空依然落雪，我迎着雪向前走，并且想象着这样一直走下去，走过今年，走过明年，走过今生，直到也可以走成一片雪花，飘在你的天空。

在雪中，我想象着你——一个从亭阁里走出的女子，着一身翠绿的披风，在雪地里款款而行，走到一处红梅盛开的梅树旁，你轻轻、柔柔地折下一枝梅花，抬头，远眺，浓浓的深闺情思就游移在了万里长空，那是一种说不出的寂寞与美丽。

在雪中，我想象着自己——一个身着青衫、腰佩宝剑的书生，牵一匹俊朗的白马，驮着自己的书匣和行囊，在白茫茫的雪地中缓缓独行。有的时候，停下来，向远方凝视一会儿，呵一团白色的雾，又毫不迟疑地向前迈去。弥漫的风雪，很快将雪中的脚印掩埋起来。

这是前世今生无法忘却的记忆，这是我们的缘，这样的缘就是山中高士晶莹雪，就是世外仙姝寂寞林。我无法做到而今忘却来时路，也不能一笑寥寥空万古，在这个喧嚣迷乱的世界，我只能用心来守护属于你的那份孤独，承载着你的落寞，让你做一片随风起舞的雪花，摇曳在万丈红尘。

飞雪千年，我心依旧。如果你，依然还迷恋在尘世间，谁拿这一瞬间，与我交换千年。

是的，如果你是那飘荡千年的飞雪，我愿是大唐的月、宋时的风，以自己独有的方式，来拥抱你的身躯，抚慰你的心灵，与你相爱相亲。

这样，你就可以把自己裹进一片雪花，以银装素裹的模样，装点我胸中的万里江山！

桃花心事桃花酒

白驹过隙，有南风从墙壁的裂缝中吹过，一朵修炼千年的桃花，卸去人间的伪装，在风中跌跌撞撞。

这是一朵被春天和春风遗忘的桃花，不知道在黑暗中沉睡了多久，也不知道为什么到了这个时候才睁开双眼。此时，阳光的温暖，从树丫的缝隙中照过来，桃花粉嘟嘟的小手，被千里迢迢赶来游园的书生，用力地攥住。

站在这朵桃花的面前，刹那间，我变得很恍惚，有辽远深邃的时空之感。你怎么会在这里？你是前世在我的伞下避雨的那只蝴蝶，还是时常在我睡梦里盛开的那一朵莲花？

不，这的的确确是一朵桃花，这只能是朵桃花。这是一朵寻梦的桃花，这是一朵与我隔世相亲的桃花。我从远方赶来，不就是为了赴你的一面之约？为了看你，我不顾一切。

面对即将爆发的花事，桃花在梦里拥着童话的爱情，与我回眸对视之间，疼痛漫过全身。桃花的花瓣生出水的柔软，淡然地面对这倏忽而逝的时光，这时光，踩醒了繁星，踩碎了荒芜，也踩痛了我前来赴约的眉骨。

当我的手指轻轻地抚摸着这朵桃花，指下有微微战栗的感觉。当我轻轻地俯下身去，目光像潮水般淹没你的瞬间，桃花终于明白，原来这么多年的流浪、颓废、凋零和忧伤，全是为了这次遇见。

来我的怀里，或是让我住进你的心里，不要让我这样一直仰着头，望着你开在枝头。桃花说，练习了那么久，我依旧不能完美地从枝头直接地跃进你的心里，在你与黎明对峙的时候，我只能跌入你的衣襟，裹着你的体香，碎成水晶的样子，来圆一个缘痕浅浅的梦。你知道吗？留在你衣襟上的水痕，那不是露珠，不是泪，是桃花想你时，那层层展开的，羞羞答答的，柔柔软软的心。

开在夏天里的桃花把花事看得太过纯粹、太过沉重，注定会在缱绻的花蕊里盈满惆怅。在指间滑落的时光里，桃花找不到宿命的感动，困于一个无人可诉的烦恼，桃花倚在枝头，挪不动身子。

桃花幻想过多少次的样子，对着我微笑，然后述说相思的烦恼。但是，常常又重新被泪水包裹。桃花打开内心的真实，裸露出多年空白的缺失，桃花不知道该说什么。说出这种一经打开就无法收回的情感，桃花有着抱着衣袖痛哭的感觉，有低眉轻语诉说的愿望，更有在欣赏的目光里，纤尘不染，绝美绽放的渴望。

不知道哪一个理由，能让这朵桃花，原谅经年的等待，原谅漫无边际的跋涉，原谅曾经绝望的泪水，喊出，那迟迟不肯喊出的疼痛，直到桃花悠悠吟出：我离君天涯，君隔我海角。虽离君千年，未敢忘君好。

梦里飘舞的花瓣，注定要侵蚀一个感性的灵魂。面对内心企及不了的高度，欲罢不能的忘却，只能化作相思的风。风中，谁的眼眸，谁的疼惜，把一首冬天里的千年飞雪，唱成一阕桃花下委婉的宋词。上阙，拢进前半生孤苦的寂寥；下阕，捻进后半生无眠的相思。一写，泪就会朦胧，长安街上流浪的月色。一说，委屈就会散作，一竹篙撑不动的清秋。

在这场没有预谋的花事里，桃花的沉默锁不住目光的柔软，桃花装模作样、虚张声势的矜持，在迷离中绕树三匝，仍不知道该如何说出拒绝。桃花只有顺从内心的语言，打开自己的心事，交出纯洁的颜色，让我这个一见钟情的人，缓缓穿越。

桃花盛装赴宴，怒放的花朵淬火一般，犹如划过天边的刹那火焰。桃花的迷失，丢失聪慧。桃花的精致，艳若胭脂。桃花与我，在浓密的树叶下任时光覆盖，空间倾斜。桃花在小小的花蕊中，忘却尘世的忧伤，在黄昏中，以蝴蝶的翅膀剪出琴瑟的弦，在夕阳的柔波里轻拢慢捻。

桃花的爱情，居住在阳光的中央，带着妩媚，带着美好，向着心上人暗自抒情。

桃花对我说，在接近透明的蓝天下，我更喜欢仰望悠闲的白云，自言自语地说话，说诗经里那个会背窈窕淑女君子好逑的书生，说唐诗里海上生明月的浪漫，说宋词里迷雾渡口折柳的凄美，说那满天心碎摇落的星辰，说长风里飘飘的白衣、漫飞的衣袂，说遥远的、可触摸的，说清晰的、模糊的，说前世的、今生的，也可以闭上眼，触摸清风里的身体，细细体味一下爱怜的温度。

在没有遇到你之前，桃花是一个自恋的孤傲女子，一直孑然独行，没有谁的手指，值得我停留。但是，你的目光让我知道，我在你的掌心里是如此地弱不禁风，你无条件的恩宠，让我开始相信，我是你今生最痛惜的惦念。你，用你的宽厚和温情，呵护着、放纵着我孩子般的调皮，使我忘记了夜晚的黑，在阳光下光明、灿烂地开放。渴望被幸福收留的爱，终于在晨风中启航，在风雨里释放出穷尽一生的芬芳。

桃花相信你的诺言，也相信我们执手的爱情，但是，不管如何地深爱你，也不能成为我放纵自己的借口。在春夏秋冬四季的选择里，我会以你的到来作为花期，见一次开一次，一直开到容颜凋谢，一直开到，有一天你转身离去。所以，面对这朵桃花，请用你的真诚与温柔，给她注入想象，用夏天露水的纯粹，喂养她的渴望。她会让你在看得见的妩媚里，释放浓缩在花蕊里的香，与你醉卧华阴，相看两不厌。

这些透着桃花心事的馨香，它们是闪着水晶光芒的小沙粒，它们是在微风中轻轻摆动的小花朵，它们是秋千架上、闪着透明翅膀的小蝴蝶，它们都是属于我们共同的，是今生桃花的一次意外开放。爱你，我忘掉清规戒律；爱你，我忘掉世俗的目光；爱你，我把弓箭指向自己；爱你，我用一个女子千年的心语，为你下一场桃花雨。只是，你能否为桃花，许下一个佳期，难道就这样一直等下去？还是用桃林花雨铺就回家的路？

我告诉桃花，我是桃花源的主人，不是青石板上的过客。

我要用这漫天飘舞的花瓣，引九天清凉的甘露，拌我一生浓烈的相思，酿一坛红红的桃花酒。

但愿一生，惟饮此酒，酒醒只在花前坐，酒醉还来花下眠。半醒半醉日复日，花落花开年复年。但愿老死花酒间，不愿鞠躬车马前。若将贫贱比车马，他得驱驰我得闲。别人笑我太疯癫，我笑别人看不穿。不见五陵豪杰墓，无花无酒锄作田。

作者简介：梅雨墨，满族，中国散文学会理事、中国少数民族作家学会会员、中国民间文艺家协会会员、安徽省作家协会会员、安徽省散文随笔学会副秘书长、中国西部散文学会副主席，淮南市作协副主席，《西部散文选刊（原创版）》执行总编，著有散文集《飞雪千年》《华美的爱情》。作品发表于《安徽文学》《山东文学》《奔流》《青海湖》《散文选刊》《西部散文选刊》等文学期刊，作品入选《2018 年中国散文排行榜》《中国散文大系》《中国散文精选三百篇》《中国最美散文》等书籍，荣获第八届冰心散文奖、中国散文学会当代最佳散文创作奖、安徽省作家协会首届散文大奖赛“淮河散文大奖”和淮南市人民政府首届“淮南子文学奖”等各类奖项数十项。

却金碑与还金亭

王散木

南方的初冬，夕阳融融，微风和煦，没有一丝寒意。一座小桥连接起运河的东西两岸，一条略显窄挤的街道与运河西路相交成丁字形。那街道就是东莞市莞城区运河西岸的光明路。夕阳被高高低低的新旧楼房遮挡着，整个一条街的光线都是暗暗的。只有街道两边的常青乔木的绿色树冠，沐浴在夕阳的金辉里，与街面形成鲜明的反差。

光明路像一个被从两头强行拽伸的大大的“S”，我们穿行在熙来攘往的车流人流中，很快就来到与教场街、兴隆街接合部位的一座六角亭子前。这就是备受百姓称道的全国重点文物保护单位——却金亭碑。两块镶嵌在浅红色墙面上的黑底阴楷碑铭，非常醒目。一块大书“却金亭碑”，一块简述碑亭的来历。

“却金亭碑”立于明嘉靖二十一年（公元 1542 年），历经 470 多年的风雨沧桑，至今安然坐落在三条街巷交叉的街角处，两株高大的榕树，似两把绿色巨伞为碑亭遮风蔽雨。六角亭六根浅红立柱坚实地承载着琉璃瓦亭顶，六面朱红木栏严实地围绕在石碑的周围，更显出碑与亭的庄严。碑高 184 厘米，宽 102 厘米，青石碑身和红砂岩的底座显得非常厚重。石碑打制得相当仔细，碑体的上部呈弧形，雕刻着细腻的云海花纹，花纹间是古篆体的碑额，下面是楷体碑文，镌刻精良，字迹至今仍清清楚楚。根据碑文的记载，当时广东一带有些地方对外通商秩序混乱，贿赂和乱罚问题严重，甚至还有对外商拉差、劳役的现象。兼管口岸的番禺县尹李恺上任后，对外商“不封堵，不抽盘，责令其自报数而验之。无额取，严禁人役，勿得骚扰”。外商非常感激他，由暹罗商人奈治鸦看邀集外商，筹得一百两白银，送给李恺，李恺坚决不受。奈治鸦看无法将银子退给外商，就到广州找到李恺的上司巡按王十竹，请求将这笔钱建亭，以表彰李恺的清廉。得到批准后，奈治鸦看便在当时东莞最热闹、人流最集中的地方——演武场筑亭、建坊、立碑、挂匾，名却金亭，碑即名“却金亭碑”。

这座 470 多年前由外国商人竖立的石碑，不仅记载了明朝时期东莞给外商创造良好投资、贸易环境的史实，也反映了当时东莞政通人和、民风淳朴的社会状况，是东莞市一处独具特色的人文景观。作为明代文物，“却金亭碑”不仅被东莞市、广东省先后列入市级、省级文物保护单位，而且又在2006年5月25日被国务院批准列入第六批全国重点文物保护单位名单。

历朝历代，清官如凤毛麟角。每当出现执政者能清廉公正、勤政为民的，百姓便颂扬表彰。这座却金亭碑，就很好地起了表彰清官、劝勉后人的作用。

无独有偶。与莞城区光明路“却金亭”隔运河遥遥相望的东城温塘村也有一座亭，也是始建于明代，也与金钱有关，也有两棵古树荫护——名曰“还金亭”。由“却金亭”出发过运河桥东行，驱车仅10分钟就到了。

亭子不大，抵达温塘中路立交桥红绿灯下，便看见亭子及其后两棵枝繁叶茂的百年老龙眼树。亭子靠路侧墙上镶有一碑刻《重修还金亭记》，洋洋洒洒300余字，其中有一段引述民国十三年（公元1924年）重修此亭时清光绪秀才袁揆英撰写的铭文，曰：“族祖友信公尝在此亭施茶，见座有囊金，知过客之遗也。守之，候其来取。不料日暮，客不至，因载归。翌日，复载而出，如是经年。客乃重来，偶说旧事。公始询悉端委，出囊还之。客谢以金，辞不受。事载邑志。兹重修此亭，敬取还金二字额之，因并载其事，所以示后人尔。”还有清代温塘村人叫袁珲宇特为茶亭撰写对联：“邑乘志清芬，溯此地名贤，茶煮廉泉，三载遗金还故主；笠车堪小驻，悯当途热客，重修旧址，百年嘉树荫劳人。”通过碑铭、对联，不仅让我等后人记住了该亭的来历，袁公友信那高山仰止的懿德风范更像一座丰碑，永远矗立在天地之间。

莞城有块却金碑，温塘有座还金亭，前者褒扬勤政清廉之事，后者歌颂拾金不昧美德，一碑一亭、一却一还，都是颂扬中华民族的高尚美德。在构建风清气正和谐社会的今天，其精神、其精髓犹为可嘉可贵。但愿我们的各级公仆和普通大众百姓，都能够实地去看看，瞻缅先贤之高风亮节，感受古迹之教化魅力，感悟人性之善美真谛。先贤名垂千古，美德弘扬永继！

作者简介：王散木，河南固始人，中国作家协会会员、中国散文学会理事、中国报告文学学会会员、中国文艺评论家协会会员、广东省文艺评论家协会会员、东莞市文艺评论家协会理事，广东人民出版社东莞编辑中心资深编辑，中华世纪文化出版社编审，中国散文学会东莞创作基地秘书长兼编辑中心总编辑。信阳师院文学院客座教授，中山大学MBA高研班兼职教授。全国第八届冰心散文奖（理论奖）获得者。还曾获得中国散文学会散文创作卓越成就奖、华表奖，中国文学艺术基金会等单位联合举办的首届“真情人生”全国纪实散文大赛二等奖及大众散文奖、人民文学奖、安徽文学奖等省级以上奖项百余次。

张掖的底色

童地轴

西汉时，骁勇少年霍去病，率数千精兵长途奔波深入敌境数百里，大破匈奴，直取祁连山，封狼居胥，告捷而归。匈奴一败再败，从此，“张国臂掖，以通西域”，甘州变张掖，成了汉朝的版图。一个人，改变了一片疆域的归属，同时也改变了历史的走向……

两千多年后的一个晌午，骄阳似火，蝉喘雷干，我踏上了这片古老而原始的土地。时值盛夏，在河西走廊行走，看惯了戈壁、大漠。而前往张掖七彩丹霞的路上，戈壁旷野的土黄色中，时有一抹绿色在眼前跳跃。有时候满眼皆绿，牛马酣然草原上，整个车被绿野紧环，仿佛耳边生风，车速快出了一倍似的。这时候，不禁有诗句震动耳鼓，“不望祁连山顶雪，错将张掖认江南”。

“你们看，七彩丹霞到了”，车上有人悸动。只见前方 10 多平方公里的范围内，赤、橙、黄、绿、青、蓝、紫、白、灰等多种鲜艳的色彩装点沟壑山丘，云蔚霞起。那纹理交错的线条、七彩斑斓的色调，犹如西天点燃的云彩落入大地。远远望去，丹霞地貌在阳光直射下和山丘遮掩的阴影下，赤壁千仞，峰回路转，从不同的角度看，变化万千，扑朔迷离。

我们乘坐景区的环保车进入丹霞景区，这里几乎寸草不生，仿佛走入了另一个星球。色彩绚丽的山峦和岩石如同上帝铺设的巨型调色板刺痛着我的双眼，上帝在这里精心彩绘，各种颜色浓烈交织，既规则又不规则的色调和线条顺山势或起伏升腾或顺流倾泻，宛如波涛又酷似嵌入岩层的彩带，奔放飞扬，宣泄着一种原始的豪情。

在这隅古老的土地上，置身绝色的山丘，让人有一种凌空欲飞的欲望，你被色彩包围着，一份颜料世界的密码图呈现在你的眼前让你仔细端详，仰视鸟瞰间，河西走廊古老丝路因为有色彩的浸润而没有孤独疏落的荒凉，一种苍劲雄浑的美艳侵袭着你的心绪。脚下的缤纷让人觉得眼前的山岚就是一幅巨型油画上堆积着凹凸不齐的油彩和颜料，身临其境，色彩与造型的魔幻组合让人无法抗拒内心的激昂与澎湃。艳阳似火，光晕绕影。

我在这丹霞红岩中穿行，一幅张掖的旅游地图告诉我，这丹霞山丘，随着季节和天气的变化，光线的强弱，景色和色彩都处于变换之中。一年四季、一日之中，无论晴雨晨昏，都给人以强烈的视觉冲击和美的享受。有人说，张掖的美就在这七彩之中。

然而，当我回到市区走进张掖的大佛寺，我突然有种恍惚的感觉，七彩之美只是张掖的一种外在美，这个城市有其厚重的底色。建于西夏年间的大佛寺距今约上千年历史，有隋代的万寿木塔、明代的弥陀千佛塔、钟鼓楼以及名扬西北的清代山西会馆。寺内古建林立，古树参天。这所寺庙不仅供奉着全国室内最大的卧佛，它还与西夏及元朝宗室有着历史渊源。寺院始建于西夏永安元年（1098年），史载西夏国师嵬咩在此掘出一尊翠瓦覆盖的卧佛，后初建大佛寺。筑有大佛殿、藏经阁、土塔三处。有记载说西夏太后常到大佛寺朝拜，在此设道场，大作斋会。所以这里又叫西夏大佛寺。

缱绻的西夏历史告诉我们，西夏的祖先原居四川松潘，唐朝时迁居陕北。1038年李元昊称帝建国，西夏正式建国。到天盛年间出现盛世。然而漠北的大蒙古国崛起，六次入侵西夏拆散夏金同盟，让西夏与金朝自相残杀。西夏内部多次发生内乱，经济因战争而趋于崩溃以致西夏王朝最终被蒙古骑兵灭了。中国北方的游牧民族大多能征善战，彪悍勇猛，汉朝的匈奴，宋朝的女真，元代的蒙古人，清朝的满人……成吉思汗历时二十多年，三次围剿，西夏王朝最终覆灭，而成吉思汗本人也在最后一次征战中受伤，不久就溘然辞世。

曾经战马犹酣，狼烟四起，西夏王朝在铁蹄铮铮中从地球上消失了，蒙古人成了这片土地上的主人。他们虽然灭了西夏，但对西夏建立的这所寺庙却情有独钟，忽必烈的母亲常年在这所庙里修行，并在这里生下了他……历经岁月剥蚀，大佛寺显现出了沧桑的龟裂痕迹。往事如烟，转瞬成空，钟楼燕语，木塔空灵，唯有大佛殿前的香火绵绵悠长，不绝如缕。漫步大佛寺，佛殿矗立，上空飞舞成群的燕子，“视之若醒，呼之则寐”的千年大佛让人难忘，还有寺内那些楹联，“睡佛长睡睡千年长睡不醒，问者永问问百世永问难明”“创于西夏建于千明上下数百余年更喜有人修善果；视之若醒呼之则寐卧游三千世界方知此梦是真空”……禅风悠远，燕语呢喃，我似乎臆想出了佛祖“涅槃”的境界，那种对生死、烦恼，苦难的最彻底的断灭在大佛憨憨而睡的姿态中荡尽岁月的面目，留给今人是横看成岭侧成峰的心绪和意蕴。

“先生你们是外地人吧？来看张掖丹霞的吧？你们应该在此住一夜，体会一下我们张掖的夜市”，告别张掖的时候，一家餐馆的老板娘这样说。是的，都说七彩丹霞最美的时候是有朝霞与夕阳的映衬。我们匆匆在此一天，就要返回。在餐馆，这个老板娘向我们介绍张掖的夜市，“在鼓楼的东北侧，有一条美食街，集聚了我们张掖的美味，里面面食多，有搓鱼儿、臊子面、鸡肉焖卷子、羊蹄等”。“什么是‘搓鱼儿’？”我很好奇。“搓鱼儿就是中间粗，两头尖，像小鱼，煮熟后加西红柿、青椒、豆芽等爆炒，颜色有红有绿，吃起来柔韧可口；还有鸡肉焖卷子类似于内地的炒焖饼，只不过是将鸡肉放在一块炒，吃饼吃出了鸡肉的香味，又筋道，荤素搭配……”

“留下遗憾，只能下次了。”告别老板娘，我回想起下午经过市区鼓楼看到的一个金子招牌“居延古牧”，这使我一下想到王维的《使至塞上》，“单车欲问边，属国过居延，征蓬出汉塞，归雁入胡天”，居延不是属于内蒙吗？怎么……？查阅手机，才明白居延关塞是河西走廊北面的屏障，当年正是属于张掖郡。历史与现实就这样结合起来，我有些兴奋，仿佛看到大漠风尘中，王维单车踽踽而行，车轱吱呀中，以手观天，我仿佛看到王维来到张掖城，一壶酒，一盘“搓鱼儿”，一卷鸡肉焖卷子，饕餮美味之余，豪气生诗性，顿时吟哦“大漠孤烟”。金戈铁马，边塞狼烟，成就了千古绝唱。

……

再次俯瞰张掖是紧接着一个月后，飞机悬窗下漫漫丝绸之路上竟然展现出奇特的一片山光水色的江南画卷，可以清晰地看见祁连山皑皑的雪峰，张掖除了戈壁沙漠，居然还有宽广的草原和绿洲，给人粗犷与莽荒齐聚、阳刚与阴柔并济的豪放与细腻。鸟瞰张掖，黑河绵长的臂膀将其紧紧拥抱，湿地以她独特的胸襟，容纳了千里绿苇，囊括了苇荡歌行。难怪诗人会予以这样的赞叹，“绿荫丛处麦毵毵，竟见芦花水一湾”。居高临下，心中更觉张掖是一部需要细心品读的人文大书，在半城塔影半城芦苇里，在三千弱水的意境中，在茫茫戈壁的无边无际间去仔细体验，才能体验张掖的丝丝缕缕。

脚下这片虽显苍凉却又平静的土地，历史的风云在此舒卷，沉积着厚重的氤氲。两千多年前，当张骞第一次背负重任出使西域时，带着 100 多人马从这里西进，在西域历尽多次失败，屡遭囚禁和磨难，再次出现在这黄沙弥漫中时，已是 13 年后，唯剩两人。更壮烈的是，紧随其后的苏武，也从这里西行出征，在匈奴被囚，遭受酷刑然后流放，他依然忠贞不渝，留下了“苏武牧羊”千古传颂的悲壮和神伤……两千多年来，这里有陶渊明、王维、岑参、元稹、杜牧等历代文人墨客留下的足迹与诗句，黄帝巡守张掖，老子骑青牛出关、元始祖降生寺院、霍去病西征、张骞出使西域、法显和尚西行、隋炀帝西巡、唐玄藏取经、马可·波罗游历等历史长河中数不胜数的逸闻趣事……这里有沉睡千年的西夏“卧佛”、黑水古城、隋代木塔、明代钟鼓楼和粮仓等等。古往今来，多少传奇在这里演绎，或驼铃声声歌舞升平抑或战车隆隆杀声震天……

七彩丹霞，色彩与造型的魔幻组合，演绎大自然的无限可能性，赋予张掖生机与活力。然而，波澜壮阔的历史风云中，张掖并不只有那如火的红艳、七彩的缤纷，张掖更有自己厚重的底色，这底色分明就在“一城山光，半城塔影，连片苇溪，遍地古刹”的古韵中，在“鸟声花影皆佳致，留与诗筒贮百篇”的欣喜中，在“甘州城北水云乡，每至秋熟一望黄”的咏叹中，在“桑麻之地，鱼米之乡”的欢愉中。这底色，在几多苍凉悲壮的历史心绪间，少了些许忧怨，多了几分柔情与富足。

作者简介：童地轴，英国 IATEFL 国际年会访问学者，菲律宾圣卡洛斯大学访问学者，中国作家协会会员，中国文艺评论家协会会员，中国旅游地学研究会会员，安徽省旅游学会常务理事，出版《旅游业概论》《天上青藏》《英伦一杯下午茶》《这样的时日》《金樽邀月》等各类著作十余部。在《人民日报》《光明日报》《文艺报》《中华读书报》以及《金山》《安徽文学》《诗歌月刊》《西部散文选刊》等报刊发表各类文章五百余万字。

草原深处的蒙古大帐
——走进乞颜部落

姚尚书

蒙古大帐，蒙原文化的一个显著符号。无论是征战，议事，还是歌舞，盛宴，大帐意味着规格和庄重的仪式感。大帐，那是蒙古人情感的中枢，心灵的归依。即使在蒙原之外，对蒙古大帐都会心存敬意。呵，大帐，难道就是一座空阔的帐篷？大帐里是否安放着蒙古圣主成吉思汗的牌位？是否还有人所不知的其他秘密？这或许是人们心里一直存在的疑惑。于是，穿越数百公里，来到草原深处，为的是约会乌拉盖，约会乞颜部落，约会神秘的蒙古大帐。

乌拉盖草原，躲在大草原的深处，一如养在深闺的美丽处子。蜿蜒的路，从天际的那一端款款而来，只是在大草原的草皮上划下一道轻轻的刻痕。这八月的季节，适逢一场秋雨洗过，草原是一片碧绿的海，白色的蒙古包浮在绿海之上，分外诱人。一路上，我的眼睛从未离开这青青草地。极目远方，天地融合，我是漂泊在天地之间的跋涉者。过了乌拉盖湖，我的眼神在四处寻觅，寻觅着蒙古包之中那座高高的帐篷，那个乞颜部落最为显目的文化地标。看见了，看见了！那座白色为主调鎏金色顶篷的蒙古大帐与那纵马驰骋的成吉思汗雕像一并出现在我的视野。这里，就是那千呼万唤始出来的乞颜部落。

进入部落，迎面是一座雄姿英发的雕塑，成吉思汗端坐在战马上，极目天外，英雄本色依然。一条木栈道架设在草皮之上，迤逦前行是一排排整齐的蒙古包，各式勒勒车散漫地星散于草地。来自草原深处的劲风吹乱了头发，也送来草的清芬。穿过一条条栈道，走近一座座蒙古包，近距离感受蒙原风情。经过主人的介绍，得悉草原深处的乞颜部落，保留着孛儿只斤氏族独特的蒙原文化，那座鎏金色顶篷、门楣饰有金色图案的蒙古大帐，雄峙于一座座白色的蒙古包中间，气势磅礴，尽显“黄金家族”的荣耀，无声地向人们述说历史。

乞颜部落，孛儿只斤氏家族的一分子，萧萧战马曾嘶鸣于大草原，在它的伟大首领铁木真的率领下开疆拓土，所向无敌。那是一个特定的历史瞬间，广袤的大草原部落林立，征战连连。当血色染红草原的时刻，亢奋的因子全面迸发，弓弩飞蝗，弯刀森寒，美丽的草原遍布厮杀之声。大兴安岭脚下，铁木真振臂一呼，千千万万个蒙古汉子义无反顾，誓死相随。群雄并起的时代，英雄注定不会寂寞，札木合横亘在铁木真逐梦的路上，仿佛一座无法逾越的大山。一个弯弓在握，一个刀光凛冽，这天边的草原上演了惊心动魄的殊死决斗。英雄也有气短之时，铁木真在与札木合的对决中失利，率领族人来到乌拉盖，休养生息，以图东山再起。一个个血色黄昏，铁木真勒马驻足，眯起炯炯有神的双眼，傲立于苍天之下，坚毅的神情便是族人的定心丸。历史自有其内在逻辑，智勇兼并者行走天下，铁木真终于战胜了札木合，率领族人驰骋万里草原，成为最后的征服者，人称一代天骄，尊号成吉思汗。如今，这天边的草原乌拉盖，成吉思汗东山再起的地方，乞颜部落的精神家园，一派和谐宁静。

进入蒙古大帐刚刚坐定，一场秋雨终于酣畅地落下，雨脚敲击着大帐的篷顶，发出悦耳的沙沙声。此时，才有机会细细打量起大帐的结构：穹顶之上安放一组塔形构造，自然光线透过有机玻璃，增加了大帐采光效果；由于大帐空间开敞，伞形的椽子依次铺展开来，形成硕大的伞盖；周边是一圈网格状的围墙，地面铺陈绵软的地毯，蒙古风格的矮桌配着圆形坐墩，简洁之中透着大气。其实，蒙古大帐并不神秘，神秘的是曾经的历史，以及牵动历史神经、扰动历史烟尘的那些蒙古勇士。坐在这里，自然会想起有天可汗之称的铁木真，他的子孙拖雷、窝阔台、木华犁、忽必烈等等。一座蒙古大帐就是一部蒙原文化史。铁木真得以东山再起，这蒙古大帐功不可没。那些驰骋疆场的勇士，进入大帐之时，怀抱建功立业之心，少不得一次次争论，胜败的因果在争论之中还原，帮助铁木真更好地运筹下一场征战。而那些战场建功的勇士，在大帐里端起酒碗，酣畅地豪饮之时，无畏地迎接再一次征战，大帐里自是一片欢腾。

这乌拉盖大草原是旷达的，不仅记载了成吉思汗东山再起的历史瞬间，也见证了元帝国分崩离析的历史场景。曾经统治中原近百年的黄金家族，养尊处优时日既久，早已张不开弯弓，驯服不了骏马。元顺帝妥懽贴睦耳远遁漠北，这天边的草原乌拉盖收留了孛儿只斤氏最后一支人马——乞颜部落。乞颜部落。是的，他们依恋这带来好运的圣地，依恋着神奇的布林泉，依恋着神圣的布林寺，依恋着乌拉盖河蜿蜒的柔波，依恋着这天边草原的清芬气息。在这风吹草低见牛羊的乌拉盖，他们生息、繁衍，送走日落，迎来日出，伴随草原的荣枯而刻下岁月年轮，直到欣逢盛世，进入新时代。此刻，坐在这乞颜部落的大帐，听风声呼呼，雨声沙沙，仿佛时空错置一般，似闻钲鼓如雷，旌旗漫卷西风；似见铁马金戈，勇士森列于帐前。

可不是吗？天下并不太平，居安也当思危，何况不见硝烟的战争愈演愈烈，匹夫许国的志向不会磨灭。乞颜大帐里的思绪，早已铺满这无边草原，溢出天外。

热烈的掌声过后，伴随庄严的国歌声，《西部散文选刊（原创版）》年度最佳作品颁奖仪式在蒙古大帐拉开，来自全国各地的颁奖佳宾与获奖作者济济一堂，沉甸甸的收获落地乌拉盖，落地乞颜部落：特别奖、一等奖、二等奖、三等奖……获奖者神采奕奕，颁奖者沉稳仁厚。他们中间，有成名已久的资深散文作家，有声名鹊起的年轻新锐，笑容在脸上荡漾，乐曲回荡在蒙古大帐，掌声雷动，压倒了风声雨声，定格出一幅其乐融融的历史瞬间。

当雨脚越来越细密的时候，我走出大帐，青青的草，绿绿的原以及草原上的一切都变得迷蒙起来，天地苍茫一色的感觉，个体的人是那么渺小。难怪，蒙原文化信奉长生天。天远、地阔，从而涵养了绿油油的草，滋养了牛和羊，哺育了蒙原的生灵。那首悠远的《敕勒歌》从历史的深处，吟唱出“天似穹庐，笼盖四野”的旷阔，是那样地形象而深刻。可不是吗？蒙原人支起蒙古大帐，既是对生命的庇护，也是在与长生天展开对话：酷似穹庐的长生天，以它茫茫四野庇护万物生灵；蒙原人的白色的穹顶，便是那长生天的象征，让生命在这里栖息，顺应的是自然，体现的正是长生天的意志。

这样的大帐，随着季节的更替在蒙原上游移，演绎着生命的顽强和生存的智慧。乌拉盖河不经意地泛涨，盈缩，冰雪化了，春草萌发，不知名的花儿开了，牛羊兴奋地喷着响鼻，不时地引吭高歌，引来鹭鸟相随起舞。这样的画面是唯美的，它所蕴含的生命哲理可以直透心灵，感染每一个人。作家是感性的，那份激动早已深入体肤，令脊背泛起酥麻的震颤，不由自主地放歌一曲，声入云霄。伴随着牛群羊群的扩张，乞颜人家的新生婴孩呱呱坠地，生命的蓬勃由此得到最好的诠释。勒勒车游动在草皮上，输送的不仅是给养，也把这蓬勃的生命之火四处传递。当草原上繁花开了，膘肥体健的牛羊意味着又一个丰收的季节。大草原的八月，这令人迷恋的时节，就是人们吟唱的“草原最美的季节”了吧！这个最美的季节，没有预设的草原之约，尽可能在这蒙古大帐中展开遐想的翅膀，在这辽阔的草原上放飞心灵。

大帐里，文学讲座与交流分享次第展开。李木生先生旁征博引，唤醒文学的悲悯意识，引导这一群作家以及文学爱好者开掘主题，把思想与哲理载入文字，让审美与哲思同步，让生命在文字中流动。身在这天远地阔的乌拉盖，只消大喊一声，心胸便立即旷达起来。王散木老师则另辟蹊径，以具体的创作实践作示范，强调文字的简约与准确，布局谋篇的自由与严谨，力戒程式化、八股腔，把文字的“法无定法”拿捏得丝丝入扣。是的，便如纵马大草原，纵马自由驰骋倍感快意无限，设若只是沿着既定的场地转圈圈，不仅毫无美感，有的只是拘谨与僵硬，文字也是如此。游磊、解晚晴等则分别诠释了文章意境的豁达、文字创作的技巧，磊明先生现场诵读了《这片海，汹涌澎湃》片断，极大地活跃了现场气氛，大帐里掌声如潮。参与交流与分享的每一个人，无不为乌拉盖所倾倒，无不感念乞颜部落的文化情怀，融融暖意久久地回荡在大帐的每一个角落。

再一次走出大帐，暮色已然降临。雨如丝，雾如缕。眼前的这座蒙古大帐，在迷蒙的雨雾中浮现出硕大的轮廓，成为整个部落的地标。放牧的汉子，或是牧归的牛羊，看到这地标，心里也会觉得踏实。人们更有兴趣的或许是大帐里决策和运筹，那些掀动历史风云的瞬间，那些裹着一身戎装的英雄形象。其实，征战所带来的兴奋往往是以生灵的涂炭为代价的，并不值得过度渲染，和平与发展才是永恒的主题。草原的繁花盛开在天边的乌拉盖，盛开在人们的心灵深处，于是便有了更多的爱与美丽，更多的诗与远方。

作者简介：姚尚书，笔名步行者。中国散文学会会员，安徽省作家协会会员、安徽省摄影家协会会员。长期从事地方志工作，文化学者。编著史志、地情类图书近30部，经常接受央视、省市级电视专题采访，解读地方历史文化。著有《淮南历史漫步》。发表散文、小说数十万字。

古窑

褚福海

初冬清早，被五湖三荡环绕的锦溪薄雾弥散，水色苍茫，“梦中的少女”身披轻纱，婉约缥缈。旖旎的景致幻化在若隐若现的意境里，虚实相间，灵动迷离。

长白荡里清波微漾，西侧荒枯的河岸旁，星罗棋布散落着十几只馒头形的古砖窑。陪同我的地方文化工作者沈火全两眼发光，如数家珍道，别看那些土头土脑的古砖窑，它们大多始建于明清时期，可是有过璀璨历程的呐。

在寂寥的河滩上，蓦然看到那些晕染着岁月痕迹的遗存时，我甚为惊喜，继而亢奋，于是，疾步抵近观瞻。

硕大敦壮的古砖窑用泥垒成小土丘状，形如地堡，内里以砖拱支撑，不依赖任何其他建材，彰显先民的睿智与技艺。窑内留有巷道与火道，供装窑与烧窑。窑高五六米，直径十七八米。令人惋惜的是，砖窑四周长满了各种蓬乱的蒿草，有的高及膝盖，有的长达尺许，很显然，那些窑大多早已荒弃，以致坍塌的坍塌，开裂的开裂，透射出颓败的意味。突兀在阴晦天空下的古窑，凝滞着浑厚的沧桑感，注视久了，心底竟莫名泛起隐隐的刺痛。

凉风拂来，我不由打了个冷战，遂将眼光投向天空，思绪也随风飘向了远方。

沉静、内敛的砖，于国人而言，该说是既熟悉，又陌生。熟悉，是它无人不识，随处可见，与每个住房子的人都有着千丝万缕的紧密关联。陌生，是对它的前世今生、品性知之甚少，抑或压根就不了解，尤其对它的生产工艺、制作流程茫然无知。

追溯中国的砖，可谓历史久远矣。蓝田仰韶文化遗址曾出土过五块残砖，经专业机构检测鉴定，被确认为是中国最古老的砖，距今已逾五千年，堪称“中华第一砖”，毫无悬念成为砖的鼻祖，并将我国用砖历史朝前推进了两千多年，也为我国砖类建材的起源研究提供了实物依据。

回眸梳理历史，我们会惊愕地发现，自秦朝始，便摒弃常规，勇开先河地推崇起象征高贵典雅之黑色，非但出征将士的衣服是黑色的，旌旗是黑色的，甚至连帝王的龙袍也是以黑色为主基调制成的。由此及彼，建筑这种庄严肃穆的载体用黑色来呈现，则最恰当不过，顺理成章。故而秦宫、阿房宫乃至长城等均采用色泽深沉凝重的青砖建成，就无足为奇，不难理解了。民间曾出现过一个阶段被考古、收藏界追捧的“秦砖汉瓦”热。毋庸置疑，秦朝的砖，汉代的瓦，确是闪耀于历史长河中品质上佳、外观精妙、颇具收藏价值的稀世宝物。

青砖正因密度高，其硬度、强度亦远大于红砖，且永不变型，抗冻性好，抗氧化，防水泡，经久耐磨，抗风雨剥蚀，坚实受用，千年不腐，故被古建筑广为采用。另一个容易让人忽略的特质是，其貌不扬的青砖透气性强，吸水力足，能有效保持室内湿度。“秦砖汉瓦”能历经数千年岁月沉浮而完好存世，即是青砖综合性能卓尔不群的最佳佐证。

二十世纪九十年代初，荣列全国十大考古成果之一的赵陵山遗址，就位于江苏昆山张浦镇赵陵村。出土文物中，既有玉器、石器，也有陶器，更重要的是，还从良渚人居住的“半穴式”房屋红烧土墙上取下了砖块。该遗址的发掘，对研究良渚时期的社会现象具有不可替代的学术意义，被忝列为江苏省文物保护单位，并于2013年经国务院核定为第七批全国重点文物保护单位。

与张浦相距不远的锦溪，素有“三十六座桥，七十二只窑”之称，足见制砖业的兴盛与市井之繁华。当年制作金砖的窑厂，犹如蘑菇根植乡野，那袅袅升腾的青烟，燃起了先民们的热望，放飞着先民们的希冀。窑，是缔造砖的温床，而砖，则成了窑的子女。一块块凝结着先民智慧与汗水的金砖烧成后，装上货船，经由长白荡运往大江南北，也使锦溪的金砖文化和古窑文化声名远播，成为锦溪历史上浓墨重彩的一页华章。那拙朴敦实的古砖窑，无疑在锦溪的社会经济生活中拥有他物无可比拟的地位。

事实上，金砖的制作，确有别于普通砖那般简陋容易，而是程序繁复，要求甚高，从采泥、选泥、练泥、制坯，到装窑、烧窑、窨水、打磨、检验等，每个环节都精致细微，一丝不苟。且先说选泥。金砖所用之土，需有黏性，细腻不含杂质。选泥即成为一道严谨的工序，须先打一探洞，窥视其土层结构，鉴别土质优劣，方能取舍用否。选好泥址，撷距地表3—4米的生土或浆泥，运至露天场地堆放半年许，任风霜雨雪侵蚀促其分解，使泥无硬块，不板结，易翻踏，质细柔而黏劲强。选泥如此，练泥亦不省心省力。如何个练法？耄耋之年的周老伯捋着雪白的胡须，用瘪塌的嘴巴娓娓而道：工人们将泥一坨一坨地全部扦碎后，往泥堆里注适量的水，由牛或人反复在泥堆里脚踩趾踏，使泥逐渐变得稠腻柔韧起来。将生泥练熟后，置于阳光下晒至完全干透，再用粗碓子舂，细磨成粉末，拿筛子筛除其中的砂石，方锤炼为烧制金砖的纯土。制坯的工序则更为烦琐，先将泥脱水，后用铁锹将泥斩细，以稻草帘子覆盖，次日掀开草帘再次斩细，仍以草帘遮蔽，如此周而复始五六回，至泥料貌似糯米团子一样产生了韧性，便可制坯。制坯时，将练好的黏泥嵌入金砖模具内，恰如《天工开物》所云："造方墁砖，泥入方框中，平板盖面，两人足立其上，研磨而坚固之。"在模板中做砖坯，须由工人赤脚踩踏结实，一气呵成，确保框内泥坯无气孔。尔后用铁丝做的弓切割坯面，以木板来回磨平，再用比框大的木板遮盖其上，连同木框翻转身来，待坯面上无任何细纹裂痕，方可拆解木框。制好的砖坯，由两人抬至通风的室内，竖立放置，洇干，至上半部的泥坯坚固硬挺了再将下部的那端翻上来，隔数日翻转一次，反复5—6次，及至砖坯坚挺发白，彻底干了，始可入窑烧结。

在古砖窑文化馆里，我有幸目睹了两块制于"乾隆十八年成造细料二尺二寸见方金砖"。方方正正、静默直立在座架上的金砖，用目观之，造型规整，质地细腻，黑亮厚重；以指弹之，铿锵脆响，余音袅绕，可谓是大饱了眼福。

锦溪的古砖窑最早始于西晋，而将金砖作为商品流通则活跃在元末，尔后随着时局的跌宕起伏，艰涩延绵，给锦溪带来了繁荣与辉煌。可金砖毕竟是奢侈品，专属于皇亲贵族，布衣黎民无福消受。销量的制约，使金砖渐趋冷落，并慢慢走向衰败。早年烧制金砖的古砖窑也随着时光的推移，分崩离析，早已荡然无存，而今耸立在长白荡边的古砖窑遗址，是仿照五六十年代古窑重建的复制品，其功能亦转化为烧制民用砖瓦。一块块绵软的砖坯，唯有经过烟熏火燎，才能凤凰涅槃，具有风骨与价值，它们如同一根根硬朗的骨架，或铺陈在富丽堂皇的宫殿，或叠加于不起眼的茅舍，忍辱负重，与世无争，为人们构筑起遮风挡雨的生息空间，支撑起绚丽缤纷的梦想，使人们得以安身立命，世代繁衍。

然而，规模化生产大量取土对耕地造成的严重损害，让人们幡然醒悟，再不可干急功近利、竭泽而渔的蠢事了。新型墙体材料的不断涌现，逐步取代了原来的泥砖，至二十世纪九十年代末，市场需求大幅萎缩，砖瓦生产急剧减退，使曾经繁盛一时的那片热土，猝然失去了往日的光泽。

凝望着黯然失色的古窑群，我的心里五味杂陈，萦绕着一种说不清道不明的落莫感，然，我迅即便释然了，社会在迅猛变革、高速发展，摒弃落后的思想理念，淘汰陈旧的生产方式，乃势之必然。毕竟，我们已挺胸步入了新纪元，昂首跨进了新时代。

踩在静卧古窑群边地上的一块块已然风化粉碎、或残缺不全的砖上，我心里竟滋生出怜香惜玉的情愫，何奈同行文友已走远，我只得依依惜别古窑群。

举目眺望时，右前方距古窑群二百米开外，一座庞大的橘红色砖窑突兀进眼帘，六十米高的大烟囱直插云端，一百七八十米长的窑身横卧在地，堪称宏伟壮观。那是座建于二十世纪八十年代末、大批量生产砖瓦的机制窑，尽管废弃多年，仍显磅礴气势。

为了给子孙后代留下些念想，让那座窑重新焕发生机，当地政府邀请意大利专家实地考察后，对整个祝甸村古砖窑遗址作出保护性设计，富有创意地改建成了古砖窑文化馆和主题民宿两大板块。

古砖窑的蜕变，令我们欣喜，更让我们惊叹。

倚长白荡而建的古砖窑文化馆，营造出亲水宜人的闲适环境。砖窑主体一层空间被规划为餐饮区和小型主题课堂，二层空间为砖文化展示区、大型会议区等配套功能区，人们在光影陆离的空间内，感受着自然、宁静、恬馨的氛围。在古砖窑文化馆一层的廊檐下，设计师为保留原有建筑风貌，实施了多功能空间的重组，注入了水吧、教室、会议室等业态，让人们在休闲中不忘关注传统文化。在指日可待的未来，那里还将作为乡伴创客学院、民宿学院等培训与交流空间，为乡村发展涵育活力。值得一提的是，位于底层的意大利米汀餐厅，既契合锦溪古窑独有的地理条件，又将昏幽阴晦的窑洞华丽转身为中国首家集意餐、酒窖、雪茄吧等功能于一体的窑洞餐厅，让人耳目一新，惊叹不已。

业已开建的砖窑文化主题民宿与砖窑文化馆隔水毗邻，相映成趣，十栋小单体错落有致，二十间客房素朴温馨。民宿重塑典型的江南民居，内置布局力求与建筑主体风格协调，撷取江南水乡文化、金砖文化及园林文化之精髓，凸显简约现代与老旧传统的和谐统一。为贴近原有村落的风貌，民宿的设计力求与周边环境一致，保留了原先的院落空间，又扩展了新的功能。并将以往侧重对内服务的辅房转化为向外侧开放，再现了原生态的乡村巷陌，使原本的通道承载更丰富的公共活动。

在材料的选择上，设计团队因地制宜，就近取材，突出朴拙的砖、瓦、竹等乡土元素，并突破性地将不同质地的材料进行新的组合与搭配，既饱含现代设计感，又渲染返璞归真之素雅，别具匠心，独树一帜。室内大多应用产自当地、低碳环保的竹材料，赋予空间通透疏朗的美感，折射出一种崇尚淳朴与自然、注重人文关怀的现代精神；同时，局部空间以金砖作为饰面，传导出对祝家甸村烧砖历史的缅怀与敬意。大堂区除了安有明亮通透的落地窗，还开有天窗，为室内引入更充沛的自然光线，伴随时间更迭，光影生动流泻。而竹席与木结构打造的天花，为空间增添了几许自然古朴的韵味。客房里个性十足的榻榻米，书房的多样化构造，配置不同主题的陈设，细腻展示出江南文化的厚重、博大与精妙。

古砖窑正以它新的生命形态，惊艳呈现在世人眼前，演绎为一道绮丽的景致，芳华毕现，魅力四射，无愧是变腐朽为神奇的范例。

当清晨的第一缕熙光映照在水面，耀亮这座散发出浓郁砖窑气息的建筑，人们不禁会感叹，历史未被岁月湮没，技艺将随光阴延绵。

注释：锦溪有“梦中的少女”之称。

作者简介：褚福海，江苏宜兴籍，现居昆山。中国散文学会会员，中国报告文学学会会员，中国微型小说学会会员，江苏省作家协会会员。近300篇作品散见于《人民日报》《鸭绿江》《北方文学》《小说月刊》《散文百家》《青春》《微型小说选刊》《散文选刊》《西部散文选刊（原创版）》《青年文学家》《时代文学》《名家名作》《奔流》《文学港》《太湖》等报刊。获首届昭明文学奖、中华文学奖。两度荣登《中国散文排行榜》。散文《水乡车夫》被制成中学教育课件，《姑苏的秋》入选《2020新课标大语文散文选粹》，小小说《老壶》被选为淮安二中期中考试语文试题。另有30余篇作品入选多种文本与年选。著有散文集《掬水闻香》《心音》。

江上往来人

苏岚烟

长江，又叫扬子江，还叫天堑。从 10 岁开始，我家定居在扬州以后，我就成了一名“江上往来人”了。

记得清清楚楚的是第一次从镇江到扬州，凄冷凄冷的夜。江边的风带着寒气，三轮车夫飞快地奔跑着。山影幢幢，兽一般得叫人恐怖。月牙在乱云中躲着迷藏，时而露出惨白的光。好远才有一根木电杆，吝啬地发着微弱的亮。从火车站到江边码头，瘦瘦的砂石路在车夫脚下嚓嚓作响。远处开始有了鸡鸣，天边有一线曙色，几声狗吠，告诉人们天要亮了。临近码头时渐渐有了人声，已经聚集了的人群跺着脚，耸着肩，焦急地等着头班轮渡。急着过江的人们背着大包小包，扶老携幼，看上去就像在逃难。冷，饿，急像三只肆虐的恶魔交替地袭着这群人。雾悄悄地起来了，人们的心更加抽紧了，大家明白江雾一大，轮渡就要停航。万一停航，不知要等到什么时候。

一开始检票，拥挤的人群便躁动起来，像将要漫堤的洪水。检过票的人群大呼小喊，跌跌爬爬地奔跑在木栈桥上，简直就像逃难。目标就是摆渡船上有限的几张条櫈，后到的人就只能站着了。熙攘的人群里最活跃的小偷，人之间互相的挤碰都会怀疑对方是贼。挑担的，挎篮的，骑自行车的，扛大包袱皮的，人们互相挨着，又互相推着。各种各样的味道交织着，感叹着渡江难。

船到六圩要一个小时。浑黄的江水拍打着船帮，人们希冀着能有一天不再受这份罪。人们谈论着有一天能在镇江和扬州间修起一座大桥，可是都说那是做梦。有人说这地方一直在坍江，地基松软，而且江面太阔，根本无法造桥。桥就像拍打在江岸上呓语的泡沫粉碎了人们的梦。

几十年了，我从一个孩子长成了中年人，已经记不清在长江上来来往往多少次了。有时从外地回来，必须赶在最末班的轮渡之前到达江边码头，否则就要在镇江过夜。那时的人舍不得住旅馆，便蜷缩在火车站将就一夜，火车站也不像现在有空调。夏夜的蚊叮虫咬，粘汗交织；冬夜的飕飕寒风，焦灼凄冷。挨到天蒙蒙亮，再匆匆赶往码头。

后来有了汽渡，乘坐大巴士可以直接过江忘返，过江的时间也快多了。人们不再焦虑，还可以走到汽渡船的甲板上欣赏江景。江风习习，人们有了闲心看看江流，看看江上大大小小的轮船。甚至有了吟诵的念头。改革开放的春风吹醒了人们，梦想又一次被唤醒。

记得是一九八五年，国家批准了我所在的工厂引进大客车技术的项目。我陪同日本三菱公司的专家一同考察我国公路现状，他们提出要乘客车从上海到扬州。我们那时候与他们各方面相比都存在着巨大的差距。由于天气热，在车上我们拿出准备的可乐和吸管。他们说自己有，其实就是便携式小冰箱，现在已经不稀奇了。我们当时可是个个瞪大了眼睛，里面放着各种冷饮。也许他们不是故意卖弄，我的心却被深深地刺痛了。他们中有一位会说英语，我们在汽渡的甲板上闲聊起来。他们眼中始终让人感到一种有意无意的高傲，谁让我们自己太落后的啊！过了江，看到岸上的民居楼房，他诧异地问我为什么阳台全封闭起来，笑着说像“Jial”（监狱）。我记不清当时怎么回答的，反正我有一种耻辱感。

2005年，镇江和扬州之间终于建起了长江大桥。当我再次过江时，大巴士载着我们从润扬大桥上飞驰而过。我不禁吟诵出“瓜洲古渡无人渡，桥上飞车跨水来”的诗句，豪情油然而生。长江上造桥已经不是什么稀罕事，多少座各种各样的大桥横江而过。过去的过江难已经成为历史，留在我们的脑海里。唐朝张祜的“潮落夜江斜月里，两三星火是瓜洲”只能是记忆中的景色了。随着改革开放的深入，大江两岸变得越来越美。我曾经登上江边高旻寺的天中塔，高吟“挪步登高舒一望，江南楼比众山多”。这些年来，岂止江南，江北也丝毫不差。又岂止是楼房，江北岸的草地树木绿茵如织。随着加大环保整治的力度越来越大，蓝天如洗，白云袅袅，过江的心情越来越舒畅，过江成了一种享受，仿佛是弹奏着一支悠扬的乐曲。

后来又有了高铁。从上海到镇江只要一个多小时，舒适惬意的车厢，比飞机宽畅。玩着手机，一会儿就到了，不小心就会乘过了站。人们拉着轻便的拉杆箱，人人都像轻松的游客，感觉每次旅行都像是在游玩。人们的穿着，谈吐都发生了巨变，高雅文明不再是梦。这些年的发展太快，老年人开始跟不上节奏。年轻人在车上看着喜欢的视频，WIFI，流量，各种新名词，……漂亮的乘务员在身边轻盈地走过。人们吃着各色食品打发着时间。与过去相比，简直是天壤之别。要是和现在的年轻人说起以前过江的情形，他们都会瞪大眼睛说“真的啊？”。而我们这些老人，经历过苦难，经历过艰辛，却只能把那过去装在了心底，默默地回忆。像陈年的旧画，发黄抖动的老电影。

现在想从上海到扬州，想哪一天去，网上买好票。到火车站用身份证在自动售票机上一放，车票就自动打出来了。进站也是一刷就进去了。

听说很快就都用上刷脸识别系统了，到时候更加方便快捷。

听说上海到扬州的直达高铁很快就要有了。高铁过江已经不是梦，国家发展的速度简直比高铁还快。在高铁上我看到的外国人不再是鄙视的眼光，而是惊讶，羡慕。

几十年的江上来来往往，看长江潮起潮落，记忆的潮水拍打着日月如梭，让人感慨，让人兴奋，让人梦幻，未来还会变成什么模样。

作者简介：苏岚烟，1949年生于上海，祖籍河北故城。中华诗词学会会员，上海诗词学会会员，西部散文学会会员。诗词作品散见于《中华诗词》《诗刊》《中国诗词》《广东文艺报》《上海诗词》等报纸杂志。作品入选《中国诗词选编》《中华诗词家名典》《当代中华诗词库》，有诗词集《螺斋吟草》。散文散见于《散文选刊》《辽宁文学》《西部散文选刊（原创版）》等报纸杂志。作品多次在国内大赛中获奖。

一辆红棉牌自行车

詹亚旺

“丁零丁零”，一阵清脆而熟悉的铃声响起，我立即奔向大门口，只见爸爸推着那辆红棉牌自行车（我喜欢叫它“红棉头”）回来了！“旺仔，有好吃的”。爸爸边说边从那个浅绿色的挎包里掏出一只巴掌大的牛耳饼。我接过饼，迫不及待地啃起来，边吃边往家里走，突然，被门槛绊了一个趔趄……啊，原来是一场梦！睡眼惺忪间，仿佛那只未吃完的牛耳饼还握在我的手中，那些未嚼烂的饼碎尚留香齿颊。

日有所思，夜有所梦。那个令人垂涎的梦境，其实是当年的实景重现。每当回想起那个温馨的场面，我的心中便禁不住涌起一股暖流，眼角渗出了泪花。爸爸当年骑的“红棉头”，28 英寸，车身灰色，半新半旧，车头镶着一朵漂亮的红棉花。它是单位配发给爸爸的工作车，之前已服侍过好几位主人。爸爸这位农信社的老职工，每天骑着“红棉头”早出晚归，走村巷进市场入工厂，忙着揽储和收贷。“红棉头”是爸爸必不可少的座驾，可谓劳苦功高。

印象中，“红棉头”是一个快乐的使者，它总是给我送来惊喜。每当铃声响起，车子到了我的跟前，爸爸总要从挎包里掏出山楂饼、牛耳饼、苹果、沙梨等好吃的东西，虽然数量极少，但十分珍贵。幸福的滋味总是那么绵长，令人回味无穷。

那是一个阳光明媚的下午，一阵“丁零丁零”声响起，“红棉头”又回家了！这次，爸爸不仅从挎包里掏出了几筒山楂饼，还拿出了一个有皮袋包着的东西。“咦，爸爸，这是什么呀？”“这是收音机，能说话会唱歌的。”家里曾有过有线广播，但收音机我从没见过，是个稀罕之物呢！这台海燕牌半导体收音机有一只红砖那么大，放出的声音清晰动听，而且有长波短波，能收听很多电台。这台收音机要花 10 多元钱才能买到，为了完成这个梦想，爸爸每天起早贪黑，挑着大蒜、青菜、白菜等蔬菜到 10 公里左右的圩市去卖，足足卖了两块自留地的蔬菜，才凑够钱买。有了收音机，爸爸的生活顿时变得有声有色。他每天下班回家，忙完家务后，一有空就黏住收音机。他最爱听粤曲，边听边跟着哼唱，唱到兴起时还手舞足蹈起来……那时候，看着爸爸满脸陶醉的样子，我觉得，他是世界上最快乐最得意的人。有时，爸爸也清唱粤曲，他嗓门大，声音浑厚洪亮。爸爸为什么唱得那么好？一问妈妈才知道，原来爸爸是个“老戏骨”，年轻时他是邻村一个粤剧戏班的台柱。他身材高大，英俊潇洒，能文能武，能饰演各种角色，尤以冲锋陷阵的沙场武将和不怒自威的审案县官居多。

由于耳濡目染，我也喜欢听收音机播放粤曲，直到现在去唱K,《帝女花》《纷飞燕》和《禅院钟声》，均是必唱曲目。我读五年级时，特别喜欢听小说连播节目。每天傍晚6时整，广东人民广播电台准时播放张悦楷播讲的《杨家将》，这可把我迷住了。听完播讲后，我就喜滋滋地回校晚修。晚修结束后，我将当晚广播里说的故事分角色讲给几个留宿的同学听，然后我才独自走夜路回家。有一次，当讲到“寇准夜扮阎王审潘仁美”时，竟把一个同学吓坏了。正是“无心插柳柳成荫”，我这样“克隆”电台讲故事，竟然不知不觉提高了自己的语言表达能力。

“红棉头”就像一头老黄牛，很能吃苦耐劳，它常常要为我们负重前行。家里添置的椅子、凳子，甚至桌子、柜子、水缸等，都是爸爸从圩市上买到后，用它载回来的。每逢年底，是甘蔗的收获时节，生产队给我家分配了一块地的砍蔗任务。当把甘蔗砍削好并绑成一捆捆后，爸爸妈妈和亲戚又不辞劳苦，将甘蔗挑往邻村的土糖寮进行压榨。为减轻父母的负担，大哥把“红棉头”推至甘蔗地里，先立好车，然后和姨丈将一捆甘蔗放上车尾架，用胶带绑好。哥哥当“司机”，在前面边把好车头，边用力往前推，我则当“副驾”，在车尾架后面助力，并把持车子平衡。一捆甘蔗，约有150斤，但由于车身骨架坚硬，连续运了几天甘蔗，车身毫无变形，真不得不佩服“红棉头”的过硬品质！

读五年级第二学期时，我想学骑自行车，爸爸很支持我的行动。于是，爸爸用省吃俭用的钱将这辆“公车”买了下来，这样，即使摔伤了车，也是自家的东西，不存在“损坏公物”。不过，我是很注意保护车子的。我在车尾架绑上一支禾枪（一种挑干稻草的担杆，竹制，两头尖，便于穿插捆好的干稻草），如果学骑车时，车身往一边倾倒的话，禾枪抵地的一端就会把车子撑住，人车俱安。由于有禾枪“保驾护航”，不到一个星期，我就学会了骑车。从此，我涉足的范围更广了。周末，我可以骑车去六七公里远的北斗圩买连环画和教辅书。有一次，我还把一篮子香蕉挂在车把上，把杆秤绑在车尾架上，骑车去北斗圩摆地摊。这是我第一次用杆秤卖东西，也是唯一一次去圩市“做生意”。虽然仅卖得几元钱，但那种人生经历却是弥足珍贵的。往后的日子，“红棉头”陪伴我走过初中岁月，走进高中校园，直至买不到28英寸的轮胎来更换，它才依依不舍地光荣“退休”。

老屋那个寂静的角落，蛛网成了主角，“红棉头”心安理得地歇息着，它不再伴我驰骋人生路了，但我心头的备忘录总会记下它的风采和战绩。老骥伏枥，志在千里，它已成为一种恒久的精神象征！打铁还需自身硬，自行车如此，人又何尝不如此？没有过硬的本领，沉重的社会压力就会把你压垮，反之，则可举重若轻，快乐前行，饱览沿途的风光，享受成功的喜悦！

岁月如轮，世事纷繁。去掉粉饰，回归本真，人与人可成为知己，而人与物也可成为知音。伯牙爱琴如命，琴自然就成为伯牙的知音，而伯牙通过琴这个知音，结识了知己子期。琴虽断，音犹在。车虽隐，情尚存。那只响亮悦耳的铃铛，那朵艳丽盛放的红棉，那两个风驰电掣的车轮，那个铁骨铮铮的车尾架……在我记忆的原野，那辆“红棉头”依旧活力迸发，如风疾奔！

作者简介：詹亚旺，广东省湛江市人。中大中文本科，主任编辑，从事《湛江晚报》文学副刊编辑多年。《西部散文选刊（原创版）》湛江工作站站长。有散文发表于《西部散文选刊（原创版）》《散文选刊·下半月》。

最好的报答

范诚

在古城凤凰的文昌阁小学内，一座叫“谭德森图书馆”的建筑拔地而起。古色古香的建筑，完善的图书设施，不仅成为孩子们看书学习的好场所，也成为美丽校园里一处新的景观。

这是美国北加州谭德森先生夫人谭吴保仁女士于2017年捐资300万元修建的。至此，他们夫妇已经为该学校捐资助学达500多万元。在他们夫妇爱心捐助的背后，是一个青春励志、忠诚爱国、报效母校的传奇故事。

1930年，一个身材瘦小的乡下孩子来到文昌阁学校上学。这是该校自创办以来，招收的为数不多的乡下孩子之一。

这名学生叫谭德森，凤凰城北长宜哨王家寨人。

1924年，他出生于一个农民家庭。父亲谭荣贵，母亲田秋玉，是地道的乡下农民。他们结婚后，生下谭德森、谭志成两个儿子。

夫妇俩十分重视对儿子的教育。谭德森6岁时，就被送到王家寨私塾发蒙读书。就在这年冬天，谭荣贵一病不起，溘然长逝。为了培养教育儿子，时年25岁的田秋玉再没有结婚。靠着自己的辛勤劳动，和娘家的一些接济，与两个儿子相依为命。

谭德森自幼聪明伶俐，好学上进。在王家寨私塾，他成绩优秀，成为私塾老师最喜欢的学生。两年后，他考取了凤凰县最有名的文昌阁模范小学，开了王家寨学童进城读书的先河。

文昌阁小学坐落于凤凰古城南华山下，里面古树参天，亭台楼阁，是当时凤凰最好的新式学堂。

有道是穷人的孩子早当家，少小的谭德森很懂事。从家里到学校步行有5公里，要翻过几座大山，山路崎岖，不便行走。可无论酷暑严寒，还是刮风下雨，他从不辍学。就是忍饥挨饿，也要坚持上课。

他每天很早步行到学校，下午很晚才回到家里。家里穷，办不出像样的中饭，他就带几个烧红薯、烧包谷充饥。因为怕同学嘲笑，他每天到学校时，爬上一棵茂密的大树，将中饭挂到树上。待到中午下课后，再爬上树，取下来充饥。

他的困难，得到了学校老师和同学们的热心帮助。因为学习成绩十分优秀，也深得老师和同学们的喜爱。

从文昌阁小学毕业后，他考取了贵州铜仁的国立三中。抗日战争期间，又考取重庆的中央警官学校，在国民政府外事部门任职。1949 年去台湾，取得东吴大学法学院学士学位。1958 年，考取美国留学公费，先后在美国俄亥俄大学、华盛顿乔治城大学、加州斯坦福大学等著名学府攻读法律和国际关系，取得了硕士学位，并继续攻读博士学位。

因用眼过度，视力急剧下降。他只得放弃未完成的博士学位，弃学从商。

1968 年，在旧金山开始了艰苦的创业。一开始，他们夫妻经营杂货、蔬菜、肉类，打入大型市场，营业较为顺利。1974 年，开始经营咖啡店。因为经营有方，发展成多家连锁的“谭氏咖啡店”，生意日渐兴隆。1978 年，转而投资房地产，也做得风生水起。积累了一定的资产，跻身美国中上等收入群体。

1979 年，中美正式建交。离开故乡 30 年的他，第一时间回到故乡凤凰探亲。探望完母亲后，他专门来到母校文昌阁小学，看望老师和学生。此后每次回故乡，都要去母校看看，请学校老师们吃一顿饭，为学校解决一点实际困难。

1988 年 4 月，他看到母校经费困难，一次捐赠 5000 美元，作为教育基金。

1997 年，他为文昌阁小学捐 1000 美金，修建“教育与人才碑林”。其后，又捐赠 5000 元人民币，作为文昌阁学校校友会基金。

他在给母校的信中，深情地写道：“文昌阁小学像慈母一样，把我这个乡下牧童抚育成长，使我今生今世，无论天涯海角，情难断，意难忘！”

在一次母校师生为他举行的欢送会上，他以自身曲折而传奇的经历，鼓励少年同学刻苦学习。他表示，对母校进行捐赠，重点改善一些基础设施，扶持贫困学生。

1998 年秋，他因心脏病病逝于美国，享年 75 岁。谭德森去世以后，他夫人谭吴保仁女士，继承丈夫的遗志，接过爱心接力棒，始终如一关心着母校的发展，关注着孩子们的成长。

谭德森去世不久，一天，她接到了来自文昌阁小学的信件。

信是文昌阁小学校长写来的，他在信里说，谭德森先生生前曾答应给母校捐建一幢教学楼，现在孩子们上学急需新教学楼，询问是否可以尽快兑现承诺。

因为忙于工作，谭吴保仁前次没有陪同丈夫回去。并不知道丈夫做过这样的承诺。但她相信这是真实的，因为丈夫素来非常关心家乡，关心母校。

为了帮丈夫完成心愿，资金紧张的谭吴保仁抵押了一套房产，从银行贷款，为文昌阁小学先期汇去了 10 万美元。

2001年，一栋建筑面积1500多平方米，被命名为“德森科技楼”的教学楼在文昌阁小学落成了。该楼有办公室、电脑室各3个，实验室、多媒体室、仪器室、会议室、教学用品储存室等各1个，设施比较完善。

2005年，她为文昌阁小学捐资40万人民币，购买82台电脑。使该校成为凤凰县最早拥有电脑教学的学校。

2007年，她又为文昌阁小学捐资36万人民币，购买2000套课桌椅。

2008年，她应国务院国侨办邀请回国访问、旅游，顺便回乡探亲，为文昌阁小学幼儿园捐资27万人民币，购买两组大型胶质玩具。并在青石板上铺上900平方米胶质地台，以免幼儿跌伤。

她把丈夫谭德森名字中的“德”和自己名字中的“仁”连在一起，专门组建了“仁德慈善基金会”，“仁德奖学金”“仁德助学金”，专门奖励该校优秀学生和资助贫困的孩子们。

近年来，年逾八旬的谭吴保仁女士，几乎每年都要飞回凤凰，来参加文昌阁小学的奖学金、助学金发放仪式，并亲自为学生颁奖，鼓励学生们认真学习，发愤图强。

据不完全的统计，谭德森先生过世后，谭吴保仁二十年来如一日，已为文昌阁小学共捐资500多万人民币。40年来，他们夫妇为湖南捐款累计超过100万美金，折合600多万人民币。

其实，谭吴保仁并不富有。她生活十分俭朴，在美国没有专车，出行常搭公交。家中也不请保姆，打扫卫生，种花养草，料理家务，一切靠自己动手。她的收入也不高，但省吃俭用，节约每一分钱，用于支持故乡的建设。

在文昌阁小学高处，有一股泉水，名叫“兰泉”。一股清亮的泉水，从石头缝隙中汩汩流出，汇成一井，成为学校和附近居民的饮用水源。

谭德森夫妇长期对母校的报答，犹如兰泉之水，源源不断。

古人说，“滴水之恩，涌泉相报”。谭德森这个当年最穷的学生，几十年后，却对母校做出了最好的回报。赤子之心，感天动地。

这是一对海外游子夫妇，对祖国、对母校的最好报答！

作者简介：范诚，湖南新宁人，1985年毕业于湖南师范大学中文系，现为湖南广播电视台高级记者。中国作家协会会员，中国散文学会会员，作品刊发于《人民日报·大地》《芙蓉》《散文选刊》《海外文摘》《西部散文选刊（原创版）》等各种报刊并多次获奖。已出版散文集《崀山走笔》《本色凤凰》《阅读湘西》《崀山乡土》《走玩湘西》《凤凰：那些人，那些事》等。

偶因梁燕识素心

苏峰

十五六年前，机缘巧合，我曾借宿于乡下一个远亲的旧院落，近月余。

那是座几乎被年轻人遗弃的、绿树环绕的小村庄。总共不过十几户人家，空了约莫一半，家与家之间并不紧紧挨着，很是幽静。

她家门前有丛小竹林，阳光穿越竹叶，筛落斑驳光影，还有一带细长碧绿的沿阶草蔓延至门楼下，略显荒芜。

我那时少年轻狂初退，岁月陈韵未成，生命里第一次面临严峻的抉择，工作和家庭都震荡未定，去留两难。夫妻关系裂痕四现，既没有信心携手面对未来的不可知；也无勇气挥剑斩情丝，从头来过。适逢改制大潮，从原单位下岗后一时难有适合的工作，二者夹击，情绪低落得很。万般无奈之下，带着六岁的女儿回到娘家疗伤。非常厌倦外人窥伺同情的目光，小心翼翼的探询，居高临下的建议，也包括那因我苦恼，又为我心焦的年迈双亲。

自负又颓丧，固执又内疚的我，无论怎么抉择，内心都充满惶恐。心烦意乱中偶然受邀至此，一见倾心。

那时无线网未曾普及，也没有智能手机，这老屋中长日伴我的，唯有随身携带的一本书——美国卡门夫人的《荒漠甘泉》。

远亲好心陪了我两日，便回城了，很担心我不习惯这里的偏僻和寂寞，却不知此处正是我当下求之不得的所在。

时值四月底、五月初，布谷鸟凄厉的悲鸣声经常把我从书本和沉思里唤醒，然后越飞越远，余音如轻烟袅袅，渐渐消逝于长空。

直到今天，我也没想清楚，千万年来，它究竟是在提醒人们，农时已到，不要懒惰，该——“布谷，布谷……”；还是安慰它自己和世间伤心人——“不苦，不苦……”，又或者，任凭往事随风——“不归，不归……”

沉沉黑夜，乡下的星星一闪一闪，门外风摇竹影，飒飒作声，偶尔下了几场小雨，也是轻轻悄悄，不急不躁。夜复一夜的寂静里，心绪渐宁，烦躁之情慢慢褪去。

大约一周后的清晨，忽然飞来了一只燕子，它在东西厢房和正堂屋里分别停留了一小会儿。我寂寞无事，想看它准备干啥，但它很快就飞走了。

第二天，还是清晨，居然飞来了三只燕子。它们依然在三个房间里叽叽喳喳地飞来飞去，然后就停在院子里的电线上，又叽叽喳喳一阵，再次飞走！

第三天，奇妙的事情发生了。两只燕子飞了进来，并在东厢房定居，开始衔泥筑巢。

我哑然失笑，这是一对夫妻啊！第一天，或许是做丈夫的发现此处适合构筑它们的爱巢。第二天一起来的，应该是它们的好朋友吧。真是聪明啊，拿不定主意，居然邀请朋友帮它们选址安家呢。

估计因为东厢房是厨房，有油烟味，又有太阳直射，所以选在我居住的西厢房吧，那里安静又通风！

此处日子，静则静矣，但不免死气沉沉。突然来了两个伶俐的小燕子，阴沉沉的心里似乎射进了一丝光明……

大约四五天，它们白天不辞辛苦，往来频繁，一口一口地衔泥进屋，精心垒着自己的小窝。我数不清它们飞翔的次数，大约每天总不低于百多次吧！

有时候累了，就停在院子里的电线上歇一歇，极大多数时间是默默无语地工作着。偶尔，彼此间也叽叽喳喳几句，不知在商量啥，莫非讨论怎么修筑更合理吗，呵呵。

巢筑好后，很快就开始下蛋孵小燕子，孵蛋期间，雌鸟不离巢，雄鸟负责觅食。再后来，某个清晨，我听见了一群小燕子的叫声，很稚嫩，怯怯的，院子里平添了勃勃生机。因为巢变小了，两只老燕子都睡在外面，孩子们睡在巢里。

小燕子孵出后，夫妻两个更忙碌了，但依然静静地不吵不闹，有条不紊地把食物送给每个小燕子嘴里，我看着它们毫无怨言地里外奔波，不觉心生敬重。万物皆有情，此言不虚哉！那一晚，我想起自己的父母，为了儿女一直忍耐着奔跑，而我为何就没有勇气面对未来的不可知呢？

因为留恋这一窝燕子，我不想早早回城，便继续留在此处观察，父母和弟妹们每次来电问候我心情，我总忍不住把这燕子一家的近况详尽地和他们描述一次，惹得众人哄笑，也欣慰我心情渐渐安宁。

记忆最深刻的莫过于看小燕子试飞。

一共五只，前四只都很顺利大胆地从巢里飞到房间的一根横杆上，唯有一只特别胆怯，第一天、第二天都懦懦地蹲在窝里，只是眼巴巴地看着它的兄弟姐妹们在房间里试飞。两只老燕子不声不响，我却为它担心着急得不得了。

第三天，终于，五只燕子都飞了出来，那一刻，我开心地鼓掌，大笑出声，自言自语道：“太好了，太好了！”

大概一周左右，小燕子们都离巢了，那个夜晚，房间里安静下来，我也沉沉入睡。

忽然，有翅膀“噗噗”的扇动声，混乱、但是有力而坚定！我惊醒坐起。

朦胧的月色里，原来有一只小燕子从开着的窗户里飞了回来，两只老燕子正沉默着对它围追堵截，绝不允许它回巢。小燕子左冲右突，始终不能，但它不死心，依然低声叫着，一遍又一遍冲向旧巢。突然，一只老燕子用尖尖的嘴巴狠狠地啄向小燕子，另一只老燕子毫不留情地俯冲，向小燕子猛撞过去……

我生气，伤心，诧然，想起几天前，它们是何等疼爱自己的孩子啊！一晚上都不能让小燕子回来住吗？或许它饿了，或许它没有适合住处呢？它还那么弱小啊，刚刚离巢而已……

小燕子终于走了，从此以后，再也没回来过！我在一刹那忽然明白了过来，并且惭愧自己的后知后觉，居然误解了这一对老燕子，它们凭着本能知晓自己的责任已尽，而小燕子必须独立面对以后的风风雨雨。而我，不就是因为害怕人生中那些不可测的遭遇而在逃避吗？

六月上旬，我离开此处。平生第一次，反复地、严肃地拷问自己心里究竟要的是什么？是需要短期的情绪和欲望，还是最深处的内动力？良心是否会偏离正道？既然谁都不能判断自己的观点一定是正确的，那么这世界难道就没有什么标准了吗？

我也曾向先哲们寻求答案，然而，透过历史的烟尘，我分明看见了孔子一脸无奈的失落和老子俯瞰的寂寞。最后，我在卡门夫人的《荒漠甘泉》里寻到了答案，这本书告诉我：爱，可以遮盖很多过犯！我因这来自至高者的安慰而流泪。

但是，直到我看见了这一窝生机勃勃的燕子，看见了因爱而生的诸般行为，才在不知不觉里重获了直面未来生活中有可能出现的种种困境之勇气。也终于彻悟，余生不论做任何抉择，标准只有一个——跟着爱走。唯如此，才能生发直面困难的勇气，才能在生命的最后时刻再回头看时，不悔不憾。

至此搁笔，想那一窝燕子，不知道去了哪里？他们的后代也一定在这红尘中绵延不绝，因为爱也一直存在和延续。

作者简介：苏峰，宿迁市作协会员，宿城区作协理事，《散文选刊·下半月》签约作家。有散文和诗歌发表于《星火》《西散原创》《中华文学》《散文选刊·下半月》等报纸杂志。

望春花

欧阳冰云

望春花寂寞地守候在山坳里，守望着春天的到来。

深冬的一场大雪，将我滞留在山区汤泉小镇。酒席上，有人说起神奇的望春花。在深山的山坳里，花开时节，到处洋溢着芬芳，树冠覆盖几亩地；落花时节，洁白的花瓣铺满山间小径，甚是壮观。汤泉镇，在大别山的腹地，以汤湾温泉而闻名。即使在寒冷的冬天，窗外大雪纷飞，屋里却温暖如春。红泥小火炉，热腾腾的温泉，欢畅的笑语，让人遐思的望春花。站在客栈的窗前，看着雪花慢慢凝聚在窗外的树枝上，仿佛千万朵望春花在雪夜盛情绽放。

一场牵肠挂肚的约定，开春去看望春花。望春花蓓蕾初绽，等待着春阳普照，百鸟齐鸣，花开一树。

一群鸟从树林的深处振动着翅膀，我听见清脆的鸣叫和翅膀拍打的声音，转瞬消失在树林上方的天空。寻着鸟的踪迹，我看到高高的山坡上一棵望春树，树身有一抱粗，满树的望春花，盛情地绽放着，好像振翅欲飞的白鸽。

我闻到了花的芬芳，带着清甜的味道，是望春花。穿透山林中的风，传递着盛开的秘密。山坡上一条歪歪斜斜的石板路，被杂草簇拥着，几株杜鹃花从草的缝隙里钻出来。听到了泉水的声音，听到了瀑布的轰鸣，飞鸟拍打着翅膀，冲向了云霄。

满树的花朵，洁白的花瓣，像一只只起舞的飞鸽，在绿叶间振翅欲飞。我们的欢呼和尖叫惊起了一群鸟儿，它们拍打着翅膀，鸣叫着、盘旋着，飞向了苍穹。振落了许多雪白的花瓣，飘飘洒洒，如雪花一样轻盈地飞舞。清风吹拂，地上的花瓣打着卷儿，追逐着，相互嬉闹着。一个挎着篮子的女人，穿着碎花布褂子，头发有些花白，弯着腰，低着头，默默地捡拾地上的花瓣。她的竹篮里已经有许多雪白的花瓣，一层层铺开，她还在不停地捡，好像要把整个春天收捡回家。朝阳从老树的缝隙里钻进来，点点金光洒落在地面上，闪闪烁烁，在枝叶间跳跃，在花瓣上蹦跳，在拾花的妇人周围闪烁。

走近妇人，想问问她拾花做什么，她羞涩地躲着我们，匆匆捡起身边的几朵花儿，脸上泛起了红晕。她的头发花白，脸上却没有皱纹，我看到了她的眼睛，清亮，闪动着灵动的光芒，像山涧里的清泉。她用手比画着，示意我们不要踩坏了地上的花朵。她是个哑巴。她的神情像个小姑娘般，羞涩、胆怯，我们这些不速之客让她惶恐。

时间静止。望春花无声地绽放，我后退了几步，远远地凝望着望春花，拾捡望春花的哑巴女人。望春树的树冠伸展着，覆盖了几米宽的山路，一直伸展到山坡上。盛开的望春花，一直向上，指向天空。带来了春天的气息，带来了希望，带来了芬芳。我们抬起头，仰视她。那条铺满望春花的山路，除了拾捡落花的哑巴女人，还有谁来过？

站在山坡上，俯瞰山坳里的村庄，村庄被茂密的树林掩映着，越发显得寂寥而安静。几栋老瓦屋，默默地守在古树下，静默着、沉思着，像在仰望着山坡上的望春花。我在村庄里徘徊，半天没有遇见一个人。那些年轻的劳动力都进城务工了，留守的孩子寄宿在学校里，留守的老人已经年迈，步履蹒跚。在“农村城市化”的口号声中，在城市不断的蚕食和污染中，村庄沉默了，沉寂了，像一位留守的老人，像一棵守望春天的望春花，静静地立在风雨中。我看见一位留恋着土地和村庄的老人满眼是混浊的泪水，是因为日积月累的眷恋，还是对失去村庄的焦虑？或者是生命对过往岁月的祭奠和念想？

村庄正以一种悄无声息的形式被岁月掩埋，那些疯长的树木和蒿草，正一步步逼近村庄的心脏，侵袭村庄的土地和斑驳的墙壁，最后将村庄淹没和埋葬。村外的河流逐渐干枯，河床上的鹅卵石长满了青苔，那些鲜活的鱼虾悄无声息地消失在河床下面的水草里。村庄里的居民每年都在向村外逃离，逃离到城市的边缘，逃离到公路边，盖起了一幢幢崭新的楼房。一条新修的水泥路连接着村子里的土路，一直延伸到城市。

村庄无语地消失，像鸟一样地飞走。望春树就像这村庄的老人，在岁月的深处，发出沉重的叹息。

一位穿着碎花布褂子的老妇人，在老屋前的稻场上晒种子，见到我们，笑呵呵地迎上来，好像我们是她家远道而来的客人，忙着给我们让座、泡茶。茶是自家采摘的野茶，水是山涧里的清泉，陶瓷小茶壶，茶汁碧绿，清香扑鼻，很多年没有喝过这样原汁原味的茶，刚才一路攀爬，辛劳顿消，心情一下子舒畅了。

我问老人，晒那么多种子，种了多少庄稼。老人沉默了片刻，意味深长地望着村外杂草重生的田野，深深地叹了一口气。庄稼已经荒芜了，年轻的劳力都进城务工了，村里就剩下几个老人，种不动了。种些瓜果蔬菜，度日子罢了。

老妇人挽留我们吃农家饭，山乡的村民好客，刚做的毛香粑，散发着田间水菊的清香；瓦钵里蒸了腊肉，香气扑鼻，腊肉油从碗沿溢出来了，洒泼到锅边的米饭里，一层金黄色；乡下的土鸡蛋，煮了一大缸碗，上面撒了葱花，看着都胃口大增；刚从屋后菜园子里摘回来的菠菜、芹菜，鲜嫩欲滴；老人自己腌制的红辣椒、洋和姜……一桌在城市里根本吃不到的美味，关闭了很久的味蕾打开了，许多关于美食的记忆一下子涌出来，这就是儿时的味道，妈妈的味道，家的味道。乡村，总是以这样独特的方式让你能以忘怀。

说笑间，哑巴女人提着一篮子望春花回来了。我们静静地对望着，就像我们刚才凝望着望春花。老妇人接过篮子，说这是他们家哑姑。哑姑年轻时候，是八仕畈出了名的美女，一对长长的辫子一直伸展到膝盖，清亮的大眼睛会说话。家里将她许配给了八仕畈的教书先生，眼看着大婚的日子要到了，姑嫂俩天天在灯下熬夜做嫁衣，做绣花鞋，可没想到一场大火改变了哑姑的命运，她为了救晕过去的嫂子和襁褓中的侄儿，几次冲进火海，烧伤了后背，也烧掉了长长的辫子。嫂子和侄儿得救了，哑姑却再也不能说话，不能伸直腰杆。教书先生接受不了现实，一夜远走江湖，再也没有回来。哑姑抱着望春树，哭了三天三夜。老人轻轻地叙述，仿佛讲述一个久远古老的故事。哑姑失去了声音，失去了爱人，失去了长长的辫子，可日子还要继续，望春花还在年复一年地绽放。哑姑的心，跟望春花一样，日渐纯净，无声。

拍了许多望春花的照片，每一张照片里，都有一个挎着篮子，弯腰拾捡落花的女人，她的碎花布褂子在阳光下闪闪烁烁，她身边的花朵像舞动的鸽子，不停地追逐着、奔跑者、跳跃着，有的又乖顺地跟随着她，任她轻放在篮子里，好像是她的孩子。

哑姑弯着腰，在天井里摆弄那些望春花，望春花在她纤细的手中绽放，她轻柔地、小心翼翼地摆放着，好像呵护着她的孩子。老人告诉我们，哑姑从来没有走出过大山，侄儿多次回来接她去城市，她总是摆摆手拒绝了。她年复一年热爱着拾捡望春花，将花瓣晒干，送给那些有伤痛的人。山里的老人说，望春花有散热驱痛止痛的功效，对高血压和伤痛有奇效。哑姑的伤痛，是不是望春花医好的？望春花，是哑姑的希望，是哑姑的热爱，是哑姑心中的图腾。

望春花，在山坳里默默地绽放，她盛开在望春树上，盛开在哑姑的篮子里，盛开在哑姑的心里，像望春花一样的哑姑，她是那样安静，那样纯洁，那样美丽！

作者简介：欧阳冰云，女，安徽省作家协会会员，安徽省戏剧家协会会员，安徽省摄影家协会会员，国家二级作家。出版散文集《石磨上的时光》等五部。

清华荷塘满芬芳

陈珍秀

生活中，我见过的荷塘也不算少。可我是如此向往朱自清先生笔下的那片荷塘。尤其是给学生上《荷塘月色》这篇课文时，我只要一眯上眼，就满脑子都是那个画面：曲曲折折的荷塘，弥望的是田田的叶子。叶子出水很高，像亭亭的舞女的裙。层层的叶子中间，零星地点缀着些白花，有袅娜地开着的、有羞涩地打着朵儿的……

这些如诗如画的句子，令我无数次梦寐着那片荷塘，我总是在想：若是能够身临其境，该有多好啊！

今年夏季，我有幸成为“国培计划”贵州省黔东南锦屏县清华班的一员。7月27日下午的现场教学课堂中，我终于见到了这片梦寐以求的荷塘。

夏日的阳光，一直以热情拥抱着我们。顾不上头顶的烈日，我恨不得飞奔而去。沿着清华园的一条林荫道，经过一条巷道，在几棵朴素的柳树下，我推开了荷塘的门。可以说这是再平凡不过的一片荷塘。塘里盛开的荷花，也不算太热闹，但并不稀疏。这些荷花扎根荷塘，宽大、繁茂的荷叶，像一张张硕大的手掌托举着阳光下的荷花。那些荷花显得更有精神。那些刚冒出的新芽呢，叶子遮住了叶底的流水，不能临水而照；那舒展枝叶的，则连同水里的根一起将莲的肉身与灵魂精彩！荷脉修身，碧叶红粉，朵朵笑靥，处处欢颜！根底的泥，孕育了荷花修颀的腰，叶子又像擎雨的叶，配上荷花粉红的腮，整片荷塘在一片荷香中加冕。

我多想慢慢地、好好地在荷塘边静静观赏，可是下课时间已到，我在意犹未尽中匆忙离开了荷塘。紧张的学习时间缝隙里，我却一直惦念着那片荷塘。

一天放学后，我约上几位同人再次来到荷塘，我要好好享受这片荷塘给我带来的欣喜。

傍晚时分，“无体育、不清华”的清华校园洋溢着青春的活力。在清华学子一阵阵跑步声中，我沿着那条林荫道，慢慢走向荷塘。路边的一间房子，墙上爬满常青藤，屋子很静。北京的蝉就是这么热闹。四周的蝉声，奏响了一曲夏之婉曲。我不由想起郁达夫《故都的秋》里的蝉声。但此时的蝉声是热闹的、也是欢快的。若是郁达夫先生能听见北平现在的蝉声，他该有多欢喜啊！

我沿着荷塘环绕而行。一排柳树婀娜恬静地依在荷塘这边。长长的柳枝窈窕飘逸到荷塘的半中央，像一双温柔的手抚摸着这晚景。荷塘上，那段斑驳的时光早已剥落。但斑驳时光里的记忆永远不会剥落。天色渐渐暗下来，荷塘对面的假山静悄悄，但不是峭楞楞一片。沿着这条荷塘之路，我心中的月色渐渐升起。

1927 年仲夏，朱自清教授感于世变，夜不能寐，连夜走出家门到这一带散步，以其精妙的构思和生花之笔写下名文《荷塘月色》。我的思绪，被拉到那个不眠之夜：迎春园一幕，咸丰十年（1860 年），英法联军入侵北京，火烧圆明园，有的房屋被化为灰烬，沦为“荒岛”，前后达一百二十年之久。

1927 年的那夜，谁能挣脱那些疼痛？谁能挣脱那些锈蚀心灵之锁？今天的荷塘，早已满是新芽，早已荷香满怀，那一切都已过去！这一切将永远宁静。

1927 年，朱老荷塘上的月色和月色下的荷塘是不同的。那是一种自然景色的完全不同。而我眼前的这片荷塘，它月色下的荷塘与荷塘上的月色又是不同的。这种不同，还有当时的声音、血肉、骨骼，以及现在的诗与诗情。我感到我的炉膛在烧红。1927 年的那片夜色是不完整的月色。这片荷塘，见证了那个漫漫长夜！我的呼吸变得灼烫：荷塘不再是旧荷塘，荷花却依然是那些荷花。

我不曾忘记，我们不能忘记，这片荷塘的生长、欢笑、彷徨，月色下的荷塘，荷塘上的月色，度过了那片夜之月色，它便有了今天的丰润。荷叶都轻拂着幸福。当我停下来，置身其中，我的四周、连同我的心全部都安静下来。那来自荷塘的情愫，沿着这条小路，也沿着幽深的荷塘月色一起涌向朵朵盛开的荷花，和着星空沸腾。

这枚月亮，从古走到今。今晚的月，在我的行程里才刚刚开始。月儿，你会带着水声而来吗？我知道，你一定会带着那身荷香、带着那份荷脉而来。这枚又圆又大的月啊，不是穿梭在云里，它穿梭的，是我归来的心啊！让我记住这份月色：月在水上、水在月下，在荷叶的香脉里。在这幅画、在这个夜的诗里……

在清和的月色下，我蹲下身子，我的一切动作都是如此的笨拙。朱自清先生的“这几天心里颇不宁静”是一种担忧国家时局的不宁静；我的颇不宁静呢，是来自对这片荷塘的景仰，是发自对朱老的无限钦佩！而这片荷塘，赐我的不宁静，我写下：荷塘！荷塘！一缕清辉从荷塘的接应中反透出来了。月带着水声而来，人影和树影都流进水声里。月色一旦纵横恣意，一团团的树影和这片荷香就映在眼前的这片月影里了。

这片荷塘蓬勃着我的心。它给了我满怀荷香、它馨香着我的前方。月色慢慢游动——以现在进行时，它载着我去相遇另一个无止境的未来。月色当空，那是星光里的一首清歌，经典地传唱着这片荷塘。

但愿那晚的荷花不再开得满心挂碍。祝愿今夜的荷，永远荷香流淌！

作者简介：陈珍秀，贵州省天柱县人，现就职于贵州省锦屏县三江中学。《西散原创》黔东南工作站站长，爱好散文与诗词。作品发表于各种刊物。有多篇作品获奖。

古韵西安

陶静

“一个人光拥有此生此世是不够的，他还应该拥有更多的诗意的世界。对我来说，这个世界就是长安城。这里的大街小巷是韩愈的‘天街小雨润如酥’；兴庆宫里的李白的‘云想衣裳花想容’；樊川桃花林是崔护的‘人面桃花相映红’。他们用美好的意象把西安这座城市沁透在深深的诗意中，给西安留下了绵长的诗韵，让这座古都在今日依旧散发着独特的气质风华。”我只能说，西安就是我此生最想抵达的古韵之都。

一、西安，古意拂人

来西安，梦寐以求，聆听西安的古老，分享西安的大气。之前一次次地相思，换来现在的一次次地浓情碰撞，以及一次次心灵地浓情自豪。这是我与西安的夏天的故事，于是我的岁月中有了无与伦比的震撼时刻。震撼时刻，让我忘却了我自己，震撼时刻，让我感觉到了西安的古意拂人。犹如热情似火的阳光把我照耀，犹如劈天盖地暴雨把我倾泻，并雕刻在我心灵深处，雕刻在我生命的年轮里。

如果说中国是一棵参天大树，北京会是树冠，而西安则是这棵树深扎地下的根系。也就是说，西安是中华文明和中华民族的重要发祥地和起源地，是根之所在。如果说南方的山水是美丽神奇而迷人的山水画廊，那么，北方的西安就是古老厚重而震撼的宝藏走廊。西安，跨越了西周、秦、汉、西晋、隋、唐等十三个王朝，它不仅仅是一个“古都”，也是一个“诗都”，是一个有诗意的古城。你看，从诗经到乐府，从汉赋到唐诗，这里哺育了一代又一代的诗人，比如李白，比如杜甫，比如白居易，哪个不是大家耳熟能详。有他们关于西安的诗曰：“长相思，在长安。”“李白一斗诗百篇，长安市上酒家眠。”“君不见，外来客，长安道，一回来，一回老。”“冲天香阵透长安，满城尽带黄金甲。”

西安，你从西周走来，如一尊千年古鼎，弥足珍贵。西安，你从秦朝走来，华夏文明，天下统一，震撼九州。西安，你从汉朝走来，将汉字、汉语、汉文化凝聚成中华民族文化，博大精深，光彩绚烂。西安，你从唐朝走来，踏着《霓裳羽衣曲》那虚无缥缈的旋律，长袖轻舒，舞姿婆娑，融合开放，辉煌鼎盛。西安之美，承载着历史沧桑古朴端庄。西安之韵，漫过时空隧道，历史悠长。西安，你总是不疾不徐地就勾勒出我对你的特殊情结，我在你安详的怀里静思，从而唤醒我对古老历史的遐想和追忆。

二、西安，古城在微笑

夕阳是一袭长长的红色睡袍，此时，这条硕大而美丽的睡袍，正精致地挂在西安古老宽广、高大厚重的城墙上，犹如风情万种而迷人的杨贵妃，披着绫罗绸缎，半露酥胸，在那轻歌曼舞。“长恨一曲千古迷，长恨一曲千古思。此生只为一人去，道他君王情也痴。”远远地看过去，西安城在微笑，微笑中激情四射。西安的城墙是我见过的最大的城墙。在烈日炎炎之下，我带着崇敬的心情全方位多角度地观看了城墙，并沿着城墙上面宽宽的古砖道走了一走。在这里，我已经找不到自己在那里，此时，我真正体会到了“渺小”之含义，也真正体会到了“一夫当关，万夫莫开”之含义。

“渭城朝雨浥轻尘，客舍青青柳色新。”一场清新的小雨沾湿了西安，把西安的古老容颜清洗得更加脱俗了，更加伟岸了。凉风送来带有古老滋味的烟波，荡漾着温暖浩大的胸怀。就像一位慈祥微笑的老人，张开双臂，让他的子孙依偎在他的温暖的怀抱里。我有点迫不及待了，我的心在古老的欢迎中凌乱了。初见犹如重逢，陶醉六千年，问鼎三千载。给他一条河，让他去撒欢，给我一座城，让我去聆听。我虽不像孟郊那样高中而“春风得意马蹄疾”，但我多么想“一日看尽长安花”。

巍巍秦岭，关中平原，秦汉隋唐的绝代风华，震颤五洲的古代文明。在历史的烟幕中，成就了古都西安的风华盖世。西安古称长安，其意为长治久安。要说西安，那是第一个成为“京”的都城，而且是第一座真正意义上的城市。要说历史上建都朝代最多的，当数西安；要说建都时间最长的，非西安莫属；要说历史上影响最大的都城，西安是当之无愧的。西安还和雅典、罗马、开罗并称为世界四大古都。

西安的大雁塔，中国建筑史上的奇迹，也是西安驰名中外的独特标志。每每一提到大雁塔，我总会想起《西游记》里唐僧带着三个徒弟，你挑着担，我骑着马，迎来日出，送走晚霞，去西天取经的情景。南门外的玄奘塑像，仿佛风尘仆仆地向我们走来，和大雁塔一样高大，一样从天地间款款走来。西安的市中心，镶嵌着这座古城的明珠，那就是形制最大保存最完整的钟楼。古老的钟楼和现代化的城市相得益彰。钟楼和它西北角的鼓楼遥遥相望。古时击钟报晨，击鼓报暮，即晨钟暮鼓。

三、西安，古老的气质

岁月的蹉跎，点燃沉默的山河，像祖先的静默，用胸膛承担，映照风雨的萧瑟。在汉代，举世闻名的丝绸之路从西安出发。站在西安丝绸之路的起点，我仿佛看见了丝绸之路上长长的驼队满载货物、商旅不绝的景象。我的心随着无数沙粒在风中涌动，金色波浪，一望无际，那些在沙漠中逶迤的驼队，摇摇晃晃地把我带入历史深处，淡淡的，蓝蓝的，远远地，撞击我的心，我和他们一起深情回眸。

在西安，我的耳边一直萦绕着优美抒情的笛子曲《大漠》《秦川抒怀》。脑海中不停地浮现舞剧《丝路花雨》中的女子反弹琵琶的曼妙身姿，那个永恒的文化符号。还有铿锵有力振奋人心的陕西边塞腰鼓打的黄沙飞天气氛热烈。西安是首歌，流淌着古老的传说。这些古老的文化如那曼妙的歌曲从古城西安的边边角角，飘飞到我心里，不知不觉已溶入我的血液。

最为壮观的是西安秦始皇兵马俑，不但被国人啧啧称赞，而且对世界也影响巨大，因此，我此次的西安之行，最最想一睹秦始皇兵马俑的芳容。西安秦始皇兵马俑是全国重点文物保护单位，第一批中国世界遗产。初见这个古代墓葬雕塑，我只能用“前不见古人，后不见来者”来形容。好一个两千年前的古代大军阵，披坚执锐，军容严整，气势雄伟，势不可当。刹那间，展览馆里长千上万的观俑者已不是我的障碍，我感觉到我和历史的距离消失得无影无踪。不知是哪儿来的一种神秘力量，把我带入了那喊杀震天、战车嘶鸣、进退维谷的古战场，我竟然在哪儿呆傻地站了好半天没有挪步。

印象最深的是持弓弩的立式弩兵俑，姿态正如《吴越春秋》上记载的射之道。持弓弩的跪式立射俑，可贵之处是他们的鞋底还有刻画有疏密有致的针脚，让人感受到一股浓郁的生活气息。驷马战车，马匹肥壮有力，车身精致结实，进可以攻，退可以守，严整有序，无懈可击，仿佛在自信中冲向敌兵，定把敌兵杀他片甲不留。将军俑头戴鹖冠，高大魁梧，气质超群，具有大将风度。而铠甲将军俑的前胸后背及双肩，共饰有八朵彩色花结，华丽多彩，飘逸非凡，深刻衬托其等级、身份及威望。

四、西安，古韵依然

华清池的夜晚，灯火通明，美轮美奂。中国首部大型实景历史舞剧《长恨歌》即将拉开序幕，夜幕下的骊山上空，无数星星闪耀着亮晶晶的眼睛，一轮圆月当空，白居易传世名篇《长恨歌》，高科技舞美灯光，缠绵悱恻的历史故事，华清宫的迷人宫殿，在这里，演绎了一千三百多年前华清宫里唐明皇和杨贵妃那段感人肺腑的爱情故事。

骊山脚下，华清池畔，山水风光，古典乐舞，诗歌旁白，生动流转，水乳交融，回旋曲折，婉转动人。我仿佛穿越时空隧道，感受到浓郁的盛唐文化气息。这种文化气息，时时冲击着我的心扉，冲击着我的灵魂，在我心里经久不息地荡漾着阵阵涟漪，脑海里浮现“回眸一笑百媚生，六宫粉黛无颜色。”以及“一人得道，鸡犬升天”之画面。《长恨歌》里的“长恨”之恨，动人心魄之结笔。“天长地久有时尽，此恨绵绵无绝期。”清音有余，肌理细腻，让人无限之回味。江山美人的故事已然作古，徒留后人一声轻叹。

坐落西安的陕西省历史博物馆“你给我一天，我还你千年”，多么大气而目空一切的一句话。陕西省历史博物馆被称为“古都明珠，华夏宝库”。其馆藏文物资源丰富，令人叹为观止。博物馆以在西安建都的周、秦、汉、隋、唐时期文物为重点，反映了灿烂的古代文化，也反映了这个时期中国社会经济发展的最高水平。其中的国家级文物瑰宝有古代壁画、金银器、青铜器、陶瓷器、玉器等，并以其珍贵而独有的历史、科学、艺术价值而蜚声海内外。此时此地，深藏在我心中的爱国情和自豪感更加浓烈了。其实在西安的几天，我的心中，一直在不停地燃烧着这种情感，看过陕西省历史博物馆后，我知道是为什么了。

来西安，还有一个不得不去的地方，那就是西安回民小吃一条街。丰富多彩，人声鼎沸，民族特色，是这条街的与众不同之处。特别是回族帅小伙统一服装和带有民族口味的吆喊声，成了西安回民小吃一条街最亮丽的风景线。肉夹馍，梆梆面，甑糕，凉皮，豌豆糕，柿子饼，各具特色，风味独特。我已没办法数清，也没办法一一品尝。

还有一件事也是我和那位朋友一样特想做：“吃过西安的羊肉泡馍，喝过西北的烈酒，去听秦腔的苍凉，去听讲述西安古老故事的歌，站在西安的城墙上，闭上眼睛，你会感觉到从你面前吹过的都是历史。”

离开西安，回眸，回眸，再回眸，不舍之情一直在蔓延。归去来兮，徐徐回望，寻寻觅觅，我何时再来西安，我只有悄悄问自己。家乡寿州城的那处城墙，我会抵达。城门两边的青石板路，我回踩踏。城墙上的小花，还摇曳在历史的红尘中。这些一定都会和记忆中的西安一样，撞击我沉沉甸甸的思绪。

只有等待，等待着下次的踏入。

作者简介：陶静，安徽省淮南市人，大学文化，淮南市作家协会会员。作品散见于《西部散文选刊（原创版）》《新安晚报》《淮南日报》《淮河早报》等多家报纸杂志。作品多次在《西部散文选刊（原创版）》开展的大型主题活动和年度优秀作品中获奖。著有散文集《飞花漫漫》。散文集《飞花漫漫》荣获第二届国际东方散文奖优秀奖。

永驻灵魂深处的板胡声

柳生魁

每当听到秦声秦韵，我就会想起父亲；每当看到那把板胡，我就会怀念父亲；每当拉起那把板胡，仿佛我在拉着父亲的手，跟他倾诉……

父亲爱好秦腔，也擅长拉板胡，并且挚爱了大半辈子。我喜欢秦腔，也喜欢拉板胡，最主要的原因是父亲的熏陶。

父亲是一个地地道道的农民。

虽然父亲只是小学文化程度，但他是个心灵手巧的人。父亲很爱学习、喜欢钻研、动手能力很强。他是田地里的行家里手，是建筑队里的大工（我们这里把能看懂建筑图纸，会砌墙的匠人叫大工）。他在20世纪90年代负责修建了我们村很气派的戏台，是远近小有名气的板胡行家。当人们谈起父亲的时候，都是夸奖和赞美。

在我的印象中，除了干活，父亲的空闲时间基本上都用在对秦腔的喜好上了。在农村，农忙或者打工之余，相对来说闲的时间比较多。在忙完了农活之后，抑或是在每天打完工回家吃过晚饭之后，父亲就会拿起他心爱的板胡，拉上一阵子秦腔。当万物萧瑟、寒冷严酷的冬天来临的那几个月，对农村人来说，更是百无聊赖。人们围着火炉，坐着热炕，喝着罐罐茶，来打发这个难熬的季节。在天气晴朗却冻得让人们缩手缩脚的日子里，父亲也会像其他的乡邻一样，有时在背风向阳处跟大家聊聊天，有时邻里之间互相帮帮忙。但他又跟很多人不一样，不会跟大家聚在一起喝酒，也不会聚在一起玩麻将、扑克牌，更不会跟人们东家长西家短的说闲话。很多时候，他蛰居在家里，要么看看秦腔剧本，要么抄抄秦腔曲谱，要么看看或听听秦腔节目，要么摆弄他多少年来未曾离开过的秦腔板胡。总之，在这段时间里，父亲做的都是与秦腔有关的事。

父亲的秦腔板胡拉到后来的水平，全靠他很强的自学能力和长期的坚持练习。父亲曾经告诉过我们，20世纪60年代末，他决心学习板胡时，慕名求教过十里之外的一个盲人师傅，可是那师傅心高气傲，根本不想给父亲传授技艺，后来经不住父亲的三缠四磨，才给他说了些板胡演奏的基本技法，教给了几个残缺不全的秦腔板头，便让父亲自己去练习。父亲也是一个不达目的不放弃的人，在当时经济情况很不好的情况下，他省吃俭用，买了一些有关秦腔的书籍，全靠自学，不仅记会了秦腔锣鼓谱和各种板式，也学会了简谱和节奏等乐理知识；不仅学会了板胡演奏，而且还能根据别人演奏的旋律，或者听留声机里的旋律能听写出曲谱。后来，母亲有时开玩笑跟我们说，那个时候我们家油灯里的煤油大多是父亲学习用掉的。当然，父亲也承认这个事实。为了我们的学习，母亲还拿父亲给我们现身说法，说爷爷在父亲五岁时去世了，如果当时有条件，父亲把学秦腔的劲头用在学习文化知识上，绝对能考上好大学。父亲无奈的只会说那是他不幸运，他还说，他的希望就在我们身上……

小时候，一到冬天村上就演出秦腔样板戏。在那个用帐篷搭起的戏台上，表演着《沙家浜》《杜鹃山》《红灯记》《智取威虎山》等剧目，父亲作为乐队的首席，就坐在戏台旁侧拉着他的板胡伴奏。我们这些毛头小子们就在戏台下面到处乱窜，玩得灰头土脸的，玩累了就趴在戏台前面，近距离的看演员，至于唱的啥内容，我们一无所知。每当这时，父亲就会把我拉上戏台，坐在他的旁边，让我紧靠着火炉取暖，他则专心地进行伴奏。小孩子记性好，也就在这样的环境里，我的脑子里记下了演员们的说白和唱词，记下了秦腔伴奏的旋律，也记下了那些让小朋友们羡慕我坐在戏台上的眼神！

八十年代，我上小学。那时候，学校的音乐课就是老师教着唱歌，不教乐理知识。可是父亲教会了我认识简谱，教会了我简单的乐理知识，他还拿着我们的音乐课本，有模有样地教我曲谱和唱歌，并且教我学习笛子、二胡和板胡。后来，上了初中后，我就有专门抄歌曲的本子，自己能看着曲谱学着唱流行歌曲了，当时同学们挺羡慕我的。再后来，初中毕业上了中等师范学校，我选修音乐，不仅系统的学习了乐理知识，还学会了电子琴、小提琴、架子鼓等乐器，还是校乐队的队长呢！当时，就是我的老师们也感到惊奇，问我怎么有那么好的音乐基础呢？答案自然我是最清楚的。

由于父亲的影响，师范学习期间，我也练习拉板胡学秦腔。可能是耳濡目染，我学习也挺快的。学校放假，闲暇之余，我和父亲会在家里一起演奏，互相学习，互相切磋，取长补短。如果赶上寒假期间村上唱大戏，我也跟父亲一起在戏台上作为乐队伴奏，只不过父亲仍然拉的是板胡，我拉的是二胡，父子同台伴奏，台下尽是羡慕的眼神！

参加工作后，单位离家较远，我回家的次数少了，可是父亲的叮嘱多了。每当回家时，看到父亲拉板胡，听着板胡发出的那流畅高亢的秦腔旋律，就有一种久违的感觉。我也赶紧拿出二胡一起和父亲拉上一阵子。陪伴父母的时间少了很多，但我相信，这样的陪伴是我们父子之间交流和表达感情的一种特殊方式，这种方式只有我们父子俩能懂！

父亲在干完一天的农活后，吃过晚饭就拉板胡；在下雨飘雪的日子里，手边的零活干完了就拉板胡；心里有了烦心事，他也拉板胡；家里人心情好，他也拉板胡。父亲还跟我们开玩笑说，他可以不吃饭，但离不开秦腔和板胡。我们说他就是个“秦腔迷”“板胡痴”，父亲也会点头默认！

每当村里要准备过年唱戏的时候，父亲就是最忙的一个人。他不仅是村里秦腔戏的组织成员之一，也是排练人员。由于村里的演员们表演基础薄弱，唱功不好，父亲便手把手的教他们秦腔唱法，小到说白的咬字吐字，大到唱腔的乐句、乐段演唱，他都能耐心细致地指导。很多时候，他会把这些人带到家里来，边拉着板胡顺唱，边指导他们唱法，有时还给他们讲剧情，让他们进入角色演唱。从农历十一月开始，一直到演出结束，两个多月的时间里，父亲几乎很少顾家，总是把很多的精力投入到他所喜欢的秦腔上去了。母亲和我们有时也抱怨父亲不干家务，但看着那么辛苦的父亲，听到他说“我也就爱好秦腔，就让我高兴吧”的时候，我们倒还很支持他的。有时我还给父亲说，你喜欢就高兴地去做吧，他还真像小孩子一样开心！

2006 年，由于工作调动，我来到了县城工作，随后住进了楼房。孩子也要上学，父母便在农闲之余帮我们接送孩子。当把孩子送进学校后，父亲就和他的朋友们相约，带着乐器，要么在公园里演奏上一会秦腔曲牌或者唱段，要么就为他们的自乐班伴奏。接送孩子从没耽误过。村上如果正月里要演出秦腔，父亲便让母亲接孩子，他一个人回老家忙活他的秦腔排练那一摊子事了，一直忙到演出结束。为了他拉板胡的方便，也为了他再不担心坐公共汽车时板胡被挤压，父亲还用他的一双巧手自己制作了一个板胡。这样一来，一个拿回老家，一个放在新家，甚是方便！

日子一天天过去，我们在父亲板胡声的陪伴中长大。这让我们如痴如醉的板胡声，陪伴着我们走过了生活困难的童年和少年，走过了衣食无忧的青年，也陪我们走进了忙碌而幸福的中年。

再后来，父亲生病住了几次院。当出院之后，父亲就迫不及待地打开装着板胡的盒子，仿佛要看看他好久没见的孩子一样，接着小心翼翼地拿起板胡，然后酣畅淋漓的拉上一会儿。听着那些时而高亢激越，时而低沉凄苦的秦腔旋律，我仿佛看到父亲沉浸在秦腔里。父亲拉板胡，是那么得从容，那么得投入。他似乎在享受着秦腔艺术的魅力，也似乎在板胡声里寄托着他的喜怒哀乐！

父亲去世好几年了，那把板胡很多时候静静地躺在那个精致的盒子里。而我，由于工作一直忙的原因，很少拉板胡了。有时候，闲来无事，我也会像父亲一样，小心翼翼地把那把板胡从盒子里拿出来，尽情地拉上一阵，摇头晃脑，陶醉其中。这是我对板胡的感情，更多的是对父亲的怀念！

父亲用板胡演奏秦腔几十年，秦腔也在父亲那里演绎了几十年；父亲拉板胡大半辈子，那把板胡也伴随着父亲大半生。我是在秦腔声里成长起来的，也是在父亲的板胡声里长大的。父亲爱我，我也深爱着父亲。我时常沉思，也在叩问心灵：板胡在父亲那里，是不是另外的一个我？而我在父亲心里，永远是他爱不释手的板胡吧！

我深知，父亲的板胡声，已经永远驻守在我的灵魂深处了。

作者简介：柳生魁，甘肃省永登县人，任教于永登县第一中学，中学语文高级教师。《齐鲁文学》签约作家。有30多篇（首）散文、诗歌发表于《西部散文选刊（原创版）》《齐鲁文学》《东方散文》《天府散文》《祁连文学杂志》等纸刊和公众平台。

冬日印记

梅会林

随着西伯利亚寒流一阵阵南侵，冬的脚步越发霸凌，踹过花丛树木，踏往山川陌野，一次次涤荡着打籽结果后的残枝败叶，横扫着收获后支离破碎的芜杂凌乱，把曾经的丰盈瘦身、归零，像电脑定期清除垃圾，以腾出更多的储存空间。

经过冬的脚步反复蹂躏，花也枯萎，叶也凋零，河也成冰，虫儿收起聒噪蛰伏进土层，鸟儿哑然卷缩羽翅归栖巢窠，威冽的寒潮锁住了张扬和躁动，呈现一派寂静肃然之象。暑往寒来，给万物留出一段休养生息的宁静时光。

北方的冬怅然空旷。我坐在城里一楼窗前，紫荆树曾经一树的繁花点缀着一窗的风景，如今枯萎的花叶犹抱枝头，让人感到了时光的荏苒和流年匆匆。高楼挡住了远眺的视线，向上仰望如坐井观天。我想到了乡村，这个时候，你站在村庄大街上东西望去，本来稀疏的行道树叶子落尽，光秃秃地腾开了视野，看不到走动的行人，尽管两侧房屋错落不齐，目光依然可以丈量到路的尽头。太阳好似怕北方的冷，远远地躲到南方，总是慵懒地睡在长夜的帷幕里不肯起来，醒来时也总是涨红着脸，神态朦朦胧胧，丝丝余热，暖不满北方的空寥。那新宅老房一个高过一个，后建的哪怕比前建的高出一厘米，主人的攀比心理在乡俗陋习中也能得到满足，可空荡荡的房间让老人们时时感到袭人的寒意。老人们走出家门，裹着厚厚的棉袄棉裤，两手插进袖筒里，有的甚至胡子上沾着鼻涕，在街北墙根静沐太阳的光辉。村外的田野无遮无拦，一望无际，看不到蠕动的虫儿、飞翔的鸟儿等活动的生灵，“千山鸟飞绝，万径人踪灭”。寂静而萧瑟使天空显得更加高远，使天地间显得更加寥廓。

北方的冬夜可能是因为寒冷，显得很是漫长。太阳出来的晚，却总急匆匆西下，早早地沉落进连绵的太行山脉。过去，入夜后人们把家门关上，把粗布棉帘放好，坐在土炕边，围在灶台火炉旁，在昏暗的灯光下，或抠玉米，或纺棉花，或说家务，或聊东家长西家短，打发时光。单调的夜实在难熬，我记得熬到深夜，肚子饿了，老父亲就下到院子中 4 米多深的红薯井里，拾几块存放在井底洞里的红薯，用背篓提上来，洗净蒸熟，让我充饥饱腹。有时睡得早，半夜被大街上传来的梆子声惊醒，我知道那是邻村卖烧鸡的来了，在那禁止经商的年代，卖烧鸡的常在深更半夜出来，销售对象主要是生产队夜间加班的“干部”。“梆—梆—”“梆—梆—”，声音直往耳朵里钻，迷迷糊糊中我仿佛闻到了肉香，刺激的我肚子咕咕直叫，辗转反侧，咽几口涎液，久久不能入眠。有的时候静静的夜里树上的猫头鹰忽然发出几声鸣叫，人们说“不怕夜猫子哭，就怕夜猫子笑”。“夜猫子”指猫头鹰，所谓的“笑”就是叫声里带着笑的意味，是不祥之兆。猫头鹰虽是益鸟，但我们忌惮它，不喜欢它。它发出叫声后，就会增加恐怖紧张的气氛，夜就显得更幽静、更寂寥、更寒冷。很多时候晚上我在家待不住，常跟小伙伴跑到街灯下玩耍。搭伴出去的时候有说有笑，不觉得害怕，回来的时候孤身一人，要穿过200多米长的巷子，黑黢黢的，没半点动静，那个怕呀浑身起鸡皮疙瘩，鼓鼓勇气，闯进黑暗，一溜小跑，“咚咚”的心跳，觉得头发都要竖直，有时不防备惊吓到猫，猫“喵儿”一声跑过，吓得我魂儿都要飞了。现在看来不长的巷子，那个时候不亚于死亡穿越。别说孩子们，就是青壮年人也熬不住冬夜的枯燥寂寞，他们总是结伙找乐，有时结伴拿着手电筒，搬着梯子，寻没人住的闲屋空房，在檐下掏麻雀。有时聚在生产队的牲口棚，围着老拐爷听讲故事。老拐爷拖着一条残腿坐在高处，周围有的坐在长板凳上，有的胡乱坐在作为饲料的玉米秸堆上，嗅着牲口难闻的气味，津津有味地听讲《三侠五义》《七杰小五义》《五鼠闹东京》等故事。有时做打狗的恶作剧，我的邻居家养着一只雌狗，吸引着邻村几只雄性狗来做窝，不知是谁首先发现的这一秘密，也不知是谁提议，捕狗便很快成了一致行动。分工合作，有的拿着木棒，有的拿着绳子，分藏在几个大门过道，平心静气，静静地等候，等到夜深人静，雄狗便来寻雌狗，等到两只狗交欢的时候，一个拿绳子的人就轻轻地走上前，用绳子勒住雄狗脖子，原地抡起来转圈，其他人蜂拥而至，手执木棒捶打，直到把雄狗打得半死才肯放了。那时的冬夜总觉得漫长而寒冷，寂静而贫瘠，在苦乐中挨过那难耐的时光。如今乡村的冬夜依然是宁静的，大街上的路灯照不到深巷里的人家，地里没了农活，家务也不似以前那么累人，青壮年人大都外出务工，清闲下来的留守主妇留给她们的只有不尽的思念。窗外夜色如水，映照着她们的心事，夜色有多深，思念就有多深，夜有多长，思念就有多长。

北方的冬是一个晶莹的雪的世界。记忆中乡村的冬雪来得特别早，下得特别大，在月黑的晚上半夜醒来，纸糊的窗户发明，让人以为天要亮了，父亲透过窗户中间的一块玻璃向外看看，告诉我下雪了。随后我也好奇地探头向外张望，雪花纷纷扬扬飘洒，把夜色都映白了，雪中静夜，万籁无声，正如白居易《夜雪》诗：“已讶衾枕冷，复见窗户明。”想着天明后该是一个怎样的童话世界。岑参“忽如一夜春风来，千树万树梨花开”比喻中的雪，越过千年依然洁白。早早起床，只见白茫茫一片，白的树枝，白的房屋，白的田野，一切的一切都披上了银装，洁白无瑕，一切显得素雅恬静。趁父亲不注意的时候，我跑进雪地里滑雪，“哧溜—哧溜—”，雪地上留下一长片凌乱的印痕。喜欢狩猎的人便领着狗，拿着猎枪，踏着厚厚的积雪，“咯吱—咯吱—”，满地里搜寻野兔的踪迹。狡猾的野兔没有蛇的冬眠本领，只能暴露行踪在雪地里觅食，在白茫茫的世界里去赴一场黑色死亡游戏。雄兔脚扑朔，雌兔眼迷离；双兔傍地走，猎人的枪怎会辨哪个是雄雌？生的希望只能在猎人犀利的目光和猎犬灵敏的嗅觉中听天凭运气。近些年来，该冷的冬天没那么冷，北方的冬雪也总是来得晚，下得小。寒冬有梅，万万不可没有白雪，南宋末年卢梅坡《雪梅》诗中写道：“有梅无雪不精神，有雪无诗俗了人，日暮诗成天又雪，与梅并作十分春。”皑皑白雪中红梅绽放笑脸，超凡脱俗的感觉，禅意般的美轮美奂。我不喜欢红梅傲雪的说法，我觉得雪依梅，梅恋雪，梅雪相偎，一个是大地奉献的大美物种，一个是上苍恩赐的天使精灵，在万籁寂寂中演绎着跨界绝恋，那情调，那韵味，那意境，怎能靠语言去描述？！大雪覆盖的大地在孕育无限的生机，麦苗盖上被子，吸收着水分，白玉兰也已鼓起一树一树的花苞，空气中荡漾着春天的气息。

我的北方的冬寒冷而肃杀，漫长而宁静，单调而富于希冀。

作者简介：梅会林，男，河北邯郸人，河北省作家协会会员、河北省杂文学会会员、中国西部散文学会会员，中华文化促进会连氏文化委员会河北分会特邀顾问。在《法制日报》《农民日报》《瞭望》《人民论坛》几十家报刊及多家网络平台发表散文、杂文等作品一百多万字。2014年出版长篇历史故事《连氏五进士》。

追思月亮

庄有禄

近日重读张若虚的《春江花月夜》和苏东坡的《水调歌头．明月几时有》，当读到“江畔何人初见月？江月何年初照人？人生代代无穷已，江月年年望相似。”“人有悲欢离合，月有阴情圆缺，此事古难全……但愿人长久，千里共婵娟”等耳熟能详的精美诗句时，便情不自禁地勾起了对月亮的追思。

月亮是地球的小兄弟，千古而下，守卫着老大哥不离不弃，情有独钟，值得讴歌与赞美。每当夜幕四合，清风徐来，一轮明月朗照大地，我便常常伫立于无碍的旷野，目不转睛地注视着由圆而缺、由缺而圆的月亮，忽然产生诸多疑问，比如月亮到底什么时候开始悬挂于天空？从何处来？到何处去？她会永远地漂亮下去吗？或者哪一天会突然消逝吗？凡此种种，不一而足。这些问题，我问苍天，苍天摇摇头；我问大地，大地摆摆手；我问身边的有识之士，得到的往往是惊诧和鄙夷的眼神。我只好将这些迷惑折叠起来，暗藏于心底，等上了西天之后，去找玉皇大帝好好请教吧。

人类自从在地球上诞生，就与日月星辰为伴，地久天长，薪火相传，留下了许许多多的佳话。作为万物的灵长，始终对日月星辰充满着敬意、感恩和无尽的期盼与联想。其中对月亮最为偏爱，喜欢搜肠刮肚，选择些美好的意象作比月亮，令人眼花缭乱，十分欢喜和痴迷。文人雅士们喜欢用“玉盘”“银盘”“铜镜”“翡翠”“珍珠”“月饼”“明灯”等比喻一轮圆月；喜欢用“弓”“银钩”“镰刀”“小船”“眉毛”等比喻一弯月牙；也喜欢用“婵娟”“望舒”“玉兔”“蟾宫”“寒宫”等代替月亮的芳名。读着这些美好的意象，不禁浮想联翩，心潮激荡，不仅为古人的才华横溢叫绝，也从中感受到了无限的温馨与慰藉。

我们的祖先，面对温润和顺妩媚的月亮，展开想象的翅膀，编造出美丽动听的故事——嫦娥奔月。儿时常听大人们绘声绘色地说道，嫦娥本是一位漂亮的农家女子，嫁给射日英雄后羿为妻。有一年八月十五日的晚上，吃了西王母赏赐给后羿的不死药，立即成仙，飘飘忽忽飞到月宫，变成了捣药的蟾蜍。从此，嫦娥生活在广寒宫里，与手持板斧砍斫桂花树的吴刚朝夕相伴，经年累月，始终坚守岗位，尽职尽责，没有跳槽和越轨。吴刚无论如何卖力，也砍不倒月宫中那棵枝繁叶茂的桂树，因旁边趴着哮天犬，吴刚每砍一斧子下去，哮天犬就叫一声，砍出的口子立马又合上了，恢复成原来的样子。嫦娥身边聚集了一群宫女，个个貌美，赛若天仙，跟着她起舞弄清影，不知疲倦。嫦娥升宫后，触犯了玉皇大帝的旨意，被降旨变成了玉兔，每到月圆之时，就在月宫里为天神们捣药，接受惩罚……故事绮丽迷人，虽然半个多世纪过去了，我仍记忆犹新，每每想起，仍感津津有味，意趣横生。

随着年岁的增长和阅历的日益丰富，对月亮的认知也逐步升级。其实月亮就是地球的一颗卫星，始终围绕着地球一个月旋转一圈，从不停歇。因光线受地球遮挡影响，月初为月牙，日日增盈，到月半时变成圆月，称为上弦月；紧接着日日削亏，慢慢变得细小，直至月末变成了月牙，称为下弦月。古人把每月十五日称望，十六日称既望；把初一叫朔，把月末叫晦。又把认识扩展延伸。太阳是阳，月亮是阴；山是阳，水是阴；男人是阳，女人是阴；光明正大是阳，阴谋诡计是阴……把月亮纳入阴阳学范畴加以研究阐发，世代流传，影响深远。

实际上无论人类如何编排、意会月亮，如何阐释月亮，月亮始终还是那个月亮，每天都会像钟摆一样不停地运转，由亏而盈，由盈而亏，周而复始，没有穷尽，不以人的意志为转移。所谓“战天斗地”，权当一句口号喊喊罢了，不可当真。其实人类在大自然面前永远是小学生，显得十分渺小而微不足道；人类再强势，也难以战胜自然灾害，只能减轻自然灾害对人类造成的损失；所谓“人定胜天”，只是一种妄自尊大，一种痴想狂想而矣。从古及今，没有哪个人能胜得过天。我想，再过亿万斯年，人类还是胜不过天，这是自然法则使然，应该无法改变。随着科技成果的日新月异，人类仍然无力改变大自然的神威和运动规律，只能潜下心来，虚心认知大自然，研究大自然，遵从大自然，敬畏大自然，友好利用大自然，与太阳月亮星星海洋河流山川和平相处，不矛盾，不冲突，不较劲，不折腾，达到天人合一的理想境界，既保护了大自然，同时也保护了自己。那种把月亮摘下来，把月亮射下来，肯定是一种幻想，什么时候都不可能实现的。

我国把“玉兔车”送上了月球，起名叫“探月工程”，就非常明智，非常实事求是，摆正了人与大自然的关系；若改称“揽月工程”“登月工程”“踏月工程”等等，显得都不合适，有些无知和有失理智了。将来“探月工程”无论取得多大进展，我想人类都无法改变月亮的运行规律和自然习性。人不可能返老还童，人的生命只有靠传宗接代才能延续；即使人人都像彭祖一样活过八百岁，仍然陪不起月亮。一代一代的人都是赤条条地来，又赤条条地去，都是人世间的匆匆过客，化成泥土和肥料，滋养着花草树木，一岁一枯荣，没有休止符。

无论人间如何变化，月亮都不会改变她的容颜，站在地球上的任意角落仰望月亮，她总是那么年轻漂亮、贤淑而温文尔雅，永远是万物灵长的好伙伴、好朋友和知心恋人。

我爱月亮。

作者简介：庄有禄，安徽省霍邱县人，基层公务员，中华诗词学会会员、安徽省作协会员。1989 年以来在国家、省、市级 40 余家报刊和十几家微刊发表诗歌、散文、言论、论文、报告文学、新闻作品等一千余篇，120 万多万字。

一场向着诗和远方的执着行走

马路

自驾，说走就走

想来那一次千余公里的长途奔袭，星夜兼程，真有些踌躇满志，豪气干云。到两天后安然返回的那个夜半，几个人在文昌阁夜市大排档举杯欢庆，开怀畅饮，又是怎样一番激昂慷慨，荡气回肠！

这一切皆源于诗，源于远方。

还在八月中旬，就接到抱岩的电话，说九月初有个全国“百名诗人访延安”的活动，目前正在接受报名。我一听就心有所动——延安，红色中国的革命圣地，我还没去过；何况以诗的名义前往拜谒，这理由多么堂皇而且浪漫！

很快，颍淮诗群里几个“热血青年”就议定了行程，完成了报名。一场为诗歌行走的计划，就这样开始在每个人心里慢慢发酵着。

人生路远，不是每一段行程都能按部就班。到准备出发的前两天，抱岩作为这个活动的倡议人，突然表示有其他事情脱身不得。瑞庆也事务繁忙，颇有动摇。眼看这期待已久的行程直要夭折，几个人在群里几次三番反复讨论，决定还是要克服困难，按原计划前往。一则，我们既已报名，延安举办方亦做好接待方案，临时变动会打乱他们的预案，且也不够礼貌；再则，这活动本身也是极有意义的，主动放弃，实属莽撞颟顸。于是，在克服了诸多困难之后，几个大龄“文青”居然十分庆幸地比计划提前一天出发了！抱岩无法成行，缺额恰好由孔一坛老总祥峰替补。

9 月 6 日应该是个好日子，无论从数字本身还是从字形和寓意上看，都让人觉着身心舒泰。按照这里的风俗，人们外出，求财或者赴任，往往会念叨一句“三六九往外走”，既是对前途的期待，也是对行动的安慰。我们没有刻意选择，却无意间契合了一个冥冥之中的约定。

自驾，是个大胆的决定，甚至事后想想都有些疯狂。高德导了一下，近千公里。但也是无奈之举，广彬要上完最后一节课才能走掉，瑞庆当天还有一场会议要参加，大家都有自己的本职工作，都有那么多事务缠身，早走不得，只好傍晚出发，牺牲些睡眠和精力，寄望于一辆小车夕发朝至了。

五个人，四男一女；一辆车，别克英朗，加起来近 250 岁。这样一个临时的诗意组合，在早秋傍晚温煦的阳光里，怀揣着一丝忐忑、二丝兴奋，向着梦中的诗和远方，正点出发了。

感谢这伟大的时代！我们有四通八达的高速路。感谢这万能的高科技！我们有无所不能、无微不至的导航系统。文学老青年只管在车上天马行空地海侃神聊，只要驾驶员不分心，不走神，安全有保障，油箱不缺油，我们就能够一直向前。

整个行程记录下来令人颇为感慨，作为主驾的我也有点自豪。我们从细阳北三角元入口上到宁洛高速，然后一路向西，而北，先后经过京广澳高速、永登高速、焦桐高速、连霍高速、二广高速、长济高速、垣孙高速、侯平高速、京昆高速、呼北高速、青兰高速、包茂高速，横跨皖豫晋陕，驰骋两千里，两度跨越黄河，最后按计划顺利到达陕北延安！

小时候学地理，读到伟大的祖国“地大物博，山河壮丽”，总归只是一个懵懂的意象，至于有多大，地图上也就一个大公鸡；有多美，却只能看到家乡那些寻常的沟沟坎坎，实在没有更多的直观感受。没有亲历，缺乏力行，哪里又能真正理解那些朗朗上口的美妙汉字及其背后的无穷意蕴呢！

九月初的天气，皖豫两省还颇有些暖和，地域相邻，气候相近，沿途到处飘飞的毛絮一样的东西也一例兄弟情深，洋洋洒洒，漂浮在半空中，附着在公路两旁，白茫茫如盐似雪。这是一种灾害性植株现象，我开始以为是杨絮，后来一想现在是九月啊，难道是苇絮？却又有些疑惑了。不过这远远近近高大的白杨树的确不少，这种白杨是一种低端速生林木，不知何时开始大面积推广种植的，枝枝干干大多用来做复合板材料。记得二十世纪七八十年代，我们还小的时候，家乡的白杨都是没有毛絮的，只因为生长缓慢，就逐渐被改良了。然而，改良的结果是效益有了，污染也来了。近些年网上呼吁消灭这种白杨树的呼声很高，据说因为治理成本问题，却是成效不彰。看来有些貌似简单的小事，其实也是一项系统工程，不是朝夕之功，亦非一省一地之权宜。

车子行驶飞快，窗外的景色也是一闪而过。过了许昌，乃至登封，道路两旁的白杨树显然少了许多，最典型的变化是毛絮没有了。再往前，过黄河，入山西，明显感觉到地势高低起伏的变化，但是除了服务区小憩，外面的景象我们却是越来越看不清了。夜幕降临，黑暗包裹大地，我们只好跟着导航，在陌生的空气里披星戴月，奋然前行。

壶口，意外之举

如果说此次延安之行从开始就是一个偶然事件，那么壶口小驻就更是这偶然中的意外之举。

按时间来说已经是7日凌晨了，导航提示正行进在山西境内。外面是黢黑的夜幕笼罩，疾驰的小轿车是幕布上一只顽强的甲壳虫，谨慎爬行在空邈的虚无中。而车内，则一直保持着一种文人特有的奇异格调，时而昏沉安静，时而气氛热烈。或许大家心里都有一个强烈的期待，也有一点小小的兴奋，尽管时至夤夜，依然是天南地北，天文地理，天空海阔，天下文章！过中条山，我们记起小学课文《中条山的风》，谈论中条山战役中国军队溃败的耻辱；过吕梁山，我们自然想起刘胡兰，想起云周西村，想起《吕梁英雄传》。文学青年的使命就是阅读、讨论和抒情，一闪而过的山水，一座幽深的隧道，从他们嘴里都能听到历史的回响，听到诗意的吟咏。蓬勃的诗情在每个人心里迸发，仿佛这座位底下飞旋的车轮，沸腾着要冲破这无边的黑暗，抵达前方巨大的光明。

“这么算来我们应该可以提前半天到达目的地，不如先去壶口看看。”像是黑夜里擦亮一根火柴，谁一句梦呓般的提议立即让大家眼前一亮。

“好啊，去！”附和得极快且态度坚决。

路在脚下，方向在手中。切换一下导航，径往壶口进发。

黑夜中行车，会有诸多不便，司机需精神高度集中，思想当然也是高度紧张。也不知到了哪里，只觉得地势起伏越来越大，路面越来越窄。有些路段，汽车爬坡明显吃力，我甚至一度怀疑是不是油门出毛病了；直到遇着下坡，车子恢复常态，才又心中释然。看来这莽莽崇山峻岭中的公路，确与平原地带不同，上坡下坡都可能是一段漫长的过渡。偶尔，借着转弯时灯光的瞬时扫射，会看到一边是崖壁耸峙，一边是河岸陡峭。其时我们已经行进在壶口镇辖区了，只是因为外面太暗，视野受限，只好盲人骑瞎马，跟着感觉走。

当导航结束，车子终于停下来，几个人不约而同各自长出了一口气，那是大力神安泰的双脚落于地面才有的踏实感觉。打开车门，一股冷风袭来，让人禁不住打个寒战。哦！只大半天的光景，这里已不是暑气未消的皖北平原，而是寒气逼人的西北高原了。祖国之大，一日两季；疆域之广，山高水长。

我们是清晨七点多钟从吉县一边进入壶口瀑布景区的。其时太阳还没有出来，高远的天空呈现一派混沌的黛蓝，空气中透着西北高原特有的寒意。站在曲折回环的廊桥之上，两岸青山巍巍，脚下浊浪滔滔，仿佛置身于千军万马呼啸而至的战阵之中，让人天旋地转，身心欲堕。仰首北望，苍穹高邈静谧，似有神灵端居；大河汹涌奔腾，直如天地摧折。移步壶口近前，上游宽阔的河道为两边峭壁所夹峙，至此骤然变窄，那狂泻而下的河流如巨龙震怒，夺路奔袭，但觉万鼙轰鸣，龙涎排空，让人愈加感受到造化之雄奇，洪荒之神力，生命之微弱。

壶口，于我而言，以前只是个地理概念，至于壶口瀑布，影视印象也不过尔尔。然而，一旦抵达现场，身临其境——也唯有如此——你才能真正体会到什么是野性，什么是震撼，什么是气势磅礴！才能真正理解为什么诗人会有“黄河之水天上来”的慨叹！才能真正感受“风在吼，马在叫，黄河在咆哮”的激越和壮阔！——如果这些仍不足以表达那种无与伦比的视觉与力量的冲击，那你就只有伫立原地，凝神屏息，在心中默诵，向天地祈祷！

黄河自古就是中华民族的母亲河。数千年来她不仅哺育了自强不息的民族血脉，更孕育了悠久灿烂的黄河文明。中华民族正是从这里起步，辛勤耕耘，筚路蓝缕，历经曲折艰险，一步步从蒙昧走向智识，由贫弱走向富强，进而在今天重新崛起，大放光芒。

然而，一个民族有多少自豪就必有多少苦难，有多少荡气回肠的历史就必有多少长歌当哭的屈辱。“九一八事变”日本侵略者起衅东北，“七七事变”后更欲深入内地，乃至完全侵吞中国。巍巍青山，天佑中华，帝国主义的铁蹄在黄河天险遭到巨大挫败。1937 年 7 月以后，日本侵略军迅速侵占华北大部，嗣后又向南方大举进攻，直扑陕西，妄图渡过黄河，进军西北和西南，速战速胜灭亡中国。1938 年到 1940 年间，侵略者发动大小数百次战斗，欲从壶口以下河面狭窄处西渡，都被同仇敌忾的中国军民坚决粉碎。面对黄河天险，面对中华民族的顽强阻击，日本侵略者企图在短期内攻陷中国进而称霸世界的“田中计划”无奈夭折。诚如 1939 年被中国军队俘虏的、曾在宋家川渡河的日军司号兵山田所说：“船到河心，每一个浪就是一座大山，船过了一个浪头，我们都吓一脸煞白，全身发软。哪还能打仗。大大的可怕。”

伟哉黄河！壮哉黄河！在子女面前您是慈祥的母亲，在邪恶面前您是佑护之神。从卡日曲到渤海湾，您的每一粒尘沙、每一颗水滴、每一朵浪花都充满爱，充满神性！黄河保卫战无疑是中华民族抵抗外侮的大风歌，而激昂澎湃的《黄河大合唱》将永远在中华大地和国人心中跌宕回响，熠熠闪耀！

壶口小驻让我们精神倍增，每个人心中都激情澎湃，也迅速唤醒了还在旅途中沉迷的诗情。大家移步换景，争相拍照留念，临行更是恋恋不舍，表示他日将再来观瞻凭吊，以慰寸心。是的，对我们几人而言，这份心思不仅包含着对一个通俗意义上的景区的认可，更重要的，也饱含着对一个文化意义上生命符号的顶礼膜拜。黄河是中华民族的母亲河，是炎黄子孙的精神图腾。尽管她像古老的华夏民族一样历经磨难，历尽沧桑，但那种自强不息、笃定坚忍的品格，那种勇往直前、奔流入海的定力，早已如黄河水一般溶入中华民族的血脉，哺育这一方水土万物竞生，厚德永祚。

陕北，诗意行走

接下来的行程显然轻松舒畅许多。一则白天行车便捷无碍，让人能够放开手脚；再则沿途风光一览无遗，行走之间也令人心旷神怡。尽管连夜赶路都没能好好休息，但壶口之行不仅没有增加额外的负担，大家反而打了鸡血一般，精神更足了。车子调个头，缓缓驶过七郎窝黄河大桥，转眼之间就进入陕西境内了，而陕北延安，正是我们此行的终点。众人难掩兴奋之情，在曲折起伏的黄土高原又开始一场热力四射的诗意畅行。

在平原地带住惯的人，对于高原山区总有一种特别的新奇感。巍巍青山，莽莽峰岭，一闪而过的深山峡谷，接踵而至的长短隧道，都让我们的视野打开欢快的色彩。透过车窗，间或起飞的三两只灰雀白鸟，也会让人的神思随着鸟儿的翅膀融入这北国的湛蓝碧霄。有人已开始在车内哼哼唧唧、抑扬顿挫地口占偶得的诗句了；也有人默默在心里打好腹稿，只等着到了延安，与诗友唱和；最直接最动情的是广彬，他一遍遍用教师特有的浑厚嗓音深情地反复吟哦：几回回梦里回延安，双手搂定宝塔山……

此次“百名诗人访延安”活动是延安一位知名诗人筹划举办的。就我个人来说，此前对他既不了解也不熟悉，同行的其他几位诗人也大抵如此。我们怀揣一腔热情千里迢迢奔赴延安而来，是延安的召唤，更是诗歌的召唤，而延安诗人显然就是举起火炬吹响号角的旗手。我们满怀期待参加一次诗歌的盛会，同时也期待着面晤这些来自全国各地的诗人，期待着一场诗歌的交响和心灵的碰撞。

宝塔山还没到，车子却先在南泥湾停了下来。这又是一个意外的收获。我们最早在小学课本上就知道南泥湾了。“三五九旅，大生产运动，纺车、庄稼、牛羊，自力更生、艰苦奋斗”，这一串闪耀着汗水光泽的词汇早已扎根于幼年的心灵，没想到有这么一天，我们竟能亲身来到它的发源地，把这些词语重新拿出来放在初秋灿烂的阳光下对照、擦拭、端详、沉思。眼前的南泥湾，天空高远，白云悠悠，群山环抱之中，玉米蓊郁葱茏，稻穗饱满金黄，一畦畦蔬菜青翠欲滴。我们下车，兴奋地穿行于田塍沟坎之间，让自己的呼吸和心跳与那些芦苇菖蒲、山花野草融为一体，倾听天上的鸟鸣，倾听山野的回音，倾听七十多年前大生产运动的雄壮号子……远处，一排排依山而建的当年的窑洞遗址斑驳坍塌，静默安详，仿佛许多历经沧桑的老人在无言述说着一段多么沉重的奋斗历史。

诚然，中国革命的斗争史流淌着延安的血液，而延安革命的斗争史又流淌着南泥湾的汗水。或许正是南泥湾“自己动手、丰衣足食”的革命精神喂饱了当时饥饿的延安，同时也给艰难的革命事业提供了必不可少的宝贵给养。

可喜的是，如今的南泥湾已是游人如织，成为旅游胜地。我们在此只是稍作停留，便驱车于下午五点左右到达此行的终点站延安宾馆。

举办方的接待热情而周到。当日晚上，延安文联为来自全国各地的诗人举行了一个小型的欢迎宴会，文联党组书记王青山介绍了延安经济社会发展情况，作协党组书记霍爱英发表了热情洋溢的致辞。六十多人济济一堂，大家互相介绍，互致问候，整个宴会大厅充溢着一种诗意的风雅和温暖。在这里，我先后见到并认识了洪哲夔老师（此前我已经通过诗会名单与老先生沟通联系，一见之下更为亲切），他是当年铜陵市解放思想大讨论的亲历者，其他还有芜湖的张远琴、辽宁的萨仁图雅、江苏的安娟英、广东的莫善贤、河北的赵奇伟、贵州的郭思思、浙江的李建军、新加坡的陈华美、江西的马丽芬等等，可谓诗星璀璨，济济一堂。延安诗人刘西英和左艺也让人印象深刻，整个诗歌活动却组织得张弛有度，有条不紊，让来自全国各地的诗人切身感受到陕北老乡的热情和周到。

延安古称肤施，自古为西北重镇，素有“塞上咽喉”之称，而中国革命的战争史又进一步奠定了它在政治和军事上的战略地位，给这座古老的边城平添几许灵气，几许霸气，几许神秘，几许诗意。在那样一段艰苦的岁月，它不仅吸引了大批热血青年投奔而来，也吸引了一些国民党将领暗中访问，更有外国记者如斯诺者往谒观瞻，心悦诚服。作为一种地域、精神和信仰的符号集合，延安，真真是绘之浓墨重彩尤嫌不足，读之荡气回肠意犹未尽。

接下来两天的采风活动可谓行程紧凑，丰富多彩。第一天，诗人们先后游览了延安的精神象征宝塔山、枣园等革命旧址，以及延安革命纪念馆。在宝塔山上仰观俯察，凤凰山和清凉山雄踞左右，与宝塔山遥相呼应，如三方神灵拱卫着小小的延安城；延河与汾川河在城中交汇流过，如两条缎带绵延飘向远方，让人不得不赞叹这不愧是一块风水宝地。枣园里松柏肃穆，窑洞安然，无声述说着一段艰苦岁月的斗争史和浪漫史。延安革命纪念馆气势恢宏，史料翔实，生动再现了中国革命的曲折历程和光辉篇章。一路走来，作为革命圣地、红色摇篮的延安及其精神，总让人忍不住心潮澎湃，浮想联翩。

从 1935 年到 1948 年的 13 年间，一大批老一辈无产阶级革命家是怀着怎样的一腔救国救世豪情，排除千难万险，在这片小小的三山夹峙之地凭着胆略和智慧站稳脚跟，与国民党反动派周旋，与穷凶极恶的日本侵略者周旋，并最终战而胜之。抗日战争赶走了日本帝国主义，解放战争打败了蒋家王朝，建立了新中国。可以毫不夸张地说，是延安的这一方水土养育了中国革命，是革命先驱在这里煅铸的延安精神引领了中国革命不断前进、不断胜利的方向。

第二天也即 9 月 9 日上午，按照组委会安排，诗人们又赶赴延川，先后参观了习近平总书记当知青时的地方梁家河、已故著名作家路遥故居，下午拜谒中华始祖轩辕黄帝陵，游览参观洛川苹果基地。我们一行五人由于当晚还要连夜返回阜阳，考虑时间关系，就没有参加下午的集体活动，而是在征得组委会同意后自行安排。几个狂热的文青不畏疲劳游览了清凉山，参观了延安大学，最后，在饱餐一顿延安的羊肉泡馍之后，按计划踏上返程之旅。当然我们也明白，那大部分行程，依然与来时一样，要在黑暗中穿越并最终抵达。

延安，深情回望

对于我们几个人来说，延安之行是一次因着诗歌名义的应邀参访活动，同时也是一次个人生命张力的体验与释放。我们经受了一次又一次思想的波动和犹豫，克服许多看起来不太可能克服的苦难，团结一致，互相激励，最终完成了一次堪称完美、不可复制的人生豪迈之旅。一场诗歌的召唤，一回诗意的迸发，一程诗韵的山水，一次诗酒的旅程。每当自我介绍："我们五人是一夜自驾从安徽阜阳赶来，代表颍淮诗人参加此次活动"，周围总会响起热烈的掌声和啧啧的赞叹。我们当然明白，这掌声和赞叹绝不仅仅是给我们五个人，而是给予全部的颍淮诗人；绝不仅仅是给予诗人，而是给予那些以诗歌的名义存在着、行进着的诗意行走。

生活不惟眼前的苟且，还有诗和远方。诗歌让我们的生活充满浪漫与激情，而远方则给我们更多的梦想和期待。人生苦短，也无需太过仓促，忽略了诗酒文章，怠慢了草木山川；求索路长，更应该打起精神，不敷衍锅碗瓢盆，不惮于披星戴月。而这一次，我们正好以近乎疯狂的执着给了一个生动的诠释。遥想当年，诗人贺敬之以一首《回延安》把革命赤子对于延安母亲的爱写得荡气回肠。甲二年后，"百名诗人回延安"大型诗歌参访活动，则在新时代重新唤醒蛰伏在诗人心中的延安精神和赤子情怀。据这次活动的策划者刘西英老师说，《中国百位诗人写延安》（中英文对照版）一书将于 2019 年 6 月面世，该书由贺敬之老先生亲自题写书名，著名诗人叶延滨作序。作为中国诗界这一历史事件的亲历者、参与者，我当然期待早日捧读此书，也更加期待自己的作品能够有幸入选。它不仅是以诗歌的名义对于延安的致敬，对于诗人的致敬，同时也是对于诗歌本身的致敬，更是对于一种精神、理想、与文化情怀的致敬！

延安之行，时日苦短，意犹未尽，期待他日正心诚意再行拜谒参访。

旅程难忘，作文以记。五人文青者，潘莉红、陈广斌、王瑞庆、孔祥峰、马路也。

（附记：《中国百位诗人写延安》一书于2019年8月出版，我也收到了样书。我的一首诗歌《延安之城》初选时被收录，由于某种原因，最后却没能最终入选，成为此行的唯一遗憾。但所有的付出都有回报。后来，延安采风组诗先后发在《光明日报》和学习强国，也算是一个意外的收获。）

作者简介：马路，字无缰，号省一，安徽太和人，现居颍州。在各级报刊发表诗文两百余万字，有作品入选不同文集、选本及教辅教材。出版散文集《浮世清心》、诗集《坐在时光里等你》，安徽省作协会员，阜阳市颍东区作协副主席。

千年极品黄鹤楼

周岑岑

当江淮地区飘落第一场雪的时候，我来到了矗立在江城武汉的黄鹤楼。冬季时节游客稀少，我可以静心地品味这壶泡了千年的极品名茶。

当我肃立在景区前，只见一栋古色古香的阁楼赫然入目，心里顿时激动不已，慕名已久的我终于可以如愿以偿了。举目望去，黄鹤楼气宇轩昂，蔚为壮观，高高的塔尖直插云霄，飞檐凌空，雄伟恢宏，仿佛一根擎天柱耸立在蛇山之巅。步入景区后，“气吞云梦”四个镏金大字马上给我一股豪壮无比的感觉。

黄鹤楼历史悠久，始建于三国吴黄武二年，当时是一座用于军事瞭望和指挥用的岗楼，后来逐渐演变成文人墨客登高吟诗作画之处。历史上的黄鹤楼命运坎坷，历经沧桑，屡建屡毁，最后一次焚烧于清代光绪年间。1981 年开始重修，历经四年多的精心打造，重现光彩。中外游客纷至沓来，络绎不绝。

重建后的黄鹤楼，高五十来米，共五层，楼内有 72 根圆柱支撑，楼外 60 个飞檐翘角，雄伟壮观，富丽堂皇，被誉为“天下江山第一楼”。纵观历史，它与岳阳楼、滕王阁并称“江南三大名楼”，唯黄鹤楼的金碧辉煌，气盖大江，名不虚传。当我身临其境之时，耳边不由回响起唐人崔颢那首令李白也望而却步的千古名诗：“昔人已乘黄鹤去，此地空余黄鹤楼。黄鹤一去不复返，白云千载空悠悠。”

登上楼，我细观其建筑风格，古朴，典雅，凝重，壮丽。五个楼层布展别具匠心，各有特色。一楼反映的是神话，大厅的壁画上一位跨鹤仙人正向蓝天飞去。二楼呈现历史，详尽记载了黄鹤楼的有关情况。我走进大厅，一篇《黄鹤楼记》映入眼帘，字迹端庄秀美，据说是留存至今最早的一篇楼记。墙上的壁画《孙权筑城》《周瑜设宴》，人物形象栩栩如生，故事情节妙趣横生。而三楼的壁画生动描绘了崔颢、李白、岳飞、刘禹锡等十二位唐宋名家的形象。四楼展现的是当地名家的一些书法墨迹。阁楼里，还有从古至今黄鹤楼的模型。看着这些模型，我不禁称赞起了古人的智慧。经过无数次翻修，黄鹤楼一次比一次雄伟，令人称奇。

当我爬上五楼，已是气喘吁吁，可游兴正浓，顾不得休息，忙着端起相机对准窗外四周美景贪婪地拍摄。举目远眺，似有“一览众山小”的感觉。窗外江水滚滚东流，奔腾不息，山色苍茫，云雾游动。阁楼西倚长江，与对岸龟山遥江相望，景色宜人，妙不可言，真可谓“天下绝景”也！

龟蛇二山一起把守着长江大桥，而长江大桥横跨长江，架于两山之间。龟山右边就是崔颢诗中“芳草萋萋”的鹦鹉洲，左边则是“晴川历历”、格调幽雅的晴川阁。我身居景中，深感其气势恢宏，滚滚长江横亘眼前，长江大桥飞架南北，对面龟山上的东湖电视塔高耸入云，远处一条汉江把汉阳、汉口分成两块，与我所在的地方武昌，合称为武汉三镇。

此刻我伫立在顶楼，将江城武汉的美景尽收眼底。长江之水碧波荡漾，浪花翻腾，所向披靡，赛过湖泊，堪比大海，气势雄伟，令我不禁又想起“孤帆远影碧空尽，唯见长江天际流”的诗句来。

“对江楼阁参天立，全楚山河缩地来。”这是黄鹤楼上，游客们津津乐道的一副楹联。真是太妙了！冲决巴山群峰，接纳潇湘云水，浩荡长江在三楚腹地与其最长支流汉水交汇，造就了武汉隔两江而三镇互峙的英姿。这里地处江汉平原东缘，鄂东南丘陵余脉起伏于平野湖沼之间，龟蛇两山兀然而立，夹江相峙，山川灵气吐纳，大江气象动荡，江上舟楫如织；檐角高翘，轻巧飞扬，金碧辉煌，黄鹤楼天造地设于此。令我更加感到，黄鹤楼不论是飞檐流阁还是雕梁画栋，美轮美奂，巧夺天工，实为天下之少有啊！

黄鹤楼虽因武力而建，却因文学而闻名遐迩。三国时，吴王孙皓建造黄鹤楼，是为了三楚地区的防务，西拒刘蜀，北抗曹魏，进而逐鹿中原，以成就他千古霸业。迄至唐初，黄鹤楼在历史上的角色，还一直是江边防务的一个军事场所，直到崔颢的到来，让黄鹤楼完成了一次华丽的转身。一首《黄鹤楼》让天不怕地不怕的诗仙李白也惊叹不已，黄鹤楼二楼的大厅里，开篇就是《黄鹤楼》的诗文。

透过回廊四下而望，夕阳下的武汉三镇，像是笼罩了一层薄薄的轻纱，万里长江西来东去，惊涛掠岸，烟波浩瀚，再读诗文，崔颢笔下的景，一下子清晰起来。崔颢心中的情，竟然是那样的熟悉。他写出的不仅是那个年代的心情，也是属于我们这个时代的心情。崔颢一诗，绝唱千古。文学的魅力，或许就在于此，没有时空的限制，不会因为世事变迁而褪色。崔颢的黄鹤楼，是一个清新而又惆怅的梦。从此，黄鹤楼成为中国文学中的一个纠结点，一定程度上，她成了中国古代文人的某种寄托和安慰。

崔颢之后，又过了很多年，李白来了。李白一生四处漂泊，所到之处，或狂放高唱，或慷慨悲歌，留下了不少佳句名篇。但是，如果稍微对李白的诗有所涉猎，就会发现，李白是不会在同一个地方多写几句的。诗仙神踪飘忽不定，大半是，开怀畅饮，挥毫之后就飘然而去。

然而，黄鹤楼却大不一样，前前后后，诗仙留下的诗，竟然有五首之多。黄鹤楼，是李白活动最频繁的地方，足见他对这里的喜爱。李白第一次来黄鹤楼，就被鹦鹉洲、晴川阁的景致所吸引。虽然说“眼前有景道不得，崔颢题诗在上头”，诗人还是不改狂放不羁的豪气，该说的还是得说，该写的还是要写。于是，我们在《送孟浩然之广陵》中，看到了他与友人的情谊：故人西辞黄鹤楼，烟花三月下扬州。孤帆远影碧空尽，唯见长江天际流。我们在《与史郎中钦听黄鹤楼上吹笛》中，感受到了他的悲愁：一为迁客去长沙，西望长安不见家。黄鹤楼中吹玉笛，江城五月落梅花。我们在《望黄鹤楼》中，领略到了他的飘逸：东望黄鹤山，雄雄半空出。四面生白云，中峰倚红日。岩峦行穹跨，峰嶂亦冥密。颇闻列仙人，于此学飞术……

诗仙的风骨就在于此：坦然豪爽，从不扭扭捏捏。这股豪情，后世文人，能出其右者，我看只有东坡一人。可惜，东坡在黄鹤楼没有留下什么痕迹，或许曾留下，但没有诗词文献可考。不过这不遗憾，没有他，黄鹤楼照样光彩夺目。我曾经想过，要是当年贬谪黄州的东坡先生能够跨过长江，驾一叶轻舟，逆流而上，遭遇黄鹤楼，他会不会写出像《念奴娇·赤壁怀古》那样雄奇俊健的诗文呢？答案是肯定的，他能！而且会像他的前辈们一样豪迈。黄鹤楼，就是这么一个神奇的所在，只要你稍微在檐角一站，你的思想和意念，都会不由自主地弹唱成美妙的音符。她存在了千年，历经风雨，虽然数次被毁，数次修复数次重建，作为中国文人的一个思想寄托，她依然在历史的长河中闪闪发光。

这一次，我怀着十分崇敬的心情带上我的美酒，打算去跟黄鹤楼赔个罪。因为，我幼年时崇敬的一位英雄——岳飞，也曾经去过黄鹤楼，而且也留下了诗文。而我却一直以为，黄鹤楼只是一个骚人墨客表表志向写写风月发发牢骚的地方，知道岳飞在黄鹤楼的活动后，我对黄鹤楼的感情一下子神圣了起来。岳飞在黄鹤楼留下一首词，是在驻守鄂州时所作。将军在击败金军多次进攻后，南宋朝廷却把他调往鄂州，脱离了抗金前线，这对于一个急于为国家收复失地，急于救百姓于水火的有志军人来说，无疑是极苦闷的。于是，黄鹤楼成了岳飞在军务闲暇时消遣苦闷的地方。那定是个烽烟弥漫的黄昏，诗人登上了黄鹤楼，北向而望，感故国破败，神州陆沉；悲统治者荒淫无度，无所作为；怜百姓生灵涂炭，哀鸿遍野，一曲《满江红·登黄鹤楼有感》于是横空出世：遥望中原，荒烟外，许多城郭。想当年，花遮柳护，凤楼龙阁。万岁山前珠翠绕，蓬壶殿里笙歌作。到而今，铁骑满郊畿，风尘恶……

黄鹤楼上，这首词只是摘录了后面几句，但能在岳飞广场看到将军的铜像，我的心里还是充满了喜悦。将军神情严肃，忧然北望，望他的故国，望他的父老。“器大者声必闳，志高者意必远。”我感受得到他要收复失地、力挽狂澜的决心，我也体会得到他生不逢时、难遇明君的苦闷。然而，那决心之火在熊熊燃烧，那里边有武将的血性，亦有文臣的忠贞，那是武将的风骨，亦是文臣的志气。然而，阻挡岳飞收复失地光复旧山河的，不是金人的铁骑，而是权奸，是昏君。十二金牌的伤心往事，一代忠良遗恨风波亭。好在，黄鹤楼见证了忠良的铮铮誓言和灼灼品格，历史记住了遗憾也记住了亮节高风。某种程度上来说，黄鹤楼亦见证了中华民族的兴衰史，品味黄鹤楼，你的眼前不仅会浮现出江南的烟水气文人的古风情，还会飘过历史的金戈铁马和朝代更替。

岳飞之后，陆游、杨慎、张居正、曾国藩、张之洞……或是风骨卓然的文士，或是经纬天地的政客，黄鹤楼都曾听过他们的述说，他们的慷慨悲歌，抑或是仰天长啸。黄鹤楼铭记了他们的鸿影鹤声，也成就了本身的厚重永恒。

凭栏远眺，我置身于浮云古意之中，眼观现代化的城郭秀色，古人觥筹诗笺之气与今日人类文明之息一并涌入心肺。放眼回望，夕阳余晖，如金粉红脂，抹尽山河，一扫昔日古人吟诗赋词后的声声叹息，天地间仿佛涌进千古风云、浩浩江河的沧桑。

一步步走下石梯，心潮澎湃，又想起了一代伟人毛泽东的《菩萨蛮·黄鹤楼》：茫茫九派流中国，沉沉一线穿南北。烟雨莽苍苍，龟蛇锁大江。黄鹤知何去？剩有游人处。把酒酹滔滔，心潮逐浪高……从楼顶走下，迎着长烟落日，沐浴着飒爽江风，我的心胸也不禁更加雄阔起来。

一首首诗词激活了一栋楼阁，一篇篇佳作打开了一个时空。好一泡千年极品黄鹤楼，品得我如此畅快淋漓，通达豁然！

作者简介：周岑岑，女，《西散原创》通联部部长，文学作品散见于《西部散文选刊（原创版）》《青海湖》《中国发布网》等全国各级报刊、网站，部分作品已入选各类文集，并多次获得各类文学奖及全国大型征文一、二等奖。

苍苍黄岗横翠微

向再春

气势磅礴的大兴安岭，犹如一条巨龙，于白山黑水间一跃而起。绵延两千多里，一头扎进内蒙古赤峰市克什克腾旗境内。在其余脉向西部草原的过渡地带，忽然龙首高昂，形成海拔2029米的最高峰——黄岗梁。

从经棚小镇出发，沿303国道驱车行驶大约三十公里，来到热水塘镇。再沿热阿线往北，经过“很黑村”，就来到了内蒙古赤峰市克什克腾旗“黄岗梁国家地质公园”的入口处。公园总规划面积十八万公顷，有草原、山地、河谷、湖泊、草甸、丛林、疏林、沙地等特色景观。优美的自然风光和浓郁的民族风情融为一体，成为极其重要的生态安全屏障，是祖国北疆一道亮丽的风景线。

群山·丛林

七月的黄岗梁，凉风习习。群山连绵起伏，巍峨雄伟。天空湛蓝如水，白云朵朵如莲。远望，丘陵起伏，山色空蒙；近看，山浓谷艳，鸟语花香。当你登上峰顶，只见万壑葱茏，千山一色。山山茂林覆，无树草亦佳。深绿的松树林，浅绿的桦树林，嫩绿的草原，淡妆浓抹，层次分明。旅游公路顺着山势盘旋而上，曲折往复，似一条青色的飘带，绕在山腰，铺在谷底，迤逦伸向远方。公路两边，林木葱郁，花草遍地，像一片海洋碧波翻涌。

走进桦树林，顿觉清凉幽寂，枝繁叶茂，荫翳蔽日。从树缝里漏下点点的阳光，照在林间的草地上。白桦树亭亭玉立，宛如身着婚纱的少女。偶尔见到腐朽的老树干横在眼前，上面的木耳半张半合，仿佛在听风，听雨，听一阵踏踏的足音越来越近！树下是没膝的野草和厚厚的落叶、松软的泥土，走在上面，脚下好像踩着厚厚的海绵。无论怎么走，前面永远都是一样的桦树，一样的草丛，辨不清方向，走不到尽头，无路可循。就算只隔几十米，你也看不见同伴，刚才还互相说话，转眼就不见了踪影，巨大的恐慌笼在心头。因为树林深处生活着多种野生动物，有苍狼、野猪、狍子、驯鹿、狐狸等，有时会见到它们的踪迹。这时，你就要大声呼喊，四处张望，直到听见回应，一颗心才有了着落。

进入茂密的松树林，又是另一番景象。松树林远看碧绿如海，近看成行成列，高大参天，状如宝塔。落叶松挺拔修长，云杉树状貌威严，素有“活化石”之称。枝叶遮天蔽日，林间幽暗阴森，阒然无声，树木之间到处挂着蜘蛛网。在林中穿行，踩着厚厚的松针，听着阵阵松涛，空气中飘着松叶的香气，沁人心脾。巨大的蚁穴，高高隆起，如同堡垒。上面爬着密密麻麻的黄蚂蚁，忙忙碌碌，沸沸扬扬，在他们神秘的王国里编织着谜一样的梦境。

草甸·花海·山野菜

如果说，群山和森林是黄岗梁雄浑的体魄，那么遍布林中、山地和草甸的花草就是她的裙衫。这里植被丰富，据考证，原生植物种类在900种以上，野生动物不下300种，物种之丰富在北方地区实属难得。各种花草争芳斗艳，构成了五彩斑斓的草甸景观。光中草药就七十多种，素有“一步踩三草”的美誉，柴胡、芍药、肉苁蓉、人参、大黄芪等，绿色天然。牧民们放牧的草原牛羊，喝的是矿泉水，吃的是中草药，肉质鲜美。草原羊肉是待客的上品。在草原儿女心中，这父亲的草原母亲的河，永远是根、是魂！

山上丛林覆盖，粗犷雄浑，像高大威猛的蒙古大汉；山下草地花海无边，秀丽优雅，似温柔多情的蒙古族姑娘，偎依在恋人身边。高山森林，平缓草地，相依相伴，不弃不离。流云慢慢飘向天际，天苍苍，野茫茫，毡包错落流水长。草原上，随处点缀着白色的蒙古包，小河弯弯，流水淙淙，像碧玉的带子，飘向天边。洁白的羊群，如天上落下朵朵白云。时而天边云脚低垂，掠过草原，洒下阵雨。别急着躲避，一会儿就雨过天晴。依旧是白云朵朵，似观音坐莲，深情地护佑着草原。穹庐如盖，远山如画，置身其间，顿觉天地苍茫，心胸开阔。好想高唱一曲蒙古长调儿，编织美出丽的憧憬。又想策马疾驰，奔向天边，去拥抱心中的那片晨雾，追寻你雾中的身影，寻觅你昨夜的柔情。

黄岗梁是百花园。来到山脚下开阔的草地，遍地都是野花，眼前呈现出典型的草甸景观。远处丘陵起伏，山峦叠翠，近看地势平缓，花草繁茂。阵阵轻风吹过，草地碧波荡漾，野花万头攒动，曼舞轻盈，形成一片片花的海洋。金莲花像繁星点缀，金黄的花朵灿灿生辉。红色的山丹丹花，好像小灯笼，又像一团火，是农家媳妇儿，热情泼辣。白色的芍药娴静端庄，好似大家闺秀出身名门。黄色的野罂粟最惹眼，零星点缀，颜色像鸡蛋黄儿一样细腻，花瓣舒展，几片围拢，形成一个小碗儿。盛茶，盛酒，盛雨露，滴滴都醉人。鸽子花一袭幽蓝，恰似小家碧玉，含羞带怯，状如鸽子，惟妙惟肖。还有柳兰花、金露梅、马莲花、狼毒花和格桑花……花间蜂围蝶绕，偶有百灵和云雀在草丛中飞起，鸣声清脆婉转，似软语娇啼，仿佛也在歌唱美丽的草原，美丽的家乡。

黄岗梁还是野菜园。山韭菜、蕨菜、黄花菜、白蘑菇是草原人的最爱！还有山芹菜、山莴苣、野鸡膀子等，都久负盛名。

春末夏初，无论走在哪里，都能采到山野菜。山野菜营养丰富，绿色环保，人人喜爱。你看，那黄花儿恰似一地碎金，学名萱草，也叫忘忧草。不用看，光听这个名字，就让你乐以忘忧。开花的色泽金黄，朵朵娇艳。没开的，骨朵儿细长，状如金针，叫作金针菜，尤其名贵。山韭菜丛丛翠绿，开着白色的花朵，随意点缀。用它做成韭花酱，味道鲜美，是吃手把羊肉的佐餐佳品。蕨菜藏在草丛里，颜色嫩绿，俯首躬腰，像是有意和你捉迷藏。放慢脚步，细细寻找，一株一株的蕨菜散生在草丛中，有的举起一个攥紧的小拳头儿，神气活现！有的才长出一个嫩芽儿，像胖乎乎的小姑娘儿，羞答答、怯生生地低着头，看看天，看看地，捎带透透气。看见一棵，心头一喜，奔过去，采下来，赶紧去找另一棵。桦树林里的蕨菜颜色有点发紫，草地里的就翠绿通透，又粗又高，宛如美女发髻上的一枚碧玉簪。左一棵，右一棵，随手采来，就像上了瘾一样，总也感觉不到累！个中滋味，并不在于收获的多少，而是在于享受采摘的过程。回到家里，炒上一盘儿鲜嫩的羊肉蕨菜，真是无比美味的佳肴。

盛夏的时候，下过几场透雨，蘑菇就长出来了！在草原上采蘑菇是最快乐的事儿。挎着筐篮，尽管走向深绿！草叶上的露珠亮晶晶的，在阳光的照耀下像一粒粒珍珠。走着走着，忽然眼前一亮，绿色的草丛下面，突现一把白色的小伞，像玉人含羞，千呼万唤始出来，犹抱琵琶半遮面。突然给你一个惊喜！它顶着草叶，遮掩躲藏。蹲下身来，小心地采下，擎在掌心，活脱脱一柄伞盖。伞盖下面无数小薄片放射状裂开，有的雪白，有的肉色，有的墨黑，一尘不染，清清的蘑菇香气瞬间把你陶醉。还有的刚冒出来，伞盖儿没有打开，圆圆的，鼓鼓的，鹅蛋大小，好似羊脂白玉，又如赤子的皮肤，叫作蘑菇丁儿，特别稀少，也最受欢迎。千万别急着走远，附近就是蘑菇圈！抬头远望，三三五五，成行成片，大大小小，随意撒在草地上，像银盘，像繁星，又像撒了一地的珍珠。三步一猫腰，两步一低头，忙得不亦乐乎，一会儿就满载而归。草原天然的白蘑菇鲜嫩无比，口感极佳。是人工培植的香菇类的蘑菇无法比拟的。用清水洗净，在开水里一焯，肉炒蘑菇，炸蘑菇酱，小鸡炖蘑菇，柔嫩鲜美，浓香醉人！

山庄·别墅

采蘑菇也好，游山玩水也罢，无论干什么，只要你来到草原，就把喧嚣的城市抛在脑后。草原的清香和灵气，涤荡着你的心灵，让你忘情地和草原融为一体。

如果玩得倦了，草原上到处有可供餐饮住宿的地方。驾车疾驰，会看到公路旁有热闹的"牧家乐"，朴实无华，欢歌笑语。清幽的"度假别墅"，几座小楼儿，坐落旷野，自有一番佳趣。豪华的"黄岗山庄"，依山傍水，或小楼林立，自成一统，或平房数间，或散落的几个蒙古包。无论走进哪里，都会受到热情的接待。若是你来到黄岗山庄，向南穿过公路，就是一座水库，水面碧波荡漾，闲云悠悠，映在水中，与蓝天青山辉映成趣，好一个风光旖旎的塞外江南！游鱼在水中穿梭，悠游自在。有时跃出水面，"哗啦"一声翻起一个美丽的水花，好不逍遥自在！野生的斑头麻鸭、鸬鹚等水鸟在水上嬉戏，偶尔一个猛子扎下去，很久才从远处钻出来。有的在水坝上晾晒羽毛，成双成对。行人沿着木质栈道，或凭栏拍照，或驻足观赏，一派闲适。

秋色·冬雪

黄岗梁地区是我国温带向寒带的过渡带，属温带大陆性气候，四季变化明显。秋天的黄岗梁，最是人间好时节！天高远，色如蓝。云洁白，似轻纱。水澄澈，明如镜。放眼远眺，眼前就是巨幅的彩色画卷。大自然毫不吝啬它的颜料儿，如椽的画笔随意点染便灿灿生辉。桦树是皇家的公主，头戴金黄的桂冠，身着白色的长裙，若从天降，不染纤尘。稀疏的，一棵一棵雍容华贵；浓密的，一山一岭熠熠生辉。山杨树如同成熟的少妇，稳重大方，又婀娜多姿。苍翠的云杉，昂首挺立，直刺苍穹。枯黄的草地，铺上了金色的地毯。还有红色的山果挂满枝头，恰如一树红豆儿，点点胭红，点点相思，醉了行人醉山水。一场秋霜，层林尽醉，醉得彻骨，醉得深沉！

晚上，夜幕低垂，繁星点点。草原上空气新鲜，纤尘不染，只要是晴天，看到的星星就特别大，特别亮。蒙古包外，篝火熊熊，清凉的夜风中传来悠扬嘹亮的马头琴声。烤箱里炭火正旺，烤肉串的香味儿随风飘远。豪放的蒙古汉子，嚼着肉串儿，喝着马奶酒，姑娘们跳起安代舞，为你献歌敬酒，和远方的客人一起载歌载舞。草原夜色美，不醉不须归。

黄岗梁的冬季寒冷漫长。积雪覆盖山林草甸，来年春末才能融化。这时候的黄岗梁一点儿都不荒凉，看起来银装素裹，静默安详。晴天的艳阳下，像身披红装的女子，分外妖娆，看哪里都是一幅水墨画。河水还在缓缓地流着，两岸丘陵上的白雪，桦树林，头上的蓝天，映衬着清清的河水，显得更加清澈透明，流翠泄玉一般，在静谧清幽中注入了无限的活力。时而可见野鸡、野兔、狍子和野鹿在林间出没。良好的生态环境使这里的驯鹿数量大幅增加，几年前只有几十头，现在已经达到三千多头了。

黄岗梁洗尽铅华，俨然一位气定神闲的隐士。曾经沧海，看破红尘，宠辱不惊，心静如水。又仿佛老僧参禅打坐，闭目养神远处是蓝天，近处是雪原，蓝天和雪原有着一道儿清晰的界线。只有这两种颜色，有些单调吧？不会的，茫茫雪海，丘陵起伏，是画家勾勒出的写意画，轮廓线条平缓柔和。白桦林都变成了玉雕。玉树琼枝，亭亭玉立，树影婆娑，印在雪上。这时候来到草原，你会感觉自己遗世独立，羽化登仙。

石林·岩臼

地质公园还有迄今发现保存最好、冰川地貌齐全、科研价值最高的第四纪冰川遗迹，著名的阿斯哈图石林景观和青山岩臼就是典型的代表。

阿斯哈图是蒙语，意思是“险峻的岩石”。位于地质公园中的北大山上，距离主峰黄岗峰直线距离 30 公里，这里一切都是自然天成。大自然鬼斧神工，精雕细刻，造就了险峻、秀丽、雄奇的冰川石林。石丛、石笋、石塔、石墙，怪石林立，姿态万千，苍颜古貌，奇绝怪异。或偃如老妪负水，或挺如壮士托天，不一而足。比如“成吉思汗的拴马桩”，突兀耸立，直指苍穹。又如“天下粮仓”，千层饼的岩石结构层层堆叠，拔地而起，并肩而立，就像一排用篱笆围成的圆柱形粮仓。肚大腰圆，丰满殷实，好一座天下粮仓！再如“鲲鹏落草原”，荒草灌丛中，一块巨石突兀而起，若一只鲲鹏傲然远瞩，遥望苍穹，神形毕肖。那气势好似振翅欲飞，扶摇直上，气贯长虹！

地质公园的另一个著名的景区是大青山。坐着索道车来到山顶，会看到遍布各处的岩臼，俗称“九缸十八锅”。在巨大而坚硬的花岗岩石上，大小不一，深浅各异。经过数万年的沧桑，岩石被大自然的伟力打磨得百孔千疮，就像一双双怪兽的眼睛，仰望苍穹，发出浩叹般的天问！有的又大又深，像一口口水缸；有的肚大口小，像佛祖手里的钵盂；还有的口大底小，像锅，像盆儿。据说，这些岩臼是由于冰劈的作用形成的，也可以称为冰臼。有的岩臼，里面长着一丛绿草，或一棵白桦树，成为天然的盆景儿，让人顿生禅意。一场雨后，锅碗瓢盆里都盛满清亮的雨水，恰似一个个鱼缸儿，也许你会问里面的游鱼都去了何处！

莽莽兴安来天外，苍苍黄岗横翠微。身居小镇里，难忘黄岗梁。大美黄岗梁，看不完，说不尽。不管是山地、河谷、湖泊，还是草甸、丛林、沙地，到处都有奇丽的风景。热情的草原人随时欢迎您的光临，他们会用草原上最好的美食招待你。手把羊肉、烤全羊、碳烤牛肉干、达里湖的华子鱼、奶茶、马奶酒，都是名闻遐迩的草原美食。无论你是来旅游、摄影、避暑、度假，还是科学考察，都能让你惊喜、赞叹，不虚此行！

作者简介：向再春，内蒙古赤峰市克什克腾旗人，多年从事中小学语文教育。有《我的故乡遥远的梦》《秋去已盼春来归》《昨夜闲潭梦落花》《我家的菜园》等文章在西散原创公众号平台发表。

崖壁上的棠梨树

常芳欣

车子转过弯，一树粲然的白花披着霞光闪进眼底。

那是怎样的一棵树啊！身姿伟岸，树冠宏阔，繁花团团，远望似低飞的祥云，又如皑皑雪山。在纯净的蓝天下，它以俊逸超拔之姿站成一道风景。

我从不曾见过这么大一树花，更不曾见过这么清奇冷峻、风骨疏朗的树！它像一位冰肌玉骨、傲岸飘逸的谦谦君子，以卓荦不群的气质紧紧牵引着我，感召着我不由分说地下车直奔它而去。

一

这棵树就长在我家屋后那片洼地的西南角的崖壁上。走近看，树高 10 米左右，荫翳蔽日，阳光透过花隙斑驳着筛漏下来，点点颤颤，花影绰绰，扑朔迷离得使人有一种恍若隔世的感觉。挨挨挤挤、密密匝匝的花朵缀满枝头，花朵莹白如雪，素雅洁净，在虬曲苍劲的深褐色枝干的映衬下，显得遒古清雅，气息高华。细细端详，满树的花儿绝大多数都已绽放。纤细嫩绿的花茎撑起一把把精美的洁白“小伞”，“小伞”由十一二朵花高低错落连缀而成。每朵花有 5 片花瓣，花瓣薄如蝉翼，如丝如绢，阳光下莹莹地闪着光。精巧可爱的椭圆形花瓣簇拥着玫红花蕊，像小心翼翼地捧着一块璀璨的宝石，又像精心呵护着一个唯美的梦境。半开的花儿胭脂点点，是新娘娇羞的脸庞，是一首欲说还休的婉约诗词。更惹人爱怜的是那些小巧的花骨朵，虽然很少，但高擎在枝端，或羞赧地掩于花后，娇小玲珑得像一颗颗透明的珍珠。一阵微风拂过，那一串串、一簇簇的花儿随风摇曳，仿若千万只玉蝶和乐而舞，她们舞姿翩跹，轻盈、灵动。

这样的一棵树，本该香气氤氲，芳香扑鼻，但我却闻不到。心生好奇，我凑近鼻尖，细细嗅闻，才有幽淡的香气袅袅袭来。那香气若有似无，若甜似涩，清淡中透着一丝凉薄。连香气也渗透了它骨子里的清寂孤傲，这是怎样的一种灵魂啊！香气虽然淡薄，但还是吸引了成千上万的蜜蜂忙忙碌碌，飞进飞出，嗡、嗡、嗡的声音如潮汐般一浪追着一浪碾过耳膜。

这是什么树？我在脑海里搜寻着所有关于树的记忆，但却没有答案。恰在这时，父亲来喊我吃饭。他告诉我，这是棠梨树。

“棠梨树？我怎么从不知道？它长在这儿似乎有好些年的光景了。”

“那是你没有注意，而这次正好赶上它开花。其实你上初中时，它就长在这儿。”父亲告诉我，崖上是军子的地，军子为了扩大土地的面积，不停地拉土往这深坑里填，把刚长出来的棠梨树埋在了下面。军子以为它死了，但谁知不久它竟长了出来。后来每年都拉土填埋，但每次它都倔强地钻出地面。

二

棠梨树？我还真是孤陋寡闻呢，第一次听说。

我在心里反复咀嚼着这两个字：棠（táng）梨（lí）。还真是奇妙，这个词组轻重音水乳交融，浑然天成。想想，屋后那棵棠梨树的风格不正如它的发音：掷地有声而又云淡风轻吗？

上网查找了一下棠梨树的信息，百度资料显示：棠梨树，别名野梨、鹿梨、铁梨树，蔷薇科，常生于荒郊、山脚、路边或道旁，叶、枝、根、果实皆可入药。

棠梨树最早出现在《诗经》。《诗经·唐风》中有一篇《杕杜》：“有杕之杜，其叶湑湑。独行踽踽，岂无他人？不如我同父。嗟行之人，胡不比焉？人无兄弟，胡不佽焉？有杕之杜，其叶菁菁。独行睘睘，岂无他人？不如我同姓。嗟行之人，胡不比焉？人无兄弟，胡不佽焉？”这首诗以杕杜起兴，描述了一个孤苦无依的年轻女子，面对其叶湑湑、兀自葱郁的杕杜树，痴痴凝望，不肯离去的凄凉画面。寥寥文字，“寻寻觅觅，冷冷清清，凄凄惨惨戚戚”的郁愤心情却跃然纸上。这首流浪者之歌，在今天读来并未散佚光芒。它所表达的浓重的孤独感越过浩森的历史烟海仍然给几千年后的我们以强烈的震撼。接着在《唐风》里又读到了《有杕之杜》：“有杕之杜，生于道左。彼君子兮，噬肯适我？中心好之，曷饮食之？有杕之杜，生于道周。彼君子兮，噬肯来游？中心好之，曷饮食之？”这首诗仍然以道旁兀自独立的杕杜树比兴，刻画了一个年轻女子思君而不得见的郁郁寡欢心情。诗作运用回环复沓的手法，两章仅易数字，就写出了女子缠绵、纠结的心情。

那么，杕杜到底是一种什么树呢？为什么两首表达孤独的诗，都要以杕杜起兴？杕，dì，孤立生长的样子；杜，棠梨树。将两首诗的题目换成现代汉语，也就是《一棵孤独的棠梨树》。

棠梨树生长在杂树丛生的山道上，每年春天，它落下一树的雪，细小莹洁的白花绽放在料峭春寒中。过一段时日，繁花谢尽，那些细小的花束就结了果，碧青的，小珠小豆般大小。狭长的叶子也长出来了，繁密的叶子上面郁着一层暗绿色的光。

在清寂的道边，棠梨树默默地演绎自己的生命，枯荣之间，独自缄默着岁月的冷暖。它的身世是孤独的、冷清的、寂寥的，这样的身世决定了它不能作为美好的意象出现在迤逦的文学作品中，为文人士子所歌咏。翻开浩瀚的诗书典籍，你确会发现写棠梨树的寥寥无几。但酒香不怕巷子深，总也有例外,《诗经·甘棠》云：“蔽芾甘棠，勿剪勿伐，召伯所茇；蔽芾甘棠，勿剪勿败，召伯所憩；蔽芾甘棠，勿剪勿拜，召伯所说。”在这首诗中，棠梨树（甘棠）就是作为一种美好的形象出现的。这，是一首怀念召伯的诗。

召伯何许人也？召公姓姬名奭（shi），西周初期的著名政治家，三公之一。西周初期，武王去世，年幼的成王即位，由周成王的两个叔叔周公、召公分陕而治，辅佐朝政，“周公营洛，召公主陕”。召公体恤民情，广施惠政，深得百姓爱戴。后来，陕州百姓自动捐资修建召公祠，院内栽种甘棠树，以示对召公的纪念。

为什么种植甘棠树呢？这来源于史书记载的一个故事。《史记.燕召公世家》中记载：“召公之治西方，甚得兆民和。召公巡行乡邑，有棠树，决狱政事其下，自侯伯至庶人，各得其所，无失职者。召公卒，而民人思召公之政，怀棠树，不敢伐，歌咏之，作《甘棠》之诗。”这件事就发生在河南省宜阳县西北 4 公里处郑卢路北侧的甘棠村。甘棠为古代交通要道上的一个驿站，站旁生长着茂盛的棠梨树，三月花如白雪，风景秀丽迷人。

“召公听讼甘棠树下”的故事，就这样以民间传说的形式流传千古。这首诗由观物至思人，由思人至护物，缠绵笃挚，隐跃言外。历代诗人也纷纷动情赋诗赞颂，韩雄诗曰：“春桥杨柳应齐叶，古县甘棠也作花。”

美好的东西总是焕发着生生不息的生命力。现在，甘棠苑（也称召公祠）依旧巍然地屹立在三门峡市陕州风景区里（在原址上重新修建）。召公“敬德保民”，体恤民情，廉明朴洁，民心怀之千古！

三

翻阅了有关棠梨树的介绍，我的心中盈满它的光芒，这光芒引导着我朝它走去。

饭罢，我再次来到棠梨树身旁。想起父亲的话，我拨开低垂的枝条往南看去，果不其然，树干的三分之一已被黄土掩埋。为了存活下来，它的整个身躯向北倾斜趔趄着生长，但盘根错节的根系紧紧地攫住崖壁。从远处观望，以至于有一种马上就要扑跌下来的惊心动魄之感。

望着它，我在仰慕之外，又多了一重崇敬。在那暗无天日的黄土中，它的灵魂该经历了怎样的痛苦和煎熬！但它终是没有颓废和沉郁。为了逃离桎梏，它穷尽全身的力气迸发。它的根往土壤里钻，它的芽向地面挺，它向着理想中的光明拼命地攀爬。

挣脱黑暗的力量使他浑身攒足了劲儿，它终于挺了出来。可迎接它的又是什么呢？

在这棵树的脚下，荆棘纵横，荒草野蛮地生长，已经没过膝盖。藤蔓缠络，噩梦似的紧紧捆住它的躯干。不远处的斜坡上，污水横流，垃圾狼藉，腥臭难闻的气味弥散在空中。

原来，许久以来，它就生活于这样的环境中，但这一切丝毫不足以阻拦它匆匆追梦的脚步。黾勉苦辛，朝乾夕惕，它永远仰目朝天，不为幻想，只为看到心中纯粹的梦想。心事悠悠，此时，棠梨树披一身繁华，把最纯净的心事晾晒在洁净如雪的花朵上，借风为马，飞向远方的远方，天边的天边。

棠梨花不语，开给它自己看。

有微风幽幽拂来，风吹花落，花瓣簌簌降落，落在我的发间、脸庞、掌心。捧着这纤尘不染的精灵，悲切、酸楚的感觉漫过心头。“晓来雨过，遗踪何在？一池萍碎”，“不是杨花，点点是离人泪”，苏轼的《水龙吟》陡然涌上心头，不免使我产生了韶华易逝，时光不再的苍老之感。但仔细看看树上的花儿，它们似乎丝毫不介意下一秒会香消玉陨，依然明眸皓齿地在阳光下灿笑，在和风中舞蹈。是呀，生命本身就是一个过程，轰轰烈烈地吐芳纳蕊远远好过得过且过、浑浑噩噩，生命的质量向来也是以“精彩”为衡量的尺度，而绝非以“长短”来臧否优劣。

大自然真是最高明的智者，它在默然中以行动开悟我的困惑，启迪我的愚蒙。“我的白昼之花，凋谢了它那被遗忘的花瓣。到了黄昏，这花便成熟为一颗被铭记的金色果实。”这至理之言使我彻悟了许多，心情也豁然开朗了。

四

此时，阳光极好，像极了一种叫“桂花蜜酿”的酒。棠梨树大概也不愿错过这美好的时光，努力地展示它全部的生命力给我看。瞧，每朵花上都有一个新的生命在颤动。那么多生命目光灼灼，令我眼前一片白亮。白得惊心，亮得炫目，美得令我虚脱。我有一丝的恍惚，忘了自己从何而来，要到哪儿去？因何与这棵树在这儿邂逅？我感觉它似乎一直就站在这儿，千年万年；又似乎山一程，水一程，刚刚才不远万里跋涉而来。阡陌红尘，俗世喧嚣，人与人，人与物，人与景的相逢都有一份神性的诰谕，他（她、它）出现在你的生命里，一定是要教谕你什么或启智你什么。那么，现在，披一身洁白的棠梨树之于我呢？

无可名状的思绪盘桓在我的心头。千头万绪仿如看不见的手指，在我的心湖上掀起层层波涛。波涛中，一首凘凘然的歌声穿云破空而来。“不吾知其亦已兮，苟余情其信芳”，“宁溘死以流亡兮，余不忍为此态也”……歌声沉郁顿挫，哀婉凄绝。仔细聆听，那不是屈子的歌声么？我似乎看到了他忧悒绝望的眼神，瘦削悲怆的脸庞。他飞身而起的孤绝身影犹如惊鸿一瞥，令我眼睛生涩。

其实，历史上像屈子一样的人还有很多，他们是沉沉夜幕上不眠的星宿。他们用恒久的光亮（哪怕很微弱），也要给那个社会以良心，给那个时代以应有的态度，给那些黑暗中迷茫的几近绝望的人以活下去的信心。因为有了他们，浩荡的历史长河才波光潋滟；因为有了他们，才有了今天我们回望历史的某个节点时的欣慰和温暖。这样的人中，就包括一个踯躅在湮远年代中的不朽的老者，俊彦之士宗泽。

1127 年 3 月底，金军掳走大宋徽钦二帝后，宋高宗赵构携家眷及近臣仓皇南逃。大宋诸臣如丧家之犬，动为身谋，奔命苟且，恃宠保禄。只有一介文官宗泽逆流而行，勇挑保卫国都重担。他在很短的时间里，依靠个人威望收编民兵，使军队人数达到 100 万以上。在留守开封稳定比方的 13 个月里，他给赵钩写了 24 封奏章，封封言辞恳切，泪洒胸襟。他运筹帷幄，详细制定收复策略；他苦口婆心，劝勉赵构急速北归，整肃军队，挥师北上，以雪国耻。他在信中写道：“弃比方：七路千百万生灵，如粪壤草芥，略不顾恤……臣犬马之齿已七十，于礼与法，皆合致其事，以归南亩。漏尺钟鸣，实为二圣蒙尘北狩，陛下驻跸在外，恐失我祖宗大一统之绪。”可惜的是，他的奏章换来的是沉默如铁的南风，南风中，氤氲着浓郁的脂粉香味。

宗泽的报国热情变成了忧国之伤。忧愤成疾，后背发疽，不治而终。临终前，诸将围绕在病榻前，他再三叮咛：“我以二帝蒙尘，愤愤至此。汝等如能歼敌，我死亦无恨！”众将失声痛哭，齐声回答：“敢不尽力！”（这些人里就包括年轻的岳飞）。宗泽死了，没有一句言及家事。弥留之际，他突然三声大叫：“过河！过河！过河！”

出师未捷身先死，长使英雄泪满襟……

为救国难，虽九死其犹未悔也。屈原、宗泽虽走了，但历史不会遗忘他们。历史把他们雕刻成一座伟岸的丰碑，感召着更多清醒的人，为追求光明坚定地朝他们走来。

清朝末期，社会凋敝，乱象丛生。朝廷苟安目前、敷弄了局。臣子斗巧钻营、便私阿上。朝堂之上，更是黄钟毁弃，瓦釜雷鸣。自上而下，人人苟且营营、随波逐流或是独善其身，而他——刘光第却坚守贫困，清廉勤政，洁身自好，活成了溷浊中的一股清流。他以清白之躯慷然赴死，令世人怆然而生敬意。

皇皇五千年华夏史，有多少像屈原、宗泽、刘光第一样的人，他们踽踽独行在历史的旷野，活得孤独而决绝，清醒而冷峻，凛然而刚烈。他们就像这棵棠梨树一样，不管世界怎样溷浊而不清，环境怎样恶劣而不堪，都始终坚守内心的操守不放弃。他们恬淡、静谧、理性，不求仰慕，不求闻达，甚至不求侧目，只为了心中的那份纯粹与光明！他们就像这棵棠梨树一样拼尽全力活成一方风景，活出一道风骨。他们活出的高度，是庸常人的葵藿之心永远不可抵达的！

望着这棵棠梨树，我心潮澎湃，热血飞腾。春风殆荡，棠梨树的枝条轻轻摇摆，洁白的花瓣纷纷落下，落在我的头上、肩上、耳轮上，落在我的掌心、怀里，落在面前这片恒古的倔强的黄色土地上。一丝丝淡淡的香气随风袭来，我知道，那是棠梨树灵魂的香气在飘散。

作者简介：常芳欣，笔名烟蓝，河南省三门峡人，河南省作家协会会员，河南省三门峡市湖滨区作协主席。作品发表于《奔流》《西部散文选刊（原创版）》、《教育时报》《文化艺术报》《大河报》《西南作家》《洛神》《三门峡日报》等报纸杂志以及文学网站。

我的林场

赵银月

"我可是从林场里出来的"，是我的一句口头禅，常在我表明自己很能吃苦，或显示顽强决心时，扬着眉脱口而出。有时，这会让我得到一个惊异或不解的眼神。也有自小相识的朋友，会给我一个会心的笑，或拍一下我的肩头，以示赞同，比如，我的一个初中同学，阿杰。

我也无数次想过，退休以后，回到林场，住进一间三进小平房，每天面对着青山绿水，呼吸着新鲜空气，看看书，写写小文。我会在山脚处辟个小菜园，种上时令蔬菜瓜果。在树底下养上几只鸡，每天合着鸡鸣起床。偶尔上山采野果野花，到小溪捉鱼虾蚌螺。某些时日，我请城里的朋友过来，带他们去爬山、钓鱼、野炊，做出一桌农家菜招待他们。就这样，走完我的人生。

这个暑假，我回到几百公里开外的老家。仿佛冥冥中有安排，心里无端地牵挂起林场来，思念住过的老平房。过往在林场生活的场景，一幕幕在脑中回放，如电影倒带一般。问随妹妹久居省城的母亲，林场如今是个啥模样，她也说不出个所以然来。那牵挂和思念是如此的强烈，竟让我坐立不安了，于是，在一个炎热的下午，我请阿杰开车作陪，回林场看看。

一

我遭遇了一堆枯木断砖碎瓦。

这一堆枯木断砖碎瓦，曾是一排老平房中的一间，我一家人的居所，我的林场世界的中心。林场坐落在一个群山合围的大长山谷中，一条弯弯曲曲的泥沙公路连通山外，离县城二十多里。林场的房子都是老式平房，瓦盖的房顶侧看呈人字形，石灰涂白的外墙，常因灰浆脱落，露出红色的砖头，宛如斑斓的图画。老平房统共才五排，每排三四间至八九间不等，前面两排并列立于公路边，后面三排并列靠着山脚。林场分给我家住的老平房，靠着山脚，最左边一排的第四间。我自出生，便居住于此。

我家的老平房有三进，第一进是不大的客厅，还放了一张小床；第二进是仅能放得下横竖两张床和一只衣柜一张长条桌的睡房；第三进是小小的厨房兼洗澡间。一条从大门口直通向厨房的走廊，把这三进连通起来。这间30多平方米的房子，最初住着我的父母和我，后来住进小我三岁的大妹妹、小我十岁的小妹妹，一段时间还住过我的奶奶。我睡过睡房、客厅，还有嵌在睡房上边、仅有几块木板、伸手就可摸到房顶瓦片的夹层。直到我大学毕业前一年，母亲在县城购置了房屋，两三年后从林场退休，把老平房退还，我才算真正与老平房告别，真正离开了林场。

如今，这间见证我成长的老平房，就只剩下地上的废墟了！我蹲在这一堆枯木断砖碎瓦上，有一种脊梁骨要坍塌了的感觉。阿杰叹了口气，把蹲了许久的我拉了起来。

我指着最靠近山脚的地方，跟阿杰说，这原是我家的厨房。我记事较早，最早的记忆，就来自厨房，是发生在我四岁时的一件事情。那时，个子瘦小的我，已经开始站上小板凳，在高高的灶台上，为一家人做饭。那个夏日，母亲放绿豆和米下锅熬粥，叮嘱我等粥好了就熄灭火。我把火灭了，母亲还没有回来，于是我把就粥舀到碗里，想端出去晾凉后吃，没想到小板凳翻了，滚烫的粥一下子扣在我没穿上衣的小胸脯上。尽管聪明的我立刻到水缸里舀水，把粘在身上的粥冲掉，但已于事无补，我眼睁睁地看着被“热吻”过的皮肤发红，冒起水泡，一个接着一个，小如黄豆，大如鸡蛋，亮晶晶地挂满了胸脯。这事在我脑海里烙下的印是如此得深，哪怕都过去四十多年了，我一想起，胸脯还是掠过火辣辣的疼感；母亲一脸内疚，拿着橙果树的刺，小心为我挑水泡的样子，也历历在目。我有时想，为什么最早的记忆，是这样的一幅图景，而不是别的美好的事情呢？我曾为此懊恼地怀疑过自己是不是不善于记住美好。但我不想告诉阿杰这件事，就说，厨房一直都是烧柴火，小时候，经常一从厨房出来，小伙伴见了就笑，因为脸上全是汗水和黑烟灰。我也笑小伙伴，她们的脸也是一样的。于是我们便相互画大花脸，笑成一团。

我把睡房的范围比划给阿杰看，他问这么一小点地方，怎么住得下我家这几口人。我没有回答他，在想着那个一直立在睡房里的黑褐色衣柜。三扇门的衣柜，好像从来没有装满过，尽管由小到大，全家人的衣服都会放在里边。我记得里面放过一条白底蓝花连衣裙，那是一个城里来的女知青，送给我刚上小学的大妹妹的。大妹妹只有这一条裙子，非常得喜爱，每年夏天都穿，直到后来别人笑话她“妹子，你的裙子都短得露出小裤衩了”，她才不好意思再穿。衣柜还放过我的一条褐色长裤，那是我刚上初中时母亲请人做的，因为穿得太频繁了，当穿到初一下学期时，两边屁股都磨破了，母亲在上面打了两个大大的补丁。初中是在县城读的，我觉得在花枝招展的女同学面前，穿打补丁的衣服好丢脸，可又没有别的裤子替换，只好悄悄地把补丁拆小，让补丁不再那么显眼，不至于感觉到别人的眼光，总落在我的屁股上。现在想想，在我的印象中，我从没有为睡得那么逼仄难受过。毕竟，在一个小姑娘的心中，没有好一点的衣服，那是更让人感觉悲惨的事情。

我说，我脚下站的地方就是客厅。20 年间，客厅更换过好几张饭桌，我相信，每一次更换的原因，是母亲为了让我们姐妹更好地做作业。最初的饭桌，是一张没上漆的小四方桌。1976 年秋天的夜晚，我点亮煤油灯，在那张小方桌写拼音、写生字、做算术题；于县城求学的中学时代，每到假期，我会在一张漆了淡黄油漆的圆桌，做我拿手的文科作业，和头疼的理科作业。两个妹妹，也在圆桌上挥着她们的笔；我也记得，大二的那个寒假，我在一张更大颜色更沉的圆桌上，修改过一篇马列原著的读书心得。只读完初中的阿杰曾和我说过，他很佩服我，一个女孩子，读了那么多的书，现在做个职业女性，自立自强，挺好。所以，我不想和他说，我曾无数次在这些饭桌上，为做不出作业烦恼甚至痛苦过，如解不出高难度的几何题，搞不清电力学中的串联与并联。我并不聪明，初中的物理考试，曾考过 33 分的低分，唯一的一次及格，是中考。

一说到屋外房檐之下，有一条还算宽的门廊，我就想起我挨打的事。一直以来，我家的三姐妹，都是别家母亲教育儿女的一个榜样："你看看人家，又考第一名了"；"阿彩家的女儿，很勤快很懂事"。可这样的女儿，居然也少不了挨母亲的打，而原由不过是某次出去疯玩，忘了做饭，交代的家务没完成；又或是某次考试，没考出理想的成绩。有时我甚至不知道母亲为什么打我。那可是狠打啊，竹条、木棍，随手拿起就打，屁股、两腿，全是青一条紫一条。有一次，就在门廊里，母亲抄起油茶木做的晒衣叉打我，硬生生地把这根结实的木棒打断了，我的腿，几天走路一拐一瘸的。最初，我把这归结为母亲年轻时脾气暴躁，因为接近四十岁时，她已经如此变得和蔼，骂都舍不得骂女儿们一句了。后来，我终是明白，母亲深谙"家贫子读书"的道理，她希望我们走出林场，走出大山，有好的前景。更因为，在纯朴温厚善良的林场人当中，总有那么三两个心理阴暗的人，基于我家没有男丁以及一些别的事由，歧视和欺负我家，幼小的我也没少受阴险狠毒言语的伤害，以致这曾是我长期的梦魇。母亲希望我成为一个优秀的人，出人头地，以此给予那些人狠狠的回击。所以，她并不明说，只是尽可能地对我严加管教。

我还在絮絮叨叨地述说着：老平房前的空地，是我劈柴、晒草和晾衣的地方，我曾在空地的外沿，种过太阳花和落地生根……阿杰打断我，说不远处有两幢小楼房，看起来还很崭新的样子。

走过去一看，小的一幢挂着林场管理部和某公司的牌子，大的一幢住着两三户人家，都是老伯伯和老阿姨，我并不认识他们，应该是我离开之后他们才搬来的。然而一位老阿姨认识我母亲，也听过我的名字，见到我很是高兴。她告诉我，林场改制，承包给公司经营了，林场几乎所有的人都迁走了，就留下了他们这几个无处可去的老人家。原来的五排老平房因年代久远，已成危房，就钩掉了，在旧址上建了这两幢楼，还搭了一些工棚给前来干活的民工居住。

啊，别人的老平房，痕迹都没有了；我的老平房，还留下了废墟，让我凭吊一番，老天眷顾呢。这样一想，心里好受多了。

二

我向阿杰提议去看看牛屎坑。牛屎坑是一个小山谷，当年我考取大学后，阿杰和几个同学曾在那里，为我举办了野炊庆祝活动。

离开小楼，沿公路往里走了 100 多米，我们来到一块夹在两座高山间的空地。我惊讶地看到，空地上面建着好几间鸡舍，弥漫着一股浓浓的鸡饲料味道。这里可是林场的菜地呀！当年，这块又长又宽的肥沃空地，被划分成大小不等的小块，林场的每一家，都分得若干块，种植自己喜好的瓜菜。两边山脚，各有一条清澈的小山溪，左边的那条，地势低矮，作灌溉之用；右边的那条，地势高些，修了个接水口，各家的饮用水，就从这里挑回去。如今，这个让我学会种植各种蔬菜、瓜豆还有红薯木薯芋头；我在无数个早晨，迎着晨曦，摘回带露的新鲜瓜菜；在无数个傍晚，踏着夕阳浇水，看弯卷的菜叶子舒展开来。挑水的那条小溪，不见了踪影，我惆怅地站到那曾是接水口的地方，似乎依稀听到了我和小伙伴们嬉戏笑闹的声音。左边的小溪，泡着喂鸡的用具，杂草丛生，邋邋遢遢，完全没有彼时灌溉菜地昂首挺胸的骄傲，和不时奉上几条鱼儿、让种菜的人们意外惊喜的可爱。我问循声而出的养鸡人，鸡舍何时建起，答是有好几年了。我说这里曾是菜地，不再听见回应，见到了一个“关我什么事”的表情。

我带着不安，看向四周的山。一到林场，就感伤老平房了，都还没好好地看过山呢。这一看，我震惊得如同被施了定身术一般。半晌回过神来，擦了擦眼，又叫阿杰帮着看，没错，这边山上，那边山上，近的山，远的山，都是速生桉树林，我的老相识，那些松树、杉树、油茶树，还有山洼处的连片竹林，全没了！

我指着最高的一座山，哑着声告诉阿杰，我小时候在那跟大人们砍伐过松树。砍断一根松树，对小孩子而言是件大难事，拿刀的手，往往磨起老茧、血泡。从山顶把木头滚下山，也绝非易事，如果不小心滚进了灌木丛，那可得费九牛二虎之力才能把死沉死沉的木头拉出来。也无数次因用力不当，连人也滚了下来；在那两个陡峭的山坡，我随父母挖过种松树杉树的穴。我得把两腿站成弓步，稳住身体，才能挥动锄头，在满是石砾的地上，挖出长宽深都有严格要求的树穴。夏天的炎阳，总把我晒得全身汗透，后背发红掉皮；在公路两边几处深入山脚的洼地，我砍过竹子，削竹枝时常削到手。把扎成捆的竹子扛到公路边时，肩膀脖子的皮被磨破不说，有时会因为山蚊叮咬打个哆嗦，或踩着湿滑的竹叶而摔倒，被竹子压着，要大人扶才能起来；每个冬天，我会挑着两只箩筐或水桶，翻过一个个山岭，采摘油茶果。如果不小心打个趔趄，油茶果会从箩筐、水桶里滚出来，四散滚到山脚，所有辛苦化为乌有，只得重来。油茶树的毛毛虫很是毒辣，一旦沾上，全身长满大包，痒痛钻心。如果遇到黄蜂，即便扔了东西抱头鼠窜，仍会被蜇得“丰满”起来……

林场的小孩子，基本上都有过为增加家里收入而随父母上山干活的经历。毫不夸张地说，我是其中干得最多也最累的一个。当年的我，小小年纪，就承担那么重的活儿，肯定有过抱怨，有过泪水，但后来，这成了我一笔可以炫耀的财富，奠定了我可以面对任何辛劳的根基，化作了我脱口说出“我可是从林场里出来的”的底气。然而，没有了熟悉的山熟悉的树，面对满眼的速生桉树林，我感觉根基动摇、底气不足了。我赶紧看了看双手，手上大大小小的近20个伤疤，仍然清晰可辨。我这才心定下来了。

再细看各山，发现还是长着灌木丛、野花和各种野草，兴许还有没看到的野果。这给了我些许安慰。我眯着眼，回想我和小伙伴们相约上山打柴割草扒松叶，草草完成任务后，躲进灌木丛和野草堆里玩捉迷藏游戏时的欢乐；在稔子成熟季节，我们漫山遍野飞奔，吃跑了肚子，把牙齿染成了紫色，又带着一大袋果子回家的满足；我们常采摘白的红的黄的野花回来，拿个玻璃瓶装了水插上，美滋滋的。只是，如今这山上，雨后还能不能采到鲜美的野生蘑菇呢？问阿杰，他白我一眼，说，你忘了蘑菇是长在松树底下的吗？

沿着公路继续往里走，我下意识地在路两旁寻找池塘。当年林场养鱼的池塘有七八口之多，连着小山溪，水质干净，又有专人割草每天撒于池面，吃了草的鱼肉质嫩滑味道味美。池塘在那物质匮乏的年代，不知给我们带来了多少幸福和乐趣。当某口池塘要放水捉鱼的时候，所有的人就如过节一般，全部围在池塘四周看着。水越放越少，鱼都聚在池塘中间，挤在一起，扑腾挣扎。这时，青壮男便带着几只大筐下到池塘，把大鱼捡进筐里。这些鱼会每家分几斤，其余的卖掉。青壮男撤走后，池塘便成了妇女小孩的乐园了。每个人都带着水桶脸盘，踩着淤泥，争抢着捡剩下的细鱼小虾，满脸的欢笑。我曾想，如果把城里的朋友，带到这原生态的池塘来钓鱼，非把他们美死不可。然而，一路找来，我只看到了两口池塘，一口的水全是绿的，盯了许久，见不到一丝涟漪，显然已废弃；另一口很长很大，也许是由当年的两口池塘挖通而成，里面圈养了许多鸭子，想必再也不会养出当年那样的鱼。而其他的池塘，痕迹都找不到，也许早已填平给桉树安家了。我苦笑着对阿杰说：你看，我的池塘也没了。

在一个小山谷的入口，我和阿杰来来回回转了两圈，想确认这是否就是牛屎坑的入口。我说肯定不是，牛屎坑是林场的野炊胜地，我在林场小学读书时，几乎每一年都会来，后来又和你们几位同学来过，我可是记得非常清楚，入口是如绿丝绒般光滑平整的草地，赏心悦目，与别的山谷很不相同。草地一层接着一层，如梯田一样，一直通到山谷很深的地方。牛儿也最喜欢来这里吃草，牛屎坑就是这样得名的。草地边有条清可见底的小溪，水直接可以用来做饭，还可以抓到小鱼、摸到坑螺。牛屎坑才不像眼前这般，死板板的一块平地，草皮凌乱，立着左一蓬右一蓬的茅花和灌木丛，还有这么一条黄巴巴像疤痕一样的小路，看着就糟心。阿杰则说肯定是，从小山谷与老平房的距离看，位置相当，附近又没有别的类似的山谷。边上的这条小溪，还有当年的几分模样，沙石底，水清清，好像还有小虾在游动。我脱下鞋子，走进小溪，掬起一捧水，大胆地洗了一下脸，不见有异样，终于确信，这就是老地方了。

走进牛屎坑深处，在茅花和灌木丛间，见到两幢了无生气的破旧房子，三四堆烂木头，一座摇摇欲坠的杂物架，几只装油漆的锈铁罐。于是醒悟过来，这里曾被开发利用，从事过现在看不出眉目的生产或养殖，我和小伙伴、阿杰等同学在上面打滚撒野、挖灶支锅的层层绿草地，早已被挖掘机推平，取而代之的是这块大平地，和这条能开进去车的小路。后来，生产或养殖不知为何停止了，人撤走，房子废置，绿丝绒草地回不来，长出了茅花和灌木丛。庆幸的是，小溪倒是开始恢复清澈了。抬头看看山谷两边的山坡，无一例外的还是桉树林；再看着谷中的这一片荒芜衰败、凄凄惨惨，我怏怏地说，唉，还想过找个时间带人来野炊呢，看来是不可能了。阿杰摇了摇头，不说话。

我挥手作别朱颜已改的牛屎坑，作别老平房的废墟，眼含泪光，满脸哀伤，一种无法言说的挫败感和虚脱感从心底里不可遏制地升起。我说不清，如此一番光景的林场，是抵不住时光侵蚀的必然结果，还是时代变迁的无奈选择。我不得不接受一个事实：这样的林场，我终究是回不去的了。我只能在我的记忆里，重温那给过我力量和欢乐，也让我忧烦和痛苦过的，我的林场。

作者简介：赵银月，笔名安然，广东湛江人，大学本科学历，副教授职称，湛江市作家协会会员。从事干部教育培训工作，喜爱文学，在市级以上报刊发表散文、随笔、时评百余篇，多次在湛江市公益类征文活动中获奖。

我在千山万水间

郑亚演

我仿佛是一尾鱼，从南海潮涌中游出，沿着广西的西江、贺江，横渡湖南的湘江，潜进绵延千里的武汉长江，绕过山西汾河和陕西延河，扑入青海湖，然后溯源而上，游进新疆天山天池，并抵达山西吉县与陕西延安隔岸相望的母亲河——黄河壶口瀑布。

我忘记身心的疲惫，冒着夏日的暴晒，顶着风沙的啸叫，逆流而上，来到烟波浩渺的青海湖。微咸的湖水清波荡漾，渺无际涯，明净的湖面照见飘飘的彩裙和行色匆匆的倩影；也照见白发苍苍老翁的面容。在寒风凛冽，冷雨纷纷，涛声低吟浅唱的青海湖，听行人耳语，感受湖水涨落，静观岸上淡黄色的油菜花，在风中轻盈摇摆的芳姿。她们用美艳点缀六月青海湖畔的山光水色；青海湖却用她青色的外衣展示她动态的美，也用她脉脉的柔情深藏着她静态的美。

我在湖边静思默想，呼吸着湖面吹来的清风，品尝湖水蕴含的微咸，同时也体味她酿造的甘甜。我对湖兴叹，向天发问：这个海拔 3260 多米的西部高原，何以安放得下如此博大精深的青海湖？她的源头活水来自何处？她的归宿又流向何方？周长 360 多公里，面积 4256 平方公里的湖面又怎样在不断长大？藏语"措温布"——青色的海，却被情意连绵的祁连山、日月山、南山所拥抱，留下自然丹青高手用浓墨重彩绘就明镜高悬的青藏奇观。

我在湖边浮动，满以为从浩瀚大海游来，应是一尾最幸福的鱼了，但当我看到湖里水族生活的一群群小鱼，在船舷下缓缓游动，尾巴轻摇曼舞，自由自在的，我突然顿悟：眼前美丽多姿的青海湖，才是这水族鱼类生活的理想世界，才是我苦苦游走，心灵栖息的好地方。

青海湖，你是我心中的海，梦中的湖！

这里的山光水色，在时时牵动我游走千里，渴望神往的心灵。我被自然风光晾晒得赤条条来去无牵挂；我被泡浸在青色的湖里，聆听着千年传来的橹声，回溯着万年飘过的帆影。洁白的云彩与盐湖交相辉映，银光闪闪；朔风扬起的轻波猛烈地撞击着我行程迢迢而又前路茫茫的心扉。我捡拾过往岁月的茫然，让洁净的湖水荡涤我曾经藏污纳垢的灵魂。如果不是羞于人前妄动，我愿意久久逗留青海湖畔，依偎奇石，对天长跪，高声慨叹湖水的清明碧透，感悟她温柔、豁达、包容的山水情怀。

可是，我不能。我是一尾游走的鱼，我要风雨兼程，寻找祖国河西走廊的潺潺小溪，湍湍的河流，完成一次从大海到高山湖泊漫长的旅程。

从青海湖游出，经过无数山川河流，我游进新疆维吾尔自治区昌吉回族自治州阜康市的天山脚下，迎着溪流扑向博格达峰北坡海拔 1910 米的天山天池。传说，古称瑶池的天山天池为西王母的浴池。这里青山环抱，绿树掩映，蓝色的天池因得山而美，傍雪而明，凌空而静。登山俯视，绕池而行，天池又如悬天一镜，照望着西北辽阔的疆土。挺拔巍峨，海拔 5445 米的博格达主峰，终年积雪，俨然白发苍苍的西王母，在祈盼着她的心上人，在日夜守望着边疆儿女。对天仰视，雾霭在山间缭绕，浮云与天山擦肩而过。“连峰去天不盈尺”，我从心底默念着诗仙的名句。我在岸边游走徘徊，长发飘飘的天池歌女翩翩起舞，配乐诗朗诵抑扬顿挫，低回的旋律与女声富有激情的朗诵，吸引着无数游人的眼球，悦耳的伴音在天池山水间回荡。6 的天山，一阵阳光一阵雨；多情的天池，一层纯蓝一层浅绿。她在众目睽睽下，不断变幻着她的绝色芳姿。当那些流连忘返的脚步从池边轻轻地移过，我迎着扑面的山风，凝视着天池的圣水，然后目光循着山体上移，只见山峦起伏，层层叠叠，博格达主峰白雪皑皑，银装素裹。天山的雪景被历史和自然定格在这里，彰显着美丽天成的北国风光。弯道盘旋的天山，被历史的足迹踏醒，为中华儿女乃至世人所瞩目。

穿过历史的烽烟，我仿佛看到西王母与周穆王瑶池相会的一幕，依稀听到西王母与周穆王临别时，王母依依不舍地叮咛：祝君长寿，愿君再来！但令人惋惜的是，王母最终无法留住穆王那颗爱恋之心；穆王也没有兑现他许下 3 年后再相会的承诺，而是辜负了王母盛情邀请的一片苦心，终于一去不再复返了……后来，唐代那位大诗人李商隐，有感于这段凄美的情爱佳话，写下：“瑶池阿母绮窗开，黄竹歌声动地哀。八骏日行三万里，穆王何事不重来？”的千古名句。

天池，留下一段令人回味的爱情悬念，也在述说着一个古老而遥远的故事。纯蓝的天池，源自千年飞雪的洁净，飘逸着西王母醉人的体香，更泛着明镜高悬般的亮光。在天池漫步，随意俯仰，不难感受得到从池畔吹来沁人心脾的凉爽。然而，巍峨的天山，是我艰难跋涉，逆流而上，千里寻梦的地方，更是我日思夜梦的精神家园……

顺着天山溪流、瀑布而下，游进山西云台山大峡谷。此时，我从一条小鱼变身为一粒款款爬动的小蚂蚁。临高俯视：悬崖绝壁，千山陡立，万壑齐鸣，峡谷深深，林涛嗖嗖，游客望弯弯山路鱼贯而过，宛如一条彩色飘带缠绕山涧。我在峡谷小池看两峰对峙，天窗洞开，云影飘移，时闻山雨滴沥，百鸟和鸣，似乎听见行走的岁月在匆匆的脚步声中慢慢老去，而祖国青山不老，大树长青，绿水长流。

从大峡谷游出，一路寻找浩浩荡荡的河流，是日，终于游进令我魂牵梦绕的母亲河——黄河壶口瀑布。在飞流直下，奔腾咆哮的黄河岸边，风狂雨注，裙飘伞舞，但见人头拥拥，眉飞色舞的男女老少挺立潮头，迎着水珠的溅射，发出“呵呵”的惊叹。

对岸是革命圣地延安，在蒙蒙的烟雨中，一条“黄河大合唱”的红色横幅悬在高山的半腰，千万台手机“咔嚓、咔嚓”地响着，他们要把澎湃的黄河装进手机，把母亲河磅礴的气势永远留在人生记忆的屏幕里。

从壶口瀑布一路回游，我的耳畔久久回响着：“风在吼，马在叫，黄河在咆哮，黄河在咆哮……”是的。正是黄河大合唱的高昂旋律，激励着一代代中华儿女，团结奋斗，不畏艰难险阻，大步迈向社会主义新时代。

此时，当我从一尾虚拟的小鱼，还原成一个与山水相约的游客时，突然，手机从南疆传来一个声音：“你在哪里？”

我面对黄河，大声答道：我在山西——我在千山万水间！

作者简介：郑亚演，广东省湛江市人，曾在《湛江晚报》《湛江日报》《湛江文学》《清远诗歌》《河源日报》《茂名日报》、重庆《城市管理》《西部散文选刊》（原创）平台等发表作品近百篇，偶有作品获奖。

别了，求天喊雷的日子

陈吴森

作为国家历史文化名城，经常有人提出讨论，雷州为什么姓“雷”？学者对此有两种解释。第一种说法来源于神话故事。

据传陈太建年间，古合州城西南五里白皖村猎户陈鈇，家中养有一只九耳猎犬，每次出猎前都观察它的耳朵，哪个方向的耳动，就往哪个方向出猎，一定能捕获大量的猎物。但是有一天却十分奇怪，猎犬的9只耳朵都动。于是，陈鈇便邀了10多位邻居一同出猎。到了州北的乌仑山，猎犬守着一处密林从早晨吠至太阳落山，却没有一只猎物出来。大家都感到奇怪，便砍开树林观察，只见猎犬从地里挖出一个巨大的蛋状物，大家都不懂是什么东西，也不知道如何是好。于是，陈鈇便将此物抱回家中。没想到第二天早上，天上乌云密布，雷电交加。陈鈇大惊，便把巨蛋放到庭院中。忽然一声霹雳将蛋劈开，跳出一男孩，两只手掌中有字，左边为“雷”，右边为“州”。陈鈇不敢大意，将此事禀报州官，官府将蛋壳收寄州库，男孩交陈鈇养育，取名陈文玉。唐贞观年间，唐王朝为了稳定边疆，起用土著陈文玉出任本州刺史。任职期间，陈文玉精察吏治，消民疾苦，使人民安居乐业，深感本州乃天南重地，系四方安宁，便具疏把古合州改名雷州而沿用至今。

第二种说法，是学者认为雷州这个地方多雷，每年在270多天中有雷声，故称雷州。

对于这两种说法，学者多有不同的声音。其一是唯物主义的观点，神话不能为依据。其二，有的认为雷州并不多雷，每年270多天的雷声没有翔实的记载，多为臆构，不足为据。

我认为，史前人类在雷州活动的遗迹有5000年之久，典籍都说雷州苦旱，这对于农耕文明的发展，以及人类的生存都是一个巨大的障碍。因为打雷能带来雨水，万物才能生长，五谷方可丰登，民生才可以富强。因此，雷州先民都在盼雷、求雷中图生存，雷已经与这方先民的生计息息相依。且自汉唐以来，这方土地作为半岛的政治、经济、文化中心，素称“天南重地”，一直是县、州、郡、军、道、路、府治的所在地，故“雷州”这个名字起得名副其实，适得其所，它维系着地方的民生，寄托着民众的渴望。

可是，在那混沌的世纪，玄黄的雷州，肆虐于祖国南端大地尽头的，是无边的苦旱：赤日炎炎，田地龟裂，禾稼枯死，人多为饿殍。先民把雷公望眼欲穿，期盼暴雨来浇灭那冲腾的地火，滋润那大地的生灵！然而，雷在何方？

传说狗曾是二郎神的战犬，曾在天上供职，于是，上天无路入地无门的人们燃尽了人间的香火，抬着石狗一边抽打，一边游行，冒着烈日的炎炎，三步一磕头，五步一跪拜，向苍天求雨，无奈的声音在天空里回旋，“天啊，下一场雨吧！”“天啊，下一场雨吧！”……喊哑了多少人的嗓子，流干了多少人的泪水，跪坏了多少人的膝盖！

雷公不来，苦坏了多少官员！他们高贵的双膝跪到祭坛前请罪，“苍天啊，大地苦旱是人间的罪瘴吗？果真需要惩治，我是这方父母，我愿承担罪责。惩治我吧，上天，下一场透雨，救一救生灵！”

苦乞不灵，被程朱理学修炼成圣徒，后又被康熙皇帝称赞为清廉中之卓绝的历史清官陈瑸甚至骂天，“民田半在草间，苗秧已同焦尾，老百姓所受的灾伤你视而不见，你于心何忍？”

雷公不来，激怒了民间的义士。

唐代传奇小说中裴铏所著的《太平广记》有载：唐朝元和年间，雷州大旱，先民屡次到雷公庙求雨，却未见滴水下土。壮士陈鸾凤怒道：此地乃雷公故乡，雷公竟然空受祭祀不降福祉，要他何用？一把火烧了雷公庙。当地风俗不允许将黄鱼和猪肉同吃，否则必被雷击。陈鸾凤索性将这两样东西齐齐吃下，持刀立于田野，等待雷公现身，与之决斗。雷公果然被触怒，挟恶风、闪电骤至。陈鸾凤挥刀与之大战，引来暴雨倾盆，苏了稼禾、绿了山野，润了民生。据说这一战陈鸾凤还砍中了雷公一刀，真乃动天地泣鬼神！

是官员骂羞了天雷，还是壮士打怕了雷公，抑或是老百姓的虔诚感动了上苍？更或者是纯属偶然？有的时候祈雨真的有些成果，反正是雷来了，下雨了。

满怀敬畏之情的先民们感谢天恩，通过“开雷”“酬雷”“封雷”等一系列的祭祀活动，演化成了明代冯梦龙笔下《警世通言》一书中“天下四绝”之首的“雷州换鼓”而名扬天下。

或许有人会说，雷州半岛属亚热带海洋性季风气候，年降雨量在1700毫米左右，还有每年都有好几次强台风带来的暴雨降水，说它苦旱是没有根据的。殊不知从宇宙洪荒的日子以至新中国成立之前的几千年时间里，一马平川的雷州大地没有半片湖泊，没有蓄水工程，大雨来得快，去得也快，且烈日下的蒸发量同样是1700毫米左右，用老百姓的话来说，是“老天爷给雷州的水又被他抢回去了”。

因而，求了几千年，喊了几千年，还是“锄禾日当午，汗滴禾下土。谁知盘中餐，粒粒皆辛苦”。求了几千年，喊了几千年，我农耕文明的故土还是要“靠天吃饭”！

在先民们喊了几千年的天雷之后，当1949年10月1日，那个伟大的声音在天地之间回响：“中国人民从此站起来了！”的时候，人和雷之间实现了角色的转换，人民群众在党和政府的领导下，以“我就是雷”的伟大气魄战天斗地，迈开大步进行兴修水利改造自然，使雷州人喊雷的历史一去不再复返！

南渡河是雷州的母亲河，发源于遂溪县坡仔，流经雷州市的9个乡镇，从双溪口注入南海。但是，上溯5000年，这条河流都处于纯自然状态，没有蓄水灌溉的设施，一条逶迤的挡海堤围，即便在清朝中晚期进行过多次的加固，却仍然挡不住海潮，也留不住河水，任其自生自灭，水利不多却水患濒仍，田禾望水却不能止渴！

1950年，雷州人民响应党和政府大兴水利的号召，以雷厉风行的精神和雷霆闪电的速度，首先开始了南渡河的修复、整治和改造，把堤围按海平面基数提高1米以防海潮，并建了水闸进行蓄水，提高河流的自流灌溉能力，解决了部分农田的干渴。在此后的几年时间里，雷州人以只争朝夕的革命精神，在全县（雷州市撤县建市前为海康县）建设了西湖水库、龙门水库、滨洋水库、东吴水库、土乐水库、余庆桥水库、红心楼水库等10多座中小型水库，星罗棋布地点缀在雷州市3500多平方公里的土地上。

1958年5月，中共湛江地委在广东省委的支持下，兴建鹤地水库与雷州青年运河，雷州人民在党的领导下，抓住这个千载难逢的机遇，通过青年运河从鹤地引水蓄于西湖水库，解决雷州的米粮仓——东、西洋万顷良田的灌溉问题。同时，在一些不具备建水库的地方大打深水井，抽水灌溉高地的园田，使全县境内的农田和坡地都成为旱涝保收的高产田。

为了更加充分地提高南渡河的灌溉能力，以及彻底解决潮灾的为害，1970年，雷州人民在党和政府的领导下，以“喝令三山五岳”的伟大气魄，全党动员，全民动员，兴建南渡河海堤工程筑闸联围。从当年6月动工，到1974年7月排洪大闸的建成，用4年时间的艰苦战斗，牵来了一条巨龙横卧于南海之滨，把堤围的高程从原来的6米提高到8米，在杜绝了潮灾的同时，使南渡河蓄水灌溉面积从原来的12万多亩提高到22万多亩，真是“一坝斩尽千年愁”。从此南渡河真正履行起“母亲河”的重任，以其甘甜的乳汁滋润着沿岸的土地，养育着这里的人民，培育着这方的文化。

回顾这些伟大的工程，每一场坚持不懈改天换地的艰苦战斗，都是一幅荡气回肠气吞山河的壮丽图景：

在鹤地水库雷州青年运河建设工程，数万民工夜以继日战斗在工地上，近看漫山遍野都是人。他们挥汗如水，挖土的人银锄起落。挑土的人健步如飞。推着独轮车的、踩着两轮车的、驾着四轮车、胶轮机、汽车、拖拉机的，熙熙攘攘、热气腾腾。伴着指挥部广播“工地快讯”发布的劳动进度、先进劳动者的模范事迹，以及激奋人心的革命歌曲、劳动号子，整个工地就如同战场一般的雄伟壮观。入夜，站在高处远看，但见遍地灯火星罗棋布，将天地融为一体，分不清是天上的星光还是地下的灯光，隐约可闻的歌声、口号声浸泡在微光的海洋里，如仙境般的梦幻。

在南渡河堵海工程，在雄壮的音乐声中，人们从四面八方涌向筑堤工地。海滩上没膝的淤泥里摆开一条条传土的人龙，抡枪的小伙子用泥枪切开一块块的泥坯，传土的小伙飞快地托起泥坯一块块地传给接力的人龙，土块在接力的人龙中飞快地传递着，直到送上堤坝。山头上，打石的青年抡开十八磅的大锤砸得青石火星直冒，赶车的把石块向牛车上装，挑石的把石块往绳篓上挂。运石的路上，车辚辚，人喧喧，到处都是运石的人群，人人都露出开心的笑脸……

英利的引青渠工程是一场空前绝后的“人民战争”式的“大运动”。整个英利的一切工作都环绕引青渠工程进行。为了保证工地上投入的劳动力每天达到1万人以上，各中小学生部分地停课，所有行业除了保留十分必要的人员应付日常工作以外，一切能上工地的人都上了工地。一时间，青桐洋至余庆桥水库的山野里，红土小道上是人喧喧车阗阗。这是一些体力明显支持不了高强度劳动的人组成的后勤“支前”队伍，他们骑着自行车的、驾着牛车的、操着11路车（步行）的浩浩荡荡人喧牛哞，向工地送水送粮。劳动工地上人声鼎沸红旗飘飘，歌如海，人如潮，合着开山凿石此起彼落的“叮叮当当”的锤、钎声，开展着劳动竞赛。广播里更是不停地播放着革命歌曲和每时每刻发生在工地上的好人好事。人们简直不是在劳动，而是在进行一场革命，整个场面就是一曲“革命赞歌”！

……

今天，在稻熟的季节里，当我们驰驱在规范化的田间公路上，能倾听到路边水渠里的流水欢歌，接受无边稻海翻起的金浪敬礼。当我们驰驱在平坦的山路上，透过人们精心铺设的喷灌设备喷出来的水花，应接不暇的景色令人陶醉：甘蔗地、辣椒田、苦瓜园……青青翠翠郁郁茵茵，错落有致地散布于一马平川的山地里。北运菜基地里，煦煦的阳光下阡陌纵横，郁郁葱葱的辣椒园望不到边。近处，矮壮的椒丛里，满满地垒吊着数点不透的青椒，长长的，尖尖的，一颗颗青翠欲滴。浅浅的畦沟里，细细的清流欢快地跳跃着，带着丰收的喜悦流过畦隙，流过田坎，流进村民们的心田中。远处，丰收的园地里，背着竹篓的村民们采摘着成熟的辣椒，一筐一筐地向停在地头的汽车上送。“我们的家乡，在希望的田野上，炊烟在新建的住房上飘荡，小河在美丽的村庄旁流淌，一片冬麦，那个一片高粱，十里哟荷塘，十里果香……”欢快的歌声随风飘荡，飘过田陇，飘过山峦，飘向无垠的天空。

……

描写不完的景色，书写不完的赞歌，都是我们与苦旱斗争的成果。在改天换地的战斗中，我们付出了无比艰辛的劳动，有些工程甚至付出了生命的代价。但是，我们战胜了苦旱，我们再不靠天吃饭！我们以伟大的胜利取代了求天喊雷的无奈，让雷的崇拜在人们虔诚的香火中，成为苦难的记忆和幸福的祈祷。

作者简介：陈吴森，广东雷州人，广东省作家协会会员、雷州市作家协会主席、文学创作专业三级，出版有电视文学剧本3部共80集，电影剧本集1部（3个剧本），长篇报告文学3部计45万字，散文见之于《西部散文选刊（原创版）》等刊物。

秦时明月照里耶

易尤凤

神秘的湘西，古老的酉水河，在它流经的地方里耶埋藏着两千多年前的秦朝，岁月悠悠流转到今天才被人发现。2200年前秦朝的行政运转状态鲜活地展现在我们面前，走进秦简博物馆，穿过时空隧道，即刻到达秦国，来到洞庭郡迁陵县。早晨七点，炊烟升起，作坊开门上工，公务员行色匆匆赶去上班。上级来的巡查官走访各个部门，查阅工作记录和行政档案，查看各项管理制度，户口登记、赋税劳役、仓储保管、物资运输、司法刑法、邮政管理、祭祀先农等除计划生育政策外，面面俱到，条文清晰，记录详细，内容全面，管理人员工作严谨，认真负责，文书档案相当规范。在用木板做纸的2200年前的秦朝，工作人员的文化水平和记录能力不逊色于现代。

2002年地处湖南省西北部龙山县的里耶再次面临历史性变迁，下游40公里处的碗米坡修建水电站，里耶古城遗址将被淹没，古城的秘密将永远埋藏于水下。6月考古学家掘开千年尘封的土壤，发现一个惊天真相，挖出37000多枚秦代简牍，还有陶器和金属器具。简牍记录20多万字，从秦王嬴政二十五年（前222年）到秦二世元年（前209年），连续记载了十余年县级行政文书档案，时间、地点、事件、当事人皆清清楚楚记录在案，这一重大发现对研究秦朝历史和古代武陵山区人类活动提供宝贵资料，成为21世纪最重要的考古发现，堪与甲骨文和敦煌文书媲美，震惊考古界和史学界。

简牍中记录的九九乘法表竟与我们小时候背诵的乘法口诀表惊人得一致，“二半而一，一二而二，二二而四……四八三十二，五八四十，六八四十八……九九八十一”。西方最早的乘法口诀表出现在1600年前的古埃及，而秦朝距今在2200年前，说明中国发明的乘法口诀表比西方至少早600年，秦简改写了世界数学发展史，有力地证明了中华文明灿烂悠久。

在迁陵县与上级管理机构洞庭郡的官方邮件中，木牍上写着“迁陵以邮行洞庭”，并盖上“酉阳丞印”，封简上写明寄信人姓名地址和收信人姓名地址，考古学家认为是我国最早的信封。

从对官吏的考核制度中，我们得知秦朝的官员早上七点上班，下午五点下班。作息时间早有规定，看看有人迟到早退吗？是不是跟我们现在上班制度很相似？只是起得比我们早。我们先人的古训历来强调早睡早起，反对睡懒觉，闻鸡起舞，一日之计在于晨。我想这样的作息时间可以充分利用白天的光亮，那时候可没有电灯照明哦。

为什么秦朝迁陵县的官员要把档案文件埋藏到地下呢？当时究竟发生了什么？公元前 221 年秦王嬴政经过多年征战，先后灭掉齐楚燕韩赵魏秦战国七雄中的六国，建立了中央集权的大秦帝国。天下之大皆归其有，万代千秋皆属其家，他自认为功德盖过前面的三皇五帝，他要割断过去的历史，世界的存在从他开始算起，自封始皇帝。下令全国，除秦国的历史记载，一切史书全部烧掉，《诗》《书》及先贤诸子百家语言全部烧毁，谁敢反对格杀勿论，满门抄斩。听说有儒生和方士对烧书有不满意见，他下令搜捕 460 人，将他们全部活埋，制造了历史上令人发指的“焚书坑儒”，造成中国历史文化遗产不可估量的损失。

公元前 210 年，以为长生不老的秦始皇居然死了，朝廷争权夺位，太子扶苏被杀，秦二世胡亥继位，凶狠残暴更胜其父，一年后被宰相赵高所杀，仅仅历时 15 年的秦王朝灭亡。陈胜、吴广被迫揭竿起义，刘邦、项羽攻城掠地，项羽放火烧毁秦始皇精心建造的阿房宫，熊熊大火燃烧三月不熄，烧掉的是秦始皇横征暴敛的国家财富，烧掉的是劳动人民的智慧和血汗。社会动荡不安，行政瘫痪，民不聊生，十几年前的“焚书坑儒”恐怖犹在，活着的人惊魂未定，被处死的人尸骨未寒，眼看新的劫难在所难免，文书档案怎么办？历代皇权更替都是世上新人斩旧人，难道任其烧毁？迁陵县的官员惊恐万分，想破脑壳，最好的办法就是埋藏起来，埋到不能轻易挖到的地底下。正好城西有个 17 米深的废井，那是秦楚战争时留下的。于是召集部分官员急急忙忙将辛苦工作十余年的文书档案统统埋到废井里，再盖上厚厚的泥土，并告之消息不可外泄，这可是杀头之罪。就这样埋掉了一段历史，一个朝代。

等连年的战争平息下来的时候，已经到了下一个朝代——汉朝。里耶不再设置迁陵县城，迁陵县迁址到下游的保靖四方城。时过境迁，斗转星移，那批文书档案被岁月遗忘，一埋就是两千多年。人世间的事总是那么巧，藏得再深的东西总有被发现的一天。1985 年，一个泥瓦匠像平时一样埋头挖他需要的瓦胚泥，偶然发现了古城遗址，当时也没人多想，这地就放置起来了。

从远古流来的酉水河，是武陵山区最大的河流，顺着酉水河可以通沅江到达洞庭湖。山区人们依靠它与外界交流。酉水河自古就是物流、客运通道，沿河形成了四个著名的繁华古镇，里耶是上游最著名的古镇，有小南京之称。

里耶位于武陵山脉腹地，酉水河中游，地势相对平坦，是一个难得的山区盆地，湘鄂渝黔四省市在此交界。古城面向酉水河，背靠八面山。里耶在战国时属于楚国的西部边城，秦朝时，里耶设置迁陵县，是秦朝向西南地区发展的前沿军事据点，是当时政治、军事、经济中心。“里耶”土家族语的意思是“开拓这片土地”。根据里耶出土文物推断，旧石器时代晚期这里就有先民居住，形成一个独具特色的民族土家族。这里有神奇的八面山自然风光，有独特的土家族风情。古建筑保存较好，古城的北城墙和西城墙是楚国和秦朝时修建的，当时是秦楚对峙的前沿阵地，如今仍保存完好，固若金汤。

现存的里耶古街形成于清朝初期，总长3500米，临街房屋大多是前店后家商住两用的青瓦木房，酒肆和客栈则为上下两层的土家族吊脚楼，房屋沿石板街排列紧密，房屋之间均建有马头形的青砖封火墙，古色古香，别具风格。

古街上有一家著名商号叫李同发商号，曾经是湘鄂川黔边区第一大商号。商号拥有船队、桐油作坊、商业铺面和占地20亩的同发庄园，其流动资金在1949年达到了桐油万桶，折算成人民币大约四千五百万元以上,1950年响应国家号召，同发商行为抗美援朝捐赠一架战斗机。商号主人叫李瑞林，同发商号在公私合营时期交公，如今人去楼空，曾经的繁华散去，留下故事和传说。

2010年里耶秦简博物馆正式对外开放，除周一休馆外，一周六天免费开放，凭身份证即可参观。游览秦简博物馆，走进秦人的生活圈，与古人做了一次近距离接触，不免心生感叹：秦人留财宝，后人费思考。多少人间事，都随土埋了。

里耶古镇闲静秀美，两边店铺一如古人一样经营着他们的生活。三三两两脖子上挂着相机的摄影人和手握手机的游客走在石板街上，不时记录下现时古城的侧影。这里消费便宜，没有过多的商业开发，我们住的大秦酒店据说是古城最好的酒店，只需168元，六个人点了一桌子当地特色夜宵，只花80元。

如今交通越来越方便，古城虽深处大山，其蕴藏的文化气息远播海内外，人们慕名而来，欢欣忘归。我们下了张花高速，进入保靖县城，寻找秦朝邮卒送信的上级。根据秦简推测，这里就是当时洞庭郡所在，现仍保留着遗址，没有发掘，地下的秘密不得而知。我们沿着迁清公路，追随土家族祖先的足迹，向着酉水河的来路上溯而行，途经土家族祖先八部大王出生地首八峒，了解早期土家族先民的传奇生活。在土家族聚居地比耳镇品尝土家族美食，给人机加油充电，然后夜宿里耶古城，观望秦时明月楚时关。

作者简介：易尤凤，女，业余爱好写作、摄影，湖南省摄影家协会会员。有散文、游记、照片等散见于《西部散文选刊（原创版）》《新湖南》《今日头条》《湖南地税》等杂志和媒体平台。

第二辑　解语花

墙角儿那株仙人掌

孟新涛

要说家里的生灵最怡然者，莫过于独立墙角，俏面冷幽的仙人掌。

已记不清这株仙人掌的芳龄，粗算约五六年有余。不经意间，它已由青葱少年悠悠然出脱得丰姿绰约。

北国岁末，除旧迎新是家家户户必做的功课。

一过腊八，各家便行动起来。擦玻璃、洗窗帘、床上物品，擦洗厨房、卫生间的墙壁，忙得不亦乐乎。

男男女女聊天中，有意无意都会问及家中玻璃擦了么。好像玻璃没擦，年节就过得不舒服，有缺憾。

这不，看到人家都已开始行动，老婆就开始吹风："谁谁家都擦玻璃了，今年我是累得不带要了，一想起这营生就愁人，找家政呀。"

听着老婆的絮叨，我第二天就开始行动。中午先去社区进行一场乒乓大战，然后飞快地买了工具开始擦玻璃。

已是中午时分，艳阳高照天依然颇冷。防盗窗上滴水不一会儿就凝结成软软的冰溜儿。

在擦到墙角儿时，那株仙人掌令人心生凛意。细细打量，娉娉婷婷的仙人掌已然七节玲珑，再有两三节就能触及屋顶。

在仙人掌青葱的时候，三九天我常用塑料蒙起来避寒。岁月不居，时节如流。转眼间邻家有女初长成，仙人掌已与我一般高低。最初的第一片已由昔日的嫩绿，在生命的沧桑中变得墨绿、褐绿乃至褐黄，如坚韧的脊梁，顽强地支撑着厚重的生命。数年来，它独自幽居墙角，倚窗而望。风花雪月，寒暑轮回，在它生命的年轮里镌刻进无尽的沧桑。

仙人掌在它长大的过程中，也毫不吝啬地向人们释放爱意。老婆婆痈疽肿胀，垂髫小儿们腮腺酸疼，时常来求几片捣敷。叶片摘下时，伤处总有晶莹的泪珠儿流下。我想它一定忍受了伤筋断骨般的疼痛，仿佛眉宇紧蹙，牙关紧咬，在顽强地承受着生命中突发而至的磨难。劫难中的坚强，生命中的大爱，一如人们坎坷决绝的人生，在一次又一次撕心裂肺的炼狱中渡劫重生。

如今，历经磨难的仙人掌已神采飞扬，在自己的一片天地里浅吟低唱。它从未奢求过花肥营养，只须极度干涸时一瓢水，就能在坚硬贫瘠的砂土中快乐地成长。尽管没有人过多地关注它，它却如刺梅一样在田园旮旯里暗吐幽香。

我们不愿，更也不敢去惊扰它的清梦，晾取衣物时总是退避三舍。多情的仙人掌时不时就和我们来个互动，老婆的衣服竟然被它吻了一下尚不自知，那滋味儿真是哭笑难当。

看到仙人掌满面尘灰，心想过年了，它也该妆扮一下。于是戴上加厚胶皮手套，用湿毛巾轻轻地拂拭。我知道它在嗔恼扰了它的清修，可它又对全副武装的我无可奈何。凝视着仙人掌满身的疤痕，心里不由暗自感叹。它所经历的磨难，对于我们人类可能只有一次就足以痛彻心扉。如人一般，来这世上走这一回，生命里都会刻画下铭心的印记。

擦拭完仙人掌，甫一转身，陡觉脚趾针刺钻心，我终究没有逃离仙人掌的盛情挽留。

你的世界我去了，我的世界你来过。人世间，只要你出现过，那怕是惊鸿一瞥，风中总有鸽哨的余音流淌。

作者简介：孟新涛，西部散文学会会员，曾从教十余年，西散原创鄂尔多斯工作站站长，作品见于《西部散文选刊（原创版）》，曾荣获西散原创 2019“人间至情，我爱祖国”征文活动三等奖。

心灵深处的阴晴圆缺

龙秀

夜阑岑寂，从惊梦中醒来，一抹心的躁动，从灵魂深处溢出，再难安睡。此时，平日里的那份灿烂和坚强，被无名的抑郁吞噬，一片残垣断壁的突兀，把一颗不爱伤春悲秋的心，狠狠地碾压。

回连这几年，仿佛被魔咒附体。在商场上，如同登上了过山车，多少次大起大落，一会儿天堂，一会儿地狱，囊中也被折腾得渐渐开始羞涩，给这个富足的家，平添了些许烦忧。

人到了一定的年龄，也少了几多胆气，不再像年轻时那样敢于冲刺。因此，不得不考虑，该弯下腰，低下头，脚踏实地地去做些小事，挣得一份不用担惊受怕的收入。

按理说，凭自己丰富的阅历，找一份像样的工作应该不成问题。怎奈，到了知天命的人，一切都不遂人愿。

夏秋，小儿子要到北京上大学，钢琴专业的学生费用昂贵，不能因经济的拮据，而耽误了他有音乐天赋的前程。

时间不等人，当即就到人才市场，找到了一份在一家厚生港式快餐厅里，做切面包做牛排的工作。第一天上班，厨师长指派我去理菜打杂，并没按应聘要求的事去做。瞬间，一片雾霾弥漫了整个心底，但“在人矮檐下，不得不低头”，我只能无言地服从。

第二天，和厨师长稍有熟悉，才了解到，她明知我做什么都能胜任，只因她片面地认为这里不适合我，我在这里也不会长久，所以，根本不想把时间浪费在我身上。在我的恳求下，她勉强安排我去做各种粉丝汤，面条，米线，鸡米饭一类，还兼带炸薯条等。我慎重得如做国家大事，非常用心地跟在厨师长后面学。

各种食材都是在刚上班时，就把一天的用量提前配好，不同的食材要放不同的调料，因调料品种多，必须记熟，一旦放错就不是那个味。

新手上路，很多事做得不那么麻利，站在热锅旁，也略显手忙脚乱，一不小心还会被溅出的热油或热汤喷到，手和膀子也常被烫出了一个个小泡。

我身后灶台做牛排面包的小张，很热心实在，乐于助人。还有几天她就要离开这里，不是她灶台上的事，厨师长不在时，她也常过来教我。只是她有个特点，一旦拿错了调料被她发现，她会像训孩子那样轻声地叫喊起来。这一叫不打紧，正在准备纠正的我，以为又错了，搞得手足无措。

有一次，我被她堵在耳旁猛一叫，吓得心一惊，手一抖，当即六神无主，竟然看见炉子上鸡米饭好了，忘了拿防烫外壳，伸手就去端烧透的厚铝锅，两个食指即刻被烫出两个大泡。人家是好心，我能说什么？只好默默地找来烫伤膏抹上，为了继续做事不那么疼痛，把两个食指包扎了起来。厨房里发生这类事不足为奇，也没啥可大惊小怪的。说了，大家反而说你太娇气。

三天后，我刚进入角色，也略有些得心应手。没想到，我灶台上的另一个厨娘休假结束上班来了，而我在这灶台的使命，从此就算完成了，又得更换新的岗位。原来，我只是个替补队员，这两天厨师长教的活计，也算是她对一个文人的尊重和恩赐吧!

虽说打杂不用动脑子，但打杂最难做，难的是无固定，无规律，无头绪。一个大活人，就像个算盘珠，拨一下，动一次。否则，你新来的，根本不知道哪该做，哪不该做，只能听指挥，等命令。

为了证明自己，暗暗下决心：即使下楼，就得学会低头走。再艰苦也要坚持下去，就当是一种锻炼，也当是一次生活的体验。

每当自己累得腰酸背痛，腿脚抽筋时，就会用孟子的：“苦其心志，劳其筋骨，饿其体肤，空乏其身，行拂乱其所为，所以动心忍性……”的词句来激励自己。

第四天，老板娘来了，带着未愈的脚伤，一瘸一拐地来到饭店。只见她冷着脸，挂着面，就像谁欠她的，一个不可一世的主。这也难怪人家目中无人，她家生意就是火，“上帝们”天天排长队在店里等待用餐，拼命把钱往她口袋里揣，不要都不行。

而这火爆的生意就苦了厨师和服务员。其实，累死累活都不怕，怕的是稍有点疏漏，就会受到老板娘咆哮般地数落和斥责。使这个只有一百多平米的港式小快餐店，员工像流水一样来来去去地更换。

我也不例外，刚来这里，什么都得从头开始学，又东一枪西一棒的，岂能尽如人意。

老板娘站在厨房外窗口，指挥着端菜，还拿一叠菜单，用话筒向厨房里一张一张不停地喊，几十张菜单，基本上喊两遍就结束。

厨房里有三条灶台线，一条是专做砂锅，米线，面条，鸡米饭等一类；一条是西餐，做牛排，面包，鸡柳，冰淇淋等一类；还有一条就是中餐，炒菜，炒饭等一类。每一条灶台上最起码有十几道饭菜。厨娘们都竖着耳朵认真听自己灶台上的菜单，听到后，要在几分钟内就做好端到窗台，稍微有点怠慢，老板娘就会进厨房咆哮。客人一旦退单，一条灶台上的人，都会被扣工资。

我今天也被厨师长安排到窗口帮传菜，和老板娘只有一窗之隔，我在里，她在外，就是不想看她那冷脸也得看。

中餐灶台上，厨娘们做出来的菜，有些需要传菜的人配给餐具。我第一次到窗口，连菜名都没搞清，就更不知道什么菜配什么碗碟了。传菜的姐姐懂得新来人的感受，就只叫我帮盛汤、盛饭、端做好的饭菜，有时还会帮摊鸡蛋饼。

到了一点多，餐厅里人气的热度稍减了些。这时，我看窗台上菜被端完，就退到一边，正转过脸看厨娘们的菜好了没有。突然，厨房的门猛地被打开了，只听得门口处，一个刺耳的尖叫声，把我震得吓一跳，因为离得太近，那咆哮的呼气，都快扑到了我的脸上。老板娘睥睨地瞪着小眼，恶声地喊起来，全厨房的人都被惊到了：你站在这里干什么的？走秀的啊？不知道拿……由于厨房的噪音大，后面说什么没听懂，反正没一句好话。如在平时，我肯定会被羞辱得脸红脖子粗。可今天我的脸一下子变白了。我的余光刚触碰到她的影子，就被一种恶心感撞了回来。忙得出汗的身体也像被泼了一盆冷水，从头凉到脚，瞬间暴起了一片鸡皮疙瘩。紧接着，一个人迅速地从烤箱里拿出石头一样滚烫的大碗出来，我这才明白是怎么一回事。

在这里，感觉到大家相处挺融洽，从早上九点二十上班，到晚上九点半下班，一直紧一阵，松一阵，马不停蹄地干活，再苦再累都没有怨言。可老板娘只把人当工具使用，没把人当人。

人的低头，是让自己在逆境中，个性柔软下来，知道怎么顺境而行。而不是没有尊严地对某些人，向奴隶一样无条件地屈服。

遇到这样的人，我也懒得去辩解，她也绝不会设身处地地理解别人，否则她也不会随便地去骂一位新人。这份工作，本来和招聘时就不吻合，看厨房的人对我都不错，一直在委曲求全。此刻，我真的无语了。

一个正常人的自尊，让我再也无法坚持下去，在厨师长的挽留下，一直到第六天晚上，看看还是不能忍受老板娘无端责骂，才不得不离开那里。离开时，厨师长从腰包里掏出来二百块钱递过来。一个星期累得七死八活，一天十几个小时的劳作，只得到二百块钱，本想赌气不要了，后又想想不要白不要。以前多少人干几天就离开时，连一毛都不拔，这还是厨师长另眼相看给的“面子”。

我身边的朋友，退休后都悠闲自在，还有不少人去周游列国。而我因这几年生意的不济，还在努力地赚钱中，给别人打工遭此不公的冷待，不禁心里有几分失落。

人生的路，是自己选择的，已经走到这一步，有时候也知道走错了，可再难也得走下去，无法回头再重来。

多舛的命运，残缺不全的家世，生命如一季短暂的花期，一旦遇到暴风雨就会香消玉殒。经历生活多少次沧桑巨变，耐抗压能力也越来越强，因此，也看淡了生和死，名和利。

一个连生死都看淡了的人，世间的一切事，在她眼里也都不是事。富贵荣华，利禄功名，只不过是过眼云烟，生不带来死不带去，谁也无法避免赤条条地来，又两手清风地去。

古今的名人名家，有多少都在低落和贫穷中渡过。孙子的半生栖迟，造就了他伟大的《孙子兵法》，杜甫的潦倒一世，造就了他诗圣的伟名，留下了一首首千古绝句。阿炳的无家可归，谱写出一曲闻名于世的《二泉映月》……

看到他们，我释然了，心中也少了些许委屈和埋怨。无论将来有什么样的结局，我除了认命，还会继续努力，淡然地迎接每一个太阳升起的早晨。

愁眉苦脸是一天，开开心心也是一天。世间有成千上万个家庭，都过着像我现在这样，日出而作，日落而息的平凡日子。无论贫穷富贵，他们都能顺其自然，随遇而安，我又何尝不能？我必须放下包袱，活在当下，过好每一天。

一只金凤凰被现实打落到鸡窝里，就要把自己伪装成一只鸡，还要认真做一只优秀的雄鸡。

上苍给予了我跌宕起伏的人生经历，我就要用隽永的文字，编织出一个属于自己的世界。描绘出“不识庐山真面目，只缘身在此山中”的真理。歌唱出“但愿人长久，千里共婵娟”的祝福。

作者简介：龙秀，陈福荣，《齐鲁文学》社执行主编，连云港市作家协会会员，连云港散文学会理事，连云港市朱自清研究会会员，中国诗歌在线上海频道总版主，西散原创连云港工作站站长，《中华文学》签约作家，《散文选刊》签约作家，诗歌和散文多篇获奖。

饮一杯花前雨露，品一味人生禅茶

李景

我喜安静，尤喜那种清雅空灵的感觉，故而时常一个人静静地看书品茗，就像是一个没有放入茶叶的禅壶，在安静地等候，等待一味充满清香的苦茶，来抚慰空无的禅心。

这世上所有开花的植物几乎都是花香于叶，花艳叶素，花贵叶贱。可唯独茶树，却偏偏是叶香于花，花贱于叶。对茶树而言，花虽美却非主角，叶虽素却沁人心脾。正所谓，花艳富贵则悦目，叶香清新则赏心。

茶，生于天地间，采天地之灵气，吸日月之精华。吾喜静，茶亦然，只有在人静、心静之时，方可品出茶之真味，之意境。茶中泡着春夏，韵着秋冬，执一杯禅茶，似天人合一，如托日月，如捧山河，如品甘苦。

茶孕五色。绿意盎然，如沐春风，在茫茫草原，纵情声色；红飞叶舞，似赤霞染丹，立夕阳余晖，观世事浮沉；白花空羽，晶莹玉芷，于皑皑雪夜，品剔透人生；黄纹波涛，看层林尽染，拾落叶温婉，叹人生飘零；黑黛如墨，若蕴星月，悟黑白意境。

品茶，有若品心。一看、二闻、三品，看的是色泽，闻的是茶香，品的心境。心静方可入境，境生万物，境生仁心，境生自然，境生岁月……苦是茶之真味，甘为茶之灵魂，甘苦交替，方酌百味人生。

品茗之乐，在于观茶。看那一片片绿叶，只身投入到沸腾的水中，缓缓施展紧缩的筋骨，在杯中浮游漂泊，亦如秋叶飞舞，荡尽余波。那缕缕清香，从唇齿之间滑过，似过隙往事在时空中静静流淌。那杯中，悄然飘起的云雾，如梦里梦外的烟波，有着天然的虚无之美，带着如诗如幻的朦胧；似一种期盼，着茶花之轻盈。陶醉于茶水的芳香，看茶叶慢慢地旋转，就像走进了另一个世界，或许只有在这一刻，才能体会到无尽忧伤与淡淡的喜悦；或许正是这倾心的韵味，方能品味出人生超凡脱俗的愉悦。

一片茶叶，看是那样得细小、纤弱，那样得无足轻重，当它与水交融，却又释放出一尘不染、高洁脱俗的性格。它毫无保留，用自己的无畏的精神实现生命的价值。一泡，扭转身姿，洗净纤弱的浮尘；二泡，除去浮躁，溢出淡淡清香，抛开世俗烦恼与忧伤，在杯中流淌出安静与淡然；三泡，尽显本色，体现自我价值与高贵，散发出最浓郁的生命之香。

水，以一种流动的形态存在，它晶莹剔透，是天下万物的起源，却又十分得简单。茶再好，离不开水，古人云："水为茶母"，是故，茶与水便无法分离。水离开了茶，依然是水，平淡无味；茶离开了水，便只是叶而不是茶。一滴水的芬芳在于茶；一杯茶的芬芳浓于水，茶与水如人间挚爱的情人。水，为茶的红颜，茶，是水的知音。茶一生为水绽放，水一世因茶而芳香。茶与自然之水结合便会散发出阵阵芬芳，让我们饱尝世间万物的味道；与心灵之水相融便会激荡灵魂，让我们品尽生命的真味！

人生一世，草生一秋。在经历了不同阶段后，我们与茶相融，当我们找到自己所对应的茶时，便可品出这百味的人生。茶有千般味，人便有千般味，人生这一壶禅茶，或许不会那么香甜，有时醇烈，有时苦涩，但总会品出甘甜。借一缕清风飘逸，着一袭素衣淡雅，饮一杯花前雨露，品一味人生禅茶！

作者简介：李景，笔名，瑾瑜墨池。在藏从事质监工作18年，研究生学历。西藏自治区作协会员，中国西部散文学会会员，安徽省散文学会会员，短文学网、作家前线签约作者，西散（原创）西藏工作站站长，滁州市散文学会理事，南国文学杂志社执行总编。

那些年，我们一起度过的七夕

陈辰

一开始接触情人节的词汇，是被 2.14 包围着的，再后来又听说了 3.14 的白色情人节，仿佛就在万物复苏春暖花开的时节，一个多情的节日应运而生。而七夕的星空仰望传说的故事想象天际的回眸，同样是美好，却因为悠久的历史文化和底蕴让人产生一种珍爱国产品牌的情愫，每年都过得与众不同。

别人的情人节大都在卿卿我我你侬我侬的软语里温情，而我的七夕好像从没有过二人世界的浪漫，总是一群人的狂欢，但不孤单。

那些年，一直居住在小镇上，单位上班回家两点一线，路程不过十来分钟，逛完整个镇子也就一个小时的样子，线条简约，闭上眼也能清晰地勾勒出小镇全景图。常常在半个小时之前约定，一个电话一个信息一个三轮，就可以准时奔赴一场或浓或淡或清或艳的聚会。抬眼就可以望见的远山和铁路线是小镇常见的风景，之后，夜晚的灯火，闲散的脚步，三两朋友的笑谈，泡上一壶清茶抑或美酒，便让山风中的小镇安静里多了些生活的灵动，简单温婉，别样美好。

那些年的七夕，和平常一样，没有觉得天特别蓝，花特别香，小镇上也没有打着七夕的旗号增加什么噱头，上下班的日子走着不变的路线，只是会不约而同地打电话给同事、同学或者朋友，等于多了一个相聚的理由。那些年的七夕，最忘不了的红酒香一直窖于记忆深处，打开来满满的友情四溢。

记忆最深的那个夜晚，同学备了红酒邀约，三五个人便围坐在一起，小镇特色的烧烤是最佳的休闲去处，七夕的节日特征之一应该就是人群的热闹了。夜色微凉，布满星光的苍穹如同点缀水晶的黑幕包裹着小镇，织女和牛郎在银河岸对望，盈盈一水间，默默不得语，整个夜空都在聆听千年的诉说和对白。烤架上的香味在夜色里流动，酒喝干再斟满，竟是如此自然，安静如夜，心静如初。那个夜晚一改常态地推杯换盏，酒杯轻起轻落，话语随意散淡，不知道是不是潜意识里有着七夕的苦楚和微凉，也藏着温暖和美好，怕惊扰这一年一度的鹊桥之约，这凡尘烟火可否点燃等待千年的思念？于是，清风相伴酒远情长，那一夜的话题竟不知从何而起如何而终，只是那盏灯光下笼罩的情谊一直氤氲着，笑意浅浅的模样在永远的七夕里温存。

酒不仅能软化血管，还可以柔软心绪。三分醉七分醒的时候，女同学们任性地要求七夕节的巧克力，仗着节日来一份胆量，男同学也是毫不犹疑，买来一大包分而食之，若是有鲜花叫卖，估计也能沾个节日的喜气，暖暖地臭美一番了。

是一年一次的七夕珍贵还是相聚的意犹未尽，歌城相约一拍即合，趁着酒兴把平时不敢唱又喜欢的歌都唱了一篇，走不走调不在乎，男声女声无所谓，低沉的高昂的，舒缓的明快的，忧郁的喜悦的，统统都来之不拒了，那首“没有情人的情人节”变成了合唱，“广岛之恋”成了经典，多年以后还在耳畔回响。有人在放歌，有人在独处，有人在私语，有人在倾诉，灯光摇曳包裹着一个温柔的小世界，即使一杯水的温暖入胃，也能品出琼浆玉液的至味。

后来的七夕竟成了惯例，还是几个老友，还是那样的红酒，还是那样的夜晚，还是那样的情感，我们的七夕，我们的别样情怀。

那些年我们一起度过的七夕，不谈爱情只存友情，纯粹得像蓝花布一样，放进清水里那花也可以盛开得清冽。回忆是思念的酒，有一句话说，回忆过去不是因为那时有多美丽，是因为那时年轻的你。我想说，那些年的七夕美丽，不是因为故事传奇，而是因为那些年那些岁月有你有我，有我们珍贵的情谊。

那些年远去了，七夕又来了，虽不常见面了，怀念却更深了……

作者简介：陈辰，原名陈小燚，中国西部散文学会会员，中国铁路作家协会会员，《西部散文选刊（原创版）》成都工作站站长，在《西部散文选刊（原创版）》《长江诗歌》《人民铁道报》《西南铁道报》《凉山日报》《邹城日报》《攀枝花日报》《湛江晚报》等刊物上发表作品，并获得全国征文比赛优秀奖。

看戏

曹进勇

中国古典戏曲目前有300多种，是中华民族文化的一个重要组成部分，源远流长，与古代希腊悲喜剧、印度梵剧并列成为世界三大古剧。

我从小就爱看戏，最喜欢看豫剧、曲剧、越调，近几年又似乎高雅起来，爱上了京剧、越剧、黄梅戏。妻子说我是戏痴，女儿说我是戏迷，我说这辈子跟戏有缘哩。1982年，彭庄学校初中部停办，我辍学回家，父亲就送我到小赵庄胡保国曲剧团学戏，希望我有一个吃饭的手艺。可惜我记忆力差，老是记不住戏词，后来就不学回家了，半途而废。尽管我不太会唱戏，但喜欢看戏，有时候兴致来了，还哼唱两句："刘大哥讲话理太偏……""四千岁你莫要羞愧难当……"

二十世纪七八十年代，我们大队每年春上都要请一台戏，大多是请地方的草戏班子。戏台往往搭建在彭庄东边的大场面里，东北角长着一大片青翠的竹林。白天社员要上工干活，只有夜晚开戏。繁星闪烁，夜色朦胧，物影绰绰。发电机突突地响，高挂的几个汽灯呼呼响，明亮的灯光下，演员化着戏装，穿着戏服，在一米多高的戏台上咿呀呀地唱，或捏住马鞭摇摆着"骑马"，或两个拿着明刀花枪对打，或几个人上下晃动着胳膊抬"花轿"，中间的新娘子腿一弯一直地似乎真坐在花轿上。台下的人都是方圆好几里的群众，人山人海，男女老少都挤着站，身子像波浪一样一会儿往左倾斜，一会儿往右倾斜，一直摇摆着。有时候挤得实在厉害了，维持秩序的大队干部就用长竹竿毫不留情地抽打。我们小孩子个子低，大多站在高板凳上，或骑在大人的肩膀上看。每回看戏我都是早早地去，抢占最前面的位置，看得清楚，挤的时候身子紧靠戏台不会随波逐流。我喜欢看女戏子，她们穿的衣服花红柳绿，头上佩戴的首饰丁零当啷，脸面白净姣好，一个个都像是天仙一般。外面也有卖零食的，瓜子、炒花生、块糖、米花、柿饼、饼干，也有卖茶水的，摊位的桌子角点着带玻璃罩的煤油灯，昏黄的光亮晃晃闪闪。可惜家里太穷，我兜里没一分钱，买不起。赵洼大队的戏台往往搭建在姜庄北边，离我庄不远，演戏的时候，我们也都搬着凳子去看。后来实行土地责任制，家里喂养着一匹高大威武的老野马，一二十里的官庄韩庄演戏，约几个同伴，骑马去看。那时候看得多是古装戏，很少有现代戏。回想一下，我看过的戏曲有《烤红》《破洪州》《大祭桩》《秦雪梅》《下陈州》《王华买爹》等。我们小孩子看戏就是看个热闹，锣鼓家伙一敲，整个人都兴奋起来，至于里面的悲喜苦乐只看个皮毛，情节也只记个片鳞只爪。但在那个物质短缺、文化贫穷的年代，看戏对于农村娃来说，可是件不寻常的大事儿，能够丰富单调的生活，影响是非观念。

我长大成人，师范毕业后分配在镇一中任教。每年阴历二月十九，镇政府举办物质交流会，一般都要请两台戏，唱个七天七夜。两台戏总是不一样，一台豫剧，另一台要么是曲子，要么是越调。搭台的地方分别是街的两头，一台搭建在西头后街邮电所门口的文化路上，一台搭建在东头前街刘店村委门口的富强路上。戏台也高级了，不再是旧桌子破门板拼凑了，而是钢管搭支架钢板铺台面。不再用汽灯，一根电线扯过来，几个舞台灯一照，明如白昼。我白天还要教课带班，顾不得看戏，夜晚几乎都要去。看戏的人没从前那么拥挤了，都搬个板凳或椅子坐着看，安安静静，斯斯文文。人们的生活富裕了很多，都买些葵花籽西瓜籽磕吃着看着戏，悠闲自在，逍逍遥遥。台上演员的戏服也不那么破旧灰暗了，都是崭新光亮的，服饰的样式多了，单官帽就有几十种。还有布景，或亭台楼阁，或古色古香的街道，都很优美。戏团也不是草班子了，横幅上打着省里市里的牌子，再不济也是县里的豫剧团。唱词唱腔不再土里土气，而是普通话，吐字清晰，字正腔圆。戏唱到紧要处，台下鼓掌，演员更是掏劲卖力，跟头翻得一个比一个高。我这个时候已经不光看女戏子白净的脸面了，而是瞧懂里面的门道了，人物惨遭不幸时很伤心，两眼泪花，结尾大团结时也替他们高兴，颔首微笑。电视里的戏曲频道每天都播放戏曲，很多地方戏种都播放，感觉都好。但我总是看得不过瘾，觉得隔得很远，没有真实感和亲切感，不像实体舞台，演员的一言一行，一举一动，喜怒哀乐，都感染着观众，随之哭而哭，随之笑而笑。

现在我们县农历三月初八也都举行物质交流会，街上人山人海，热闹非凡。我在县城购买了一套商品房，十年前就住进去了。晚饭一罢，便到较近一点儿的翻身街戏台前去看。剧团的装备更是现代化，无须单独搭建戏台，而是有专用组合戏车，像富豪开的跑车一样，可以变换形状，收起是辆车，放下是个戏台。戏台的灯更是像晚会上的舞台一般，有大有小，有明有暗，光线多样，五彩缤纷。幕景是大显示屏，可以根据戏曲的情节显示场景，演员在台上唱戏，好像穿越到了明清时代。演员的水平更高，大多科班出身，举手投足，说词唱戏，插科打诨，都显得很专业。可惜台下的观众不多，而且多是中老年人。年轻人都去看歌舞去了，美女亮男，蹦蹦跳跳，闹腾刺激。他们都喜欢快节奏，咿呀呀地慢唱，已经没有耐心看了。近来人们不知咋了，物质生活丰富了，却都爱做肤浅省事儿的事情，爱看脸书走马观花的浏览八卦信息，不愿读大部头的经典之作了；爱看手机电脑，不愿到电影院看一场电影，去剧院看一幕戏曲了；爱吃街上的大排档烧烤，不愿买食材自己做饭了；甚至认识不久便闪婚，不愿谈恋爱了。萝卜白菜，各有所爱，人家爱干什么，别人管不着。我只是觉得那么好的舞台，那么好的演员，那么专业的表演，台上热热闹闹，台下稀稀拉拉，甚是可惜。

随着生活方式多元化，尤其是手机电脑的普及，传统戏剧统领城乡舞台的“盟主”地位早不复存在。农村草戏班子已不多见，县一级的剧团因经济困难大都解散了，人们看实体戏剧的机会比着以前少了很多。不过国家非常重视农村文化建设，不断加强文化基础建设，每个村都高标准地建设了一个群众大舞台。舞台前有撑柱，后有暗室，上有飞檐翘角的琉璃瓦顶，另有流动字幕显示屏。这么好的大舞台，千万不要长期闲置，浪费社会资源。政府还需主动牵头，多成立戏剧团，多组织送戏下乡活动，多开展文艺演出，以丰富群众文化生活。

作者简介：曹进勇，河南省确山县人，高级教师。笔名曹天啸，中国西部散文学会会员，河南省报告文学学会会员，驻马店市作家协会会员，确山县作协理事，鲁迅文学院创作班学员。发表作品近400篇，有散文和中短篇小说散见于《奔流》《西部散文选刊》《西部散文选刊（原创版）》、《渤海风》等省级期刊，其中《挡嫁》获《小说选刊》第二届全国小说笔会中篇小说一等奖。

钦州湾探宝

李长顺

一、灵山香荔红

淡红，绯红，鲜红，深红。

一骑红尘妃子笑。有谁知道，你当年，博得贵妃灿然一笑的荔枝，是哪一种红？

甜，酸甜；甜中酸，酸里甜；甜甜酸酸；酸酸甜甜。

日啖荔枝三百颗。又有谁知，你那时，引诗人狂啖的岭南荔枝，是哪一种甜，哪一种酸，哪一种香？

我来到大芦村，为的是看望镬耳楼，东园别墅，第一楹联村。

却没有想到，邂逅了你的百年红颜。

三五棵妃子笑，高龄200余岁。那是，什么时期？大清国年间。

七八棵大造荔，栽种于1546年。这是，什么概念？大明嘉靖年间，已寿472年。

伴随你们而来的，劳氏先人，都已驾鹤而去。陪同你们一起诞生的，先祖列宗，陆续魂归西天。只剩下你们的，绿叶红颜，与东园别墅，劳氏先祠，为伴。

呵呵，不必惊奇。

超过百年树龄的荔枝园，遍布灵山全境。

灵山香荔的老祖宗，高寿已逾1500年。

一年一度的灵山荔枝节，就要拉开大幕。四月，五月，六月，七月。月月都是，荔的欢歌。

香荔红美酒，等亲朋品尝；桂味，大造，香荔，水荔，糯米滋，黑叶荔，妃子笑。优良品种，任好友采摘。

“来吧。我的朋友！”

“就来。我的知己红颜。”

二、坭兴陶龙吟

我不明白，你就是陶。却为何，你的无釉窑变，比钧瓷还要精彩。

古铜，墨绿，紫红，天蓝，栗色，铁青，金黄，银白……奇妙的色彩，色自天赐；火焰，彩霞，虎纹，天斑……奇特的纹样，自然绚烂。

我不知晓，所有的陶，都就来自于土。却怎的你就讲究：江东，东泥白，软为肉；江西，西泥紫，硬为骨。怎么必需，软六硬四，骨肉相撑。

哦，原来。“双料混炼，骨肉相融。”是你一生的密码。“自然素烧，烧炼出彩。”是你不变的灵魂。

唐刺史宁道务墓志铭陶碑，钦州烟斗巷，钦江缸瓦窑村，中国最长古龙窑。记录了你一路传承而来的历史。

1915，黎氏兄弟的山水花鸟瓶，旧金山，巴拿马万国博览会金奖牌；1930，水寒三友猪胆瓶，比利时，世界陶艺展金质奖章。证明了你曾有的辉煌。

万年古陶，铸就一部千年传奇。

火生六百载，焰接五千年。

600 米，中国最长古龙窑。竭力保护，火焰再燃，诞生了一批批精品，一件件绝品。

30 万件，坭兴陶神鸟。沿海上丝绸之路，飞向大洋彼岸，谱写中美文化交流史的佳话。

坭兴窑文化城开启；中国坭兴窑博物馆诞生；坭兴窑文化产业园兴旺发达；一个个坭兴陶陶艺大师技艺精湛。坭兴窑，中国四大名陶的瑰宝，国家非物质文化遗产的奇葩。薪火相传，生生不息。

你的古龙窑，国内最长的古龙窑，坭兴窑的龙图腾。

龙首低潜，龙尾高扬。麟眼分列左右，龙珠布满窑壁。威风凛凛，烟火腾腾。彩旗飘飘，古礼浓浓。火祭大典，热烈隆重。你这老祖宗传下的坭兴陶：凤凰涅槃，古窑新生。龙吟陶海，长啸窑开。

“开窑啦——！”

三、三宣堂答问

三宣堂落成，你乔迁之喜。并肩作战的冯子材，镇南关大捷的冯子材，亲家翁冯子材，自然亲来祝贺。

冯亲翁眼前一亮。一个宽敞大院，十余个阔大谷仓。亲翁手捋胡须，调侃有加。“贵府上下，几十口人。诺大谷仓，十万斤有余。亲翁莫不是，罢兵从商，要发大财？”你微微一笑，并不解释。“日后自知，日后自知。”

次月初一，三宣堂大开谷仓。门前板桂街，妇孺与老幼，三百六十口，按序领口粮。冯亲翁得知，大拇指高高翘起。

次年春旱，大荒。三宣堂前，支起大锅。盐埠；沙坡；大拱桥；三婆庙。一并红火炽热，粥锅腾腾。你轮动大勺，亲自给饥民舀粥。

自此，钦州城留下民谣：“远亲不如近邻，近邻不如刘大人。”“年冬失收毋须慌，肚饿去找三宣堂。”

其实你心里清楚，板桂街三百多口老幼，比你的亲人还亲。

你比任何人都明白，一将成名万骨枯。

你的黑旗军，一战，罗池大捷，诱斩法军主将安邺。你受封三宣副提督；十年后，二战，纸桥大捷，法军司令李威利毙命。你擢升三宣提督。这些，都是黑旗军将士们，用血，用命，换来。

你的黑旗军所向披靡，连战连捷，奠定了镇南关大捷的基础。法军闻风丧胆，越南朝野一片欢呼，清廷上下欢欣鼓舞。这都是黑旗军弟兄们，英勇奋战，浴血疆场。

你在台湾誓死抗击倭寇，同样依靠，军民一心，视死如归。

你每次出战，都临阵誓言：将士若战死者，双亲养老送终；女养至出嫁；男养至十八。

三宣堂谷仓，不仅仅是谷仓，那是你终身的诺言；板桂街妇孺，不仅仅是百姓，更是你毕生的亲人。

你，黑旗军统帅，三宣堂主人，一代抗法抗日名将。板桂街，钦州城，全中国。世代传颂着你的名字。

民族英雄。刘永福；爱兵如子。刘永福；视民如父母。刘永福！

“临阵不畏死，居官不要钱。惜民力以裕财源，养民气以威夷狄。”

你八十岁辞世遗言；你忧国忧民警世名言。

黑色三角旗招展，北斗七星闪耀。

作者简介：李长顺，奔流签约作家。河南作协会员。安阳散文学会副会长。作品见《奔流》《散文百家》《西散原创》《牡丹》《中国报告文学》《中原散文诗》《2019年度散文诗》。有散文集《在庸常中寻求诗意》等。多次获奖。

姐姐老师

端木家红

大姐老了。老在人们对她的称呼上，以前的同事叫她老校长、老书记；老在体态上，不但手脚不如以前利索，整个人都好像在“萎缩”：以前她穿的衣服比我大一号，那日，我试穿她新定做的中式夹衣，却紧绷绷得不舒服。这才忽然惊觉，我的大姐确实老了。说来，大姐退休都已若干年，又怎能不老呢，可每念及此，我的心都会一抽，锥刺般的疼。人就是这样，对不愿意接受的事实，即便亲眼所见，也不愿意相信，不愿意承认。

我们家姊妹多，大姐是长女，十九岁就参加工作，开始分担家庭的重担。在我的记忆里，家里的大事小事，父母都会和大姐商量，大都由大姐拿主意。我们小姊妹有什么事情请教父母，他们总是说，去问问你大姐吧。那年父亲去世，全家人哭得昏天黑地，六神无主，只有大姐擦干眼泪，表现出与她年龄不相称的少有的坚强，接待来吊唁的亲朋，忙前忙后，并与父亲单位的工会领导一起把丧事办了。再后来，母亲也离开了人世，大姐成了百分之百的“家长”。古时有“长嫂如母”的说法，而我想说的是“长姐如母”。在我们家，大姐一直在履行父母的职责，照顾年幼的我和弟弟的生活和学习的重担，自然而然地落到了大姐身上，这一照顾就是几十年，直到我们出嫁、成家。就是现在，大姐还把我们当孩子看，每次到我家来都提着大包小包零食和水果。我要是生病，有个头疼脑热什么的，她就更放心不下，免不了登门探望，送药送吃的，让我卧床休息，她帮我做饭，做家务，而她已是六十多岁的人了。

老实说，从小到大我一直很“怕”我的大姐。现在想想，怕，不仅因为大姐很早就履行家长的职责，还因为大姐是我的老师。二十世纪七八十年代的小学生又有几个不怕家长，不怕老师的呢？小时候，我身体很弱。有一段时间母亲病重，大姐就把我带在身边照顾，我也就成了大姐班里最小的学生。

作为老师，大姐是个佼佼者。我印象里，大姐上课时总是一脸严肃，讲课生动，滔滔不绝，听懂听不懂都会被她吸引住；下课时又温柔细心，和蔼可亲。老师、同学、家长都很佩服她，夸她好。而我每每听到、看到学生及家长对大姐的夸赞，心中除了骄傲，更多了一份对大姐的敬和爱。按时下的流行说法，我的大姐属于那种自带光环，自带威严的女性。对我，大姐尤为关爱和严厉，这也成了我学习的动力和压力——我期盼她的表扬，害怕她的批评。以致每次在课堂上我被叫起来回答问题时，都有点战战兢兢。我和弟弟住在大姐家里时，每晚只能跟着看半个小时电视新闻联播，然后就要回屋学习，而我们从来不敢说一个“不”字，大姐的威严已烙在了我的心坎上。如今我也已至中年，但在大姐面前总是恭恭敬敬，不敢造次，甚至连说话的声音都不敢太高，更不要说带个口头语脏字什么的了。

大姐不但对学生严厉，当了校长后，对老师也严格要求，有时近乎苛刻，我就看到过一位年轻的女教师因为穿着无袖的连衣裙被她斥责，都被训哭了。大姐常说，“学高为师，身正为范”，做教师的一定要以身作则，注意形象，否则会给学生造成不良影响，甚至会影响他们的成长和做人。彼时对她的这些言论不太理解，不认同甚至有些反感，长大后，特别是自己为人母、为人师后，才深以为然。

大姐爱看书。以前工作忙，还要照顾大家小家，但她总是挤出时间来看书。用手不释卷来形容她一点也不为过。“可气可恨”的是，她还要我读很多她认为必须读的书，牺牲了我寒暑假的玩耍时间。后来我工作以后，她还不忘时时告诫我：要抽时间多看书，多充实自己，千万不要做四肢发达头脑简单的人。大姐退休以后，看书更是成为她的日常。大概是前年夏天，有一天我外出办事路过大姐家，看天色已晚就准备去蹭饭，当时已华灯初上，可从楼下看她家屋里没透出一丝光亮。本以为大姐不在家，可推门而入时却发现，大姐正凑着窗户外射进来的微弱光亮在看书。原来她看书入了迷，忘记了时间，忘记了开灯，当然也忘记了做晚饭。那年我们姐妹几个去旅游，大姐还不忘带本书。在火车上一路看到目的地，住在宾馆晚上睡觉前她也要看会儿，好像着了魔似的。大姐是真的嗜书成癖，她一辈子教书育人，过着平淡的生活，没有为子女积聚多少真金白银，她最大的财产就是书籍。满屋的书柜书架，满柜满架的书。中外名著，自然科学，哲学，百科全书，现当代文学名家作品，等等，应有尽有，包罗万象。那一大摞一大摞的书，除了新买的她都看过，有的还看了好几遍。大姐曾说，书是看的，不是用来摆设的。我有幸在成长的过程中，生活于这满屋的书香中，被熏染出爱读书的习惯，也养成了耐得住清寂的性格，真是受益匪浅。这么多年我能够心无旁骛地坚持做自己喜欢的事：读书，写字，毫无疑问要归功于大姐。谢谢你，我亲爱的大姐！

大姐是个善良的人。别看她常常板着脸，其实心非常柔软。有一次我和她逛街，看见路边有个乞讨的老婆婆，在寒风中瑟瑟发抖，大姐停下脚步将刚买的羽绒服一把塞到老婆婆怀里，还掏出二十元钱放在她的瓷碗里，我想阻止又怕惹她生气，就委婉地说：大姐，现在很多乞讨的人并不是生活走投无路，有的好吃懒做以此为职业，有的就是个骗子。大姐白了我一眼：你说的情况是有，但她要不是骗子呢？遇到了，我们能帮就帮一点吧。

大姐还是个热心肠。以前大姐家的对门住着一对做生意的夫妻，他们上初中的女儿傍晚放学时就托给她照看，姐姐不但管孩子吃喝还辅导她做作业。退休前一直教语文的大姐，特意从书店买来各类教辅书学习数理化，甚至重拾扔下几十年的英语。邻居要给些酬金，大姐怎么也不肯收。我说，大姐，你一把年纪何苦呢？大姐却回答道，自己闲着也是闲着，远亲不如近邻，帮帮人家自己也充实。我无言以对，真是服了她。那对夫妇后来亲口对我说，能和我大姐做邻居真是前世修来的福气。父母不幸早逝，本是悲苦之事，而能有这样的姐姐，又何尝不是我的幸福呢！

岁月催人老。大姐不但年龄大了，而且身体也每况愈下。特别是这几年，大姐夫和小弟的相继离去，对她的打击太大。大姐病了，她有轻微脑梗，心脏也不太好，我眼看她一天天变得瘦弱，像一棵曾经挺拔伟岸的大树，现在变得枝干苍老，仍然顽强地站立在这个寒冷的冬天里，我开始提心吊胆。前一阵，大姐病得卧床，我去看望她时，心疼，偷偷抹泪。大姐安慰我说："人总是要老的，老了就会生病，没事的。只是觉得老了病了就没法好好照顾你们了。"我说："姐啊，我该对你说些什么呢，你能不能别再为我们操心了呢，一直以来都是你照顾我们，你能不能安心养病，快快好起来，让我们服侍你几天呢？"我长这么大第一次用这样的口气跟她讲话。

雪化了，又是一年冬去春来。我的大姐就要跨入老年人的行列了。尽管心里是那么不愿意大姐变老，但老是必然，是万古不变的自然规律。好在我的大姐依然恬淡优雅，依然是我们家族的主心骨，依然是我的人生导师，关心着我，呵护着我。时光流逝，愿我的大姐始终精神矍铄。愿下辈子我们还做亲姐妹！

作者简介：端木家红，安徽淮南人，《西部散文选刊（原创版）》事业推广部部长，有多篇散文作品发表于《西部散文选刊（原创版）》。2011 年开始接触网络文学，作品多发于各网站论坛及微信平台，散见于部分报刊。

偷得浮生半日闲

柴荣君

仿佛就只是一晃眼，秋天就那么俏生生地立于身旁。沉寂了许久的文字和心意，也是这样子的铺展。一个全新的未被拆封的季节，等着与我的相遇相知相爱相杀的缠绵，只有时间能够懂得。心事和这渐浓的秋，不能分离。

千般往事一杯酒，万种柔情两垄秋。所谓收获，也是沾着露水的诗意。想着朝阳下昨夜西风凋碧树的痕迹，是一种什么样的感念永恒，或许这就是我的世界的小小涟漪。折射出五彩缤纷瞬间视觉盛宴的珠儿，在草叶和心尖上滑过，留下了微凉滋润的味道。这或许是不够的罢，可在我看来，短短的存在和往复，只要一刻细细的感知，就不枉。

叶子，花的，树的，水的，眼前的一片，不同的颜色，不一样的稀疏。托着那粉嫩嫩鲜灵灵的月季的梗脉清晰可见，举着串串明媚阳光的枝杈款摆指尖，梳理着传送着繁花心意的流水敞开胸怀。一切皆坦荡荡的，在眼前。染了几分金色，戴上几分熟稔的，该是这季节的本质。灿灿起来的，不只是高低处的叶子，也有收纳入心的尘事。

俗世一米微尘，仙界十里桃花。抬眼凝眉处，哪个都是震颤。用指尖轻轻地划过，是温热是柔软，是跃动的一颗心的感知。无欲无求之于我来说，算是奢侈。我是一个行走在俗世红尘又期许着桃源仙界的女子。不是奢望，觉得，一切如常还是突发奇想，都有凉凉或者安暖的可能。不做寻常，不做单一，哪一个是最重要的，不去追究，只寻觅便心安。

远不过一场梦。梦里的世界，是今日般的人事。与喜欢的人在一起，与爱的人相遇，与恨的人淋漓尽致。遂意与否，都是与所有经过的人，演绎着别人世界之外的故事。身在其中与置身事外，不是选择，只是感受。在这里不离不弃，在那里福祸相依，就是一个顺其自然的缘法。真真的爱，真真的恨，实实在在的不亏不悔，就是圆满。

终究只是一个小女子。格局和心事都只是一个情字。亲情，友情，爱情，人文情意，家国情怀。此刻，我并不认为自己是一个无所谓的存在，也并不是一个不可或缺的人。就像那棵遮了屋檐的老树，我只是它身上一片隐在内里不为人所见的叶子。如今，我也染了秋色，在家人的视线里，是一颗柿子树的顶端高高悬挂的火红。是的，即使白发，我仍旧是母亲的世界最亮丽的风景。

或许平凡是一种福气。我就是一个平凡岁月里的平凡人。好在，能够安于现状是我的优点也是长处。如果不，就没有此刻的惬意和悠闲。没有人愿意只做一个安静的边缘。偶尔的活泼开朗的互动还是有的。念念古人，叨扰其清修，也是自在。独坐幽篁里，弹琴复长啸。深林人不知，明月来相照。这意境我是真心醉了的。喜欢罢，道是一种安然无恙。

念起十月，在今日十一月的伊始。满满的各色感知，翻来覆去的跌宕起伏或者浅媚如丝。职业女性的角色，是深知的，便让自己开心地做一个生命的守护者，不知疲惫。小小新生命撇开的小嘴，唱响的嘹亮，小媳妇微笑而且天生的慈爱，我之见证与守护，是我们的幸运与幸福呢。只想尽职尽责地做好事情，当一个被别人托付依赖和信任的人。

上月中旬，也就是二十天前的事情，细想起来，仍旧觉得如梦似幻。居然和来自全国各地的散文大家一起，共度了四天秋日时光。曹妃甸，滦州古城，迁安黄台湖，不一样的风景，只是陪伴，也是一种淋漓尽致。采风交流学习，哪一个对于我来说，都是收获。中国散文学会的周明、周振华老师，西散原创的梅雨墨、苏峰、褚福海等各位老师，所给予我的家乡滦州的，不只是游客那么简单，还有思想，滦州印象也在了祖国的四面八方。

自古人生何其乐？秋日感念，我的喜好和欢喜，就是跟随心意，捡拾一些岁月里值得珍藏的片段。用文字的方式，星星点点的记录，小世界的丰盈，大世界的圆满，择天记。也许是一种奢望，那又如何？做自己想做的事情，做一个安静地审视时光的人，一念之间，文字留痕，岁月在手。这何尝不是得道。自得其乐也罢，懒散安然也罢，能够将自己做的真实，于人于世，都是坦荡和心安。

偷得浮生半日闲。晒着月亮，沐着阳光，有心皆能得。只要想，如何匆忙的日子，都会有片刻愉悦心意的时光。明了，行在路上，穿梭在季节里。便知，一抬眼一凝眉，光阴清浅，岁月无羁。

作者简介：柴荣君，笔名梦如雪起。河北滦州市作协副主席，唐山市作协会员，唐山市音乐文学学会会员，河北省音协音乐文学学会会员，中国爱情诗人。《作家前线》签约作家。有作品录入《印在心头的岁月》《中国当代文学精品选》等书。

百步坎：流逝的记忆

盛忠民

百步坎在村庄的西南面。出门往山里走，一不留神，就在脚下。

在富阳的山里，用石头垒砌的这种坎随处可见，几乎每条溪流，或者田地之间都有。江南多阴雨。四季中属初夏的梅雨时节，雨水充沛，在山里乱冲乱撞。这些与水相抗的石头，便紧挨着站起一道道墙坎，安静、寂寞、坚强，又朴实、苍老。见证着沧海桑田，时空转换。

许多石坎建于何时我们不得而知，只看见石头呈灰黑色，甚至有的还长了厚厚青苔。东前村的百步坎呢，也一样，没有一个正确的说法。我问了许多老人，都说在秦始皇时就已存在。一些老人说起百步坎的事情，讲得让人神往。这样说来，百步坎的历史应该有几千年了。人，终究活不过石头和泥土，也没有石头垒砌的坎时间长久。几千年，几百年，人，走了一拨又一拨，朝代换了一朝又一朝，百步坎依然站立在大源溪岸边，没有消亡殆尽，只不过溪越流越深，坎越来越高，而坎上每一年草木长了又衰，衰了又长。

在村中老人的带领下，我来到了这个被村民传扬千年的地方。

坎有些高，下面是大源溪。因为长着荒草和柴禾，我即使探身俯瞰，也不能望到坎脚。之所以被称为百步坎，是因为传说中，从水上码头走到岸边，约一百步的路程。百步坎旁，是一条大路，据说在以前从富阳大源到场口都走这里，是一条畅通的官道，来往路人密集。站在百步坎旁的路上，仰头向西，可以看到巍峨的亭山，像一个巨大的亭子，屹立不倒。人类的微不足道，一下子呈现出来，使人无端产生恐慌和敬畏。

虽然很少有书籍记载百步坎的历史，但它每天都会进入村民的视线，这让许多村民不能熟视无睹。百步坎的历史，不管是繁华或者萧条，热闹或者冷清，总是一代代被记忆、传扬、叙述。

我还是记得一些有关的历史记载。

从《富春志》和富阳各个时代修缮的县志中，我们可以查阅到，在远古的宫前村，有一座紫霄宫，规模颇大，历史久远。这在富阳区域的历史上，也可以算得上是一座数一数二的庙宇或道观。那是连秦始皇东巡都要落脚的地方，可想而知紫霄宫在当初时代的地位。如今紫霄宫已荡然无存，连宫殿的遗址也难以寻觅。人们只能根据史料的描述去依稀确认方位，至于具体的详细位置，没人说得清。但从《富春志》记载始皇东巡到富阳的路线图来推测，应该是从大源溪到百步坎上岸，然后住宿在紫霄宫。由此看来百步坎码头在当时就已经具有相当的吞吐量，不管是面积的大小，或者设施的完善，不然如何容纳秦始皇庞大的东巡人马呢？而紫霄宫则完全是一座行宫般的道观了。

于是，我不妨大胆地推测。紫霄宫就在百步坎不远处的亭山脚下。这里陆路有通向场口、桐庐、建德方向的官道，水路有直通富春江、大小船只可以通航的大源溪。交通是何等的方便，信息是何等的灵通。

我一直认为东前村在远古时代，就已经是一个千户大村。在当时或许整个富春大地上，还没有很多的人口比较集聚的大村落。村与村之间的交通也属于蛮荒时代的原始山路及田野小道。那些水路方便的村落，便发达了起来。那时，东前村的大源溪，在百步坎以下，应该是一片广袤的水域，水天茫茫，碧帆落影。亭山脚下的百步坎得天独厚，成了一个天然的水运码头。经过一代代人的修建完善，百步坎码头终于兴旺了起来，沿岸可以停靠上百渔船和各类商船。

随着百步坎码头的成型和扩大，东前村也空前繁华了起来，随即有了许多街市。因为水域面积宽广，鱼类资源非常丰富，于是产生了专门从事打鱼为生的渔民。有了众多的渔民，便有了鱼市，就有了一条卖鱼集中的卖鱼街。东前村远古渔民一天的生活，在那些卖鱼的叫唤声中开始忙碌。一些远在山里靠毛竹做元书纸或小黄纸的山民，不辞辛劳，挑着竹纸或者山货，也来到东前村，或买卖、或歇脚、或采购。在古代或近代的许多时候，东前村一直热闹繁华，一些遗迹直到现在依然清晰可见。而很多反映当时状况的地名或传说，也随着人们的繁衍生息流传了下来。

据传，当时正因为有了百步坎码头，东前村的繁华程度非常之高。村落里有东西两条街，而连接两条街的有一座桥，叫作齐街桥，建于北宋年间，是一座石桥。具体是一座怎么样的石桥，已经没人能够说得清楚，想来也是一座精美绝伦的石桥。东街连陆路，通富阳、萧山、诸暨。西街邻溪沿着水岸延伸至百步坎码头。虽然这些都是从人们祖辈口中流传的场景，但从后来由于村庄的各类重建中，陆续挖出的一些物件来看，古代村庄中央的街路，都是由青砖直插地面铺设而成，还拼成各种图案，古朴、坚实、柔美，处处显示出北宋韵味。

大源溪像明晃晃的碧玉带镶嵌在村子和山田之间，站在路上看，至少沉下去了 10 多米。我的脚下就是百步坎，现在已经看不出任何码头的痕迹。许多杂草、柴禾、树在这里生长茂盛，但我依然相信那些故事，那些远去了的繁华和喧器。我知道许多现在看来影迹无存的事情，总是这样在历史的长河中荡涤，最后消亡，其实，它们却真真实实地一步一个脚印地经过这地方。

是时空把溪流变迁成这样，是时空把百步坎演绎成这样。

百步坎的荒芜或许是因为另一种交通方式出现在了这个地方。不同的一群人和不同的一些物事开始来来往往地走动，最后这些人和事，甚至生活方式又被另一拨代替。

百步坎就像是被扔掉的一个码头和一条路，或一种生存模式。但我知道，它必定有被弃置的理由。

但有些东西却始终扔不掉，会留下来。一些留在了原先的模样上，成了野草、荆棘、树木的家，更多地留在了人们的记忆里，变成了代代相传生生不息的遗存。

在百步坎，我站立很久，觉得那是东前村的老根底子。东前村的两个村子——溪东和宫前，几千年来住了不知几辈人，老村庄住旧了就造新村庄，新村庄没多久又会变成老村庄。在这片土地上，人们住惯了的两个村子，就像是坐在亭山山腰里母亲的两只脚，一只搁在了溪东后头山下，另一只搁在了溪西的亭山脚下。人们总也不愿遗弃这片土地，依旧像个孩子般依偎在母亲的怀里。

作者简介：盛忠民，杭州富阳人。爱好散文诗歌创作，有作品发表于《散文选刊》《西部散文选刊（原创版）》《江苏工人报》《联谊报》《连云港文学》等报刊。

天津印象

杨春燕

“天津”这个名字，首次出现在永乐初年，为朱棣所赐，意为天子渡河的地方。天津古城已有600年历史，又称“天津卫”，因为天津是海上通向北京的唯一要道。这个一百多年前曾被多国瓜分租界的城市，古老而神秘着，既有西方殖民时代的烙印，有过刀光剑影，也有如今的繁花似锦。

天津，海河之畔一颗渤海明珠，这座中国北方第一大港，既带有中华民族5000年的发展轨迹，也有着西方殖民时代的烙印，一同构成的历史长河中，今日的天津创造了丰厚文化遗产，形成的天津市特有的津味儿文化特色。

天津语音丰富独特，很有自己的魅力，可以就此杂谈一下，在记忆中，北京人管蝉读“知”了，天津读“滋”了，“是”字北京读“式”你舌头得卷着发音，而天津人用舌尖发音成了“四”以前听到过相声演员的段子里抖包袱，天津人初学京腔京调时，“是不是”尖着舌尖改为卷着舌尖不太好掌握，常常顾前不顾后的冒出“四不式”或者“式不四”，引无数台下观众哈哈大笑。

在天津，戏曲和曲艺品种颇多，相声、京剧，河北梆子、评剧、大鼓、快板、时调等十分得兴盛，我的父亲就曾经在五十年代拜京剧大师裘盛戎先生学习花脸的表演艺术，还有相声、快板和评剧，家里面有说天津快板的竹制两套响板，还有说山东快书的一对儿铜板，经常作为我们的玩具。天津是主要中国戏曲艺术的摇篮，在天津唱红，那是走向全国的基础。戏曲的繁荣也使得天津茶园，戏园始终门庭若市，成为天津人接朋会友，茶余饭后丰富精神生活的去处之一。

天津印象中民间习俗居多，其中包括“初一饺子、初二面、初三合子满屋转”的春节特定传统习俗。

天津的民间信仰，特别是对海神天后崇拜顶礼至极，津门历史也多与天后文化密不可分，老话说得好：“先有天后宫，后有天津卫。”

由此带来天津印象中，受宫廷美术、文人美术，地域特色浓郁的杨柳青年画、塘沽版画、根雕、石雕、木雕、面塑、地毯、剪纸、刻砖刘的刻砖、泥人张的彩塑，在这些民间艺术品中，最具有影响力的当属杨柳青木版年画，它创始于明末，在人们心中杨柳青木版年画已不仅仅是名扬海内外艺术瑰宝，也是一种幸福生活再创造的情感纽带。

生活在北京多年的二叔，对民间古文化研究颇为透彻，曾经特意选择了日子，去天津杨柳青请到一幅名家的木版年画，次年，堂妹如愿诞下帅气俊朗的大胖小子，居然和那年画娃娃神态相仿，一样的浓眉大眼。

2014 年 5 月，我自南京取道北京去了天津，这是我 1970 年两次天津之行后，海军航校三地战友，为碧海红桑、风云际会古老之天津，大家相聚在“燕王埽北”。

天津离山不远，东北是燕山山脉的余脉，天津离海也不远，面对着渤海湾，就在这山海之间。塘沽滨海新区，有俄罗斯航母、大沽口炮台和北塘古镇。站在巨大的的汉沽八卦滩“基埔”号上，战友郑元柱说托燕子的福，还能来一趟航母，这有感于北京人未必去过长城，乐得我够呛。

第二天参观位于天津古海岸的大沽口炮台遗址博物馆，南有虎门，北有大沽，中国近代史上两座重要的海防屏障之一，素称“津门之屏”。海岸边芦苇丛生，四周幽静，每年的春天还有飞禽在此滩涂上落脚栖息。北塘古镇明清海防重镇，背靠海河面朝渤海的军事重镇，曾经是八国联军攻陷的最后一个要塞。

天津这里地理位置得天独厚，渤海之滨，白河之津。这地方人情厚，人心热，再加上爱吃会吃，顿顿吃得结结实实，海蟹、海虾和各种贝类，吃得我多少有点分不清东南西北，不过在滨海新区的集装箱海鲜一条街，我倒是对一道从未见过的菜产生了浓厚的兴趣：拌着麻酱的一盘子黄须菜被我包圆了，战斗力爆。黄须叶中间有道沟碱，蓬菜叶跟小园棍似的，没吃过您就看好喽。

连续两天的车马劳顿，苦了几位弟兄，大个子孙学仁在第二天晚上大港老大韩树元迎接大连尹健等战友们的笼罩宴席饭桌上低垂着头打起了盹，那天晚上摄影师是郭百顺，太忙碌，不然真应该请百顺给学仁特别一张瞌睡虫照。赵学栋跑的少倒还好，秀泉的老寒腿酸疼不已，元柱也累屁了，蹲在古塘北镇的墙根下对我说：“燕子，你可别来了，把大家伙都累懵圈了。”

要说语言的幽默诙谐，我对天津战友那是相当的刮目相看，老话说京油子卫嘴子，北京人生就皇城根儿下，会端着假模假样儿，天津人则天生就是会说话，要不全国这么多城市只有天津成立了语言研究艺术中心。战友们那个风趣幽默，让你疑虑天津是否人人不用训练各顶个都是相声表演艺术范儿。航校时期训练部的赵秀泉和郑元柱嘴码子活儿一流，两个人“咯咯哩哩”谈的眉飞色舞，捎带脚儿学仁横插一脚“韶刀”“韶刀”，看着他们一脸的兴奋，我自然也不能干看着不参与“叨叽叨叽”好歹咱们也会上几句：珍珠翡翠白玉汤和二子他妈，给我烙两张糖饼。大家多年不见，一起见个面掺合掺合，别提那个欢腾劲儿，真哏儿。

庆祝宴才结束不久，我和尹健就又饿了，还得数另外一个南京兵鬼精，他咔嚓了一个半韭菜猪肉大包，而我只吃了半个，上一当。我们俩就坐在塘沽宾馆楼下烧烤店继续宵夜，就着各种新鲜串儿的烧烤香气，聊着航校的人和事儿，包括他和扁头一个班里共私语的友情还有曹伟去大连他俩分手时的抱头痛哭，长叹道："老杨婆子，你说这日子怎么过得这么快？"才有点眼泪吧喳的感觉，被他一句老杨婆子又给炝回去了。"沧海一声笑，滔滔两岸潮，浮沉随浪，只记今朝。"人生都由什么所组成，我想友情的沉甸甸那是必不可少的吧。

1860 年，英国人攻陷了大沽口，从此天津街头增加了许多西洋建筑，哥特式、新古典主义、折中主义外加现代流派等，天津的这些西洋建筑，与中式的四合院儿民居混杂在一起，成为这座城市特有的人文特征，昔日的九国租界 20 多个国家的领事馆，遗留给天津几百幢历史风貌建筑。从五大道到意大利风情街为历史的见证，也现在成为外地人游天津的理由之一。

天津的城市建筑是顺海河方向建的，天津城里也有东北角、西北角、西南角和东南角，不是严格意义上的地理方位，也不能作为地标指示。再比如著名的南开大学，从字面上理解应该在正南方向，而实际上是在城的西南，初到天津的外地人经常会弄得找不到北。

第三天，我一人坐着城际列车溜去了马场道天津外国语大学，这所名校看规模并不咋大，但是从内而外散发着雍容大度和不可抗拒的华贵。

顺着不宽的马路牙子一路闲逛，二十分钟左右就到了中国古瓷博物馆"瓷房子"，这幢法式老洋楼你细细端详，惊艳绝伦，连犄角旮旯都透着十足古风的灵光，坐落在天津和平区的赤峰道 72 号，可惜不知何故我去那天恰好闭馆。

外地朋友来天津，必定会光顾滨江道，滨江道最初建于 1886 年，当时这里还是法租界，到了 1946 年不断扩充沿着海河而建的滨江大道，从海河沿岸的张自忠路起，一直延伸到南京路，全长大约已有 2000 米，高贵典雅大气的滨江道俨然成为时尚天津的闹市区。

那一天在南市街逗留了相当一会儿，天津南市建在室内且高大辉煌，透露出点 600 年历史名城的派头。里面店铺一家挨着一家，卖什么地产吃食的都有，名字也叫着童趣：崩豆张、果仁张、皮糖张……挑来选去，进了'北京炸酱面'，好奇天津的炸酱面是否有北京的味道正宗，结果炸酱太咸，被齁着了。

出门撒嘛闻着味儿，还真撞见一家小门脸的绿豆面煎饼果子铺。别说天津人真讲究，这葱花还分熟葱和生葱，下锅摊饼鸡蛋找补平，搁点利民甜面酱、葱花、酱豆腐和芝麻，一折叠就归您啦，得嘞，质高味美了一回，不是"怀古"也不是"夸张"，如今的天津煎饼果子已经被歪果仁偷艺漂洋过了几大洋，成了热捧新鲜玩意儿。

天津名人众多，著名京剧表演艺术家马连良曾经居住在一栋意大利人建造的楼中，阳台花柱居然与珍珠串一般雅致，天津人俗称“疙瘩楼”，疙瘩楼位于河北路，楼不高，透过车窗望过去只有三层，高台阶，圆拱门，外墙据说采用火砖砌筑，一眼扫过去去确实是满眼疙疙瘩瘩，很是新奇之中透露出天津风情的与众不同。问一下当地人，原来这里以前，就是英租界威灵顿道。

来到劝业场，走路太多脚力有点跟不上了，坐上敞篷游览车，一遍又一遍兜着圈子，记得劝业场还是法国人开的呢，位于梨栈大街的一个大十字路口，当属天津卫最繁华的商业中心，整整占据十字路口的一个角。下了游览车信步上楼，既然来了鼎鼎大名的劝业场，怎么着也得寻摸一件，结果实在没合适的，和营业员一起“倒倒扯扯”，拿了一条超薄的黑中裤，还有一条深灰色绣同色花的中裤，两边开着瓢看着就清凉，五月的天津实在是太热了。

没去天津之前，早已听说天津被誉为“沽上明珠”的洋货市场，天津港码头与世界上 160 多个国家 300 多个港口有着贸易往来，于是乎，在二十世纪的八九十年代，位于塘沽的洋货市场兴旺发达红火起来，现在市场面积大约有 1 万平方米，最火的时候一年营业额有几个亿，客流量一天都有几万人，成为京津冀地区唯一的一家旅游兼购物的首选。

战友赵秀泉自傲的领着我一起溜达一圈，市场内依旧熙熙攘攘，但是时过境迁，已然不完全是洋货的天下。东起吉林路，西至中心北路的洋货市场步行街有几百米长，不是很宽的这条街建筑风格比较洋化的欧式风格，整条街的路面采用罗马石铺垫，街道两旁的建筑精美华丽，屋顶造型都呈现出来几何形状。街道青铜雕塑和汉白玉雕塑交织点缀，连街灯也都是古典美，处处充满着天津这浓浓的海纳百川十足的国际范儿。秀泉告诉我，晚上这里的夜景更美更有滋味儿。

战友聚会的最后一顿大餐由天津战友里的文化人儿吴超宴请，全家盛装出席。在和秀泉他们道别那个路口原本已是各个眼圈通红，没曾想饭后吴超送我们到了天津火车站，即将分手的一刹那，吴超一如既往微笑的脸上刹时泪雨滂沱，泪水成片而下，顿时把我们回南京的仨人哭傻了眼，哽咽到满脑子翻江倒海。

天津有着市井的平实，那种见过大世面，经历过大富贵后的泰然处之，实在在喧哗世界里难得的品格。“跪拜大地”流金岁月的海河，默默守护着生机勃勃的市井沧桑，收藏起来沉甸甸的往事，苍生一笑很倾城，也许源于《雷雨》，也许源于《日出》，也许源于“天津之眼”的深秋。

作者简介：杨春燕，女，祖籍吉林市，华夏精短文学学会会员、南京市作协会员。海军退伍军人，现就职于南京工业大学。部分作品在《南京日报》、陕西《文化艺术报》、《西部散文选刊（原创版）》、《金陵晚报》、《金山》等报刊发表。

包一顿荠菜饺子

张春亚

春二三月，中原大地，春风和煦，荠麦青青，正是挖荠菜的好时节。

晴天丽日，挎个小篮，拎一小铲儿，迈着轻盈的步子挖荠菜。走在无边无际的麦田里，就如踏在万顷碧波上，御风而行，仙气飘飘。

天空蓝得空灵澄澈，麦苗青得逼你的眼，一株株水灵灵的荠菜出落得楚楚动人，“豆蔻梢头二月初”，大概就是这种感觉吧。淡白色的小花，碎琼乱玉一样在风中摇曳，如梦似幻，让人仿佛置身远古莽莽苍苍的原野。

《诗经》中就有“谁谓荼苦？其甘如荠”的句子，可见，远古先民对荠菜有多么钟爱。

古往今来，许多文人墨客对荠菜也是喜爱有加。宋代苏轼、范仲淹、陆游都是吃荠菜的高手。

苏轼自创了荠菜羹，后人叫它“东坡羹”。据说是把白菜、大头菜、萝卜、荠菜和米放在一起煮，鲜美无比。

陆游在残雪初消的园子里，随手揪一把荠菜，放到瓦钵里，配以桂皮、生姜和米，燃青翠之火小火慢煮。顷刻工夫，米白菜青，清香袅袅，不绝如缕。

范仲淹把它腌成咸菜，说“陶家瓮内，腌成碧绿青黄；措大口中，嚼出宫商角徵。”瞧瞧，吃荠菜都能嚼出美妙的音乐来了，不得不佩服文正公的想象丰富，幽默风趣。

古人何等风雅，几枚野菜也能吃出花样，吃出文化。隔着岁月的尘烟，我仿佛嗅到了荠菜飘来的缕缕清香，那香味来自遥远的宋代。

小时候，妈妈经常挖荠菜给我们吃。凉拌，清炒，煮荠菜豆腐羹，包荠菜饺子等等，荠菜在妈妈手里不停地变换着花样。在荠菜的滋养中，我不知不觉地长大了。

我则更喜爱吃荠菜馅儿的饺子，这绝非附庸风雅，而是来自心底的那份懂。撷取鲜嫩的荠菜，清水里洗净。露叶琼根，腰肢舒展，鲜活水灵，如一个个从诗经里走出来的古意女子，朴实，灵动，落落大方。她们来自远古的坡头溪畔，来自宋元明清的深宅庭院，仿佛穿越千年，刚刚从一场春梦中醒来。

我在她们沥干水分的过程中虚度了一段光阴，此刻，白雨跳珠，水声滴答，岁月宁静而幽远。

炒锅上火，煎几张薄薄的鸡蛋饼，嫩黄，酥软。蛋饼切丝，荠菜用刀磨碎，撒上精盐，淋上麻油，美味的荠菜饺子馅就成了。鹅黄翠绿，煞是好看！忽然就想起老杜“两个黄鹂鸣翠柳”的诗句来。且让她们在唐朝待一会儿，我先和面去。

在我的纤纤玉手搅动下，不大工夫，雪白的小麦粉就被揉成了光滑的面团，如刚刚梳洗完毕的女子，光洁，圆润，丰满。然后，搓成长条，切成剂子，擀成薄皮，开始包饺子啦！

我把那些荠菜馅从唐诗里唤醒，用竹签把她们请到面皮上。圆圆面皮宛如田田荷叶，包裹着鸣禽翠柳，嘿嘿，整个就是一首自然田园交响曲。

不到一个时辰，一个个元宝样的饺子就包好了。沸水里煮个三起三落，饺子变成白白胖胖的模样，就熟了。捞出，过水，装盘，蘸上一小碟香醋，就可以开吃了。咬上一口，清香袭人，直抵肺腑。那淡淡的香味儿，那与众不同的鲜美，让你吃一次就会爱上她。

但我还是怀念小时候妈妈包的荠菜饺子，那里面不仅有荠菜的味道，还有儿时欢乐的时光。那淡淡的一缕，是人生岁月溢出的清香。

感恩自然，让我们的人生充满了诗意和绿色的渴望。趁阳光正好，微风不燥，去野外挖荠菜吧！

作者简介：张春亚，笔名采薇，周口市作家协会会员，中国西部散文学会会员，有作品发表于《中国当代散文精选三百篇》《西部散文选刊（原创版）》《河南诗人》《河南文学》《新世纪新诗典》《山东诗歌》等纸刊。作品曾在长江文艺，中国当代散文征文比赛中获奖。

生命里的那些树

龙华慧

一

在深秋，在上海，在这个喧嚣的大都市的一条小道。一株瘦削的银杏孤独地闯进我的视线。

凉风吹过，一片片小小的扇形黄叶飘然离开枝头，随风漫天飞舞，就像一只只翩然飘飞的秋蝶折断了羽翅，凄美地舞，然后再慢慢地落。

而那些还留恋于秋光里的银杏叶，却似精灵般地跳跃在枝头，迎风打着节拍，吟唱着深秋深沉而清幽的歌。

我久久地凝视它的姿态，它的色彩，它的气质，还有它的思想。它周围那些常青的香樟和广玉兰，依然在深秋里身披墨绿的外衣。而它一身金灿灿的黄，彰显了它的与众不同，更显示了在众绿之中它的无所畏惧。它坦然面对秋给予它的独特容妆，坦然告别春的蓬勃，夏的繁茂，坦然地歌唱着回归大地，去等待下一个春天的到来。这是一棵勇敢的树，拥有一个勇敢者的思想。

二

我的家乡，在祖国大西南的一个小镇。小镇依山傍水，门前是缓缓流淌的清水江，屋后，背靠连绵起伏的后龙山岭。后龙山岭从屋后一直延伸到很远很远的地方，山岭上郁郁葱葱的树木将苍翠的绿绵延伸展，目光所及，漫山遍野，除了绿还是绿。

在逶迤的山顶上，最为显眼的当数岭上一棵棵巍然挺立的百年大枫树，大枫树高高地挺立着，它们树干粗壮，要三四个人才能合抱。抬头仰望，除了看见密密的树叶，看不见它的树顶。大枫树实在太高了，高得上了天。

儿时，每到夏天，打开房子的后门，总能听见风过林梢时发出的“娑娑”

声。阵阵凉风夹着草木香，从岭上吹来，那是大枫树带来的问候。它带着山里的绿，吹散了夏日的炎热，让人顿觉每一个毛孔都舒适和惬意。

在阵阵树叶和风摩擦的声音里，还夹杂一阵阵清脆的鸟鸣。在大枫树上栖息有成百上千只白鹭。它们常常会成群结队地飞到清水江边觅食，再成群结队地飞回大枫树上栖息。

我喜欢看着那些白鹭在大枫树上欢乐地拍打翅膀，喜欢看它们洁白的身影穿梭在浓密的树叶之间，喜欢听它们不时发出的欢快的鸣叫声。群鸟欢乐，大枫树欢乐，我也会情不自禁地欢乐。

如今，打开记忆之门，儿时的画面就会轻轻地闪现于脑际，白鹭，大枫树，像放电影一样不断浮现在眼前……

三

我不知道它叫什么名字。它站立在校园东南角的绿化带旁，肃穆而刚毅地挺立在那儿。我猜想，它应该是建校时就栽种在此处，几十年的光阴轮回，让它有了坚实的身体和粗糙的皮肤。它常常吸引我的目光，仿佛它是很久很久以前我熟识的故人。

午饭后，如果阳光好，从食堂出来后，我会绕着操场走上一圈，常常会不知不觉地走到它的身旁。

在这个美丽的校园，它不及花坛里那些姹紫嫣红的花儿美丽，也不如围墙边上满架的紫藤萝妩媚多姿，更比不上跑道旁那一排高大的水杉飒爽的英姿。然而，我就是喜欢它，喜欢驻足于它的树下，听它呢喃细语。喜欢看它在清晨，在午后，在黄昏吮吸阳光时的甜蜜。喜欢看它与清风和蝴蝶轻舞欢唱。我更欣赏它努力释放着树叶的绿和树干里的香。

它从来不与樱花争宠，更不与玫瑰攀附，也不孤芳自赏，更不自怜自艾。它就是这样，静静地作为一棵树的姿态，站立着，静数每一个清晨和日暮，在淡淡的岁月中活成自己喜欢的样子。

生命里的这些树，它们在我的生活里，在我的脑海中。活在我的记忆里。它们如长者令我敬仰，如师者值得我学习，亦如朋友促我与之并进。

作者简介：龙华慧，贵州锦屏人，定居上海。中学教师，热爱文学，喜欢写作，先后有数十篇作品发表于《西散原创》《岭南作家（诗报）》《锦屏文艺》《凯里晚报》《西部散文选刊》等刊物。

光的启示

江左融

前语：是不是我们一生中所有的修行，其实都是在学习这样的一个词儿，它就叫：韬光养晦！

其实，真的不想借着“光”的聚焦而写下什么的，感觉有哗众取宠之嫌。因为这多日子来，关于光的诗句已经爆屏，盈盈地塞满了简书这个平台，甚至于更多的信息媒体了。难免令人产生视觉疲劳，更主要的，还是真心地觉得这样是不是在搅扰着光？让他在这条痛苦的路途上多着其实我们并不能够真实感同身受的残忍？不晓得有谁和我一样有着这样子的担心？又或许，这也是大家或多或少都有的担心吧？

而关于光的一切，在我的脑海里一直过滤着这的词语：老天无眼，上苍不公，千份叹息，万般哀怜……然后的然后，终亦不过尔尔。

也一直欲写末写，让笔停在关于“光”的文字之前，以至于有时真想悄悄地问一声：“光，到底于你的身上，我们能汲取和寄予些什么呢？”此时长夜静寂，而我则惯于在这样的静寂里思索和畅想，更好地将心语诉于笔端。让一个臆想中真真切切的光，他能端端正正站立在我的面前，会好好唤出那一声：“你好，姐姐！”然而，这一切的一切，已无可能。

光，在掀开你这十年间受苦受难受刑般的伤口面前，除了对于淋漓鲜血的不忍视，我们又能为你做些什么呢？现在的你，正像那钉在十字架上，呈示于万人面前的上帝之子。是那般得光耀，又是那般得凄苦！

初识的你，是在鲸哥和晏萍姐的诗句中。“假如一切都有轮回 / 你是走的最快的一个 / 跌跌撞撞 / 行色匆匆 / 去追赶最美年华的时光倥偬 / 你如一颗疾驶的流星……”—（跨鲸而来）“是谁撒落一场百年难遇的流星雨 / 漫天的璀璨尽染天空的泪丝 / 从此你的生命融入世界的每个生命 / 你的光和世界所有的能量汇合成九十九个太阳……”—（晏萍）。从那一刻起，我在好，到底是谁有谁，令做人义簿云天，写诗大气磅礴的鲸哥和晏萍姐同时间书写下关于他的诗句呢？

由此，我得知了一个残酷的医学名词“渐冻人”。它就那么毫不陌生地走近我的认知视野。得知的那一刻，心是阴郁而寒冷的，而且我向来的一种怪癖发生了，在瞬间的应激反应里，手臂上会爬满泛起的密密麻麻的肉刺——鸡皮疙瘩。至今，我依然还清晰地记得当时的情形正是如此：手臂被倾刻间吹灌入了一股阴森森的寒气，肉刺纷纷林立。

更多对于光的翔实了解，还是在读了浮生小姿妹妹的那篇优美深情的散文后。知道了在北国的土地上，有那样一位叫赵希君的木雕师，沐着阳光，朝气蓬勃，他正意兴遄飞行走在木雕行业，他的每一份努力，正迎来人生的朝霞。一切都是那么顺理成章的美好，可惜的是，这份仅仅是二十一岁里的美好，竟随着被确诊的病症而戛然停止！想他被医生告知实情的那一刻，天都应该是黑的吧！泣泪无告！无情的现实击碎了关于他人生路上种种的可能与设想。那熠熠闪光的雕刻刀，梦里依稀的新娘，追喊着爸爸的稚儿，颐养在堂的白发老父……这些常人的美丽，统统粉碎，成了他今生最最遥不可及的奢望和梦想。

再后来，我被鲸哥拉进了一个“诗文新天地”的诗友群，光也在那里，于是我们才陆陆续续有了或多或少浓浓淡淡的交集。然而也只是默默的关注和远远的祝福，知道他的病情已发展到了第四阶段，目前已经仅剩一根右手指能活动，而这根右手指，成了他与我们唯一交流的工具，就仅存的这“一指神功”，仍在源源不断地书写着他对于这片土地这方尘世的不朽眷恋。“该拔节儿的 / 拔节儿 / 该抽穗儿的 / 抽穗儿 / 那风声中 / 澎湃出成长的脚步 / 泥巴和水 / 演绎孕育 / 泥巴和火 / 萌生超脱 / 千年的转世 / 谁会爱上谁……”《梦里黄土地》光燃诗梦。这，就是属于光的诗句。

偶尔的，我们也会在他的诗文后给予小小的点赞鼓励和打赏，都会引来他郑重客气的回复致谢，想着他写字时那一笔一画的艰辛不易，反倒是让我的心里有了更加得过意不去。因此光，原谅我只能怀着更多的小心翼翼的问候藏于心底，唯怕会添给你更多的麻烦。有时在群聊里，我们也会给予彼此拥抱，这都引来我们的戏谑和欣喜，整个的气氛都是温暖的洋溢。其实我也想告诉你光，这一切的看似呵护，都是因为你如光一样的存在，也温暖照耀了别人，不因老天待你之悲凉而怨天尤人！

感动于早布布姐在前两天给光的那首诗，“我已穿不透世纪的冰川 / 苍茫的静寂中去路空茫 / 前不见飞鸿 / 无人同行……是的 / 我选择 / 在还能醒来的晨曦中歌唱不再 / 问天问地问命运 / 我想我已与光同在 / 与光同程 / 肉体是尘世间的琉璃 / 此生通透 / 不应有悔 / 不应有恨”—《与光同程 . 肉体是尘世间的琉璃》。谢谢姐姐的这首诗，唤起我深深的共鸣，她用更宽厚温柔的胸怀给予了光最深的理解，只因为一份更多的懂得！还有诸多的诗友如一杯老酒、欧阳卉林、半岛、梵君……等等，在她们的热心带领下，令光的感召也感召我们，让我们能从人心人性里挖掘和散发关于光的启示，完成一次又一次光热的传递，让我们的内心真正得到修行，从而获得一份人生新思考里的充盈。

在这方看似凉薄的世界，有许许多多的人心怀暗伤，在竭力地掩隐中平静地赖活着，死水微澜。而光，以其昭然于世的累累伤痕，积极地参与生活，渡身济世，他用笔愉悦地书写着对生命的隆重礼赞。仍然愿意以他的微光之躯帮助身患重病的他人，甚至志愿在其死后捐献他的眼角膜，他要以另一种方式深情回眸这个世界。正如鲸哥所说的："他带给我们的，不仅是视死如归的坦然从容，更是向死而生的凌然绽放！"。而晴鹤碧霄也写道："他是生命的双重超越，超越疾病之躯，寻求生命的意义；超越庸俗的苟活，寻求精神的高境，活出生命的诗意！"这些高度的精练评价，不正是光，他给予我们的启示吗！

的确，我们今番的遇见和良晤，不仅仅是为了光他个人的悲情生命，我们聚光而来，只是因为，所有的善良和悲悯都值得被一一书写；所有的自尊自爱与自强都值得被尊敬；所有"泛滥"在光面前的父爱母爱与兄弟姊妹之情都值得被珍视；所有与光同行同在的诗人情怀都值得被肯定和传扬……

在这个充满爱的六月，我祈愿大家不要总是于这漫天的雨季里徘徊，让我们携手擎起光的精神，将他的热力层层传导，让每一个生命都活得深情而精彩！

作者简介：江左融，湖南张家界人，教育行业任职。市作协会员，区文艺评论家协会理事、中国现代作家协会会员。《散文选刊．下半月》签约作家。有作品发表于《散文选刊·下半月》《中国诗人》《湖南诗词》《张家界日报》等网媒纸刊。

夜宿篁岭

金培付

篁岭，这个深窝于江西上饶婺源境内石耳山系山崖上的古村落，吸引我的是她旖旎的自然风光与谜一般的历史身份。

关于篁岭的身世，当地民间流传甚广的说法是“一座篁岭村，半部南迁史”。故此，我武断地猜想：篁岭的兴衰起落一定与远在安徽宣城泾县的查济古村落极为相似，相信也与当地历史变迁过程中的一个重要族姓有关。

果不其然，关于篁岭的历史，古人早已有了令人信服的考证。据成书于清道光年间的《婺源县志》记载：“此地古名篁里。篁岭，县东九十里，高百仞。其地多竹，大者径尺，故名。”又载：“篁岭，离城八十五里，曹氏世居。”从以上历史记录中不难看出，前“篁岭”指其所在的山脉，后“篁岭”指篁岭村。由此推断，篁岭古村最早当属曹姓族人所建，整个村落由百余户曹氏人聚居而成，并深藏于茫茫大山之中。

篁岭古村历史悠久，距今已有 500 多年。关于曹姓人为何迁居于此，史料上也有较为详细的记录。据清乾隆年间抄本《曹氏统宗谱》记载，深居于婺源深山之中的这支曹姓族人的受姓鼻祖为曹叔振铎，即“文王第六子，封于曹，因以国为姓”。早先并不是土生土长的本地氏族，而是起于山东樵国郡，因唐朝末年农民军黄巢起义，导致天下大乱，盗匪横行，于是曹氏族人不堪天下纷扰，愤而起兵报国。在整个曹氏族人中，曹全晸为曹叔振铎始祖的第三十二世孙，其生有二子，后皆登第，随父报国立业。曹氏一族在曹全晸的领导下，领懿宗令，授河南都尉，领兵破贼。后转战江南，复歙州，立功无数。最后，在青州之役中与贼战死。朝廷感其平复江南之功，赠中书令，谥“忠节”。曹全晸为徽州曹氏鼻祖，即一世祖，而上蔡正是河南之地，也是一世祖受封之处。黄巢起义引发了大量的北方人为躲避战火而举家南迁，曹氏先祖正是在这一历史背景下为躲避战乱而背井离乡，南迁到徽州，并在歙县停留六代，辗转反复二百余年才最终到达篁岭这片幽篁之地，从此开山造屋，耕田种树，安居乐业。应该说，不仅是篁岭，即使整个婺源，甚至整个古徽州都是北方人为避战乱南迁途中的重要驿站。

如今，篁岭已经揭开了深藏于大山的神秘面纱，作为国家AAAA级旅游风景区得到了较好的保护与开发。进篁岭古村，早已不用沿着崎岖难行的盘山小道费时费力艰难攀登了，可以直接从山脚下乘坐观光索道上山，然后再步行进入依托山势盘旋而上的石子路进入古村。

转过山脚，刚踏上古村的中心街道，视线立即会被视野里高低错落灰白交织几乎占据半面山体的古村徽派建筑群所吸引。篁岭古村的民居依山势第次向上围合而成，山居人家层层叠起，高低交错，不挨不挤，向上延伸，几近山顶，层次分明，界线明晰。古村正对面的山体上，则是层层梯田，曲折回环，密如斑马身上的条纹，绿如晶莹剔透的翡翠。

这些至今保护完好的徽派建筑或为木质结构，或为白墙青瓦风格，每座房屋的门柱、挑梁、房脊上均有设计精美图案逼真的木雕或砖雕饰品，檐顶以高高翘起的瓦当收脚，笔直指向高不可攀的青天白日。

天街局限于山体的狭窄逼仄，设计为一字型主街——天街，周围辅以多条四处通达的小巷。天街两侧大多分布着林林总总的商铺，以满足村民日常生活物资的交换需要。这些建筑明显比身后的民居高大幽深，尽显古色古香之气，更有屋檐梁栋门匾挂件等处采用镂空雕刻接榫工艺，桐油色的木头上人物、花鸟、鱼虫等形象造型精美，栩栩如生，让人观后赞不绝口。虽历经漫长时光岁月和风雨洗礼，时至今日却字迹纹饰依然清晰可辨，震撼人心。听古村原住民介绍，徽雕三件是徽派建筑的主要表现方式，砖雕、石雕、木雕，每一个雕件举手投足之间音容俱存，给人恍如隔世之感，眼前似乎浮现了当年曹氏人家在宗族领袖的带领下伐树垒石，搭木建房，修造梯田的热闹场面，斧头砍在粗可及抱的原木上的铿锵声依稀可闻，鸡犬穿梭于花团锦簇的村落间撒欢的画面不时出现……这些就地取材，用山石和山土烧制的砖块瓦片垒砌的建筑样式统一，道路、沟渠规划整齐，远远望去白墙黑瓦高低错落掩映于青山绿树之间，流畅的线条，高耸的挑脊，如一条条长龙静卧青山之上，又似一对对巨蟒在云中吐信。

走到近处，只见一层层屋顶的黑瓦何止千千万万片，叠叠落落，铺排而上，在视线的尽头投入了蓝天的怀抱，与连绵起伏的山峰，高耸入云的红豆杉、香樟、枫香等百年古树跨界融合，相依相伴，令人叹为观止，惊为天外秘境……

入眼中的篁岭古村，蓝天、白云、青山、绿树、黑瓦、白墙与初冬的晒秋交织一体，从不同的视角看去，像一幅幅不知被收藏了多少年的水墨画，过滤掉了林间五彩斑斓的杂色，敞开素颜迎接摩肩接踵而至的客人，没有一丝局促与不安；又像一个敞开了温情怀抱的古稀老人，正努力打开全身封闭紧锁的皱褶，似欢迎离家远归的儿女般接纳来自天南海北的游人。

一条山脉，一个村落，一座老城。篁岭就这样用一代又一代人的智慧和勤奋，在本来荒无孤寂的大山里凭借双手洒下的血汗建筑起了自己的桃源世界，更为子子孙孙留下了勤劳奋斗勤俭持家的精神财富。

夕阳西下的时候，古村内外树影婆娑，屋影长斜，残阳远山，林梢带烟，溪水如晕。此时，迎着徐徐的山风漫步在古村上下蜿蜒洁净的青石板古道上，耳闻近在咫尺的潺潺溪流一路打着旋儿哗啦啦向山下流淌，眼前赏不尽层林尽染的冬日美景，山水峻秀，晒台高挑，果实累累，脚底板轻扣石板路面嗒嗒作响，似乎在与村落对话，试图唤醒古村苍老沉睡中的历史记忆，向先人述说今天生活的幸福与富足。

山村的夜晚来得早，当最后一丝阳光被天际的翠绿遮蔽之后，不知道是什么时候开始的，古老的村落里突然齐刷刷之间亮起了璀璨夺目的华灯，与高挂在山顶的圆月争辉起来。夜宿篁岭村上，月色朦胧下，推窗见景。晚饭后，与妻子慢步在古村的街道小巷，发现天街两侧店铺里里外外灯火斓珊，呈现出与白天炯然不同的景致，带来了不同的视觉感受。此时此刻，被彩色的灯光装饰一新的美轮美奂民居建筑，似乎重新焕发出了活力，妩媚动人，撩人魂魄。亮如白昼的街面上，游人或三三两两悠闲漫步，或三五成群指指点点，评头论足，或驻足拍照留念，将眼前的美景收入相机的镜头中……

夜晚的篁岭静如出浴的美人，大胆地向客人展示了她鲜为人知的奔放与热情，穿梭于山林间若隐若现的五彩灯光之下，走过历经千年之久历史沉淀的徽派遗存，恍惚间大有穿越时光的感觉。白天的喧嚣被夜的黑过滤，一切变得简单而纯粹起来。天街上，小巷中，偶尔有行色匆匆的人来过，那是给商铺里的人家补货的快递员；天街的角落里，前面依稀可以听到扫帚刮刷地面的声音，那是保洁人员趁着游人稀少时刻清扫街面，还原古村洁净无尘的原貌；也有成双成对的情侣于夜色中欣赏古村光的世界，轻声曼语中互相提醒着注意脚下的山道，兴奋的言语中快意分享发现的快乐。

临行前，有朋友建议，说篁岭古村天街上有一个“村姑的天堂”很有名，据说是一个年轻的重庆姑娘所开，如今已成了网红店铺，俨然已是宣传篁岭古村的一张名片，说有空可去那里小驻片刻，相信旅行体验定然不同。

夜游天街，彷徨之间闻得身后有人语声，扭头转身，只见一女子身着白色汉服，个头高挑，头上戴着一顶小帽，步态轻盈，怀中抱着一摞书刊，手上拎着一串叮当作响的钥匙串，边走边转身与街角一个正在推车送货的快递员对话，似是在叮嘱安排送什么东西给她，声音温婉动听。短暂几眼对视之后，对方嫣然一笑，再听已见她行至一间铺前止步，吧搭几声，似是开锁推门的声音。猛一抬头，才见门墙灯箱上“村姑的天堂”几个大字亮闪闪夺目，不禁喜从心来，直呼太过巧合，终有得见“村姑的天堂”的机会，也算是满足了好奇心。

当古村在浓浓的夜色中渐渐归于沉寂，谁也不会想到当年男耕女织，竹林浣纱，鸡犬相闻的劳动场面。也许，当初为躲避战乱远离故土移居于此的篁岭古人们也不会想到，他们穷尽一代代人克艰历难打造的家园能够在千年之后依然不减魅力，成为无数人梦想中的精神归宿地。

听村里的老人讲，在篁岭古村，还有一个不成文的习俗，每家每户但逢嫁女，新娘子陪送夫家的嫁妆上必会贴上一张封条，上书“山东祖樵国郡上蔡世家五桂堂”十余字。“五桂堂”便是静处古村之中的一处宅院的名字，是为曹氏族人的荣光所在。曹氏族人身居大山，却坚持不废耕读，不忘奋进，后人更是五世一品，功业卓著，于是取“蟾宫折桂”之意，命名了“五桂堂”。在篁岭，像这样带有家族印记与荣耀色彩的古巷古宅有很多，譬如回字型布局的犁尖巷、方竹巷、担水巷、添丁巷、天街、花街、团箕巷、厅屋巷、五桂巷。古戏台、培德堂、怡心楼、树和堂、怪屋等。可以说，一张关于封条的传说，为篁岭曹氏的出身和家族名望做了一个很好的标注，重构了一幅缩写版的流动着的“清明上河图”。

篁岭的美在于自然、历史与人文。历史尘埃的积重带给了古村百读不尽的谜团，沧桑巨变的青山梯田花海给了古村绵绵不绝的发展动力，自然美景与建筑艺术的完美结合给了古村无穷无尽的迷人魅力。短暂与她的交集，与历史浩浩荡荡的时间长河相比微不足道，更无法用语言写尽我内心对她的爱恋，只能带上早晨轻薄的云霭向她挥挥手，留下我曾经来过的足迹，带走我虔诚的注视，还有目光中所有能被珍藏的记忆。

时光很老，余生悠长。不知道这个冬季之后的篁岭会不会有一天也被冷落，我想：青山静卧，月色清亮，房屋古老，街道冷戚，石板光滑，人影稀疏的篁岭也许从没有被人打扰过。我相信，无论以后的岁月如何变化，她仍然会坚守质朴的本分，默默守护着一方山水。

来年，三月，当油菜花再次开满梯田，篁岭依旧美艳如初。

作者简介：金培付，连云港市作家协会会员，《中华文学》《精短小说》杂志签约作家，文章散见《鸭绿江》《散文诗》《西部散文选刊》《中华儿女》《连云港文学》《江苏科技报》等刊物，出版《留在童年的诗集》一部。

校园那棵女贞树

卢慧君

风住雨歇，阳光还躲在阴郁的云层后，虽少了一份明媚，却是夏日正午难得的清凉。学校已经放学，师生都已回家吃饭，我因急赶手头上的工作，中午加了个班。一连几个小时的伏案疾书，已是腰酸背张，双目昏花。遂起身下楼，在操场上转转，活络活络筋骨。

偌大的操场，平时是属于孩子们的，课间人声鼎沸，喧闹不已。此时只有我一人，沿着塑胶跑道散步，操场显得有点空旷。我走到操场西北处，一股略带苦味的淡淡清香扑鼻而来，接着发现地上铺了一层鹅黄色的小花。我停下前行的脚步，抬头一看，一棵并不高大的不知名的树上正蓬蓬勃勃地开着花儿。这些花儿太小，颜色也不够鲜艳，所以无法引起行人的目光。

再看看这棵树，它没有香樟粗壮的树干，没有柳树妖娆的身姿，也没有桂花树如盖的树冠和馥郁的香气，夹在香樟、杨柳和桂花树之间，是那样弱小。旁边高大的香樟抢占了属于它的阳光，盖住了它的光芒，它像受了委屈的孩子，低眉顺眼缩在一角，通常让人忘了它的存在。我在这里工作了十几年，它是什么时候栽种的，我不得而知，更不知它会开花。我也不知，有没有学生关注过它。每年桂花开的时节，桂花的香气便牵引着孩子的脚步，蜂拥在桂花树下张望，捡拾落花。下雨了，孩子们会在严严实实的树冠下避雨，但我从未看到过孩子在这里流连。它实在太普通了，作为栋梁之材它太小，作为景观树又不够漂亮，但它不卑不亢，该开花的时节静静开放，丝毫不理会有没有人关注它。

一阵微风吹来，小小的花朵天女散花般，纷纷扬扬飘落。树下落了厚厚一层，满地黄花满目金星。我蹲下身子，仔仔细细地观看，它如米粒一样，每朵花有四片白色的花瓣，黄色的花蕊，花柄极其纤细，看起来是那样弱小，小的让你不忍用手捡拾，生怕稍稍用力就会让它粉身碎骨。有小蚂蚁来来回回忙碌，驮着花蕊回家。

“邂逅不说知音少，一曲传情心自知。”我拍了图片发朋友圈询问，马上有人告诉我这是大叶女贞，俗名白蜡树。白蜡树？这不是极普通的一种树吗？小时候家门前就有一棵，冬天经常会摘一些树叶，放在火炉里，听树叶噼噼啪啪作响，美其名曰“放鞭炮”，但从未留意过它是否开花，不知它有如此洋气的名字罢了。多年不见，我们都进了城，却没认出。

一经关注，才发现大桥路上也有这种树，但大桥路上的树却很粗壮高大。存在的即为合理的，它一定有它存在的价值。我上网查阅，大叶女贞的价值主要体现在药用价值和园林价值上。它的果实含有淀粉，可以酿酒，同时入药可以作为强壮剂，叶子可以治疗口腔炎、咽喉炎、树皮可以治疗烫伤等；大叶女贞具有滞尘抗烟、吸收二氧化硫的作用，非常适合绿化城市，是很好的园林植物。原来它还有这么多的作用。

其实生活中，我们很多人的一生就像大叶女贞树，没有姣好的容颜，没有过人的本领，只是茫茫人海中普通的一员。在人生的舞台上，只是路边那个鼓掌人，常常会被人忽视，但从不在意别人的眼光和态度，该干啥干啥，在平凡的岗位上默默耕耘，默默奉献，发挥着自己的光和热。若一旦遇到合适的土壤，就会尽情施展才华，发出万丈光芒。

作者简介：卢慧君，笔名锦时素年，陕西安康人。中国散文学会、陕西省作家协会、安康市作家协会会员。《千高原》和《汉江文艺》杂志签约作家，有文章编入中、高考语文阅读模拟真题，《一季荷风醉心香》收录《2018年中国散文排行榜》，公费出版散文集《青春如花》，散文集《寒橘柚》。

回眸汶川

陈俊霖

一

四川省阿坝藏羌族自治州东南部，西枕青藏高原脊背，滔滔的岷江穿山越岭。岷江之滨，巍然挺立一方面积4000余平方公里、人口不足10万的令世人瞩目的热土，她的名字叫汶川。

“天府之国”蜀地汶川，盘踞在四川盆地西北部，悠长而沧桑的历史长河里，汶川纵横驰骋古今上下2126年历史年轮，汶川见证沧海桑田地老天荒。

曾经并不遥远的过去，注定汶川拥有一段惊天地泣鬼神的履历，也注定汶川慷慨悲歌镌刻一座血泪染成的伟岸丰碑。

那段渐行渐远揪心泣血披肝沥胆震撼灵魂的记忆，令世人不忍回想。

12年前那个惨痛印痕的夏天——公元2008年5月12日，时针永远定格在汶川山河破碎的14：28！

一场史无前例、山崩地裂的人间沉重天灾浩劫，让悲壮永久凝固在惨绝人寰的“5·12”！

曾经壮丽恢宏、浩瀚无际的中华汶川大地，弹指挥间，历经一场8.0震级的特大地震后，转眼嬗变成人间炼狱，那一幕幕令天地动容河山失色的惨烈场景，令人目不忍睹。

曾经古今历史上屡次饱遭地震磨难的汶川同胞，遭遇最黑色的2018年“5·12”，美丽的家园化作残墙断垣，满目疮痍……

二

据史载：汶川，享有“大禹故里、熊猫家园、康养汶川”之誉，她是华夏始祖大禹的诞生地，也是全国四大羌族聚居县之一。汶川荣获“中国民族民间艺术之乡——羌绣之乡”、国家羌文化生态体验区等桂冠，她独拥世界上首屈一指的大熊猫研究中心——卧龙自然保护区，也是一个民风淳朴、历史悠久、文化底蕴积淀浑厚的羌藏回汉四大民族繁衍生息的交融地。

汶川的自然气候独特，有“十里不同天”之称。汶川山川秀美，生态宜人，每座山海拔千米以上，山势险峻壮阔雄奇，山体雄浑高大，钟毓灵秀，地杰人灵。其地质构造复杂，岩浆岩分布广，珍稀动植物富集，矿产资源丰饶。汶川是一个文化旅游资源丰富的人间净土，可以说，汶川是祖国锦绣河山的缩影。

三

满怀拳拳的虔诚之心，跋山涉水，2019 年 10 月 20 日，我们一行 50 人组成的四川大学“湛江科技系统科技成果转化业务培训班”学员，从千里之外的南方海滨城市湛江，一路直抵位于成都市的四川大学望江校区。10 月 23 日中午，按照现场实践教学课程的安排，我们赶紧在学校饭堂吃完午饭后集结，换乘 3 个多钟头的大巴车，我们风尘仆仆赶到汶川县映秀镇漩口中学——“5·12”汶川特大地震重灾区遗址。如同朝圣的信徒，我们前来汶川洗涤思想深处的污垢，抚平躁动不安的灵魂。

面对汶川漩口中学地震遗址纪念公园，阴沉的天气，冷风细雨，增添了一份沉重和压抑感。早已到达等候的当地羌族美女讲解员连华玉，她满腔悲戚的神情令人心悸。她带着我们进入漩口中学的广场纪念雕像前，大家排好队，低头默哀 3 分钟，依次把白菊花一一摆放在雕像前，连华玉小姐声情并茂地讲解泣诉 12 年前这里发生的一切悲惨往事……

共和国不会忘记：震后重建中，英勇坚强的汶川人民在灾后不久含泪掩埋了亲人的遗体，拨开废墟上的瓦砾，恢复生产生活，重建家园，到处响起了“四川雄起”“汶川挺住”的声音。

汶川人民不会忘记：灾难，让中华民族迸发出气壮山河、感天动地的伟大力量。灾难是一所大学，共产党员、解放军武警战士、白衣天使、专业救援队、志愿者……他们为灾区人民擎起一片天。手拉手，心连心，举国成为一体。全国人民、海内外同胞和世界上许多国家的守望相助，心意相连。灾区到处遍布红、绿、白、橙、蓝五色的救灾场景，到处都是那迎风猎猎旌旗：屹立废墟上鲜艳的五星红旗；身穿绿色迷彩服的人民解放军和武警官兵，夤夜穿越不断滑坡的山间崎岖小道和堰塞湖，强行军奔赴灾区目的地，或在急流的江面乘冲锋舟开辟水上运输通道；来自全国各地的“白衣天使”，穿梭不停抢救伤员；那晃动的橙色，是来自海内外志愿者救援队，他们发扬“一方有难、八方支援”的人类博爱精神；那一片片、一丛丛在废墟旁出现的蓝色救灾帐篷，那是灾民遮风挡雨的临时新家；还有那些扛着摄像机、握着话筒、举起相机的新闻工作者，不断从救灾前线向全世界发布震撼人心的灾情和抗震救灾中惊天地泣鬼神的悲壮绝唱。

四

“呜呜呜”，一阵悲恸的哭声打断我的思绪，循着哭声望去，只见讲解员小连早已泪水涟涟。后来她一次又一次双手合十深情地说道：“感谢广东亲人！感恩广东亲人！感谢感恩全国各地的亲人！是你们让咱们汶川获得了重生啊！”我们只感到有点羞愧，自己为灾区人民做得还远远不够。

极目远眺，耸立眼前的汶川崇山峻岭早已褪去往日的伤痕，变得更加郁郁葱葱，山清水秀，氤气环绕，一片静穆。那蜿蜒而去的岷江静静地流淌，仿佛在诉说那惊心动魄的历史瞬间故事。

远近的山脚下，一排排窗明几净崭新如初的富有民族特色的楼房直挺天空，那是汶川人民顽强不屈的图腾化身。

一条宽阔平坦的柏油路延伸在远处，小连动情地介绍，这是广东东莞市斥巨资援建映秀镇，眼前这条大道也是东莞市援建的，当地政府把这条路命名为“东莞大道”以示纪念。骨肉相连，血脉相通，天下华人是一家。广东人民永远是汶川亲人，汶川人民也永远是广东人民的亲人。

今日的汶川，见证了中华民族的“共克时艰、骨肉相连”的传统美德，灾后重建的汶川比地震前更绚丽，当地人民真切地感受到我国社会主义制度“集中力量办大事”的明显政治优势和温暖。

如今，汶川正在凤凰涅槃，浴火重生，迎来了新时代大发展的新机遇，汶川人民的生活越来越好。这也是国之幸事，更是汶川之大幸！

一场突如其来的“5·12”汶川特大地震，摧毁了山河，但拯救和唤醒了四川人民乃至全国人民淳朴厚道、守望相助的家国情怀，懂得感恩惜福，羌藏回汉等四大民族聚居的汶川，如今更加团结和谐相处，融为一体，不分彼此，见证了民族大团结，增强了中华民族命运共同体意识。

记得讲解员小连说过，汶川特大地震发生时，当地居民曾一度感到绝望和恐慌，当看见远处在群山之上震后依然屹立不倒的一面五星红旗时，当地群众感到浑身充满了力量，想到党和人民不会忘记汶川人民的，后来抗震救灾重建家园的系列故事印证了这些。四川人民是最懂得感恩最重情重义的人民。历史上，四川大地书写了一页又一页众志成城、同仇敌忾、气吞山河、英勇不屈抵御外敌入侵的悲壮篇章，“家是最小国，国是千万家”，四川人民的家国情怀令人感动难忘。

为了让汶川后世子孙万代永远不忘这段尘封的历史，汶川人民确立 5 月 12

日为汶川“感恩日”，让爱的涌泉奔流不息，如同千百年来昼夜不息奔腾的岷江水一样。

五

汶川县漩口中学地震遗址，是一部活生生的抗震救灾史！那些断墙残壁，生动记载了一幕幕舍己救人的感人故事，令人震撼不已！

纪念园内引人注目的那只破裂钟表雕塑像，时针不偏不倚永远定格在14：28！据说地震时，一间教室里有一只挂钟震坏了，指针时间正是14：28，灾后人们发现这件事，这座雕塑据此制作。

一幢楼高五层已倒塌的教学大楼，遗留在地表只有最顶层的半层裸露在外，楼前有块倒塌的巨大混凝土水泥板，水泥板早已面目全非，上面的泥土中赫然生长着两棵大约2米高与1米高不知名的小树，在寒风冷雨中轻轻地摇曳不倒……

讲解员小连介绍后，在场的学员都激动得泪水长流。原来，初中一年级老师方杰正准备上课，突然，教室摇晃不止，方杰老师才意识到发生大地震了！他立即放下书本，指挥搀扶学生有秩序撤离教室……最终，大部分学生已安全撤离了，只有方杰老师和最后一名学生来不及撤离，不幸同时被压在倒塌楼房的废墟下，方老师和那位学生不幸遇难，永远长眠于此！大地震过后，方杰老师的遗孀来到现场，忍不住失声悲呼：“老公啊！你为什么不去幼儿园救出我们的孩子啊！我们的宝贝不在了！你也不在了！你叫我以后怎么活下去呀？”

在场的所有人听完这个故事，深深感动不已！没有人愿意拭干眼泪，无不为这位方老师舍己救人英勇献身的大无畏博爱精神所叹服！大家不约而同一起面向倒塌的教学楼方向低首默哀10分钟……

据传说，眼前这两棵一高一低的小树，正是方杰老师与学生的英灵所化，两棵灵性的小树伟岸地烙印在我内心深处。人世间有如此舍生忘死、大爱无边的一代良师仁人，我们中华民族的伟大复兴又怎能不指日可待呢？

天地可鉴，祖国与汶川相依相伴，汶川与日月交相辉映！永远爱您——汶川！祝福伟大的祖国、坚强的汶川明天更加美好灿烂！

作者简介：陈俊霖，中国散文诗学会、广东散文诗学会、湛江市作家协会会员、吴川市作家协会常务理事等。20世纪80年代开始发表文学作品，曾在《中国监察》《检察日报》《西部散文选刊》《南方日报》《羊城晚报》等全国各级报刊发表作品。

别样的山，别样的城

杨琼琼

齐鲁大地山川秀美，空气怡人，自古就是圣贤们的集聚地。这里除了有让人神往的五岳之首——泰山之外，还有嵩山、崂山、蒙山等也各有风骚。另外，这里还有一种特别的山，它四周陡削、山顶较平，也被称为崮。比如孟良崮、吕母崮、晏婴崮、纪王崮等。

山东崮极多，大多分布在沂蒙地带，著名的就有七十二崮。其中，纪王崮海拔 577.2 米，是面积最大的一个崮，顶部达 4 平方公里，也是唯一有人居住的崮，因此它也被称为沂蒙第一崮。“天上王城”就坐落于此。

该景区历史悠久，可以追溯到春秋时期。《沂水县志》记载：“纪王崮，巅平阔，可容万人，相传纪侯去国居此。”（清康熙十一年）。也就是说纪王崮应为春秋时，纪国的亡国之君当年流落到此，见此崮顶部平坦，地势易守难攻，于是便在此定居。从崮顶的大型墓葬中出土的文物看，里面包含了春秋时期的青铜鼎、敦、盘、编钟、壶等 200 多件，也可证实它的历史悠久，身份尊贵。

今年“十一黄金周”，我和爱人带上孩子来到山东沂水，走进这座美丽又神秘的王城，一览它的独特风采。汽车行驶了四五个小时之后，又穿过一段蜿蜒曲折的山路，我们终于到达了“天上王城”的山脚下。推开车门，扑面而来的微风，夹杂着齐鲁大地悠久的文化气息，呼入心中，顿觉心旷神怡。此处群山环绕，绿树成荫，山虽不高，但却连绵稳重，青翠陡险。

我们拾阶而上，在景区的门前看到了一棵长相十分奇特的古树。此树并非根植于普通泥土，而是从一块大石头中间挺身而出，向世人昭示着它顽强的生命力。据记载，这棵古树已有千年的历史，名叫枫杨树，又名平柳树。从石头的角度看，它又象征着天崩地裂、永不放弃的精神。我似乎从这棵倔强的石抱树身上看到了纪王的身影，孤独、艰难，却依然挺立。

上山的路很陡峭，走上一段后，我们就要停下来休息一下，但孩子们不用，早已爬到我们看不见的前方。在树叶蔽日的绿荫中，我和爱人不断地向上攀登。山间的小溪不多，但在半山腰处，我们却遇到了一个小型瀑布，水帘悬挂，汇入池中，溅起朵朵水花，匆忙地向四周开去。大约半个小时的时间，我们走上了一段崖壁栈道。崖壁如刀削斧劈般险峻，多由厚厚的石灰岩或石英砂岩构成，坚硬无比。站在崖边向远处眺望，四周的山在崮顶岩石的衬托下，犹如戴上了一顶顶的大帽子，十分壮观。

当我们到达纪王崮的顶端之时，果真好似走在平地上一般，根本感觉不到自己已处在海拔 500 多米的山顶。崮顶山路纵横，绿树成林，大家乐此不疲地往返于各大景点之间，忘却烦恼，与这崮顶的一草一木，一景一石融为了一体，更增添了一份独特的生机。

“纪王崮”的顶端有很多景点，除了刚才崖壁之巅的美景，还有大型马战、地下冰宫、天上人家、乡村游戏、纪元台、古城墙、望乡台等著名景点。这些景点不仅可以让人领略到自然风景的秀丽，又能让人感慨于一段英雄悲歌，还能让游客亲身体验到沂蒙人家的文化风情。

其中让我感触最深的就是演武场内的大型“王城保卫战”表演，很有感染力。战鼓鸣，音乐起，顷刻间就把我们带到了古战场。只见一个长发披肩、英武帅气的男子骑着烈马来到演武场中间，他身后的骑兵不断地摇旗呐喊，与敌军形成激烈的对峙。战斗由一对一，变成一对二，继而又变成了一对三，但终究都败在了英勇的纪王枪下。敌军群龙无首，纪王军队志气高昂，一起向敌军攻去，敌军节节败退，纪王最终取得了大胜。当年纪王选择了这样一个易守难攻的崮，作为自己的新家园，再加上他自身的英勇善战，虽屡遭敌军的挑衅攻城，但也在此坚守了八年之久。

斜阳西照，演武场内的战鼓声声作响，然纪王宫门前早已凋零衰败，当年的兵器库也被改造成富有娱乐性的地下冰宫。可是纪军的旗杆座窝、饮马槽，还依然可见，不难想象这崮顶曾经的气势辉煌。而那些用巨石切割垒成的古城墙，历经千年的风雨洗礼，仍旧岿然不动，一如纪王傲然的身姿。

纪元台位于演武场的前方，上面的朱雀图腾正欲展翅高飞，中间的八卦图代表着对上古先王的仰慕。当年，纪王带领文臣武将在此处祭天、祭地、祭祖、祭社稷，祈求风调雨顺，兴国安邦。他在这崮顶之上厉兵秣马、苦练军事，想要有朝一日能够收复失地，重整河山。在望乡台的一角，似乎可见纪王落寞的身影，他面对着故土的方向，思乡之情越发浓烈。一声叹息映射了他心中深深的无奈，但练武场内刀光相接的训练声却又立刻让他目光如炬，坚定地看向远方。

“天上人家”景点是纪王崮上一处“世外桃源”。这里有许多卖东西的商家，各种商品琳琅满目，让人应接不暇。还有一个农家的小舞台，经常给游客表演着各式有趣的农家杂技。另外，崮上还散落着一些富有民俗的农家小院，当年纪王在此处盘旋 8 年，终因力量悬殊，被齐桓公所灭，但这崮上的烟火却并没有因此而断绝。许多当地的老百姓为了躲避战乱，迁居于此，历经千年的风雨变幻，形成了一个个小村落，其中最有名的当属“崮上人家”。在这里，可以看到山东最古老的农家建筑与设施，吃上最正宗的山东煎饼。这一切的美好，也许都要归结于千年前那个勇敢与孤独的亡国之君。

纪王宫右侧的“比武招亲”台更是别具特色，首先主持人邀请三位未婚男士上台参加“比武”，获胜的一位将被选为驸马。只见三个小伙子，有些不好意思地登台，通过重重比试后，终于选出了最佳驸马。这时，一位穿着凤冠霞帔的古代公主款款走上台前，与新驸马举行了隆重的拜堂仪式。虽然这只是一个表演性的节目，但当那位“新驸马”看到美丽温柔的公主时，还是羞红了脸。台下的观众在一片欢笑声中，体会到了一种来自古代婚礼的庄重与神圣之美，这种表演为纪王崮增添了一份浓重的历史文化色彩。想来，纪王如能长期固守在此，繁衍子嗣，也许比武招亲、挑选驸马的事情就真的会在千年前的这个地方上演了。

不知不觉，天空已然转暗，崮顶烟云氤氲。我们站在古城墙处向山下俯瞰，远处群山包围，近处崖壁峭峻，不禁赞叹起当年纪王的眼光，这真是一处绝佳的位置。女儿说，如果她是纪王，就会选择固守于此，不问世事，与这山间的美景相依相伴，岂不美哉！

可是，春秋动乱，诸侯分裂的时代，想要做到偏安一隅，又谈何容易？更何况还有国仇家恨未报，还有流离失所的百姓等他去解救，纪王又怎能做到不问世事？

如今，纪王崮留给我们的是对那段悲壮历史的考证与震撼，也让我们对真正英雄不畏强权、倔强勇敢的人格魅力而发出一声赞叹。“天上王城”让我们看到了一座不一样的山，见证了一座非一般的城，感受到一种远离尘世的别样体验，思绪也随之陷入无限的遐想之中……

作者简介：杨琼琼，江苏宿迁市作协会员。文章散见于《中国水运报》《中国人口报》《精神文明报》《松江报》《现代家庭报》《作文周刊》等报刊。

爆米花

张粉萍

工商局家属院是我每天上下班必经之地，天气晴朗时，总是有几个老头老太太坐在高高的水泥台子上晒太阳，虽从未打过招呼，可每每路过眼角余光一扫就知道是熟悉的面孔，知道他们聊的那些话题绝不是自己感兴趣的内容，也就没有刻意留心过。

今日下班我依然骑着车子一闪而过，略略感觉有点不同，正想扭头细看，耳朵里却传来“砰”的一声，紧接着浓浓的爆米花味飘过来，我驻足扭头。

一个老头不慌不忙地操纵着一个老式的爆米花炉子，炉子右手侧平铺着一个大布袋子，袋子底部用一张圆形的铁网代替，旁边停着一辆三轮车，三轮车的边板上放着一排装着玉米的缸子，旁边站着几个妇女，正漫不经心地聊着天。无疑这些玉米是这几个女人带来爆米花用的，她们用缸子排着队，自己倒不急不缓地等着爆米花的老头把爆好的米花倒进她们的篮子里。周围几个放学的孩子玩着足球，像没有看见这老旧的机器，没有听到这砰砰声一样，注意力全部集中在那只球上，任那些爆米花散落一地随人踩踏。我忽然有点失落，在我记忆里那么有趣的活动，怎么在他们眼里变得可有可无了呢?

我出生在六十年代末期，自己的童年最刻骨的记忆大概是饥饿的感觉，好像肚子从来都没有得到过满足，所以偶尔有点新鲜的与吃有关的事情比如爆米花，便被鲜活地烙印在了记忆深处。

记得那个爆米花的老头总是挑着一副担子，担子一头挑着炭火炉，一头挑着爆米花机走村串户，过几天估摸着哪个村子的爆米花快被孩子们吃完了，就到哪个村子，把炉火一燃，爆米花机子往火上一放，放开喉咙吆喝一嗓子，那些大人便被孩子们拉着衣角端着玉米赶过来，轮到谁了就把谁的玉米倒进机子里，老头子再从旁边的一个小袋子里捏出一点白色小颗粒放进去，后来听大人说那是糖精，那样爆出的玉米花甜丝丝的很是好吃，只是要比普通的爆玉米花多出几分钱。

老头子坐在一个小板凳上，不紧不慢地摇着机子的手把，一边盯着手把上的一个圆形的压力表，没等第一炉玉米花爆好，周围已叽叽喳喳围满了大大小小的孩子，他们用双手捂着耳朵，眼巴巴盯着老头的动作，迫不及待地盼着老头站起来，看着老头拧松了盖子上的螺丝扣，把机子的开口对准支起来的袋子口，右脚用力一踩，只听砰的一声，一股白烟包裹着浓浓的玉米香味四散开来，孩子们冲上去，抢着捡拾落在袋子外面的爆米花，一边往口里塞着，一边往小口袋里装着。那时的乡邻都及其善良，看着一群馋嘴的孩子，偶尔也从盛米花的篮子里给孩子们抓一把装进他们的小口袋里。

记忆中那个铺在地上用来装爆米花的袋子总有大大小小的破洞，也许是爆玉米的冲击力大、温度高烧破了，也许是长期使用磨破了，也许那些破洞就是为了缓解机子强大的冲击力，反正总也没见修补过。孩子们乐意那些破洞更大点，漏出的玉米花就会更多点，他们一次次乐此不疲地争抢着，完全无视老头的呵斥。

这种时候我大都静静地站在远处看着，偶尔过去也只是胆怯地捡拾几颗散落在远处，被伙伴们漏捡的爆米花，从来不曾像大家那样放肆地大笑大叫着去抢，虽然常常羡慕他们的无所顾忌，自己终归是做不到，也许因为父母从小管教极严的缘故，也许自己骨子里就缺少点野性吧？

母亲看到我们的馋样，偶尔也狠狠心匀出两毛钱去爆一炉米花，爆好的米花放在一个竹编的米筛里，小屋子里满满的都是爆米花的香味，就连晚上睡觉都好像心满意足了。爆一次够吃上好几天，没等到爆米花发潮变软，早已被我们吃个精光，筛子里只留下一些碎碎的玉米皮，就连那些星星点点的碎花瓣都不忍丢弃。

更多的时候是母亲或奶奶在自家火上炒玉米花，晚上吃完饭或者阴雨天，等炉火冒出红红的火苗，奶奶就去翻倒出秋后挑拣出的玉米棒，那些小颗粒的红玉米常常是最易炒出花的。

奶奶坐上小铁锅，抓几把玉米放进去，拿个铲子扒拉着，让玉米粒均匀受热，等到有玉米粒开始爆花时，盖上锅盖一小会儿，就听见锅里传出噼里啪啦的声响，锅里的玉米就次第开了花。若是那种大颗粒的笨玉米是炒不出花的，这时候只是炒熟即可，看到变色了，奶奶就会伸出那只布满老树皮一样的手，用拇指和食指快快地捏出几颗让我尝尝是否熟了。

我捏起一颗玉米丢进嘴里，用牙齿咬着，那种滚烫的感觉像要把牙齿烧焦一样，咯嘣一咬，脆脆地碎了，便一声接一声地喊着熟了熟了。奶奶便兑一点点红糖水进去，就听滋溜一声，小铁锅冒出一股子白气，奶奶用一块洗碗布垫着端下锅，趁热把炒好的玉米倒进碗里，这样的炒玉米虽没有花，却是脆脆的甜甜的，吃一粒玉米顺带添添手指头，满满的幸福感荡漾在脸上，那时便以为世界上最开心的事也莫过于此。

随着年龄不断长大，后来学了医，知道爆玉米花含铅多，多食有害无益，也就慢慢不再吃它，只是偶尔碰上，总是无意识地停下来，好像儿时那抢食爆米花的场面就在眼前一样，可那样的场面再也没有遇到过，它只是鲜活地存在我的记忆深处，久久不愿离去罢了。

只是惋惜，那样的乐趣，如今的孩子们是再也不能体会到了。

作者简介：张粉萍，笔名冷雨，山西晋城人，主任护师，中国西部散文学会会员，晋城市作家协会会员。作品散见于《中国西部散文》《山西晚报》《太行日报》《吐月》和《凤城文学》等纸媒及多个网络平台。

父母的风雨爱情

韩进

那是 1994 年的冬天，我陪着母亲来到了她阔别已久的故土——吴桥和北京。

河北吴桥是母亲的出生地，是她的第一故乡。

母亲捧起一把故乡的泥土，喝一口家乡的井水，两行热泪汩汩流淌。

1939 年，日本鬼子在华北地区实行了“三光”政策。在逃难途中，母亲执意要来到人间。于是，我的姥姥把她生在了一个路边的破庙里。没有奶水，母亲咬着姥姥干瘪的乳头哇哇大哭。在母亲出生之前，她上边已有一个哥哥和三个姐姐。望着母亲瘦弱的小身体，又望着身边四个孩子，姥姥流着泪默默地对母亲说：孩子，别怪娘心狠，娘实在没法带你逃难。她狠狠心就把母亲扔在了一个破草垫上，从随身带的包袱里拿出一块旧棉布包好，看了最后一眼，头也不回地领着那四个孩子继续逃难。

不知过了多久，另一批逃难的人路过这里。一个白发苍苍的老大娘看母亲还活着，就把她抱起来，用大衣襟裹着拥在怀里，听说扔她的人向东走了，就不顾一切追姥姥，到底追上了。母亲又回到了姥姥的怀里，姥姥也流下了眼泪。

母亲长得又瘦又小，不被家里人喜欢。却要干着和男孩子一样的活。到了上学的年龄看到富家子弟背着书包上学，她常常尾随很远。家里穷得连饭都吃不上，哪有钱读书？就在这时，母亲的伯父和大娘从北京来到家乡。这次来，主要是想领养个孩子。母亲的大娘是个助产士，在北京一家私立医院给人接生。她三十多岁才结婚，由于身体不好，不能生育。

经过商量，家人决定把母亲送给她。离开自己的家园和亲人是痛苦的，但这无形中成为母亲一生的转折点。

母亲的大娘和伯父感情不好。她伯父由于大手大脚，年轻时未留下积蓄。上岁数后，身体有病失业，只靠老伴给人接生养家糊口，他们经常吵架。她大娘也不喜欢女孩，但她有一点是明智的，就是供母亲读书。因为她在医院里接触的女大夫竟是中国著名的妇科专家林巧稚的同学，曾留学英国，有着很好的素质和医疗水平。她觉得女人就应该活成这样。她的这种观点影响了母亲的一生。母亲发奋学习，回回考试都得全年级第一。有一次母亲得了疟疾，没钱治，忽冷忽热地躺在床上，就那么硬挺着。她大娘以为她不行了，就没再管。隔壁大婶实在看不下去，不知从哪搞来几包中药，熬成汤喝下去，母亲才渐好点。整整两个月，母亲挺过来了。她很快地赶上了拉下的课。小学毕业时，母亲以优异的成绩考上了北京女一中（当时全北京四所公费学校之一）。

母亲进入中学后，开始住校生活。在图书馆夜晚的灯光下，在晨曦中的故宫角楼旁，在北海碧波荡漾的柳树下，在香山火一样的枫叶旁都留下了她琅琅的读书声和她的笑语。她开始参加学校组织的各种文体活动。1953 年 6 月的一天，那是她终身难忘的日子，敬爱的周恩来总理到她们学校，观看了她们的演出并和她们一一握手。那一夜母亲激动未眠。

放寒假了，母亲依然不能回家，她要到三十几里外的县城去打工。那时，她的伯父已去世，只剩大娘一人，她患了严重的哮喘病，母亲把挣来的钱全部补贴生活。

高中毕业后，母亲以优异的成绩考入中国人民大学档案系。这时，她靠的都是国家助学金，她省吃俭用，多远的路她都不坐车，脚板常常磨出血泡。星期天，她就躲在图书馆看书，一天只吃一个馒头，这样天长地久，也积下不少钱，她就给她大娘买些药和补品，在这段时间里，她除了学习，还参加各大学举办的体操比赛。荣获个人二等奖团体第一名。在人民大会堂里，面对台下数千双眼睛和许多显赫人物高声朗诵艾青的《大堰河——我的保姆》，她的玉照被校刊和一些杂志登在封面上。她穿着节日的盛装，拿着五彩的花环在天安门广场上看着毛主席、刘少奇、朱德等党和国家领导人微笑着向人群招手致意，他们的车队缓缓地从她面前经过，那一瞬间，她感到无比幸福。大学毕业后，母亲被分到北京规划局工作，在这里，开始了她的初恋。

父亲生于哈尔滨。8 岁时没了父亲，11 岁没了母亲，他和弟弟被送进了孤儿院。孤儿院的生活很苦，但能学到文化课，他们哥儿俩很珍惜这个机会。学习也很努力。

1950 年，抗美援朝战争爆发，年仅 15 岁的父亲已上中学，他响应了国家的号召，报名参了军。经过体检合格，他穿上宽大的军装和许多新兵一起踏上了去往丹东的火车。即将过鸭绿江的时候，领导发现了他。因为年龄小，他被送到部队通讯学校学习。

两年后，父亲在毕业考核中以优异的成绩留校当了教官。（他收报、发报、理论三项获满分），那时年仅 17 岁。父亲在这里是年龄最小的教官，学员都比他大，但他教得很认真，很有耐心。他们为前线培养了 1500 名优秀的通讯战士。

在这期间，父亲爱上文学。一位转业回乡的战友临别时送给父亲一本书《高尔基作品集》，父亲被其中的《海燕》深深吸引。从那时起，他拿起了笔，常写些黑板报、活报剧、诗歌、等等，积极为部队会演写稿，他在连里开始小有名气。

1962 年，南方沿海战事紧张，父亲所在的部队开赴福建龙岩。这时，正是南方沿海台风肆虐的季节。部队到达后，就遇上了台风卷着暴雨袭来，所到处民房受损，电线中断，电线杆子倒蹋，他们和当地民兵百姓一起抗灾抢险，同时，他们多次合作练兵，军爱民，民拥军，谱写了一曲军民鱼水情的赞歌！

回来后，父亲立刻提笔以此为题材写下了一篇小说《高高的天线杆》投给《解放军文艺》，很快被发表出来，并在全军获奖。这样，父亲被组织派到北京学习，又和一些青年作者骨干，在人民大会堂列席参加了全国第四届文代会。这期间，他认识了我母亲。

因为他们都是苦孩子出身，很快擦出了爱情火花。一年多以后，他们幸福地结合了。父亲也调进了现北部战区原沈阳军区创作组，他们开始了两地生活。

在那段“特殊”时期里，父亲被“下放”到辽宁南部的一个野战军军部，为了安抚父亲，母亲毅然打起背包放弃北京优越的条件领着 4 岁的我来到这个县城。县城有个镁矿，是世界产镁第一位，母亲被安排在那里管理档案。但更多时间要到车间和工人们去劳动，坐着小火车到远处的山上采矿，披星戴月。时间久了，工人们都很敬佩她。这个北京名牌大学生竟有这样顽强的生命力和适应环境的能力。由于母亲肯干，努力，善良，和工人们打成一片，她光荣地加入了中国共产党。同时，母亲还学会了渍酸菜，打煤坯，烧土炕……把每月微薄的工资拿出一部分寄给远在北京的大娘，生活十分清贫。

在冰冷的屋子里，父亲去“拉练”，母亲为他抄稿，改稿，十个手指冻得像红萝卜一样，那年县城发生了七点三级大地震，母亲在余震中把父亲的书稿“抢救”出来；后来我们都搬到了部队给安置的帐篷里。那年夏天，又赶上了暴雨，帐篷里全进水了，连家具都漂起来了，母亲又一次把父亲书稿搬到高处，站在没膝的水里把掉下的书稿全捞了上来……从那以后母亲患上了关节病。

三中全会的春风吹暖了大地，父亲又调回了现北战区原沈阳军区创作组，母亲也“归队”了，她找来多年冷落在角落里的业务书籍，擦去上边的蜘蛛网，开始认真读起来，父亲这时默默包揽了全部家务。

母亲写论文，开研讨会，收集资料、她的手指上贴着止痛膏，腰部放着暖水袋，常常工作到深夜，父亲帮她指出论文中的不足，一遍遍修改，每次出差，父亲都要帮她打好行装，祝她一路平安。仅仅几年工夫，母亲不仅评上了高级职称，还在大小档案杂志上发表文章百余篇，她在档案界已颇有名气。

1980 年，父亲接到任务，去边防前线采访。这时，母亲为父亲准备好行装说：“家里的事全交给我，你就放心去吧！”

父亲一走两个多月，他分别到了广西、云南边境，到当地军部，下连队，和战士们吃住一起，采访了对越自卫反击战的一级战斗英雄，采访了老山前线的英雄事迹，写下了报告文学、通讯报道、散文、小说等几十篇作品，分别发表在《解放军文艺》《前进报》《鸭绿江》《昆仑》《辽宁日报》等多家报刊。当时，时任总政文化部部长刘白羽，非常重视来自南、北方边防的稿件，亲自审定发往北京的稿件。在以后的几年中，父亲多次下部队采访，创作成绩斐然，并且评上了文艺六级职称。（相当于师职作家）。

当我和母亲坐火车从吴桥到北京，走完了她小学、中学、大学，学习过的母校时，已是几日后的一个下午。还有些时间，我们来到了北京陶然亭。那里有一个夫妻墓。母亲把从道边精品花店买的一束红玫瑰献到他们墓前，那男的是个烈士，他献身于革命烈火之中，牺牲在日本鬼子的刺刀下。他的妻子常到他的墓前怀念他，并为他写下了“我不能留住你瞬间的生命 / 我只能用我的热泪洒遍你的墓碑 / 直到我不能再来”的感人诗句。后来，她也忧郁而死。她的亲人把他们合葬在一起。上学时，母亲经常来为他们扫墓。此时，母亲的眼睛里闪着泪花。

2002 年之后，父母分别从各自的岗位退休，过着快乐幸福的晚年生活。2017 年，父母在妹妹、妹夫的陪同下，由他们自驾来到了河北吴桥。母亲的家乡已发生了巨大的改变。宽阔的马路，绿树成荫，人们穿戴时尚漂亮，吴桥杂技已走出国门，走向世界。她的三姐已住上明亮宽敞的大房子，装修现代化，一个儿子做了军校老师，另一个儿子当了某银行领导，女儿贤惠孝顺。她大姐的儿子已成为小有名气的农民企业家，孙子留学归来，自主创业。她弟弟也住上新房，孙女大学毕业已成家立业……母亲感慨万千。

在纪念新中国成立 70 周年之际，父母激动地说：没有共产党就没有我们的今天，是党和人民把我们培养成国家干部、专业人才。我们永远热爱中国共产党，对共产主义的信念永远不变。

作者简介：韩进，本名韩大立。辽宁省作家协会会员，辽宁省散文学会会员。在全国多家流行期刊、报纸发表文章百余篇。《浑河情思》获 2019 年“青果杯”新中国成立 70 周年征文二等奖，小小说《鸳鸯绣》获全国网络征文优秀奖。灵异小说《玉镯女孩》、散文《参观南京大屠杀纪念馆随感》被收录“2019 全国微刊佳作年选”。

永恒的记忆

李淑珍

我想我是不会忘记您的，父亲，虽然，您已离开我们三年多了。这三年，多少次倚门痴望，等待您的归来。

记得那是一个下雨天，我去了您最喜欢去的公园，那是您经常散步的地方。公园的长椅上坐着一个人，一个像极了您的人，高大的身影，撑一把半新不旧的黑色的雨伞，柔和的目光定定地注视着远方。激动的心砰砰直跳，差一点就喊出那个在心头萦绕千万遍的字。当我意识到认错了人时，失落的心像秋天落了一地的叶子。即便如此，我还是希望多一些这样的偶遇，哪怕不是真的，只是遇到像极了您的人而已，对于焦渴的心也是一种慰藉。以前的我，是不喜欢下雨的。因为那天的遇见，我反而开始喜欢雨天，喜欢雨天的公园。雨天的公园，比晴天的公园安静很多。少了纷纷扰扰，静的能听见心跳。走走停停，专注于内心的声音。雨下得不大，打不打伞都没有关系，一步步地行走，只为遇见。虽然，知道您永远都不会来，然而，能够遇到像上次那样与您相像的人，也算是一种奇遇。遗憾的是，这样的事情再也没有发生。连我自己都怀疑，那天的事情到底是不是真的？没错的，一定是真的，那神情那坐姿还有那把熟悉的半新不旧的黑伞，还有那坚定柔和的目光，一定是您，怎么可能不是您呢？三年多的时间里，您一直住在我的心里，夜夜梦里都会有您的身影。生生世世，您都是我最慈爱的父亲，我也是您最娇宠的小女儿。有些记忆根深蒂固，永远都不会忘却，也不必忘却。

记忆中，我还是那个扎着羊角辫的倔强、任性，调皮的小姑娘，您还是那个身材魁梧、宽容大度、和蔼可亲的父亲，大手牵着小手，漫步在林荫道上，笑声震落了树上扑簌簌的雪。父亲，如果时光倒流，我多么希望重新来过，剔除掉刁蛮任性与倔强，做个乖乖女。记得五岁的我，初次到西峰，看到街上的女孩子头上戴着漂亮的发箍，就死缠硬磨地要您买一个。那天，我们穿过大街小巷，跑了很多家商店，都没有卖的。失落的我，嘟着嘴，脸拉的有二尺长，您怎么逗我，我都不肯说话。第二天，您独自一人早早出了门，回来的时候，手上多了一根白铁皮和一团花花绿绿的毛线。我好奇地问您拿它做什么？您笑着说："猜猜看"。

我实在猜不出来，就半顽皮半撒娇地耍赖。您笑着说："你心心念念想要的是什么呢？""发箍？"我兴奋不已，忍不住大声喊了出来，父亲点头称是。可是发箍怎么做呢？我目不转睛地盯着父亲手中那根白铁皮和那团花花绿绿的毛线。只见，父亲不紧不慢地把那根白铁皮做了修剪，又拿到我的头发上比试了一下，再次做了修剪。然后，坐在靠窗的藤椅上，把五颜六色的毛线分成几股，绕着白铁皮编织起来。午后，我的头上就有了一个漂亮的与众不同的菱形图案的发箍，引得同院的小伙伴，艳羡不已。那天，疯玩的我，银铃般的笑声响彻小院。母亲嗔怪道，"闺女都被你宠成疯丫头了"，您眉眼含笑，静静地看着我带着发箍的羊角辫在空中飞起来。

慢慢地我长大了，上小学了，您还是坚持天天接送我，风雨无阻。小学快毕业了，许多同学都学会了骑自行车，我也想学。您不同意，我就利用您午休的时间，轻轻地掩上门偷偷地溜出去，借同学的车子学。那时候的自行车多半是加重的老式自行车，有横梁，车高人小，够不着，就踩着脚踏转圈圈。有一天，到底闯了祸，连车带人摔了个底朝天，脸上还挂了彩。原以为您知道后，会狠狠地训斥我一顿。谁知道，您二话不说，急急忙忙找来云南白药给我止血，又拿来纱布包扎，接着修车还车，最后，替我给人家赔礼道歉。我的脸羞的像大红布，好几天低着头不敢直视您锐利的目光。倒是您先打破僵局，您说，"给你买辆自行车吧，我教你学车"。受宠若惊的我，一下子扑进您的怀里，激动地说，"爸，您真好！"就这样，我拥有了自己的第一辆崭新的自行车。每天，晚饭后您都会骑着它，后座上捎着我，去离家最近的体育场学骑自行车。我是最笨的学生，您却是最有耐心的教练，您手把手地教我骑车，告诉我要目视前方，车头要正，车把手要握紧，左右刹车要用对，若是用反了，会摔跟头。后来，在您耐心的陪伴下，我不仅学会了骑车，而且骑得很稳当。直到现在，我都想不明白，当时我骑着自行车，捎着坐在后座上的您时，您的身体怎么会那么轻，轻得几乎没有重量。以至于骑车捎着您的时候，我都会一连好几声地问："爸，您坐好了吗？"您总是朗声笑着说："好了"。其实，我只是想确认，您是不是坐在了后座上。

后来，我上初中了，就每天骑着自行车去上学，有时候还捎着同学一起去。您总是千叮咛万嘱咐要注意安全，我总是把您的话当成了耳旁风。那年春季，学校组织去郊外植树，我非要骑自行车去，起初，您不同意，说路况不太好，担心安全问题。我赌气不吃饭，您无可奈何。最后，只得勉强同意了。一路上莺歌燕舞，我和我的同学们，都像出笼的小鸟，骑着飞车狂奔。我冲在队伍的最前面，同学们都夸我是开路先锋，正在扬扬得意，谁知，转弯处突然出现了一个很深的洞穴，不禁吓出一身冷汗，一下子慌了神，情急之下用错了刹车，结果人仰车翻，狠狠摔了一跤，脸上手上都蹭破了皮。幸好，校医及时赶到，慈爱的她，一边帮我疗伤一边摸着我的头半开玩笑地说，“同学，你这是没上战场，倒先挂了彩啊！”我又羞又臊，只恨没有地缝钻。树没有栽成，反倒害的老师还派了同学看护我，想想都丢人。回到家，我一直用毛巾捂着脸，深怕被您发现，到底还是没能瞒过明察秋毫的您。没办法，只好红着脸一五一十地将事情的经过，原原本本地告诉您，令我没有想到的是，您连一句责备我的话都没有说，反而，拿出药包给我换药，还说，女孩子都爱美，千万别留下一丁点的疤痕。

当时的暖，多年以后都在。即使您不在了，那些好依然留存在记忆里，一到夜深人静的时候，就像纷飞的蝴蝶翩跹起舞，常常梦中惊醒之后还在疑惑，是真是假？

时光流逝，慢慢地长大了，多多少少开始懂事了。从喜欢连环画开始，到喜欢看大部头的书，我的性格也从外向转向内向，从安静地看第一本书开始，不再疯张。家里的藏书越来越多，却没有像样的书架。书被我丢的到处都是，床上椅子上沙发上都散放着一堆堆的书，房间显得很凌乱。喜欢整洁的您，实在看不下去，又不好天天说我。有一天，我看到您拖回来一个很大的包装箱，我好奇地问您准备拿它做什么？您笑笑说：“暂时保密”。您先将包装箱上的木板拆卸下来，拆卸的时候，一不小心，一枚长长的铁钉刺穿了您的手掌，鲜血直流，我赶紧抱来药包帮您包扎，您却毫不在意地说，“没事”。简单地包扎了一下伤口，您就急忙将拆卸下来的木板，仔仔细细地用推刨一点一点地刨光滑，看着满地的刨花，我在心里暗暗猜测，您到底要做什么呢？凳子、桌子还是别的什么？我知道心灵手巧的您，会做的东西多着呢！直到您画了图，设计出了图样，我才明白您这是要做一个书架。您不眠不休，利用周末的两天时间，终于，打造出别具一格的一个精美的大书架，还买来油漆上了漆，实在是比买的还要实用美观。此后，有事没事站在书架前翻翻书，成了我的最爱。然而，您的手上，却永久地留下了一道被一枚长长的铁钉刺穿的很深的疤痕。每次看到它，我都会抚摸着您的手，心疼地问，爸：“疼吗？”您总是毫不在意地说：“不疼。”怎么可能不疼呢？好几次我都看见您背着我，偷偷地在伤口发炎的地方抹药。

岁月无情，带走了旧时光。那个书架已经随着老房子的拆迁，遗失了。遗失的，还有心爱的发箍，折断了辐条拆卸了车轮的旧的自行车。而您，敬爱的父亲，也永远地离去了。

又是一年寒食节，当我跪拜在您的坟前，看着坟头那一圈圈摇曳着的淡蓝色的野菊花，我的眼泪忍不住扑簌簌地滚落下来。当年，您用淡蓝色的野菊花，为我编织花环的场景，又一次浮现在眼前。只是，那时候我还是一个天真烂漫的小姑娘，而您，真当年轻。漫山遍野开满了野菊花，头戴野菊花编织的花环的我像一匹脱缰的野马，纵情地奔跑着欢笑着，时不时地惊飞老槐树上一群呆头呆脑的小麻雀。您就在我的身后，一边追一边喊："慢点跑，别摔了。"可奔跑的我，就是慢不下来，直到真的摔了跤，散落了一头的花瓣，才灰头土脸地乖乖地牵着您的手回家。

起风了，一朵野菊花飞扑在我的脸上，泪眼朦胧中恍恍惚惚有一只大手牵着一只小手，慢慢地踱进夕阳的余晖里。

作者简介：李淑珍，笔名飞花追梦，甘肃庆阳人，四川省眉山市散文学会会员，庆阳市作协会员，有作品发表在《四川散文》《西部散文选刊（原创版）》《渤海风》《大渡河》等文学期刊。出版散文集《简单爱》。

一块上海牌手表

霍凤玲

这天收拾东西，在老伴的收藏箱里看到一块手表。

轻轻拿在手上，用手绢小心地擦拭着，不忍放下。有关这块表的记忆，在脑海中奔腾翻涌着；更像放映的电影，一幕幕展现在眼前。

1977 年底，我高中毕业，恰好赶上全面恢复高考。1978 年 8 月 1 日我走进了考场，参加全国统一招生考试。8 月 30 日，欣喜地接到了华北农业大学唐山分校的录取通知书。9 月 13 日报到时，全班 42 名同学仅有玉田县的一名男生戴着手表，当时流行“戴手表的露胳臂，穿皮鞋的高抬腿”一说，形象地描绘出本人的炫耀心理和他人的羡慕之情。

次年春季的一天，我与同宿舍王桂玲大姐逛街，因怕误了返校的时间，找一位服务员问到：“同志几点了？”他夸张地撸起袖子，扬起手腕，仔细地看了一下才说：“十点一刻。”随后嘲讽地说：“这么漂亮的姑娘不戴手表，满大街问几点？”满脸不屑一顾的表情。我们自尊心受到挑战。反驳道：“我们是农大的学生，国家免费让我们读书，生活当然要节俭！再说，我们问几点，不正是给您个炫耀的机会吗？”听了这话，他的脸腾地一下红了起来，抱歉地说：“对不起！”

放假回家，闺蜜来找我玩，我把这件小事，当笑话说与她听，闺蜜听后笑得前仰后合，正当我们聊得很开心时，一旁做针线活的妈妈突然问我：“你们同学有戴手表的吗？”我如实回答：“有，就一个人。”

父亲是基层粮站的职工，因患高血压提前退休，退休金只有 29.5 元。一天刚下课，接到家里来信说：爸爸在距家 30 里外的坨子头找了个临时工，月工资 30 元。得知这个消息，我心里感到七上八下的，父亲年近六旬，每天骑自行车往返 60 里路，只为挣 1 元钱，值吗？我赶紧回信，劝父亲不要那么辛苦，更不要冒着随时都有发病的危险挣那一块钱。可是我的信如石沉大海，再无消息，后来我几次询问此事，家里也不正面回答。

转眼又到了放假，刚进家一会儿，妈妈就把我拉到屋里，从兜里找出钥匙，打开柜锁，掀开板柜盖子，从里面拿出个手绢小包递给我，神秘地对我说：“给你个好东西，快打开看看！”我一层层打开手绢，里边竟是一块银光闪闪的手表！妈妈拿起手表，小心翼翼地戴在我的左手腕上，翻过来看看，倒过去看看：“真好看！喜欢吗？”“喜欢！太喜欢了！”接着妈妈兴奋地说：“喜欢就好。这是上海产的手表，120 块钱呢。咱们这里根本买不到，在大城市也是凭票购买，是托了你姨姐在北京工作的婶婆母才买到的。你看小针上还有一个红星，这叫表头，每 20 块为一组，戴红星的是第一块，也是其中最好的一块。好好戴着吧，我老闺女再也不用向别人问几点了。”之后，妈妈轻松、满足、愉悦地忙去了。

我摘下手表，细细地端详着。表盘上方，“上海”两字苍劲有力，下方是 19ZUANfangzhen。表盘背面，中心一个大圆内，草书的“上海”两字熠熠生辉。两侧各有五条横线将表盘一分为二，上边是上海手表厂大写英文字母，下方是：全钢 7120616 防震。这块手表，是国内生产巅峰之作，没有任何厂家生产的手表能够在质量，精度，设计和做工上与之媲美。这块手表，凝结着父亲风吹雨淋，起早贪晚，卖苦力打小工的汗水。饱含着母亲求人的心酸。我上足发条，秒针上的小红星一下一下向前蹦着。我的心仿佛被一只手一次又一次地紧抓着，心痛的感觉传遍全身，眼中满溢泪水！

1983 年 2 月 3 日是我和爱人结婚的大喜日子。我俩都是专业学校毕业，1981 年分配到兴隆庄乡的青妇干部（共青团、妇联）。上午，我们在乡政府办公室领了结婚证，下午带着香烟、瓜子、糖块到乡敬老院慰问在院老人，请他们分享我们结婚的喜悦，然后骑自行车直奔爱人老家——滦县东法宝村。

当时结婚时兴“三转一响”（自行车、手表、缝纫机和收音机）的彩礼，爱人父母年事已高，家境贫寒。我们结婚，没有彩礼，没有婚礼，没有酒席。新婚之夜，我们面对面坐在炕上。我摘下手表，放在爱人的手心里，脉脉含情地看着他说：“我今天嫁给你，把我最心爱最珍贵的手表，作为结婚礼物赠送于你。”爱人将我和手表拥入怀中，深情地说：“凤玲，我知道这块手表在你心中的分量，在这特殊的日子送给我，更懂你的深情！我能回馈你的只有一颗火热的心，我将用一生一世疼你、爱你、珍惜你！你是我永远的小玲玲！”随后，吟诗一首：天赐良机遇贤玲，道合志同萌缘情。置腹三载方暗定，心有灵犀一点通。

转眼已过去几十年，今年是新中国成立 70 周年，我们的小家从赤字开始，跟随国家改革开放，飞跃发展，一步步走来，现在拥有私家汽车，私人住宅。期间搬了六次家，淘汰的家具一茬又一茬，只有这块上海全钢手表，爱人一直珍藏至今，他珍藏的是我们的挚爱，是父母的恩情！

作者简介：霍凤玲，唐山市作家协会会员，华夏精短文学学会会员、签约作家。在《精短小说》《唐山文学》《老年日报》《湛江晚报》《作家文苑报》《燕赵老年报》《唐山劳动日报》《唐山晚报》等报刊及网络平台有作品发表。

闪光的童心

杜日华

我家门前的街道虽不宽阔，但非常平直整洁。此街与不远的大街相连，那儿两旁的桃花心树枝繁叶茂，一片绿荫。

每天，门前的街道人来人往，我发现，除非雨天和太冷的天气，要不，每当傍晚时分，一个十一二岁的女孩子都用简易人力车推着一位老人家从我家的门前经过。这小女孩挺小心的，双手抓住车把，慢慢地推着走，有时还停下来，把嘴贴近老人家的耳边问些什么。

我觉得奇怪：为什么这小女孩每天都推这老人家出来呢？为什么全由她推呢？那老人家和她是什么关系？是一家人还是请来的保姆？如果是保姆，那为什么这么细小就做此工作呢？

一天傍晚，这个小女孩又推着老人家从我家的门前走来。我忍不住对这小女孩说："小女孩，请你停一停好吗？我有话想问问你。"她听了，先是一愣，后停下来，睁大眼睛上下打量着我。这时，我才看清这位小女孩：弯弯的、黑而浓密的双眉，水灵灵的大眼睛，清秀的脸庞。我看出她有些慌张，她可能怀疑我是坏人。于是，我立即补充说："小女孩，请不要惊慌，这是我家，我是做老师的。我见你几乎每天都推着这位老人家从这里经过，我想问问情况而已，没有别的。"

小女孩听我这么说，才长舒一口气，然后说："哦，是这样。你想问什么呢？"我说："这位老人家是你家人吗？"她点点头，是我奶奶。"。"她不能走路了？"我继续问。"对。奶奶是不能走路了。我爸爸说奶奶是患风湿病的。""为什么总是见你推着奶奶出来呢？""因为爸爸在深圳做建筑工，妈妈在酒店打工，弟弟还小，没有爷爷了。"这时，她停了下来，擦擦眼睛，又继续说："奶奶今年七十几岁了。奶奶六十几岁就得了这病。之前都能勉强走路，可近两年就不能走路了。但她很想到外面转转。奶奶说，这样心情才好。""你今年多大了？还读书吗？"她哽咽回答："十二岁。还……还读书。""读几年级了？""这学期刚上六年级。""你爸妈不在家，家务准是你做了，是吗？"她眨眨那双明亮的大眼睛，咬着嘴唇说："是。""又要理家务，又要照顾奶奶，还要上学，够辛苦了，弟弟帮着一起做吗？”“他才读三年级，太细小。为了不影响他学习，再辛苦，我也愿意承担……”

问到这，我的心里像塞满了铅块似的，心情极沉重。这小女孩承受的压力太大了，她在吃力地撑着这个家啊！那酸，那苦，小小年纪的她就尝到了，多么得可怜啊！“你几乎每天晚上都推着奶奶出来，觉得厌烦吗？”她振了振精神，站得直直的，响亮地说：“不厌烦，一点都不觉得厌烦。因为这是我的奶奶。爸妈为了这个家，为了奶奶，为了我和弟弟，他们在外工作挺辛苦的……”“你家在哪？”她向西南方向一指：“我家在那边，离这里不远。”这时，我看了看快黑的天，对她说：“小女孩，我问了你这么多，耽误你很多时间了，真不好意思。感谢你对我的信任，并如实地回答我这么多的问题，你确实是一位非常难得、非常优秀的孩子……”她说：“没关系。多谢叔叔的夸奖。我要走了，我还要给奶奶洗澡。”说着她就推着奶奶慢慢地走了。

我静静地站在那里，目不转睛地望着她渐行渐远的背影一直消失在我的视线中。

一个十二岁的孩子，本应如同小鸟一样自由和快乐，像其他小孩一样无忧无虑地偎依在爸爸妈妈的怀里。可她为了这个家，为了照顾好奶奶，为了爸妈能安心在外挣钱，为了不影响弟弟的读书和情绪，她心甘情愿一个人去吃这个苦，用自己柔嫩的肩膀挑起这个家。多么懂事、多么了不起的孩子啊！压在她肩膀上的担子虽很重、很重，但她却感到挑这重担非常快乐和幸福。因为她深深懂得：自己辛苦的付出，换来的却是全家人的欢乐和幸福！

我不禁想起几年前某报刊登的那令人气愤的一幕。一个二十七八岁的男青年凶神恶煞地抓住她母亲的头发，从家里拖到门前的大街上拳打脚踢！邻居们看不过眼，纷纷上前阻止这个男青年毒打母亲，但他却瞪着通红的大眼睛，挥着拳头恶狠狠地对邻居们大吼道：“不许救！不得阻止我！谁来救，谁来阻止，我就打谁！”这位母亲撕心裂肺地大喊大叫。可他的儿子还照样狠狠地打！他之所以毒打母亲，是因为他赌输了钱，母亲实在没有钱给他，才惨遭毒打。

真是鲜明的对比啊！这丧心病狂、没有人性、狼心狗肺的男青年与这位十二岁的小女孩相比，差了十万八千里！真是天渊之别啊！

比大地宽阔的是海洋，比海洋宽阔的是天空，比天空宽阔的是心灵。小女孩的心灵在闪闪发光，放射出比金子更耀眼的光芒！

作者简介：杜日华，1964年出生，广东省湛江市吴川市人。大专学历，小学教师，湛江市作家协会会员。有多篇散文在《湛江日报》《湛江晚报》《湛江文学》等刊物发表。曾两次获湛江市征文三等奖。

渔趣

裴东升

我时常想起孩提时的竭泽而渔，咀嚼其中所感受到的无穷的意趣。

那时，大约我已念到初中了。不管春夏秋冬（更多的自然是夏天），每逢假日或星期天，我就和几个小伙伴提着脸盆、竹篮、铁锹等家伙去野外寻找一些小河小汊，随即挖泥筑坝，用脸盆将坝内的水一盆一盆地舀干……

开始前，选定地点至关重要。如果选对了，一条十米长短、一米深浅的河汊就能捕到七八斤杂鱼；要是看走眼了，再长再深的河汊往往也只见几条小鱼小虾，甚至是空空如也；而且，选的河汊必须长短、宽窄、深浅适宜，也就是说我们必须能在大半天的时间把里面的水排干。说来见笑，因为我们不谙鱼性，什么样的河汊有鱼或没鱼、鱼多或鱼少，压根儿就没个准儿，当时就是凭一种感觉，所以，我们常常为选定一个河汊颇费踌躇，以至訚訚争辩。

而一旦锁定了范围，我们就立马挖泥筑坝，不大工夫，几只脸盆就飞快地挥动起来。等坝内的水折到一定的位置，我们便开始观察水面的动静，一见哪儿翻花起旋儿，我们就欢呼起来："有鱼儿！""是的，这条鱼儿还不小呢！""嗯，这一次我们选对了！"激动之际，谁就随手抓一把烂泥往靠近的小伙伴脸上一抹，大伙儿哄然大笑，继而各自又胡乱地抓泥涂脸，搞得跟侦察兵一样，水也排得更欢了，累了就顺势往后一仰，稍稍喘口气儿又拾起脸盆干起来。

坝内的水渐渐浅下去，也渐渐浑浊起来，一些小鱼儿似乎感到不自在了，一个个探出头来，翕动几下嘴唇，便开始茫然游窜。每每见此情景，我心里就痒痒的，时不时就放下脸盆，转身拿起竹篮，朝着那些抛头露面的鱼儿，从其底下兜、去拦头套，每每手到擒来。这时，正在卖力排水的小伙伴们就回过头来，冲我笑着说："这鱼儿又跑不掉，急什么呢？！"他们一边说着，一边就又拾起手中的脸盆，动作却渐渐慢了下来，还时时转过身来，扫一眼越来越热闹的水面。最后，他们终于耐不住了，脸盆一甩，忘情地扑过来，跟我一起和那些懵懵懂懂的小鱼儿逗乐儿了。

记忆中，稍大一些的鱼儿似乎很敏感，性子也比较急躁。随着生存空间的不断缩小，它们常常会冷不丁地从水底纵身跳出，又一头栽进水里，那奋勇的态势大有拼命逃脱的嫌疑。我们被溅得一身泥水，却一个个惊喜万分，随即退到两侧，提着竹篮，摆好了架势，屏声敛气，眼睛紧紧盯着水面，等待下一个目标的出现。如是，常常不出所料，不一会儿，又见一尾一两斤重的鱼儿故伎重演；在它落水的当儿，几只竹篮便飞快地兜过去……有时，我们等了半天，水面依然波澜不惊。我们不甘心，遂弓着腰，伸直了脑袋朝水里张看，一见有黑影曳动，我们就轻轻地把竹篮从其尾部兜过去……

有些诸如黑鱼一类的家伙天性狡猾，即使你排干了水，它仍旧深藏不露，因而那些淤泥杂草就特具一种神秘的诱惑。为保万无一失，我们手脚俱上，对它们所有可能的藏身之处进行排查。有一次，我们照例排着队儿，双手在河汊两边的淤泥杂草中循序渐进地划拉着。忽地，我只觉手一凉，一只冰冷的、滑滑的大棒槌一般大小的东西已然横亘于我的掌下。“黑鱼！一条大黑鱼！”我大喊了一声，正在忙乎的几个小伙伴闻声就倏地朝我双手摁住的位置围过来。其时，那条黑鱼已在我手下挣扎着嗞嗞地蠕动，试图逃逸。我的心突突地跳着，似乎就要从嗓子眼里蹦出。不过，我还是极力镇定下来。我知道，遇到这类黑鱼时，双手千万不要使劲，得轻轻地将它哄住，好让它乖乖就擒；如果心急，刚一触到它就用力去逮，它往往会一个激灵就从你手下滑出。

因为我们都喜欢并急于亲手去捉鱼，以致好几次都功败垂成。

有一回，也是夏天，我和几个小伙伴正在贪婪地抢着捉鱼，忘乎所以。忽然间，不知是谁大喊了一声：“不好，要破坝！”我们猛然一惊，扭头一看，就见身后的小坝已出现裂缝，坝外的水顺着裂缝汩汩流向坝内，坝身也一点点地塌下去。我们见势不妙，便以飞快地冲过去，直条条地横躺在坝身上。溃口处虽然勉强堵住了，但坝外的水仍然无孔不入地哗哗往里淌，坝内水位不断上涨。一切都无济于事了！无奈，我们只好撤到两边，一屁股坐下去，颓然地喘着气。无意间，瞥见竹篮里刚捕获的几只小鱼小虾，有的在眨着眼睛，有的还时不时地蹦跶一下。不知怎么，我忽然感觉它们有些孤零和无辜，于是，随手掐起一只撂进沟里，接着就索性把整个竹篮浸入水里。小鱼虾们获赦后，摆了摆尾翼，倏忽便不见了。望着它们重回自然的快活劲儿，我们几个“泥巴鬼”都相视而笑了。

有时，我们找了大半天也觉无处可渔，怅然之际又不甘虚此一行，最后只好随便找一条短沟小汊，满怀侥幸地筑坝排水。等水位降到一定的程度，如果水面还是纹丝不动，我们就开始疑惑了。这时，我们就习惯性地用脸盆这儿那儿兜几下，再没有什么动静的话，我们就径直下到水里，狂扑乱搅一番……

现在，捕鱼的方式多而容易，鱼更是想什么时候吃就什么时候吃，想吃什么鱼就吃什么鱼，但我还是常常想起儿时的竭泽而渔。那时，每一次去野外寻找河汉，我就兴奋不已，浑身像是被一种神奇的力量鼓舞着；即便是无功而返，心里也无比快活，无怨无悔。

作者简介：裴东升，男，1969 年 8 月生，安徽无为市人，安徽省作家协会会员。曾在《人民日报（海外版）》《光明日报》《青春》《安徽文学》《作家周刊》等报刊发表小说、散文、诗歌 800 余篇（首）。其中，《裴东升小说三题〈考察〉〈水平〉〈卧底〉》在安徽省首届小说南北对抗赛中荣获“江淮文学奖”，2019 年 12 月，散文集《窗》获芜湖市“五个一工程”扶持奖。

石狗不老

尹乾

那一年，当我迎面步向陕西临潼兵马俑一号坑时，我的心跳跟第一回站到黄河壶口瀑布前一样的乱了节拍。那恢宏磅礴发出的气场，瞬间把我掼到即将开战的古战场：旌旗猎猎，刀枪森森，双方都在整装待发，迎接金鼓咚咚后排山倒海的厮杀卷起的血雨腥风。

那帧帧面影可能是谁的纪念？造物者心中的萦念当是作品之魂。如今魂兮何方？北方兵马俑见证的是干戈四起，生灵涂炭。南方石狗群诠释的是炊烟袅袅，安居乐业。我想起家乡的石狗来了。同样是雕塑，石狗比兵马俑更千姿百态，更接地气，更富有个性。

村里的土地公庙是用几块青石砌成的，约有半米高，立于一个长宽约 2 米、高约 1 米的石台上。庙旁蹲坐一尊小石狗，凝视着前方的一口风水塘与村里的主干道。傍晚时分，吃完晚饭的人陆陆续续坐到石台上侃大山。不时有人伸手摩挲一下小石狗头部，仿佛是自家养的小狗狗，小石狗比任何一只狗得到的爱抚都要多。石台被屁股摩擦得光滑的同时小石狗的头也被人们抚摸得光亮。在我的家乡，土地公被视为大众保护神，有敬无畏，定时致祭之外，更喜欢在他身边谈天说地，看上去甚至有点有恃无恐味道。守着这样一位平易近人的土地公，石狗享受如此待遇似乎也在情理之中。记得去邻村上小学时，经过的路旁有几棵连体榕遮天蔽日，树下有小土地庙与小石狗，周围砌着石凳，除了刮风下雨都有村民在树荫下闲聊，在口头上演绎着世态人情。石狗无言，得以谛听许多，它悄悄把乡村记忆锁进它的沉默里，等待着有缘人来解读。

有一段时光我租居在雷城下沟巷。租房所在的小巷不过二十来米长，尽头蹲着一尊石狗，瞪着铜铃般的大眼望着巷口。白天里我忽略它的存在。每当夜归，拐进黑乎乎的小巷那一刻，心就忐忑起来，生怕碰上传说中隐身在黑暗中打针的瘾君子，那时此类传说广为流行，而且也被证明并非空穴来风。我睁大眼睛直视前方，隐约中感觉到有一束友善的眼光射了过来，条件反射地想起蹲在那里的石狗，就像在陌路遇见熟人心里陡然涌现一股热乎劲，原始图腾的力量也是这样的吗？我只知道现实中的狗只是对陌生人发凶，如果你在那里待久了，它就会接纳你，摇尾示以友好。每一尊石狗都是一只狗的化身，它一样会念旧，我愿意这样遐想。在石狗的守望里，我读到了关爱。我不是孤独的，我心里说，我的脚步因这一意念的产生不再粘滞。有月光的晚上，还可以望见它沉静的脸，威严的意象似乎隐藏着无穷的爆发力，它守护过多少宁静的时光？

孩子读小学的时候，我常常从府前巷经过。元明清时期，这条巷无比肃穆威严，就因为此巷边上一字儿坐落着雷州府署、雷州府学宫、海康县学宫，如今肃穆威严已被风吹雨打去，挤拥着学校与民居，经常人声鼎沸的。每当走上这条巷道，我的眼光就很不安分，总想在周边找出历史的蛛丝马迹。最后还是路边的一堵砖墙引起我的关注。那堵墙上的砖长短厚薄横竖颜色不一，应该是利用残砖混砌的，还有可能夹杂着府署的砖吗？砖缝间摇曳着不知名的草本植物，盎然着岁月的沧桑。然而，令我吃惊的是如此混搭的墙体上居然嵌着一尊大石狗与一面泰山石。石狗只看得到正面，方脸，平视，眼珠凸出，眼窝深陷，鼻子出奇得大，咧嘴，颈系铃铛，挺胸，两腿如立柱，脚趾紧抓，浑身散发着一种力量与威风，有着狮子的雄浑。旁边的泰山石中间刻着“泰山石”三个正气凛然的大字，底里还有无数小字在诠释着什么。后来了解到那石狗原是雷州府署的石狗，不由得感叹唏嘘，当年的它踞守府署大门，何等的威风，如今竟沦落到被嵌入残墙的地步，甚至不时有人把石灰水泼洒在它身上，它被视为辟邪的载体。它曾经经历过什么？它正在修行着什么？

每回从雷城镇中西街向北拐入大新街，那是一条北高南低的古街，一抬头就望见高高在上的北门大石狗，它端坐在大新街最高点，自身连基座大约有 3 米高。在它的视野里，我慢慢从低处走向它，居然涨起一种朝圣般的感觉。历史上它是雷城最大的石狗，是雷城北门的标志物，后来遭到破坏，再后来重建，如今香火依然旺盛。那环眼、獠牙、坚挺的雄性生殖器，都在张扬着一种阳刚力量。有时候还可以见到有人在双手合十虔诚磕拜，求平安？求子嗣？求财运？人，常常把欲望寄托到神与别人身上，却往往忽略了自身，两千多年前苏格拉底“认识你自己”的呐喊依然未能把“人”唤醒。人跪下的时候，神就诞生了。这可是它竭忠尽智守望千年孤独后的心愿之得？

曾经踯躅在一座千年古村里，望着一座座雕梁画栋犹在只是朱颜改的豪宅，看着那荒草在院子里蔓延着离离的苍凉，于是眼光很伤感地选择逃逸，追寻不变的天空，就在眼光攀援斑驳围墙的时候，我发现了立于墙头的那尊小石狗，五官是那样的精致，圆滚滚的眼珠依然盯梢着前方，它在守卫着什么？在期待着什么？日益颓废的庭院，寂寞徘徊的风，难道还没有改变它的初心？

对于石狗的由来，一念及此我的脑海就闪现这样的画面：在茂密的森林里，树皮蔽体的雷州先民带着猎狗不屈不挠地搜寻着猎物，突然猎狗像一道闪电扑了上去，一声惨叫，猎人的弓箭应声而发，一只猛虎重重摔在地上，猎狗的喉管被咬断，汩汩流着血，猎人跪在猎狗面前放声大哭。他念念不忘猎狗的忠肝义胆，于是用石头砸出狗的模样，置放在门口……

沿着石狗凝望的眼光，走进历史的深处：在这多雷的土地上，闪电淬砺着它的眼光，它的眼光鹰一样犀利，洞穿黑天暗地，威慑着罪恶；雷声钢化它的声音，它的声音张扬着鼓的威武、锣的刚强，壮大正义的声威，安全和谐在狗的卫护下炊烟袅袅；在这蛮荒的红土地上，狗足迹如犁，犁开蛮荒的胸膛，犁出稻浪滔天，祥和升平从此成为红土地上一支永不落的歌。狗，被推崇被膜拜是自然而然的。狗崇拜，体现了雷州人感恩知报的情怀，彰显了人性的光辉。

漫步城郊，我偶遇一家石狗雕塑厂。走进弥漫的尘烟，看见一位戴口罩的老人专心致志地雕塑着石狗，左手执凿，右手持锤，锤起凿落，石片迸裂，狗模狗样逐渐清晰。他歇息的时候我跟他聊了一会儿。他干这活儿半个多世纪了，他儿子现在开了这家雕塑厂，用机器雕塑石狗，不过他自己还是喜欢手工雕塑，他说这样感觉得到每尊石狗都是自己创造的，带劲，客人也更喜欢手工打造的，只是年老体衰满足不了客人的要求。他感慨现在会手工打造石狗的年轻人太少了，他担心石狗模式化生产会有损于石狗的魅力。他说祖先传承了几千年的东西不管怎么说都不能丢，丢了就是不孝子孙。我表示赞同。他又说，好在现在石狗列入国家非遗保护名录，有传承人传播石狗雕塑工艺，他自己就是传承人之一。望着他积雪的头顶，我明白他的忧虑是有来由的，市场经济社会里，人们的选择更多时候是追求眼前利益最大化，而文化的潜在价值往往被低估了，这也是现代人的悲哀。

其实，珍爱石狗文化的人还是有的。有一个本土画家，他致力于画石狗，出版了石狗画集，还举办了石狗画展。那些石狗经艺术再现后更有韵味，千姿百态的民间艺术品石狗因此越来越为人们喜爱。据说他的原籍是外地的，偶然的一次机会邂逅石狗，为石狗不拘一格的造型与粗犷所震撼与折服，从此改变作画方向，专门画石狗。独辟蹊径与满腔热爱给他带来盛誉的同时，也使得土生土长的石狗一次又一次惊艳世人。本土艺术家们纷纷用石狗来点缀自己的书斋或者工作室，使得空间线条多了刚性，取得良好的装饰效果。石狗本身就是接地气的艺术品，是一位位不知名的民间艺术家怀着虔诚从顽石中雕琢出他们心中理想的石狗，其个性就是其艺术价值所在，只是草根的东西一直被所谓的雅眼低看罢了。

石狗声名鹊起也使得石狗渐渐进入收藏家的视野。有一回同朋友造访一位低调的年轻收藏家。他语出惊人，说他自己收藏的石狗数量不亚于博物馆。他给我们讲述了一个故事：有一回一个青年问他收购石狗不？他随口说了一句，有多少收多少。那青年竟然拉来一拖拉机石狗。他一时间凑不足钱也腾不出地方接收，但又不愿意错过收藏的好机会，于是厚着脸皮跟亲戚朋友借钱借地方，最终还是把那车石狗收藏了下来。他认为，随着古石狗的不断流失，古石狗的收藏价值将逐步显现，作为一个雷州人，能够收藏家乡的石狗也是一种福气。我为他的卓见独行感动，石狗在他们手里至少没有明珠暗投的缺憾，还可以通过鉴赏交流增加有识之士对石狗文化的理解，也算是一桩功德。

班上学生小李喜欢上了石狗，四处收集石狗资料，走访石狗专家，实地考察石狗实物，写成一篇《从民间美术工艺解读我国非物质文化遗产〈以石狗为例〉的保护与传承》的小论文，要求我给他修改润色。感动于他对家乡文化的痴迷，我欣然走进他的石狗世界，发现在年青一代的眼里，石狗是独具魅力的，是值得保护珍惜的，尤其是他提出的保护设想很有见地。他的习作参加第 25 届广东省青少年科技创新大赛科技创新成果竞赛荣获项目一等奖。我看到了石狗文化的曙光。

现在，外地人到雷州都慕名去看石狗馆。坐进博物馆的石狗，与同伴们在一起追忆着风雨岁月飒爽英姿。人站起来时，神圣的光环消逝，大众的艺术诞生。从此，多少唯美的眼光，逡巡在石狗千姿百态的脸庞，捕捉灵感，揣摩匠心，体会刀工。然而，集体亮相的石狗群，板着不一样的脸，瞪着不一样的眼，咧着不一样的嘴，给他们视野带来的冲击与震撼可想而知，他们的眼光在缭乱，思维在裂变，心理在惊乍，他们难以一颗平静的心去端详一尊石狗，他们心里只剩下一种面对图腾一样的虔诚。狗不是拉帮结派的动物，它是慎独的个体，对石狗的审视也应该还原其个体存在的场景，才有可能真正了解它承载的民俗内涵，否则就会陷入无端揣测的泥淖中难以自拔，或者仅仅是把它视为一件艺术品。个人认为原生态保护石狗更能彰显石狗文化的丰富内涵。对一些民俗的东西进行保护都应作如是观。假如它是一棵树，可能它的根系比树干树枝树叶更重要。

我更愿意去看野地里的石狗，在苍茫的时空中咀嚼香火的味道，静静盯着余晖中石狗孤单的背影出神，顺便放牧一下自己起茧的心灵。

石狗不老，初心不老。

作者简介：尹乾，笔名砾央，湛江市作家协会会员，在《湛江文学》《湛江日报》《湛江晚报》《番禺日报》《茂名日报》《茂名晚报》等报刊发表作品近 20 万字。

野蔷薇

陈玉霞

夏天，在一场接着一场的雨声中，悄然来临。

窗前，除了清脆的鸟鸣，偶尔还可以听见知了不徐不急的叫声，天渐渐热起来。

傍晚散步，无意中拐进一条巷子，突然见到一面墙上挂满了红火的蔷薇，朵朵似火，朵朵娇艳。许久不曾见过这样热烈地盛开着的花儿，这样仿佛用尽全身力气绽放的花儿，瞬间唤醒我儿时的记忆。

六岁的时候，我家从孔望山下搬来洪门，就住在蔷薇河边的果园宿舍里。说是宿舍，其实只有两户人家。一般农场（那时果园也称农场）会在果园靠近人家的地方盖几间房子，一则解决职工的住宿，二则防止附近的人偷盗。宿舍的前面和右边是果树林，后面是一个叫酒厂队的小村庄，左边就是蔷薇河。

小孩子好动又心无芥蒂，没多久，我就和酒厂队的孩子们混熟了。很快一个叫大小花的女孩就成了我最好的朋友，她是女孩子们的头。

曾经很迷糊，大小花这名字，又大又小的，是什么意思？待到她告诉我小花是她的小名，而大是她在女孩中的排名时，我终于忍不住咯咯咯地笑了起来，如此新鲜好玩的叫法，我还是头一次听说。

大小花个头挺高，眼睛黑白分明，最特别的是她的脸蛋，永远红扑扑的，就像两只红苹果，看着就叫人喜欢。大小花不仅长得好看，而且什么家务都会做，做饭炒菜、摅面做饼、挑菜喂猪等等，她还认识很多的野菜、野花，就是玩的花样也是层出不穷，抓沙包、站牌九，踢碑等样样拿手，在我小小孩童的眼里，大小花简直神了。

只要一有时间，我就跑去找大小花玩。

一天下午，我们一群人在大小花家玩沙包。大小花玩了一会儿说面起了，就起身去做饼，我们几个继续抓沙包。不久，我忽然闻到一阵香味，同时还夹杂着一丝丝甜味。抬头，只见大小花正端着一簸箕黑乎乎的东西走进房来。

不是做饼吗？这黑乎乎的是什么？我立刻跳下床来。

“这是什么东西？”我瞪大眼睛问。“这是山芋饼啊，就是用山芋面做的饼。”

“山芋不是黄色的吗？怎么做出黑色的饼来了？”“玉米饼才是黄色的呢，山芋饼就是黑色的，你尝尝，可好吃了。”说着，大小花揪了一小块递给我。我拿着黑色的饼，左看右看，就是不敢吃。

“哎呀，你吃呀！”大小花说着一把将饼塞进我嘴里。吃到嘴里的饼，糯糯的，不但香而且很甜。“你家的饼可真好吃。”“你家的白面馒头才好吃呢。”我很奇怪她为什么这么说，刚刚不是还说山芋饼好吃吗？而且山芋饼可比白面馒头甜多了。虽然不明白，但我后来常常拿了白面馒头去换她家的山芋饼还有玉米饼吃，我们吃得都很开心。

春天里，我们常常跑到蔷薇河的河堤上去玩，大小花总是带着挑野菜的篮子和尾巴似的妹妹银花。

蔷薇河真宽啊，河上还有很大的船，突突地叫，大小花告诉我这叫机帆船，可我不懂什么叫机帆船，她说就是不用手划还能跑得快的船。我们站着看了一会儿机帆船，看它向北跑，一直跑到没影，不知它要往哪里去。且丢开，采花去。

河堤上的花儿草儿也多，从河堤到河边一眼望过去，都是野草野花。蒲公英是成片成片的，野韭菜是一窝一窝，狗尾巴草总是高出其他茅草，在风中摇曳着尾巴，好像在像我们招手。

我们在河堤上疯跑，看见野花野菜就停下来，或两个人一块，或三个人一堆儿，边挑菜边玩耍。

我总是跟在大小花的后面，不停地问东问西:“这是什么”?“这是‘猪耳朵’，猪最喜欢吃了。”大小花一边将‘猪耳朵’铲起来，一边晃掉它上面的泥土，扔入篮中。

我看着‘猪耳朵’长长的叶子，绿绿的、肥肥厚厚的，两边卷曲着，还真的有点像猪的耳朵。

“真像。那这个又是什么？”，我一边用手指着开着淡紫色小花的地方，一边瞪大眼睛。

“这个你都不认识啊，这是‘雀雀蹲’啊。”

“‘雀雀蹲’这名字真好听。可是它不像小雀子啊？”看着我歪着脑袋趴在地上使劲地瞅着“雀雀蹲”，大小花大笑不止。听见笑声，大家全跑过来，叽叽喳喳，或捂着嘴巴或指着我，笑得前合后仰，我一时羞红了脸，不知错在哪儿?

草丛里有蚂蚱。大小花教我揪一根狗尾巴草，将捉到的蚂蚱串在狗尾巴上，拎回家撸下来喂鸡。喂完鸡，一看两只手，染成了青色，要好几天才洗净。

有时候，我们一并排地躺在河堤的坡上，嘴里嚼着刚刚找到的辣辣根或酸溜着，面对着蔷薇河，静静地晒太阳，那多半是下午没什么事的时候。

初夏时节，河堤上不知从哪儿冒出这儿一丛，那儿一堆盛开的花儿，红的粉的，漂亮极了。那小小的花儿一簇簇绽放在枝头，仿佛用尽所有的力气，鲜艳而明快，让人欢喜。

“快来看啊，好多花！”我跳着脚，招着手，让大伙快来。“啊，蔷薇花开了。”最先跑上河堤的大小花感叹地说。

大小花告诉我这是野蔷薇，上面有很多刺，不能用手摘。她还告诉我野蔷薇极易存活，春天枯黄的藤蔓，只要一场雨，它就会泼剌剌地长起来，很快蔓延成一堆堆、一丛丛的青绿，到了夏天就会盛开。

“你看，它的花儿多美啊！”大小花说这话的时候，两眼放光，脸上泛起红润，就像一朵盛开的野蔷薇，美丽极了。

盛夏的时候，孩子们还会下河游泳。只是这河并不是蔷薇河，而是酒厂队后面的一条沟。大小花、银花她们都会游泳，只有我从没下过河。在大家的怂恿下，我也下到沟里，大小花和银花一人架着我的一只胳膊，让我用脚打水。几次以后，我学会了狗刨，但是游不远。一次回家说漏了嘴，妈妈知道我偷偷下河，从此被禁锢，以至于到了今日仍然只会狗刨。

我常常在大小花家玩耍，眼见大小花天天做事，却常常挨骂，有时候还挨打，心中就有些愤愤不平。

记得一次我们玩砸碑（碑就是砖头），大小花忘了做饭。樊妈妈下工回来看见饭还没做，张嘴就骂：“你个小臭丫头，你就知道玩。”边骂边抄起笤笆，冲着大小花搂头就打，吓得我们四散而逃……

回家，我和妈妈说起这件事，我说：“她就像一个恶毒的地主婆，老是打大小花。”妈妈说：“你小孩子家的懂得什么？她也不容易，老头子有病，两个儿子又大了，唉……”最后妈妈找出我的一条旧棉裤和一双旧棉鞋，这是樊妈妈要给银花穿的，我心里极不情愿，因为怕大小花再挨打，才拿了去。

我小学毕业升入初中时，大小花为了上学和家里闹得很厉害。

记得那天傍晚的时候，后面传来叫骂声，我跑去屋后（我家屋后是酒厂队的自留地，向西约二十米就是村庄），看见大小花跑到菜园上，而樊妈妈手里拿着个笤帚在追她。樊妈妈一边追，一边不停地骂着，而大小花只是倔强地说：“不，我就要上学，我就要上学。”

第二天早晨，我早早跑去看她。她缩在被窝，脸上和膀子上都有牛抽子（红印子）。我小声问她：“疼吗？”，她勉强笑笑说：“不太疼了。”我递给她最喜欢吃的小鱼干夹馒头，她没有伸手，只就着我的手咬了一口，眼泪却流了下来……

大小花最终没能上高中，而是进入生产队苦（挣）工分去了。自此，我们相见的时间越来越少。我上学不再经过酒厂队，而她也没有时间再到河堤上。偶尔我们在河堤上相遇，她一定端着一盆衣服，说不了几句话，就要走。有时候，我们也相约去桑叶岭采桑葚，但，终也未成行。

童年的时光，转瞬即逝，渐渐长大，渐渐疏离。

可是每当夏日，看见那一丛丛仿佛用尽全部生命盛开的蔷薇时，我都会想起大小花，想起我童年的伙伴，想起那个教会我很多东西，有着红红脸蛋的可爱姑娘，不知道她现在还好吗？生活怎么样了？

作者简介：陈玉霞，笔名陈依依，中国散文学会会员，连云港市作家协会会员，连云港市散文学会会员兼理事。有多篇散文作品在《散文选刊·下半月》《连云港文学》《河南文学》《齐鲁文学》《江苏工人报》《江南时报》等刊物上发表。2016 年出版个人文集《紫微小语》。

一只黄色的小皮箱

杜志平

那是一只黄色的小皮箱，是我的“阿公”送给我的。

这样称呼他，是妈妈教我从小这样叫的。我的老家是一排五间的两层楼房，我家是西边的一间，中间三间是我父亲的亲兄弟，也就是我三叔和四叔的，东边的一间就是阿公家。妈妈说，阿公和我们家是“亲房”，比我的父亲还长一辈分，所以就教我们叫他阿公。

阿公人很瘦长，一年之中起码有半年带着帽子，走路的步伐不快也不大。在我童年的记忆中，阿公好像就是一位耄耋老者了。他的妻子死得早，我们没有见过。阿公膝下育有一子，比我年长十几岁，我们管他叫阿叔。母亲说，阿公是老年得子，所以对阿叔特别疼爱，有什么好吃的，总是留给阿叔。印象中，阿公认识很多字，而且“白口算”（方言，即口算）特别好。那时的农村商店很少，一天之中经常有人挑东西过来卖，只要报出多少钱一斤和几斤几两，阿公就会立马报出价格，比卖东西的人都快。

小时候，我的家乡温州仙岩岩下一带以做砖为主要手工业，我家亦如此。做砖所用的“佛泥”（方言，即稻田里上层泥土），基本上是买来的。只是到了下半年，晚稻收割后，那时稻田里的泥土较干，父亲他们才会去挖一些挑来做砖。有一年暑期，砖的生意特别好，因而佛泥的价格一路飙升。于是，我就利用空余时间，拿着簸箕到路上捡泥块。大约捡了半个月时间，堆积在我家“稻坦”里的泥块居然也不少了。于是，我就再到河岸边上去挖了一些“青紫界泥”掺和到佛泥里头。青紫界泥较佛泥有着不同的质地，颜色发青，黏性强，干后收缩性较大，所以不能掺和得过量，否则就会影响砖的质量，这一次，我利用这样的泥土，学着父亲的样子，经过锄碎、搅拌、洒水、踩踏等几轮同样的程序，我自己竟然做出了三四百块的“中轮”。这个暑期的后一个月，我又重复上个月的故事，一共做了七百多块的砖，砖坯就整整齐齐地叠在阿公家前面的门台下。阿公数了数，于是白口算，算出了这么多的砖坯可以卖得多少钱。然后阿公又说，这些钱存阿公这里，阿公帮你放利息，利滚利，息滚息，等你加冠之年，差不多可以拿来讨一个老婆了。讲得我还显稚嫩的脸蛋红扑扑的。

我家兄弟姐妹四个，个个渐渐长大，一间二层的房子显得有些拥挤。为了用心学习，初三那一年，我晚上就在阿公家学习、睡觉。端午节假日，尽管塘河里划龙舟的锣鼓声一声又一声地钻进我的耳朵，挠着我的心扉，可我依然专心学习。阿公感慨地说，你将来定是一个穿鞋袜的娃。阿公还说，等你考上了，成为国家的人，阿公送你一只皮箱。还真是托了阿公的福，1986 年我初三毕业，如愿以偿考上瑞安师范学校。我的户口也从仙岩岩下农村随迁至学校所在地——瑞安城关，成为居民户口，吃上了“皇粮”，这在当时我们村也属为数不多。父母为了表示庆祝，在我家前面的稻坦摆上十三桌酒席宴请亲朋好友。我的同学有的送我雨伞，有的送我背包，还有的送我“青春宝”，阿公没有食言，果然送给我一只黄色的小皮箱。阿公说，黄色代表富贵，祝愿你今后大富大贵。

毕业后，我被分配到一所乡校任教，我同样带上这只心爱的小皮箱。后来，狭小的空间渐渐容纳不下越来越多的东西，我只好换了一只大的皮箱。读师范时一些值得留存的东西，继续保存在这只小皮箱内。不知是哪一年，也不知是谁那么不小心，夜里点蚊香时将这只小皮箱的面上烤出了一条弯弯的黑色印迹。这条黑色的印迹就如同烤炙在我的心头一样，令我疼痛不已。

阿公去世了。这是爸爸用公共电话打到校长室，徐校长在我下课后转告我的。下午我请了假，奔赴老家。阿公的遗体已经被安放在五间房子正中间的厅堂，身上盖着白色带红边的寿被。阿公瘦长的脸显得更加得瘦长，依然戴着帽子，只不过换了一顶崭新的。阿叔木讷地坐在旁边，将一张一张黄色的纸钱抛向一只铁桶，铁桶里的纸钱在快速燃烧着，不断地向上吐出火舌。于是，阿叔就把一叠纸钱一起放进铁桶。此时，纸钱烧不着了，阿叔就用竹条在里面挑，还俯下身体往里面吹气。纸钱直冒青烟，弄得整个厅堂都是，把我呛得潸然泪下……

十年过去了，二十年过去了，老家也经历过两次装修。每次妈妈在打理时都说，这只皮箱还要不要？我说，不能动，我还有用的。三十多年过去了，这只黄色的小皮箱一直珍藏于老家。是的，我还有用，这是我 1986 年考上瑞安师范时我“阿公”送给我的！

作者简介：杜志平，浙江温州人，浙江省诗词楹联学会会员，温州市作家协会会员，温州市瓯海区作家协会副主席。已在《海外文摘·文学》《散文选刊》《浙江作家》《温州文学》《温州日报》等各类报刊上发表文学作品百余篇（首），主编出版散文集《红·仙·启》。

悦轩学骑“马”

徐立军

今天早晨，儿子悦轩十分得意，他兴高采烈地给远在外地的哥哥打电话报喜，“我不仅学会了骑马，而且还得到一位晨练的老奶奶的夸奖，说我很聪明，昨早还骑得歪歪扭扭，今早已经轻车熟路了”。他哥哥开玩笑说，“我们家何时买马了？”悦轩连忙说：“对于我来说，学骑车约等于骑马”。我们也恍然大悟，跟着傻笑一番。前几天，悦轩哥哥为他买了辆自行车，刚过十岁的他开始并没有太大的兴趣，我们知道小孩子害怕跌倒，有点畏难情绪。哥哥就鼓励他说：“你是三好学生，难道骑车这点小事还能难倒你吗？”属牛的悦轩，果然牛劲暴棚，顶着烈日高温缠着哥哥一定要马上就学，第一次双脚离地仅仅几秒钟，就连人带车摔倒在地；第二次用力一蹬，竟然前行了四五米，但很快又摔了下来；悦轩有点害怕了，哥哥继续鼓励他：“有愿望不要轻易放弃，只要坚持有可能愿望离你只有一步，坚持就是胜利！”悦轩决定还要再试试，但一定要哥哥扶车保护，不许撒手，慢慢地他终于能骑一小段路了，但还是歪歪扭扭的，一会儿向左，一会儿向右，由于天气炎热，我们说：“明天早晨再学吧”，悦轩说，一言为定！第二天，天刚蒙蒙亮，悦轩就嚷着要起床练车，因为哥哥要去外地上班，他说：“老爸快起来教我练车”，看着他信心满满，我们立即洗漱准备下楼，每天慢腾腾的悦轩表现得非常快，还不时催我，“老爸快点，一会我还要吃饭，上学可千万不能迟到！”可能是昨天下午学过的原因，悦轩学得很顺利，在他不知道的时候我已撒手让他独自骑行很远，正当我暗自为他高兴时，对面来了一辆车，他一紧张，没掌握好平衡，与地面来了个亲密接触——“嘴啃泥”。小膝盖也摔破了，我为他挽起裤子一看蹭破点皮，还流了一点血。虽然有点心疼，但我还是装着无所谓的样子问他还学吗？他坚定地说：“爸爸您不是说失败是成功之母吗？必须学，而且一定要学会！”

是的我语重心长对悦轩说：先歇一会儿，跟你谈谈磨炼，功夫不负有心人，宝剑锋从磨砺出，梅花香自苦寒来，生活处处充满了磨炼，只有经过风雨的洗礼，我们的人生才会迎来绚烂的彩虹。失败是之母，成功需要磨炼，磨炼自己，就是在磨炼中造就自己，在磨炼中重塑自我，使自己人生的价值得到最大的体现。如果说人生是一部戏，那么磨炼就是这部戏的灵魂所在，对于一些经不起考验的人来说，缺少生活的磨炼，遇到挫折的时候只会束手无策，挫败不堪；相反，对一个经常磨炼自己，意志坚强的人来说，无论再大的困难，他也一定会战胜，会从逆境中站起来，闯出去。奥斯特洛夫斯基曾经说过：钢是在烈火和急剧冷却里锻炼出来的，所以才能坚硬和什么也不怕。越王勾践经过卧薪尝胆的磨炼，才有了回国复仇的结局；华佗尝药，经历身心的磨炼，才有了沿用到明朝的“麻沸散”；李时珍著书，经过精神的磨炼，才有了沿用至今的《本草纲目》；归有光经过八次的落地的磨炼，才有《项脊轩志》这样的隽永文章。人生的磨炼是一笔财富，是打开成功之门的钥匙，只要我们敢于正视它，战胜它，我们就一定能取得最后的成功。悦轩似懂非懂地说：“爸爸您说这么多，是不是与我学过的只要功夫深，铁杵也能磨成绣花针，是一样的道理？”。

有志者事竟成，悦轩经过反反复复练习，跌倒爬起，继续练，功夫不负有心人，悦轩逐渐掌握了骑自行车平衡的技巧，终于学会了骑自行车。

作者简介：徐立军，连云港市作家协会会员、连云港市散文协会副秘书长，连云港市爱心公益协会副会长，连云港市徐立军骨质增生研究院院长，政协连云港市委员，九三学社连云港市科技支社副主委。撰写的《浅析骨质增生疾患》一文被载入《全国民族医学交流论文集》。《中医外治骨质增生》被编入《中国中医特治新法大全》，并被评为优秀论文，获得国家级一等奖。2019 年 1 月，因在 2018 年度非物质传承保护工作中成绩显著，被评为优秀代表性传承人。

岁月知味

况永夫

那天下午回老家，好久没有见到的“蒜窝子”冷不防出现在眼前。材质为青石，出自涡阳县，听父亲说过，石弓镇能工巧匠多，一锤一錾敲打，也就是半天的工夫，这个“蒜窝子”就能完工。虽然它不是双龙头造型惹人眼球，更没有当下机器打磨、抛光的大理石“蒜窝子”美艳，可它实在，耐用。

奶奶在世的时候，时常用它。小时候，家里穷，一日三餐油水很少。有时早上在做红芋的地锅里蒸一些青色“朝天椒”，然后用菜刀切碎，拌上盐和一丁点麻油，诱人味蕾。可一年到头，除了臭豆子，更多的是用蒜窝子砸“蒜泥”。夏收、秋收季节，奶奶还会在蒜泥里添加一个煮熟的鸡蛋，鸡蛋蒜泥，味道极佳。奶奶带给我们兄弟姊妹六人的惊喜还在后面，她把炒熟的芝麻放进蒜窝里砸碎，拌上少许盐，卷在烙馍里，更是美味！

后来家人告诉我，唐山大地震那一年，我不到三岁。父亲在马桥区医院住院期间，母亲心善，为邻床的本村病人煮了一碗米粥，不幸的是这碗热粥被我打翻，脖子重度烫伤。年龄小，马桥医院不愿意收治。左邻右舍、亲戚朋友帮衬着，那时消炎、抗感染的药物匮乏，奶奶心急如焚，苦于没有办法，她一夜一夜不合眼，抱着我，眼泪不断，嘴里不停念叨着：天皇皇地皇皇，俺家有个好儿郎。不求大福与大贵，灾难病疼都跑光。好在天无绝人之路，有人传给奶奶一个偏方，她拐杖磕绊着泥泞，到蔡里山区找来了半瓶“獾油”，一天数次用“獾油”涂抹我的烫伤之处，烫伤由此一天天好起来。当年烫伤留下的那块疤痕是岁月留下的印记，当然也刻下了奶奶对孙子浓浓的爱。

我一天天长大，跟着奶奶下地帮忙。在萧濉新河的河滩上，当北岸的“蒸汽火车头”呼啸而过，我把脚翘起，脖子伸长，顺着那腾起的白色烟雾望去，直到最后一节黑色车厢在视线里模糊不清。最高兴的当属看到“绿皮票车”，耳畔响起的是“广东广西……云南贵州……广东广西……云南贵州……”那时怀揣愿景，央求奶奶，我也要坐火车，看一看外面的世界。

没想到的是坐火车的愿望很快就实现了，平生第一次。起点是青龙山火车站，奶奶带我去百善大姐家，没有座位，奶奶拉着我在过道里挤来挤去，好不容易在车门跟前寻得一个狭小空间。奶奶让我坐在包袱上，她站了一路，裹过脚的奶奶足骨变形、足形尖小，拄着拐杖，背倚车厢，站不稳当，几次险些摔倒。到了徐楼车站，戴着大檐帽、身穿制服的列车员查票，不容奶奶说话，也不测量我的身高，就让奶奶补票。破旧的手帕，层层包裹，皱巴巴的人民币，最大面额一元。奶奶一句抱怨的话都没有说，就把车票补了，尔后用手抚摸着我的头说：快到站了，快到站了，我们就要下车了……

前不久到浙江宁波参加“全国中小学校长网络空间人人通”培训活动，动车，风驰电掣，有速度。列车长、列车员、乘警，礼貌周到，有服务。如今，奶奶要是健在该多好啊！可她已经过世 29 个年头了。

那年老家大开发、大建设，奶奶的坟地也在征迁的范围之内，兄弟姊妹六人把奶奶的坟地迁到赵集的十里长山公墓，就在打开柏木棺材的那一刻，我看到在里面安睡的奶奶，心里一阵又一阵发酸……

时至今日，我才明白：老父亲老母亲多次搬家，老宅子，大哥家的新房子，烈山工人村，荣盛花园小区，那个冷冰冰、硬邦邦的“蒜窝子”一直都没有丢下，那根铁棒蒜锤，手握的那一段油光锃亮，另一端因为日子好了，用的次数少了，早已锈迹斑斑。可“蒜窝子”见证了百花之春、明月之秋、凉风之夏、白雪之冬，“蒜窝子”承载了一段记忆，包裹着奶奶对我们的爱，见证了我家苦去甘来的日子，当然还有历经岁月磨难，在家族中延续的一管血脉……

作者简介：况永夫，中学语文高级教师，烈山区作家协会常务理事，淮北市作家协会会员，中国西部散文学会会员，《西南文学》编委。

第三辑　菜根香

我的父亲

肖龙

十年前的秋收时节，已愈古稀的父亲和母亲在地里收割玉米。父亲不服老，像年轻时一样，弯腰，一手抓紧尼龙袋子的袋口，一手抓紧袋底，一用力，就将一袋子玉米棒子扔在了右侧肩上。父亲左手抓紧袋口，右臂弯曲，用右手虎口牢牢卡着腰，支撑着肩上的玉米，快步走向地头的三轮车。

“你慢点，跑这么快干啥？”正在剥玉米壳子的母亲看父亲风风火火的样子，不放心，冲着父亲的背影喊道。父亲似乎没有听到，毫不理会，虽然已经70多岁，自觉身体非常健康，所以走路风驰电掣一般，不输年轻时。

从地里到路上，大约100米的样子。在地头与路之间，需要跨过一道深一米多的“地限沟”，这是土地与道路的界线，汛期用来排除田里积水用的。到地头之后，父亲稳了稳双脚，扛着玉米的右肩向上耸了耸，卡在腰部支撑着玉米袋子的右手随之向上挪移了一下，左手也用了点力，抓紧袋子口，一只脚先慢慢滑下“地限沟”，另一只脚跟着挪了下去。

从沟底上路，坡更长，也更陡，更滑。父亲慢慢将左脚往上抬，踩到半坡上提前挖好的一个坑，踩稳之后，右脚前脚掌蹭着沟坡，一点一点慢慢往上抬。就在即将跨出地限沟的时候，右脚无意中踩到了一根玉米秆，脚下一滑，整个右腿又落入了沟底，自己也险些摔倒。

父亲扭伤了膝盖，但他没有和母亲说，也没有和我们姊妹几个说。一生要强的父亲瞒着我们所有的人，咬着牙坚持收完玉米，种好小麦。由于半月板严重损伤，几个月之后，膝盖积水，并且伴随骨质增生，疼痛让他寸步难行，不得已置换了膝盖。手术后，父亲一改一生的风风火火，突然间谨小慎微起来。一些正常人非常容易完成的动作，他总要分解成很多个小动作来完成，就连转身，坐下，都要用双脚一点点往前蹭着，生怕摔跤跌倒！也是自那以后，村子里总能看到一个老人的背影，左脚刚刚挪出，右脚随即跟着挪了出去，脚步快而零碎！他用零碎、细小的脚步，一点点地丈量着村子里的小路，丈量着他余生的岁月。

作为一个土生土长的农民，父亲一生经历了太多的苦难和艰辛。少年失去父母，青壮年时带着两个年幼的弟弟背井离乡闯荡，中年遭遇车祸。生活的困苦艰辛让他多年来养成一个习惯——喜欢捡拾废旧物品换钱。外出的时候只要看到路边或者犄角旮旯有丢弃的废品，无论是饮料瓶还是塑料袋，废纸，甚至干木材，他都会捡拾回来，分类整理好，积攒多了后拉到废旧物品收购站卖掉。

几年前，小妹就和我说，“哥，你能不能劝劝咱大？”“劝他什么？”“你劝劝他，别让他拾破烂废品了好不好？”“拾破烂废品怎么了？”“今天上午他在大街上捡拾饮料瓶，差点被一辆车撞到！”

我能听出来，小妹言语之间满满的都是担心！我知道，自从父亲置换了膝盖，走路很不方便，外出就蹬着那辆破旧的人力三轮车。这也给他捡拾废旧物品提供了方便。但说实在话，作为一个农民，他的道路交通安全意识非常淡薄，走在马路上确实很危险。也就是因为走路不方便，无奈他辞去了一生钟爱的乡教会的会计义工。之后，他突然好像失去了生活的方向，一段时间内不知道自己该做什么，每日在院子里来来回回地踱步，从羊圈到鸭舍，从鸡棚到狗窝，机械地重复着同样的动作。而外出捡拾破烂就成了他打发无聊时光的唯一寄托。从此后，他又恢复了忙碌的生活，一有时间就骑着那辆破旧的三轮车，到大街小巷捡拾瓶瓶罐罐，到乡间田野捡拾干柴木棍，也让他捡回了久违的开心和快乐！

一次，我回家看望父亲和母亲。盛夏酷暑，烈日当空，临近中午，父亲推着三轮车从教堂回来，车上满载着废纸盒、包装袋、饮料瓶，甚至草木棍。他不顾一身大汗，一件一件地往下卸，废纸盒拆开，压平，一层层摞在一起；塑料饮料瓶直接放入塑料袋里，易拉罐用脚踩扁；草木棍折成一段段堆放在柴火垛上。

母亲无奈地指着父亲堆放废品的过道说，“你看看，都是他的成绩，乱成什么样了！天天不让他拾，就是不听！”

“你嫌不嫌我给你丢人？”听了母亲的话，父亲突然扭头问我。“不嫌！”我回答很干脆。

听了我的话，父亲冲着母亲胜利者般地笑了笑。他怀里抱着几块洁白的塑料泡沫板，腰半佝偻，像一把被压弯了的弓。很自豪地，他从容地将怀里的泡沫板码放整齐，分类安置着他辛辛苦苦捡拾回来的战利品。

望着父亲忙碌的背影，那一刻，我的心里一阵发热。我急忙弯下腰，装作帮父亲收拾三轮车上的废品，趁势用手擦去了眼里的泪水。

作者简介：肖龙，中国水利作家协会会员，安徽省散文随笔学会会员，阜阳市作协会员，《中国西部散文选刊（原创版）》驻阜阳工作站站长。作品散见于《新安晚报》《西南商报》《散文选刊》《西部散文选刊》《西部散文选刊（原创版）》《作家天地》等报刊。

夏夜故事会

刘宏江

夏天的夜晚，天空中繁星点点。晚饭后，家家把宽大的凉床摆在空旷的没有院墙的院子中间，大人小孩或躺或坐，就在上面乘起凉来。

二十世纪七十年代，乡村还没有通电。七月伏心天，晚上，人在屋里根本待不住。不像现在，天一黑就可安静地待在房间里，吹空调，扇电扇，看电视。那时乡下的小孩子，连电灯都没见过，撂下饭碗，抹完澡，我们兄弟仨精光光地从屋里钻出来，争先恐后爬上床去，抢夺最有利地势。因为天气热，都想占据风口的位置，一来为图个凉快，二来风大的地方蚊子没法落脚。每当弟弟们一要赖一叫闹，父母亲便说叨我，你这个当老大的，怎么一点也不知道谦让呢？

盛夏的夜晚，暑气依然不肯收敛，风往往格外吝啬。更多的时候，连院里大椿树的树梢也纹丝不动。闷热难当，汗水像毛毛虫一样，不住地在脊梁上爬。讨厌的大花蚊子，不时在耳朵边哼哼叽叽，赶也赶不走。伏在树枝上的知了，扯开它们嘶哑的嗓门，一个劲地大喊大叫："热啊——热啊——"

虽然母亲手中的芭蕉扇呼啦呼啦地响个不停，一会儿扇扇这边，一会儿扇扇那边，但我们还是辗转反侧，热得大呼小叫。母亲说："心静自然凉！你越是喊得凶，热就越欺负你哩！"

为了转移我们对热的注意力，父亲坐在床沿上，一边扇着扇子，一边说："都别嗷嗷叫了！我给你们讲个故事吧！可愿意听？"

"愿意！愿意！"我们的回答，异常得整齐、响亮。

当语文教师的父亲，记忆力好得惊人，能讲很多很多故事。有的是故事套故事，悬念丛生，似乎永远也讲不完，就像现在电视里播放的连续剧，一集接一集。那些情节生动有趣故事，不仅深深地吸引了我们，还引来左邻右舍的一群大孩子小孩子。他们也一个个搬着小板凳，围拢在我家的院子里，安安稳稳地坐在那侧耳静听。一时间，我家的院子就成了一处热闹的书场。宁静的夜晚，父亲那富有磁性的声音，在空旷的夜空中传得很远很远……

父亲的故事，让人一听就上瘾。我最爱听的是"大闹天宫""三打白骨精”“倒拔垂杨柳”“火烧草料场”“智取生辰纲”“三打祝家庄”“煮酒论英雄”“连环计”“借东风”“空城计”“烽火戏诸侯”“姜子牙钓鱼”“中山狼的故事”“渔夫和金鱼的故事”等。后来，当我读书识字了，才发现父亲讲得那些故事，都出现在《西游记》《水浒传》《三国演义》《东周列国志》《封神榜》《天方夜谭》《普希金诗选》等中外古典文学名著中。但父亲并不完全照搬书本，把书中的文字原原本本背下来。而是用他自己的语言讲那些故事，加入合理的发挥，甚至是对文学名著的一种再创作。父亲讲故事，似乎永远也不会讲完，永远是那么绘声绘色，扣人心弦，引人入胜。父亲不仅很快把我们带入故事营造的意境里去，也使我们暂时忘记了高温溽热。父亲讲得兴起，我们听得带劲。听到关键处，自己出气的声音都不敢大，生怕漏掉一点一滴。到第二天早上，才发现，昨晚听故事听得太投入，以至于胳臂和腿上多处遭到臭嘴蚊子的偷袭，留下一个个又红又痒的板疙瘩。但，一想到夜晚来临，又能听父亲讲新鲜的故事，我的心里充满了期待。

后来，家家有了收音机，大人小孩端着饭碗都在听刘兰芳、单田芳说评书，听王刚播小说。但我仍然觉得，父亲讲故事的本领，并不比他们逊色。

母亲偶尔也为我们讲故事。母亲的那些故事，常常出现在父亲讲故事的间隙。当父亲讲得口干舌燥需要喝点水稍作休息的时候，见我们仍缠着父亲不放，母亲才用征询的口吻轻声问，愿不愿意听她讲一个。应答声往往稀稀落落。

母亲讲的都是一些老掉牙的东西。“牛郎织女”啦，“白娘子遇许仙”啦，“孟姜女哭长城”啦，“田螺姑娘”啦，“寒号鸟”啦，“狼外婆”啦。年年几乎都是同个一版本，重三遍道五遍，缺乏新意。没有多少文化的母亲，不仅讲的内容属小儿科，而且语言表达也不如父亲生动有趣。哄哄弟弟们还行，对我，却早已失去了兴致，往往在似听非听中酣然入梦。

我一直认为，我后来对于阅读的兴趣和对文学的喜好，最早是受父亲的启蒙，缘于父亲所讲的那些极好听的故事。那时，仰望一天星斗，就痴痴地想，将来我长大了，也要用我灵巧的心智，编织许许多多妙趣横生的故事，在乡村神秘的充满欲望的夏夜里传播……

作者简介：刘宏江，1966 年 10 月出生。安徽省作家协会会员、省散文随笔学会常务理事、省散文家协会常务理事、省旅游文学学会常务理事、省报告文学学会理事、省地方志学会理事，合肥市作家协会副主席、市楹联学会常务理事。公开发表各类文学作品 700 余篇（章），市级以上获奖 40 余次，出版散文集《村路带我回家》《几度芳草绿》《乡愁入梦》，主编各类图书 30 多部。

下雪的日子

王卫华

早晨出门的时候，天有点阴。看了看天气预报，有零星小雪。乘车走了一个半小时，才到田家沟。没承想，到村口时，雪飘洒开来，在汽车的风挡玻璃上白花花地落下，雨刷忙碌地工作起来。

虽然从第一书记的职责岗位上退下来已经三年，但田家沟村“两委”开一些决策性的会时，还是邀请我参加。这天，欣然前往。在村委会商议完议题，已过了吃午饭的时间。老樊不由分说，就把我和开车的同伴拉到他家去吃饭。他说，媳妇早就做好着呢，就等散会。

老樊家的庄廓院在漫天飘雪的背景下，显得格外寂静。拴在大门道旁边的狗，听到陌生的声音，就懒散地吠起来，显得有些应付差事。老樊对着狗吼了一声，家里来贵客了，喊啥！那狗发出一两声委屈的叫唤后，缩进了窝。

虽然纷纷而下的雪挡着视线，但走进院子，老樊家二层小楼的橘红色砖墙和玻璃封闭墙赫然入目。刚坐定，老樊媳妇就端上了飘散着热气的熬茶，接着一盘切好的焜锅馍馍上了桌。我说，老樊，别客气，有啥吃啥！他说，乡里人家，没啥好的，先喝口茶，就馍馍吃。熬茶的香味还没够，老樊媳妇就托着木盘子，把一碗羊肉熬熬恭恭敬敬地端到我眼前，一股草膘羊肉的香味顿时弥漫开来。只见碗里除了羊排肉，还有白萝卜、胡萝卜、凉粉和粉条，加上绿绿的蒜苗丝，色香味俱全。几口熬熬下肚，适才在村委会开完会走路时侵入身体的寒意，一下子被驱赶散尽。我心里想，这样的下雪天里，再也没有比熬饭更恰当的饭食了。吃到第二碗时，我的手心里、额头上有汗渗出来。我望了望窗外，雪还在慢悠悠地下，只能看见近处的庄廓墙和墙外的一颗老杨树，远处的小阴山隐没在白幕当中。

小时候下雪的日子里，如果不上学，奶奶就会把家里的那只火盆生起来，那火盆是铸铁的，中间生火的地方是圆的，盆沿约有一拃宽，有花纹，可惜缺损了一块，奶奶说，那是搬家时给摔的。缺了一块边沿的火盆并不影响生火，奶奶先把劈柴在火盆中央支起来，留出空心，然后用火柴点燃一张纸，伸进去，很快，劈柴就被点燃。这时，奶奶就会把她熬茶的粗瓷砂罐煨到燃烧的劈柴跟前。砂罐里加了八成水，她往砂罐加进适量的茯茶、花椒和少许盐，开始熬茶。待劈柴燃烧得差不多时，奶奶会把拳头大小的煤砖块轻轻地在柴火上面垒起来，形成一个空心的圆弧状。不一会儿，房间里会散发出煤烟味。但由于那时候的房屋简陋，煤烟升起来后，会顺着屋顶椽花子的缝隙溜出去，不用担心煤气伤人。当熬茶开始在砂罐里翻滚时，有少许茶汁从罐嘴里喷出来，洒进火盆的热灰里，发出噗噗响声。三五分钟后，奶奶会把砂罐撤到火盆边沿，开始给我们倒茶。一碗熬茶，几块馍馍，就是一顿午饭。那时觉得，下雪天里，奶奶熬的砂罐茶加白面馍馍，是最香的饭食。小时候盼下雪，一是可以捏雪球打雪仗，二是围在火盆旁，边烤火，边等待奶奶熬出香茶，还可以听奶奶讲故事，可美啦。听故事时，可以铺平炕上的褥子，把脚伸进去，奶奶煨好的炕热热的，一天很快就会过去。

一个电话把沉浸于儿时的我惊了一下，原来是家里人问我回去吃饭不。我立即走出老樊家，看看能否回去。雪还在不依不饶地下着，雪的厚度几乎没过脚面。老樊说，这么厚的雪，别说上高速公路，车子连村子都出不去，我们把你留不住，老天要留哩，住我们家。我用目光征询了一下开车同伴的意见，他点头表示回不去。

我们只好听凭老樊安排，在他家的沙发上稳稳当当地坐下来。老樊说，下雪天是喝酒的日子，来几杯吧。说这话之前，他已经在烤箱的台面上热好了一壶酒。他媳妇把煮好的羊肉和炒好的几盘菜端上来。

面对老樊一家的热情，我想起了三年前第一次来他家的情景。那天，我和我的工作搭档对贫困户做入户调查。虽然春节已过，但田家沟前些日子下的雪没融化。走进老樊家一看，房子是几间土木结构的平房，里面虽然生了炉子，但冰森森的。他媳妇刚出医院，在炕上围着被子坐着，见我们进来，羞怯地只点点头。老樊客气地让我们坐，可我感觉坐下来说话更冷，于是站着与他聊，便很快掌握了他家的基本情况。那一年，我们为贫困户争取了危房改造项目，老樊家符合条件，恰好当年高速公路建设征地时，老樊得到近十万元补偿，他家的房子一下子盖成了二层小楼。

当老樊毕恭毕敬地把酒升（当地人把敬酒叫升酒）过来时，我还在回想这几年老樊家和田家沟村的变化。几杯酒下肚，话黏稠起来。不知不觉，天就黑了。望着烤箱炉上茶壶嘴噗噗喷出来的热气，我突然心血来潮，默默吟诵起白居易的《问刘十九》“绿蚁新醅酒，红泥小火炉。晚来天欲雪，能饮一杯无？”吟诵完，对老樊说，今天真是个喝酒的日子。老樊说，就是啊！说着说着，老樊突然话题一转，说起以前的寒酸日子，他说，那时候每年过年的时候总下大雪，亲戚朋友到家拜年时，连一块多钱一斤的酒都敬不起，他性子刚烈爱面子的父亲过年那几天借拜年，干脆躲到远房亲戚家去。他这一说，也勾起了我的一段辛酸往事，我讲给老樊他们听。

那时，我在上初中二年级，适逢寒假过年前，父亲交给我三元钱让我去供销社买酒。那天，也下着雪，我找了两个空瓶子随便洗了洗，来回赶了七八里路，兴冲冲地打酒回来。当大年初一给前来拜年的亲友敬酒时，才发现其中一瓶酒被装进了装过煤油的瓶子，那味道真难闻，难堪极了。为那件事，我自责了好多年。

晚上，老樊把我和同伴安排到他家一楼房间的大炕休息。那炕是他媳妇早早煨过的，躺在上面，热乎乎的。睡到半夜，酒劲过去，被身子底下的热炕烫醒，但脸上冰冰的，头有些冻，睡不着了。我在想，为什么以前的那些日子就那么轻松随便地过来了？那时家里的房子不严实，没有火炉，火盆也只是偶尔用用，没感觉有多冻多冷。穿着也不厚，一件棉衣棉裤要穿几冬，棉鞋老是被穿出脚指头来。如果把现在的自己放到那个时候，肯定够呛。人啊，都是被环境和条件娇惯的。想着想着，就睡着了。

早晨七点多，就听到老樊和他媳妇起来说话干活的响动，我也赶紧起来，他把我俩又请到二楼上。人还没坐稳，一杯冒着热气的熬茶已经送到手里。老樊问起夜里睡得怎么样，他说你们一定没睡好，我说，好着呢，找到了小时候和年轻时的感觉，挺好，挺好。

天整个亮开后，发现是个大晴天。昨天下了大半天雪的田家沟，变成了银色的世界，晨曦照过来，白得耀眼。老樊家庄廓墙头的积雪让墙长高了足有三四寸，院子里的狗一叫，房檐的积雪滑落下来，狗倒被惊得缩进窝里。老樊推开大门，与他媳妇拿起芨芨草栽把（大扫帚）开始扫雪，我俩也找到一个秃头栽把、一张铁锨，干起扫雪铲雪的活儿。头顶的老杨树上，两只喜鹊叽叽喳喳讨论着什么，他们的动静把不少雪抖落下来，在清风里洒洒扬扬。老樊说，雪停了，天晴了，今天是个好日子。

我们跟在老樊和他媳妇后面扫雪铲雪，只见老樊两口子在村道上扫出了一段通向村口的清新的沙土路面。到达隔壁老支书家门口时，老支书一家也在扫雪。老樊和老支书他们扫出来的两条路交接在一起。只见他们互相打完招呼，又合力继续向前扫去，那条路慢慢地往前延伸。看到那情景，我的身上突然涌出一股温暖，也涌出一种力量，我奋力挥帚大干起来。

作者简介：王卫华，男，1960年生，青海省西宁市人，青海省作家协会会员。二十世纪八十年代初开始习作并发表文学作品，散文、小说等散见于《西部散文选刊（原创版）》《青海日报》《青海湖》《雪莲》《文学港》等报纸杂志。

清明并不雨纷纷

淮战科

清明，是打在中国人心里的一个很重的结。

每至清明，大家都要来到亲人的坟头扫墓祭祀，以慰对亲人的怀念。即使远在他乡，也要对着故乡的方向，双手合十，颌首默拜，遥寄哀思。

每至清明，我的耳畔便不由自主地响起唐人杜牧那首著名的《清明》诗来。

然而，并不是每年的清明都如杜牧诗云“清明时节雨纷纷”。我不知道雨多的江南是怎样的情形，但对于黄土高原上我十年九旱的家乡而言，春雨贵如油，清明时节能下上一场透雨常常是难以如愿的奢望。记得，前年清明就无丝雨飘落，去年也未有半点淅沥，今年又是阳光明媚，晴空万里。

路上行人亦非杜牧描写的一副“欲断魂”的悲痛之状。却恰如我多年前在一首《清明》的拙诗中写的——

其实远没有杜牧
那雨纷纷的万千愁绪
也没有路上行人欲断魂那样的悲凄
人们早将哭干的泪水
化作纸剪的猎猎旌旗
插在亲人的坟头
只有在新坟的上空
还盘旋着些撕心裂肺的哭泣
……

我想，小杜也一定是不喜欢那雨纷纷那欲断魂的阴郁悲痛的场景和气氛的。你看他急切地将笔锋一转，一句“借问酒家何处有，牧童遥指杏花村”，便迫不及待地打马直奔酒家饮酒去了。

在我的家乡，临近清明节前逢农历的单日，直至清明当天，都可以扫墓祭祖，这给在外工作打拼的子孙有了更多时间上的选择。而且，没有“女性不许扫墓”的禁忌，儿媳、女儿、孙媳、孙女，都可以相跟着一起上坟。只要约好了时间，大家在老屋集中齐了，便一起上坟，走村串巷，浩浩荡荡，显得子孙满堂，枝繁叶茂。

今年 3 月 31 日是农历二月廿五，紧挨清明节的一个星期天。预料到这一天会回村扫墓，在云南普者黑参加完《西部散文选刊（原创版）》笔会后，独游石林、滇池、抚仙湖的我，早在临行前便预订好了回程机票。果然，在我旅行即将结束时，大哥打来电话说：“31 号回村上坟。”

当天上午，我们兄弟三家陪着已经八十六岁高龄的母亲，分乘两辆车回到村里，大姐和二姐早已等候在家。母亲已是耄耋老人，早不方便上坟扫墓了。这些年，总是由我们代替她去集体陵园里为祖父母扫墓，之后我们再去给父亲扫墓。年年如是，今年亦如是。

我在父母生育的六个子女中排行最小，与排行老大的大姐相差十七岁。祖父是 1959 年六十一岁时离世的，而我是 1970 年才降生。因此祖父的言谈举止我无法想象，音容笑貌也定格在供桌上像框里那张三爸描摹的铅笔画像——这里需要插几句，三爸解千吉并非祖父的儿子，而是父亲的亲兄弟，我父亲是入赘到我家的。三爸上中学的时候，吃穿用度主要靠父亲周济，礼拜六下午回来就吃住在我家，礼拜天下午去学校时再带上些馍和菜。祖父母对我三爸的关照，由此也可见一斑。三爸后来毕业于西安美院，从事雕塑工作，成为在全国享有一定知名度的雕塑家。画像上的祖父，清癯的面颊，严肃的表情，一双你走哪儿他的眼神便跟到哪儿的炯炯有神的眼睛，这让小时候的我心里多少有些发怵。听母亲说，祖父年轻的时候便跨过黄河，到河对岸的陕西西安熬相公（跟掌柜的学徒），家里原来的五间北房，就是祖父辛辛苦苦创下的基业。

祖母是在我六岁的时候去世的，因此我是有印象的，只是刻在我脑海深处的是一个被病魔折磨的祖母。祖母那时候得了尿不下的怪病，其身心痛苦可想而知，但祖母显得镇定顽强，很少发出痛苦的呻吟。浸透在骨子里的自尊，让她面对张牙舞爪的病魔，犹然雍容高贵！医生给插了导尿管，连着尿瓶。导尿管用夹子夹着，想尿的时候，把夹子取掉。现在想来，祖母得的可能是膀胱癌。可以肯定的是，祖母在身染恶疾前，一定抱过我呵护过我。因为，那时还是集体制，父母都要上工挣工分。只是我那时太小毫无记忆，但这丝毫不能否定祖母对我的疼爱。1976 年，经过几年与病魔的抗争，祖母终于撑不住了，加上那时医疗条件还不发达，祖母在一家人的呼天抢地中撒手人寰。还记得，祖母出殡的前一天傍晚下着雨，我被大哥背着，跟随村里的锣鼓队，到村子的西门口去接灵。回到家里灵堂前，孝子们按照司仪的指挥从灵堂出出进进行祭礼时，只有六岁的我哪里晓得如何拖着步子跪拜，好像被什么人摁倒在灵前又被拽起来，就听见周围看热闹的一位妇人感慨地对身边人说："娃还小，还不懂得咋磕头呢。"

关于父亲，我的记忆自然要多。父亲是新中国一成立就投身到党的怀抱的共产党员，心中对党的忠诚和爱戴，绝对是我们包括所有年青一代党员的楷模。像那个年代绝大多数的党员一样，父亲一身正气，两袖清风。从二十世纪五十年代初，父亲就先后担任村里的财粮、民政、会计、政治队长、村长、社长、党支部书记等职务。他一心扑在村集体的事情上，除了回家吃饭睡觉，几乎把家完全抛之脑后了。

用现在人的眼光来看，父亲那一代的党员干部身上冒着一股"傻"气。因为他们真的是公而忘私、大公无私。二十世纪六十年代中期一个暑天，父亲正带领着公社农机站的"铁牛"给村里机耕深翻土地，天气突然变了，刚才还浑身冒汗酷热难耐，猛然间电闪雷鸣大雨如注。父亲由于站在地头指挥，不在拖拉机驾驶室，一时无处可躲，浑身上下全淋透了，冷得直打哆嗦！回到家里，父亲就病倒了，而且竟站不起来了，卧床达半年之久！谁都知道，作为家里擎天柱的男人，如果瘫痪在床，对于这个家来讲，不啻于灭顶之灾呵！那时，二哥和我还未降生，三个姐姐和大哥都还没成年，大姐才十二三岁，大哥不到十岁，二姐六七岁，三姐才三四岁，都还少不更事，宛若嗷嗷待哺的小鸟，不仅一个也接不上力，都还要靠父母呵护抚养。直到半年后，父亲开始挣扎着站起来，拄着双拐锻炼恢复。难怪，大哥提及此事，就感到无比后怕！是啊，怎能不后怕呢？如果父亲站不起来，这个家庭的走向就变了！而且绝对是沦为一个差的走向，这是不言而喻不可辩驳不堪设想的。我想，当年父亲躺在病床上的时候，一定不止一次地想到了作为家庭擎天柱必须扛起的那份责任。那时，他还不到四十岁呀！他怎能容许自己一蹶不振，又怎能容许自己成为家庭的累赘呢？

那段日子，是我们家最艰难的日子。是母亲硬撑着，既上工，又照料父亲。母亲——一个个子不高的女人，一个身体瘦弱的女人，用她内心迸发出来的刚强操持一切，展现出她伟大的一面。每忆及此，我们都会对母亲肃然起敬！她的坚强感染了父亲，父亲以惊人的毅力咬着牙站立了起来！父亲站起来了，这个家的天便擎起来了，希望便升腾起来了！尽管那个时候物力惟艰，家庭经济条件拮据，但因为父亲能站起来了，能一步一步重新走路了，这个家走出了愁云雾锁的阴霾，恢复了阳光灿烂的欢乐！后来父亲激流勇退，担任生产队队长和会计，依旧敬业如初、恪尽职守，一心为集体，难顾自家事。

我以为，"傻"实在是父亲那一代共产党人身上最为闪光的精神，也是他们为群众信赖佩服、交口称赞的最可宝贵的政治品德。

然而，即便如此，父亲仍然被人泼了污水。他在村上任职时，一位贪了集体钱财的村干，密谋烧了财务账本，嫁祸于父亲。公社干部不相信，但因一时难拨云见日，父亲还是被带到了公社交待问题。身蒙冤屈，无法自证清白，但让父亲凭空捏造，把污水再泼到别人头上去，他却万万做不到。深知父亲一贯表现和人品的包村干部，眼见父亲无端被诬陷，着急得骑着自行车到村里向母亲了解情况。也合着是事情该暴露，就在前一天晚上，母亲刚从一位说漏嘴的邻居那里知道了账本是哪两个人合谋烧了的消息。那位包村干部真是位热心的好干部，连忙骑车带着母亲到公社说明了真相，为父亲洗刷了冤屈。父母亲不止一次动情地把这件事讲给我们听，我想，既是要我们明辨人世间的善恶是非，更是要我们懂得感恩，永远不忘那些在危难时刻倾力相帮的恩人。

父亲一心为公，其实一例就足以说明。二十世纪八十年代初，农村实行了联产承包责任制，土地分田到户，村集体名存实亡。但每年交“公粮”（定购粮）前，父亲都把要交的“公粮”扬净晒干。每天晒完装袋前，都要用簸箕簸了又簸，然后蹲下来拣了又拣，非把土面面、土粒儿全簸出去不可，把小石子儿全拣干净了才罢休，认真得不得了。有时候母亲已经拣过了，父亲放心不下，还要蹲到簸箕前，把粮食扒拉过来扒拉过去再检查一遍，不厌其烦，不胜其细，费时耗力全不怕，只怕玷污了他那颗对党纯洁无瑕的心。交“公粮”时，街坊邻居都不愿跟我家挨在一起，因为父亲把粮食拣得太干净的名声已经传扬得尽人皆知，都怕和我家的粮食挨着，会遭验粮食的训斥或者嘲讽。岂止交“公粮”如此呢？村里有一家倒贩玉米，父亲粜玉米前，还是簸了又簸，拣了又拣，叫人好气又好笑，但他已经习惯成自然了。

农村生活充满艰辛。在当下养活一个孩子就叫苦不迭，我实在难以想象，父亲当年是怎样担负起两位老人、六个子女一个十口之家的家庭重负的？父亲手里，不仅操办了两位老人的丧事，翻盖了 5 间北房、3 间东房，新盖了 2 间东房、1 间门房、1 间灶房以及 2 间牛舍，养育并操持了六个子女成家立业，还供养出一个大学生——大哥、两个中专生——二哥和我。这倒不是父亲偏心，重男轻女。1977 年恢复高考时，大姐已经出嫁了，二姐参加中专考试没考上，三姐后来考上高中却因为交通条件差来去不方便辍学了。分田到户不久，随着二姐、三姐相继出嫁，已经五十多岁的父亲反成为家里的主劳力，靠着起早贪黑务弄小麦、玉米、豆子、棉花、西瓜等庄稼，土里刨钱，供二哥和我上学。父亲曾有意把二哥留在村里，但最终还是把重担自己扛在肩上。到二哥和我相继毕业时，父亲已经六十多岁了！只可惜父亲是农民，否则，不但可以安心退休，不再受累，还可每月领上养老金，安度晚年。

勤劳的人闲不住。到最小的我成家立业后，我们决定把家里的地转包出去，不再让父母亲操心上地干农活。父亲便在院子里开了一小畦地，种点菠菜、香菜、大蒜、西红柿什么的，吃起来味道新鲜，放心舒心。家里有两棵石榴树，一棵酸的，一棵甜的。但是，不抹药，果实坐不住，会被虫子啃噬掉，一个个垂头丧气地从树上栽到地上，才过了花期，刚有了点石榴的形状，就夭折了，实在可惜得很！父亲那时已是七十多岁的人了，患有肺心病，腿脚也不灵便，但不等我们星期天得空回去，父亲便和了药泥，爬上爬下，一个石榴一个石榴地抹，抹完了这棵抹那棵。有时候，他还没抹，恰巧我们回去了，母亲便叫我们抹。我们抹，都只是把能够得着的抹了，够不上的便放弃，感觉没必要费那个劲。后来听母亲说，我们前脚从家里刚走，年迈的父亲后脚便爬上树，非要把那些高处难以够着的石榴也给抹了，就为了我们金秋的时候能够多吃上几个石榴！

以身为范，德教子孙。父亲有许多美好品德值得我们传承和发扬。我曾写过《父亲的三个镜头》《父亲的绰号》《父亲的皱纹》等散文，记录和怀念这个给了我生命、抚养我长大的坚韧的男人。《父亲的三个镜头》记录的是父亲擦玉米棒子时不小心手上被戳破个口子仍然不顾疼痛继续干活、耙地时被耕牛拉倒在地和爬树给石榴抹药三个深刻在我脑海里的镜头。《父亲的绰号》叙述的是父亲心底无私、廉洁清正，被乡亲们送了一个“包公”的雅号。在《父亲的皱纹》里，我曾写道：“岁月无情，在父亲的额头，镂刻了一道道皱纹。一道道蜿蜒如父亲的人生之路，纵横如田地上的阡陌。就如成串的象形文字，栩栩如生地记述着父亲饱经风霜辛苦耕耘的经历，记录着父亲的操劳和对儿女的深沉的爱……望着父亲的皱纹，我的眼眶陡生泪花：哦，岁月，我愿掬出我仅有的一颗鲜嫩的心任尔雕刻，只不愿目睹父亲的皱纹有一天凝固为静止的旋律呵！”

然而，生老病死，自然规律，并不以人的意志为转移。2003 年正月初十早七时零五分，父亲的皱纹过早地凝固成了静止的旋律！尽管这一天我们有心理准备，但父亲的病逝一度却是盘旋在我们心头，叫我们无法抹去的痛！七十五岁，尽管这个寿数比十五年后的山西的人均寿命还要高，但那时我们真的无法接受，因为我们完全有能力让父亲更高寿享受更多的人生欢乐。然而，然而，我们竟然，我们竟然未能做到，竟然未能挽救父亲寄希望我们挽救的他的生命！父亲在被推进重症监护室的那一刻，曾经喊着大哥的名字“占民，救我！”

农历 2002 年年根，我们放年假回家和父母团聚过年的前夕，古稀的父亲看见院子里的水龙头不停漏水，用扳手紧了紧，不济事，水还在不断线地流着。父亲便动手去修。我想，父亲那时一定忘记了他的年龄，忘记了那是数九寒天，既没打电话叫我们回去修，也没请四邻的年轻人帮忙，自己便修理起来。他想把水龙头卸下来重装，但却忘了先把总阀门给关掉。结果，刚卸了半截，就被喷溅而出的冰凉的冷水溅了满脸满身。父亲急了，赶紧把水龙头重新往紧里拧。正值寒冬腊月，本来便患有肺心病，干活用力发热的身体忽然被冰凉的冷水所击，加上急火攻心，父亲病倒了！令我们完全没想到的是，父亲这一病竟成不治之疴！尽管我们把父亲送到了市中心医院救治，给父亲买进口的营养药液增加营养，买了“氧立得”制氧机在家为父亲输氧，但还是没能挽救父亲的生命！每忆及此，我的泪水便不听话地从心底里奔涌着夺眶而出……

光阴荏苒，白驹过隙。转眼之间，父亲离开我们十六年了。十六年来，每每想起父亲，尽管心里还会涨潮，眼眶还会发湿，但我们已经学会了用笑来面对父亲离开的事实，用笑来告慰父亲的在天之灵！毕竟，儿女们的生活还要继续，而且只有更好地继续，才能告慰父亲。我相信，父亲的在天之灵一定祈愿他的儿女们活得开开心心、健健康康，过得和和美美、幸幸福福，绝不愿他的儿女们终日以泪洗面，始终被包裹在亲人逝去的痛苦里；一定希望看到他的子女、孙子、孙女还有外孙们给他上坟时，脸上都是满满的幸福，就像他在世的时候一样，看到儿孙绕膝，满脸荡漾着醉人的笑意。

天气是那样晴好，根本没有雨的踪影。附近地里绿油油的小麦正在拔节，梨花雪白，桃花飞艳。在集体陵园上完祖父母的坟，我们坐了一段车，步行了一段路，来到父亲的坟前。依例，先查看坟冢有没有裂缝、凹陷，有了，培上土。然后，在坟顶插一把纸糊的伞，纸伞周围插上纸剪的五颜六色的小彩旗，在坟后象征性地栽下几苗葱和几瓣蒜，寓意子孙后代聪明伶俐，能掐会算。依例，把煮好的鸡蛋和烧烤的枣蛋馍（一种面里包着红枣，在锅灶或炉膛烤得发黄的球形面食），从坟的这一边由下往上滚到坟的那一边，再由坟的那一边滚到坟的这一边，寓意给逝去的亲人挠痒痒。对于小孩子们来说，这多少有了玩耍的味道，滚起鸡蛋、枣蛋来，一副开心欢喜的模样。我想，这一习俗，也定然是为化解扫墓者心头的悲哀而兴起的吧。

我们一边为父亲烧着纸钱，一边给父亲说叨，今天是哪里逢集，明天是哪里庙会，让父亲不要再节俭，反正烧的纸钱和纸元宝多着呢，想买什么随便买。心里早已没有了多年前的悲伤。当然，我们没有了悲伤，是因为我们可以骄傲地告慰父亲：他走后，我们把原本给双亲的爱和孝心，全部交付给了母亲；把对父亲未尽享天伦之乐的遗憾和亏欠，用更多长情的陪伴偿还给了母亲。有道是，父母在，人生尚有来处；父母去，人生只剩归途。虽然父亲走了，但我们还有母亲。曾经，我们是父母手心里的宝。现在，我们要让母亲成为我们手心里的宝。

谁言寸草心，报得三春晖。父亲去世时，母亲六十九岁。十六年来，母亲先后在我们的陪伴下，游历了解州关帝庙、舜帝庙、万荣飞云楼、笑话城、李家大院、永济鹳雀楼、黄河大铁牛等周边景点，游历了古城西安、秦始皇兵马俑，两次被我们从病魔手里给抢了回来，迈过了七十、七十五、八十、八十五四大寿辰，人们都夸老太太越活越精神了！“真真是，高低死不了！”倒成了母亲按捺不住晒幸福、经常挂在嘴边的口头禅了。每当此时，我都给母亲开玩笑说，“您一定要好好活，给我们活出个高寿的榜样！”

我想，将来母亲离开我们时，我们脸上可以肆无忌惮地挂着笑容。因为，用家乡话讲，长寿之人，寿终正寝，那是喜丧！因为，我们不再有“子欲养而亲不待”的丝毫遗憾，更无须像那些生不尽孝的不肖子孙那样强装出一副虚情假意的哭相。

清明并不雨纷纷，没有阴沉的云，没有冷面的风，太阳暖暖地照着。

我们的心，跟天空一样晴朗亮堂。

作者简介：淮战科，1970 年 4 月生，中国散文学会会员，山西省作家协会会员，西散原创、新锐散文签约作家，多篇散文在全国性散文征文大赛中荣获一、二等奖，多篇散文入选各类全国选本，著有《位卑未敢忘忧国》《我挚爱的热土·谋略运城》《我挚爱的热土·仰望河东》。

梦萦故乡

董光巨

“山之南、水之北，谓之阳。”在肥西县的西部，巍巍大潜山的南麓，有一方风水宝地，物阜年丰，人杰地灵。早年有一个叫张周馆的集镇，住着上百户人家。这里山清水秀，空气清新，岗冲交错，景色宜人。相传，清代大潜山人刘铭传奉命去安庆组建“淮军”，打马经过此地，驻足观看，发现这里风光绮丽，物产丰饶，便对随从说了句：大潜山之南，应谓之山南。自此，山南之名流传至今。

山南，曾经是中国农村“包产到户”的发祥地，而载入邓公的文选。1980年5月31日，邓小平《关于农村政策问题》的谈话，对于农业生产责任制的争议问题一锤定音，至今仍掷地有声：“安徽肥西县绝大多数生产队搞了包产到户，增产幅度很大。”众所周知，肥西的包产到户是从当年山南区黄花大队“借地渡荒”开始的。小井庄中国农村包产到户纪念馆，见证着山南人“敢为天下先”的创举。镇南街千年古刹“浮顶山”宝筏寺，终年梵音缭绕，香火不绝。传说由鲁班所建，后经三国曹丕重修，历史悠久，闻名省内外。老街由青石板铺就的巷子，宁静悠长，古朴沧桑。明代大臣刘基（字伯温）率部路过山南，夜观天象，发觉此地为龙地，为确保大明江山稳固，就在龙的七寸处打了一口大井，龙被镇住了。那口井水终年清凉不涸，取之不竭，为当地黎民百姓带来福音。井台上绳索长年提水留下深深的沟痕，仿佛向人们诉说她的沧桑岁月。

山南是我的故乡，魂牵梦萦的地方。那里曾有我家的三间老房，有我儿时的玩伴发小、同学同事、父老乡亲，也留下我童年时代最纯真的记忆。

清晨，北头老街的茶馆炊烟袅袅，炉火通红，美食飘香，赶集的人们做完买卖，不慌不忙，端坐在茶馆八仙桌旁的长条凳上，从桌上一尺多高的粗瓷大茶壶里，斟一碗热气腾腾的茶水，再让店家送上金黄色米饺、油条等可口的早点，好似老舍先生的《茶馆》，大家济济一堂，闲谈聊天，人们过着悠闲的慢生活。

木心先生的《从前慢》这样写道：

记得早先少年时 / 大家诚诚恳恳 / 说一句是一句 / 清早上火车站 / 长街黑暗无

行人 / 卖豆浆的小店冒着热气 / 从前的日色变得慢 / 车，马，邮件都慢 / 一生只够爱一个人……

山南小镇唯一没有的是火车站，更见不到火车。直到二十来岁，我走出故乡，才第一次坐上火车。

读书，让我拥有了仰望星空的人生梦想。上初中的那年，国家恢复了高考制度。忽如一夜春风来，千树万树梨花开。我的母校山南中学，校风淳朴，师德高尚，凭着苦干精神，二十世纪八十年代，在全县高考升学率独占鳌头。

八十年代中期，我开始在乡镇政府工作。二十余年的乡镇工作经历，对农业、农村、农民等“三农”问题有了较为深刻的了解，直接或间接参与了家乡农村的相关改革，特别是土地二轮承包、农村税费改革等。亲眼目睹了家乡的巨大变化，是党的富民政策让农民一步步走上了富裕路、幸福路！

十多年前，我从乡镇政府调入县直机关，回老家的机会自然少了。每次回家乡，总要回老家看一看，遥望群山如黛的紫蓬山脉，山为老屋的背景，恰似一幅水墨丹青。门前那一棵两人合抱的国槐，冠如华盖。不远处的大山坝水库，波光潋滟。多少年来，对老家那三间老屋的记忆挥之不去，魂牵梦萦老家的山与水，还有那清新的空气与泥土般淳朴的乡亲。

如今时代变迁，城镇化在快速推进，村庄的房屋整体拆迁，搬迁到镇东边配套齐全的住宅小区。村里的年青一代都去城里安家，只有中老年人留守在家，每天背着手悠闲地踱着方步，过上了“从前慢”的生活。傍晚，华灯初上，小广场上忙碌一天的人们，轻歌曼舞，吹拉弹唱，他们俨然已经成了“市民”。土地流转给了大农户承包，或种菜、或种粮、或栽树。我的同学老陶凭着他的聪明能干和吃苦耐劳精神，流转土地 3000 多亩，建起了蔬菜大棚基地，实现农产品与超市对接，将新鲜瓜果蔬菜及时送到城里。还有很多农村专业合作组织，为农户提供产前、产中和产后服务。

近年来，政府加大对农村道路、水利等基础设施的投入，新建的“四好”乡村公路延伸至自然村，“晴天一身灰，雨天一身泥”的窘境一去不复返了。如今县城开通了至家乡的公交车，城乡交通更加方便快捷。周末带上家人，驾车或乘坐公交车回山南，汽车行驶在绿树掩映的杨桃路上，呼吸着清新的空气，看车窗外流动的风景，让人心旷神怡。

目前，规划在建的合（肥）六（安）南快速通道，从我老家背后的山岗经过，在山南镇境内预留出口。届时山南的交通将更加方便快捷。

家乡在变样，乡愁难遗忘。

故乡，是我们年少时，想要逃离的地方。而当我们不知疲倦，山一程、水一程，渐行渐远，终于发现乡愁是根本剪不断、理还乱的故土情、骨肉情、离别情。乡愁是一首歌，无论我们走多远，都是那熟稔的旋律。

故乡，那是我魂牵梦萦的地方！

作者简介：董光巨，安徽肥西人。安徽省散文随笔学会会员，中国现代作家协会会员。1998 年开始发表文字作品，曾在《党史纵览》《新安晚报》《西部散文选刊（原创版）》以及《今日头条》《安徽散文》等报纸杂志与网络上发表数十万字作品，亦有多篇获奖。

一碗山芋粥

郑闯

我小时候家里穷，姊妹多，瘦得皮包骨头，往那一躺前胸贴着后背，琵琶一般的肋骨清晰可见、根根可数，高考体检体重不够，负责体检的老师好心“送”了我 4 斤，体重才勉强凑足一百斤，以至于二十年后的郑闯一想起体检的那天心头还酸酸的，感慨于日子的艰难，感慨于体检老师的好心。

我老家当别人家生了孩子，添了人口，亲友以及同村人都要去庆贺一番，俗称“吃喜面”。临别时三五个红鸡蛋是少不了的。一次，妈妈吃喜面回来，我们兄弟三人每个人的手上都多了个香喷喷的红鸡蛋，小弟拿着鸡蛋往泥墙上一磕，一把将蛋壳掀去，往嘴里一塞，整个儿往肚子里吞，可怜的鸡蛋卡在小弟贪婪的喉咙里上下不得，直卡得弟弟白眼珠直翻，身体渐渐软了下去，爸爸从后背用力一拍，弟弟才“哇”地咳了几咳，将鸡蛋咳了出来。小弟小时候真的什么都吃，吃过一分硬币，也吃过牙膏头。关于吃，我也好不到哪里去。

那一年，我八岁，小弟六岁，正是长身体，需要营养的年龄。

我小时候钓过泥鳅，抓过黄鳝，捉过老鳖，下河摸过鱼，还逮过蛇；高中、大学时，骑着大“永久”，托着小木箱卖过棒冰，干过瓦匠活。

最难忘的是一个雨天，放学回家的路上。其时，油菜已砍，春水正旺，田边小水沟里两条硕大的鲶鱼正兴致勃勃地游来游去，初上小学的我费了好一番力气才将它们抓住。那天，一身泥巴、浑身湿透的我一手提着一条鲶鱼，一路拖到家，第一次走出六亲不认的步伐。那鱼，没舍得吃，妈妈拿到街上卖了两块钱。至今，我还记得那鱼雪白的肚皮，漂亮的胡须，阔大的嘴巴。

我家地多，十几亩地像天上的星星一样，东一块西一块地散在乡村的各个角落；南瓜、山芋、绿豆、花生、黄瓜、棉花、稻麦等都有各自的安身之所。这么多地，家里似乎不缺吃的，似乎又极缺吃的，我的肚子从早到晚总是咕咕叫，怎么也填不饱。开春了，沟渠边、塘埂上拔毛线（茅针），折野蔷薇的嫩枝，剥开皮，满口甘脆；盛夏，骄阳烘烤大地，孩子们踩着滚烫的土地，踮着脚尖一路跑着，跳着，穿梭于棉花地、南瓜田里，搜寻着马泡、香果（灯笼果）、黑老鸹

（龙葵）的身影；待到鸡头（芡实）叶铺满池塘，红花害羞地躲起来以后，饱满的芡实披着尖刺，挺着长矛如哨兵一般立在水中，孩子们可不怕，只要有吃的，被扎几下，出点血并没什么，父母们也从不心疼；秋来，甘蔗一样的甜大梢，始终萦绕在孩子的心头，有事没事总要往地头跑，今天看看长高了没有，明天看看长粗了没有。我的左手背上至今还留有一条两三厘米的刀疤，那是哥哥用镰刀砍的。兄弟俩都看中了那棵最高、最粗的甜大梢，都想第一个砍倒它。每次看见这疤痕，我仿佛就像看到了我的童年，看见了兄妹四人在烈日下行走，在暴雨下抓鱼，顶着风，踩着雪的情景；就仿佛看见饭锅上的烟雾缭绕，看见小妹踩着板凳擀面条的模样，看见小弟油灯下作业的样子，看见大哥提着鞋，赤着脚，踩着霜上学的样子；还有干瘪瘦弱的自己在桥上，在河边玩泥巴的模样。

冬天，实在没什么好吃的，我们就吃冰凌，吃雪花，冰冰凉凉的，像棒冰，又一点也不像棒冰。整整一个冬天，毛线、香果这些美味都躲进大地母亲的怀抱，能吃的只有山芋。爸爸在院子北面靠墙根的一棵椿树旁挖了一个很深很深的地窖用来储藏山芋。妈妈则将大门口南面厨房平日堆草的地方清理干净，垫上厚厚的一层稻壳，一个个圆滚滚的山芋就你挤着我，我挨着你，挤油一般簇拥在一方小小的天地里，一层稻草便是山芋一冬的棉被。

当冰凌在阳光下发出白光，大地皱成一团，冰厚到可以奔跑的时候，我就会拿出几个山芋扔进灶膛里，埋进火红的岩浆一样的柴火里。饭后，从柴火堆里刨出黑煤球一样的山芋，剥开黑乎乎的山芋皮，露出的是冒着热气的金黄的散发着诱人香气的山芋心，那一刻我的眼里就只有山芋，恨不得连皮一起吃下去。

漫长的冬天，山芋既是一家人的早饭，也是一家人的晚饭。一口大铁锅，放满水，放满山芋，山芋并不削皮，也不切块，一个个整个的放进锅里，有时放一点米，有时什么也不放，人吃不完的，就用来喂猪。

就这样吃过冬，吃过春，山芋的藤蔓爬满我的童年，我青春的气息里尽是山芋青涩的味道，以至于后来的三十几年，只要一看见山芋我就远远地躲开，我怕看见山芋的样子，怕闻到山芋的味道，山芋藤上有我饥肠辘辘的童年。

早晚山芋，中午一碗米饭搭一碟咸菜，就是我的一日三餐。一小瓶盐水瓶装的菜籽油能吃上一个月，爸爸还老是说妈妈油放多了，一向疼爱孩子的妈妈却从未因此和爸爸争过，吵过。七零后常提的喷香的酱油拌饭，我连一次也没吃过，我们家连一瓶酱油也没买过。

我九岁读一年级，“电灯、电视”像天上的月亮一样美好而遥不可及，嚼着“毛线”穿着破烂的我就是敲破脑袋也无法体会“茅针香软渐包茸，蓬樏甘酸半染红”的诗情。

寒冬中，几个毛笔头一般大小的小人挂着书包，东倒西歪地在白茫茫的大地上一会儿直行，一会儿蜿蜒迂回，走在田埂上，走在水塘边，从别人家的屋檐下穿过，从那棵鹊声喳喳的老槐树下穿过，在乡村的原野上撒下一行行或深或浅、歪歪扭扭的脚印，画出一幅幅或浓或淡的小水墨画，画出各自苦涩的童年，既丈量出炊烟的温度，铃声的宽度，也丈量出脚下山水的厚度。

我老家过中秋节玩火把、吃柿子和月饼是必备的。玩火把是孩子们的最爱。这一天孩子们会早早地用笔直干透的大麻秆做火把，火把中间塞满稻草，火把外面则是铺排整齐的大麻秆。中秋是一年中最忙的时节，割稻子，摘棉花，收花生，挖山芋，种麦子，点油菜都在中秋前后。中秋虽是传统佳节，但那年月饥肠辘辘的大人和孩子还在为温饱而累死累活，我的父母常常是天还没亮就出门到地里去了，我和大哥放学后也有各自的活要干，将鹅赶到河边去放，将牛牵到河边去放，就连六岁的小弟也是有活要干的。大人们不管多忙，都会烧几个菜，再准备一瓶果子露，夜里一家人在豆黄的灯光下有说，也有笑。

饭后，孩子们迫不及待地拿出心心念念的火把，挥舞着火把，跑呀，喊呀，笑呀，原野里尽是一盏盏游动的明灯，有的远，有的近，有的明，有的暗，像繁星，分不清天上地下。玩累了，几个孩子便将未烧完的火把堆成一堆，从谁家地里扒几个山芋扔进火堆，再随手摘几个棉铃胡乱地在眼睛上揉一揉。老家的习俗是这一天无论大人还是孩子，只要用碧青的棉铃揉揉眼睛，便不会得红眼病。因为夜已深，加上火也不旺，山芋往往都是半生不熟的，但孩子们吃得依然很开心。有时，还会从谁家地里随手拔一棵花生，也不洗，连着花生秧，边走边剥着吃。回到家灯下一看，手是黑的，嘴是黑的，衣服上、头发上尽是棉花叶、稻草叶，尽管灰头土脸的，但大人并不骂。

这些过往的点点滴滴是春天的花朵，绽放在我心头；是深秋鹅黄的银杏，斑斓着我的记忆，让我眺望远方的同时，不忘回过头来看看来时的路，那里有我的童年，有我走过的足迹，有我深深热爱着的土地。

前些日子，我驱车两百余公里，只为见一位阔别二十余年的高中挚友，两个人三个菜一瓶酒，菜是好菜，酒是好酒，自带茶具，促膝长谈。临别，热情可爱的红玲同学送我一袋山芋。

山芋，红皮黄心，煮熟之后热气腾腾，盛在碗里特别好看，我一口气吃了两碗。

作者简介：郑闯，安徽寿县人，江苏省宜兴市西渚中学教师，江苏省教育学会会员，主参编《时文精读》《新概念阅读营》等10余册，200余万字，百余篇作品散见于《西部散文选刊（原创版）》《齐鲁文学》等报刊网络。

一把旧菜刀

林建明

没想到再次看到这把菜刀，时间已过去三十多年。

十一月十八号那天没准备回上海的，早上起来的时候九点多了，站在阳台上向外望，雨还没有歇脚，但已没有了昨晚的激烈，风还叫得凄厉，我犹豫了片刻，还是收拾好了行李。

我住在铜陵的柏庄，回上海前还得返回江北老家。母亲昨天说的，走的时候“拔点萝卜，铲点白菜带走，冬天的菜好吃，没有了苦涩味”。我已习惯了，每次走时都要去老娘那里带走一些东西的，不带她心里难受。父亲走了的这两年里，不带点什么我心里难受。

去老洲老街买了二十斤酒，到程家墩已是十点多了，远远地见母亲正在篱笆边忙碌着什么。车子径自开到了锅屋前，打开车门一只脚刚落地，就听到母亲的声音，把锅屋里的旧菜刀带来，我嗯了一声，算是回答。

推开锅屋的门，土灶台上抹布捂在锅盖的边沿上，却捂不住锅巴四溢的香气。靠着灶台的是两层水泥板搭成的台子，上层放置着砧板，调味品，餐具，下层是大大小小的碗盆，北面是个白色的水龙头，正对着一口小水缸……

我没看到旧菜刀。

退出门再问的时候说是在靠右手的橱柜下面，旧腰篮（竹篮）里，母亲还说，把腰篮也顺便带来。

果然。那把旧菜刀静静地躺在竹篮的底上，已没有了往日的霸气，如果不是刀口还有条隐隐的白色，就和一块废铁皮没什么两样，如果不是一直在使用，也可能早就被岁月腐蚀得锈迹斑斑了。

捏着圆圆的手柄，我将菜刀递给母亲，手柄上那浅浅的锯齿印似乎在对我偷笑。

这菜刀还是大队时期的周铁匠打的，确实有些年头了。

记得有次去东埂大湾看《地道战》，电影中的日本鬼子山田腰间挂的那把长刀，吸引着我的眼球，这样的大刀在我的梦里被舞得寒光闪闪。醒来我的眼光便围着屋檐下的柴堆缝隙间闪来闪去。终于寻到了一块窄窄的板条，变着法子抽出来，到锅屋里找出菜刀。

木板变成大刀得修出刀背，刀刃，刀柄，切菜的刀并不锋利，尤其砍出刀柄，木料的丝由直削的变成横砍，得用力气，最没料到的是用力用到钉子上。菜刀能切菜，却切不断铁钉，刀刃卷了个豁口，倒霉的是母亲恰好回家有事，自然，头上挨了一顿"暴栗"。母亲找来铁锤，一边"铛铛"敲打菜刀，一边埋怨我胆子太大了，菜刀坏了是小事，刀削断手指那还得了？可我心里还感觉委屈，刀一点也不快啊！

但怎么敲打也补不齐刀口，母亲只有提着菜刀去铁匠铺。

菜刀的家是锅屋。平时家里的硬柴，或者砍什么木料装锹柄，锄头杆子的，甚至猪肉里的骨头，母亲也都用有点钝的斧头，从不舍得用菜刀。不好使的时候，母亲就拿它在缸口"咣咣"地来回荡（磨擦）几下。有"磨剪子，磨菜刀"的来了，母亲只拿剪子去磨。菜刀总要等到年底搞副业的父亲回家，才取出放在墙角有点锈色的油石，将菜刀磨得锋快，那是准备过年的时候，切米糖，米面，剖鱼杀鸡时用的。

有年年底我家杀猪，吃足了油的刀柄有点滑溜，我自作主张找来了半截锯条，正斜反斜交叉着锯出了道道浅印，再握好像稳当了不少。痕迹虽浅却深深地印在了我的心底。

没想到这把用了几十年的菜刀母亲仍不舍得扔掉，还在使用。虽然下了砧板，但栽菜，铲菜还是很方便。

分家时我也去铁匠铺打了一把菜刀，但没用几年，菜刀连同我的锅屋，老家都遗留在那个叫"程家墩"的村庄里，直到受不住经年的风雨侵蚀，压在倒塌的废墟之中。后来每一次买房，造房子都必买一套新餐具，明晃晃的不锈钢材质。

母亲从艰难的岁月里走过，倍加珍惜拥有的一切，其实她不舍得扔掉的旧物还有很多，三口大水缸，米缸，放在门前的柴垛边养了荷花，还有坛坛罐罐，锄头铁锹……母亲说，这些都是钱买来的，放在家里又不要给饭吃，用的时候顺手拿出就是，免得去借。

母亲是我的榜样。

我想到古人治家格言：一粥一饭，当思来处不易；半丝半缕，恒念物力维艰。

作者简介：林建明，笔名愚人，安徽省散文随笔学会会员，铜陵市作家协会会员，现定居上海青浦。业余时间码些文字。在《光明日报》《长白山日报》《铜陵日报》《池州报》《德州晚报》《枞阳杂志》等发表文章两百余篇。

黄须杠条

李连君

乡村游承载着乡愁，被越来越多的老年人所推崇。当各地蜂拥而上的农家院用劲解数，纷纷推出特色吸引游人时，曹妃甸诸如河豚小镇、天旭温泉小镇、桃萄水镇等也趁势而出且声誉日盛，是因为它们的与众不同。

没有人会拒绝美食，尤其是带有民俗特色的美食。几个文旅策划人在搜寻当地消失的美食过程中，突然发现了淡出人们视野的独特“美食”——黄须杠条。

黄须杠条，应该是充满时代感的“美食”。因为它的存在和传承延续，曾使那个饥饿的年月达到极限的人们平安度日。尽管当时黄须杠条是那么令食者生畏。

这是一种充满苦涩记忆的“美食”。二十世纪六十年代初的“瓜菜代”时期，没有粮食，人们只能把各种能吃的野菜掺和到少量的棒子（玉米）面里，或蒸或煮，充当主粮。广为人们熟知的有苜蓿叶、榆树钱、柳树芽、槐树花等。

最令人难以下咽的要数榨油之后的棉籽饼和豆饼。大人们把这些东西碾成细粉末，再加入棒子面或高粱面做成食品，吃下去直刺嗓子眼。那时候，能吃饱就是非常幸福的事。

河北省国营柏各庄农场在“斥卤不毛”的百里荒滩上开发建设了少量稻田后，每年所生产的稻谷加工成大米，被国家作为商品粮调拨北方各地。而此时的滨海盐碱地除了生长少量的芦苇和黄须菜之外，很少再有其他植物。

“瓜菜代”固然也困扰着这个新兴农场。

冬初的季节，由于滨海滩涂的广袤，没有任何遮挡，早来的寒流，将贫瘠的土地冻得恰似铁板。

或许是开垦后种植水稻的原因，秋收过后，稻谷已入国库，没有及时秋耕的土地到处裸露着冰霜的稻茬，田野肃杀一片。

还是上了年岁的人有经验，几个人沿着稻田埝埂寻找着田鼠洞，用铁锹刨挖冻土，顺九曲十八湾的鼠洞，直至挖到田鼠的“粮仓”。

田鼠藏粮还是很有“智慧”的。它一般在鼠洞的终点有一个拳头大小的“粮仓”，一般人挖到这里取走大米便不再延伸了。孰不知，在这个“粮仓”下面应该藏有一个大几倍的“粮仓”，一次能找到四五斤粮食。

从田鼠嘴里“抢”来的米，留给刚刚出生的小孩做米粥食用，而半大小子的少年亦和大人一样，忍受着饥饿。

黄须菜又名盐地碱蓬或皇席菜，是藜科一年生草本植物碱蓬的幼苗。生于盐碱地、海边沙地，在我国主要分布于黄河三角洲、东北、华北以及陕西、江苏等地。

柏各庄农场戍边垦荒的人来自全国各地，面对突如其来的自然灾害大家没有退缩。利用秋末冬初，人们制作一种叫“拢”的专用传统工具，将盐碱地块成熟的黄须菜穗籽收起来，在空场上翻晒晾干后，人拉扭碌反复碾压，去掉梗叶，迎风扬掉细杂，将脱出的菜籽放入大锅，炒至五六成熟，用麻袋按量装好，放入木制榨油机，经人工土法操作榨油。

在那个年代的渤海湾北岸，黄须菜籽油是一年中普通人家必备的食用油，而黄须菜籽油饼就成了主力口粮来充饥。

“民以食为天”。在那种粮食和副食品极度匮乏的年代，黄须菜籽油及黄须菜籽油饼的发现，很大程度上解决了少粮挨饿之急，拯救了许多人的性命。

“美食”——黄须杠条，是这个时代的一大发明。

这里有必要介绍一下“杠条”鱼，它的学名为白令狼鱼，英文学名为 Anarrhichtys Ocellaus。表面上这种鱼与海鳝、海鳗有许多相似的地方，但它属于鲇鱼的一种。体长 3—4 英尺，雄性狼鱼头部有隆起，颚宽大、有两排锋利的牙齿。属于气水水域鱼类。同时它们有迁徙的特性，有时在沿海甚至淡水水域也可以见到它们的身影。

黄须杠条的基本做法是，用锤子首先将黄须菜籽油饼砸成小碎块，放在石碾上反复碾压，变成细粉后，掺入少量棒子面和匀，在面板上擀出一手指厚、一公分左右的大片，再用刀打成条，断成三寸长短，放入锅中蒸熟食用。因其形状犹如浅海滩中一种叫“杠条”的鱼，所以人们称其为黄须杠条。

黄须杠条这种“美食”须热食，其口感又松又绵，盐生植物特有的、淡淡的野菜醇香充溢味觉。

其实，黄须杠条这种食法古来有之，只不过随着时间流逝这种做法也已渐行渐远。而在那个特殊的年代，又被守望过去的老人重新拾起，用这种“美食”抵抗了三年自然灾害。

时过境迁，随着新时代物质的丰富，人们不再为温饱而焦虑，在琳琅满目的大千食物里，追求着一个精字。然而，也有很多人在渴望生活美好的同时，选择返璞归真。

诗人李白曾有过这样的诗句：“昔在咸阳城，唯餐独山蕨”。野菜一直是人们生活的独宠，无疑在那个食物匮乏的年代，与一代人有着一份不解之缘。

“美食”——黄须杠条回归，您有兴趣尝一次吗？

作者简介：李连君，1961年生，河北省民俗文化协会副秘书长，首批“接地气作家”，荣获2015年河北省民俗文化协会“草根小说家”称号，专著《地老天荒》荣获河北省第三届民间文艺奖。合作主编《妈祖佑护的村庄》《谈天说海话仙乡》《新曹妃的故事》《海神盐母》等多部书籍。

忆祖母

黄海霞

在某一个清宁的日子里，不经意间，会忆起慈宁的祖母，即使她与我别有数十年，想起的时候，心中还是暖暖的温和。我想这样的一份感念，将会伴我此生。

遥想当年，那是一个百废待兴的年代。贫穷与勤劳并存，改革与希望并存。时代的印痕，终是烙在我们成长的情感里。母亲一直都是主外劳作，春种秋收，锄草挑担，像家中的英雄，所以脾气也是暴烈的。我们怕她。她像太阳，喜时，可以阳光曝烈，豪迈奔放；怒时，光芒隐去，电闪雷鸣，风狂雨骤。那个年代需要母亲这样的气概，否则一大家人也许会无法存活。但是，我还是喜欢依赖于祖母的温和。祖母永远像明月一样的温润、柔和，给予我们生命中最慈祥善良的温情。尽管我们五姐妹是接踵而至这人世间，祖母都是一样的视若珍宝，没有丝毫的嫌弃。在那样的年代能够做到如此，确乎是难能可贵的美德。而且以她谦和、善良的人格魅力影响着我们的生命底蕴。

祖母喜爱花草。屋后有一块花园，那是祖母开辟出来的，花园四周用小石块垒成的，天然而质朴。园中栽种的也是极普通的花，几乎都是属于好种易活之类的。夏季的花很杂，什么节节高，洗澡花之类的，开得很多，一朵朵，鲜亮亮的，像缀在绿丛中的花梦。弥散着一点香，就那样喧闹地开在阳光的炽烈里。菊花应该是最多的，一到秋季，园中热闹的是盛开的菊花。各种颜色都有，雪白的最多，其次还有亮黄的、深红的……形状也有不同，平展的，卷曲的，丝丝缕缕千层瓣，缠缠绕绕一个秋。这些花都是很容易打理的，祖母只是会在忙完家务活之后的清闲里，拿着一把小铲刀，给松松土，有时候会施点肥。看着开花，祖母总是笑盈盈的，脸上的皱纹都是舒展开的。总觉得有一颗草木之心的人，定是一个善良的人，祖母就是这样。

除了屋后有花园，祖母还在门前还栽着一蓬的月季花，年去岁来，花叶茂盛绿如玉石，花期很长，整个的春夏季都在开花。粉色的花瓣如绸似缎，簇拥成圆融和美的朵，像玫瑰，像少女的轻梦。摘一枝，簪花发间，灰姑娘也可变公主。

蜜蜂蝴蝶也是贪恋月季花的艳与香，绕花丛中。记得那些年，年年除夕，吃过年夜饭，祖母总不忘收拾些菜盘底的油汤给月季花施以肥。也不知道是不是油汤的缘故，年年春来，月季花开得总是最美的，粉红的朵，层叠的瓣，幽淡的香，是那样美妙的盛开在我生命成长的过程中，到如今仍让我眷恋，令我怀想。在这一世，还会看到谁家的月季花开，心底一时温暖，却终也不是祖母栽种的那蓬月季了。

祖母心思奇巧而灵慧。她喜欢把碎布块都剪成三角形的样子，然后一针一线地拼接成不同的物什，什么书包啦，枕套之类的，都是祖母的杰作，色彩与图案都是极尽丰富。就连祖母的寿衣都是她生前自己缝制的，也不知她在裁剪与缝制时是怎样的心情。

祖母在闲时更是和善，会讲一些她的生平事。她的祖上是开船的，家道殷实，祖母是家中的独女，所以父母怜她更胜，金银首饰赠她许多，可惜后来皆落于了盗贼之手。祖母曾读过几年的私塾，有时，我们好奇地央求祖母写几个字看看，祖母也极随和地拿着铅笔，以写毛笔字的姿势一笔一画地写起来，在点横撇捺间，皆字藏笔锋。我们则一脸的羡慕，自叹不如。祖母也总会感叹自己的笔法不熟练了。

想到我嫁时，是祖母为我哭嫁。常言道：哭嫁为发。况祖母哭时动心动情，想来一定也是牵肠惹绪，有万般的舍不得。且是一入围城深似海，喜也是我，愁也是我。到底是与祖母与过去的家隔着咫尺的距离。回不到从前，只有坚定向前。到如今，哭声依稀，往事依稀，只留此刻一份悲喜莫定的心思惝恍。

曾经祖母为我哭嫁，到后来我为祖母送终，同样是哭，一则为喜，喜极而泣；一则为悲，悲已入骨。

流光带走太多，包括那些温暖而平常的日子，还有宽和慈宁的祖母。

祖母的心中栽有良善花，无争无求，无怨无怒，劳碌于每一日的烟火流光，予以我们最宽厚温暖的呵护。这样的人生格局，该是怎样的大智慧。我也愿意以笑点亮四周的黑，让良善的花朵在心底遍开荼蘼。

作者简介：黄海霞，安徽枞阳人，中国西部散文学会会员，喜欢文字的艺术与温度。作品散见于《枞阳文联》《文乡枞阳》《六尺巷文化》《西散原创》《思哲之窗》等多个公众平台。

老屋

孙代文

老屋是个很规整的四合院。门前一个大场子，场边长着柿树、桃树、杏树、枣树，粗的，一个大人抱不过来，细的，也得一个小孩子才抱得住，累累果实不知饱了几代人的口福。进大门是宽敞的厅屋，迎门一道木板隔成的屏风。屏风前有一神龛。屏风后面是用青石板铺就的天井院子。两边走廊三步青石台阶，天井院子中间五步青石台阶。上去是檐廊。檐廊后面是堂屋。堂屋两边是卧室。厅屋两边，是卧室、厨房、烤火房。都是两层木楼。

我记事的时候，老屋已经物非人非。四合院只有一半儿属于我们家。从大门进去一分为二，另一半儿是别家的。爹说，这一半儿还是奶奶喂猪、养蚕、拣木梓赎回来的。那时，爹、妈和我们兄妹四个住着四合院一半的前半部分，原来的大厅屋又被隔成了厨房和小厅屋，奶奶、大姑、小姑和堂兄住着后半部分，旁边新盖了厨房和烤火房。后来，大姑、小姑相继出嫁，奶奶和堂兄住着后半部分。再后来，我们搬走了，买了队里的仓屋，堂兄也搬走了，另起屋场建了新楼。老屋全卖给了旁边的人家。

妈买仓屋的举动，我十分地不理解。一个，我是长子，已在上大学，家里许多事都已经在由我做主，这事妈不仅没跟我商量，甚至没有告诉我。我知道的时候，仓屋已经买下了。再一个，买这房子花了一千八百五十块钱。家里一分钱都没有，全是在信用社贷的款。幸亏爹当时还认得信用社的人。第三，这房子队里本来定的价只有八百块钱。临卖房的时候，另一个人也要买。妈和那人在村会议室里竞价，十块二十块地往上涨，一直涨到一千八百五十块。妈是一个会把事做到、不会把话说到的人，似乎也不是能决断大事的人。这么大的事，不知妈哪儿来的勇气和底气。

我问妈，妈说："没有房子，哪个姑娘来我们家？"噢——，妈操心的是那局促狭小、昏暗破旧的老屋接不来媳妇。她跟天下的父母一样，孩子是父母的一切，孩子的事就是天大的事，总会让父母无所畏惧、义无反顾。这一点，无关贫富，无关贵贱，无关城乡。

仓屋从此成了新屋。

妈在新屋里生活了十五年。新屋走进了两个儿媳、一个女婿。

人们总说，日有所思，夜有所梦。我常常想起我妈，也常常梦见我妈。每每想起妈，都是她的善良和宽厚，坚韧和倔强，无怨的忙碌和辛劳。梦见妈时，妈都是在劳作：做饭、喂猪、洗衣服、安置菜园，割谷、种麦、薅草、修渠、改梯田。只有一次是例外。那年正月，我刚上班几天，梦见我妈站在水里，浑身湿淋淋的，冻得瑟瑟发抖，叫着我的名字。“妈，这是咋了？”我问她。“我冷。”她说。天亮后，赶紧打电话叫爹去看看我妈的坟。爹去实地察看后告诉我，别人家的自来水管子漏了，水全部渗进了母亲的墓地。

有许多事情白天我并没想过，夜里却是梦了。比如我妈的死。

妈死的时候，我正在睡觉，还在做梦。梦见老屋在唱大戏。圆梦师们从不认为这是一个好梦，说，做了这样的梦，他将失去一位亲人。梦还没醒，电话就响了：妈不在了。

妈是阴历八月起的病，起初只是感到胸闷，气短，请村卫生室的医生开过七八副中药，不但丝毫不见效，反而愈加严重，送到镇上卫生院检查，说是胸积水。接到县里来检查，才知道竟是癌症晚期。

“以前没啥感觉吗？”我问妈。“没有。”妈说。这话本不该问，问了也是白问。因为妈不是有个头疼脑热就唉呀连天的人。再大的苦，她宁愿自己兜着，也不吐露；再大的难，她宁愿自己受着，也不求告。她总以让人吃惊的忍耐支撑自己的信念。

那些年，父亲一直在外出工，妈一个人带着我们兄妹四人生活，家里劳力少，人口多，吃的粮食标准是全生产队最低的，欠的口粮款却是全生产队最高的。为了挣工分，妈常常连外婆家也半年不去一次，尽管相隔只有十几里路；为了挣工分，妈常常是顶着星星出去，披着月亮回来；因为欠口粮款，妈被小队乃至大队“请”去参加过学习班；因为贫困，很多人动员妈：“读那么多书有啥用？让老大回来吧，多少能挣几分。”妈不理这些，从不说让我和弟弟妹妹回家挣工分的话，从不向我们述说她的辛劳和屈辱，依旧风里雨里、白天夜里、坡里屋里。粮食虽少，有时甚至要找左邻右舍借粮周转，妈精心调剂，从来没让我们饿过肚子；衣服虽旧，妈洗得干净，补得整齐，我们穿得暖和。我甚至跟着妈学会了针线活儿。房屋虽小，而且破损，妈却要求我们每天起床后，必须把屋里屋外收拾得地面上无垃圾、家具上无灰尘、一切物件啥时候用过都要各归各位。妈把贫穷的日子过成了温馨而雅致的生活。

我们长大了，工作了，成家了。平常难得回家，就是回去也似点火一般，匆匆地回去，匆匆地又走。春节虽然时间富裕些，也是走东家串西家的，从酒桌再到酒桌，很少有机会与妈单独相处。因为这样，妈更觉得我忙，从不为家里的事找我，家里再大的难处，再乱的纷争，我都只能从别人口中得知。

我不是一个多愁善感喜爱流泪的人，跟妈一样，再苦再难，咬牙扛着，把苦和泪都默默地咽在肚里，靠坚韧扛过一次又一次艰难。但是，妈去世后的一年多时间，我做不到这一点，不敢谈及妈，不论是自己的，还是别人的；不能见到送葬的场景，不论是现实中，还是电影电视上。每每这时，嗓子会哽咽，泪水会潸然而下。我淹没在思念、感激、愧疚的海里。

妈在家就在，妈在根就在。妈没了，家也没了，根也没了，人就成了风中的飞絮、水中的浮萍、人中的浪子。房屋虽在，只是土墙、灰瓦、土场子而已，没了灵魂，少了情感，甚至没了牵挂。

妈走后若干年，新屋又变成了老屋，檩子、椽子朽了，墙体也开裂了。新屋里只有爹一个人住着时，逢到刮风下雨，老是担心支撑不住垮了塌了，电话里对爹千叮咛万嘱咐。

我们商量，把老房子拆了，原址建个新房子，让爹住在里面，安全。前前后后花了半年的时间，新房终于建成。落成之时，前前后后、里里外外、上上下下观看一遍，老婆伤感地说：妈要还在，该多幸福。我转过身，擦去奔涌而出的泪。

妈的坟就在老屋旁边。安葬妈的时候，坟还在竹林外面，如今，已经掩映在密密丛丛的竹林里。我对妈的感念亦如这竹，层出不穷。年龄越大，条件越好，思念越深，以至紧紧地裹着。尽管阴阳两隔，每年清明，每年腊月，我都会向妈禀告家里的大事、要事，也常常母子相望，无语凝咽。

爹住在新房里，用自来水，洗热水澡，看大彩电，烧煤气灶，我们安心多了。大约两三个星期我都要回去看爹一次，陪他吃顿饭，聊聊天。每次回去，他要么在跟南来北往的人神吹那些陈芝麻烂谷子的旧事、讲解点评海内外的大事，要么在菜园里忙活，或者弄那些果树、花木。那些菜蔬都是时令菜，没用化肥，没打农药；果树都是爹自己栽植、自己嫁接的。花木都是平常种类，爹把它们栽在破盆里、废缸里、角角落落闲地里，高高矮矮，杂乱无章，五颜六色，倒把房子周边点缀得五彩缤纷，春夏秋冬都显得生机勃勃。

作者简介：孙代文，湖北保康人，发表散文十余万字，出版《使命：一位教育局长的工作回顾》。

并不是每个背影都会有归期

谢艳君

如果说真有终生由孤独陪伴的人，在我的亲人里边，那就是外公了。

回想一下，外公离开我们已有二十四年了。早几日，在娘家吃晚饭，爸妈说到过几天就是清明，去趟乡下。我说："舅父长住广东定居的表弟那，也没人给外公外婆的坟上烧个钱纸上炷香烛。"爸说："怎么没有，我和你妈每年正月初几都去的，清明偶尔也会去。"正收拾饭桌的保姆阿姨说："我娘家兄弟都外出了，父母的坟上我从未去过，我们那的风俗不准外嫁的女儿去上坟，说女儿去祭拜亡灵，有灵会只发女儿家。"我们顿时都觉得挺好笑："哪有这样的事，再说了，若真灵验，能让后辈出人头地发财发家，发女儿发儿子不都一样。"

枯木可逢春，人去未有回。大年，清明，生辰，七月半，我们也就剩下这几个日子对逝去的亲人发于情行于礼了。

血脉亲情，一朝割离，就是永不可逾越的阴阳之隔，你也就真正明白，永远到底有多远。

外公，是我上上辈四个至亲（爷爷奶奶外公外婆）里面第一个离世的。对于外公的印象，二十四年前与今年，不增不减，是一样的数量，一样的深浅。

我是随爷爷奶奶身边长大的，相对来说，外婆家并不是特别特别亲密，记忆中，外婆和蔼可亲，外公除了正月初二会发一张崭新的绿色的贰元新票子拜年钱，其他互动就不多了。

小时候，每年正月初二是雷打不动随父母一起去外婆家，但最多留宿一晚就会随父母回来。只有在某些个暑假的时候，会去外婆家住上一星期。

外婆家在北乡唐家坳一个叫锯木冲的地方，一条小路伴着溪流蜿蜒在两边的大山之间，青山幽涧，真的僻静极了。外婆家的房子傍山而建，比路高出二米。每次我们刚到路口，就会看见外婆已下了路来，望着我们来的方向守候着了。外公，则是站在屋门口的小坪边。

乡下的日子对于小孩子是单调的，和表弟表妹去菜地折玉米杆子嚼，转悠在附近的山间找茶片吃，到小溪的石头底下翻螃蟹，除此之外就没事可干了。而大人们除了外公仿佛都忙得不见人影，每天吃晚饭，天都黑透了，比在自己家里要迟得多。外婆做好饭端上桌子，我每次都是一边忍着饥饿一边眼巴巴地看着门外，希望舅父舅母快点回来。煤油灯灯芯不时炸火，灯光如豆，橘黄昏暗，外公的侧影印在黄土坯的墙壁上，沉默不语。

开饭了。非常奇怪外公的面前是摆两双筷子的。他一双吃饭，另一双专门用于夹菜。俗称公筷。我不懂外公为什么要用公筷，这多麻烦，每样菜都不能直接入口，以厘米为计的距离却要屡屡中转一下。

每个清早醒来，大人们已起床。我在床上就能听到外公的声音，是咳嗽声。来到屋门口，就看见外公在屋子一侧的竹林，费力地猛咳，有时是一声二声，有时候是一阵阵。我有点怕但还是怯怯地走过去问："外公，你病了？"中等身躯，不苟言笑的外公其实看着还算健康精神，他说："我没事，走吧吃早饭了。"

乡下的早饭也是吃米饭，与中晚饭无异。并且还多出一碗菜：米汤。煮饭后的汤汁，白而稠，米的麦牙糖与米脂都留在汤内，加上油和豆鼓再滚一下，撒上绿油油的葱花，当然喷香又营养好喝。外公单独有一碗，但不是这款。是鸡蛋搅至蛋丝加上白糖再用滚烫的原味米汤冲泡而成的。看起来，淡黄浓稠，感觉比桌上那一大碗更神奇美味。但不敢要喝，外公也不说一句让我喝或者哪怕是舀一勺子到我碗里也好呀。外公吃的鸡蛋不是自己家鸡窝里的，而是自己从外面买的，收在自己房间的抽屉里。

公筷，米汤冲蛋花，竹林咳嗽，都成了我童年记忆中外公的与众不同的剪影，那么的神秘而孤独，却又带着自私。

孤独的样子是半江浸身，秋水生凉。一种闲愁，各种悲情。我不懂外公，也不亲近外公。就像他，也不怎么亲近孙辈。

我渐年少，对外公的了解多了一些，并非与他本人相处得知，而是来自外婆和奶奶亲家走动时的言语中。

外公的父亲是鼎鼎有名的国共革命双娇领导程潜老家的管家，程潜的家与外公家只隔了三里路。所以外公家也算是书香门第了，年轻时外公是教书先生，后因脾气不好而退了。也许是年轻受挫，也许是本性暴燥，也许是外婆年龄比他大几岁，更加上孩子也多，五个，生活压力大，外公对外婆不太好，动口又动手，又摔东西又打人。外婆是逆来顺受，勤劳持家带娃的那一类妇女，除了眼泪和干活也无其他的想法和办法。奶奶说起这些，总是可怜外婆怨怒外公。

外公觉得不称心就骂人，与儿子儿媳也就是我的舅父舅母的关系亦不好，有时连嫁出的女他也要去找事。奶奶告诉我：有一回你外公来找你妈的麻烦，要骂她，那时你妈刚嫁过来不久，我挡住他，你请回，这是我家，她现在是我儿媳妇，她没做错事儿，我不准别人骂她。

具体什么事已无从知晓，也没必要弄清原委了。只是外公就是变成了家人惧怕亲戚不喜欢的人了。

外公虽然属于孤僻之人，但却是生意中人。记忆中，外公就贩卖中草药，解放鞋，还有小干鱼之类，跨越还蛮大。乡下各处有赶集日，外公骑着自行车驼着他的商品四处赶集卖货。我上中学时，每逢五和十的日子就是本镇的赶集日，也是北乡最大的集。外公是必来的。我回家吃午饭，妈妈就会让我送一盒饭一壶茶给外公，有时候会捎上几筒麦面条，妈妈说外公喜欢吃。外公的摊子生意还好，他不停地称重不停地介绍。这，这是外公说话最多的时候。外公每次不会亏待送饭的我，会给我买附近油货摊上的油圈子或油饺子：“我们燕子长大了，上中学了，你好好读书哦。日可的成绩也不错呢。”日可是舅父的儿子，也是外公心眼里最喜欢的孙子。我发现，不受人喜欢不苟言笑的外公是笑着的，有了平易与慈祥的眼波。

血浓于水，父子终究是父子。外公与儿子儿媳犟着横着，对外婆没个好脸色。但自己风里来雨里去挣的辛苦钱除了买几个鸡蛋给自己，其他的全部给家用。

家里建房子，表弟上大学，外公拿出他大部分的积蓄。后外公年岁渐迈，舅父接过了他的衣钵，继续着赶集的小生意。

在几个嫁出的女儿中，外公应该是更疼爱妈妈。有一日，他把自己的几千元积蓄寄存在妈妈这儿，说：“伟平你帮我存着，哪天我要用再来拿。”他也很相信爸爸，那年在流行去半边山淘金的热潮中，外公拿了两千元投资在父亲这。挖了好些日子，是个黑洞，金子影也没有，全亏了。但父亲的第一要务就是借钱还了外公那两千，老人的汗水钱，亏不得。我相信，能将自己的钱放在别人的口袋，是一种最直接的信任与爱吧。

年迈的外公脾气逐渐柔和了，懂得体恤同样年迈的外婆了，也不怎么和儿女怄气了。但话语仍是不多，也不喜逛不喜走动。我家后来举家搬到城里去了，外公一次也没来过。

也许内心存留的愧疚一直矛盾着没有说出口，集结成了外公心里彻底的孤独，他习惯与那重孤独为伴了。

人老了，疾病更易缠身。不到七十岁的外公病倒了，汤药针扎，见效不大。

有一天，病中的外公突然一个人从乡下来到了我家。那时侯又没手机电话，从未来过我们城里的家的外公是怎么找着的，谁也不知道。至今我记得曾经身体结实的外公一副老态龙钟的样子，头发花白，面容浮肿，目光呆滞，时不时头伏到桌子上，已不能好好与我们对话，完全是个生命垂危的可怜人。我的心中一阵阵难受，一阵阵发酸。那次，外公破天荒在我家住了一晚，但第二天一早不顾妈妈的苦心恳留，硬要回家。他穿着黑色的外套，一顶黑色的冬钵帽拉下来罩住了双耳。步履蹒跚，以往稳健精神的样子不复存在。我目送着外公佝偻的背影在冬天的阳光下被拉得很长很长，渐远渐模糊。

离开我家第三天，外公永久地闭上了眼睛。

事后大家都说，这是外公来我家辞路。对于将过之人，他冥冥中有种清醒的意识，他要见到他记挂的人，多远多难，他也找得到地方。而外公最牵挂的人是妈妈，他从未来过，却如走熟途。

后来，我知道了外公用公筷是因为中年后就得了痨疾，也就是肺病。那时医药有限，营养也跟不上，外公自己知道自己的身体，去竹林呼吸新鲜空气，喝碗米汤鸡蛋花，都是在默默地与病痛抗争呀。靠近孩子容易，舀一碗自己碗里的汤给孩子也容易，但是他怕伤及孩子，去亲戚家走动留住怕添人洗换被褥之麻烦，痨肺之疾可是有传染的。有一种无声的疏远，原来却是一种无奈的爱的选择。这种选择，也造就了外公一生的孤孤单单，不被人亲近。

年龄尚小记不得多少关于外公的神情动作，唯有他离开我家时的那个背影，历历在目。永远，是手机里“您拨的用户永远不在服务区”那么远，消声匿迹了。

告别的背影，终归是令人伤感的画面。每一个形单的背影，都会伴随着一段惆怅的目送，但，并不是每一个背影都会有归期！

作者简介：谢艳君，湖南醴陵人，醴陵市作协会员。作品散见于《西部散文选刊（原创版）》《文笔峰》《醴瓷》《湛江晚报》《长江诗歌》《诗峰》等文学刊物和平台。

挂在枣树上的记忆

孟凡民

在我家老堂屋的门口有一棵枣树。

从我记事起这棵枣树就有一掐粗，向南伸出一个股子，黑黢黢得像一根铁棒一样向前伸出，又微微向上收拢，繁枝翠叶四散张开，好像是专门为挂什么东西而生长。那时，就在这棵枣树的青枣绿叶间经常被娘挂着红薯干、苦苦菜、小干鱼儿……好像一年四季都有挂不完的东西。它就像一幅图画，一直悬挂在我记忆深处。

秋天，队里分了红薯，娘就在枣树上晒红薯干。二十世纪六七十年代，我的家乡盛产红薯，由于红薯产量高，红薯也就成为我们的主要食物。那时，到了秋天，地里的红薯长成了，高高隆起的红薯埯被里边的红薯拱得龇牙咧嘴，露着红薯的紫皮。

到了这个时候，生产队里就开始刨红薯了。

人们分到红薯后，就要趁着晴朗的天气晒红薯干了。如果不抓住好天气把鲜红薯晒成红薯干，一旦遭遇到秋季的连绵阴雨天气，那就糟了。鲜红薯就会腐烂、坏掉；未晒干的红薯片就会发霉、发黏、烂掉；就是勉强晒成干红薯干，上边往往都被焐得长着黑醭子、黄色的霉斑。每当磨面的时候还要用湿手巾擦试一遍，擦掉表面上的醭子，即便是这样，吃的时候依然有一股霉苦的味道。

这个时候，村里的人不敢有丝毫的懈怠，因为这些红薯就是一家人大半年的口粮。于是，窗台上、房顶上、柴火垛檐上、场边、地角上到处都晒上了红薯干。远远望去，村庄到处是白生生的一片。我们家也不例外，家里到处晒着红薯片，但娘最经心的还是在堂屋门口的枣树上晒红薯片。娘说："枣树上透风，日头光照充足。白花花的太阳总是围绕着树身转，就像住在上边一样。"在枣树上晒红薯片不同在房顶上、席子上，随便地撒摆在上边就行了，在枣树上晒红薯片是挂在枝枝杈杈上边的。先把红薯片的中间切一道口子，然后把它们一片一片地挂在层层叠叠的枝丫上。娘有时挂着挂着，看到有大个的枣圪针，就"刺——"的一声把一个红薯片扎在上边，就像给黑黢黢的枣树打了一块白色的补丁。挂满低处的树枝子，娘就踩个杌子挂高处的。

此时的枣树已落尽了叶子，铁黑色的身子，枝枝杈杈重重叠叠地挂满了红薯片，枝子被压得低垂着，白花花的，就像一棵银树，生了一树银白的叶子，细风微过，满树的“银叶”轻轻摇曳，发出簌簌的细声，散发着甜润、温馨的气息。

在枣树上晒红薯干又快又好，不几日就晒好了。为了抢时间，我们全家人齐上阵，把红薯片从枣树上摘下来。娘就会抓紧时间，再去挂上一树新擦的红薯片。有时候，第二天早晨醒来，枣树上又挂满一树。娘常对我们说：“秋麦忙天就是虎口夺粮，要不抓紧晒红薯片，遭遇到阴雨连绵的天气红薯就白瞎了，一冬一春的咱吃啥？”

就这样，这一棵枣树一季子竟然能晒出一小囤红薯干子。这些红薯干子干净，乳白里隐藏着淡黄，散发出粮食特有的那种醇厚、幽香的气息。它不同于晒在房顶、草垛上的，会沾满尘土、草屑，有股土腥气，有时还会牙碜；更不同于经了雨水的有苦、黏、霉的味道。这一小囤红薯干是我们家众多红薯干中的“精品”，平时娘都不舍得让我们吃。只有等到年关，娘早早地把它们磨成面，掺点棒子面开始给我们包角子（包子的别称）了。那时候包角子常常用胡萝卜馅，剁点粉条，切点卤水豆腐丁，兑点花椒面、葱花，要包一大簸箩，能一直吃到正月十五。味道甜润、筋道，比窝窝头要好吃多了！

夏天，娘常常把我逮的小鱼挂在枣树上晒鱼干。我的家乡紧邻黄河大堤，村边散落着深深浅浅的坑塘，纵横着大大小小河叉。到了夏季这些坑塘、河叉里经常会蓄满了雨水，那个时候有水就有鱼。就在这些村庄周围的坑塘里，有我们永远都逮不完的小鱼。

那时，我们这些孩子常用瓦盆拉鱼：瓦盆口上蒙一块布，盆沿边上留一个出入口，里边放点干粮、熟红薯头子当鱼饵，最好的是掘几只蚯蚓，其次是逮蚂蚱和蜻蜓，鱼喜欢腥气。盆口上拴一根长长的绳子，手里拿一根长秫秸秆，把瓦盆撑着送到水的深处，秫秸秆轻轻用力一点，盆里就灌满了水，就自动沉入水底。过一会拉出来，拉的时候一定即轻又快：轻是防止把瓦盆拉翻了；快是防止里边的鱼逃掉了。每拉出来一次，盆里总能逮着鱼。都是些小鱼，蹦跶蹦跶地跳，窜条子最多，有时也有鲫鱼拐子、小白虾。窜条子也称柳叶鱼，因为形似柳叶，通身银白，也是我的家乡最常见的一种鱼。

手气好时，小半天就能逮大半碗。由于都是小鱼，娘先把鱼刺了，用盐腌腌，然后用线穿成一串，娘就拿根长秫秸挑着鱼串挂在枣树的树梢上。枣树的叶子绿得正浓，浓得就会滴出来，圆嘟噜的枣子在翠碧的叶子下边含着青涩的微笑，银白的鱼串儿藏在青枝绿叶之间，阳光一照，那小小的鳞片一闪一闪的，泛着银亮的光。

等这些小鱼晒干了，娘就积攒起来，放在斗盆里，留到来年春上吃。

老家人常说，“金正月，银二月，面黄肌瘦看三月……”也就是说到了春上，农民的粮食快吃光了，生活很清苦，难以闻到荤腥。到了这一段时光里，娘就把放在斗盆里的小干鱼拿出来一串，调剂清苦的生活，让我们在那个清苦的春上吃到了“肉”香。小干鱼最好吃的做法：一是蒸鱼饼子，一是烘焙鱼干。所谓的蒸鱼饼子，就是把小鱼干切成碎丁，拌点香葱、盐、花椒面调成馅；和块面团，揪成鸭蛋大的面剂子，擀成面饼，把调好的馅均匀地摊在面饼上，然后再一层一层的裹起来；蒸熟后切成段，当咸菜就馍吃。这种鱼蒸饼子很咸，咸得就像吃盐。鱼肉干经过蒸汽的浸润变得筋拽拽的，很香。我总想能咬到大块的鱼肉，但总咬不到！怎么会呢？因为娘总是把鱼干剁得细碎，又都是小鱼。焙鱼干：做饭时，娘从灶里拢出一堆灰烬，把小鱼干埋在里面。那时，灰烬里的火星儿还一亮一亮地闪烁，等它们全部熄灭了，小鱼干也就焙好了。焙好后的小干鱼，焦黄、酥香，一股鱼肉温热的鲜香弥漫在小灶房的四周。轻轻地咬一口鱼干，鱼全身就会断裂成好几截，留在嘴里的是满满的酥香。那时我正处在身体发育期，又是娘的老生儿，娘怕影响我身体发育，常在烧火做饭时给我焙小鱼干吃。

常言道：“春夏储菜冬当粮，孩子饿了不慌张。”娘为了一年四季不让我们的日子闹饥荒，春夏时节她晒槐花、苦苦菜、马齿苋……到了冬春时节，这些晒干的野菜就能当粮食吃了。

春天，娘常常在枣树上晒各种野菜，她晒得最多的是苦苦菜。苦苦菜是我的家乡最常见的一种野菜，味甘苦，有清热败火的功效，春夏时节生长得最为旺盛、茂密、鲜嫩。那时候，地里生长的到处都是。我们剜回来后，娘择去老叶，清洗干净，在开水锅里轻轻一焯。不能焯老了，只焯一滚，快点用笊篱捞出来，放在早已准备好的清水盆里。用凉水一激，这时枝叶还很坚挺，满盆翠碧，绿得又嫩又润，就像初生的豌豆苗。然后用麻绳捆成一嘟噜，把它们挂在枣树的干枝上，就像一盏盏青绿的小灯笼。这样“晒”出来的苦苦菜，保持了苦苦菜原有的味道、质感，无论拌麸皮蒸菜团子，还是凉拌着吃，口感、味道和新采的一样。

1980 年，农村全面实行土地大包干。我们的生活有了翻天覆地的变化，粮囤里装满了粮食，四时菜蔬不断。娘再也不用在枣树上晒红薯干、苦苦菜了。只是到了年关、节令，家里割了肉，宰杀了鸡鸭，娘总是乐呵呵地催促着我们快点把这些东西挂在枣树股子上控控水汽，等控完了水气好改刀下锅。

等到了 1983 年，村里开始出现“万元户”“万斤粮”，村民手里开始有了富裕钱。我家这时也翻盖了砖瓦房，添置了新家具，还买了一台黑白电视机。娘说为了看电视换台方便，就让我们把高高的电视天线杆子绑在老枣树上。那时电视信号不稳定，一刮风，电视上经常出现“雪花”。每到这时候，人就要赶快跑出去，“磨一磨”电视天线杆子。由于我们经常在枣树上“磨”电视天线杆子，铁黑的枣树皮被磨得明晃晃的。

2000 年后，我们村里的人开始搞木材加工、运输，生产的产品销往全国各地的建筑工地、房屋装修现场。村里成为周边区域木材的加工、集散地，村里的人大都拥有了自己的厂房、汽车。昔日的农民也都成了木材加工厂里的工人，有的成了乡镇企业家。村里人富裕了，硬化拓宽了道路，安装了路灯、闭路电视。

进入 2010 年后，乡里规划建了社区，盖了楼房……

后来，侄子一家在城里买了房，老屋就空了起来。但那棵枣树还在，到了春天依然枝繁叶茂，挂的枣儿还是又甜又香，但再也用不着在上边挂东西啦！

作者简介：孟凡民，河南范县人，现供职于中国石化。《中原》文学编辑，作品散见于《地火》《西部散文选刊（原创版）》《作家世界》等报纸杂志。

难忘儿时过年

蒋建春

转眼之间，又要过年了，时光荏苒，日月如梭，二十世纪六十年代后出生的我，此时此刻常常会想起儿时过年的情景。

儿时过年，吃得哪有现在这么好呀！如今餐桌上的鸡鱼肉蛋，山珍海味几乎餐餐可品，顿顿可尝，可儿时过年却很难吃到。那时，家家户户生活普遍比较困难，过年能吃顿猪肉饺子或猪肉炖粉条，就好像过得跟神仙似的心满意足了。所以民间有“小孩盼过年，大人怕花钱”的顺口溜。天真可爱的孩子们光知道过年要漂亮的新衣服穿，要美味的食品吃，可他们哪里能理解、体会到临近年关时父母的惆怅呢？其实不是大人怕花钱，而是忧愁那少得可怜的钱让孩子们充满着美好期待的年怎么过呀？

我的老家在连岛，这是一座四面环海，缺水没电的孤岛，交通不便，环境艰苦，所有的粮食蔬菜等食品都要靠岛外“支援”。记得有一年临近年关，那天凌晨四点多钟，寂静的渔村还在大海的怀抱中贪婪地酣睡，凛冽的海风在黑夜中狼嚎般地呼啸。父亲早早起床叫醒了我。他挎着篮子，我扛着竹竿，父子俩摸黑冻得哆哆嗦嗦地去公社所在地大路口排队买年货。那个年代是计划经济，年货凭票供应。当装运年货的船抵达海岛后，上千户的渔民潮水般涌向大路口，那人山人海的拥挤场面简直就是水泄不通。可怜老实巴交的父亲，个子矮小，身体单薄，排到前面快挨到他买年货时又被那些人高马大的人给挤了出来，父亲也不跟人家争吵，苦笑之中叹口气，无可奈何地不得不到后面又重新排队，直到中午十二点多，才买到几斤猪肉、几斤猪油，还有大白菜、粉条等。那些紧俏的猪肝、猪肚之类的，早已被关系户从后门“走”掉了。尽管如此，一家人仍很高兴。直到我上小学三年级，去镇里墟沟的舅舅家走亲戚，才第一次吃过猪肝，那满嘴的香味令我至今难忘！

儿时过年，我们的穿着打扮跟现在的孩子简直就是天壤之别，毫无可比。现在的孩子又是小皮夹克、羽绒服、滑雪衫，颜色也五颜六色，争奇斗妍的。那时，真是贫穷限制了我们的想象力，连听都没听说过，更别说看过和穿过了。有一年过年，母亲给我做了一件蓝色的新涤卡外衣，把我头年没穿坏的外衣洗干净后给了弟弟穿，我穿上新衣服，心里臭美的家前家后，左邻右舍地东走西窜，可弟弟却把嘴巴噘得老高，好像大过年谁欠他的账似的。“老大穿新衣，老二穿旧衣，缝缝补补老三将就”说的就是当时孩子们的穿戴情景。

儿时的压岁钱，一般是几毛钱或几块钱，年三十的晚上，在昏暗的煤油灯下，母亲缓慢地打开那一层一层包着的蓝印粗布手绢，用她那粗糙的手，从中不舍地拿出了三张早已备好的崭新的两毛钱纸币，给我们兄妹三人每人一张当压岁钱，高兴得我们脸上像开了花，对着煤油灯看来看去的，然后揣入兜中。领了压岁钱后，母亲说好好守岁吧，守岁来年可以祛灾平安，我们兄妹仨就很听话地守岁，直到眼皮“打架”实在撑不住了，自己也不知道究竟什么时候睡着了。

后来压岁钱涨到几块钱了，母亲要求我们好好收着别乱花，或者借口说怕我们把钱弄丢了，统一上交由她“保管”，等开学后就“决定”拿它交学费了。那时不懂事的我对母亲的做法“意见”很大。别的小伙伴可以用压岁钱买糖买鞭炮，有吃有玩的，我为什么不可以呢？现在起来，我当年是多么得不懂事啊！我错怪了勤俭持家的母亲，愧疚的感觉如同鞭子一般时常会抽打着我的心。是呀，在儿时的艰难岁月中，又有多少家长会有多余的钱给孩子们充当“小金库”而随意挥霍呢？

儿时过年，尽管在物质上比较艰苦，没有给我们多少享受，但在精神上，我们还是很快乐的。

帮父母扫尘是我们的快乐之事。“腊月二十四，掸尘扫房子”，过年之前，家家户户都要扫尘，干干净净地迎接新年的到来。那时的扫尘是渔民们特别重视的一件大事，先把屋里的东西全部搬出，然后清扫屋内犄角旮旯的卫生，再把搬出的家具等擦干抹净后搬回屋里，这样忙下来要大半天甚至一天的时间才能完成。这时的我们就充当了大人的“好帮手”，有的地方空间狭小，大人容不下身子，我们钻进去举着绑在竹竿上的扫帚，左一下右一下，上一下下一下地清理死角的蜘蛛网和灰尘。个个灵活得像个顽皮的小猴子，上蹿下跳，一会儿帮着抬箱子，一会儿帮着搬凳子，一会儿帮着抹窗户，稚气的小脸热得红扑扑的，根本就不怕冷。干完后父母一般会奖赏个块儿八角的给我们去买鞭炮，领了赏我们一般会买二百头或三百头的鞭炮，“小气”的会把一挂鞭拆零一个一个地放，“大方”的整挂鞭一气放完了事。院子里响起的是噼里啪啦的鞭炮声，空气中飘荡着的是孩子们的笑声和快乐。

贴年画也是儿时过年特别快乐的事。我小时候就特别喜欢贴年画，那时候的年画一般都是革命样板戏、上山下乡、草原小姐妹之类的题材，每张价格 1 毛多到 2 毛多，过年时，几乎家家都买年画张贴。我家的年画总是我跟父母要钱后

“自作主张”地到东山合作社去购买。一次买个七八张，卷好后小心翼翼地拿着，生怕弄出褶皱来，然后一路蹦着跳着地跑回家。到家后用面在煤炉上和点糨糊，接着就开始贴年画了。那兴致劲和高兴劲也不知哪来得这么高。有趣的是有一年我把后墙的一张年画给贴歪了，父亲回来发现后，无奈糨糊已干透，不好再揭下重贴了，这张画就整整歪着贴了一年。后来邻居有人问，这画是谁贴的，我就赶紧“撒谎”说是爷爷贴的，因为爷爷年龄大眼睛花，谁会去笑话他呀。

儿时过年看戏看电影，也让我们如痴如醉，快乐无比。临近过年，村里会派人上山砍些青松，在冲口子的南门口搭建松门，上面写着“欢度春节”，松门的四周插满彩旗，在寒风中猎猎飘扬，喧天的锣鼓声更渲染着过年喜气洋洋的气氛。在离松门不远的西山一队的大场上，乡里（那时叫公社）会组织文艺巡回演出，有淮海戏、快板书、革命京剧、跑旱船等节目，演员也都是岛上各村选去的，长相要求不高，只要会唱、敢唱就行，有位大妈虽然相貌平平，但地方淮海戏唱得有模有样的，很有渔家乡情的特色味道，看得我们是聚精会神，津津有味。不过印象颇深的是我上小学四年级的那年春节，水岛村放映电影《闪闪的红星》，我和几个小伙伴从西山村沿着高低不平的山路来回步行二十多里去看“潘冬子”。我们就像一群快乐的小鹿，有的连晚饭都没吃，蹦着跳着赶往水岛村驻岛部队的露天广场。那年月社会治安好，也没有拐卖儿童的，大人们更不用担心孩子的安全，我们也不知道苦和累，只感觉到过年看戏、看电影很过瘾，很快乐。

感谢儿时过年的生活，它既有苦，也有乐，是一首苦乐交融，酸甜相伴的童年歌谣，这首歌谣令我常常想起、永远怀念……

作者简介：蒋建春，连云港市作家协会会员，大学中文秘书专业，高级秘书，先后在国家、省、市各级报刊发表论文、科学小品、散文、杂文、小小说三百余篇。

家乡之路

郑晓晖

我的家乡南三岛，是全国十大美丽海岛之一。这里碧海银沙，波接天际，鸥鸟翻飞，风光旖旎。

可谁知道，这里原来曾是由10个互不相连的小海岛组成的一个群岛，一个被人称之为“贱过泥”的地方。海水荡漾于其间，台风或大海潮来袭时，就会淹没田野，冲垮房屋，害得民不聊生。岛与岛之间没有道路相通，岛民来往，只能凭舟过渡，以桨为脚。

我的村子坐落在西部一个叫巴东的小岛上，母亲则出生在东面一个叫田头的海岛，两岛之间相隔着另两个海岛和3道海湾，水漫漫而无路。当年母亲是如何坐着花轿来到我家的，母亲没有跟我说过，我想，那必是个爬坡涉水无比艰难的过程。出生在民国时期的姐姐说，小时候到外婆家，走完了岛上的陆路还要过海湾，涨潮时过不了，要等到退潮了，趟着海水才能到彼岸，一路走得很不容易。

新中国成立后第二年出生的我，没有跨过两个海岛和涉过3道海湾才到外婆家的印象，可能是因为那时候我是在母亲的背上过去的吧。但坐两次船到城里探望父亲的情景，倒是至今还记得。父亲在家乡西面10多里外的城里工作，有时候母亲就带着我去看望父亲。早上，从村子所在的岛上往西走了6里路后，就要坐小船过到另一海岛，又走6里路，再坐大帆船过一个几公里宽的大海湾，才到城里，其间耗费了好几个小时的时间。有一次，我和母亲在第一道海湾涉水上船时，我掉进了一个泥坑里，像个落汤鸡，至今还记得。海湾阻隔，咫尺天涯，没有路，岛民们生活太难太苦了。

大明朝随波而逝了，大清朝被大海淹没了，民国成了流渣也漂去了，我的家乡还是没有一条贯通的路。岛民们一遍遍地问道：我的路究竟在何方?

1949年，共产党来了，他们就是专门给老百姓找出路的。这不，人民政府成立几年后，就组织带领家乡人民开始了轰轰烈烈而又声势浩大的联岛工程，要将10个小岛连成一个大岛，给人民开辟出一条康庄大道来。

每天，公鸡刚叫了几遍，星星还闪烁在天际，岛民们就从四面八方涌向了工地。小小年纪的我，虽参加不了联岛的劳动，也跟着母亲到了工地，见证了这一壮观的劳动场面。只见堤上堤下，人山人海，人们用最原始的工具和劳动方式，手挖肩挑，在沧海之间共筑起了 62 条共长 49.36 公里的堤围。单是连接我村子所在的巴东岛和对岸五里岛的堤围，投入的土方就达到 25 万立方米。一条条拦海大坝，让一个个海岛连在一起，一条条大路从此岛通到了彼岛。路在相通，路在延伸，路在拓宽，18 公里长的公路终于贯通了全岛。再后来，泥土路变成了沥青路水泥路。人们在岛上自由来往，汽车在岛上欢乐奔驰，岛上面貌日新月异，岛民生活水平日益提高。一条幸福的道路展现在人们面前。

祖国改革开放的大潮连天涌起，富裕的大道通向四面八方。我家乡幸福之路却被一个大海湾所阻隔，货出不去，人难进来，家乡成了个春风难度的地方。人们啊，盼望着富裕的道路伸得更长，通得更远。

2005 年年底，寒风在猎猎地吹，海潮在哗啦啦地涌，家乡 9 位企业家，在党和政府的大力支持下，捐资 6000 万元，卷起袖子干起来，扛起了打通交通瓶颈接通家乡富裕之路的重任，开始建设南三大桥。

酷暑接着寒潮，台风伴着暴雨。春过春来秋过秋，历经 1000 多个日日夜夜，克服重重困难，大桥终于在 2008 年 9 月一个艳阳高照的日子，正式建成通车了。天堑变成了坦途，家乡幸福富裕之路，终于打通了最后一个瓶颈，和陆地连接起来，通向了珠三角、长三角，通向了青藏高原，通向了港珠澳，通向了无限遥远的地方。

那是孩儿扑向母亲怀抱的喜悦，那是祖国披荆斩棘开拓富裕大道的一个小小的缩影。家乡之路从无到有，从小到大，伴随着祖国站起来富起来强起来一路延伸。家乡人和全国百姓一起，飞奔在共圆中国梦的大道上。家乡之路啊，我为您歌唱；祖国选择的道路啊，我为您骄傲！

家乡的道路越走越宽广，这不，云湛高速将通过即将开建的另一条南三大桥进入我的家乡；家乡的大道，将通过海底隧道连接起钢铁之城东海岛。家乡再不是“贱过泥”的孤岛，家乡的人民和伟大祖国的所有儿女一起，共同走在幸福富裕的康庄大道上，奔向更加美好的明天。

作者简介：郑晓晖，男，广东湛江市南三岛人，中学语文高级教师，广东诗词学会会员，湛江市作家协会理事、湛江市诗社常务副社长、坡头区作协主席。作品《家乡之路》获西部散文选刊（原创版）主办的“我爱祖国，人间至情”大型征文比赛三等奖。出版有诗歌散文集《荔枝红了》，散文集《三余集》和散文选集《晓阁文踪》。

倭瓜

高鹏远

一

清明前后，种瓜点豆。乡下的农时一点都不能耽搁。

在乡下，清明前后种下的瓜豆里，倭瓜自是不可少的。

倭瓜即是书上说的南瓜。据说它原产墨西哥到中美洲一带，自明代传入中国，适应性强，南北各地广泛种植。

南瓜属于粗菜，命贱，不择地，沟梁、土堰、房前屋后，只要点下种子，便可以蓬蓬勃勃地生长。

在乡下，种倭瓜，平展肥沃土地是舍不得用的，因为要种小麦、玉米、红薯等重要的农作物。倭瓜占据的只能是地堰、地头或薄产的边角地。

清明前后，春寒料峭的田野上，母亲扛着镢头，背上挎篓，带上肥料和南瓜种子走向我家的田里。

母亲在松软的地上刨开一个个碗口大小的土坑，把一颗颗从去年老倭瓜上挖出的种子点下。我在后面一窝一窝地点肥料。然后，我和母亲掂上铁桶在周边的深沟里寻来水，把种下的倭瓜一棵棵浇上。

十几天左右，估摸着种下的倭瓜已经发芽了，母亲惦记，便会常去查看，我也跟着去。刚发芽的倭瓜，细嫩的茎，顶着两片肥厚的蜡质绿叶片，俨如一个从土地里分娩的绿宝宝，憨态可掬。母亲看到种下的倭瓜都发芽了，很是开心。那布满皱纹的笑容会顺着春天的风飘得很远很远。

二

当六月火辣辣的夏阳炙烤着大地的时候，母亲种的倭瓜已经蓬勃地长起来了，那蒲扇一般，长着小绒刺的叶子把地面罩得严严实实。从倭瓜秧子上长出的黄绿色触须，如一只只钩子，抓着地面，伸展缠绕着附近的灌木草茎，满是奋力生长的热望。

我想那触须该是倭瓜的脚丫，它带着倭瓜秧子一步步在骄阳、风雨里朝前走，一直走到硕果飘香的金秋。

这时，蓊郁如绿云一般的倭瓜秧子中间，倭瓜花儿也开了。那花儿似桐花，成直筒状，黄得炫目。硕大的黄花中间，凸起的花萼上覆满厚厚的黄色花粉。这时候，便有成群蜂蝶贪恋这倭瓜的花蜜而流连在倭瓜丛里，钻入花筒吸食花蜜。孩提的我们调皮，什么也不怕，见蜂儿钻入花筒，便忙过去把花口捏紧，那蜂儿在花里一时出不来，便发出极为愤怒激烈的嗡嗡声，我们则高兴得合不拢嘴。

当然，逮蜂的游戏没有总是那么幸运的，一不小心，便会被野蜂蜇了，手和脸肿得像个发面馍也是常事。这些蜂中尤以“葫芦蜂”的毒性最大，这种野蜂大小如金龟子，蜂巢有足球那么大，形状像葫芦，因此得名“葫芦蜂”。乡间有“葫芦蜂蜇三毒，顶住打一枪”的说法。我曾因为摘柿子被这蜂在手臂上蜇了几下，那种说不出的痛，一直蔓延到头部的一半，真的是生不如死。先前在故乡，几乎每年都可以听到西山有人被这种野蜂群而攻之，而毒发身亡的消息。

倭瓜的花儿，有雌花和雄花。雌花是坐胎花，在它的底部会孕育一个小小的倭瓜，那黄色的花被小倭瓜顶着，宛如一个青衫女子，头上顶着一朵黄花，在绿海之上凌波微步。我跟着母亲走在地里，看着一个个坐胎的倭瓜花忍不住想去用手摸摸瓜胎。母亲见了赶忙说，万万不能摸，摸了胎就落了。我对母亲的话深信不疑，自此，从不用手去摸顶着花的瓜胎。倭瓜花的雄花也叫“诳花”，什么是“诳花”？“诳花”就是说谎的花。在乡邻看来，开花是用来结果的，你开了花不结果，就是在对种它的人说谎。“诳花”是不会坐胎的，艳艳地开开便萎谢了。

倭瓜花是乡间的美食。这个时节去田里劳作回来，母亲便会顺手摘几朵漂亮的倭瓜花，回来熬玉米粥给我们喝。当然，坐胎的倭瓜花是不摘的，摘的多是“诳花”，这也算是“诳花”的无用之用了。除了熬粥，倭瓜花还可以炒食。无论熬粥还是炒食，倭瓜花那吃在嘴里嫩滑微甜的味道都算得上是乡间的美味。

吃着这倭瓜美丽的花朵，坐胎的倭瓜也在渐渐长大。

三

倭瓜的形状有磨盘状的、枕头状的、茄子状的。这个时节母亲去地回来，时不时地会捎回一个个形状各异的倭瓜，这时的倭瓜尚嫩，用手一掐便流出粘黏透明的汁液，这是土地和阳光给予倭瓜的生命精华，更是倭瓜给予农人的生命精华！

看着这些倭瓜。我曾经问母亲："东瓜、西瓜、南瓜都有了。有北瓜么？"母亲说："有。当年'南蛮子'来盗宝，把北瓜盗走，送给阎罗王了。"我不知道"南蛮子"为何许人，总之，家乡关于盗宝的故事，几乎都和"南蛮子"有关，大抵是某个朝代从南方流窜到北方烧杀抢掠的外族人吧。母亲也说不清，往往被我问得不语。

我家住在村口，是村中乡邻出村进田劳作的必经之地。倭瓜开结的时节，时常有乡邻背着一挎篓倭瓜从地里回来，经过我家门前。见我家大门开着，便时时会有人说，"给你丢个倭瓜。放在门口捶布石头上啊！"等出来看时人已走远，母亲也不赶撵送还，因为那是乡邻一份淳朴的情谊。也因为倭瓜价格贱，即使别人送上两三个，也不值多少钱，不会有欠别人多少人情的压力。基于此，在故乡，做饭一旦没了菜，随便到附近谁家地里摘个倭瓜来吃，是不算偷的，也没人以为那是什么不良之举。

但就倭瓜的味道来说，在故乡，记忆中大抵只有两种。

一种是面的。吃起来像土豆，但比土豆甘甜，这种倭瓜适合用来做倭瓜糊涂面及素杂菜。南瓜是蔬菜又是粮食，农忙时节，吃上一碗香中带甜的倭瓜面，十分顶饥。干上一大晌重体力活也不会觉得饿。

还有一种是脆的。吃起来硬脆，适合用来醋溜或者烙倭瓜盒子馍。祖母做的烙倭瓜盒子馍是我至今记忆中的美味。倭瓜合子馍做法简单，将脆倭瓜擦成细条，佐以各种调料，放入野小蒜味道更好。然后，将倭瓜条夹在两张薄面饼之间，放在铁锅上烙熟即可。祖母做的烙倭瓜盒子馍我一下能吃四五块。我到外地工作后，倭瓜成熟的时节，每每回到老家，祖母便会忙不迭地在院里支起铁鏊，笼起火为我烙倭瓜盒子馍。

我有一位老乡，凭着自己的才干和机遇，已经干到了正市级干部的级别。多年宦海浮沉，见过大世面，吃过数不清的台面盛宴，但每每回归故里，最爱吃的却依然是那乡间母亲烙的倭瓜盒子。在他眼里，这一块倭瓜合子足以抵世间所有的珍馐美味，因为，它是故乡的味道，是妈妈的味道。

三年前，一个白雪覆盖的冬天，祖母突然撒手人寰，我赶回奔丧。在祖母生前住的那个东厦房窗台上，我看到了一只尘土覆盖的金黄的倭瓜。我想，那一定是祖母留给我的，等我回来给我烙倭瓜合子呢。细一想，那一年，因为忙于各种琐事，我从春天一直到入冬，都没有回老家看望祖母。祖母为我摘下这只南瓜也一定是等了又等，终没有等到我，最后竟成永诀。望着那一只南瓜，我想此后的人生路上再也不会吃到祖母的倭瓜盒子馍了，不禁潸然泪下。

四

倭瓜不娇贵，生长不择土地，产量高，一直都是穷人餐桌上的蔬菜。相传，清代海盐地区有个名人叫张艺堂，少年好学，但苦于家贫，无钱交纳学费。当时有个大学问家叫丁敬身，张艺堂欲拜他为师。第一次上师门时，背了两只十余斤重的大南瓜，旁人看了皆大笑，而丁敬身先生却欣然受之，并当场烹瓜备饭，招待学生，这顿饭只有南瓜菜，但师生却吃得津津有味。在海盐一带，“南瓜礼”一直传为美谈。这份和倭瓜有关的情谊，触动人心。灾荒年抑或艰苦日子里倭瓜亦是粮食。“红米饭那个南瓜汤，哟咳罗咳！挖野菜那个也当粮，罗咳罗咳！”这首歌颂革命战士顽强意志的歌曲也提到了顶饥的南瓜，可见南瓜在那缺衣少粮的艰苦战争岁月里充当着填饱革命战士肚子的粮食角色，于革命也是有功劳的。

待到深秋，倭瓜也走到了生命的尽头，翠云一般的叶茎变得枯黄，那一只只变成金黄色的大倭瓜便显露出来，样子憨实。俗话说“瓜熟蒂落”，但这与倭瓜却不适用，那大倭瓜和干枯的倭瓜秧子连在一起，生死相依，不分不离。让人想起南宋诗人郑思肖《寒菊》中的“宁肯枝头抱香死，何曾吹落北风中”的诗句。这诗句说的是菊花的气节，又何尝不是倭瓜的气节呢？不，它更是生活在这片朴素的土地上的农民的气节，他们忍受着岁月的艰难困苦，和生活不屈不挠抗争，不谄不媚，铁骨铮铮！这种精神就像故乡田野上的草木一样，代代相传，生生不息。

深秋的风里，用足劲儿把一个一个的倭瓜从秧子上摘下来，放在挎篓里背回去，摆在窗台上，让人走进院子便有一种年岁丰稔的喜悦满足感。

这时候母亲会把采摘下的南瓜，用刀切成月牙状的倭瓜瓣，挂在院里的晾衣服绳上风干，这种风干的倭瓜干，可以储存到来年开春甚至更长的时间。在乡下缺少蔬菜的漫漫冬日里，这倭瓜干便成了调剂农家餐桌的美味。挖出的倭瓜籽除了留下明年栽种的种子外，余下的母亲会用盐水和大料卤了，放在玻璃瓶子里，作为寒苦的日子里我们平时打牙祭的零食。

五

随着社会的发展，人们更加关注绿色食品，养生保健的意识日渐增强。乡间的粗菜倭瓜也被城里人所推崇，名目繁多，做法各异的倭瓜菜肴也被搬上了城市的酒店餐桌。倭瓜种子含氨基酸，有清热除湿、驱虫的功效，对血吸虫有控制和杀灭的作用，藤有清热的作用，瓜蒂有安胎的功效，瓜根治牙痛。倭瓜这种全株各部可供药用的价值被充分重视，倭瓜真成了个宝贝“金瓜”。

在城市生活多年，我时常会在街巷的菜市场上，在超市的菜架上看到价格极为便宜的朴拙倭瓜。这时，那消失在岁月深处的我和母亲一起种南瓜的场景便会浮现。我和祖母在故乡小院土窑里坐着吃倭瓜糊涂面时祖母用小手巾包着还烫手的盒子馍递给我的场景便一一浮现……

前几年，我购了新房。入住之际向一位精通丹青的朋友索画，要他画个倭瓜图补壁，朋友欣然应允。那画中有两只大倭瓜还有几朵倭瓜花，画的名字就叫“金瓜图”。我很喜欢，把它装框挂在了进门玄关的墙壁上。每日进门，我便可以看到它，看到它，我便想起在遥远故乡土地上的风雨、白云、庄稼以及那广袤原野上我所经历过的难忘的一切人事……

哦！我的倭瓜，我的金瓜！

作者简介：高鹏远，中国散文学会会员、河南省硬笔书法家协会会员，三门峡市作家协会会员、虢国文化研究会会员，三门峡市陕州区作家协会副主席、楹联学会理事，《河南思客》签约作者。作品散见《中国纪检监察报》《西部散文选刊（原创版）》及《人民日报（海外版）》官网等。作品入选多部文集并获各类奖项多次。著有诗集《陌上歌谣》。

弯弯村路

陈宝璐

弯弯村路，像一首首蜿蜒的民谣。

在我童年记忆里，老家的村路像一条游走的蛇，蜿蜒曲折，村连路，路连田，纵横交错。路从田里探出头来，延伸到不远处的村庄，再从村庄延伸到另一片原野，于是，路便将田野、村庄像串糖葫芦一样地串联起来，人们既看不到路的源头，又看不到路的尽头。唯有坐在路的转弯处小歇时，映入眼帘的一串串压弯枝头的梨果，一片片泛着金灿灿光彩的谷穗，还有那一簇簇盛开在路旁的黄色草花时，人们才慢慢揣猜到未来的路将会是一个多么让人憧憬的样子……

坐落在泽州大地伊候山脚下的陈沟村，村南紧邻大路的青石坡上，住有七户不大规则的四合院内，两间里生外熟的正屋，三间前墙砖后墙土坯垒起的东屋，大门口正对着一棵三百余年的老槐树，这就是我的老家。青石坡下的那条横贯南北的村中的大路，大约三四米那么宽，那可是家乡通往外部世界的主干道。它忠实地记录着家乡人的岁月辛酸，也放飞着家乡迎接美好生活的无限喜悦，更是印记着我童年和少年时代在这条弯弯的村路上摸爬滚打的成长历程……

四十多年前，我还是孩童时，夏秋季节常赤脚走在这条土路上，遇上雨天，常常是泥点溅在脖子上，雨水眯在眼眶里。即便晴天，路上偶遇几辆运煤的外地车，也是尘土飞扬，而每日行驶在土路上的是“吱吱”作响的牛、马车。为了生存，父辈们每天从这条路走到田间，走到地头，锄草，施肥，播种，耕耘，收割。日复一日，年复一年地辛勤劳作。

儿时，上学放学在这条必经之路上，与小伙伴就在路边玩”纸炮”“突棒”“占窝”游戏，比赛“推圈”、练骑自行车，即便夕阳西下，借着落日余晖，我们仍是玩兴不减。遇到下雨天，更是玩水的花样派上了用场，赤脚弓身蹲在青石坡上，任凭细雨淋透衣服也不在意，专心用泥巴石块玩着“赌河”，形似小浪底截流的大坝似的……

说起家乡的这条村路，谁也说不清存在了多长时间，更没人说清还能存在多久。只知道在这个昔日的穷乡僻壤的乡村路上，曾经演绎了家乡的悲壮与辉煌。

从这条通往村外的土路上，走出了商界能人和县级领导，在晋城市志史册上留下了村民引为自豪的骄傲和荣光。四十年前，不甘受穷的家乡人，怀揣梦想与希望，在身无分文的拮据窘困下，毅然决然从这条满是泥泞的乡村路走向外面世界，祖国各地处处留下家乡亲人勤劳的身影。

是的，我也是沿着这条村路上完小学，初中还上了高中，那时，虽然家徒四壁，一贫如洗，交学费仍要按时拿上父母不知想了什么办法才有的卷得皱巴巴的钞票，沿着这条村路走向学校。在这条坑洼的村路上走了九年多，没有了童年天真的玩兴，有的却是沉甸甸的内心负重。

高中毕业后，我被批准应征入伍。当亲人送我离开村的那天，走在这熟悉的村道上，我的心里却有着丝丝缕缕的抑郁感，难以言说。一路上乡亲们凝重的拉着我的手叮嘱着："到部队好好干，一定立功受奖，为家乡争光。"不少人握着我的手流下了眼泪，当时十七八岁的我，看着坑坑洼洼的泥泞不平的村路，心中五味杂陈……三四百米的村路，我走了好久，直到送兵的大队干部再三催促下，我才依恋不舍挥手告别，走出村路的尽头，沿着另一条蜿蜒的乡间路向县城走去。

冬去春来，草长莺飞。在军旅生涯的几年间，心中常常思念家乡的村路和生活在路旁的亲人们，在紧张的军事训练和学习的时空里，我时常梦起家乡的村路，在春暖花开的季节里，那泥泞坑洼不平的村路变的又宽又平了，路两旁的树叶绿了，路边的小草开花了，梦到了挺拔的大槐树开出了白白耀眼的花蕊，也梦到妈妈用粗大的瓷碗盛着苦涩的榆皮高粱面条，大口大口地艰难的吞咽着……

当兵走后的第五年，我调至部队机关政治处工作。因工作成绩出色荣立了个人三等功。当我捧着立功喜报回到家乡，惊喜的发现，那条坑洼泥泞的村路，已变成了矸石煤渣路，路面平整了许多，也宽了不少。偶尔也路遇骑着摩托疾驰而过的年轻人，留下一路欢声笑语。我主动跟熟悉的乡邻们打着招呼，并让乡亲们看着我的立功证书，分享着我的荣誉和喜悦，听到乡亲们的赞叹声，心情觉得格外舒畅。

到机关任职后，回来的次数少了，但家乡的这条村路，依然勾连着我与故土间的乡愁余韵。身在北京石景山的军营里，家乡的这条路，仿佛就是我心灵深处的诗和远方，每每想起家乡路旁的人和事，家乡就在我心里活色生香起来，我在心里时常默默地祝福家乡的亲人们，早日步入小康生活。

倦鸟还巢，老村新象。没想到的是，当我赴滇参战归来后，调至晋城军分区工作。当返回故里的时候映入眼帘的是曾经晴天飞尘扬，雨天泥汪汪的村路，被宽阔笔直、路旁绿化的柏油路所代替，更让人惊讶的是，家家户户门前的进出路都变成了硬质化的水泥路，"村村通"，"户户通"工程，让家乡的路变得让人惊愕，惊愕得令人陶醉。一条条漂亮的村间路，犹如耀眼亮丽的彩带镶嵌在村落间，走在路上，与徐徐而来，疾驰而过的小轿车和一辆辆满载农产品的货车，还有隆隆作响的收割机擦肩而过。站在宽阔的村路上，我的心灵被这巨变深深的撼动。

我徘徊在家乡的村路上，感慨万千。是啊，路通了，日子也过好了。住在路边我儿时的小伙伴，现在经营着好几辆的运输车，专门搞煤碳运输，生意做的红红火火；我表哥家的孩子在路边开起了饭店，一家人成天忙得不亦乐乎；村里外出打工的，做生意的，办企业的也渐渐多了。残垣断壁的院落，被一栋栋掩映在绿树丛中的小楼，独家院代替。家乡仿佛一夜之间换上了新装，变得更加整洁有序，整个村庄整体北移，全部变成了崭新的楼房。夜幕降临，伴随着动感十足的旋律，我小学的老师，退休后组织村里的中老年妇女正饶有兴致的在新街上踏歌起舞，每个人都洋溢着幸福的笑容，那十足的精神头，一点也不亚于年轻人。

上学时就听老师给我们描述的“楼上楼下，电灯电话”的美好生活场景，不仅变成了现实，而且现在的生活比描述得更为舒心，就连七八十岁的老人都能使用手机，常常与在外工作生活的儿孙微信聊天呢。看着家乡的人们有说有笑，走新路，住新房，享受幸福快乐的生活，我真为家乡华丽蜕变而骄傲。而今，我的家乡人出行不仅有了环城高速，而且从去年市里在家乡的村边又在修建着环城一级公路啊！

斗转星移，在市里工作的我，只要有时间，总想回村子里看看。行走在故乡的路上，总觉得生命无比充盈，常常嘴角留笑，眼中噙泪。人啊，就是这样，让你一直舒心快乐的地方，不见得刻骨铭心，让你经历贫苦和幸福变幻的地方，却往往会泪流满面。只有在家乡的土地上，自己的灵魂仿佛才有了安息之处；只有踏在家乡的路上，自己的生命才有了通透的活力。一切仿佛都与家乡的变化，更与这美好的时代紧紧连在一起。

啊！弯弯村路。行走在故乡的弯弯的村路上，如同在一首婉约绮媚的诗行里徜徉。这弯弯的村路，既连着游子淳朴的乡言与乡愁，也寄托着游子对乡亲们的眷念和祝福。弯弯的村路，既承载着故乡厚重的历史，也延伸着故乡鲜活的未来。

弯弯村路，永远留在我的记忆里！

作者简介：陈宝璐，山西晋城人，作品曾在《解放军报》《工程兵报》《战友报》《北京日报》《北京晚报》《山西日报》《山西工人报》《山西商报》《山西科技导报》《太行日报》《太行日报（晚报版）》《西散原创》《红果头条》《梦之路联盟总部》《诗文音乐社》《太行前沿》《云水桥》等报刊、网络平台发表二百余篇。

养猪的记忆

邓存波

一

好久都不逛菜市场了。这几天爱人总弄些鱼鸡鸭，轮番地吃，就是不见我平时喜欢吃的猪排骨。“今天无论如何都得买一条排骨回来，我想吃清蒸排骨了！”我对爱人说，虽然猪肉涨价厉害，但从小到大，现在都五十多岁了，哪一天不想着吃猪肉。如今手头宽裕了，生活都差不多小康了，怎么就吃不起排骨了呢？爱人也不说不买，“今天你去买菜吧，星期六不用上班了。这么多年都是我买菜做饭，也该你张罗张罗了！”“行吧！不就买菜做饭嘛，难道比写文章还难不成？”我也觉得爱人说得合情合理，就爽应了。除了帮爱人的忙，其实也是为了自己，我就想着到久违的菜市场去逛一逛，了解一下现在的物价。猪肉的价格这几个月涨得真有些离谱了。平时只听爱人唠叨，邻里抱怨，可我真的仍将信将疑。这么一个高科技如此发达的时代，5G 都能造出来了，难道还会被一头猪困了手脚？

菜市场仍然很繁忙，鱼档鸡档鸭档还有其他菜档等都像往常一样，总有人在讨价还价，生意应该不错。只有昔日的猪肉档，空出了一大半，一眼望去，零零星星的只有两三家，摆在台面的猪肉也比往常要少得多。“买一条排骨回去煲汤。今天难得碰上一头肥猪。你看，都是本地土猪！”操着刀的女孩满脸堆笑地向我打招呼。我问：“排骨多少钱一斤？”“四十六元一斤！”“这么贵！”“还贵？生猪价都涨得无人敢要了，你看，有几家敢杀猪了？我这是亏本做生意了！”

平时十几元一斤的肚腩肉，现在也要价四十元一斤了。难怪没人吃猪肉了。我在菜市场转了一圈之后，终于弄明白猪肉涨价的原因：生猪存量不足，供应链接不上。生猪价格本来就高了，猪肉焉能不升价？听肉贩说，前段时间出现非洲猪瘟，扑杀了大量的生猪，导致养殖户养猪热情消退，供不应求，这就是肉价猛涨的罪魁祸首。

突然想起来，现在养猪的人真的不多了。在一些村庄里，真的很难找到一户养猪人家了。其中的原因，除了养猪没有钱赚之外，关键是，为了环保，我们不得不出台一些严厉的政策，严管生猪养殖了。推行大规模集中专业圈养，这本来就是一件好事，怎么就遇困了呢?

二

如果不是年纪大了，条件不允许，我真的还想回到乡下，重操我孩童时最拿手的养猪本领，为社会提供一头头优质的又肥又大的土猪呢!

我十来岁就懂得养猪了。开始是跟着母亲，她叫我怎么养我就怎么养。那个年代，要养一头猪，真的不容易。弄不好就会被扣上一顶“帽子”，割你的“尾巴”。母亲算是有远见敢想敢做的农村妇女。她觉得，如此艰难的日子，如果不依靠副业，家里不养几头猪，几只鸡鸭鹅，日子是很难维持的。所以，在村子里，母亲养猪致富是一个典型。而我就是这个典型的最好帮手。

那个年代，读书人算是最轻松的，作业不多，每天按时上下学就算最好的学生了。回到家里，谁都得帮父母做家务，不是煮饭，就是上山拾柴；不是帮母亲带弟妹，就是学着养猪养鸡养鸭养鹅。反正，父母不会让你空闲着的。我们那时也不喜欢整天吊儿郎当，无所事事。“穷人的孩子早当家”，环境影响人。

三

我小时候是出了名的乖孩子，而且是出了名的养猪高手。这不是吹牛的，有事实为证。二十世纪六七十年代，虽然日子过得艰苦些，但我们家照样养猪。母亲养一头母猪，每年育一批猪苗。多了，母亲就把多余的挑到集圩上买了，赚点生活费；少了就留着自己养，养大了当肉猪卖钱。所以，我们家每年都有猪卖，有可观的收入。因此，我们家的生活在村里头算是最好的。我们养猪的一个最重要条件是，我父亲在粮所工作，不时寄一些统糠玉糠回来（稻谷碾成米后，把脱掉的谷皮粉碎了就成了统糠。玉糠是脱掉谷壳后，再把米的外一层皮磨下来，这磨出来的部分，就叫玉糠。玉糠，人也可以吃，我母亲就曾经做过玉糠饼给我们吃，味道有点像北方人吃的馍馍）。用统糠来养猪，可以说是极好的食材。尤其和番薯叶（藤）、“日本草”（一种野生的猪草，至于为何叫它“日本草”，我一直弄不明白）等食物搭配起来，那更是经济实惠的养猪饲料。那时，番薯、番薯叶奇缺，只能到田野上割“日本草”来充当猪食。我当时就是靠割“日本草”养出一头头又肥又大的肉猪的能手。那时，我一边上学，一边回家喂猪。每天用三分之一时间到山上捡柴草，三分之一时间到田野上寻找“日本草”，剩下的三分之一时间就是在家煮猪食喂猪。那时的乡间，山坡上、田野上，处处都长着像藤蔓一样的绿油油的“日本草”。每天放学后，我都会挑着一担粪箕到野外去割“日本草”。长势喜人的“日本草”不好割，密密麻麻的，要一条一条地扯出来才能动刀，一不小心就会把手指给划了。我就曾经在忙乱中伤了大拇指，伤痕现在还印在大拇指上呢！有一次，还让一条眼镜蛇吓得把镰刀和粪箕都扔在野外，哭着跑回家去，一连几天都不敢去割“日本草”呢。

“日本草”割回家之后，我用水把它们洗干净，然后用大刀一节一节地切细捣碎。根据猪的食量，我切好了，就把它们放进一个大大的铁锅里。像压咸菜一样，挤得满满的一大锅。把水加上之后，就可以生火煮了。大概一两个小时，锅里飘出浓浓的香味，这时候把锅盖掀了，就可以看到，刚才满满的一锅“日本草”，煮熟之后就只剩下一大半了。

如果只是单纯地把“日本草”喂给猪吃，猪一开始还争着吃一点，但吃过后就跑开了，不肯吃了。毕竟是“日本草”，苦中带涩，若不和着番薯或者统糠一起给它们吃，猪是没有胃口的。有时候，遇上土地干旱，田野上的“日本草”都让我割没了，又不逢番薯收获季节，拿什么给猪吃呢？正犯愁间，母亲说，到水塘里捞“虾草”去。“虾草”也就是大家叫的“鲤鱼草”，这种浮生在小溪或者鱼塘上面的一种绿色水草，猪也挺爱吃的。反正，无论岁月如何艰难困苦，只要猪养得好，我家就不愁没白米饭吃。我呢，小小年纪也成了“养猪专家”。左邻右舍、叔伯兄弟都纷纷夸赞我。

四

我一直引以为豪的一件事，就是我曾经养出一头四百五十斤重的大猪。这要是放在现在，按生猪时价三十元一斤计，一头猪就可以卖到一万多块钱。可惜四十年前才一块几毛钱一斤。如果要问我那时这么缺食物，你怎么会养这么大的一头猪呢？我说，养猪如养人，除了要讲究方法技巧，最重要的一点就是爱。有缘让我养的猪，不论大小，我都把它当作最亲密的朋友，去喂养它，去关心它，去耐心地照料它。

那一年，我家的母猪只生了三头小猪苗。说来也奇怪，我家这头母猪每次都怀两三头小猪，想要多两头都难求。母亲总盼着能怀多几头，然后留两头自己养，多出的拿去卖给人家当肉猪养。这么简单的愿望却常常落空。这一年的三头小猪都是“博白猪”（猪种来自广西博白），一个个尖嘴长脸皱着眉头，极像白色的宠物狗。这一猪种，性情温顺，不怕生，十分可爱。小猪整天跟在母猪前后左右，“嗯嗯嗯”不停地围着母猪转悠。令人兴奋的是，每当我放学回到家里，小猪猪都向我跑过来，张着三张小嘴“嗯嗯嗯”地叫吃。我赶紧从人吃的番薯粥里舀几碗放在小猪槽里，让它们先吃一点。那可是我吃的份儿，给小猪吃了，吃晚饭时我就得挨母亲骂了。“小猪是猪不是人，只能给猪食给它吃！”母亲虽口上这么嘀咕，可心里也和我一样，心疼着小猪猪呢。

小猪养到每头都二十多斤了，母亲说，拿去卖了吧，年冬不好，明年生了再留下养。我死活不肯让母亲拿去卖。“留下来，我负责养它们，我一定会把它们养得白白胖胖的！”母亲拗不过我，只好全部留下自己饲养了。

五

现在要养一头猪，其实应该不难。科学圈养，有专门研发猪饲料的企业，也有防疫部门，一旦出现疫情，可以马上进行布控预防。缺点是，如此大批圈养，一旦疫情蔓延，就会殃及全部，影响全局。今年导致猪肉供应紧张的原因，就是因为发生了严重的非洲猪瘟。为了防止瘟疫扩散，只好采取扑杀和禁养，这样一来，猪肉市场就自然断供了。

我养猪的那个年代，也有圈养。在自己家里腾出一个空间，用木栅栏圈起来即成猪栏。我记得，有一段时间，我们村来了工作队，发现一部分村民将猪放养，不加以管理，猪四处乱跑，四处危及庄稼，满村拉屎，严重影响生产和卫生。于是就发动了一场筑栏圈养运动。我家的三头小猪，正好赶上了这个运动。

村里的集体猪栏离我家不远。每天放学回来，我的第一件事就是放下书包，先跑到猪栏去，叫几声“乖乖”，用手抚摸一下它们洁白又光滑的皮毛，看一眼它们饥饿时那一双双期待的眼神。然后再去割猪草，或者上山捡柴，忙了这些之后才会赶回来给我的猪猪们喂食呢。

我清楚地记得，我养猪的几年里，很少见到有严重的猪瘟发生。最多就是一些感冒厌食之类的小病小痛。那时也有专业的兽医，有什么事情，马上叫兽医过来，打针喂药，过后就好了。我家这三头白猪，倾尽了我全部的心思，从喂养到清洁，可谓无微不至。不论生活有多么艰苦，我们都要保证不能让猪饿肚子。眼看小猪慢慢长大了，从几十斤到一百多斤，一天一个样。我那个兴奋啊，好像猪就是自己。“妈，猪天天困在猪栏里，应该很难受吧，要不放出来走走吧！”我向母亲提议。母亲说：“你要跟好，一不准让猪跑到庄稼地里去，二要带着粪箕，猪拉屎了要及时清理，能做到这两点就可以放出来走一走，让猪散散步也是好的。”母亲当年是湖仔乡的妇女主任，她必须带好头。

于是，每天放学后，我又多了一项任务，就是陪着三头猪，在村子里散步转悠。就像放牛一般，紧紧地跟在它们后面，提着一只粪箕，握着一把小锄头，随时准备捡猪便。现在回想起来呀，那时的我对养猪是多么的投入和专业！

一年多过后，在我的精心喂养下，小猪变肉猪，每头都有二百多斤重了。母亲又说了："卖了吧，天冷了，你们兄弟姐妹五个，给你们每人买几件像样的衣服穿，今年过年，不用愁了！"他们都很高兴，唯独我闷闷不乐，一声不吭地来到猪栏跟前，三头小马似的白猪"嗯嗯嗯"地向我扑过来，我用手抚摸着它们像"猪八戒"一样的扇风耳，眼泪唰唰地落在猪槽上。"为什么你们是猪呢？"我终于想通了，答应母亲卖了两头大的，那头小的，是我心中的"白马王子"，我想出一个理由："要是全卖了，我放学回家没事干，学坏了怎么办？"母亲也觉得我说得有道理，就按我的意思，留下了"白马王子"。

六

小小的我，却有着宏大的目标，我下决心一定要把我的"白马王子"养成一匹真正的"白马"，我要骑着它上学去！

我真的把它当作一匹马了。我有什么好吃的都会分点给它，比如，一截甘蔗头，一条番薯，平时吃剩的饭菜，还有在别人家捡到的菜头仔之类。不论我给什么，"白马王子"都爱吃。天天都糟满肚满，吃饱喝足，一躺下来就呼呼大睡。眼看着它一天一个样，快速地长起膘来。有时，我突然生出一种不祥之感："这么快长胖长大了，是不是很快就要卖了呢？"越想越心疼，可是总不能让它变瘦变小了呀，我还指望着它变成一匹真正的"白马王子"呢！

我的"白马王子"三岁那年，母猪又育下五头猪崽。这下可忙了，顾了这头，又冷落了那头。"要是嫌累，就把你的'白马王子'卖了。养得太大了到时没人要！"母亲又打我的"白马王子"主意了。"不行！我不嫌累！我要养一头最大的猪，五百斤一头大猪，我要成为一个养猪能手！"我在养猪的这几年里，似乎也把自己养成了一个"大人"。我突然间明白，养猪和上学是同一个道理，都得认真投入，都是学问，都能让自己不断地成长起来。

有一天，我喂饱了"白马王子"后，把它放出来，它一摇一摆地走起来，真的很像一匹"小白马"了。我一时兴奋不已，走到它的身边，一边用手抚摸它，一边悄悄地跨上去。我终于骑上我的"白马王子"了。虽然走不了几步，我摔了下来，但我仍十分高兴，我真的把一头猪养成一匹马了。这才是我最欣慰的事情！

这么大一头猪，方圆几十里应该不会有其他人能养出来。我一下子出了名，"邓宅寮村人养了一头六七百斤重的大猪，简直像一匹马！奇迹！"有人不相信，还亲自赶到我家来，一睹为快，"名不虚传，真的，真的，了不起！"来人都给我竖起大拇指。

七

我还想把“白马王子”养成一千斤重呢，可惜不行了。“白马王子”终于病了。由于嘴巴上的两颗牙齿太长，导致吃东西不便，时间一长，把肉都磨破了，发炎之后化脓，脓肿之后还长出了一条条的虫子。母亲叫我用农药杀死那些虫子，可是口腔溃疡糜烂却无法医治，一天天下来，“白马王子”吃东西很艰难，一天天地见它变瘦了，整天躺着不肯起来，一点精神都没有。我看在眼里，痛在心里。“怎么办？谁能救救我的‘白马王子’呀？”“这样下去不行，得赶紧叫人拉到镇上去卖了！”母亲也舍不得，但也只能如此了。

第二天，食品站的人拉来了一辆手推车，把“白马王子”赶上车，我眼巴巴地看着它，让食品站的人把它拉走了。我为此几天都不想上学，不想做事，不想吃饭。母亲安慰我说：“这批小猪崽一个个都不错，全留下给你养，你不怕累就行！”虽然有了新的寄托，但我对“白马王子”的感情，真的是什么东西都无法替代的。

后来听母亲说，我的“白马王子”刚好四百五十斤。这是食品站几十年来收购的最大的一头猪。宰杀了之后，猪肉卖了三天都卖不完。我听到这个消息时，一边替“白马王子”伤心难过，一边又为自己的努力和付出感到无比的自豪。我终于做到了人生的“第一件了不起的事”。

八

养猪这个行当，现在提倡科学饲养。可以不用番薯叶，不用“日本草”，可以终身圈养，甚至可以用转基因的方法催生。我们过去用传统方法养猪的岁月，就像一本陈年的古书，没人学了。原因主要是，饲养时间长、效率低，放养会破坏生态，圈养吧，每家每户地圈着围着，即使可以统一来解决化粪池问题，但现在种田都用化肥了，过去那种牛粪猪粪经过发酵，和绿叶草坯混合起来的“土杂肥”没人要了，也不必要了。现在一切都讲究生态环保，讲究高效无污染了。说真的，在村子里养猪，如果没有良好的排污除污设备，的确让人嫌弃。不能为一己之私，损害公众利益，得不偿失。更何况，用传统饲养的的猪，两年才可以出栏，并且还不一定能保证得了。现在的养猪速度，就好像乘高铁坐飞机一样，想什么时候到站就什么时候到站，科学地加速猪的生长周期，提高了养猪的效益。

过去的散养，虽然成不了大气候，但可以全民养猪，自给自足，用“土”方法养出来的猪，都叫“土猪”。现在市场上哪有这样的猪肉？如果真的是用我小时候的方法饲养的，那一斤可以要价一百元也有人买的。物以稀为贵。社会永远是往前走的，但有关食物，比如猪肉，应该是越土越美味，越传统的就越是健康的。

快生快长好啊！规模养殖生猪，能保证日益增长的社会需求。可是，一旦发生大面积的瘟疫，就会影响猪肉市场供应。凡事都有利有弊呐！

九

看到眼前如此飙升的猪肉价格，我越发觉得，孩童时自己养猪的经历，是一个非常了不起的“壮举”，无上荣光！

真的，如果有可能的话，我仍想着时光会倒流，回到过去的日子。在老家再修一间猪栏，种两分田番薯，圈养三群鸡鸭鹅；如果再有一口四方鱼塘，放养上小时候喜欢的鲫鱼、鲤鱼、草鱼、塘鲺鱼、扁鱼等，清晨或傍晚六点前后都能闻到鸟语鸡犬之声，周末闲来蹲在池塘边看钓鱼郎（翠鸟）蹿上翔下，“吱吱”嬉戏。一天能吃上一斤八两自己饲养的“土猪肉”，长长久久地享受着自然生态的、不用担心什么转基因之类的化学催生食品，也不用担心猪肉涨价，让劳累了半辈子的自己过上几天优哉游哉的农家生活，此生就堪称十全十美了！

作者简介：邓存波，广东省作家协会会员，《湛江文学》副主编。作品先后在《羊城晚报（花地）》《星星诗刊》《西散原创》《华夏诗报》《北京诗人》《山东诗人》《湛江日报》《湛江晚报》《湛江文学》《湛江乡情》等报刊上发表。出版诗集《温暖不老》，散文集《寻山而来》。

油端子

刘勇

在老家的小街上闲逛，一阵风吹过来，带来一阵油香。这味道太熟悉，但一时却想不起来。寻味走过去，我看见了油锅上正在炸的油端子。

油端子有的地方叫油墩子，制作油端子，也有窍门。

先是做油端子的馅，把新鲜的红萝卜洗净去皮（一定要去皮），刨成丝，如果不去皮刨成丝口味完全不一样了，用适量的盐腌制一刻钟，挤掉水，加入胡椒粉、少许盐，麻油和葱花拌匀，有时也放少许猪肉糜拌匀在里面。这馅要是做不好，油端子就不好吃了。

接下来再做面糊，把面粉加盐、油，葱花和温水调成糊，程度是面糊可以往下滴。稠了炸出来就硬，稀了不成形，讲究不尽。

做油端子的模具是铁皮制作的，大小跟中等的酱油碟子差不多，上面端口上有皱褶、圆形，有一个长把子，长把子的尾上有一个挂钩，便于不用的时候挂起来。

准备好这些后，就可以炸油端子了。先将模具入油锅一起加热，小火即可，这样做的好处是模具预热后更容易脱模。五分钟后，在模具底部留点油，铺一层面糊放在里面，再放调好的萝卜丝，最后再加层面糊，用手端着放进油锅内炸，火候要特别注意，一直要小火。八分熟时敲下模具使其分离，油端子放在油锅里再炸，直到炸成型，整体金黄色时，捞出油端子控油沥干，这个就是油端子成品了。如果敲早了，油端子就不成型，掉渣了。要是敲迟了，里外就都焦了，油端子会很硬。只有正好的八分熟，油端子才外焦里嫩。

吃油端子要趁热，咬上一口，皮脆馅热，有萝卜丝清苦的香，有淡淡的麻油香，也有葱花油炸后的香味儿，还有植物油与面炸出的香。几种味道交织在一起，油味满天、香气四溢。

吃上一口香喷喷的油端子，我一下子找到了小时候的那个味道。

油端子的制作不复杂，就是耗很多油。我小时候家在农村，没有那么多油，所以一般人家做不起。即使在过年的时候，也不做。我大爷（我们老家把大伯叫大爷，爷爷叫爹爹）是私塾先生，家里殷实些，每年过年前，大妈总要在门口做油端子，引来我们侄儿侄女们聚集在她家门口。我们盯着油端子直望着，满鼻子闻着油香味，口水在嘴里流，不敢出声，生怕说话时一不小心口水掉下来。

大妈有时候会故意不小心弄坏一些，嘴上说坏了坏了，但还是把坏的分给我们吃。我们男孩子吃了还不想走，围在大妈身边继续相眼。最后，大妈就会分几个给我们带回家去。大妈多年来一直这样宠着我们。大妈已过世多年，但我一直还记着她给我吃的油端子，真香。

大妈家的油端子与小街西头陈家的不一样。大妈家的油端子馅里面包了一点猪肉糜，葱花也多放了点，有味，陈家只有萝卜丝。大妈家的油端子是用纯豆油炸的，街上陈家用棉籽油，陈家的油是反复使用的，时间长了又苦又涩。大妈家的油端子模具是自己做的，个头比街上的大。大妈家的油端子在油锅里炼了很久，陈家的在锅里面时间不长。我小时候就喜欢吃大妈家的油端子。

陈家的油端子虽比不过大妈家，但大妈家的是炸给自己家吃的，陈家的油端子在街上、乡下到处卖。不少人就好这口，几天没见陈家老三来叫唤，就念叨起来。

陈家老三，把炸好的油端子放入底下垫了一层白纸（有的时候好像是报纸）的竹篮子里面，上面盖上一层纱布，跨着篮子从小街的这头慢慢地走到那头，再去附近几个村庄，嘴里面吆喝着："油端子哩，油端子咯。"他走过的地方，飘着特别好闻的油香，老三经过后，大人们也要深吸一口，就想把油的香味留得时间更长一些。小孩子们就跟在陈三后面跑，也不知道累。

我也曾跟着陈三后面跑过，跟得还很紧，我知道远了就闻不到油端子的香味了。

陈三走得太快，跳过沟子，我跳不过去，回头一看脚下是一条大河，又回不去，吓得大哭起来。家人喊醒我，原来是做了一场梦。

一次，晚饭时间，陈三经过一个村子，被一群人叫住。领头的是个大个子叫祁五。他们这些人，远远看见陈三过来，就打起赌来。王二子端着碗："祁五，你要是把陈三篮子里的油端子全部吃了，账我来付。"他们当时也不知道篮子里有多少油端子。祁五心想，这么晚了，按照往常经验，剩的不会太多，十个八个完全能够应付。就应承下来："要是我吃不了，账不要你结。我明天再买一篮子给大家吃。"众人起哄。

陈三揭开盖在篮子上的毛巾，数了数，还剩二十八个。

祁五硬撑着，开始闷头吃起来。大伙递水给他，他不接。眼看着篮子里油端子慢慢见少，王二子想开溜，被大伙抓了回来。结果祁五只吃了八个："刚刚喝了两大碗稀饭，实在吃不下了。"祁五将余下的分给大伙吃了。第二天，祁五让陈三又送来一篮子，分给大家带回家给老人孩子吃。

祁五故意这么做的，因为，他前阵子出河工，力气大，比大家多苦了一点钱。但就在河工结束的那天，祁五腿抽筋，滑到河里，喝了几口水，还是王二子他们几个人跳到河里，把他救了上来的。

祁五是用这个方式，回报大伙、感恩大家。

小街上卖油端子的摊主也姓陈，告别时，我问起他与陈三的关系，他说是他爹爹。他们家的油端子现在有多种口味的馅子了，有红豆的（甜的）、海英菜的、纯肉的、海鲜的等等，但还是萝卜丝的买的人最多。小陈摊主告诉我，他的哥哥现在在市里成立了一个公司，流水线生产，产品畅销全国，还出口到海外了。

小陈摊主现在做的规模也不小，在街上盖起了三层楼房。他之所以没有出去，就是考虑在家乡留下这个传统小吃，把他爹爹留下的油端子的味道永远留住。我为他这份情感动，更为遇见这种熟悉的味道释怀。

我想，一个人，可以从家乡走出去，可不管走多远，走多久，家乡的味道永远藏在味觉里，乡音永远缠绕在耳边，心里永远装着家乡的故人和往事。

走得再远，心也是走不出家乡的。

作者简介：刘勇，江苏射阳人，连云港市作家协会会员，连云港市散文学会会员，江苏沃梦想文学创作室首批成员。文字散见于《江南时报》《青海湖文学》《西散原创》等。

土路

陈海清

这是一条土得掉渣的路，却常常令我魂牵梦萦。

这条土路，就“长”在我们村子的北面。它在延伸的过程中，将3口池塘紧紧牵着，如果从空中鸟瞰，它就像一根粗大的白线，把3颗大珍珠串在一起。在别人眼里，它很普通，而在我的心中，却烙下了难以磨灭的印痕。从小到大，路上的一草一木、一声一响，我都熟悉得不能再熟悉。放牛，捉鱼，打牛草，摘野果……土路，就是我的天然幼儿园！

土路的东边是农田，西边则是墓地。到了晚上，野外更幽，村庄似乎离我们更远了。旷野苍碧，走动的身影零散、模糊。记忆中，天刚蒙蒙亮，父亲就把鸡挑到那块墓地放养，把鸡笼放在灌木丛中。这个地方正好靠近第二口池塘。灌木丛中有几个大大小小的缸子(方言称“盦子缸”)，用于存放先人骨殖。白天看着心里就发凉，最让我发悚的是傍晚，整个原野阴阴沉沉，萤火闪闪。而傍晚时分是要收鸡入笼的，可那些鸡总是不怎么听话，它们不是往鸡笼里钻，而是钻在灌木丛里，甚至母鸡带着小鸡钻在盦子缸之间的缝隙里。一开始，我先捉母鸡进鸡笼，结果小鸡四散开来，害得我白白折腾好久。慢慢地我摸到了门道，待把小鸡捉完再捉母鸡，这样就省事多了。但一切都得小心翼翼进行，仿佛害怕惊动先人的灵魂似的。

到了白天，分布在土路两边的那3口池塘就是我喜欢去的地方。

第一口池塘在出村口50米远的左边，再走200来米，右边是第二口池塘。这两口池塘是放牛和钓鱼的好去处。还要再走两三百米才到第三口池塘，这里是全村大大小小男人戏水的地方。我们就是在这里学会游泳和跳水的。3口池塘，都与某段历史有关，是人工开挖的产物。

我最喜欢去第二口池塘玩。

这口池塘，留下了我儿时太多的记忆，喂肥了我的童年。每逢夏天，总是免不了要在这个池塘里玩闹一阵。或洗洗手脚凉快凉快，或和几个伙伴用瓦片玩着“水上漂”，或牵着大水牛在池塘边喝水。

这口池塘像半个凸字，北边大，南边小。北边有一片原始灌木丛，这是我们村保存得较为完好的3片原始灌木丛之一。那两片稍大的，掩映着庙宇，里面藤蔓丛生，枯叶厚积。泥土的呵护与溺爱，让山果浪漫成长，让鸟虫自由玩耍。灌木丛中，有酸味子、牛萝、东风橘、布渣子等很多可以吃的山果，这里真是小伙伴们的福地！

暖阳丰满，误入绿丛，擦亮了自然的景色。南边那口小池塘，面积约为一两亩，水很浅，很清，可以看到很多小鱼在优哉悠哉地游来游去。水，活泼极了！塘边水草丰茂，我经常在这里放牛。每逢放牛，田野里，山坡上，牛声哞哞，此起彼伏，这是多么原汁原味的音乐！晨昏之际，阳光在池塘水面、草木枝叶上轻轻按摩着，塘基上每一个足迹，都闪烁着一抹霞光。

到那里放牛，我经常会带上鱼钩。家里贫穷，一两分钱一枚鱼钩，父母舍不得买，只能靠自己动手做了。我用一小段铁线，把一头磨尖，做成鱼钩。鱼饵也是自个儿挖的蚯蚓。钓鱼是一门技术活，光有耐性还不行，还要懂得鱼藏在哪里，什么时候出来觅食，成功率才高。可喜的是，每次钓鱼，我都能满载而归。

那里还是制造惊喜的舞台。雨后，沙地上突然冒出一大丛花生苗，这是谁的“杰作”？经过细心观察，我终于发现了这个秘密：乌鸦在地里用嘴挖起花生，整颗吞到肚子里，再找一块松散的沙地挖一个坑，将花生吐出来埋上。这可能是乌鸦为日后准备“口粮”。嘿，名声不太好的乌鸦，办事还挺有远见的。伯劳鸟把抓到的水蛭、草蜢、小鱼、小虾等插在剑麻的刺上，然后停在旁边的树枝上，看着它的“战俘”不断扭动身体，竟高声唱起歌来。这情景，简直像一个凯旋的将军，在得意扬扬地向同伴炫耀他的“战利品”。

乌鸦和伯劳鸟，在我们幼小的心灵里，都不是什么好鸟，因为老人常说，乌鸦叫声不吉利，伯劳生子没孝顺。这些说法，听得我们的耳朵都长茧了，以致我们见到乌鸦就骂，看到伯劳鸟就赶。长大后，我才慢慢意识到，自然界里每一种生物都有自己的作用，缺一不可，每一个生命都撞击出原始的回响。

在大多数人的印象里，牛粪只能用作肥料，其实，牛粪的用处多着呢。它可用来养蚯蚓、种蘑菇、堵裂缝，甚至作为中药材使用。我们这些放牛娃，一旦见到一坨牛粪，就插上一支小棍子，告诉别人这坨牛粪是我发现的，这样就没有谁去动你的了。倘若牛下水拉屎，来不及拿粪箕来接，就赶快跑下水去，用自己的上衣兜住，待将牛粪移至粪箕后，再洗干净衣服。牛粪那种天然的青草气味，氤氲了时光的古朴，诠释了童年的天真。

另一块平地有几十棵木麻黄。这是农人休息的地方，每当劳作了一两个小时，男的便在树荫下抽抽水烟筒，女的给孩子喂喂奶，或者大家一起说几句笑话，给单调的田间劳动增添一点润滑剂。这里更是小孩子的乐园。春夏之交，我们可以在木麻黄树头，用手指抠出金龟子，用火烤来吃，香喷喷的。金龟子是一种俗名叫“鸡乸虫”的害虫变的。这种害虫专吃农作物的根茎，我们算是替农作物“报了仇”。挖蝉花，找蝉蜕，捉鸣蝉，都是我们的拿手好戏。女孩子还会用簕古叶编鸭乸粽、三角粽、笔架粽的外形，男孩子更多的是做风车、做叶笛。而我却能织出很多新花样，让小伙伴们羡慕得牙痒痒的。稍大一点，我还会编织五花八门的竹器，这真的要感谢织簕古花样呢，虽然织的对象不同，但织法可以触类旁通。

今年清明回家，我发现，故乡的土路变了，杂草丛生，旧貌不再。池塘，也不再清澈照人，没有孩子在嬉戏，没有大水牛在塘边喝水，没有村妇在洗衣服。看着墨绿的池水盛着半塘水草，我的心里泛起了阵阵涟漪。

土路，你的颜值变了，但你的本质没变，还继续姓“土”，还是那样的朝气蓬勃！

土路，你长满芳草，也长满故事，我的思绪愿意同你一起疯长。岁月长河汩汩流淌，你用不算漫长的身躯，蕴藏了我纯真的初心，刻下了我成长的印记。

当年，转身那一刻，我曾有迈向外面世界的亢奋；如今，回眸这一瞬，我竟有踏进故乡家园的沉重。耳边，仿似有个声音在轻轻问道，在外打拼这么多年，你的底气从哪里来？哦，没错，正是脚下这一条土路……

作者简介：陈海清，湛江东海岛人，中文本科，经济学研究生，《大学语文》副主编，麻章区作协副主席，在《华夏诗报》《萌芽》《文学青年》《扬子晚报》《湛江日报》《茂名日报》等多家刊物发表作品。

儿时乡村家里的那炕围子画

李兴盛

连日的绵绵秋雨，丰盈着秋韵，也给十月带来了丝丝凉意，今天清晨出门，寒意扑面而来，一个趔趄，不小心和秋风撞了个满怀。我站在小区楼门口，读着收取今年冬季取暖费的通知，眼前不知怎么的突然一片模糊，脑海中闪现出了儿时乡村家里的那铺土炕，想起了土炕上面的那炕围子画。因为那炕围子画里，承载着我儿时童年的欢笑，蕴藏着我儿时对人生的启蒙，我浮想翩翩，思绪不由得一下走进了儿时乡村家里的那炕围子画里……

儿时的家住在离县城南 15 华里的一个小乡村，村里主要有“东头”和“西头”两条街道，“东头”街道上坐北朝南坐落着三座四进级大院。我家就住在了中间大院的东上房，在第二级院门旁阳文砖雕写着“道光年间造”的字样，这不仅诉说着当时家族的辉煌和厚重，还可推知至少在道光年间甚至更久远的时候我们的祖先就建成了这座院落。那时候，家家户户都有土炕，从我开始记事时，爸爸妈妈和我们兄弟姐妹五个孩子就都在这一大土炕上睡觉生活。土炕是我们北方人，特别是山西省北部农村冬天取暖的主要设施，靠着窗户，用砖和麦秸泥土做成了一个通过火炉燃烧煤炭或柴禾，生成的烟钻入土炕的烟道中进入房墙里的烟道，升到了房顶上的烟囱里，最后升到空中排放到大气里，热量通过土炕里的烟道，烤热土炕，在冬天里为人们保暖取暖。因为晚上人们在土炕上面睡觉，白天有时也在土炕上休息，特别是一日三餐，把小木桌放在土炕中间，一家人围坐在桌子四周，边吃饭，边聊天，坐谈南北，海阔东西。人们在土炕上的时间长，土炕的三面靠墙，人的身体与墙的接触和摩擦，使墙皮脱落，落到了身体上、衣服上、被褥上、土炕上。咱们的祖先们聪明睿智，因为这就发明了炕围子画，在土炕三面的围墙上，画上了高约 70 厘米的各种各样的画，再用油漆刷上，手摸上去墙皮就不会掉落下土渣灰末，干净明亮，美观大方，据有关文献史料记载，到了北宋，当时朝廷达官显贵的居室里就开始流行，明朝末年逐渐普及到了农村。二十世纪的七八十年代，北方的农村更为盛行，特别是儿女结婚、满月祝寿、乔迁新居、过年过节，炕围子画成了不可缺少的一项内容，颜色鲜艳，内容丰富，特色鲜明，是那一代代人的永久记忆，也是那一抹抹不去的绚丽乡愁。那时乡村家里的炕围子画就成了我儿时玩要、学习、启蒙、生活的快乐园地。

在我的最初记忆中，那炕围子画最先画的是各种各样色彩不一的《富贵牡丹》画，每当吃饭空闲时，特别是在晚饭后、睡觉前，妈妈就会指着那炕围子里的画，教我们认识红花、绿叶、花苞、花朵……一方面，妈妈希望我们儿女们个个都能像一朵朵雍容华贵的牡丹花一样，在以后的人生中鲜花怒放，香飘四溢；另一方面，也希望全家人的生活能够像牡丹花一样红红火火，快快乐乐。回想着那一朵朵红得耀眼、紫得芳心的牡丹花，昔日的场景不由得时现眼前，时光不能倒流，人生不能回转，要是能再回到儿时，享受着全家人的快乐那该是有多好啊！后来，炕围子画又换成了《桃园结义》画，妈妈指着画中刘备、关羽、张飞桃园三结义的画面，教育着我们从小要为人忠厚诚实，行侠仗义，义薄云天，问心无愧，以至于至今我们的骨子深处无不镌刻着“诚信”二字，诚信做人，诚信为人，诚信处事。再后来，我印象极深至今还常常闪现在眼前的炕围子画是那《桃花扇》画，一来，妈妈从小喜欢戏剧，喜欢看戏、听戏，偶尔自己哼上唱几句戏文；二来，《桃花扇》又是中国古典四大名剧之一，画中画着男主人公穿着我当时看不懂所谓长袍马褂蓝中带红的戏服，头上戴着秀才样的帽子；女主人公凤冠霞帔大红戏服，头上戴着珍珠如玉般的凤冠，甩着水袖。虽然妈妈教我们的戏曲话，历经岁月的沉浮，至今在记忆中早已变得模糊不清，但妈妈从小告诉我们：“不论什么时候，一家人都要相亲相爱，和睦相处”的谆谆话语却记忆犹新，长大后才知道桃花扇的缘由，那是明朝末年复社文人侯方域避乱南京，结识了秦淮名妓李香君，两人一见钟情相恋的爱情悲剧，爱恨情仇，悲欢离合，荡气回肠，侯方域题诗宫扇赠李香君，后来李香君不畏奸臣的屡屡迫害，将头撞破，血溅宫扇，侯方域之友杨龙友在宫扇上点血画成了一枝桃花，所以才被称之为《桃花扇》。“有没有勇气走，带着满身的伤口，千年的等候，今生终再续”的话语还潜藏在记忆的脉胳里，才子佳人突破当时种种传统恶势力，历经磨难，终成眷属，后二人又看破红尘，双双出家。《桃花扇》的爱情故事冲破世俗，穿越时空，一直传颂至今。

后来，爸爸妈妈为了我们有一个更优越的学习条件，举家搬进了县城生活，那炕围子《桃花扇》画也就永远留在了乡村老家土炕的炕围子墙上，估计年久失修，墙皮剥蚀，也应该是残缺不全，破损不堪了。但在我的记忆深处，随着时光流逝，却更加历久弥新，有时还常常时现眼前，因为儿时乡村家里的那炕围子画，是我童年快乐时光中不可或缺的一部分，里面不仅承载着岁月的沧桑，更流淌着妈妈对我们儿女满腔无私的满满母爱，还有我们兄弟姐妹间相互打闹嬉戏的欢声笑语。回望人生来路，当时不懂画中事，读懂已成画中人，妈妈虽然不幸患病已离世十三年多了，爸爸故去也有一年多了，深感父母的养育之情比天高、比海深，但子欲孝而亲不待，昨夜幽梦忽还乡，相顾无言，唯有泪千行，我只能是轻轻地走进斑驳的岁月记忆里，小心翼翼地从儿时乡村家里的那炕围子画中，慢慢地再去寻觅父母的身影，妈妈的爱，细细体味，对父母的思念，证候来时，正是何时？灯半昏时，月半明时，爱就在那时……

作者简介：李兴盛，就职山西省汾阳市应急管理局，中国乡村作家，撰文获第三届“李煜文学奖”的“佳作奖”、发表《西部散文选刊（原创版）》《中国乡村》《参花》《散文福地》《汾州乡情》等刊、陕西《文化艺术报》等报、“搜狐网”“华夏访谈网”等网、“西散原创”“水先生的语文生活”“大爱文学社”等平台。

故乡麦收，记忆深处的底片

支立明

最近一次回故乡正值麦收时节。

故乡是阜阳市郊的一个不起眼的村庄。“夜来南风起，小麦覆陇黄”。每年槐花飘香的初夏，广阔无垠的淮北平原呈现遍地金黄的色彩，此时的麦子已经成熟，空气中弥漫着诱人的麦香。一排排别墅似的民居与道路两旁的绿树成了无边的“金毯”上美丽的点缀。一条条新修的水泥路犹如大地的经络蜿蜒着伸向远方的田野，将麦田分割得泾渭分明。

循着平坦的水泥路面，在麦田间徒步慢行。一株株麦子亭亭玉立，麦芒坚挺向上，好似威武的士兵昂首挺胸地戍守着自己的阵地。偶尔，几只漂亮的蝴蝶在麦子上飞来飞去、翩翩起舞。随手摘一个麦穗，置于手掌之中，用力揉一揉，嘴巴凑近手掌轻轻一吹，麦糠随风而去，手心里只剩下干干净净的麦粒。带着欣赏的眼光看着籽粒饱满、晶莹剔透的麦粒，便知今年又是一个丰收年。我扬手把麦粒送入口中，轻轻嚼上一嚼，筋道微甜。这也是儿时上学的路上经常做的事情。

放眼望去，不远处几台大型联合收割机正在田间来回穿梭作业。收割机经过之处，扬起浓浓的烟尘，金黄的秸秆均匀地抛洒在地面上。不消多时，一方几亩的麦地，便收割完毕。麦子的主人将农用三轮车开至收割机跟前。闪烁着鲜亮光泽的麦粒，犹如滚滚的波涛从收割机的粮仓倾泻而下。

在麦田地头浓密的树荫下，几位乡亲正在悠闲地纳凉，或谈论着今年的好收成，或交流在外务工经历的新鲜事，幸福和欢乐洋溢在脸上，丝毫看不出因麦收带来的疲惫。

“现在收麦子真的好清闲，过去的麦季长达大半个月，人累得和牛一样，整个身子骨像散了架似的。”本家的三伯已经年过古稀，身体却依然很硬朗，提及麦收感触特别深刻。其他的几位乡亲随声应和着。“是呀，是呀，现在农业全部实现了机械化，种田省时省力，好悠闲！”

乡亲们的交谈让我记起了白居易的“田家少闲月，五月人倍忙”的诗句。在我童年的记忆中，麦收季节是一年中最为重要的农事时节，那种仪式感与过春节相比一点也不逊色，家家户户都在早早地为之做准备。乡亲们三两家合用一辆板车到集市上购麦收的用具，小到镰刀、磨镰石、大扫帚、扬场锨、口袋等，大到耕牛、石磙石磨、车轱辘等，一应俱全。为了提高劳动力，改善生活是必不可少的，平日里一向节俭的乡亲们也会“奢侈”一回，猪肉、鸡蛋、鱼类、啤酒等也买一些存放在家里。馓子、油条自己动手炸上满满的一大箩筐，用绳子吊在房梁上。一切准备就绪，只等动镰时刻的到来。

初夏的清晨，凉爽惬意，睡意正浓的我被聒噪而醒，睁开蒙眬的睡眼，看到父母亲早已忙活开了。母亲在院子里的水缸前磨刀霍霍，不时用大拇指在刀刃上轻轻地荡一荡，检验镰刀是否锋利。一把把磨好的镰刀整整齐齐地排在一旁。父亲在牛槽边正忙着给牛儿加草添料，嘴里还不停地念叨着：“老伙计多吃点，今年麦季就看你的了。”

在母亲的催促声中，哥哥姐姐们纷纷起床，每人拿一把镰刀，跟随母亲来到村庄西头的自家麦田。母亲轻轻在手掌中吐了点唾沫，弯下腰来，右手握住长长的镰刀柄，挥刀钩住麦子，左手顺势抓住麦秆，镰刀用力往后一拉，麦子便被割掉了。母亲割麦的动作连贯娴熟，一气呵成，看不出丝毫的费力。如此循环往复，不多时，一大片麦子，一堆堆整齐地卧在地上。哥哥姐姐们谁也不甘落后，学着母亲的样子在地里展开了割麦竞赛。

日头越升越高，天气渐渐炎热起来，汗珠像断了线的珠子直往下落，滴在了脚下的土地上，偶尔滑落到眼眶里，辣辣的感觉怎么也擦拭不去。腰酸了，手疼了，割麦的速度明显慢了下来，哥哥姐姐们不时直立起身子，用拳头轻轻地捶打着腰部，眼睛向前张望，巴望着能早一点割到地头。每当这时，母亲总是关切地说，别急，慢慢来，别一下子累坏了。有时，卖冰棍儿的摇着拨浪鼓，骑着自行车在田野里叫卖，母亲慷慨地从口袋里掏出几角钱递到哥哥手中，示意给我们每人买一支冰棍儿解解暑，但她自己从来没吃过。

割倒的麦子静静地躺在地上，等待着父亲拉到麦场上。彼时，各家各户拉麦子的车辆都是板车，为了增加车载能力，乡亲们都会在板车上绑上几根木棍。父亲是装车的高手，一堆一堆的麦子被他用木叉高高挑起，熟练而有序地摆在板车上。很快，一车麦子装满了，像圆圆的草垛高高地耸立在车上，风儿一吹，颤颤巍巍，左右摇晃。父亲用绳子用力一刹，原本蓬松的麦子一下子实在许多，麦车的高度也矮了不少，大大降低了在崎岖的小道上麦车倾覆的概率。父亲将拴在车辕上的绳子套在右肩膀上，双手死死地握住车把，上身努力前倾，车子在父亲的牵引下如蜗牛般缓缓移动。

打麦场始终是男人们的主战场。父亲将从地里拉来麦子均匀地撒在麦场上，让其在阳光下暴晒。待到中午时分，父亲麻利地套上两头牛（其中一头是三伯家的），一手扯着牛绳，一手操着鞭子，嘴里哼着我听不懂的小曲，牛儿拉着石磙石磨在麦场上一圈一圈地辗轧着。石磙发出“吱扭吱扭”的响声，让我听得发呆。

夕阳西下，鸟儿归巢。全家男女老少齐上阵，翻场、挑麦秸、垒垛、扬场，经过一道道工序，一堆麦粒像土丘一般呈现在面前。我情不自禁地跑到麦粒堆上戏耍，即便将麦粒撒得满场皆是，父亲也不会责怪。那滑滑的，凉凉的感觉至今记忆犹新。

童年记忆中的麦收季节就这样持续了半个月有余，经过麦收洗礼的乡亲们皮肤黝黑发亮，手掌结满厚厚的茧子，尽显出农民特有的健壮与勤劳之美。

在盼望年年的麦收之中，我已人到中年。经过几十年的发展，故乡麦收的方式悄然发生着变化，闪光的麦镰、哞哞的耕牛、圆圆的麦草垛无声地退出了麦收的舞台。大型联合收割机的闪亮登场让长达近一个月的麦收季节缩短至两三天。如今的乡亲们再也不用整日面向黄土背朝天的在土地刨食了。麦收时的起早贪黑、腰酸腿痛成了大家茶余饭后的话题与回忆。

由于常年在异地工作的缘故，我也无暇耕种自己的几亩承包地，一年当中回故乡的次数屈指可数，但麦收时节是必然要回去的，似乎只是为了寻找麦收的仪式感。于我而言，麦收仿佛是一帧帧故乡的底片，深深地烙印在我的记忆中。它承载着浓浓的乡愁，见证着祖国的历史变迁，虽然历经了岁月的洗礼与打磨却永不褪色，反倒更加鲜亮清晰。

作者简介：支立明，亳州市作协会员，蒙城县网络作协副主席，现供职于乡村学校。曾有两百余篇散文、教育随笔、人物通讯等散见于《安徽日报》《西部散文选刊（原创版）》《安徽法制报》《亳州晚报》《中国作家网》《美文精选网》《蒙城文艺》《搜狐网》等报刊及网络媒体。偶有文章在省、市、县征文中获奖。

老家的年夜饭

陈文

生活殷实以后，人就懒得动了，以前在老家的时候，一家人团圆，年夜饭都是在家里吃。后来进了城，也跟着赶时髦，到饭店吃团圆饭了。可是，再也吃不到老家年夜饭的味道了。一提起老家的年夜饭，往事就像泉水“叮咚”地往外冒，冒个不停，挡都挡不住。

小时候，不晓得什么叫理想，这个愿望，那个期盼倒是常常会有的。至于当年有过哪些愿望和期盼基本上不记得了，唯一忘不了的就是一年到头都盼望着那个大年夜，可以尽情地享受一顿美味大餐。甚至美美地想过，如果天天都是大年夜该多好呀！

记忆中，印象最深刻的是 1971 年的那个大年夜，当时我读初一。早上醒来，就再也睡不着，大年夜那些美事，在脑海里不停地翻腾。

吃过早饭，大人都忙开了，父亲揣着票上街买香烟和鞭炮，哥哥跟着生产队的男劳力抬着拖网到河塘里捕鱼，妹妹和弟弟丢下早饭碗就不见人影。我帮母亲劈柴火准备焖烧猪头。这是一只咸猪头，在我的印象里，每年春节，父亲总能找关系搞到一张猪头票。

母亲先把猪头洗干净，小心地摆进灶头上最大的一口铁锅里，把猪头没在水里，然后坐到灶膛门口，点燃稻草，接着把准备好的柴火慢慢添加到灶膛里。一团团起舞的火苗在母亲脸上跳跃着，她那慈祥的眼神里寄托了美美满满的期望。用柴火焖烧猪头有讲究，烧得不烂不行，烧得稀烂也不行，需要把握好火候。开始大火旺烧，临了用细火焖烧，使佐料浸透皮肉之中，直至入骨。大概过了半个时辰，从灶头间到堂屋都弥漫了猪头肉的香味。

母亲刚刚拆完猪头肉，妹妹和弟弟从外面“疯”完回来了，真是馋猫鼻子尖。他俩二话不说，一人拿起一块大颌骨，我只能拿起剩下的小骨头。

啃骨头是年夜饭的序曲。我们拿着骨头，来到东山墙，太阳暖暖地照着，大年夜显得更加祥和、舒适，喜鹊在树顶上跳来跳去，好像张望着我们手上诱人的骨头。我诡秘地对小弟说：“我的两块骨头换你那一块好吗？”小弟看看我手上的两块骨头，再看看自己手上的半个颌骨，竟然同意了。颌骨里面藏着一只猪眼睛，长辈们说吃猪眼睛，眼睛就亮。至今我看书读报还不用戴眼镜，也许就是小时候猪眼睛吃多了的缘故吧。有滋有味地啃着骨头，想着丰盛的年夜饭，幸福的感觉真的难以用言辞表达。

父亲背着鞭炮从街上回来了，哥哥拎着生产队刚分的两条鱼也到家了。一家人都齐了，于是，母亲便张罗祭祖宗。祭完祖宗，家里有个习惯，先把饭菜全部端到灶头上，擦干净八仙桌，再把该吃的菜端上桌。以往，母亲总是把鸡呀、鱼呀、肉圆、鸡蛋藏到碗柜子里，准备留给来拜年的亲戚吃。这一年，她突然变得慷慨起来，大声说："鱼留着，年年有余（鱼），其他的都端上去。"哇塞，我和小妹、小弟高兴得手舞足蹈，口水都快要流出来了。

期待了 365 天的年夜饭终于登场了。菜肴是历年以来最多的一次，有鸡、肉圆、红烧肉、整鸡蛋、青菜、煎豆腐。我迫不及待地盛了一大碗米饭来到餐桌旁，还没等坐稳就夹了一块红烧肉放进嘴巴里。弟弟更不落后，眼睛像闪电，筷子像雨点，嘴巴像泥箩。母亲见状，提醒道："慢慢吃，别噎着。"父亲咪一口自家酿制的土酒，慢吞吞地说："饿煞鬼喔"。其实，端到餐桌的菜就是让一家人吃饱吃好，吃完年夜饭，小孩子就会"年饱"了。

小弟看到妹妹拣了鸡蛋，也连忙把筷子伸到鸡蛋碗里，那里知道，他没有夹紧，鸡蛋掉到台子上，翻了几个跟头滚到地下去了。一家人都横着眉唬住弟弟，哥哥嗔怪："你还要打一顿过年呀！"弟弟吓得脸色都变了。母亲不声不响转身蹲下，把捡回来的鸡蛋在护袖上擦擦给了父亲，然后又拣了一个鸡蛋放进弟弟碗中，说："没事，小心点。"

我第二碗饭快要吃完时，母亲突然想起来什么，说："啊，我差点忘了。"她急忙从灶头上端来半碗红烧肉汤汁。母亲说过："供祖宗的菜不可以泡饭，吃了这种饭，眼睛见到风就会淌眼泪。"此话是不是真的，我一直没有考证，而是把母亲的说法又传给了下一代。母亲知道我们兄妹几个都特别喜欢用肉汤泡饭，从那年开始，每逢祭祖，母亲都会特地为我们准备泡饭的肉汤。给饭浇上肉汤，红荡荡的，油旺旺的，肥溜溜的，香喷喷的，美滋滋的，吃起来打嘴都不掉。母亲看到我们争先恐后地把肉汤往饭碗里浇，脸上露出了花儿一样的笑容，她一心想着子女，总是把好吃的留给我们，就连掉到地下的鸡蛋都舍不得吃。

这个年夜饭尽管已经过去了半个世纪，可是，在我心里还是那么清晰、那么灿烂、那么快乐、那么鲜美！

作者简介：陈文，江苏省小学语文特级教师，江苏省残疾人作家协会会员，常州市作家协会会员，出版专著 8 部，在纸刊发表文学作品 30 多万字，现在江苏省常州市金坛区老年大学工作。

拾牛粪

庞祥艺

看到这个题目，也许会觉得不雅。但是，拾牛粪是普通的农事，是最古老的文明。

童年的时候，牛是我们农家的主要劳动力，像犁田耙地等粗重活儿，都是由牛去干的。养牛，是乡下人种庄稼的需要，我家里就领养了生产队一头牛。假日去放牛，是母亲交给我的重要任务，也是我乐意去做的事情。牛是牲畜，自然不懂得讲卫生，它屙粪便只是一种生理现象，不受时间和地点限制。每次看见牛屙粪便，我都有所回避，总觉得牛粪是肮脏的。

有一天，我从牛棚里赶牛到外面去放，当走到大婶家门前时，牛突然站着不肯走，我用鞭子抽它也无济于事。糟了，它要屙粪便了，我一急起来就用脚猛踢它，牛还是不听使唤，在大婶家门口屙了一堆粪便，真是气死我了。大婶从屋里走了出来，我想，这次我肯定要挨骂了。可是，看见我那紧张的样子，大婶不但没有骂我，还笑着安慰我："娃仔，你不必自责，如果要说错也是牛的错。再说了，牛吃的是草，它的粪便不怎么臭。我家院子里那棵杨桃树长不高，正好要用牛粪下肥料呢。"听了大婶的话，我如释重负，心里好受多了，赶着牛急忙往村外走去。

从那以后，不知道什么原因，我不但不觉得牛粪肮脏，反而喜欢看别人拾牛粪。班里有一名坐在我后面的女生，她几姐妹和她母亲经常拾牛粪。听说把牛粪交给生产队，可以按重量记工分。那个周日，我在野外放牛，就遇见那个女生和她母亲在拾牛粪。她母亲挑着粪箕走在前面，她提着耙子跟在后面，在草地上、田埂上到处找牛粪。一看到牛粪，就用耙子将它钩起来，放进粪箕里，她们累了半天才拾到两粪箕牛粪。在广阔的田野上，母女俩的身影显得很渺小，但是，她们热爱劳动的精神动力却是那么强大。

在放牛的那些日子里，我一直在思考着，牛粪的作用究竟有多大呢？终于有一天，老师在上《自然常识》课的时候告诉了我们。牛粪的主要用途，是经过发酵之后做农家肥，将这种肥料施给庄稼，不仅提高了庄稼的产量，而且提高了质量。除此之外，牛粪可以当饲料，养鱼、养蚯蚓，也可以经过处理制造沼气，还可以当药材使用。那本来令人看了心生厌恶的牛粪，居然有那么多的用处，真是生活中处处有学问啊。

我也曾经拾过牛粪，体验过拾牛粪带来的乐趣。那是冬日的一个下午，我和几个小伙伴在草地上放牛。牛静静地吃草，我们愉快地玩耍，旁边的地里有位老伯在掘番薯，他种的番薯又粗又壮，真叫人羡慕。突然，老伯向我们招手，我们就往他那里跑过去。他指着我们说："你们几个，快去给我拾些晒干了的牛粪来，我给你们奖赏。"我糊涂了，现在是番薯的收获季节，又不是种番薯的时候，大伯要牛粪干什么呢？大伯看我们都愣在那里，又催我们说："快去呀！"我们都是听话的乖孩子，就分头去草地上找干牛粪，像寻宝人寻找着千年的宝藏一样。好不容易，我们拾到了一堆干牛粪，搬过来堆在老伯的跟前。在我们拾干牛粪期间，老伯已经挖好了一个土坑，并且拔来干草铺在上面。他将干牛粪一块一块留有缝隙地叠在干草上，用火柴点燃了干草。顿时，土坑里飘起了一缕缕青烟，随之，一股酸中带腥的难闻气味弥漫在我们周围，我捂着鼻子想跑开，但又想知道老伯在搞什么名堂。

不一会儿，青烟消散了，牛粪的臭味也神奇地消失了，土坑中的牛粪变成了红红的炭火，我们都围过来取暖。这时，只见老伯捡来几块土坯放在炭火上，然后在上面放上好几只大番薯。这时候我才恍然大悟，原来，老伯叫我们拾干牛粪是为了取火，而取火是为了烘烤番薯。过了一阵，烤熟了的番薯散发出诱人的香味。老伯示意我们吃番薯，我们剥掉烤焦了的番薯皮，闻一闻，真香呀！于是，就狼吞虎咽起来，丝毫没有闻到之前那股酸中带腥的臭味。吃着美味可口的番薯，我才知道，它就是老伯给我们的奖赏。我仿佛沿着时间的隧道，回到刀耕火种的时代，过着原始人那种无拘无束的生活，洒脱极了。

老伯看到我们吃得那么开心，脸上绽放出灿烂的笑容。

童年那不经意的拾牛粪经历，在我心中留下了深刻的印象，久久不能忘记。拾牛粪，让我明白一个道理：有些东西表面看像是肮脏不堪的，本质却是干净而有用的。由此看来，"一朵鲜花插在牛粪上"，又有什么错呢？

作者简介：庞祥艺，广东省湛江市人，本科学历，湛江市作家协会会员。喜爱文学创作，笔耕不辍，近年来，共有150多篇（首）散文、诗歌发表在《湛江日报》和《湛江晚报》等报刊上，曾参与散文集《南三涛声》的编辑工作。

母子

柳静林

记得那是一个春天的黄昏，我和祖母站在老屋后面斜坡底下的一个菜地里，菜地一片狼藉，紫幽幽的茄苗儿，只剩下紫的秆，叶子只剩下茎蒂；嫩绿的辣苗儿更惨，只剩一截绿茎裸露在土地外面，还有芹菜，豇豆苗，全都是一副惨相，一向和善的祖母气得浑身发抖，幼小的我看着惨相，也气血直往头顶涌，谁干的坏事？极目望去，一群鸡在葛老太的敞院里踱着步。祖母义愤填膺的就朝葛老太的露天敞院奔去，而我呢？紧随祖母身后。

俩个老太太就在夕阳的余晖中开始了对决。祖母怒形与色质问葛老太："为啥不管住你的鸡，看把我辛辛苦苦种的菜，糟踏成啥样了。"那葛老太眼皮都不抬，戴着青布小帽的脑袋，配上一张铺满皱纹古铜色的脸庞，就好像是从地狱里出来的什刹罗汉。她上身着分不清颜色的灰白大襟袄，下身穿肥大发白的黑哔叽裤，裹着小脚，打着绑腿。"咋了，我的鸡就是打野食的，我咋管，我管不住"。葛老太用粗粗的低沉的声音，对祖母的满面怒容，不屑一顾。那老太若无其事用铁盆装了玉米粒，"粥……粥……"唤起了鸡，然后，一小把一小把把玉米粒洒在空地上，鸡"咕咕……"地争先恐后，啄着玉米粒。七十多岁的葛老太还有一个四五十岁的儿子，呆呆傻傻地坐在敞棚院前的木头墩上，一言不发，听着祖母怒骂。秀才遇见兵，有理也说不清，祖母在骂了一阵后，其实，祖母根本就骂不来人，到临了就丢下几句狠话："再放鸡出去，菜地里洒了毒药，就尽管放出来，吃好了！"葛老太眼皮都不抬，继续喂她的鸡。祖母累了，在得不到葛老太的任何回应与保证，就牵着我的手，在黄昏的黑影里趺趺撞撞回去了。

第二天，祖母没起床，用枯瘦的手拍打着自己的胸窝，说是心口疼。心病还需心药医，看着唉声叹气，不思饮食的祖母，我一溜烟溜出了门。清晨的太阳像一抹洒花，照在哪里都是亮晶晶，白杨的树叶绿油油泛着光，麦苗儿也像喝足了露水流着眼泪；苜蓿花紫薇薇，牵牛花粉盈盈，马莲也开花了，一夜之间，所有能开得都开了。我来不及欣赏，想着祖母的心口疼，就顺着老屋的墙根，像猫一样迅速跑到了斜坡底下葛老太的土坯屋前，只见葛老太抱着一捆高高的葵花秆，用她的小脚一步一挪从房后面走到敞篷院子里，她的傻儿子在母亲的召唤下，拿着斧头和木墩，在敞篷院里放好了。葛老太撂下葵花杆，解开绳捆，拿起一根葵花杆，将葵花杆伞状的根须放在木墩上，她的儿子举气斧子就剁下去了。太阳光斜斜的照着，葛老太的脸上放着光，他的儿子脸上也放着光。幼小的我看了一会儿，不明白她们在干啥？就一溜烟就跑回去了。跑到家，我把看到的情形像祖母描绘了一遍，祖母竟一骨碌从床上爬了起来。看来，祖母一半的心病好了。到了中午，我又跑去看了一遍，一排用葵花杆编织的栅栏竟做好了。又跑回去，给祖母汇报了一遍。祖母已能小碗吃饭了。到了黄昏，我还是不放心，看一下葛老太的鸡到底安神了没有，跑出去还没到，就听见鸡在“咯咯……”慌乱的叫着，原来葛老太在趁鸡蹲架的工夫，在给鸡剪翅膀呢？

第三天一大早，我和祖母来到菜地里，再也没有看见鸡的身影，鸡被葛老太圈牢了。祖母拔掉所有被毁坏的菜苗，重新播了种。

为啥葛老太不爱笑，见人也不搭讪，也不言语，在我幼小的心里是个疑问。每次碰到葛老太踮着小脚去村子中心的井沿边提水，看着她那黑熊熊不尽人情的脸，心想，这老妖婆累死“爱咋滴，咋滴”，嘴巴上在骂，可心里不落忍，还是忍不住去帮她提水。帮她把水担到家里，她连一个“谢”字也没有，门更是不让进。那黑漆漆的小屋，也没有进去的欲望，往往是看见木桌上摆了一只外沿上锈满铜锈的小锅，锅里半锅疙瘩苜蓿汤。你要是好奇盯着她的锅看，她的眼神会变得充满敌意，游离不定。像是护食的猫或狗，要争她的饭似的。看这情形，费力不讨好，还是赶快溜吧！

终于忍不住，去问祖母了。祖母才为娓娓道来，原来葛老太是一个苦命的女人，葛老太年轻时生了俩娃，都是男娃，大的六岁，小的两岁。她的男人为了生计，去南山背煤，一去整整两年没回家。思夫心切的葛老太，就把小儿子丢在家里让婆婆照顾，自己领着六岁的儿子去找男人。男人是找着了，结果在返回家的路上，遇见了狼，六岁的儿子被狼吃了，她却回来了。所以村里人都说，她心硬，为了自己活命，拿儿子喂狼。自那以后，村里人对她有成见，而按祖母的分析，葛老太活着回来，是她放心不下她俩岁的小儿子。我听得目瞪口呆，到最后，她丈夫也死了。祖母说，葛老太是个可怜缺爱的女人。儿子被狼吃了，丈夫死了，剩下的这个小儿子，又呆呆傻傻，搁谁谁都受不住哦！祖母说，这些都是旧社会的事了。新社会好了，政府给她们母子二人发放救济粮，可她依旧不知道感恩，领了油和粮，依旧“哼哼”两声，也不说“谢”字，也没有感激的话。

到后来，八十年代了，我隔壁的大伯，他是大队的书记，他有一个两三岁领养的女儿没人领，大伯就把葛老太接到家中去了，好吃好喝招待了几次，葛老太一下子感受到了久违的人间温情，脸上有笑了，走路也活泛了，就像久旱的禾苗遇见了甘霖，那种喜悦是由内而外。从此以后，葛老太走到哪儿，都背着那个小囡囡，就像她自己生养的儿女似的。领囡囡的那几年，肯定是葛老太人生当中最高兴得几年，有期望，有盼头，还有好饭吃。到后来，囡囡长大了，再也不需要她了。自那以后，葛老太又恢复到以前的模样，不笑，不恼，不怒。守着他那呆傻的老儿子，在熬光阴。

又过了两三年的光景，葛老太也八十岁了，身子骨越来越差。她一天的精力，勉强能给痴傻的儿子做几口粥饭，村子的马路上就再也看不见她了。终于，有一天黄昏，村子里的人说，葛老太死了，已是少年时候的我了，忍不住好奇和悲悯，又去了葛老太重新搬过的小家。只见敞开的屋门里，停着一口大红的棺材，葛老太已躺在里面了，是她半痴半傻的儿子喊人弄的。寿衣也早已换好了，寿衣是葛老太早些年就预备好的，是给邻家大伯领囡囡时，那几年大伯家帮忙做的。进去时，她的傻儿子正在土炉子上，用铁锅在蒸一大碗黄米饭，黄米饭，又叫饮食罐子，要往逝者棺材前头献的。棺材前的红腊烛已点燃，两根红腊的灯芯里像流着眼泪。她的那个痴傻儿子更是一句话也不说，那一晚，葛老太睡在棺材里，她儿子就睡在炕上。哭过没有，吃过没有，更是无人知晓。

葛老太走了，她留下人世间的傻儿子，更是茶茶呆呆的，靠南墙就会在南墙里靠上多半天，脸多日没洗了，一层黑灰浮在脸上，衣服也是油光发亮。队上分给的粮食，看见的人都说是囫囵煮着吃。“蝎乎子”，这是人们给他起的全新名字，他那邋遢的形像，村民就这样叫他了，还是据说他姓“谢”。

走在路上的“蝎乎子”，走路都是一步一挪，脚底下没有一丝力气。村民们各自忙各自的，碰上谁家吃饭了，就紧忙喊住他，给他端上一碗饭，他就蹲在人家的门前，坐一块石头或砖头，很快就会拨拉完那一碗饭。吃过饭，把碗还了，也和葛老太一个样，听不见一个“谢”字，只是最里嗫嚅着什么，就转身离开了，一步一挪，回他的那个小家去了。

后来，大队书记看他可怜，为了有口饭吃，就把他安顿到了大队的林场，米和面都是磨好的，连带油盐酱醋，都按月给他送去。换了新环境，林场又风景怡人。“蝎乎子”在林场里换了新颜，看他的人都说他白胖了，人也精神了。也大概是他从失去亲娘的阴影中走了出来。

人们都在各自忙各自的，隔上那么十天半载，大队领导就派人去看他，看他缺点啥？人好着没有。缺啥了，后上去的人再给他捎上。人们都在为自己这一份浓浓的爱心感动着，关心“蝎乎子”，比关心爹妈还主动。

又过了几年，是一个春天吧！去看的人说，“蝎乎子”死了。铁桶子在井沿上倾倒着，井绳散乱着，人在井旁倒着，脸上面带微笑，身上爬满了蚂蚁，人大概死去好几天了。那时，林场桃花，杏花开得正旺，蜜蜂蝴蝶“嘤嘤嗡嗡”在花海间嬉闹。于是，村民们放大了自己的脑海，说“蝎乎子”看到这美妙的景色，一时之间，高兴死了，急匆匆回去找他老娘，一同来赏风景。

作者简介：柳静林，中国西部散文学会会员，中国诗歌网会员，甘肃张掖人，有散文见于《西散原创》，有诗歌入选《中国当代诗词集萃》一书，作品见于本地日报和各大微刊。

婆婆的目光

廖亚萍

昨天是星期五，我清早坐车去长沙办完事又返回临湘了，最近真有点忙不过来！本来想忙完这个星期下周末再去看望婆婆，但是近几天有几位同学与好友的老父老母突然去世，我害怕婆婆也突然离去而留下遗憾。所以今天清早起床后就买衣服、买菜去乡下看望婆婆。还特地买了两双保暖鞋，因为这个季节乡下有点偏冷，我知道生活节俭的婆婆舍不得现在就用电烤火。尤其是今天在下雨，更想给婆婆送去温暖！

婆婆的个子不高，我先去南太路堂侄女的缝纫店将长裤子的裤脚改短，于是就顺便到南太路的菜市场买菜。我只说要将猪肉按一餐餐的分量切成小块，以方便我婆婆她们吃时一次只需解冻一小块。那位卖猪肉的大哥将每块分别用袋子装好了，一般人只会用一个大袋装在一起。我说“谢谢”时，那位大哥笑着说：“孝敬老人是传统美德，我们这一辈人的父母真是不容易，那个时代物资贫乏、生活真苦哩！”天雨微寒，这个菜市场卖猪肉的大哥很温暖。

我从菜市场出来时，看到市场外一位 70 岁左右的老太太，背着自己种的菜在市场门外卖，我就将她篮子里剩下的青菜、扁豆全部买完了。深秋已寒，下雨更冷，我想让老太太可以早点回家。我只是举手之劳，老人却千恩万谢，可是我着实心疼老人的不容易。她这是该颐养天年的年纪了，却还种菜拿出来卖，背后肯定有辛酸故事。

我正准备出发时，阿菊学姐打电话要我去她家吃中饭，我就喊她陪我一起去乡下婆婆家。我帮婆婆剪手脚指甲时，她用自己的手机在旁边拍照。阿菊感叹：自己都已老眼昏花了，要拿掉近视眼镜才能帮婆婆剪手指甲，尤其是还剪脚趾甲，这样的媳妇真是难得！婆婆中风好些年了，我帮她剪指甲习以为常。曾在书上看“有老人可以孝敬，是一种幸福”这一句，我深以为然。可惜我的父亲母亲离去得太早，没有机会孝敬他们，为此常常很伤感。

我给婆婆买的衣服她都很喜欢，柜子里的衣服多得出奇，她一年四季总是穿着我买的那几件。我今天到达时，婆婆仍然从上到下、从里到外都是穿着我买的衣服。想起我的四舅舅，生前也是特别喜欢穿我买的衣服。有一次他生命垂危神志不清楚时一直念叨着：“我要穿萍伢崽买的那件棉袄哦！”我当时对四舅说：“舅舅您要好起来哦，只要好转了，我就给您去买件一模一样的棉袄！”那次四舅真的挺过来了，又活了一年多，我还真给他买到了一件好看又轻爽的同款羽绒棉袄。

我娘家与婆家都有位三叔，两位叔叔都 70 多岁了，他们一直都住在乡下。我曾给娘家三叔买了一件灰色呢子面料的夹克式的羽绒棉袄，很少夸人的三叔说这衣服又好看、又舒服、又暖和、又耐脏，穿上身了就舍不得脱下。我曾给婆家三叔买了深红色的夹克式的羽绒棉袄，他说这是他一辈子中最好看、最舒适的衣服。去年正月初二，婆家舅舅来给我婆婆拜年时，给他穿上我买的皮夹克，他当场就赞不绝口，后来听说他回家了还到处炫耀。我娘家五舅是正宗读书人，第一届湖南一师毕业生，是退休的光荣的人民教师。他 80 岁时，我给他买的白色西裤配大红 T 恤衫，真是靓瞎了人们的眼。我给娘家 85 岁的姑妈买的那些漂亮衣服，让她在村庄里倍有面子。我去年暑假给在长沙城里退休的 80 岁的姨妈买的花裙子，让她在邻里之间夸了又夸。其实老人家内心也是喜欢漂亮与时尚的，我给老人买衣服时从不买老气横秋的那些款式。

我今天买的薄棉袄是短装、立领，小碎花，很花索但又不耀眼。婆婆 82 岁了，本来就是资深美女，今天的新衣服又被她穿出了不一样的风采！婆婆每次总是说她要死了，叫我莫再买新衣浪费钱。我说穿了新衣服很漂亮，人一高兴，还会延年益寿。我跟婆婆说，她的指甲长得很快，国庆节时才剪掉到现在才 20 多天又长这么长了，说明生命力很旺盛，还可活好些年，婆婆听了很高兴。

我陪婆婆拉家常，告诉她我女儿余果考上北京的编制与户口在工信部上班了，还告诉她弟弟的儿子余实通过了层层考试下星期就去英国留学深造了……她说这些她都知道。婆婆 80 多岁的人了脑筋还清楚得很，我笑话她“秀才不出门，能知天下事”。我今天告诉她要定下一个奋斗目标：一定要活到我家丑崽余果出嫁以后。婆婆说，真想活到丑崽出嫁时，她想亲自交待孙女婿！我听得眼眶微微发热……

我每次离开，婆婆总是不舍。婆婆中度中风多年，右边手与脚都有点不方便。我将车启动后，看见婆婆挪着椅子靠在大门边向我挥手，很想熄火了下去给她一个拥抱！但是有同学坐在车里，怕她笑话我这么煽情。

婆婆一再叮嘱，要我过几天就来看她，我知道她很想亲人回家。记得我妈妈离开前半年，特别依恋儿女。妈妈在时，我一直在娘家吃饭，偶尔一二天有应酬不回去吃饭，妈妈就说：“萍伢崽，你天天回来吃饭啰，人老了特别欠亲人，你一天不回来我就欠你咧！”我听到婆婆最后跟我挥手说“再见”时，声音是哽咽着的。多年的婆婆成了亲妈，她们叮嘱我的语气都一模一样。

老保姆在我家待了十来年了，我出门时她在厨房洗碗，婆婆孤零零地坐在大门里边。一人，一猫，一狗，这情景在我心中会定格成一幅千年的水彩画！

我将车缓缓开离家门，婆婆的目光一直紧紧盯着我。婆婆的目光悠远绵长，追随我回到了临湘城里。今晚我到办公室来加班，婆婆的目光还在我后背盯着。于是停下手中要做的事，先写好这篇日志。婆婆的目光，不能只用“慈祥”“依恋”来表达，内涵很多，很多……

比尔盖茨有次来华，有位记者采访，问他“天下最不能等待的事情是什么”时，一般人以为他的答案会是时光、商机等什么的，可他却笃定地回答说：“天下最不能等待的事情是孝敬父母！”他的话让在场所有人都深感意外而且震撼！

“行孝要趁早”，天下大同！可是这世间，不知道有多少老母亲孤独地守在老家门口？不知道有多少母亲的目光在深情地眺望？！

作者简介：廖亚萍，是一位颇有情怀的高级教师，有多篇作品发表于西散原创。

家乡那些事

把淑英

屈指一算，离开家乡已近30载。

每次梦回家乡，家乡的那些事、那些人，总能在梦中清晰地出现：熟悉的场景，温暖、亲切的家乡人还有久违的儿时的我……梦醒后，便又一次梳理有关家乡的点点滴滴，虽零零碎碎，但仍在记忆深处。

夏季，是万物迅速生长的季节，也是庄稼人最为欢喜的季节。麦苗长、草长，河也长；小鸡长、小猪长、小羊长，我们小孩子也在长。每天下午下了学，我们扔下书包、拿上镰刀、挎上篮子，有些小伙伴还要牵上自家的小羊，便直奔田野。到了田野，撇下手中之物，将小羊羁縻在田埂边。男孩子三下两下扒下衣服，像小泥鳅般滑入水中，打闹、嬉戏，欢笑声荡漾在整个河滩。我们女孩子则挽起裤腿，光着脚丫，时而在水中捉鱼，时而在河滩上挖猪头（样子有点像猪头的一种野生植物，一般长在河岸的淤泥中，味略甜，白色的我们称为“白面猪头”，黄色的便为“玉米面猪头”），找到后用手指挖出来，放入河水中随便清洗后则入口咀嚼……常常是乐得不知此行真正目的，眼看天色已晚，我们便胡乱扯一些猪草放入篮中，急急慌慌跑回家去。因怕大人训斥，便急忙撒一把谷粒招呼小鸡吃，又忙着剁猪草喂给早已饿得不耐烦的小猪……一个夏天下来，小鸡已有了妈妈的一半大，小羊羔也和妈妈一般大小，小猪滚圆滚圆的，我们也在不知不觉中长大。

入冬后，便是忙碌了大半年的家乡人最为清闲之时，但这也仅仅是名义上的清闲，虽没了庄稼地里的活计，仍有些许农活要忙。如：腌制咸菜、酸菜等，看似简单，确实颇费工夫。就说腌制咸菜吧，最少分为两种：一种是腌，另一种则为泡。每到萝卜丰收之际，家家户户的院子里便在晾晒切成手指长的白萝卜条，萝卜条晾晒至八九分干，洗干净放入早已备好的坛中，放入各种调料，倒入酱油使之浸没萝卜条，密封十天半月便可食用。打开坛子，一股清香直扑鼻中，让人馋涎欲滴。再说腌咸菜吧，工序则稍为简单一点，直接将胡萝卜切成丝拌上盐，盛放于坛中，上面用一块小石头压住，据说，这样腌制出来的咸菜香脆可口，不过也确实如此。有些人家还在萝卜丝中加入一些香菜秸和辣椒丝，腌制出来的咸菜那才叫既美味又美观。在没有新鲜蔬菜的冬季，这些便是家乡人冬日里饭桌上必不可缺的佳肴。记忆中，腌酸菜是一项比较烦琐而又精细的活计，往往得需两三户人家合伙完成。几个大姑娘并排坐在长凳上，每人面前放一个水桶，一起清洗一切四瓣的大白菜，那样子颇有壮观之景象。灶房内负责烧火的是父亲，我想：或许是因为父亲比较瘦弱的原因吧，只能干一些相对轻松的活计罢了，邻家的大伯则负责下锅、翻转、捞等略为繁杂且颇费劲的一些工作。母亲和婶子们则将刚出锅的大白菜一层又一层地排列于大缸中，每层均撒上适量的盐和花椒，当缸内的白菜高过缸沿，便在上面压上一块差不多和缸口一般大小的石头，用干净的塑料包扎严实，这一过程才算结束。时至天近黑，几口大缸整齐地立在屋檐下，大人们的脸上便露出疲惫的笑容。腌制酸菜的这一天也算是我们小孩子最为高兴的一天，一则没了大人的管束，我们便可无拘无束的玩耍，二则是可以吃刚出锅的菜心。也许是小时候无更多的东西可吃，腌酸菜时吃菜心变成了我们小孩子的最爱。

临近年的日子，邻家的婶子们便每日里聚在一起，盘腿坐在暖暖的火炕上，剪窗花、缝新衣新裤、纳鞋底、做鞋面，我们小孩子则兴奋地掰着手指头算过年的日子，一脸的兴奋、满眼的期待。男人们也不甘寂寞，围坐于火炉边，喝着罐罐茶，谈天说地。一屋子的烟叶味，一屋子的欢笑声，那场景久久、久久弥漫于我儿时的心头。

最有趣的要数年前手捏面小猪头了。晚饭后，一大群姑娘和婶子们涌在家中，婶子们坐于热炕上，姑娘们围坐在火炉旁，每人怀中搁上一只碗或一只盘子，负责擀面的把切好的只有指甲皮大的小面皮放在一个固定的器具中，小小的面皮便被捏成一个个小小的猪头，待捏上一些则需尽快放到屋外冻着，要不然猪头可就不成样了。我坐在炕角，看着可爱的小猪头，听大人们聊天，跟着她们笑，困意一阵又一阵涌上，但我咬着牙依然坚持着，只为捏完后那一锅酸菜炒粉条。凌晨一点左右，终于忙活完，紧接着，热气腾腾的酸菜炒粉条上桌了，大家围在一起有说有笑地吃着宵夜。又一阵热闹之后大家结伴而归了，院落里便顿时寂静了下来。年中，有客人来家，临走必吃一碗猪头面，凡吃了猪头面的客人无一不称赞庄户人心灵手巧。如今，我再也吃不到纯手工的猪头面了，但那热闹而又温暖的场面却不时出现在心头。

大年初一，父辈们领队，我们小孩子手拉手紧跟在大人后面，浩浩荡荡的队伍便出发了。一家挨一家，一户接一户地给村上年长的拜年，进门便跪倒磕头，有时还未跪地就被满面笑容的乡邻们拉起，紧接着便往口袋里塞糖果、花生一类的奖励品。等父辈们年纪大了，便又被哥哥姐姐们带领着重复每年的这一盛大活动。家家户户都这样，年年岁岁、祖祖辈辈，淳朴的家乡人一直在用这样的方式表达着他们对长辈的尊重。

我初识秦腔，来源于我的家乡人对秦腔的热爱和追求。记忆中，每到农闲时，家乡人的秦腔人便齐聚大队部排练秦腔，不知因何我自小便喜欢秦腔的调子，因此，每当在家中听到从大队部传来的咿咿呀呀声，便冲出家门直奔排练场地，虽听不清唱词，也听不懂他们究竟唱得是哪般，但表演者的姿态和唱腔已深深感染了我，有时还会装模作样模仿几下子，再看看拉二胡入神的样子，敲干鼓者摇头晃脑自我陶醉的神态，更是喜爱得不得了，常常要被家人唤好几遍，才会依依不舍地离去。过年期间，家乡的秦腔人往往要为家乡人大唱几天，下午唱、晚上也唱，有本戏也有折子戏。不论天有多冷、有多晚，每场必是黑压压的人群，尽管冻得搓手、跺脚甚至流鼻涕，也不忘大喊一声："好！"我每次都被家乡人的这份热情和热爱而感动。在家乡人秦腔声中长大的我也总是感慨：没有进过专业的学校、没有接受过系统的教学，也不曾拜师学艺，就这样靠着自学、靠着口口相传、手把手地教，硬是让家乡的秦腔传承了下来。直至现在，每每听到秦腔声，我就不由然地想到家乡的秦腔人，一次又一次地被他们热爱秦腔和对秦腔这门艺术的执着追求所感动。

远离家乡这么些年，但家乡的那些事、那些人，依然萦绕于心头。我的家乡，无论我身处何地，她都是我永远的眷恋。

作者简介：把淑英，女，甘肃永登人，小学一级教师，从事小学语文教学工作 20 多年。在多篇散文作品发表于《西散原创》公众平台。另有多篇教育教学论文、教学随笔发表于省级刊物。

腌菜

罗娟

第一场雪在人们的期许中来了，又在人们沉浸其中的时候悄悄走了。

晨起乡间地头可见白蒙蒙一层，那是昨夜踏雪而来的霜芽子。季节的更替诉说着农事，叽叽喳喳的雀儿飞来飞去辛劳觅食，那是提醒人们到了冬储的日子。

太阳早已逝去了往昔的热情，懒洋洋地照耀着大地。厚厚的霜芽瞬间化为乌有。雪花来去匆匆，霜芽亦是如此。早起的农人正在深翻才出过莲花白、白菜、萝卜的菜地。一片灰白色的农田，在勤劳乡亲的耕耘下，呈现出土地应有的本色——深褐色。那是富饶深沉的底色；那是我们质朴父辈的颜色，那是我们爱人古铜色的健康肌肤。我深深地爱着这泥土的芬芳，这泥土的色泽。

驻足凝望祖祖辈辈繁衍生息的土地，眼里饱含泪水。漫长的隆冬已经到来，该腌菜了。那些年，伴随我们成长的，除了父母的爱，还有裹腹的腌菜。腌菜绵延了父辈的生命，滋养了我们一代人的精神，调剂着农家人尚未麻木的味蕾。

学生时代一到冬季周末，我们回家最大的事情就是背干粮。除了交给学校大灶的玉米糁，稀有的馒头，更多的就是腌菜。你家的莲花白胡萝卜咸菜，白菜叶酸菜；他家白萝卜咸菜，莲花白叶酸菜；我家的萝卜叶酸菜，芥菜洋姜咸菜，撩拨着我们青春的食欲，结下了一辈子的姊妹深情。腌菜已融入我的骨髓，成了永不消逝的烙印。

扶贫我们一直在路上！走在乡间的小路上，看见做腌菜的大姑娘小媳妇洗菜切菜。不由得泪流满面，自己做腌菜的景象浮现眼前。

那是七年前的这个时候，我足足腌了三瓮菜。这是我腌菜做的最多，做得最好的一年。亲戚朋友文友来吃了，说好；同事邻居来吃过，说好。那是一瓮手撕白菜胡萝卜丝，瓮底放了整白萝卜的咸菜；一瓮芥菜胡萝卜丝，瓮底压了洋姜的咸菜；一瓮莲花白老叶的酸菜。

清晰地记得，挑选了冬日暖阳，我在院子水池洗菜，豆儿把洗干净的大白菜传递给坐在台阶上的外婆。母亲一边手撕着白菜一边给坐在轮椅上的父亲说话，父亲只能发出惨淡的笑。我说够多了，剩下的不洗了。妈说：都腌了，你没有看你爸实在不行了，没得了来人吃啥，腌菜方便，人还都爱吃，是稀茬。妈说得轻松，心里不知有多少的无奈与无助。父亲卧床已经有些年头了。妈你再不要胡说，妈对我道：你知道啥，听我的。

过年了，春的脚步走近了。腌菜已经呈现出黄灿灿的颜色。冬里尽管偶然也捞一些咸菜吃，母亲父亲是咬不动的，豆儿又不喜欢吃。三瓮腌菜几乎没吃下去多少，我什么也不说，窃喜着。自从父亲病重后，年年入冬母亲都要因腌菜和我闹意见。从一瓮腌菜到两瓮，两瓮、两瓮、三瓮。直到母亲道出担心父亲去世没有啥吃而停止分歧。

惊蛰过了腌菜依然发酵着，我心里美滋滋的。哪怕明年母亲不说我也继续做三瓮腌菜，我还想年年做三瓮，一直做下去。清明节快到了，候鸟已经回来，清明节过了，腌菜同往年一样是倒掉的时候了。母亲一辈子勤俭节约，但父亲病重后的那几年，母亲没有心疼过倒掉的腌菜，反而心里轻松。我庆幸这种浪费，这种和一家人劳动后的浪费。

然而那年清明节前几天，很少生病的母亲感冒了，寻医问药中医生把我叫到办公室叮咛我准备后事。我不敢哭泣，母亲就在对面病房。我无助地问医生：为什么？老年性肺心病，随时心衰。

腿如同灌了铅一样挪不动，自我安慰母亲已经是八十岁的老人了……然后强装笑脸对母亲说：我回家给父亲换纸尿裤，让豆娃陪你打针，一会儿来给你买你喜欢吃的漏鱼。我顾不得哭，出了医院门取了钱，第一时间走进了寿衣店……

三天后的傍晚时分，母亲挺着最后一口气回到了家。亲戚朋友来了，文友同事邻居都来了，夜晚的家灯火通明。村里帮忙的主事人问我：菜市场漆黑一片，今天就占一天日子，买不下菜咋给来帮忙的做饭吃？我脱口而出：屋里有三瓮腌菜，说完哇的一声瘫坐在台阶。

送走母亲，三瓮腌菜只剩了一瓮。还没来得及顾及这一瓮腌菜的去留。父亲在母亲走后三十五天也走了……

父亲母亲走后，我每年都会腌菜，哪怕一小罐。也许，那腌菜在任何人的眼里，都只是农家的一种小菜，也上不了宴宾待客的餐桌，但在我心里，始终是一道连心通脉的佳肴。即使从健康角度考虑，它不是完美的。可对于我来说，骨子里已被这种味道浸蚀，长久而幽深。

作者简介：罗娟，笔名罗兰、若兰，财政系统工作，陕西省散文学会会员、洛南作家协会会员、《洛南百草园》文学平台主编，偶有作品见报。

赶庙会

张惠质

我的家乡吴山，位于合肥北郊，是一座千年古镇。吴山其实并没有山。《合肥县志》记载：唐末五代十国时期，吴国的创立者杨行密为庐州人，他宽仁雅信，善取人心，深受百姓拥戴。吴王死后，其棺椁由其长子杨渥及女儿百花公主护送还乡，葬于吴山镇东侧。吴王陵墓高大如山，百花公主恪守孝道，在墓北建享堂，取名大圣庵，即吴山庙。

每年二月二，便是吴山庙会活动日。在我很小的时候，就常听妈妈说起她儿时吴山庙会的盛况。那时吴山大庙香火很旺，庙会是由乡里商会组织举办的，所需花灯也是摊派到各个商户。大商户摊派两至三个灯，小商户摊派一个灯。每年庙会前，家家户户都积极准备着，大户人家大都雇佣篾匠来扎灯。每年那个时候可是篾匠们最忙的季节，他们往往从腊月里就开始准备着扎花灯了。妈妈说那时的花灯要比现在的漂亮多了。有虾子灯、兔子灯、老虎灯、八仙过海灯等等，各式各样，惟妙惟肖。每盏灯上还画上各种不同的画，白天观灯也是赏画，还有谜语可猜。到了晚上，灯笼里点上蜡烛，又是一番美丽景象。那时观花灯也叫跑花灯，说跑花灯是可以折灾的，所以人们都在灯阵里跑。带孩子的，把孩子扛在肩头上跑。妈妈说她当年就是骑坐在叔叔或表叔的肩头上在灯阵里跑。灯阵里人山人海，摩肩接踵，人们拥挤着，也快乐着。妈妈絮絮地说着，完全沉浸在美好幸福的回忆里。我坐在妈妈的身边，脑海里也出现那热闹的场景来，于是盼望着吴山能再有一次庙会，再插一次花灯。

这样的想法在那时可是奢望，因为“破四旧”时，大庙被毁了。寺庙成了我们读书的小学，大雄宝殿变成老师们的办公室，其他房屋也都改为教室。记得我当初的教室是在东廊房，也就是现在的地藏王殿。后来，在我十几岁的时候，吴山还真举办过一次插灯活动。那是 1982 年，彩灯由民间艺人刘传鼎、刘世鹏父子精心制作，花灯种类繁多，灯会也是盛况空前。

“文革”结束以后，吴山镇政府把吴山小学迁出了大庙。大庙重新修建好后，庙里来了一位戴着眼镜的年轻和尚——智波师傅。他像极了电视剧《西游记》里的唐僧，据说他以前还是位中学老师呢。他来吴山时，大庙才初步修缮完，条件很差，日子很苦。智波师傅很敬业，人勤快又聪明，他非常用心地主持着庙里的一切。慢慢地信男善女越来越多，大庙的香火也越来越旺。后来，智波师傅考上了研究生，去了浙江佛学院。再后来，听说他毕业后去了普陀山。智波师傅走后，吴山庙便由合肥明教寺来的师傅接替主持了。香火依然很旺。

听说，今年的庙会比往年阵势大，而且，还有九曲黄河阵灯会。我和几个吴山老同学相约一起回去逛庙会，赏花灯。二月初一一大早，我们便坐上了回吴山的公交车。

近年来，吴山小镇变化很大，越来越美了，“吴王遗踪”还被评为“合肥十景”之一。老合淮路直通大庙的街道现已改名为庙街，还有庙东、庙西、杨渥等几条街道也都重新铺成青石板路了。镇政府还对庙街和庙西街的街区的外墙、门窗、檐口进行了仿古美化和夜间的亮化改造。庙街的门楼是仿古建筑，门楼上的彩灯全采用黄色，这应该是和大庙的主色调相呼应吧。“青砖小瓦马头墙，回廊挂落花格窗。”徽派的风格建筑使老街破旧的门面焕然一新，古色古香，也提升了门店的档次，商户们都非常欣喜满意。游人也对吴山的变化大加赞赏。那日我在朋友圈发了一组庙街照片，许多人都问我，这么美，这真的是吴山吗?

下午，我们去百花广场看开幕式。远远便听见唢呐声声，锣鼓喧天。走进广场，看见临时搭建的大红舞台下面坐着几排佩戴着红绶带的宾客，经询问得知，他们是吴山镇政府要表彰的“吴山好人”。一曲嘹亮的女高音《我和我的祖国》拉开了庙会的序幕。我们站着看了一会演出，大家又都想去看灯，于是我们提前退场前往镇外的九曲黄河阵。

九曲黄河阵是一种古老的汉族传统民俗文化活动。九曲黄河阵，即在场地中心，竖杆高三丈许，高悬“九曲连环灯”（九个圆形灯连串下）。灯场成方形，用竹竿和绳子布成方角通道，构成九曲。灯门设高大的彩楼，彩楼下有进出两门。在九曲每一弯的中心有九根次高杆，上挂九盏八角大灯笼。其余的三百一十五盏悬于桩木上的五颜六色的灯分别环绕着九盏大灯，构成了壮观的九曲黄河阵。相传“九曲黄河阵”是《封神榜》中“三霄”（赵公明的三个妹妹）为给兄长报仇，设下九曲黄河阵让姜子牙破阵，最后“三霄”阵破人亡。后人为感念赵公明和“三霄”为朋友尽义气不惜牺牲生命，便在二月二这天以灯代兵，布阵游戏。灯阵正中有个大红柱子，说是可以签名，还可抱柱许愿。于是我们也去签了名，抱了柱，祈愿来年风调雨顺，四季平安!

有人说晚上灯阵更好看，我们又四下里闲逛着，等天黑。走在庙街的青石板路上，闻着弥散在空气中的庙香味儿，心宁神静。暮色渐渐浓了，街上的彩灯也亮了。青砖黛瓦、雕花门窗，信步的人们都沐浴在黄晕的光里。此时的小镇似乎又增添了几分神秘色彩。

晚上来看花灯的人果然比白天多了许多。夜晚的灯阵的确更漂亮，五彩缤纷，千姿百态。走在炫目的灯阵里仿佛进入了仙境，如梦如幻。夜幕下一盏盏彩灯，远远望去如海市蜃楼一般。

明天才是二月二，据说还会有更多的精彩活动——舞龙舞狮、划旱船、踩高跷，还有精彩的马戏呢。很是期待。

开幕式上嘹亮的歌声、大庙上空缭绕的香雾、灯阵里擦肩而过的张张笑脸……在我的脑海里萦绕，挥之不去，久久不能入眠。睡吧，睡吧，明天还要早起，继续去我大吴山赶庙会。

作者简介：张惠质，安徽合肥人。中学语文高级教师，长丰作协会员。作品散见于《西散原创》《文学百花苑》《南国红豆诗刊》《楚风》等各类报刊。

母亲那碗手擀豆杂面

孔祥峰

奔波半生，豪宴无数，山珍海味尝遍，但总感觉少了一些味道。那种味道依稀来自遥远的童年，只活在记忆里，说不清，道不明，但也绝不是靠各种佐料能随意调制得出的。

有幸于多年前结缘颍州，在这个初生的城市里读书、工作、生活。我曾努力去寻找那种记忆的味道，但总是抱憾而去。一日出去办事，偶遇一家豆杂面馆。进去点了一碗，加上辣椒油，搅拌均匀，“嗞溜嗞溜”，不消几口就半碗下肚，却没吃着味道和感觉。逼迫自己放慢速度，将余下的面慢慢品咂，方觉出有点豆腥味，似乎有点豆杂面的感觉了，也似乎品出了那种记忆中的味道。

忽然想起母亲的手擀豆杂面，不就是我日思夜想、到处寻找的那种味道吗？若是比起母亲的手擀豆杂面条，眼前这碗都杂面实在是不可同日而语，差之甚远。尽管过了一把豆杂面的瘾，也只能说是聊胜于无吧。

豆杂面条是淮北平原的一种特色主食，山西人又称为“三合面”，用百分之六七十的小麦面，俗称好面，掺上豆杂面、红薯面，混合均匀，擀制而成。

母亲的手艺是姥爷逼出来的。母亲兄妹七个，她排行老三。姥爷是我们那一带有名的也是唯一读过四书五经又会做木工的手艺人，他的教育观念就出现了严重的“重男轻女”之相。对女孩子姥爷以传统的“女子无才便是德”的陈旧思想加以教育，随之而来的就是三从四德和耕作稼穑。所以，三个姨妈和母亲都是文盲，但缝补裁衣、犁田耕作，无不谙熟，四姐妹操持家务在我们那一带是出了名的。而四个舅舅却全部都成了读书人，虽说没什么学有所成，但基本都是高中毕业。

母亲擀豆杂面条是她的一手绝活，得到了家人及亲朋好友的交口称赞。先把小麦面、豆面、红薯面按比例掺好，倒在红瓷盆里，兑适当水反复揉捏成团，然后放在盆里醒上一阵子。

醒面的当口，父亲则点燃地锅，再就着柴火点燃一根丰收牌香烟，然后“啪嗒，啪嗒”边抽边烧火。鼓风用的是一个破旧的“风箱”，一推一拉之间，随着进风挡板“吧嗒吧嗒”地有节奏的击打声，风箱“呼呼呼”地吹旺了锅底的柴火，熊熊火光映红了父亲沧桑的脸。幼小的我偎着父亲身边的柴火堆，看大哥从城里新华书店买来的《儿童文学》，那是我们村唯一的一本除了《人民日报》以外的纸质读物。

锅烧热之后，母亲用锅铲从油罐中挖出一疙瘩白花花的猪油，放进了滚烫的铁锅中。冷油遇热锅，猪油迅速融化散开，放入姜丝、葱沫、盐，油锅顿时升起一股油烟，锅里传出“哧哧啦啦”的爆炒声。待葱花煸香，母亲倒入已泡开并烫好了的苔干叶或芝麻叶、青菜，不停地用锅铲来回刮着锅底。不消一会，香味扑鼻，倒入水之后，母亲即着手开始擀面。

先用小擀杖将面团压扁擀圆，擀到手指一般厚，像汤盆盆口那样圆时，再换大擀杈擀。先前后方向来回将面擀成椭圆形，然后调换面片的方向，边擀边调方向，反复几次乃至十几次才能擀成一张圆圆的面片。在此期间，不停地向面片上撒红薯面，我们叫“面补”，防止卷起的面片相互粘连。面片擀成面皮，似透明而非透明，就像妻子用来臭美的面膜即可。然后用大擀杖将又大又圆的面皮卷起来，在案板上来回折叠到一巴掌宽，折叠成厚厚的、长长的长方体，像父亲做家具时用墨斗弹过一样的整整齐齐，最后用菜刀竖着切，切得像粉丝一样粗细均匀，再撒上面补抖开。

这时，父亲基本上把水烧开了，面条下锅，沸腾后，加入半瓢凉水，改用小火煨，边煨边用勺子搅动，防止粘底，直至整锅的面条煨至稀烂，一锅热腾腾、香喷喷的手擀豆杂面就宣告做好了。

这时，母亲把早已切好的腌萝卜丝，或者姜丝，用香油、味精、醋调好，装进小盘里，盛好面，面里滴上二三滴香油，小菜连同豆杂面条一起放在了姥爷做的红油漆八仙桌上。还未等一家人坐齐，我便急不可待端起碗吸溜了一大口，但又“哇”的一声吐出来了，太烫！坐在我对面的哥哥笑得差点把碗碰掉桌下。这时母亲会用那粗糙的手拍拍我的头：“慢点，又没人跟你抢。”父亲则会慢悠悠地说：“烫烫也好，长记性。记住，心急吃不了热豆腐。”

父亲的这句话在此后的岁月里不断地得到验证，也成了我成长的过程中接受到的第一条土得掉渣的人生哲理。这条人生哲理就来自母亲亲手擀的豆杂面，带着泥土的芬芳与味道，丰富了我四十余年的人生。

如今我客居颍州，母亲也随我来到这个充满生机与灵性的城市生活。从我来到这个城市的第一天算起，已经二十余载，我亲眼见证了这个城市飞速的发展与变化。这种变化让我欣喜，也让我恐惧，欣喜的是城市越来越美，恐惧的是我害怕诸如豆杂面这种土得掉渣的传统美食的消失！好在这个城市是如此的包容与豁达，除了格拉条、糊汤面、老母鸡汤面、羊肉板面等本地特色面之外，兰州拉面、陕西拌面、河南烩面、重庆小面等外地面也无处不在，我依旧能在城市的某个角落里看到门脸不大的豆杂面馆，在大街小巷里听到“豆杂面喽”的哟呵声。这是城市发展的多样性和包容性，更是诸如我这种游子在这个城市里自在生活的根，他让颍州这片近3000年的古城有了丰富而多元的味道之外，也保留了一份质朴厚重的原生味道。我喜欢这种味道。

但是，此生估计我再也没机会能吃上母亲的那碗手擀豆杂面了。十年前，操劳一生的母亲因脑梗导致瘫痪在床，至今生活不能自理。

母亲的手擀豆杂面条，或真的只能成为我永远的回忆和奢望了。

作者简介：孔祥峰，又名孔一坛，阜阳市颍州区作协副秘书长，开办一家酒厂，操持一家书店，于诗酒之中惬意着生活。

第四辑　纸上雪

秋夜，用月光取暖（外一篇）

梦婷

“据说，用月光取暖的女子从不受伤，有一处旷野容许她重新长出枝叶”。

静谧的夜，有风掠过。窗外那棵高耸入云的梧桐树还招展着茂密的枝叶，虽然秋已深。

静坐在屏前，丝丝凉意侵入肌肤。很久以来，茫然地忙碌，茫然地清闲，茫然地游走于网络，茫然地行走于现实。转眼秋天就要逝去了，这一季于我，几乎没有留下任何痕迹和相关的记忆。

秋天是收获的季节，我静静问自己，在这一季，我收获了什么？又凋零了什么？在这个秋天：在清晨的阵阵寒意里、在午后的暖暖阳光里、在黄昏宁静的暮色里、在夜晚如水的月光里，每一天的每一分，点点滴滴丝丝缕缕的心绪，在鸟鸣中，在山岚中，在落叶中，在夜色中，深深浅浅袅袅娜娜的飘来又逝去。那些过往的细枝末节，总是在孤独的静夜里蔓延开来。浮现在脑海，停留在心底，挥之不去。冷寂的夜，泛起丝丝的温暖，眼泪就在这样的时候毫无预知的滑落。那年、那月、那人、那情怀终究随风而逝。

月光总是在辗转难眠的夜晚，透过楼前的树影静静地洒在窗前。在这样的月色里，总是不能自拔地跌落在那段记忆里。那些过往的画面如夜空中的星，忽明忽暗、或隐或现。时而模糊我的视线、时而清晰我的忧伤，时而牵扯我的温柔、时而激扬我的浪漫。

月亮的清辉铺洒在那条林间小径，柔柔的风拂过我的脸颊，柔顺的长发散发着淡淡的清香，我们手牵手漫步，时而驻足，静静相望，时而依偎，无言无语。只有流淌的深情伴着清爽的风在四周氤氲。那时的你我，无欲无求，“执子之手与之偕老”的愿望写在彼此的手心。那是季节的春天，也是人生的春天。一颗孤傲的心被你的执着坚持温暖着，终于柔软地靠向了你。

秋天无声无息地来了，秋天的夜，在独自面对时，更显得冷寂悠长。偏偏在这样的冷寂里，你的温情也似乎随着季节的变迁而冷却了。不记得多久不曾牵彼此的手，不记得多久不曾真正对望。难捱的静默中，彼此拒绝靠近，渐渐成为习惯。在月光下回忆，也成为习惯。慢慢的，月光似乎成为我不可缺的伴侣，即使没有月亮的晚上，也会静静地等待、守候。只有在温柔的月光下，疲惫的心才能做片刻休憩，浮躁的灵魂也慢慢归于平静。静静地躺在黑暗中，与月光对望，那些已湮没在风中的往事便会潮水一般涌来，记忆的脉络逐渐清晰。在无边无际的记忆里，我寻找着那双温暖的眼睛，寻找着那个宽阔的怀抱。任凭这虚空的温暖弥漫、弥漫。就这样欲罢不能，深陷在回忆里，不可自拔。

常常做着同样的梦，梦一场从春到冬的爱。渴望有一份爱，从生命的春天到秋天到冬天。爱一个人，从青春到垂暮。这份爱，不会因秋来了而冷却，不会因天凉了而凋落。不会因夏阳的光辉而迷了眼，不会因春花的烂漫而扰了心。一生一世，像月光的清辉，温柔而执着，无声无息，让我在黑暗中也能拥着这温暖，安然入眠……

又到中秋“款月”时

“珏山吐月”是我地四大景观之首：东有“珏山吐月”、西有“松林积雪”、南有“孔子回车”、北有“白马脱缰”。珏山，两峰并耸，苍翠巍峨，像一对碧玉镶嵌于太行山巅，所以得名为“珏山”。

我的家就在珏山脚下，单位的子弟学校与珏山遥遥相望，年少时每到中秋夜，要好的伙伴儿定会三五相邀，早早步行至青莲寺，在青莲寺的“款月台”前等待月亮从对面的珏山双峰口慢慢吐出。

青莲寺的“款月台”是观“珏山吐月”的最佳位置，青莲寺与珏山隔河对望，遥相呼应。古青莲建于北魏年间，“款月台”建于何年我不曾考究，但想来古人也是经过无数次实地体验，发现此处是绝佳的赏月之境，才专为赏月建了“款月台”吧？

古人措辞讲究，一个“款”字，便将古人对月亮的美好期待和景仰表达得脱俗而富有情致。试想，秋风微凉的中秋夜，人们在夜色朦胧的青莲寺专为赏月而建的“款月台”前备好香烛，摆好香案，静静等待皎洁的月亮一点一点从对面的珏山口露出芳容，这样的情境用一个“款”字来表达，该是最贴切的一个词了。

置身台前，放眼望去：群山环抱、松柏悬崖、峡谷幽深、涧溪曲折。左顾右盼、上瞰下俯，入眼皆是美景。即使不为看月，单是在台上闲坐，听山风阵阵，看群山茫茫，也是一种极美的享受。

年少的青莲寺“款月”，常常是天未黑透就到了青莲寺，一群男女同学各自带了不同馅料的月饼、水果、煮毛豆、煮花生等零食，全部堆放在一起，大家嬉笑打闹一阵，并没有谁真正有赏月之心，也并未察觉月亮是何时从珏山双峰间

“吐”出来，只是等到山里的夜沁凉了肌肤，甚而有了些寒意袭来，各种零食也基本吃光了，大家才一路玩闹着各自回家去。年少的伙伴如今已各奔东西，不知月圆之夜还有几人能忆起那段共同赏月的岁月呢？

记忆中最近的一次赏月，该是女儿三岁时中秋节后的第二天了。那天和值班的老公约好晚上去看月亮，晚饭过后一个澡洗到了七点多。步行到“款月台”还需一个多钟头，一定要错过月亮从珏山双峰间探出头的那一刻了。索性决定去盘山路，就近到和珏山遥遥相对的山腰去等待。

十分钟左右我们就到了每天锻炼时休息的路边小平台。平常我总喜欢顺盘山公路蜿蜒而上，累了就会在路边的一处空地稍歇片刻。东北西南走向的太行山像列阵的奇兵浩浩荡荡，曲折绵延的丹河夹在其中。我们席地而坐，天色渐暗了，低头已见脚下山村星星点点的灯火，对面的珏山也已亮起了各色彩灯，蜿蜒曲折，顺山而上，如一条彩色长龙盘踞山间，把挺拔俊秀的珏山装扮得更加多姿多彩。不觉间，月儿已从对面的双峰间探出了头，深情款款地俯视着人间。女儿雀跃着：“妈妈妈妈，你看你看月亮的脸！”好嘛，爱唱歌的女儿一开口就是歌词。仿佛片刻之间，一轮硕大的满月已跃出了珏山的双峰，如水似银的月色将周边的山、林、水、石、亭台楼阁泼泻得银光闪烁。天边的月光和山间的灯光交相辉映，而珏山双峰被轻纱似的月色笼罩，勾勒出绝美的轮廓，朦胧迷离。恍然间，我竟然不知置身何处了。“起舞弄清影，何似在人间！”

其实，月儿本无情，“珏山吐月”也只是一个自然景观。也许或圆或缺的月儿正像人世间的世态万象，正像人间完美与残缺的并存。圆满也罢，残缺也好，只要真诚地捧出一颗心，起起落落来来去去都是一段亮丽的风景。所以月亮才不只是自然的月亮，也是人们心头的月亮了。

“青青双峰吐玉盘，片片银辉洒山川。”夜，凉如水，月，亮如银。我们收拾残局，该回家了。

和老公一路牵手，彼此无语。到了自家楼头，调皮的女儿来了一句：“妈妈你看，月亮真是跟屁虫，到家了还跟着我们呢。”抬头，和老公相视笑了。

转眼间那个赏月的夜晚已过去了快二十年，当年那个调皮又可人的小女孩儿也已经长成亭亭的女子。不知远在他乡的她是否还记得山间赏月的夜晚？又要到中秋赏月的时节，年过中年的我却再也没有兴致到“款月台”去等待“珏山吐月”了。

作者简介：梦婷，中国西部散文学会会员，中华文化促进会语言艺术委员会专业会员，中华诗词学会会员。晋城市朗诵家协会会员、作协会员。曾获“山西省名胜古迹大赛”一等奖，首届“左龙右虎杯国际诗歌大赛”优秀奖。

怀念雪

赵正午

不经意间，时令已到了三九末。

“三九四九，冻破石头。”该是一年中最冷的季节，天气却是温温暾暾吞吞依旧，只有铅灰的云和黄河边上硬冷的风提醒你，确乎是深冬了。屈指算来，已有两个多月未曾见一星雨雪，医院里的感冒病人特别多。

不由得怀念起故乡的冬天，怀念起家乡的雪……

记忆中，藏在豫西伏牛山皱褶里的故乡，到了冬天总会显得天高地阔，水瘦山寒，像一幅静态水墨画，只有鸟雀兴奋的叽喳声伴着婀娜雪花和懒懒炊烟才使宁静的旷野中多了些鲜活和灵动。

下雪是乡下冬日里最寻常的了。下意识里，我总以为雪花才是冬天乡野的眼睛，浪漫与宁静中透出些许淡定和阴柔，融化了惯常的生冷坚硬，让严冬恍若有了温润的可人模样，使人不由自主地想有迎着雪花去亲近山林和田地的冲动。不像城里，雾霾是冬日的常客，溜溜风肆虐了几夜，云阴沉了几天，不过是虚张声势罢了，最终通常是孩子们还没来得及摆好 pose 雪就化了，反倒弄得满地狼藉，不但让人空欢喜一场，更让人心田里像是长满了荒草一样纷乱难宁。

乡村的冬天也实在，总是干巴巴清冷，变脸也快，天说阴就阴，雪说下就下，一如淳朴直爽的乡亲，绝不烦琐和缠绵。偶尔也会有西风从枝头呼啸着掠过，拖着长长的哨音，仿佛是拉响下雪的警报一般。河畔干瘦的杨柳细枝，山峁凝神的墨绿松柏，此时最解风情，便会欢快地躁动摇曳起来，但转瞬间便复归平静，静候着远道而来的雪花在空中绽放，深情拥吻它们落寞已久的枝节。

下雪多半是在午后。城里上来便像抛洒小米粒，急速地斜砸在车玻璃上，沙沙作响，为喧嚣的闹市平添了更多聒噪。乡村的雪是宁静的，一如情笃初开的处子，慵慵懒懒，款款含情，悄无声息，柳絮般袅袅娜娜从空中飘下，等到倏忽间推门一看，——呀！屋顶上已经覆了一层毛茸茸的浅白，邻家的月儿姐正仰着脸，眯着眼，翘着舌，迎接一朵朵天外飞花呢，梦幻般甜丝丝的冰凉早已把欣喜溢满了她的酒窝。我们可不愿放过这地面还未变滑的短工夫，滚铁环，放陀螺，打沙包，踢瓦片，左冲右突，叽叽喳喳，比枝头的鸟雀更欢快，直把空旷的打麦场闹得像口盛满沸水的大锅。等到头顶冒着热气，棉袄粘在身上时，伙伴们才在母亲一声紧似一声的呼唤中鸟状散去。

下雪天黑得晚，等到暮色降临时，挂在墙上的音匣子早已咿咿呀呀唱了半天。农人是闲不住的，无法出门，剥玉米籽便成为家家户户雪夜固定的活计。映着白亮亮的雪，父亲攀上木梯，从屋檐卸下成串风干的玉米穗，一家人团团围坐在箩筐旁，噼里啪啦的交响曲立刻响成一片。母亲端出火盆，生起熊熊的火。下雪天烟气不肯散出，熏得我们眼泪直流，母亲便敞开了屋门，搭起门帘，不时用蒲扇扇几下。屋外的雪花仍在簌簌落下，屋内却暖融融得叫人迷离。不大工夫，双手便抠得生疼，盆中的火焰也渐渐矮了许多。我回转身，把剥光籽的玉米棒一根根投到火中，看它徐徐腾起黄的火焰，蜷缩成红的火炭出神。

母亲微笑着起了身，变戏法般把一碗软柿子放到我们面前，刚刚滋生的倦意立刻跑了多半。平日里没有零食吃，围着火盆吃柿子当然是雪夜不错的享受，大约和城里抱着火炉吃西瓜有着一样的妙处吧。尤其是一种叫作“蜜罐”的柿子，个头小巧圆润，状若小红灯笼，味道比蜂蜜还要甜几分。母亲把柿子放在热水里汆了，用指甲轻轻一挑，薄如蝉翼的柿子皮便脱离干净，只剩下红艳艳软乎乎的果肉，轻轻舔一口，凉丝丝甜津津直透心脾。我图省事，常常拿筷子夹住柿子放在火上燎，温软甘甜依旧，只是多了烟熏的味道，烤得过了还会有点发涩。当然最妙的吃法是就着核桃仁吃，都是山里最平常的果子，但甜软的柿子就着脆香的核桃分明增添了更多咀嚼品味的乐趣，仿佛室外冷的雪和屋内红的火一并融合入了腹中，周身都舒坦。核桃健脑明目，柿子清热润肺，是许多人都知道的，但柿子护肤美容却是山里人的独创。拿柿子果浆在手背上涂抹均匀，近火烤干，整个手背都会有收紧的感觉，稍顷，一整张柿浆膜便很容易揭下，皲裂的手背果然细嫩润滑了许多，不知比街上卖的雪花膏要好多少倍！

通常，雪天听人说古是我的最爱，舅爷便是我最敬佩最盼望的人。

院外传来浓重的咳嗽声，是舅爷来了！挟着雪寒和醇香的酒气，舅爷进屋跺跺脚面的雪，从兜里摸出一个小面人或是几只鞭炮糖果塞给我，——他常帮乡亲料理红白喜事，兜里总少不了这些小玩意。他摘下沾了雪水的“火车头”棉帽，照例在最靠里的小椅子上坐下，把香烟荷包往脖子上一搭，攥起两只玉米棒子交叉在手，只消几下拧搓，玉米粒便剥得干干净净。舅爷和父亲唠当天的婚丧嫁娶，唠鸡犬桑麻，唠邻里琐事，末了总习惯长叹一声作结，“人勤地不懒”“百善孝为先”“君子爱财取之有道”是舅爷常挂在嘴边的口头语。

但说古才是舅爷的强项。“刘关张三请诸葛亮”“杨家将血战金沙滩”“包龙图打坐开封府”……一段段如数家珍，仿佛亲历过似的活灵活现，听得我没有了丝毫倦意。音匣子不知什么时候已没了声响，盆中也熄了火苗，散了浓烟，便关了门，任满盆红炭星星般忽闪忽闪眨巴眼睛。远处不时传来狗吠声，乡村的雪夜愈加寂静，剥玉米单调干涩的声音在舅爷酽酽的叙说中也变得不再刺耳。舅爷间或住了手，俯身侧脸把烟锅贴近火炭，衔紧烟管“吱吱溜溜”抽得香甜。故事中的人儿便也似乎浸染了微醺的烟酒味，在悠远缥缈的时空间款款走来——诸葛亮、杨令公、包拯……一个个鲜活的形象，仁、义、礼、智、信这些似懂非懂的字眼，“举头三尺有神明”这些古训，都在那一个个童话般的雪夜里，空灵剔透深深地刻进了我的脑海里。

盆火终于化成了灰烬。舅爷拿手在灰中扒拉出一粒小火炭，捡起摁在烟锅里，“吧嗒吧嗒”紧吸两口，便起身。屋外的雪似乎下得急了，“明年又是好收成啊！”舅爷大声地咳着，踩着厚厚的积雪，“咯咯吱吱”渐行渐远，一会儿便消失在混沌的雪野里。

母亲点起油灯，和父亲在半明半昧的光亮下打扫“战场”。我迷迷糊糊爬上热炕，口齿留着余香，脑海里还影影绰绰浮现着羽扇纶巾的诸葛亮和须发尽霜、威风凛凛的杨令公，在远处似有还无的狗吠声中，沉沉进入了梦乡……

作者简介：赵正午，原名赵正武，男，河南卢氏人，现在三门峡市工作。河南省报告文学学会会员，三门峡市作家协会会员，作品散见于《奔流》《西部散文选刊（原创版）》《洛神》《三门峡日报》等杂志报纸和网络平台，偶有作品获奖。

那一席月光

刘莉

冬天的清晨，屋檐下挂着一排冰溜子，明晃晃的晃得骨头疼。西屋里那头老母牛卧在草堆里眯着眼，享受着冬天才有的清闲，它可是我家的大功臣，十多亩地耕犁拉耙的将军，因此无比尊贵的占据着一间屋子，怀里还不到百天的小牛嘴里噙着奶头拱啊拱的撒娇。我可就没有那么幸运，娘当年结婚时找村里木匠定做的这张红木大床上挤着我们姐妹五个，大姐跟着爸常年外出上学很少回来，缺席一个，这张被岁月包浆过的红木床总算稍稍宽绰了些。冬天的寒气把每逢落黑睡觉就征战不休的我们硬是驱赶到一堆，像娘利落地码在地锅里高低不等胖瘦不均的一锅红薯，甜腻腻稀软软地挤在一个被窝里。

老大生性淳良宽厚，又常年在外上学，童年记忆里见面稀薄，老二脾气红火，总是和固执的老三为争床沿那点风水宝地酣战不休，老四我不屑于为琐事争斗，自个儿蜷了因营养不良虾米样的身子面壁而卧，肥肥的是老五，仗着身强力壮理直气壮地多霸占些床位，她勤于吸收的机体并不因长年累月稀汤寡水蔫巴了去，圆嘟嘟的脸像过年时才能吃的白馒头，老么清瘦但异常伶俐，有她两肋插刀我才敢试探性的挑衅老五，夺回地盘。

老二老三就很过分，夜半通常被她们你一脚我一脚地踢打混斗吵醒，比闹夜的耗子还可恶。我体格瘦小不敢参战，尤自在一团黑暗里对着糊满报纸的墙叹息，幻想着有一天能拥有一张自己的床，我横躺竖躺想怎么睡就怎么睡，不再这么憋屈。

冬天尚好，难熬的是夏，白天我背着娘偷偷溜到水坑边，哧溜钻到凉爽的水里学狗刨式，老五这个叛徒总是能及时察觉我的行踪，向娘打我的小报告，娘就手里掂了一根柳树枝子在坑沿叫我，我把泥巴胡乱的抹在脸上，混在一堆泥孩子里，水面上只露出一个小小的脑袋，任凭娘软硬兼施的喊破了嗓子就是不上岸，看老五一旁得意扬扬的助威，我恨不得蹿上去捏烂她的脸。

晚上在大院里乘凉，月亮都缓缓起身往西去了，我们还赖着不想进屋睡觉。非要被娘吆喝着才不情愿地进屋各就各位。起了浓浓的睡意，却对那张拥挤不堪的大床升不起任何美好的憧憬。院子里那辆破架子车卸下车轱辘就是劳累了一天的娘的御席，这个毫无争议。那么大的院子，那么凉爽的清风，光洁的月光，却只能白白浪费而无福消受，我就是不明白娘为啥让它们流水一样的浪费掉也不让我们在院子里睡，就那么忍心把我们五个轰一群小猪似的轰进闷罐一样的屋子。娘总说小孩子秉性弱，怕后夜的凉气浸了骨子落下病根，那时候农村的小孩子生病了几乎无药可医。

老二老三照例各自为王的霸占住床沿的两头，我悄悄尝试过，小肚皮贴到床沿上面凉丝丝的，和跳到坑里洗澡的感觉神似。老五睡觉极不老实，我老是做梦被大象追赶拼了命地奔跑挣扎几近窒息，慌乱中醒来才发觉是她茁壮的大腿得寸进尺地伸到我瘦弱的肚皮上，我愤愤甩开它没有修养的纠缠，贴墙而睡。一间屋子堆满乱七八糟的物什，无论我怎样腾挪床依然是床，空间丝毫没有拓展的可能。大暑一到，闷闷的气流像锅底舔来舔去的火苗，我简直成了笼篦上只待蒸熟的杂粮包，呼吸被闷热的夏夜紧紧攥在手心里。那时蚊子体格尚小，性情尚温，只会在你耳边软香侬语的撩拨，而不会给你肉体上任何伤害。热极难以入睡，我就听蚊子唱歌，这是那些夏夜里我能捕捉到的唯一的美好。

每到这个时节，也是老二老三战事正酣的时候，夜夜有恃无恐地踢打开战，身高占优势的老二常常睡梦中伸直了腿越了界，警惕性很高的老三立马又踢又踩予以反击。老二打不过就哭，老三认死理丝毫不为她的眼泪所动，死守着她的地盘寸步不让。娘在院子也睡不牢稳，总得把她俩骂一顿方才安生，还夏夜片刻寂静。

睡到夜半，我蹑手蹑脚从她们身上爬过，吸溜下肚子，扁了身子从娘上锁的两扇木门逢里钻了出去，悄悄钻到娘身下，月亮半弯像被我啃了半圈光溜溜甜滋滋的冰棍，风一丝丝温柔的拂着我的小脸，我幸福得都想做梦了。恍惚中门环咣咣作响，似有啜泣声，娘骂了一声起身：老五一直关注着我的行踪，尾随而来，奈何她太胖卡在门缝里出不来，在那嘤嘤地哭。娘终究不忍心，开了门，让我们和她挤在架子车上。刚放了老五出来，老二老三也放弃地盘借势溜了出来。娘就骂我：都是你作的祸，不老老实实在屋子里睡觉。骂归骂，娘还是找来一张凉席，铺上单子，算是她俩新的根据地。

好多年，我对于童年的记忆还停留在那张红木大床，娘的这群崽崽开枝散叶，各奔前程，姐妹五个再也没有机缘挤在一张床上打斗，大姐常年在外上学，直至参加工作都很少回家，童年里的大姐姐雪莲一样高洁美丽，似乎从未沾染一丝烟火里的蒸腾和浊气。我对大姐姐美好的记忆也在四年前永恒的停留在刻骨铭心的回忆里——一场突如其来的重疾，大姐姐永远的离开了我们。

前年，八十岁的老爸突发脑梗，转危为安后在家休养，剩下我们姐妹五个轮流日夜看护，为了方便照顾，晚上就在爸妈的床前打个地铺，宽大的红木床衬得日渐苍老的爸妈分外瘦弱。

一轮明月挂在窗口，凉丝丝的，月是同一轮月，却如此静谧，而老大，依然在夜的那头，离我好远。

作者简介：刘莉，女，汉族，河南周口人，自由职业者，西散原创周口工作站站长。曾在《宝安日报》《襄阳文艺》等报刊发表散文若干篇。《映日荷花别样红》获周口人民广播电台征文优秀奖，《那一席月光》获西散原创征文三等奖。

137 度爱恋

吕淑红

一杯清茗，一把纸扇，拂面的是阵阵清风，缕缕茶香，倾心的，是丝丝美妙，淡淡陶醉。

一把美丽的折扇舒展开来的角度是 137 度，黄金分割，恰到好处。

炎夏酷暑，虽然空调常伴，但我手边却常放一把纸扇，这古色古香独有中华特色的纸扇舒展开来就是一片风景，或梅兰，或山川，或云烟，抑或是伴着诗词歌赋的仕女少年，都曾在这 137 度的精致扇面上留下风采，这优雅的弧度徐徐展开，回忆，就带着阳光暖暖的微笑摇着一船缤纷的光影扑面而来。

写作和瑜伽，恰如两把有着 137 度优雅弧度的中华折扇，在两年前的炎炎夏日给我送来了丝丝清凉。

爱好写作，由来已久。

从小学三年级时第一篇作文《我家的小花猫》被老师当作范文在班里诵读开始，那些自带神秘光彩的文字就张开轻盈的翅膀，呼啦啦飞进我的心底，求学路上，最爱上的一直是作文课，最陶醉的就是老师让我站在讲台上诵读自己的作文，最有成就感的是高中时，习作《乡间说书人》刊登在《中学生阅读》上。

可惜，上了大学，贪玩犯懒，不想动笔，后来，繁忙的工作，结婚生子后繁重的家务，更将写作束之高阁，一直到两年前的暑假，一次偶然的机会，我认识了济宁市散文学会的陈红老师，年少的梦，在此时，穿越时光隧道，慢慢地将我拉回到了少年的那段时光。那些豆蔻年华时最爱读的诗歌，最爱看的小说，又在脑海里鲜活起来，让我重新拾起了荒废已久的文笔，开始了跌跌撞撞的笔墨耕耘，越写越顺手之后，偶有小文小诗发表，成就感喜悦感让我对这些点横竖撇捺更加热爱，荣幸地加入邹城市作家协会和济宁市散文学会之后，这些宽厚温暖的娘家人对我的写作给予了很大的帮助，让我更想在时光里煮雨，禅园里听雪，一颗蒙尘的心，在这些端庄别致的方块字里，得到了净化。

文字，让我的梦有枝可依。

去年，因缘际会，有幸结识了《西部散文选刊（原创版）》，成为西散原创大家庭中的一员，作为文学路上刚刚起步的一名新兵，今年夏日参加了西散原创组织的“走进乌拉盖，相约内蒙古”大型文学采风活动，在风光旖旎的大草原上，和众多文学大家一起赏美景、吃羊肉、看蒙族歌舞，得名家指点，“掬水月在手”，草原之行，收获多多，回来后怀揣万分感动，写了《追梦乌拉盖》一文，以资纪念。

清寒十月，再次跟随西散原创参加“滦河之韵”金秋笔会，跟随众多散文名家徜徉美景如画的曹妃甸滨海湿地，品“冰火两重天”剧毒又美味的河豚鱼，夜游滦州古城，听名家讲座，为我的文学梦插上有力的翼羽，激励我勇敢地为文字的飞翔磨砺翅膀。

西散原创，你，携一缕清凉缓缓而来，撩起了我执着追梦的悠长。

千淘万滤的辛苦换来了甜蜜的收获，今年，小文《忽然想念蒋苏宁》荣幸地登上了《散文百家》的书页。

感谢文字，它让我的心慢慢沉淀下来，让我能够在繁杂的俗务中静心思考，等一等身后的灵魂，修一修尘世间出尘的枝叶，听一听梦想舒缓的汩汩流淌滋润心田，不给自己太大的压力，不去计较名利，学会给生活做减法，读读自己喜欢的书，书香盈袖之余再用文字记录下心灵旅行的痕迹，能够做自己喜欢的事，本身就是一种幸福啊，慢一些又何妨？就像那把折扇一样，只需要 137 度热爱，浅浅喜欢，淡淡爱恋，痴痴追求，足矣。

唯有这样，这些优美的文字才会在自己的心田上开放出这样一朵花吧，清雅，芬芳，柔美，宁静。

修炼瑜伽，也是如此。

不过，我的瑜伽之路，走的并不顺畅。

也是在两年前的暑假，一个热心的朋友带我走进了小区的静悦瑜伽馆，彼时对瑜伽一无所知，带着八分好奇，两分懵懂，体验了第一节瑜伽课，跟随着教练的指导，抬臂、弯腰、屈腿、下蹲……一个小时下来，太累了！只感觉全身僵硬，肌肉酸痛，很多体式都做不到位，第一堂体验课：完败。

特别是第二天起床后，肩膀胳膊不听使唤，酸痛得严重，肚子和腰，也像成了别人的，不听自己指挥了，哪哪都不得劲儿，哪哪都不舒服。

立马打了退堂鼓，第二天晚上，死活不想去了，好友连拉带拽，连哄带劝：可以免费体验三节课呢，不练白不练，说不定再练两节就好了。盛情难却，带着不忍伤好友情面的心思，第二节课勉强硬撑下来。

到了第三天，说也奇怪，虽然依然浑身酸痛，但抵触情绪明显没那么强烈了，跟随着轻柔舒缓的音乐，看着教练优美的指导体式，听着她对瑜伽的讲解，再配合上呼吸，做动作的时候慢慢感觉到了自己的进步，特别是做完规定体式，躺在瑜伽垫上做休息术放松的时候，教练关闭灯光，在漆黑的屋子里，闭上眼睛，伴随着轻柔灵动的禅乐，听着教练深情舒缓的语言指导，身心彻底放空，一节课结束，疲累依然，但精气神却不错。

就这样，慢慢地，在一节课一节课的坚持下，居然爱上了瑜伽。

不知不觉，竟然已经习练两年。其中虽然也有偶尔的间断，但好在，坚持到现在了。

随着习练的久长，对瑜伽也从一无所知到现在的熟悉，两年的相处，瑜伽教会我太多东西：从初练到现在，我都是馆里最笨的一个，基础体式做的都很勉强，更别说有难度的体式了，每一节课上得都比别人吃力，每次看到一起习练的学员动作优美进步快，就很自卑，杨静教练一再告诉我，瑜伽是一面镜子，让我们从内向外看自己，每个人的身体条件各不相同，不要和别人攀比体式，自己尽力做到极限就好，感觉特别不舒服就调整一下，瑜伽的每一次拉伸都是肌肉的每一次认识，今天我的极限停留在哪里，就是哪里，不贪求，不过度，只要坚持不放弃，就会慢慢进步，习练瑜伽不要过度追求体式，应该注重这个过程中身体的精微感受，在一个个扭转、拉伸中用心体会身体的酸麻胀痛，在酸疼中学会接纳，在呼吸间学会稳定，在焦躁时学会忍耐。在习练瑜伽体式的过程中，我学会了调整的艺术。

瑜伽教会我坚持，每每工作疲累的时候，就想给自己的懒惰找些借口，时不时地会有放弃的念头冒出来，每到这时，杨静教练就会督促我：世间很多的事情，坚持最难，坚持也是一种生活态度，选择了，尽力了，坚持了，也许下一个转角，你就能遇见最美的自己。

我们瑜伽馆有很多我喜欢的课程，比如肚皮舞，舞韵瑜伽，普拉提，球操，高温瑜伽、空中瑜伽等，这些课程里，我最喜欢空中瑜伽，它除了能让我脱离地面，体会到飞翔的感觉外，还有许多倒立的动作，让我学会换一个角度看事物，从而更懂得换位思考，体谅他人，心怀慈悲，不乱指责。

瑜伽的静坐、冥想和舒缓的音乐也让我从时常紧张焦虑的情绪中慢慢的放松下来，心态逐渐平和，每次结束时的放松术让我懂得，人要学会适当的清空自己，清空才能更好的接纳。正是这一次次的习练，一个个体式，教会我沉得下心，弯得下腰，低得下头，懂得谦卑和感恩。

瑜伽，让我的心找到了回家的路。

瑜伽，由吸气开始，呼气结束，一呼一吸是一个历程，也是一个轮回，这个过程顺其自然，不过分苛求，就像生活，顺从其美、随遇而安，不用过分执着，安心沉浸在里面就好。

如果说 360 度是完美和圆满，显然，我现在的写作和瑜伽水平距此尚远，有很多的缺憾，但，缺憾何尝不是另一种美好呢？如断臂的维纳斯，挣脱枝头自由飘飞的黄叶，满塘静默的残荷。

有人说，不疯魔不成活，我却不这样认为。

写作也好，瑜伽也罢，很多事物，于我而言，137 度的爱恋，刚刚好。

作者简介：吕淑红，笔名苏红，山东省邹城市第五中学教师，山东省散文学会会员，济宁市作家协会会员，济宁市散文学会平台编辑，有诗文散见于《散文百家》《西部散文选刊（原创版）》《齐鲁晚报》《济宁晚报》《湛江晚报》等杂志报纸和网络平台。

海上天涯

徐月祥

蓝色的海洋，硕大的月亮刚刚探出半个脑袋，似有涛声踏着海浪，从面前这位衣袂飘飘的红衣女子的琴弦上荡漾开来。此刻的琴弦，犹如拉出紧急结合的军号，一波又一波的海浪由远方浩荡而来，它们聚集起来的气势撞击礁石的瞬间，是感动的泪水潸然？还是旋律与情感的共鸣？想必大海知道，想必那个拔动琴弦撩开月亮帘幔的抚琴女子知道。隐身海水深处的明月，今夜不再矜持，它那么迫切地想知道，这一刻的海面，到底发生了什么？

海上生明月，天涯共此时！当满天的星星眨着它们好奇的目光，那是一种特别亲近的温暖啊，似从天涯涌来，带着故乡无限的眷恋！这种温暖，可以催生无数个曾经的画面，因为时光的流逝，被搁浅在岁月的沙滩上。其实我不用杜撰，拍摄者构想这样的画面，一定是想到唐朝诗人张九龄的诗歌《望月怀远》："海上生明月，天涯共此时。情人怨遥夜，竟夕起相思。灭烛怜光满，披衣觉露滋。不堪盈手赠，还寝梦佳期。"诗人张九龄诗歌里，用朴实自然的语言，描绘出来的画面，正是此刻红衣女子背后的情形。诗人所展示的大海一幅广阔壮丽的景象，可以读出诗歌意境营造的静谧安然的壮美，因为明月远在天边，旷远而朦胧，诗人的很多情感自然就被寄托在那样一轮明月中。诗人设想着，遥远天边的故人，此时此刻或许也在面对明月而相思。他不说自己望月怀远对方，而是设想对方在望月思念自己。这样的构思在当时特别新颖奇妙。这种情感巧妙的置换，如今也被很多诗家采用。可谓蕴涵深厚，反衬生动，寄托幽远。

我们在解读面前这张图片的时候，必须对于张九龄的诗歌有个简单的了解，才能更好地深度解读面前这张图片的构思。如果说，诗人张九龄的诗歌画面是静谧的，特别适合表达孤独怀想的意境，那么无疑这张图片特别动感，浪花撞击的礁石，海面涌起的波浪，以及琴弦流淌的美妙。读者稍微有点文艺细胞，就能马上联想到红衣女子手中琴弦荡起的旋律波澜。而一袭红衣映衬的大海深蓝色的背景，尤其浪漫多情。海浪撞击礁石的声音，由悠远的琴弦拉回数千年的曾经，无数个历史尘烟中的文人骚客，纷纷过电影一般浮现在眼前。唐朝诗人张若虚的诗句："江天一色无纤尘，皎皎空中孤月轮，江畔何人初见月？江月何年初照人。"宋朝大诗人苏轼那首"明月几时有，把酒问青天，不知天上宫阙，今夕是何年？"而写下"花间一壶酒，独酌无相亲，举杯邀明月，对影成三人"的诗人李白，犹如醍醐灌顶一般穿越时空挥洒他的浪漫主义与狂放不羁的才情。因为琴弦上的海浪生发开来的大海的共鸣缕缕而来。问题是萦绕琴弦的到底是什么样的旋律，能够引起大海的共鸣？答案肯定不是"飞流直下三千尺，疑是银河落九天"的震聋发聩，却一定是"琴弦悴开思绪涌，万里波涛急上岸"的激情奔突！

首先，我们必须寻找拍摄者构想这样的画面中，与诗人张九龄当年诗歌里彼此交融的共性。故乡与亲人，浪迹天涯的游子与乡愁纠结的情愫，都有互相交割不开的千丝万缕的联系。但凡喜欢艺术的人都知道，纵然是诗人写实铺就的情感，还是朦胧怀想的眷恋，都应该是在那一刻，饱满的情感决堤的发泄与感慨，抑或是感悟。他所要表达的意境，所倾诉的情感，总是特别期待能够有人读懂它，不一定全部读懂，至少可以知道大概意思，这也就够了。当然了，也有人说，写诗是诗人的事情，如何解读就是评论家的事情。我想，这样的认识对于解读书画或者构图，皆是同样的道理。但凡诗人，总不至于故意写出那些晦涩难懂的诗句，哪怕他们把自己的东西藏在深山老林，最终目的，依然期待相传给后人。那么画家也是，无论他是素描的勾勒还是泼墨的重彩，无论他是写意的缥缈或者意象合一的虚实结合，总是能够让人读懂画面之中呈现出的线条或是留白。对于摄影师的构图依然如此。这就是我们所说的艺术范畴谈到的审美标准的通感！所谓"明心见性，抱朴含真"，这样的标准给予中国的诗歌、绘画、书法、摄影、建筑等艺术，定下了统一的基调，规范了审美的标准。

任何一位评论家，对待他所猎取的对象，无论他从哪个角度试图去解读或者剖析，都包含了评论家个人的情感以及他的再度创作。在解读的过程中，最大限度地试图靠近他所要评论对象的场景与心灵。老实说，这张图片中抱琴拔弦的女子，是我非常熟悉的文友。这就为我的解读开辟了一条捷径般的心灵通道。

生活中的她，命运多舛，在自己父母去世多年的当下，曾经那么疼爱她的两个哥哥也因为癌症先后离开了这个世界。众多厄运并没有让她变得脆弱，反而因为灾难的磨砺，让她越发坚强乐观。尽管人到中年，可她乐观豁达，善良真诚乐于助人，让她聚集昌旺的人气。我们的认识，也是源于文学。我特别钦佩她的多才多艺。不仅散文创作佳作不断，成为多个平台和刊物的签约作家，而且琴棋书画，摄影唱歌皆有涉猎与建树。尤其是摄影艺术，我们可以从这张图片中窥见端倪。

画面中的微笑，阳光一样的爽朗。那是心底无私天地宽的从容与淡定，更是风雨之后见彩虹的释然和欣慰。尽管当下的她，身兼无数个虚位的站长或者会长，一毛钱的薪金也没有人给她，然而她的热情，犹如她的一袭红衣，始终装着一副古道热肠。无论是面对身边突发脑血管破裂的歌手老陈的及时心脏按压，让他死而复生，还是作为《西散原创》连云港工作站站长，除了凭借她的旺盛的人气宣传，还念念不忘怀抱一本《西散原创》拍摄她的最美一刻。大家可以想象，生活中这样敬业的人，还有什么事情做不成？"苦难之所以成就一个人，并不是苦难经历的本身，而是因为一个人所具有的基本素质，即一个人的生命力、智力和魄力。而这些东西来自于一个人、一个家族、乃至一个民族的长久的修炼和积淀。"因为诸多的磨难，让她深感生活的不易，那种活在当下就是最好的幸福人生观，让她特别珍惜相遇。基于这样的认识，之所以能够让大海引起共鸣的旋律，要么就是激昂铿锵，要么就是婉约柔美。恍惚间，她那玉指挥洒的千军万马，伴随着意念中的绝尘而来与被海浪的涛声淹没的琴声，仿佛千万条蓝鲸呼啸着海水的訇然滔天！而曲调回缓处的低吟，是回忆，更是深情怀念的无奈！

总有一种激越，澎湃着风雨之后见彩虹的欣慰！不信你看，她那满脸的自信，足够掌控大海的情绪！

作者简介：徐月祥，江苏省作家协会会员，连云港散文协会副秘书长，《散文选刊·下半月》《河南文学》签约作家。文章多发于《解放军报》《中国书画报》《散文选刊·下半月》《海外文摘》《西散原创》《河南文学》等刊物。

四季烟柳

翁衡临

众所周知，柳树在春天最美。可一定有很多人不知道，柳树其实一年四季都在展示着自己的美，只是美的外表和内涵各有不同。

柳树在春天不只是美，甚至是植物界春天到来的象征。而动物界春天到来的象征当属北归的燕子。燕子剪刀似的尾翼，在蓝天下自由地飞翔，让春天的大自然更加充满生机。世界上如果只有植物没有动物，一定会缺少很多灵动和灵气。燕子的归来，让春天的世界显得更有活力和朝气。当燕子飞立在剪翼一样的柳叶上时，你一定感受到一种和谐，一种冬去春来的舒畅。春天来了，一切都变得那么美好，于是你迈出家门，与自然亲密地拥抱。

河岸边，鹅黄的柳芽率先拱出枝条，枝条也由黑褐色渐渐转青，一种生命的迹象已无法掩饰。柳芽渐渐长大，也越来越多，立满了已经泛绿的枝条，仿佛一只只意欲展翅飞翔的蝴蝶。微风吹来，柔嫩的柳条前后摆动，又仿佛漂亮的门帘在舞动裙摆。拂在水面的柳条，像是少女的秀发，正在河中洗涤。我更喜欢扬州的垂柳，因为更加纤细修长，显得尤其婀娜多姿。她们像一个个春姑娘，静静地站在瘦西湖岸，告诉大家春天来了，等着大家共同欣赏。

我的家乡在江南，离扬州千里之遥更南的南方，那里四季分明，小时候更是如此。俗话说得好，五九六九河边看柳，那是家乡春到最真实的写照。并不像有的地方所说，春雨贵如油，家乡的春天雨水丰沛，能让田里不需要人工灌溉、靠天然的雨水就可以栽插早稻。丰盈的雨水灌满池塘，池岸边的柳树一个劲地疯长，很快在池岸边遮出一块阴凉地。鸭鹅在池塘里自由地游弋，刚由小蝌蚪演变而来的青蛙也在水里游来游去，偶尔会蹦到岸上，被调皮的小孩捉住玩耍。此时我们喜欢做的事情，不只是赶鸭鹅捉青蛙，还有扦插柳枝。

扦插桃李或其他树枝也许是一种技术活，可扦插柳枝却要容易得多。当年家乡的男孩女孩，几乎都栽插过柳枝，而且几乎都是在雨后。因为雨后土地湿润，不需要浇水，栽插起来也容易。我们将柳枝从树上折断，不能太粗太长，太粗太长可能没有足够的养料供她生根成长，也就不容易存活。一般只需三五十厘米长即可。往松软的泥土里插进去十厘米左右深，然后在周围用泥土将枝条压紧，防止被风雨吹打而倒。起初虽然也有一些成活，更多的却夭折而死。后来才知道，柳枝要用剪刀剪得平整后再栽插，才能提高存活率。看着新生的嫩芽，我们总有一种成功的喜悦。当然，由于太阳的烤晒，也会看见柳叶渐渐枯萎的情况，那时心便会纠结在一起。为了不让柳枝被太阳烤死，我们只能常浇水。尽管不能保证每根柳枝都能存活，但看到部分柳枝的老叶枯萎后，渐渐长出了新芽，我们依然会会心地一笑。

有柳树的春天，才是真正的春天；有柳树的春天，才是柔美的春天。柳树给世人带来春意，带来活力，带来美好。柳树沐浴着春雨渐渐长大，我也跟着慢慢长大。长大后，我从池岸边的柳树，来到湖岸边的柳树，来到更加柔美的扬州。

从初春来到仲春，柳树长得更加翠绿葱茏，如同小姑娘长成亭亭玉立的大姑娘，满头秀发更加引人注意。大姑娘更爱美，光有柔美的秀发还不够，还要在头上插上一些花，那便是柳花。插花的姑娘站在湖岸边，等着蝴蝶落在发梢，打着蝴蝶结的秀发，也就越来越美。不只有蝴蝶，甚至还有蜻蜓和其他翠鸟落在发梢，柳姑娘也就更加美丽动人了。我从树下轻轻走过，唯恐惊扰了她们美丽的梦。

但凡花都有花期，都有凋谢飘零的时候，柳花也不例外。柳花，是花不似花，人们习惯称之为柳絮，也许是因为轻柔细软如棉絮吧。确实，柳絮纤细轻软，风轻轻一吹，便会漫天飞舞起来。时而落在你的头顶，时而落在你的脸颊，时而落在你的臂膀。每个喜欢柳絮的人，都会情不自禁地伸出手掌，欲将柳絮轻轻托住。可是你发现，你压根就托不住她。她是如此轻盈，仿佛没有一丝重量，刚碰到你的掌心，就又飘飞起来。任由你如何地小心谨慎，如何地轻手轻脚，你都无法稳稳地托住她。看来她不属于某个人，即便你对她痴心一片，她属于整个世界，属于整个自然。她热爱自由，热爱飞翔，只要不落入水面，她会一直飘飞不止，直到烟消云散。

是的，她就是一缕烟，一缕细小轻柔的柳烟。尤其在美丽的扬州，用烟花来形容柳絮是最恰当不过了。千年以前，李白就在诗中如此描绘扬州：故人西辞黄鹤楼，烟花三月下扬州。扬州什么时候最美？当然是阳春三月烟花飘飞的季节。此处的三月是农历三月，其实多为公历四月中下旬；此处的烟花不是别物，就是前文所说的柳絮。柳絮是柳树的花，可她飘飞的时候如烟似雾，用烟花来形容显得既浪漫，也最具诗意，最有意境。

美总是很短暂，当烟花灰飞烟灭的时候，说明已进入暮春，炎热的夏天即将到来。可春夏之交，雨水丰富，雨中的柳树也是别有一番新意。

激情的雨水击打在地面，溅起层层水汽，水汽漫延开来，在风的影响下，越飞越高，在空中形成一种烟水汽。世界变得朦朦胧胧，若隐若现，只能看清柳树的轮廓，看不清秀发一般的柳枝柳叶。雨水直接铺洒在柳树上，让柳枝如洗过的秀发，越发清秀飘逸，越发水润娇美。她站在烟雨中，接受雨水的洗礼，洗净身上的一切尘埃和污垢，让自己变得更加冰清玉洁，更加楚楚动人。如果你也喜欢淋雨，此时与柳姑娘站在一起，你一定会觉得很浪漫，很美妙。多么美丽的水墨画啊！动静结合，人与自然和谐相处，世界变得如此美好，怎不让人流连忘返？

春柳柔美飘逸、婀娜多姿，夏柳翠绿葱茏、繁密如荫。不仅人喜欢站在柳树下乘凉，池塘里的鸭鹅似乎也怕骄阳的炙晒，纷纷躲在柳荫下的水面。当然，如果眼前有鱼虾游过，鸭鹅会加速游过去，以便能美餐一顿。无论是否成功捕捉，都会立即返回柳荫下。早晚的情况却不一样，因为气温相对凉爽，可见鸭鹅、鱼虾、青蛙自由活动的身影，有时还会看到水蛇。曾经有一次，不知道什么原因，仅有一百多平方米的池塘里，居然同时出现二三十条水蛇，看得人心惊胆战，写得此依然有种心有余悸的感觉。对于夏天，早晚的池塘最热闹，不仅有动植物的身影，也有人活动的身影。有妇女洗衣服的身影，有孩童游泳洗澡的身影。当太阳还没下山的时候，我们也会游到柳荫下，用手拽着柳条玩耍。而柳荫下的鸭鹅和鱼蛙也早已被我们惊走。惊不走的是树上的知了，它们只是暂时禁声，待树下没了动静，知了又会唱出欢快的歌。

柳树虽喜水，可并非只有水边才有柳树，事实上，古老的柳树多在村中或山林里。也许与家乡位处江南、雨水充沛有关，一些古老的村庄里，总会长着几株古老的柳树，需要两三个人才能合抱过来。古柳树未必有多高耸，但柳枝和柳叶形成的偌大的伞盖，足以遮蔽出一片阴凉。老人和孩子们坐在柳荫下的时间最多，青壮年毕竟要忙于农活，难得有闲暇，除非吃过晚饭，才偶有时间坐在树下乘凉。古老的柳树见证着村庄的兴衰和历史，见证着社会的发展和进步。树下的人来了又走了，树也变得更加苍老，不变的只有树上依旧翠绿的密叶，和密叶遮蔽出的阴凉。

柳条常被我们用来把玩，可以是相互格斗的武器，因为修长柔软，容易打到人却不容易伤到人。有时候也会将柳条编成草帽戴在头上，模仿红军打仗的样子，个个显得精气神十足。而在古代，柳条的用处更大、更有意义。古代有折柳送友的习俗，这在很多古诗词中可以看到。大家最熟悉的莫过于王维的《送元二使安西》：渭城朝雨浥轻尘，客舍青青柳色新。劝君更尽一杯酒，西出阳关无故人。又有张九龄的《折杨柳》诗：纤纤折杨柳，持此寄情人。为什么要折柳送别，而不是折其他树枝？我猜想，可能“柳”与“留”谐音，送别的人不希望对方走，希望对方留下来。

柳树是美的，柳叶更是美的，因此古代喜用柳叶来形容美人的眉毛。《红楼梦》中便有一段描写王熙凤的文字，其中便用到了“柳叶”一词：“一双丹凤三角眼，两弯柳叶吊梢眉。”柳叶眉被认为是一种美丽的眉毛，让原本美丽的眼睛，显得更加顾盼生辉。

一阵秋风吹过，大多数非四季常青的树木，叶子纷纷扬扬地飘落下来。柳树的叶子似乎没有感受到秋意，依然顽强地立在枝头。只是叶子的颜色由深绿变浅绿，再由浅黄变深黄，昭示着秋天确实已经到来。虽然也会飘落几片黄叶，但大多数叶子牢牢地立在枝头，忍受着越来越清冷的秋风。我走在河岸边，经常可以看到柳条被绾了一个结，可在秋风的劲吹下，依然还有很多叶子。我不知道，那些结是过路人觉得柳条太长，每次走路的时候要弯腰而过，为了不影响众人走路才绾的呢？还是自然形成的？毕竟我一次也没见到绾结人。

更令我奇怪的是，我居然在腊月天看到不少柳叶依旧悬挂在枝头，仿佛是在向冬天示威。冬天的河岸几乎少有人走，可我每次坐公交车的时候，都要经过揽月河，也就总能看到柳树肃穆地站在寒风中，显得安宁祥和。看着她安静的样子，我以为她很柔弱，其实她很坚强，坚强到可以和寒冬的风雨抗衡。看来不下一场雪，柳叶是不会全部落光的，尤其是河岸边的柳树。见到此情景，我即兴写过一首白话诗，诗名就叫《深冬枯黄的柳叶》。此诗有两段，第二段内容为：

> 我相信人世间有真爱
> 你看见河边枯黄的柳叶吗
> 她可是不离不弃啊
> 即便柳枝枯瘦干瘪
> 尽管自己枯黄苍老
> 依然勇敢地屹立枝头
> 她是坚强的妻子
> 也是慈爱的母亲
> 她在等待新芽的诞生吗

是啊，已是深冬，万物萧条，枯黄的叶子依然守护在枯枝，那是一种不离不弃的爱情，还是一种亲情的守候？如果是守候，定是在守候第一片鹅黄的嫩芽初生。嫩芽要为老叶养老送终，还是老叶要等嫩芽新生，直到可以自由生长，才肯放心地离去吗？不管哪种情况，都令人感动。

我喜欢绿叶的娇嫩，挂在柳条如串串翡翠；我喜欢柳叶的葱茏，遮蔽出一片凉爽的天地；我喜欢黄叶的顽强，不畏凉风冷雨的侵扰；我也喜欢柳叶的坚持，等待新生命的诞生。

柳树不只属于春天，她属于四季，能在四个不同的季节展示不同的风姿，展示不同的品性。我爱柳树，我爱四季烟柳，不仅因为她带给我快乐的童年，也因为她带给我如画的美景。晴天，我折柳条玩耍，或站在柳荫下乘凉；雨天，我徜徉在柳林，感受风雨带来的凉意与浪漫。无论春夏秋冬，无论晴天雨天，柳树都会带给我们美好，带给我们感动。

作者简介：翁衡临，现居扬州，中国西部散文学会会员。著有《沉闷的处方》一书，文章散见于《西部散文选刊（原创版）》《中华文学》《文学月报》《做人与处世》《江苏地方志》《青年作家年鉴》《速读》《仙女湖》《扬州日报》《语文读本》等纸刊及网络。获2019年西散原创征文优秀奖等奖项。

世间最暖是深情

云海

午后，我刚走进南院，就看到娘在冬季的石榴树下看着我说："你这个时候回来，中午饭吃了没有？"娘将近八十岁的高龄了，她说话的声音没有以前那样爽朗了。我及时回应着说："在外吃过了。"娘看着我再问，"你说啥？"我随即走进娘的身旁便提高声音的亮度重复着："我和几个朋友在外吃过了。"

我看着娘的嘴角泛着细细的皱纹和笑意，这时，我心中荡起一种暖意。

我拥随着娘一起走进房屋。进屋后，只见桌椅上有零乱的报纸，我随便拿起几份坐在有微微火苗的炉边，翻看着。娘看着我再说："这些天没有看到周口晚报登载你的文章。"哦！"你每天都看报纸呀，字那么小，能看得清楚吗？"这时，我听到里屋有鞋子在地上拖沓慢缓的步声，那是父亲从卧室里走近客厅的声音，也是我熟悉的声音。

父亲说："这些天电视新闻都在说日本因购买钓鱼岛的闹剧，促使中日关系很紧张，你娘听不见电视机的声音，她几乎每天都在读报纸关心中国钓鱼岛的事。"

今天在家中和父母聚在一起聊聊国家大事，在谈谈家常和工作，是温暖幸福的。

炉边，我和娘翻看一本发黄的旧影集，忽然在众多的光影岁月里看到她年轻时的一张黑白照片，闪亮的眼眸，洁白的牙齿，花一样的笑妍，扎着那个时代绸缎般乌黑乌黑柔软的辫子，真漂亮。光阴岁月……这是娘青春绮丽时留下的光影的印记。

我把母亲青春时代的这张黑白照片，一直珍藏在家中，而我每次看到都有不同感触的暖意。

娘看着我说："那年怀你的时候，我还在上班，突然肚子疼得要命，到医院生你的时候，是难产，你折腾了两天后，才哇的一声落了地。真快，一晃几十年就过去了。老了，总想和你们絮叨一些往事，说起往事啊，就想掉眼泪。"那会儿我恍然明白了娘的辛苦，和娘对我们无我的爱与潮湿的眼泪。

冬日的午后，在炉边挨着娘说会儿话，守着娘说一些过往，在看娘看我的笑容，感觉特别的幸福。

屋外，那光秃秃的树枝来回地摇动着，再萧瑟的风，再冷的天，我握着娘的手，心都会贴着娘的温度特别的暖。记得有的时候，我午休睡在娘的脚头小憩一会儿，就如同我小时候睡在娘的身旁都是温馨香甜的。好多次在梦中，我看到一个孩童的身影，哪个身影是我吗？是我，就是我童年时代的身影拽着娘的手，前后跟着娘半步都不愿意离开，快乐着，幸福着，温暖着。

我愿意一直守着娘，睡在娘的脚头，有娘在身边，我永远就是一个快乐幸福长不大的孩子。

天色将晚。

娘说："你在家吃晚饭吧，我给你做几个可口的饭菜，是你爱吃的。"我回应着说："好的。"

娘看着我又开心地笑了。

今晚，我多想贴着娘的肩膀再坐上一会儿，因为那瘦弱的肩膀能传递给你很多温暖和幸福；我多想再抚摸一下娘的那双永远温暖的手，因为那种温暖能让你感触到是一种生命的循环。灯影下，我看着娘清瘦的身影，突然感慨起来！我和娘相伴四十多年了，我长大了，娘老了，娘还能陪伴儿女多久呢？见一次少一次啦，不是吗？想着想着，忽然眼眶溢满了泪水。

我每次临走时，娘总会说："儿啊，注意安全，外边这么冷，回家早点啊！"我每次听到娘这样给我说，刹那内心涌满了全是娘对我爱的暖意。

这种暖意，是家的味道，是娘的味道，是娘对我慈爱的味道，也是我一生一世不能忘记母子深情贴心贴肺的味道。

我爱这种味道，就是人间母子情深的暖意。

作者简介：云海，河南豫东周口人，现居住在沙颍河之畔。中国散文学会会员，河南省周口作家协会会员。有多篇散文被选入阅读试题详细详解，2019年出版文集《我心里永远住着一个春风少年》。

那些暗香浮动的味道从未走远

徐义萍

过往岁月，如一坛尘封的老酒，稍一晃动，便芬芳四溢。

——题记

一、冻梨

无意中看到一位老乡在朋友圈发出一组照片：一个碗里盛着四颗又大又黑的冻梨，瞬间，视线凝固。尘封而久远的岁月，随思绪一下子汹涌漫延……

小时候，家地处兴安岭，得天独厚的地理位置给山民们得天独厚的优势，冻梨便是这优势下独具特色的一道“水果大餐”。

冻梨，又叫冻秋梨，是将普通白梨冰冻变成乌黑色，硬邦邦的，砸到地上，也不会有丝毫损伤。记忆中，山里秋季的水果很多，有蓝莓、沙果、海棠之类，而冬季只有冻梨。一到冬天，几乎每个集市，每个小商店都有冻梨的影子，黑溜溜的，相貌丑陋味道却极其甜美。这种既经济又实惠类似“丑小鸭”的冻梨便成了最受山里人欢迎的水果。

一入冬，母亲便隔三岔五从集市上买回几斤冻梨放在粮房里。零下二十几度的粮房就是天然的大冰柜，放上一个冬天都不用担心冻梨会融化。有时也把冻梨放在篮子里，直接挂在菜园子的果树上。

吃的时候把几个冻梨放在水盆里化冻，东北人把化冻叫成“缓”。冻梨“缓”的时候，周围会结出了一圈冰包围着梨，然后几个梨就冰冻到了一起，成了一个大冰坨。捏碎包围着的冰，冻梨已经软了，缓透后咬上一口，一包梨水便溢满嘴，又甜又爽口，有一种透心凉的感觉，有时吃下去，凉得会打一下冷战。而那时，小孩子嘴急，又没有其他零食可吃，根本等不上冻梨“缓”好再吃，常常抱着没有“缓”过的冻梨啃，因为温差的缘故，嘴唇和小手常常被粘到冻梨上。

冻梨有很多好处，有凉血、润燥，润肺，止咳，生津，健脾的功效。对于饮酒的山民来说，酒后能吃上颗冻梨，既解酒，又助消化。谁要是上火咳嗽，吃冻梨是必不可少的。有时晚饭过后，父亲常“缓”上几颗冻梨，等我们写完作业，冻梨也“缓”好了，不凉不热，正好吃。

后来，离开家乡二十多年，新鲜的水果比比皆是，却唯独没有冻梨的味道。

二、蚕蛹

小时候因为家里养蚕，蚕蛹便成了一生最爱的美食。

在家乡的大山上，生长着一种类似桑树却又不是桑树的树，山里人称呼这种树为“玻璃树”。依稀记得玻璃树的模样，却无法求证它真正的种类。

玻璃树对于山里人来说就是宝贝，漫山遍野都是，既可用来养蚕，枝干又是山民冬季的主要烧柴，叶子还可以用来裹着玉米面包子放在锅里蒸，蒸出的玉米面包子味道独特，如同粽子一样清香。

从初夏开始，孵化好的幼蚕便陆续移入山里的玻璃树上，而上了树的蚕，要经常“搬家”，因为树叶吃光后，就得及时把蚕移到另一座山上，否则无叶可吃的蚕就会爬下树，到地上觅食。下地的蚕用不了多久，就会被蚂蚁、山鼠吃掉。所以，给蚕“搬家”是暑假必帮家里干的营生，至今记忆犹新。

七月的大山里就像一个大蒸笼，头上顶着毒辣辣的太阳，脚下趟着湿漉漉的露水，一天下来，裤子常常是被露水打湿了半截。而几家养蚕的山民，从蚕移到山上那天，就得住在山里的窝棚里，直到蚕做茧后收回家中才能下山。

清晨一大早，山谷中的百灵鸟便叽叽喳喳地叫个不停，漫山遍野的百合、山丹丹以及五颜六色不知名的野花，吐着淡淡的馨香，羞答答的抬起头，舒展着妩媚的腰身。含苞待放的，像极了含羞的少女，随风摇曳，欲语还休的样子流露出无限风情；迎风绽放的，花瓣、叶子上却滚动着晶莹的露珠，风姿绰约。草丛里的蛐蛐也早早地亮开脆生生的歌喉，一大早就尽情地欢唱着。

此刻，山里的空气凉爽无比，沁人心脾的草香、花香醉了山谷，却醉不了山民。

父亲和叔叔伯伯们早已在山里忙着给蚕“搬家”，蚕装满一大簸箩后，由哥哥扛在肩上，或顶在头顶上，运到对面的山坡上，将蚕一个个的再移到新的玻璃树上。

我和姐妹们则开始忙着做早饭。

一口大锅支在窝棚外，蕨菜炖土豆是常吃的，山里的蕨菜很多，随吃随采。山坡的地里种着大多数是土豆。用山泉水将土豆和蕨菜一起炖上，味道独特而鲜美。如果再用玻璃树叶裹着玉米面包子，在锅里放上笼屉蒸，时间不长，便会香味喷鼻。

而最有趣的，是我和姐妹们每天在做饭的时候，常常抓几个胖胖的绿蚕，丢在柴火上烧，几分钟后，拿出来，剥去外皮，白嫩嫩的蚕肉香喷喷的，看得直流口水，惹得我们常常几口就把一条胖胖的蚕吞下去。

吃完早饭后，我便也去帮着给蚕“搬家”。

翠绿的蚕宝宝，胖乎乎的，不时地抬起笨重的大脑袋，瞪一双漆黑透亮的小眼睛“唰唰唰”地吃着树叶。说实话，第一次抓蚕时，可没觉得它有多可爱，密密麻麻的足，以及没有骨头却时刻扭动的躯体，看一眼都“心惊肉跳”，抓到手里后，蚕立即在手里“张牙舞爪”的扭动，样子惊悚极了，常常吓得我一下子把它扔到地上。

每到这时，父亲便把我扔掉的蚕捡起来，乐呵呵地不时地说上一句：“丫头，你不上学了！”

那时，我是很难体会父亲这句话的意思。后来，我们兄妹四人相继都考上学，走出大山，这在当时的山里是很少见的。父亲自豪的同时，也压力山大，尤其到后来，小妹又考上，父亲一起供养三个学生，而我们的学费都是父亲汗珠子掉地摔成八瓣换来的。

所以，一条蚕父亲怎么舍得扔掉呢!

慢慢的，我的胆子也大了起来，不仅敢抓蚕，还敢吃它。

尤其到了晚上，我们偶尔在窝棚外的空地上，用枯干的树枝拢起一堆火，在火上烤着土豆、玉米，火熄灭后，用火炭再烤上几条蚕，香喷喷的。我们一边慢慢地吃着天然美味，一边听大人们拉家常，或听父亲讲故事。晚风徐徐吹来，一股松油和泥土的馨香拂面而来，深深地吸一口，一天的劳累都会得到舒缓。

享受着大自然的美味，也尽情地享受大自然赋予山民无以伦比的美景。

深邃的夜空下，先是那一爿半缺的、淡白的月儿隐淡出蓝色的天幕，接着是一颗又一颗明灿灿的星跳了出来。再接着，整个月儿跳出了浮云，山峦的幽暗便淡去了许多，清辉挂满了山涧。山里显得格外的幽深和神秘，远山深林黛影更浓了，山脚下的泉水汩汩淙淙地流淌，水面一片银闪闪的光斑。偶尔，从山林里传来鸟儿细碎亲昵的叽啾声，青蛙、蛐蛐躲在草丛中，鸣叫声此起彼伏，有“听取蛙声一片”的天籁之音，也有“明月松间照，清泉石上流”如诗如画的美妙意境。

这些美丽、澄明而宁静的夜晚，成了后来滚滚红尘中最美的风景，当时那种“松风十里时来往，笑揖峰头月一轮”的闲云野鹤的生活却是后来可望而不可即的，回不去的不仅仅是岁月，还有心境。

蚕坐成茧后，吃蚕蛹便成了家常便饭。

最简单的吃法，是把蚕蛹放在锅里加上葱姜蒜等调料煮，5 分钟后，便可开锅食用，这是最原汁原味的吃法，颇有点儿海鲜的味道。也可在炖菜的时候加点蚕蛹，或用油炸，有时还用火炉上烤着吃，后来，山民还将蚕蛹做出罐头，向山外销售。

远去的岁月，远去的故乡成了人生中最美的怀念，那一方风土人情早已烙在生命里，从不曾走远，也不曾离去。不管走到哪儿，总会在不经意间想起一些似曾相识的风景和陈年往事。就像这四颗冻梨，原本不是什么金贵的水果，但对于我来说，却是世间最甜、最不可能忘怀的味道。

我本该是那座山的主人
我也本该留下
成为它的守护神
享受永远的宁静和安逸
可不知怎么
我总是在颠簸的路上
寻找梦想中的七彩人生
空空的行囊里
只有母亲给我的一把家门的钥匙
那错过的虽有一分美丽
美丽也有一分迷离
当我疲惫地归来
什么都老了
只有那把家门的钥匙
崭新

作者简介：徐义萍，笔名素心，诗词见长，西部散文学会会员，作品散见于《西散原创》《诗选刊》《鄂尔多斯日报》《中国西部散文学会》《鄂尔多斯集团报》《大西北诗人》等各报刊，作品多次获奖。

芦花白，芦花美

赵艳

假期去了趟白洋淀，乘一叶小舟纵行水上，目光所及处，尽是蒹葭苍苍和蒲草茫茫，烟波浩渺的绿波中，鸟儿在悠闲地放声歌唱……此情此景让我内心怦然一动，感觉像遇到了久别重逢的亲人，劈面相认，绵绵的思念随着碧绿的湖水一圈圈地荡漾开去，流向远方那个让我魂牵梦绕的小村庄。

小村庄充满古意，据史书记载，秦汉时期的军事家李左车隐居并葬于此，故得村名。村里至今仍完好地保留着他的墓冢和墓碑，每到农历六月二十四日，全村人停止劳作，唱戏集会，以祭拜这位“雹神”，求他庇佑村人年年风调雨顺。

记忆中的村庄有高筑的寨墙，儿时的我们常在宽厚的寨墙上行走玩耍。挨着寨墙处地势低洼，据老人们说那是寨子的护城河，但那时已没有河，只有一片湿地，方圆几里遍生芦苇。

每到春季，地温升高，空旷的地里就会在一夜之间钻出许多尖尖的，或淡青色、或胭脂色的小苇芽，探头探脑地打量着这个陌生的世界，很快，它们开始比赛似的“蹭蹭蹭”地往上蹿，如同一把把利剑直刺苍穹，不到月余，就开始展叶了，刚长出的叶子是嫩黄色的，随着时间的推移慢慢变成浅绿、墨绿。

夏风一吹，芦苇更加颀长柔媚了，头上长出青的、粉的、黄绿色的苇穗来，芊蕙葳蕤、摇曳生姿，像极了一张张鼓满风的帆，行驶在绿色的波浪上，美丽极了。这绿波在风的怂恿下此起彼伏，远远望去，就像飘动在小村庄腰身上的绿丝带，它惊醒了小村深沉的梦，古老的村落一下子风长气静，变得年轻、生动了起来！

夏季的苇荡是最热闹的。里面长满了各种野菜：扫帚苗、灰灰菜、马齿苋……应有尽有，你可以尽情地挖，不管是凉拌，还是上锅蒸，都是非常好吃的美味。还有很多野鸡、野兔，会在你毫无防备之下突然从你背后蹿出，让你猛地打一个激灵，浑身起满鸡皮疙瘩。更有趣的是各种鸟儿的演唱会，啁啁啾啾，美妙至极。每当放学或放假，这里便成了孩子们的乐园，我们在里面挖野菜、捉迷藏、捉野味，女孩子会摘了苇叶编织成各种各样的装饰品，“戒指”“手镯”“帽子”……戴在身上，清凉无比，男孩子会拔一根苇子捋去苇叶，去根、去梢，再用小刀刻上几个孔，做成芦笛吹，有时干脆把苇杆当武器，上演一场“全武行”，我们在苇荡里玩得忘记了时间、忘记了地点，甚至忘记了自己，一待就是一大晌，却从不感觉腻烦，那时的治安很好，大人也从不用担心我们的安全。

八九月间，芦苇开始开花，蓬松的芦花犹如一支支雪白的棉花糖，又似神仙手里的拂尘，在阳光的照耀下发出白莹莹的光，轻盈若云、飘逸似雪，在秋风中摇曳出一片诗意，“一川芦苇画图中”，这幅“芦花白”美得遗世独立，美到无他，它醉倒了秋风、醉倒了村庄、更醉倒了村人的心！

记得电视剧《河洛康家》一开头便选用了大片大片白花花的芦苇荡做背景，壮阔、大气、唯美、震撼人心，主人公就在这样的背景下出现了，一部展现大豫商的史诗般的剧作缓缓拉开了帷幕，让人过目难忘。看到这里，我又想起了家乡的那片芦苇荡。

从春到秋，芦苇供村人观赏，供给村人美味，慢慢地，它也变老了，只剩下金黄、瘦弱的身子，这时人们就会拿着镰刀、绳子，把它们割倒，捆成捆儿，直接卖掉或者拉回家编成质地柔韧、色泽光亮的苇席再卖，也会有一笔不小的收入呢。

芦苇不仅能观赏，能卖钱，还能治病救人，我小时候生病就喝过母亲用芦苇根熬成的汤药，它浑身上下都是宝，所以它的美不仅在外表，更在内心！

有时我觉得芦苇是女子，柔媚、高洁、素雅、飘逸，有时我觉得它是男子，倔强、傲骨、坚韧、不羁，有时我又觉得它是一位白发老人，沉稳、超脱、淡然、乐于奉献。闲暇时我常突发奇想：我要是能变成芦苇多好，站成一道风景，永远陪伴在那个小村旁。

我有很深的“芦苇情结”，完全是儿时记忆的孕育，它承载着我无限的乡愁，无论身在何处，只要看见芦苇，我便愉悦，便会生出千年的爱意，便会想起故乡小村旁的那片碧波起伏的芦苇荡。就像歌曲《芦花》里唱得那样，“芦花白，芦花美，花絮满天飞……莫忘故乡秋光好，早戴红花报春晖……”我听过很多版本的《芦花》，最喜欢的还是廖昌永唱的这首，他唱出了芦花的美，唱出了对故乡的深情。《诗经》有诗曰：蒹葭苍苍，白露为霜，有位伊人，在水一方……我心中的伊人不是别人，正是那个生我养我的小村庄。

有好友在微信发朋友圈：

故乡的海
就像爱人
平和朴素
但横看竖看

怎么看都看不够

说得真好——故乡是每个人心中独一无二的那个她。“往后余生，风雪是你，平淡是你，清贫也是你，荣华是你，心底温柔是你，目光所至，也是你……”我仰望苍穹，任由这温柔的旋律充斥我心，在这夏末秋初的时空里。

有人说，一个转身，故乡就成了故事，一次回眸，故乡便成了风景。可是故乡，不管经历多少西风古道、瘦马天涯，你始终是我午夜梦回的地方，我去过的万水千山都不及你在我心中的位置，你是我灵魂的栖息之所，你是冬雪里的暖阳，是暗夜里的光，是我永远忘不了的“芦花白”……你，留在原地，而我，却永远住在了你心里！

作者简介：赵艳，河南开封人，本科学历，中国西部散文学会会员。作品散见于《西部散文选刊》《河南科技报》《开封日报》《汴梁晚报》《文学百花苑》等纸媒及中国散文网、西部散文选刊（原创版）、中国乡村、文狐网、西北大秦文学等网络平台。

秋殇

张锦华

秋风起，秋意浓，落叶满阶知秋深。

一夜风紧，似睡难眠。冷雨，一半因风吹去，一半入土为泥，吹瘦这一季惆怅，抖落一地秋殇。

猝不及防！夏日的心思还没来得及收藏，就被这多事之秋勾起了百转千肠。枝与叶的缱绻，这一夜将会怎样地分离？怒吼与低泣中，是撕心裂肺的痛，还是万般无奈的怨？叶与叶的惺惺相惜，已抵挡不住这绝决般的飞离。心没来由地一沉，跟着落叶憔悴起来。只想赤脚冲入这黑暗之中，揽一片落叶捂在胸膛，让它感受这最后的温存，哪怕荆棘刺穿足底。好吧！就让这一滴滴鲜活的血，滴落在筋脉纵横，蜷缩干瘪的黄叶之上，让它霎时鲜活起来，渲染成一片片红枫。哪怕生命与黑夜交融为一体，在深渊中沉没消逝，也要点燃这最后的璀璨。

院内的这口老井，依然担负着浇灌苍生的使命，井边铺满了落尽繁华后的忧伤。岁月的年轮，镌刻在老树之上，它的根如龙爪般狠狠嵌入井底。被根须拱起的石阶，斑驳沧桑，我却喜欢趴在井口窥探，猜测井水到底有多深。即使干旱的年份，这一汪清泉也从未枯竭过。常常坐在井沿边发呆，感叹这四季交替带来的生命轮回，就像人生，亦悲、亦喜、总会留有遗憾，而我们都在守望风雨过后的平淡，庆幸此生来过爱过。

曾惊讶于某个初春的早晨，这颗老树开出的生命之花，早早引来了蜂飞蚁屯。这些淡紫色的小铃铛，嫩嘟嘟张扬在梢头，使劲鼓吹着春色尚好，空气中弥散着甜蜜的清香。这些流淌的蜜汁儿呀，你到底打翻了谁的味蕾？越过寒冬的摧残，在蛰伏中醒来，饥肠辘辘叮在香浓花蕊间，摇头晃脑吸吮这饕餮盛宴，整个世界立刻生动活泼起来。

仰起头，看着稀疏的叶片，一夜风雨飘摇，却赋予了它新的使命。这个季节是成熟的，又是沉重的。当初那一串串紫铃，如今已颗粒饱满，黄灿灿地坠满枝头。一些散落阶梯的果实，正被合力围剿着，有几只小坏蛋竟敢偷偷爬上了我的脖颈。远处一群不知天高地厚的家伙，组成一列纵队，想要翻山越岭看看墙外的世界。一个喷嚏，一口唾液，对它们来说就是排山倒海，可依旧前赴后继，毫不退缩。一墙之隔的清幽之地，传来古刹袅袅梵音，惊阙了这季的旧梦，被秋风吹乱如麻的心绪，渐渐被抚平。看着捏在指尖扭转挣扎的身躯，只要稍稍用力它们就会粉身碎骨，终还是放手。人生苦短，生活不易，阡陌红尘中，谁又不是如蝼蚁般忙碌求生存。

那些个山花烂漫的日子，慢慢被秋霜所覆盖，这样的夜晚注定是寂寥的。被秋雨洗濯过的冷月溢满石阶，把身影拉得很长很长。瑶华映阙，烘散蓂墀雪。草尖上的点点白霜，如今又会慵懒地添在谁的发髻？石阶上一点点的冷，心跟着落叶一片片在游荡，有些感伤，些许迷茫。人生实在太匆忙，还没来得及好好年轻，就把自己晃成了中年的模样。那些个回不去的曾经，留不住的岁月，唯有时光可以安然无恙。终于，这滴清泪在月色氤氲下落井成雾，柔化了这一季的苍凉。渐渐明白，在尘埃落定中要学会适时放下的洒脱、淡然，慢慢体会生命的意义之所在——我们唯有献出生命才能得到生命。

期待浮云吹雪的到来，把所有阴霾埋葬在时光之外。听，这“簌簌”落雪伴随着脉动在轻舞飞扬中跳跃撒欢，早春即将来临，人间有味是清欢。

从来不敢奢望活成树的模样，那得需要太多的坚强。那么就当一片随风飘洒的落叶吧！在这尘土飞扬的人生道路上，每一次磨砺，都让生命折射出不一样的光芒，就像有些人把生命局促于互猜互损，有些人则把生命释放于远山沧海。

作者简介：张锦华，连云港市作家协会会员，连云港散文协会理事，《散文选刊·下半月》签约作家。文章散发于《齐鲁文学》《散文选刊·下半月》《西散原创》《河南文学》等刊物。

独坐深秋

陈利萍

一、秋日絮语

花落谁言芳草疏，等闲秋色梧桐雨。

转眼，皖北的秋从一片落叶开始，而云南之南依旧绿意葱笼，似乎还在春的怀抱里酣睡。

推开乡下老屋的轩窗，入眼是金桂点缀的故乡，还有些许的馥香在秋风护送下，萦绕在我的鼻翼。闭上眼很想沉醉在桂香里，做一个桂下花鬼，也不枉花痴的芳名。

在这个深秋，我却没有了烟花三月下扬州的出游冲动，倒有想在秋的静谧中，等等自己落下的灵魂。

秋，在诗人眼中，有一江春水的浪漫，也有叶落满地的惆怅。我不是诗人，我只能用一支素铅，在纸上演练人间烟火；我不是诺贝尔文学奖得主，我只能用一根纤指，在键盘上敲打出人间悲欢离合。不管月圆月缺，总是静静地诉说。

用伊人在水一方描绘皖北的深秋，恰似江南的小镇里，那位倚窗托腮的女子，一眸秋水，一抹身姿，欲诉而隐忍的羞涩，所有的画面用朦胧装点，平添了诗人笔下的无限张力。

阵阵寒风，银杏林里片片黄叶飘落，似漫天飞舞的蝴蝶。踏着黄金的叶道，寒秋瞬间覆盖了树下的春花夏草。它们从含羞到奔放，从繁茂到枯死，无名的、有名的草木一点点褪掉五彩的罗裙，直至安然谢幕，诠释着什么是生命的悲欢离合？

夕阳下，寒风中，有老人采摘秋菊的身影。我仿佛看到了，秋也有属于自己的花香，那一场野菊芬芳的花事，经历着苦霜的雕刻，那一脉馨香，隐隐淡然于深秋的田野，恰如陶渊明笔下“采菊东篱下，悠然见南山。此中有真意，欲辨已忘言”的明了。

朦胧中，大地已是白霜遮面，我于秋的清宁中，舒适地醒来，窗外，一夜的秋风，落叶如折翅的蝴蝶，而我却闻到了岁月洗礼后的味道，丝丝缕缕承载着季节删除后的简约。

一程旧事，过往浮烟，伴随素阴，渐行渐远，回眸身边的点滴，那风轻云淡后的天涯，缤纷何处？一份领悟，几丝浮雨，在萧瑟的秋风中蜕变、提炼、升华。

一泓心底的湖蓝，是一段过时的电影。回放，已淡然搁浅。阳光，依旧朝南，依旧升落，窗中岁月，便不再疏离与薄凉。

岁月，渐行渐远，一路的风景，流连也好，不舍也罢，一程山，一程水，都会圈上一个圆点。站在圆点处，凝望来时路，若能慈悲为怀，不管时光如何丈量，心底，自然会珍藏一份美好。人生的悲欢，不言，不怒，只收藏一份懂得，是岁月回报给我们的厚重沉稳。滋生一缕感恩，也能丰富人间的繁华，沧桑不在意念之中，还有什么苦痛可以言说的呢？

将素然的秋意，安于掌心，在平淡的岁月里，用一笺一语，于清浅中修饰庭院的绿苔，回赠给岁月。只管用坦然之心，看枝头苍翠，看桂雨临窗，入眼的，都是秋赠予的丝丝静美。纵然人生无常，我们也会在秋色中淡定。

我喜欢静坐在光阴里，对着一缕一寸的时光诉说悲喜，那些密密麻麻的方块字，都是涉过山水，百转千回，沉沉浮浮而来。一直觉得，所有的遇见，都是最好的安排，于是，这人生的风景，轻轻地路过，惊鸿一瞥间，不知，谁惊艳了谁的时光？谁的宽阔眉宇中，藏着一颗朱砂痣，定格了谁心底抹不掉的烙印？

四季变迁总是无常，人的情感生活，悲喜全在心底，我们不能怪罪生命里无常，因为，人生如逆旅，就算有一天月事迷渡，依旧有一枚守护我们的红叶，等候在季节的路口。

山水依旧清秀，只是暮色暗淡了光影，暮秋更像一张泛黄的照片，当品过了春，遇到了风，途经了夏，又经历了雨，于秋中领悟渐次厚重，人生的阅历多了，就会懂得，一颗虔诚之心是多么得重要。

一缕阳光将心事拉得很长，我试图寻找一处宜居的地方，却无处寻觅，那就剪一段过往，凝聚一脉心香，在浅唱低吟中领悟生命。那么在承载一个个经年的季节中，净化开阔心境。

“知人者智，自知者明。”生活删繁就简，就像我的堂兄在这个连尘埃都会寂寞的季节，却在麦地里端起水枪，给久不见雨的麦苗灌溉着。

今年的秋天特别干，很久没见一场透彻雨。等待一场雨的渺茫堂兄深知。当夕阳把堂兄古铜色的脸上釉上了金黄时，他那端枪的姿势，就蘸着夕阳的余晖在黄土地上，写下了春华秋实。

在这个季节里，还有我的小表妹，在无人的夜晚洒下一滴滴相思的泪。那个在远方厂房内忙碌的身影是否想起家中的娇妻幼子？隐忍中，表妹与秋齐眉而握，却在心底安置了一段思念。

在光阴里走过，每个人品尝着自家酿制的苦与甜，跌跌撞撞里，一个经历，痛而不言；一次领悟，笑而不语；只管让生命于平凡中，让心悦纳自然，让肺呼吸清新。

秋风催叶落，薄暮已更衣。不羁的性子，孤傲的脾气早被岁月打磨成沉稳和懂得，深藏于骨子里。感谢生命里的任何相遇，因为，它都温暖了一段似水年华。

岁月，是一盏清明时的茶，闻的是况味，品的是心境，拈花一笑时，所有光阴的恩赐，也会温暖在心底。

都说秋水无尘，行走于岁月的洪流里，要想不被浮华染指，需要一颗静谧之心，凝聚一双慧眼，面对某些物事，明而不解，知而不言，感知于心便可。

生活的最后，是要感恩，感恩是一缕淡淡的素心，呵护着内心一程程的风景，日子也就稳在心安里。人心，当以秋中沉淀浮躁。

时光的日历，一天，一天，又一天，翻过了，一页，一页，又一页。转眼，是谁望穿了秋水，是谁流干了泪水，脸上又多了几许岁月的痕迹。如果注定要被岁月刻下皱纹，我能做的是，让皱纹不要刻在心上。就像现在，我在秋天，静静的，等待下一个轮回。

心，突然之间，安然几许。都说“自古逢秋悲寂寥，我言秋日胜春朝”，若有一天，我老在光阴的茶盏里，那么请让我不以物喜，不以己悲，回报给岁月一程烟火里的温暖。

人也如同草木，总是来来去去，但谁又会肉体永世不朽呢？只有那些精神伟大的人才会湮灭在历史的长河。

瓷实的大地，依旧有风有雨，有日落日升，但是，它从不为季节的变化而停留半步。

入秋，万物又一次的经历岁月打磨，而人心渐渐趋于幽径般的静谧，经历季节的磨砺后，很想择一隅，安然落居静修。如果可以，就这样，一个人，独坐在落叶归根的季节里，笑看离我远去的春夏，迎接“恼人”的北风。

至于，心中的人，窗前的月，凋零的花，散落深秋的梦，都化作一缕烟尘，飘向远方。

二、行走在红尘路上

秋天，这个连尘埃都寂寞的季节，总能给人一些感伤。

午后，携着清秋的烟雨，我去了河边的柳林，不是为了赶赴某场约定，也不是为了某个花期，只是想去。

青石铺就的护堤上，长满了积岁的苔藓。细雨，还有伶仃的柳叶落在上面，萧索的潮湿更添几分冷意。

因为，雨天行人很少，我便于岁月的云烟里，回望曾经，纠缠于现世的路途迷雾中。

不记得读谁的句子：任由天地相移，我自端坐岩石，听山风过耳，清泉潺潺，乾坤明朗，日子安宁。这是一种令人神往的境界，一直以来，我都认为是很遥远的事，其实就在红尘的路上，就在你我的身边。只是不知鲁迅笔下的路，你我是否有勇气和毅力走出。

此时，一只蜗牛正沿着湿淋淋且长着苔藓的青石往上爬行。也许是秋意的寒凉，蜗牛急着搬家。只见它一次滑下，再次滑下，再再次滑下，终究没能爬上堤坝。我以为蜗牛会放弃，谁知它却改变了方向，横着爬行一阵后，在没有苔藓的青石上，又开始了爬行，这次它终于爬上了大堤。

看到蜗牛锲而不舍地爬行，这一刻我在想：人生的旅途也难免不顺畅，在不顺畅时，我们是选择放弃还是会像蜗牛一样，拐个弯再前行呢？然而，现实中却有很多人钻进死胡同走到底的。

记得布袋和尚有首诗曰：手把青秧插满田，低头便见水中天，六根清净方为道，退步原来是向前。试问红尘路上有谁能做到六根清净，能明白进退之理。宋·清豁禅师曾说：有求皆苦，无求乃乐。在红尘的路上，又有谁能禅定呢？

我也曾以为自己是个清淡之人，其实，也难逃脱现实的纠缠，有时为了一场杏花烟雨般的情感，有时为了一剪庭院的月光，有时自己也明知道是一场春梦，却依旧在梦里沉迷，不肯醒转。也许禅是一面平滑的镜子，能照见人们内心的浮躁和贪欲，不然，为何仕途、物欲、情感会有那么多人倒在了路上？

在逶迤的路上，在崇山峻岭之间，我们能否背着简约行囊，揣着几块薄饼行进呢？那就看我们的心中是否有归零的心态，是否有汝归沧海，我归山的心念。

走过红尘驿路，大家都明白沿途的任何美景和凄风苦雨都会与我们擦肩而过，最终都会归于简单平淡的生活。

十年风雨，十年心事，当我再回忆十年来时的路，还会被记忆的碎片砸伤。

多年前，我借调行政单位上班，那时工作相对轻松，生活满是惬意的感觉。忽然有一天，我因别人的争斗牵连，被迫回到原单位，那时我仿佛从高空坠入地面一样。闺蜜看我郁郁寡欢就约我去普陀山散心。

刚好是阴历 2 月 19，来自全国各地朝拜观音的香客如织。夜里我们便宿在寺庙。其间有位云游的尼姑给我们讲述了她遁入空门的经过。

她原来是上海某中学的老师，只因一场车祸夺去了恩爱老公的性命。他们曾是下放知青，因为在她情窦初开的年华里遇见，在那个偏僻的农村相爱，由此他们感情深厚的无法比拟。那时她也无法面对老公的离去，一度也曾想追随老公，但是，一想到家中白发的爹娘和孩子，她又于心不忍，于是便萌发出家的念想。

直到她遁入空门参禅诵经后才明白，不能在红尘路上前行，只是自己颈上的情感枷锁太沉太重。她还告诉我们，出家二十多年来，才真正开悟，不再端坐蒲团探寻禅理，不再设法得知玄机。

是的，红尘路上有太多的意外，我们都不能阻止，因为我们太卑微渺小。如果不能预测明天的时候，还不如淡定心弦，随遇而安，于桃园里，饮食人间烟火，了悟禅意。站在瓷实的大地上，让我们为白云庄里一头牛羊驻足，为一声鸡犬沉迷。

滚滚沧浪总是带给人类心灵太多的破碎，我们都需要细水长流般的温暖。也许红尘路上有风有雨有崎岖，但是，只要想到还有阳光的日子，我们就可以扯上一片白云裹住心中的阴霾，不必再去纠结红尘路上的风雨和崎岖。

走出河堤，风住，雨也停，阳光出来冲淡了我的心云。我想明天一定是个好日子，我也会像海子那样——劈柴、担水、喂马……

作者简介：陈利萍，女，安徽省阜南县人，现任阜南县田集镇中心学校工会副主席。兼职阜阳市、阜南县关工委家教讲师团成员、阜南县作协副主席。偶有文字见诸报纸杂志。

知秋

吕春勤

阵阵秋风起，飒飒枫叶摇。

九月初秋，天高气清，风渐薄凉。白露刚过，霜凝而白，蝉鸣渐低，蛙声渐稀。葱茏的绿色用尽最后一把气力终究败给一场秋风，夏的余韵犹在，只是褪去了先前的浮躁有些倦倦。

季节转场，秋意渐浓。

虽未“树树秋色，山山寒色”，但高悬在杨树顶端的些许黄叶急于为即将炫目的深秋开路，在西风里兴奋地打着转，张扬着一面面秋的“旗帜”。

走在小院里，捡一枚枯叶，朝向蓝天。透过细小的缝隙，有光穿过，有云掠过，有风吹过，继而有往事慢慢拂过。青春年少，经年往昔如一幕幕电影场景，清晰而温暖……

二十多年前的那个秋天，我们坐在窗下望着窗外纷纷飘落的黄叶，你轻轻对我说：送你一幅画吧！说着走到画案前，铺开一张宣纸，拿起毛笔，娴熟的线条在宣纸上游走，一会儿工夫，一对相互依偎的情侣走在秋月下，风吹动他们的发，女孩的裙摆随风舞动，几片红叶在风中散落。淡淡的色彩渲染后，秋，生动起来。画毕，你歪头向我：“给这幅画起个名字吧！”我略加思考：“红叶知秋。”你嘴角微微上扬，飞快地用行书落了款钤了印章。看着画作你深情地说了一句：“我是秋天。”我很解风情地接上一句：“我是红叶。”“我只为红叶而来！”“我只为秋天而红！”

两人相视而笑，面若红叶。

像是一句誓言，更像是彼此递交给对方一份永不更改的契约。我们各自铭记在心，坚定而踏实地步入围城。

多少个四季轮回，秋天如期而至，绿叶黄了又红。两个人的家变为三四个。孩子们在春日追逐，在夏夜戏闹，在秋野奔跑，在冬雪里欢笑。虽为清贫的日子多了一些担忧，但因了那句誓言撑腰，生活平淡但不乏快乐。

彼此信任的陪伴中，人生入了秋。若说秋是个收获的季节，那么人生的秋天也该是丰饶的一季，虽没有飞黄腾达的事业，没有万贯财产的家底。但拥有了一个笑语朗朗的家庭，收获了平实安宁的日日月月。我感谢上天的眷顾，感谢生活的恩赐，感谢自己有一颗极易满足的心。

秋在不同的年龄有着不同的解读。

童年的秋天，只不过是田野由绿到黄的色彩变换；只不过是五谷归仓的丰硕；只不过是麦场一堆堆金黄的秸垛；只不过是我的碎花小褂外加了件粗布衣裳。

青春的秋天，是缠绵悱恻的美文；是浪漫伤感的诗行；是情人眼里的熠熠水光；是青葱岁月满满的展望。

中年的秋天，是望着儿女殷殷期盼的眼神；是老去父母的铮铮脊梁；是摇着家庭小船的桨橹；是岁月沉淀后的一抹清凉。是晚归时窗口那一束等待的光亮；是下班时桌上的那杯白开；是镜前帮你拔去的那根白发；是感冒时递在你手心的几粒药丸。

四季之秋是一个放阔清远的季节，万物燥气滤尽，一派肃然，极致的色彩不为炫耀，那是对岁月最深沉的热爱，是对土地最深情的报还！

人生之秋是一个心明肩重的时节，半世浮沉变迁，早已洞悉了然，对于活着，我们学会了感恩和认真；对于生命，我们有着从未有过的澄澈思考。季节在收敛，我们更学会了沉淀。

不知什么时候，你站在身后，问我在看什么，我没回头只是轻声问了一句：“还记得二十年前你送我的那幅画吗？”你说：“当然记得，红叶知……”还没说完你重新纠正：“那幅画应该叫：许你一世秋！”

犹如一池秋波在心头荡漾，眼眶刹那间湿润了。我在内心回了你一句：感谢一路有你！感谢人生之秋，你我牵手走过！往后余生，无惧霜雪……

作者简介：吕春勤，笔名独耕一亩田，河南南阳人，书画教师，河南省书法家协会会员，郑州市作协会员。作品散见《西散原创》《河南文学》《齐鲁文学》《涅水》等文学期刊及网络平台。

渡

余森华

中考之事，我在预料中惨败，父亲也深受伤害。他的盘算注定要落空了，整天挂在嘴边的“万般皆下品，唯有读书高”，叫我哥俩给撕得粉碎。老大初二辍学，老二又是今天这副德行。从北京赶回来，好话说尽，命我重整旗鼓再出发，他居然没有死心。我无力反抗，转而在罗浮中学做了不具学籍的“寄读生”。异样的身份，像梦魇折磨着人。

报到那天，恰逢台风刚过。车窗外、公路旁，大树连根拔起、枝杈摇曳，奄奄一息的。天空的乌云蠕动着，几乎要贴上滚滚的瓯江。水天一线间，漂浮着扁平的七都岛。举目眺望，岛上的巨轮码放在一排排农舍的空处。在那狂风骤雨里，惊涛拍岸，大坝决堤，海水倒灌，挟着这些家伙轻松上岸，真是势不可当，看得人头皮发麻、手脚冰凉。大巴西去，一路颠簸着……

办好手续，前去踅摸宿舍。在平房的拐角，歪着一扇脱漆的木门。窅黑的屋里，戳着横七竖八的上下铺，脱落的墙皮砸在铺上，也糊在地上，狭小的过道淤了污泥，陷着来来回回的鞋印子，满是水淹过后的惨状。嘈杂的人声，忙碌的身影，各自拾掇着铺位。这是一间教室改成的混合宿舍，从初一到高三都聚齐了，大的留着胡子，小的还没长毛，看上去怪怪的。门口的下铺、湿漉的床板，算是我的地盘。住下自己，憋回一口咸热的泪水。

每天清早，趁着铃声响起之前，闪进教室，隐遁在座位里。物理老师兼着班主任。他身材清瘦，扮相邋遢，凌乱的头发老是有手指篦过的痕迹，总不会太整齐，眼神很像爱因斯坦，课讲得也极好。同学专注听讲的模样，令我汗颜。依稀记得，他管不规则的物体叫“榨菜头”，其余的，教了什么，压根儿就没过我的脑子。可我偏偏就喜欢他的班会课，若能天天如此，那该多好啊。他的鼓动，煞是成功。又说：“人活一世，临了不能像山上死了老鼠一样，无人理睬的！”喷发的激情瞬间点燃，使我攥着的拳头都捏出了汗。

可惜，丰满的想象落进现实，莫说有多骨感。数理化，就跟约好了似的，蹦出千变万化的公式，酷似天书，我是丝毫体会不到同学们所说的奇妙的。讨论题目，他们眉飞色舞的样子，都叫我怀疑自己的智力是否正常。烦闷之下，突发奇想，誓言征战球场。只是，那个球啊，东跑西颠的，颠得太快了，怎么也撵不上，末了唯有乖乖离场。糟糕的际遇，实在没趣。

寂寞的灵魂，犹如荒野的孤灯，忽闪忽闪的，随时都有熄灭的可能。我常常祈祷着赶紧下课，老师千万别拖堂，好让我找一处角落，埋葬绝望。那会儿，校外的小书摊，是我屡屡光顾的地方。有时下课，会梦游一般地踩进去。偶然捡起的一本《撒哈拉的故事》，竟陪我度过了一段自在的时光。

说是自在，其实仍有障碍，只因没有逃课的胆量，又不想做一个完全自弃的人。所以，她的书，多半是在课下，同学们都散尽了，才悄悄打开。有一天的“劳动技术课”，颇为枯燥，忍不住看了下去；几位与我身份一致的同学在交头接耳，让老师厌烦，他板着脸厉声呵斥：“你们几个‘寄读生’，谁介绍来的，叫谁领走！”他是怎么认得的，难不成我们脑门上贴了纸条？甩过来的话语，胜似扎人的刺猬。这个白天，变得格外黑暗。

晚自习，我呆呆耗着。想学，却找不到有用的法门，为此倍感焦虑。恍惚间，又拾起三毛的书来，渐渐地忘了自己在课堂。客居沙漠，她敢“悬壶济世”，用黄豆捣成的浆给人治疗疖子，也客串兽医，叫荷西啼笑皆非。她“花了四十块钱”进澡堂，仅仅是跑去看非洲女子如何洗澡。又一天，她对邻居小姑娘说：“拉布，告诉你妈妈，如果她把你们家的大房子送给我做针线盒，这只骆驼就放进我的冰箱里。”再一天，房东违约涨价，三毛跟他吵架，“就算你天天祷告，你的神也不会照顾你，现在你给我滚出去”，气得房东哭爹喊娘。这样一个古怪精灵，简直要我笑喷，可终究没敢出声。忽然，一只大手揽在肩上，仰头看见语文老师，如来佛祖似的脸庞，笑眯眯的，温暖得我快要化了。

三毛的第一本书，就这样偷偷读完了。后来，一次买一本，一本接一本，跟着她一起四处游荡，跟着她一起欢笑哀叹，跟着她一起挑灯夜战，也释放我对于未来生活的丝丝渴望和向往。

读着读着，思想的起伏也来了，这样的情境，把自己完全交给她的作品，倒是可乐。然而转过身来，晦涩的课业逼人窒息，不懂还是不懂，数理化，附带英语，逢考必挂，觉着给班级也拖了后腿，真恨不得找条地缝钻进去。那种无助、那种伤感、那种悲凉，时时跃上心头，缠得我很难受。回头看三毛，小学读完那么多书，古今中外的，我连书名都没听过；人家逃学去墓地是为了看书，休学在家，更是卷不离手。我呢，看过几本书？一次次拷问自己，难道就此沉沦下去吗？换了三毛，会有何解？她说，“人，是可以改变的，只是每一个人都需要时间”，“命运的悲剧，不如说是个性的悲剧”。论说个性，检视自己，像是掉进“盘丝洞”，剪不断、理还乱，凄苦得不得了。

知易行难，行易知难，对我是两难。我没有三毛的智慧，没有三毛的阅历，没有三毛的见解。她即便休学，也还在自学，学得通透，又上阳明山选读哲学系。过后，闯荡西班牙，转战撒哈拉，穿梭欧洲大大小小的国，叽里咕噜用外语周旋，日子过得风生水起；在英国转机，妙语连珠，跟移民局的官员大吵一架反而成了朋友。她跑遍中南美洲，随心所欲地流浪，探究“玛雅文化”，结识印第安人，“忽悠”盲人音乐家蹲守游客密集的街巷，挣得个盘满钵满。她的世界，虽有过肝肠寸断和天昏地暗，但更多的是万水千山走遍的充实和阳光。借用三毛的话，该是：“人生这么短，抢命似的活是唯一的方法，我不愿意慢吞吞地老死。”这对我乃是彻骨的震撼。此刻，仿佛又听见她在耳旁讲：“心之如何，有似万丈迷津，遥亘千里，其中并无舟子可以渡人，除了自渡他人爱莫能助。”封闭的我，可以自渡，可以渡出这片海吗？

读万卷书，行万里路，三毛能行。于我，需要快快安顿自己的灵魂，学会平静。恼火的是，我越想平静，就越是辗转反侧。漆黑的夜，室友都已沉沉睡下，忽感自己脸上有毛茸茸的一团滑过，伸手去摸，“妈耶，耗子”，着实惊吓不小。还有一天，迷迷糊糊醒来，习惯性将脚伸向鞋子，却不见鞋的踪影，再看，新买的裤子也消失了。生活本已拮据，又“横遭劫难”，实属不幸。经此二事，我搬出了那个洞穴似的混合宿舍。余下两年，移居校外。五个兄弟，两间房，一间书房，一间睡房，我收获了一份舒坦，从此也拥有一拨死党。

这是好的开始。他们有梦想，一个比一个开朗，一个比一个乐观，洋溢着青春的活力，奔向名字叫“大学”的地方。我虽然学习还跟不上，可至少在心理上找到了安全。如今想来，不过是自己想多了。其实，学校的老师、班上的同学哪个不友善！好比三毛对自己的评价：“我的性情最是孤僻，见到生人更是拘束，这一点外表也许看不出来，可是内心实在是那样的。”事实上，我的确，的确太敏感了。因此笑话自己，别人独独剩下了单纯的学习，我还在那里思考思考再思考，一遍遍寻找“开窍”的秘钥，就是“不开窍”。我惶恐着，因为什么也没改变，且又流失了时间。在褃节儿上，我的死党帮了很多忙。同吃，同住，同学，同玩，走进与他们一样的“现在”，摆脱自己曾经孤寂的“过往”。接下来，天空似乎也变得清爽和明朗。

很多时候，有些事情，熬，也许是一个法子。慢慢地熬，别人干啥我也干啥，尽可能干得好一点。应了三毛的话，“知道学海无涯，我们发心做做笨人”。由此，装模作样的，一门课一门课地熬，一堂课一堂课地熬，没有熬死自己，也终于熬走了化学和物理，编入文科班。那一霎，感觉身体飘飘然，又开始畅想，畅想着三毛读书的境界来。“书到无穷处，坐看云起时，好一轮红太阳破空而出，光芒四射，前途一片光明，彼岸便是此身。”说实在的，“彼岸”在哪里，我还不清晰，但“此身”“腹中空”，可清楚得很。想着想着，灵魂再度出窍。第二任语文老师是堂哥余承宽，见我心不在焉的，就叫唤：“阿华，阿华，你起来说说！”我哪里晓得他问什么。“好吧，好吧，你坐下。”他的眼睛满是怜惜，也因为他知道我的底细。另一回的英语课，浑浑噩噩做起白日梦来，直到鼻炎的同桌，轰出一个惊天的啊嚏，疑似炸雷，骇掉老师手里的粉笔，我才如梦方醒。这般迷离，反倒阿 Q 似地自嘲，“偶尔犯病，或许是青春该有的颜色”。

三年，也糊涂，也清醒，半睡半醒；也努力，也作假，亦真亦假。总算熬过去了，尽管没有熬出来。彼岸，还在苦海的那头；自渡，仍在苦海的中途。简言之，名落孙山——高考的成绩单，我是提前拿到了。人，真的很奇怪。这会儿的我，没心没肺的，是如此坦然，也不像三毛那样感伤，“内心对父母的感激和歉疚却是更深更痛”，“父亲夜深伏案的影像又清清楚楚地浮现出来”！对错与否，只能说我放下包袱，痛快地将时空挪到了人生的下一站，这也源于三毛的点拨。“我们经历了过去，却不知道未来，因为不知，生命益发显得神奇而美丽。”她说得对，也做到了，我能照葫芦画瓢吗！

我想，人的性格迥异，或许很多人都会经历某段时间的悲苦和徘徊。此刻，需要一盏灯，于黑暗处，照亮前行。内心至深处，我的这盏灯，是三毛，是她文学的力量，带来心灵的鸡汤。那个时候，往返课堂和校外宿舍的路上，必会手握一本三毛文集，里面夹着纸条，是抄下来的精彩语句，我称之为“三毛语录”。现在想一想，仍觉好玩。

时隔多年，原本存放温州老家的三毛文集遗失了。前阵子，整理书架，倏地掉落一张光盘，上面的文字让我怅然：“三毛的最后一封信”，“斯人已逝”，“余音袅袅”，“聆听三毛二十年前最后的声音”。何处得来这张碟，我已记不清。于是乎，重新购了一套《三毛全集》，北京出版集团、北京十月文艺出版社的版本。一日，女同事进得门来，见着集子花花绿绿的封皮儿，玩笑说：“大老爷们，怎么会看《我的宝贝》《亲爱的三毛》《梦里花落知多少》……女里女气的？”我一时语塞，可在心里，越是明镜。

三毛，之于读者，亦如我，是一盏灯，永远地亮着！

作者简介：余森华，浙江永嘉人，哲学硕士，中国报告文学学会、中国散文学会会员。工作之余，研习昌平文脉，解读《昌平赋》(廖奔著)，另撰《世纪燕平书院》文稿 10 余万字。散文、随笔见于《西部散文选刊（原创版）》《中国文化报》《中国散文》《中国作家网》《红豆》《共产党员网》《中国财经报》等报刊。

初雪如初恋

钱广安

初雪如初恋，预见不如遇见。

当第一朵晶莹的雪花从无垠的天际飘落，缓缓地掠过宁静的眼眸，在温暖的掌心化作一滴相思泪，那场关于初恋的童话是那么纯净，那么唯美，像一阕婉约的宋词，情意缱绻，韵味悠长。

在每一个初雪的日子，一种约定，一种期待，一种祝愿，关于她，也关于他，无关来与不来，也无关爱与不爱。一颗雪藏起来酽酽的心温婉如玉，一粒雪花便温暖了整个冬季，情不知所起，一往情深——等你；一双踟蹰的脚步，曾经丈量过天涯海角，候鸟南归时，即便漂洋过海，恨不知所踪，一笑而泯——懂你！

关于初恋，一丝丝懵懂、一点点笨拙，以及很多多好奇与少许许萌动，那是爱的柔翼轻舒初展的季节，缓缓而又蒙蒙，青涩而又甜蜜。爱的幼芽刚刚在浅层下悄悄躁动，不需要太多的养分甚至阳光，只要一丝清风轻轻抚摸，心底涌动的那股原始、纯真的暗流，就足以让世界黯然销魂。

她一肩秀发如瀑，更有一股幽幽的清香，常常让倦怠于书山学海的他呆若木鸡。明明地，那几根可人的发梢，总爱在他的几何图形上调皮地跳掷。他很想去轻轻地按住，以及那怦然的心跳。其实，他最担心的是她蓦然回首，最渴望的是她有永远解不了的习题和自己讲授完毕后的暗自窃喜。原来，一个眼神，一次轻触，就这样昭然若揭，就这样刻骨铭心。暗香浮动最曼妙，这种感觉真好！突然想起了一句诗："我爱你，不光因为你的样子。还因为，和你在一起时，我的样子。"

时光如流，一转眼，他们已是山南海北。她在本省的一所师大就读，那是她钟爱的职业。他成绩优异，顺利升入北方一所重点大学，还是最前沿的软件开发专业。通讯条件的局限，和所有的同学一样，转瞬的分离便杳无音信，更何况他们又是天涯各一方。

那年的雪，性子有点急躁，似乎比任何一年来得都早一点。军训时威武的军阵和嘹亮的呐喊，被这场薄薄的初雪荡涤得干干净净，整个校园宁静又安详。她第一次在传达室的粉板上看到自己的名字。谁呢？下雪了，父母肯定在忙着编织草绳。再说，寻遍整个村子，就根本找不到一页信纸。雪花像柳絮一样跳着轻盈的舞步，不时有几片驻足在玻璃上，好奇心使然，仿佛正欲窥探宿舍内的情形。她展开信笺，落款是“初雪”，不认识，但她很喜欢这个名字，该是一位冰清玉洁的女生吧？

“真正理解了什么是咫尺天涯。曾经离我最近的女生，很多次，真的想撩起你的秀发。如今，身处遥远的北方，怀揣仗剑走天涯的凌云壮志，天寒地冻无所畏惧。唯独害怕漫漫长夜，茕茕孑立，那颗心漂泊得太远。可是，回望曾经，茫茫雪原，有你才是春天。”

是他，一颗种子分明已经萌芽。是一场梦吧？一切那么突然。窗外的月光在雪地上流淌，伴着点点朦胧的灯光。它有没有带着梦的精灵与魂魄，在她离地三尺的玉兰枝上栖息？今夜无眠。

第二年、第三年的初雪依旧如期而至，如期而至的还有那熟悉而温暖的文字。她喜爱飘忽的白云，聚散任自由；她也喜爱这圣洁的雪，天地一色，冰晶素洁，遮蔽了一切丑恶与黑暗。转念一想，人生离合十之八九，亦复如斯。琉璃易碎，彩云易散，世间诸多美好事物原本就不坚牢。所以，她竭力抑制，几次提笔，几次作罢，怎奈何纸短情难长！芸芸众生，茫茫人海，灵魂的归依只是注定的唯一，得之，则幸；失之，则命。

走在飘雪的校园，“沙沙”的响声像情人的耳语。本想出来觅得一份静谧，听到这“沙沙”声，种菊修篱的心也湖绉起来，泛起了点点涟漪。

那年高二，期末考试进行了三天，大雪也飘了三天。衣服冰冷如铁，皴裂的手都肿得像馒头。班车都停运了，大家索性背上蛇皮袋，以县城为中心四散踏雪而行，雪地里是成群结队的学子。到了中午，已经连续跋涉了三个多小时，许多同学已经听见了村头熟悉的犬吠。日薄西山，只有他和她还一直在跌倒、搀扶、前进，但笑声却撒满了风雪回家路。当村落间袅袅炊烟升起的时候，在最偏僻的乡村，在老榆树下的路口，他们轻轻挥别。

“世间所有的相逢，都是久别重逢。”大四的那场雪依旧下得那么认真。大家知道，雪后虽然有人间四月天，可是此刻的相见或许将成为永久的别离。推开图书室大门的一瞬间，他立在了自己的面前。同学们羡慕的眼神中，她却异常地平静。在门口的火锅店和室友分手后，她和他踏上了回家的列车。这一次，他把她送到了院门口。奶奶瞧见了，整个春节都在追问不休：“这孩子不赖，叫啥名字？哪个庄子的？”她就是闭口不答。

她顺利地回到母校当了一位老师，日子平淡如水。

门卫又喊她了，电话是大洋彼岸打来的。她知道是他，他拿到了公费留学的名额，是一所世界顶级大学。他成了家乡的骄傲。每次，她都对门卫说，那个人她不认识。她想彻底忘记，每一次忘记，天边就落下一滴泪，于是就有了太平洋的距离；她不敢想其他，每一次想起，天边就飘落一粒沙，于是就有了撒哈拉的酷夏。

岁月不居，白云苍狗，再次相见已是二十年后今天。同学聚会，他们彼此留了联系方式。他 32 岁才娶了教授的女儿。在大洋彼岸，他成了炙手可热的软件开发才俊，还拥有了自己的公司。她毕业第二年就嫁给了一位官二代，这让很多人心生羡慕。可是，她最懂得，爱情是宿命摆下的一个局，对弈的人已走，谁还会在意谁去敲这盘红尘之外的残棋？或许短暂的瞬间，或许漫长的永远。

她见不惯丈夫的游手好闲和不求上进，开始独自一人抚养幼子。海明威说过："生活总是让我们遍体鳞伤，但到后来，那些受伤的地方，一定会变成我们最强壮的地方。"她的儿子很优秀，也考上了北方的那所重点大学。

有人说，初恋是生命中唯一的恋爱。初恋，即便在现实中没有结果，但在回忆中也是一朵永不凋谢的花，悄悄地绽放在天长地久的心海。

一阵寒风吹来，她赶忙裹紧了围巾。突然，手机信息铃声想起，她匆匆打开天气预报——今日初雪。

作者简介：钱广安，蚌埠市怀远县人，中学语文高级教师，蚌埠市首届"最美教师""蚌埠好人""新时代蚌埠骄傲"，蚌埠市作协会员。作品见《中国地名》《安徽作家》《西部散文选刊（原创版）》《速读》《淮河晨刊》《蚌埠日报》等报刊，获"凤凰杯"全国征文二等奖、中国合肥长丰樱花节征文三等奖、"安徽作家看固镇"征文优秀奖等。

摄山钟灵秀，绵延枫叶缘

欧阳卉林

有一种缘分让人念念不忘。念念不忘者，必有回响。

我和朝晖便如此。

我俩年少时都离家求学于湖南宁乡四中，白天同窗共读，晚上同床共枕。虽然都任性、独立，傲娇、不服输，但又彼此欣赏，互相包容。所以很快成为无话不谈的闺蜜。

高中毕业时还有书信来往，各自成家后，忙于打拼，中间有二十多年没有联系。无数次午夜梦回，芳华的她和我牵手漫步校园，足球场上挥汗奔跑，桂花树下吟诗浅唱。想到入神处都会情不自禁坐起来，无数个漫漫长夜里，那种无处抓实的落寞，特别难以释怀。

2015 年才辗转联系上她。拨电话时，心脏随着电话的嘟嘟音而砰砰直跳，期待，又担忧她已经不记得我了。

电话那端传来一个礼貌而生疏的声音："您好？请问您找谁？"

我一时惶惑，不确定地问候："请问您是周朝晖吗？"那边声音顿了一下，而后冷静笃定地回复我："你是卉林吧？！"

我顿时泪盈满眶，语不成调。真好！我的好朋友，二十余年过去了，你还能瞬间想起我的声音！

从那之后，我俩约定：前半个世纪被思念折磨，余生想见就见。决定每年选一城市为心灵之约续期。

去年就约定栖霞山。栖霞山又叫摄山，据说古时山上盛产野参、当归、首乌、茯苓、甘草等中草药，有滋养摄生（即养生）之效，故名"摄山"。

朝晖是细心之人，每到一处都会做足攻略。她说只有栖霞山枫叶才能释放我俩的情怀。提前在网上订了一家好评如潮的轻奢酒店，两人入住希岸后满意度爆棚。房间以蓝色为主调黑色点缀，显得奢华优雅。整个布局瞬间消弥了我对南京这座城市的陌生感。久别重逢的喜悦，积愫尽倾，直到天微亮才浅浅地睡了个把钟头。

简单洗漱后，吃了早餐，便直奔栖霞山而去。前一日有雨，愿这水的润化能使今日枫叶燃烧得更灿烂。

我偏爱古典建筑，仿佛跟她谈过恋爱一样，一见就怦然心动。对寺庙也是狂热得无以复加，而栖霞山两样俱全。

进入栖霞山先要从栖霞寺进去。那飞檐古朴的入口处就吸引了我俩的眼球。

“一座栖霞山，半部金陵史”的千秋盛名，从我们眼里慢慢拉开帷幕。

朱红的墙面，灰黑的屋脊，边沿镶嵌着金碧辉煌的琉璃，佛殿于高处虎踞，气势磅礴。冬日的暖阳发出橙色光晕，给各色树叶投射出长长的阴影，古牌坊边上的建筑也被镀上一层柔和的金色光芒。

朝晖爱摄影，自然要抓住日出后的黄金时段。因为这段时间光线不仅柔和，而且层次丰富，拍出来的照片，特别生动迷人。因有我的参与，她总不忘调侃一句：“嗯！有欧阳大师意念加持，作品就活了。”

穿过牌楼，后面是一排长长的梧桐树，树干上用水彩画上神态各异的敦煌飞天神像。梧桐树的中间镶着一株株迎风而立的红枫，如若干红衣少女似的夹道迎宾。两边树枝搭连，又似红色长廊。放眼山坡，流丹燃霞，翠绿缀其间，又遇朝阳甘露，宛如彩色绸缎上撒满了颗颗红色珍珠，闪烁着华美、温婉、灵性的光辉。

走进这座建于南朝齐永明元年，由平原居士明僧绍舍宅为寺的庙宇。两棵六朝的古银杏树，粗壮沧桑，遮掩得栖霞寺半隐半现在烟火中。朝晖和我一样双手合十，虔诚地跪在佛像前。梵音袅袅，洞穿灵魂；檀香漫绕，思染禅机。

沿着指示牌，走到明镜湖畔，左边是一座即开的鎏金莲花，花瓣上刻着经文。湖心一尊浑身雪白的观音菩萨圣像，岸边垂柳和枫红交相辉映，清澈入水。当年的乾隆皇帝对此忍不住挥毫留墨：

> 虹非日照镜非铜，溪澈桥湾植偶同。
> 奚必名中辩真假，借他假幻悟真空。

拾级而上行至半山腰红叶谷。这里生长着大片的红枫林，还有架设于枫林中的木栈道，我俩坐在木栈道上，身后是万千红枫，像一只只展翅欲飞的红蝶。

尤须一提的是红叶谷内的枫林湖，虽是引水造池而成，但一湖秋水里都是重重叠叠的枫红落叶，波光云影中斑驳漫漶，精巧玲珑的小红亭倒映在水中如沉沉墨色里，如一点令人心惊的朱红印记。真应了那句诗：“谁人泼彩墨，遍野惹斑斓。”

冷不丁身后的朝晖来了一句：“向左看！”等我还没搞清状况下，她的快门已经响了几下。我急眼了：“我还没有摆 pose 呢？”惹得她一顿坏笑。

朝晖拿相机不停抓拍，走走停停。我也被她抓拍的画面吸引，以致错过饭点。

沿途没有供养站，两点多时，我又累又饿，坐在木栈上不起来。朝晖走几级台阶就哄骗我说："看一看一看，前面凉亭有卖吃的。要吃不？"我知道她骗我，就要赖说脚疼。她便乐呵呵地停下来再拍照，几次拉我起来反被我拉着席地而坐。

在旅行中带相机的人，要么是独行侠，要么和她结伴而行的人一定要耐心等待。她说："卉林，谢谢你耐心。我只和你一起旅行才带相机。"而我说："和你一起不会写诗也想写诗，不会画画的也想画画，不会摄影也想构图，不会唱歌也想吼两嗓子，这种感觉真的很美妙。"

朝晖说去年去岳麓山看枫叶，枫叶很多都已枯萎。枫树品种也没栖霞山丰富，很多是大叶形，今日来栖霞山看到红袖善舞鸡爪枫，才对枫叶荻花秋瑟瑟有了正确了解。我说："岳麓山怎比得上金陵第一名秀山。"

其实我以前认知的枫叶也是高大的乔木，对现在看到的小树形，叶缘带锯齿的五角形，七角形小枫叶也是很讶异。这次认识红枫、鸡爪槭、三角枫、羽毛枫、榉树、黄连木等。每一种枫香都是火染血涌，殷红夺目。

冬日日照短，爬到山顶已是下午三点多，夕阳已西斜，两人坐着园区的旅游车快速下到山下，再次感受沿路而来的漫山色彩：红的枫叶，黄的银杏，金的梧桐，俯瞰之处层林尽染。宛如一幅堆锦散绮的画卷。仿佛大地蕴藏的气息要用金黄和火红的色彩释放出来一般。夕阳下瞬间明白"栖霞"这个地名妥帖所在了。有诗曰：

> 万树霜枫赤似霞，三峰高处夕阳斜，
> 摄山秋色年年好，惹得人称二月花。

山下就餐后便回程，朝晖幽默诙谐地聊起我俩都认识的一些朋友，惹得彼此哈哈大笑。我说："你的每一句话都是我文章的素材。"她娇俏地说："那多无趣，我和你说话都要想想了。"说完背对着我，右手放在腰后，不忘做一个勾勾我的动作，我会心一笑，快步走上前握住她的手，相互都不看对方，但心里却暖暖的。

和所有的都市丽人一样，我们工作时拼尽全力，放松时敞开了撒野。这也是我们相互深深吸引的原因之一。

朋友是一生的伙伴、是一世的缘分、是断不了的牵挂、是忘不掉的惦记。

朋友不在于远近，而在于永久！

作者简介：欧阳卉林，湖北咸宁人。身在商海沉浮，心于文字游弋。有诗歌、散文发表于《散文选刊·下半月》《齐鲁文学》《西散原创》等杂志报纸和网络平台。

情系上林湖

赖映姿

越州有湖名上林，湖畔之窑就是越窑，因仰慕已久，择秋日午后，惠风和畅，与友人相约，兜兜转转间踏进了上林湖。不得不感慨自己宅在家里太久，一见那翠山碧水，就万般亲切，取手机选角度将美定格，无论选取哪个角度，拍下的景致都很美，这种美，不禁让我想起唐代诗人陆龟蒙曾写下的诗句：九秋风露越窑开，夺得千峰翠色来！

置身于上林湖，能感觉从山水肌理的每一根神经末梢上传递出来的神秘气息，恕我无法当它是拂面而过的一阵清风，我仿佛看到了熊熊窑火，此窑火，始于东汉晚期，历经六朝、隋、唐、五代、北宋，至南宋初年才停止了燃烧。因为喜欢越窑青瓷的历史，所以窑火一直在我的心里燃烧着，不曾停歇。

走走停停，穿小径，驻足湖畔，迎和风，望对岸青山，一片葱茏处，原有的乡人祖坟早已搬迁，已将山还原成纯粹的青山模样，而眼前这碧波荡漾的上林湖水，正滋养着一代又一代慈溪人。

山路弯弯，坡度舒缓，漫步荷花芯窑址，迎面处一座伸向坡顶的唐代龙窑映入眼眸，它上盖天棚，长长的窑身，尽显古朴苍劲。拾级而上，在窑壁处，细数右侧有七个窑门，近处置放着几捆用细竹条捆扎的条状木柴，片片秋叶随风而落，至它身旁，成依偎或飘飞之状。正前方的火膛两边，堆放着两大堆木柴，虽是木质之身，却并不木讷，仿似在翘首张望，随时等待着古人亲手将它们再次送进窑口，甘愿灰飞烟灭，去成全越窑青瓷的千古美名。

所谓的龙窑，亦称蛇窑或者蜈蚣窑，是我们南方山区普遍存在的窑种，多依山坡所建，由下自上呈长条形，故而得名。自然，眼前这龙窑已非当年的龙窑本身，只是在原窑址上对昔日前身的修复与重现。但我还是忍不住用手轻轻抚摸，手掌缓缓地摩挲着泥质窑壁，泥土芬芳自掌心弥漫上传。

友人走近我，注视着我摩挲的那只手，低声说道，早年闲时，常与几个喜欢陶艺的朋友一起玩泥，就从这么一坨泥开始，然后揉泥、拉坯、利坯，当成型后，作品从窑炉里面出来的那一瞬间，那种感觉很微妙，原来世间还有一种纯净的幸福，与物质无一丝一毫的关系，只与大自然的造化有关，与美有关，你会相信这种感觉吗？

我信，当然信，就如此刻我抚摸着它，想到的竟是越窑青瓷的前世与今生。青瓷，由泥出发，在水与火的征程上抟土成金，我将之理解成是先人对泥土、对大地的一种激情拥抱，也是对大自然以别样的方式作永恒的崇拜。

挖掘处，几处凹坑约一米见深，俯首之间，坑壁与底部皆是半裸露的青色残损瓷片，凭形猜测，碗、盘、钵、盏、盒、执壶、瓶、罐、炉、盂都已囊括其间，它们是在泥土里散落的真实历史，以排山倒海之势于眼前铺陈开来。

我知晓五行色之中，青属木，亦是先人最早烧制出的釉色，可谓瓷器的原点和原色。青瓷若与青花、釉里红、斗彩、五彩、粉彩、珐琅彩相比，是“淡妆”与“浓抹”之别，我爱极这抹“淡妆”，甚至一直固执地认为青瓷就是烟雨江南的微缩。我真希望人有前世与今生，如此，我愿我的前世就是这上林湖中的一块青瓷片，不管成形于六朝、五代还是唐宋，只愿情系上林湖，静静地沉于湖底。

满眼的青色与上林湖的一池碧水，色调是如此相似，这一抹青色已然融合了人类对大自然的依恋之情。细细探究，脑海中不自觉地显现出曾见过的秘色瓷展品，秘色瓷葵口碗和秘色瓷葵口盘，通体是湖水般艾绿色的釉面，造型精巧端庄，胎壁薄而均匀，没有复杂的纹饰装饰。在灯光下，碗和盘内明澈透亮，玲珑似冰，剔透如玉，“无中生有”，恰似一汪清水留于碗内或盘内。想到钱镠东南割据后，许是江南的富足，许是维系王室命脉的政治谋略使然，以与器物相同的胎泥来制作匣钵，烧制时用釉封接，破匣钵而取瓷，在天然釉料的时代，如此不惜工本之法，才将青瓷烧造技艺推至登峰造极之境吧！

蹲下身，我在残损瓷片间细细搜寻那一抹秘色，那是世间极品，是乾隆皇帝“李唐越器人间无”的感叹，是徐夤笔下的“捩翠融青瑞色新，陶成先得贡吾君，巧剜明月染春水，轻旋薄冰盛绿云”。世间大美至简，秘色瓷以形体还原泥土的本来面目，用线条展现天然的理意筋骨，迎面扑出和风拂面的细致妥帖，让人进入心静沉明，清爽入骨之沉静。

上林湖水清澈见底，浅处有芦草随风摇曳，远山青翠如烟。友人道，此情此景，他想到了《诗经》中的蒹葭苍苍，白露为霜。所谓伊人，在水一方。问我们想到了什么，我摇头无语。但迷茫已将我裹挟，因我想到的竟是：人事有代谢，往来成古今。我是谁？我从哪里来？都说青瓷是一种道具、摆设，而人又何尝不是，百年人生，仿似一场大梦，一场真实得非梦般的梦。

回望这一池青青湖水，不得不感叹沧海桑田，窑火熄灭后的一千多年间，上林湖一带的地貌发生了多次改变，湖水水位不断上升，很多窑址逐渐没入了水下。从下至上，晚唐的、五代的、北宋的……若一层层挖下去，仿佛可以看到当年的历史一页页翻过。

而遥想千年之前的上林湖风貌，那时环绕湖面的115处窑火熊熊，烧制好的越窑瓷器，窑工会用稻草包装后放入木箱，由江南的乌篷船穿过浙东密布的江湖河汉，运至不远处的明州港，再转运装入海船，扬帆出海……

近黄昏，晚霞铺满天际，几只鸥鹭贴水面飞翔，给人一种“落霞与孤鹜齐飞，秋水共长天一色”之感，上林湖真美，难怪在中国陶瓷史上，没有任何一个窑场能似越窑一般得到历代文人们不惜笔墨的称颂，但我想无论用怎样的诗句去赞美都毫不为过。

走在回去的路上，见一老翁还未收摊，玉米芋艿栗子等吃食尚未卖完，此处除了湖山与古窑址，也唯有他一处摊点，试想若将他的摊点改成茅草茶屋岂不更好，茶具就用越窑青瓷。彼时，青瓷杯莹润如玉，杯中碧芽轻浮，茶汤烟袅，纵使世道纷繁，此生如寄，却可拥湖天山色入怀，一杯热茶细品慢饮。

作者简介：赖映姿，慈溪市作家协会会员，作品曾发表于《西散原创》《散文选刊·下半月》《齐鲁文学》《连云港文学》《慈溪日报》《浙东》《长河》《今日长河》等纸媒及多家网络平台。有散文获得2018年中国散文年会二等奖，并入选2018中国当代散文精选300篇。

夜雨剪春韭

史忠华

“一畦春韭绿，十里稻花香”。韭绿，稻香，是春送给民间最美的画。

稻，是千金女，出生要条件，温度高，水分足。稻，才能亭亭玉立。因此，在我家乡，难得一见。

韭，是农家娃，本质皮实，土里土气。茅屋竹篱，巴掌大土地，韭，即可如野草般生存。因此，韭，常在房前屋后，独占一隅。

三月，阳光晴好，暖风呢喃。云在天上飘，花在丛中笑，燕子檐下筑巢，鸟儿枝间雀跃。它们彼此安好，沉溺在自己的世界手舞足蹈。

休眠一冬的韭，心怀不甘，不再藏匿于土下苟且，经历严寒后，打包天真和率直，拱出嫩嫩芽尖。模样羞怯，笑意浅浅，纷纷钻出土壤，对白蓝天。

春风化雨，洒在午夜。“淅淅沥沥”,“沙沙沙沙”，学舌的儿童般，断断续续。韭，以打开姿势，“咕咚咕咚”憋足了劲，啜吸春夜喜雨。被夜雨濯洗过的韭，像打了水光针的脸，光滑细嫩，微笑嫣然。

天明雨歇，阳光织锦。韭，水灵灵，叶尖上雨珠，似闪烁的星，又明丽又晶莹。韭，绿盈盈，修长的叶翠爽爽，又怡人又浸心。

喝饱的韭，簇簇伸展，株株茎茁，将生命的嫩绿，急切地放在三月的阳光下晾晒。春韭，那向上身姿，真没愧对那象形字体。“一”横，象征以土为床的根，稳稳立在地面，“一”上生“非”，勾画出它摇曳生姿，蓬勃生长之情趣。韭，身形兼备，名副其实，几场雨浴，倏忽间，焕发深绿，若不懂节育的妇女，有风使尽帆，有雨用劲长，“噌噌噌”，每株均孳孳繁殖出九枚叶片，成就其“韭”字读音。

韭，绝不沽名钓誉，也不做第三者，更不攻城略地。只是自律于自身空间，兀自旖旎。风吹生，雨洗绿。瞬间，叶像宽丝带，绿若刷了漆，这富有韵味的情态，一下发出集体光亮。于是，那独特香味，喷薄而出于记忆脑海。

我认识饥饿年代，源于夜雨剪过的韭菜。儿时岁月，日子过得软弱无骨，红高粱面入肚，让面容如窗户纸自带病色。一日之际在于春，春耕春播起早贪黑。

可，农活重，肚子饿，难呢！我听到母亲轻轻的叹息。吃憨饭，长个子。可，过冬白菜已吃完，越冬萝卜已告罄，秋冬土豆做新种，新菜蔬没长出，没菜的饭，怎下咽？哎！真难！

父亲乐观，用手一指，怕啥？你看，咱有韭菜？还真是，小院风景雨来佳，盈尺韭绿，修饰出那个年代，庄稼人最鲜亮的底色。

父亲说，“头刀韭，味最美”。又说，“四月韭芽芽，羡煞佛娘娘”。韭，擦地皮割断，被母亲清炒，那碧绿颜色，独特馨香，温暖我们成长。韭与萝卜烹调汁汤，雅名三鲜汤。虽然清汤寡水，但有绿韭装点，黄萝卜晕染，就像夜晚的星，发散出灵异妙情，和有滋有味的吸溜声。

韭，做成盒子，面夹韭，有嚼头。蘸了醋吃，香味撩人。手掌大的盒子，午饭，一顿吃三。晚上，缠父亲讲鬼故事，吃了韭菜盒子的肚，浊气下降，“通”一声，过年的二踢脚般脆响，感觉连鬼怪都吓得急惶惶躲藏。

母亲割一把韭，催我。去，给你永富大娘送去。永富大娘家境富裕，有在北京工作的亲戚。她在泥火灶台，用韭炒了鸡蛋。不知是我家韭绿，还是她家蛋香，那盘菜，色泽诱人，绿自绿，黄自黄，清香四溢，泛着金色。入口一嚼，满嘴春天的味道。比母亲做得好看，做得香甜。母亲做出的这道菜，不像用油炒，倒像是火烤。除了绿还是绿，我和弟弟争着往这盘菜里伸，筷子和筷子打起了架，菜搅成了沫，可鸡蛋躲躲藏藏，让我们有“望穿秋水”的失往。

直至成家，韭菜炒鸡蛋成了我餐桌上的常客。只因它食材简单，过程简单。我牢记永富大娘口授：韭，要春韭，或秋韭，头刀镰味道最好。蛋，要笨蛋。火候需拿捏，火大了有煳味，面相发黑，火小了有臭味，黏糊不清。就像人与人相处，过近腻歪，过远生分。油量要克制，油放多腻味，油放少缺香。就像人于人沟通，说得多，啰嗦，说得少，含糊。蛋与韭要匹配，既能看到蛋，也要看到韭，韭量给人“犹抱琵琶半遮面”应该最佳。现在想来，永富大娘韭菜炒鸡蛋，炒出本菜精髓。与我，是人生，最难忘的美味。

杜甫喜韭，“夜雨剪春韭，新炊间黄粱”是他宴请宾客的佳肴。杜甫也像韭，一生坦荡，无杂色，心系苍生，胸怀国事。

“一畦春雨足，翠发剪还生”。“剪韭茬时新”。韭，像头上的发，生命顽强，一茬一茬，前赴后继。因此，韭，平易，大众，热络。和素食能勾肩搭背，和肉食能缠绵暧昧。韭，有药用价值，扩张血管，降低血脂，还有保健作用，固精壮阳，通便清肠。

韭，向暖而生。从春到夏，走到八月的韭，抽出苔，开出花，它清晰地知道自己的使命，目标，还有存在价值。

骄阳似火，每株韭菜，叶片宽容，中心挺杆。像举着画笔，在杆端绣制。那花苞，细碎饱满，如高粱米。开时，单片六瓣，色白，结团抱伙，像小伞，像星星，缀在枝端。

“八月收韭菁捣齑”，是崔寔在“四月民令”里说的。韭花，摘取于将开未开之时，是杨凝式配合肥嫩羊羔肉一起吃的。朋友送的韭花酱佐食充饥后，他朝饥得解，心情舒畅。惬意的杨凝式，研磨运笔，那六十三字，笔笔含情，画画寄意。字迹娟秀舒朗，比开着的韭花还味道醇厚。随心跳跃，一气呵成的书法佳作——《韭花贴》，从此彪炳史册。

我也做韭花酱。可惜，韭花，量小，不经折腾。于是，就学母亲，把韭花、苹果、韭叶、鲜姜混在一起，放在石臼里捣。手握棒槌，身体微躬，这神态专注，表达喜韭的情结和温度。石臼粗犷，捣韭声“咚咚”，声音扎实，弥漫辛辣且浓郁的韭香。

“西风吹野韭，花发满沙陀”。前年暑假，自驾二连号特。沿途，草，低矮可怜，草原，像生了疥疮。满目皆是大漠，孤烟。在又白又大的太阳下，忽然，骤降大雨，“噼里啪啦”，像机关枪扫射。瞬间，雨又偃旗息鼓，阳光灼灼。

但见，路旁，白花朵朵，密密麻麻，一种孤寂中的欣喜，迷人至极。停车，靠近。嗅，尝，原来是野生韭花。我们彼此对视，住在心里。在不友好的大雨中，在大漠披风中，韭花，甘之如饴，清静如莲。走过黑，走过暗，顶着寂寂时光，冷嘲热讽，行稳致远。

野韭幽幽，心里装着世间最鲜亮的颜色。它纠纠生姿，自带光芒，囚禁了我踩躏它的欲望。野韭，是家韭的前生吗？因为，韭的花语，就是奉献。

韭，从根到叶，从花到籽，奉献自然，奉献人类，赤心一颗。

此时，已近暮春。夜深。春雨，吞吞吐吐。夜雨剪春韭，正为我弹奏一首阳春之曲。

作者简介：史忠华，笔名绿雨如丝。山西晋中人，高校管理工作。有文散发于《唐山文学》《西部散文选刊（原创版）》《晋中日报》等报纸杂志。在全国第六届“书香三八”读书活动和地方性主题征文大赛中多次获一、二、三等奖。

江南雾中雨

张钧杰

江南，如诗如画的地方，令天下多少人魂牵梦绕，想要走进这迷人的水乡，一亲她的芳泽。体会一下乌蓬船摇橹的浪漫，感受一下采莲女的风姿，当然还有那小桥流水，白墙青瓦在岁月长河中一直流淌的古意和恬静，以及“日出江花红胜火，春来江水绿如蓝，能不忆江南”的唐风流韵。在江南诸多的景观和人文中，江南雾中雨独树一帜，成为江南的印记和符号，把人们带到了一个美到极至的仙境。

春风染绿了江岸柳的时候，文人和学子在吟诵“天街小雨润如酥，草色遥看近却无。最是一年春好处，绝胜烟柳满皇都”的陶醉中，江南雾中雨以多变的容颜在不同的地方，释放和描绘着各自不同的诗意。

看呵，在一片轻柔缱绻的淡淡云雾里，细密的雨丝扬扬洒洒，在润物细无声的飞舞下，轻轻落在田野，山川，城镇，仰望天幕似织女用银梭织成了一张银纱的网，把江南的春天笼罩在“千里莺啼绿映红，水村山郭酒旗风，南朝四百八十寺，多少楼台烟雨中”的历史画卷里，历经千年，传唱不衰。

当绵绵的雨丝降落在荷塘的时候，氤氲的云烟飘散开来，慢慢地一点一点似水墨画技法一样，浸染出一个如梦如幻的世界。难见诗中夏季荷塘“接天莲叶无穷碧，映日荷花别样红”的动人风光和壮观景象。

青山上的峰峦还有云雾在悬崖缭绕，乱云飞渡之际，雨丝披着雾的外衣，欢快地跳跃、奔腾，待日出后群山竞秀，那青山如洗，翠绿清新的美丽照亮了人们的眼眸。

村落的小楼在雨点唤醒了春梦的不情愿里，才发现头顶的红瓦被染透了一个春天的诗意再次光临人间。院前三五株翡翠妆成，亭亭玉立的芭蕉树在雨迹的润泽下，悄悄地长出了一个个新芽，像春笋般招人喜爱。

屋里，刚采完春茶的小姑和嫂嫂看着房顶汇聚的雨滴化作一道水帘，庆幸回家及时，没有淋雨的苦恼，优雅地泡上一壶浓郁芬香的茗茶，将这新茶的甘甜馥郁细细回味和品尝。顶着细小如发丝在空中飘逸的雨雾，阿哥头戴斗笠，双手不停地在春水轻漾的稻田里把一捆捆秧苗精心栽培，在辛勤的劳作中讲述春华秋实的故事。

经久不散的雨雾在风的指引下来到了粉红的杏林，在洒下一阵急促的雨点后，一瓣瓣的杏花悄无声息地从枝头恋恋不舍地落下，以一地残红和零落倾诉在春天里留下的影踪。意犹未尽的雨点没有停歇的意思，只见摇曳的枝叶在花间继续拍打着不断飞落的杏花，霎时，杏林又激起新的一场杏花雨。

院墙边上，经历了一冬的竹篱笆在一场场雨水的亲吻下，一夜之间就青翠欲滴，俊逸潇洒。伸展的竹枝和竹叶又燃起了凌云之志，这都是春雨的恩泽和所赐。

朦胧的湖泊江河在雨雾的轻柔依偎下，静看飞燕掠过一湖一江一河的春水，展示它们轻点在水面的绝世轻功。水中的鲤鱼也不甘落后地追逐着流花，想要尝尝花朵的鲜香和味道。哼唱着《太湖美》的渔民手搭凉棚，看着水上千帆竞发的舟舸，心里满怀希望的欣喜。奋力撒下新网之时，飞过的几只白鹭和野鸭游曳水上，生动演绎着“春江水暖鸭先知”的绝句。

江南雾中雨，好比国画家手中的毛笔，在不同的场合环境下，勾勒，点染，如同大写意的大手笔，绘就一幅动人的画。又似一首吴侬软语的苏州评弹，乘着春风飘进江南的千家万户，伴随着向往春天的人们抒写心中最美的诗歌。

啊，好一个江南雾中雨。

作者简介：张钧杰，贵州省安顺市人。中国西部散文学会会员、六盘水作家协会会员。散文诗歌散见《奔流》《西部散文选刊》《西部散文选刊（原创版）》《贵州日报》《西南铁道报》等，获《西部散文选刊（原创版）》庆祝建国70周年征文比赛优秀奖。有散文入选《精短散文佳篇选萃2019》等散文集。

瓦岗草木（四章）

葛继红

薤

“采薤南山，串岭之野。鸟鸣喈喈，河水涟涟。”

《诗经》中的薤，在瓦岗村，人们叫它小蒜。小蒜，属多年生草本植物，亦食亦药，具有通阳散结、行气导滞的功效。小蒜，外形长得像韭菜，茎叶纤细柔弱，夹杂在硬邦邦，打了蜡似的野草丛中，很容易被人忽视。清明节后，第一声春雷响过，第一场春雨下过，沉睡一冬天的动物们集体苏醒了，挖小蒜的时节到了。

称其为小蒜，是为了与园子里家种的大蒜相区分。小蒜跟大蒜听起来名字很相似，只差在一大一小，但它们却有很大区别：小蒜叶扁而窄，大蒜叶扁而宽。比起大蒜的粗笨，小蒜拥有精雕细琢玉的影子。如果套用《创世纪》中亚当夏娃的故事，小蒜是大蒜的肋骨。小蒜纤若细丝的精致模样，让人舍不得像粗野汉子那样大嚼特嚼，甚至简单粗糙的烹饪方式，都让人感觉与小蒜的婀娜身段不配，那是暴殄天物。

聪明的家庭主妇深谙做小蒜之道。主妇们将碎米磨成粉，把小蒜洗净，去掉蒜头，切成一寸长的小段儿，同米粉一起倒进饭盆里，加点盐，用开水调合揉成团，做成粑，放在地锅里蒸。不一会儿，一锅香喷喷的小蒜粑就出笼了。也有的主妇把小蒜切碎，放进事先搅拌好的鸡蛋糊里，煎鸡蛋饼子吃，也是能香掉牙的。

薤，山肴野蔌，食之，神清气爽。“采薤南山，串铃岭之野。香草凄迷，薤菜元多。”

马兰头

春天，总不免要下几场淅淅沥沥的小雨。几场小雨过后，气温像拔节的麦苗，蹭蹭地往上蹿。瓦楞上的青苔，石缝里的小草，沟塘里的浮萍，田埂上的马兰头，也跟着往上蹿。一开始，那绿意还若有若无，渐渐地，那浓稠的绿就像一匹锦缎，铺满了瓦岗村的沟沟坎坎。

当瓦岗村门前的河水被风吹皱的时候，当河岸上的杨柳忍不住发了嫩芽的时候，挑马兰头的日子就到了。

“马兰头，浇麻油，吃一口，想三口。”青翠欲滴的马兰头，挑拣清洗干净之后，在热水里烫一下，去除苦味，细细地切碎，拌上备好的香干丁，加糖，滴上麻油，上盘之后将拍碎的蒜末洒开，碧绿色中点点洁白，如片片白帆摇曳在碧湖上，岂止是赏心悦目，还蕴含着自然本有的魅力和亲切的召唤。但我最偏爱的，还是母亲做的清炒马兰头。

母亲先把油倒入锅底，油热后，把沥干的马兰头倒入锅里，立刻，“吱吱啦啦”的声音响起，那冒着清香的味道从锅里飘出来。用铲子在锅里一反一正，过油后的马兰头显得更加碧绿，味道更加浓郁。盛入盘子后，再放上一点蒜末，一白一绿，那不仅是早春的一道野味，更是一道视觉的盛宴。

马兰头喜欢在沟边路边扎堆生长，一丛丛一簇簇，声势浩大得很。春天来了一次又一次，马兰头绿了一回又一回，那蕴藏在心里的暖，也一次一次在心里生根发芽。

榆钱

“南枝北枝春事休，榆钱可寄柳带柔。定是沈郎作诗瘦，不应春能生许愁。”春天的浪漫是榆钱的绿色写就的。

桃花杏蕊，有颜色配才能称作花。春天不缺绿色，所以，从古自今，榆钱儿也没有一个花的名号，恒以榆钱称之。玉兰迎春连翘，都是先花后叶，总会引得人瞥瞟，对春天的喜爱，落到榆钱身上，只剩下一个捋了来吃。

“东家妞，西家娃，采了榆钱过家家。你一串，我一把，娃做爹爹妞做妈，日子过得笑哈哈。”榆树开花，总会带给人一小阵惊喜，连最不关心季节的人，从榆树下走过，也会驻足于树下，望一眼树枝上一嘟噜一嘟噜的榆钱，踮起脚尖捋几朵榆钱塞进嘴里慢慢咀嚼。清气在舌尖上蔓延，还有一丝渺渺远远的甜，青烟一样飘过来。

低处的榆钱捋干净了，那些漾在高枝头的榆钱却一天天变白，白色的榆钱落在地面上，一圈一圈围着树根转，不肯轻易离开。榆钱落下来时，榆树叶子开始羞羞答答往外长。不几日，就长出了指甲般大小的叶子。老祖母在世的时候，爱吃榆树叶子。每年榆树叶子刚发出来不久，她都要吩咐我们爬到门前的大榆树上捋榆树叶子。榆树叶子捋下来，拌上棒子面，再配以香葱，配以生姜，放地锅里蒸，再浇上山西老醋，浇上麻油，有点穷人家迎春的意思。

长在枝头，一嘟噜一嘟噜的榆钱是美丽的，“近榆钱兮妆翠靥，映杨柳兮颦愁眉。”；榆钱是精巧的，“桃花颜色好如马，榆荚新开巧似钱。”；榆钱是动人的，“杯盘汤粥春风冷，池馆榆钱夜雨新”。

榆钱的美丽、精巧、动人，自古以来打动了无数文人墨客的心，就连黛玉也在《葬花词》里吟唱道“柳丝榆荚自芳菲，不管桃飘与李飞”。这句唱词倒是与榆树的品性相吻合。村子里每一棵榆树都被人攀撅过，然后再经历风雨，经历霜雪，却仍能不愧不怍地顽强生存，在流逝的光阴里，把自己活成了自己的主角。

商陆

长在瓦岗村的每一样植物，都有一个诗意满满的名字。

商陆，也叫“胭脂草”。关于胭脂草，清代人东海居士这样记述：“羲和步自汤谷，遇受伤玄鸟，命族人养而放之。玄鸟嘤嘤有声，绕飞三匝方去。翌年春，玄鸟衔种子而来。羲和命族人播种子于土中，须臾便生根、吐芽、开花、结果。观其叶如掌，根如山芋，花似杨柳，果如葡萄，色紫且艳丽。用其叶可饲羊，花可充饥，根可入药，果可做胭脂。羲和甚喜，美其名曰：胭脂草。”这些句子，将胭脂草的来历，形状、用途，写得详尽细致。

胭脂，取其茎秆是红色，浆果也是紫红色。成熟后的浆果宛如缩小的夏黑葡萄。乡下的小女孩常用来涂抹脸颊，涂抹手指。想那阳春三月，女孩子面若盛开的桃花，奔走在原野上，该是一幅多么美的画面。

我故乡瓦岗村，林间、沟畔、路旁，以及老屋的房顶上，每到春天，到处可见商陆的影子。它们铺满了村子里每一个角落，也铺满了村民的眼。

商陆，因其茎秆朱红，柔枝婆娑，叶如琵琶，浅绿秀气。花絮如穗，朵开素雅，浆果成串，晶莹墨紫，所以，在瓦岗村，商陆是不容易被遗忘的。

作者简介：葛继红，中学语文高级老师。安徽省散文随笔学会会员，阜阳市作家协会会员，阜南县作协副主席。阜阳市首届语文学科带头人，阜南县第三批专业技术拔尖人才。在《奔流》《江淮晨报》《安徽日报》《安徽青年报》《阜阳日报》《颍州晚报》《城市周报》等报刊上发表散文五十多篇。另外有多篇散文在各类征文比赛中获奖。

大漠夕阳

王海溶

车子在空旷无垠的大漠上狂奔。

大概这里的司机早已习惯性在无遮无拦的沙土路上毫无阻拦地奔驰，任凭那车尾狼烟四起！

天空灰蒙蒙的一片，与灰土土的大地镶接在一起形成了一个巨大的无边无沿的空间。那灰色像一张巨型的密封的网，严严实实地罩住这天地，天蒙蒙地茫茫啊！在这无边的空旷中，一车人就像大海里飘泊的一叶小舟，凭你左右摇摆，总是无遮无拦！

突然“吱”的一声，车子停在了仿佛天边的地方，一抹金色像在灰蒙蒙的天幕上撕开一道长长的口子，一道道金色的光斑投向这大地，后面车窗子上反射出斑斑金光来，晃的人睁不开眼睛。

夕阳，大漠夕阳！有人喊！

追夕阳还是儿时的记忆。美丽的小河，河边摇摇曳曳咿咿呀呀地唱着歌的胡茅，我们沿着那山边，朝着太阳落山的地方，在风里追着跑着，任凭那小辫散落在空中，飘拂在额头脊背上。

好像要和太阳比赛，看谁先翻过那架山！总是太阳公公有主见，不急不慢，缓缓地走着，变着各种花样撩着你追啊追，稍不经意它就像一个大火球”咚″地一下就掉进了山那边……

时间是最好的健忘剂，生活的艰辛早已把儿时的梦幻甩过了八架山，不想在这有生之年，能站在这天宽地阔的土地上，再无任何遮拦地追着夕阳西下！

没有看见张爱玲说“夕阳是一袭长长的红色睡袍”那像音乐一样优闲的画面。也没有看见王勃的“落霞与孤鹜齐飞”那美妙恬静的意境。大漠夕阳以大漠独特的气质，气势磅礴地向我们涌来……

从云层里透出的光斑，越来越犀利越来越耀眼地映红了西边半个天。旋即她像一只火鳳凰展开那巨大的羽翼，透着斑斑霞光铺天盖地奔涌而来！又像是一团火焰，汹汹燃烧着滚滚而来！那诡奇神秘的橙红泛蓝的莹光，凄迷虚幻，让站在空旷无垠地面上的我们感觉自己是那样的渺小！残阳如血，赤朱彤彤！霞光里仿佛刀光剑影，战马嘶鸣，血流横注！

我仿佛看到了西汉时期那匈汉胶着的古战场。火光中刀光剑影，旌旗翻滚。一种源远流长的历史激动和沉甸甸的时间感被召唤！你不会相信有多少天涯过客面对这片赤热的土地会无动于衷！

我做了片刻的喘息，感觉天空的云霞似乎柔和了许多。一层层一片片发着橙红色的光在天际晕染，天空也开阔辽远了许多。许是她们也听见了那哀哀的乐音？像是大汉和亲公主出塞的马车，倾轧在那灰色的沙棘草上发出的”咯吱”声？那思乡的琵琶，像是向她父王的诉求，颤颤地在这寂寥的漠北上空回荡，穿透这云层叫任何人听到也会心动。云霞能将这和亲女子的乐音，这诉求带回长安？可怜这些弱女子为了国家的兴盛，为了百姓们的安康，她们用那孱弱的身躯保住的不止是二三十万大军的性命乃至倾国倾城和那举家的团圆。

有人说来到西域不知解忧算是白来！说的是西汉有位公主叫刘解忧，在大汉第一任和亲细君公主远嫁乌孙王国，不到五年抑郁而亡之后，这个刚刚十八岁，天真烂漫的小姑娘，就因为知书达礼聪慧过人且性格活泼，被派往乌孙国接任大任，做了乌孙国国王们的妻子。为了大汉帝国联乌抗匈大业，解忧一生嫁了三位乌孙国王。嫁了父王嫁兄弟，甚至嫁了自已同父异母的儿子。忍辱负重为他们生了四子两女，都为大汉联乌做出了贡献。她用尽女人的手段与匈奴女人争丈夫谋地位；像一个睿智的国母，带领民众抗洪救灾，植树造林发展农业，说服长老开通通商口岸为乌孙国的繁荣竭尽全力；她更像一个外交使者，气质高贵风度翩翩游走在西域各国。多少次风口浪尖力挽狂澜，表现了解忧过人的政治敏锐和胆识。女人所受的委屈与凌辱她受了，不应该是一个女人承受的惨烈的政治斗争，她经历了。在这人际茫茫的旋涡里浮起沉下，在远离长安父兄的庇护下自立自强。女子们就像一粒菜籽，撒在了这茫茫戈壁，自生自灭全凭自已。

和亲女子要么在屈辱中奋发作为，要么沉沦终日最终被屈辱吞噬。解忧公主选择了前者，她像火炬照亮别人也照亮自已，她在这错综复杂的情势下，凭着自己的智慧和坚韧，不仅为大汉保得五十年的平安，她的名字刘解忧也随之名垂青史！

五十年，半个世纪啊！刘解忧心里始终装着国家的使命。不是所有和亲女子都有解忧的智慧和结局。生死较量中，这些女子们一颦一笑关顾的不仅是自家性命的安危更是一个国家的安危。她们取悦的不是一个国王，而是一个王国！可是这些纤纤弱女她们的幸福，她们的尊严甚至她们的生命是化成这斑斑彩霞，去告慰这天下苍生了吗？

回过身来望一望这片在印象中并不陌生的土地，在那空旷寂寥中搜寻着一丝丝蛛丝马迹……历经千年风雨，在那茫茫远处一撮被夕阳的光照射得格外抢眼的褐黄褐黄的土墩，能代表千里万里寻它而来的过客们心中那一帘幽梦么？不由得一股股苍凉之气涌来。感慨岁月的无情，时间的残酷。想当年那边塞关隘何等的繁华，而今已被岁月的风沙裹挟得无影无踪。那撮黄土墩成了人们千里万里寻它而来的缘由。思绪被深深地牵引着无休止地发问：这便是那“渭城朝雨邑轻尘，客舍青青柳色新，劝君更尽一杯酒，西出阳关无故人”。的“阳关”吗？这王维说得也太轻松了吧！这么一个鸟不拉屎的地方，出了这关仅仅是无故人？前途未卜，恶运丛生哦！怕是只有那林则徐的囚车辗碎夕阳下的影子发出的无奈的吱扭声，像老牛拉破车一样载着那驰名中外的禁烟英雄，被折磨得像个干巴老头，死活不顾磋砣前行！要不就是那身着一袭白袍，怒火冲冠，抬棺西进的左宗棠和他的向西挺进的猎猎雄师，摆着一副出关来与外侵决一死战，不除外侮决不收兵的架势，鬼神让路，强盗收兵！若是那一色过客哪个是出关不遇故人那么简单？在这条路上怕是九死一生啊！

夕阳要落了！此时的天空像万花筒一样变幻无穷，一朵巨型牡丹花像一片花海，呈现出无比得壮丽。那圆圆的火球就像是这巨型牡丹花蕊，被一片雍容簇拥着，一片辉煌啊！于是，便有了这片刻的宁静，永恒的记忆！

夕阳下的人儿是那样的幸福，千里万里携手牵来这一世的美满。“百年修得同船渡，千年修得共枕眠，”老古话验证着夫妻的缘分是修来的，一个修字道出了只有前世的冤家今生才能成为夫妻。真正的夫妻需前世今生的打磨才够缘分，够缘分的夫妻就应该翻千山万水来到这祁连山下，大漠以北让这夕阳去见证婚姻之永恒，牵手之美好！

我惊愕这宇宙的万能，此刻的夕阳已经是彤彤的半个火球，天空顿时没有了各种衬托，只剩下晕红一片。天地一片恬静，静得好像时光要静止。我凝视着那恬静美好的火球，仿佛听到天边的驼铃，“叮当叮当”发出美妙的节律声……

当真那“火球”要掉下山了！和小时候追太阳的担心契合了！人的一生就是一个圆，现在又回到了起点，奔七十的人玩着儿时的梦：“追太——阳啰——”

只不过那不是山，而是茫茫的地平线！

作者简介：王海溶，笔名远牧，陕西省作家协会会员，商洛市写作协会理事。曾在《商洛报》《秦岭文化》《陕西文学界》《西部文学》发表文章。著有散文集《海溶心语》《风，再起时》。

冬夜围炉

耿华琴

冬天的夜晚，总是迫不及待地拉下黑色的帷幕，不到六点，已是夜色朦胧，街上的路灯眨巴着眼睛，默默地注视着路上的行人，北风呼呼地吹着，让人感受的了冬夜的寒冷，大街小巷少了夏天的生机和热闹，街上行人匆匆，都各自奔向那个属于自己温暖的港湾，不知是身体的原因还是受季节的影响，身体里运行的细胞似乎开始冬眠，奔涌在身体里的热血，激情不自觉地进入蛰伏状态，整个人变得懒懒的，寒冷的冬夜，总想蜗居在家，坐在温暖的炉火旁，独享一份清静，独拥一段时光，看自己喜欢的电视节目，读一篇让人心动的文字，熬一锅养颜的莲米红粥，感觉比什么都好。

走进家门，首先把炉火打开，红红的电炉温暖着客厅的空间，拉上窗帘，把寒冷喧嚣拒之窗外，卸下所有的繁忙和疲惫，静享一室的温暖。走过青葱岁月，人到中年，特别喜欢冬夜的沉寂与缄默，宁静的冬夜，没有春的张扬，也没有夏的喧嚣，一个冷字，可以为自己的慵懒找出若干个理由，心安理得地推掉一些琐事，感觉寒冷的冬夜，围炉而坐是一件最为惬意的事情，洗一捧红豆，一把枸杞，几粒红枣，再加上莲米花生，放在炉火上漫不经心地熬着，袅袅升腾的水雾里氤氲着香甜的味道，然后打开电视，或者是围炉夜读，感觉身心是那么的熨帖安然，心似莲开，沉静的冬夜里有了一份如莲的禅意！

不同的年代，冬夜围炉温暖着不同的记忆，儿时，乡村的夜晚漆黑而阴冷，傍晚放学，背着小书包走进家门天已擦黑，奶奶早已烧好一炉旺旺的火焰等着我们兄妹，那时候的冬夜围炉，是依墙在地下挖上一个土坑，四周用青砖围砌，没有无烟的木炭，更没有方便简捷的电炉，都是用柴禾取暖，身段好的木柴用来做饭，边边角角，疙疙瘩瘩用来烤火，那个年代没有电灯，没有电视，文化娱乐相当贫瘠，所以冬夜显得格外得漫长，在煤油灯下写完作业，我们就围在炉火旁，借着炉火的光亮，帮奶奶母亲搓玉米，剥桐子，缠着她们讲一些民间传说或者童话故事，《白雪公主》《灰姑娘》《铡美案》是冬夜炉火旁最好的文化大餐，直到她们绞尽脑汁，语尽词穷，我们才会意犹未尽地善罢甘休。虽然乡村的冬夜漫长而寒冷，但家家户户从门缝里透出那一盆炉火的光亮，温暖了乡村的冬夜，丰盈了儿时的记忆。

后来，全家随父亲进城，生活仍然很拮据，父亲一个人的工资养活着一家老小，但每年的冬天，省吃俭用的父亲总是害怕冻着我们兄妹，毫不吝啬地买回几包木炭，母亲还是一如既往地烧好一盆红红的炉火，炉边的砂罐里熬着我们喜欢吃的各种清粥，每次晚自习回家，走进家门，母亲总是柔柔地问一句“冷不冷”？那种从视觉到心灵的温暖，一次次激起奋斗的欲望。再后来，兄妹们都有了各自的工作和家庭，平时都是忙忙碌碌，一家人聚在一起也都是逢年过节，虽然家家户户都安装了空调，方便简捷的电火炉也逐渐替代了原先的木制火盆，但每到大年三十晚上，父亲总是遵循着“三十晚上的火，十五晚上的灯”寓意大年三十晚上的火盆一定要烧得旺旺的，正月十五晚上的灯一定是最明亮的，预示着来年会红红火火，健健康康。吃过年饭，父亲早已烧好一盆旺旺的木炭火，一家人围炉而坐，父亲谆谆的教诲充满了爱怜和关切，兄妹之间幽默风趣的谈笑，体现着血浓于水的亲情，无论窗外是寒风呼啸，还是大雪纷飞，家里都是温暖如春，那种其乐融融的场景，常常令我感动。感谢父母，感谢亲人，因为有了他们的陪伴，在人生的旅途中，我才走的从容不迫，从不孤独，从不畏惧！

现在，小城的供暖设施有了很好的改善，一幢幢现代化的高楼，如雨后春笋，鳞次栉比，同事们大多都住进了带有电梯暖气的高层，老公东凑西借也买了一套，正在紧密锣鼓地装修着，不久的日子，我也会住进带有暖气的新房，自然调控的温度，使家里四季如春，冬天取暖的电火炉也会被淘汰，遗忘。上大学的儿子在温室里待习惯了，急切地想早点搬进新家，可我的心里却有一种莫名的惆怅和失落，为那即将失去的冬夜围炉，还有炉火旁那种怀旧的心绪。

时代在不停地发展和变迁，小城的人们，在日渐丰盈的经济条件下，对物质和精神的需求，也会越来越高，现代化的享受和方便会走进千家万户，弃旧图新也是社会进步的自然规律，也许冬夜围炉会慢慢走出人们的视线，淡出人们的记忆，但是，冬夜围炉曾带给我视觉上的美好，身心上的温暖，会贯穿一生的记忆，我会把炉火旁那些温暖的画面装帧在记忆的扉页，在某个冬夜里，静静地怀想，回忆，如此便好！

作者简介：耿华琴，女，商洛市文联作家协会会员，《望月文学》杂志特邀作家，医务工作者。在商南县文联创办的《金丝峡》月刊上多次发表作品，文章多发表于《商洛日报》，在《西散原创》微信公众平台发表作品若干篇，在《中州散文》发表作品若干篇，2016年《转角之处，温暖回眸》一文曾在商洛市感恩有奖征文大赛中获得三等奖。

风恋之歌

吴伟兰

风，轻轻地，来了。

风，总是这样悄无声息，就来到我的身边。

风来了，一切都活起来了。水面露出笑纹，小草扭起腰肢，柳条舞动着辫子，竹子为你弯下了腰，连那条偶尔露在车窗外的扎带，也把车窗当缶似的欢快地奏起了乐章。

风，缠绵在我身边，将我轻轻环拥，轻轻的，没有那种窒息的紧抱，为我吹去烦躁，带来清爽。

那段美丽的缘，你成了我的风。你吹皱了我心湖里的那潭死水，吹醒了我那沉睡世界里的万物。

从此，我的世界总是春光绮丽，彩霞缤纷。

我想把你挽留，你说，你是属于天地间的，不为谁停留。我自信地认为我的脉脉温情能留得住你，我沉醉在美好的梦幻里。那梦境是那么美好：你我携手走过茵茵草原，徜徉在烂漫的花海里，越过清澈的小溪，聆听天籁声声，静看尘世炊烟袅袅，天下春光明媚，你我深情款款，情意绵绵……

一觉醒来，身边已没有你的踪影，朦胧中似乎听见你掠过林梢时的呼啸声。

我在失落惆怅之余，才想起你说过你是属于远方的，你肩负着游走天地间的神圣使命。你我之间的方寸空间，怎能载得下你的凌云之志？

我任性地拦在你前面，看着你的眼睛，坚定地要跟着你浪迹天际。

你着急地吼道：傻丫头，快躲开！风，会把一切夷为平地的，永远要避开风眼！

你深深知道，你的命运不是永远的和风轻拂，春风暖面；有时会狂风怒号，带来飞沙走石，骤雨倾盆；有时更是摧枯拉朽，所向披靡，飓风狂澜！

只因为你是风！

你把我推进温室里，语重心长地对我说，幽兰，只能长在温室里。

我对你说，你不发怒，行吗？你反问，我能问问谁，我不是风，行吗？

我还天真地想请你不要涂毒生灵。

想起我曾跟着你，看过台风带来的强降水，狂风暴雨过后，大地变得更加青翠，天空变得更加湛蓝，我顿然开悟“一将功成万骨枯”。

命运注定你是风。

你说，风，注定是孤独的，也常常被诅咒的。而你，无怨无悔。

你深知漂泊流浪之苦，你希望我的生活永远鸟语花香，一生快乐无忧，岁月静好。

我知道，我也不是温室里的幽兰，我是一粒尘沙，在你的怀里被你挟裹着，伴你一程，成为我生命中最为精彩的一瞬。

你走过千山万水，走过田园荒漠，走过春夏秋冬；你阅尽世间万象，尝尽人间百味，日夜奔忙，不敢歇息。

听着你匆忙的脚步，我心疼你的辛苦。

与你相比，我是那么得不谙世事，我总爱跑到风口，试着与你分担世间的骤雨。你为我挡住各方吹来的聒噪，把我扶下风口，耐心地劝说我，女人身体孱弱，不能站在风口浪尖。

你知道，你给不了我比翼连枝的凡尘生活，给不了我一起并肩看彩霞，一起牵手看花开花落；你不忍心看着我那朝朝暮暮期盼和你在一起的相思之苦，劝我忘了你。

我心中只有风，我怎么忘得了你？

“取次花丛懒回顾，半缘修道半缘君。”

天下万物，我眼里只有你！虽然跟不上你的脚步，但我的心早已随你而去，和着你的脉博在跳动。

“天涯地角有穷时，只有相思无尽处。”

当没有你的音讯时，想你想得燥热难耐，我便静下心来，什么也不做，一动也不动，静静地……风，你又来了，轻轻的，柔柔的，我听得见你在对我耳语，那么深情，那么甜蜜，那是只有我才能听得见的悄悄话。

我常常迎风伫立。

你说过，喜欢我衣袂飘然的样子。我追不上你的脚步，只好活成你喜欢的模样。

你还说过，喜欢我的文静娴雅。我总是在静谧的清晨，在花丛中看书，轻吟划过唐朝浪漫天空的诗，浅唱那流淌了千年的宋词——等你。

我知道，那流过千年岁月的诗词会把吹了万年的风带来。

你说，你已吹了千万年，才等到把我吹醒。

不知什么时候你已来到我的身边，心疼我读书疲乏，体贴入微地为我翻书，怕我晨寒露重，把我轻轻地拥入怀里。

你曾无意中说过，你纵横天下，饱尝人间冷暖，只有在我身边，你才是幸福的，尤其是累了，我的心才是你的灵魂栖息地，只有在我炽热的心里，你才感到温暖。

我愿在有你和书香的相伴中永恒，直至随风而去。

作者简介：吴伟兰，女，广东省雷州市人，小学高级教师，中国西部散文学会会员，湛江市作家协会会员。1985 年开始发表文学作品，作品散见于《作文》《扬子晚报》《散文选刊》《中华文学》《西部散文选刊》等。多次在国内征文大赛中获奖。

曾祖母的嫁妆

席洁

我最初看到它的时候，是在老家一间旧物间里。

它被弃置在一只同样落满灰尘的旧木架上，和生锈的压面条机一同顶着沾满灰浆的复合肥袋，旁边几只农药罐，七零八落地滚在一处，但它身上轧制的精致花纹和铜饰的古朴造型，以及因年代久远而呈现出的暗褐色，透过一层厚厚的尘土，显示出它的来历不凡。

这是一只旧皮箱。

我小心地把它从高处取下来，搬到院子里阳光充足的地方，轻轻地掀起云状的锁扣，一股尘封的潮湿霉味散了出来：里边是一些旧针线，几块布头鞋样，锈掉的顶针，还有一张第一代身份证。

上面是一位年老的妇人，出生于 1931 年——她是堂叔的母亲，我见过几次，是祖父的嫂子，我叫大奶奶的，已故去十多年了。

问了堂叔方知道这箱子并不是大奶奶的，而是我祖父的母亲当年的嫁妆。

我用软布将它细细擦拭干净，凝神端详。

它长约一尺三寸，宽七寸，高五寸五，箱子通体轧有立体牡丹花纹饰，有着旧时年画的风格，古朴写意，是花开富贵之寓意，两边铜质的半弧形双耳提手，厚重无华，沉稳有力。

内外均以黄牛皮紧紧裹制，里面设有皮质小夹层，用苎麻线细细缝制边缘，表面似是刷了层水漆，确保防水防蛀。

箱盖内侧有一方纸片，不足巴掌大小，因年代久远呈土黄色，蝇头小楷的墨迹清晰可辨，从右至左竖书：“高州怡兴，本店专 ×× 皮箱衣帽 × 盒等，×× 或近有无耻之徒，冒高州名目，请为辨别，铺在粤东省城隍庙前左边坐南向北，第六间开张，同治元年。”（其间并无标点，为易读加之）

面对这张小小的，如被陈茶浸染过的一方字迹，令我一时陷入久远而陌生的历史长河中。

“粤东省”是广东省古时的别称，林则徐查禁鸦片，奏折中有：“伏查粤东地处海滨，番舶络绎……”

高州由原茂名县发展而来，现为高州市，至于城隍庙，古时各地皆有，既是古代农耕文明发展而来的原始民间信仰，亦是当地政治、经济、文化的源发地和传播地。

“同治元年”，这最后的落笔让我暗吃一惊。

同治元年是 1862 年，祖父生于 1925 年，前面有两个哥哥。

那时的女子十五六就出嫁了，故曾祖母最多差不多 1905 年前后嫁入曾祖父家，这皮箱却要比她大了近半个多世纪。

因此极有可能是母亲赠予女儿或祖母赠予孙女，从曾祖母往上算至少要三代人，如果说最初作为陪嫁而购买，那这姑娘应是 1845 年前后生人，正是因鸦片战争失败清政府被迫与英国签订《南京条约》的第三年，用历史教科书上的定义是：“中国已沦为半殖民地半封建社会。”

我仅知曾祖母姓马，若她母亲或祖母赠予这皮箱作为陪嫁，那最初用这箱子的姑娘姓甚名谁已无可考。

更难以揣测的是祖父祖上一直在中原南部一个闭塞落后的小山村中，世代以天为食、以地为生，时至今日，堂弟的两个孩子都未去过距此不到五百公里的省城，在当时交通贸易更不发达，且又兵荒马乱的年代，那粤东高州海边的姑娘如何嫁入北方这连牛车都少见的山坳的？

也许一开始是在南方成的亲，后因战乱、饥荒或是求学、做营生，随夫北上，历经半个多世纪辗转流落至此？

查了下资料，这种皮箱在当时差不多要五个大洋，当时物价很难考证。

老舍先生笔下的“骆驼祥子”拉一个月黄包车才挣三个大洋，那是二十世纪二十年代，再向前推半个世纪呢？——这是一个靠天吃饭的农家所无法承受的。

况且南方重男轻女的思想也很严重，嫁女儿都是为了少张嘴吃饭，收些聘礼，有哪户庄稼人会给女儿买只中看不中用且价格昂贵的皮箱呢？

有箱子自然要放东西，衣物，首饰，贴身细软。

想想南方水田里顶着毒辣辣日头的姑娘们，恐怕连鞋子都没得穿，哪里来的这些劳什子，还得装进考究的皮箱子里？！

钱先生的《围城》里有个新女性孙小姐，她倒是有只皮箱来着。

窃以为能用这箱子的姑娘，必定是读过书认得字的。

这古老的皮箱在午后阳光中反射着陈年普洱的色泽，它历经同治、光绪、宣统、民国、抗日战争，解放战争，一直到新中国成立。

一个多世纪以来，中间无数战争灾荒，目睹了多少人间生离死别，爱恨情仇，它曾承载过一个个待嫁姑娘的这辈子最体面的一身新嫁衣，往来家信，抑或出嫁前一晚母亲手腕上脱下的玉镯，或是为将来出世孩子打制的银锁……

母亲的陪嫁送给女儿，做了母亲的女儿又将自己这唯一的信物给了明天就要远嫁今晚还要赖在自己床头睡最后一夜的最小的丫头。

那些年方二八的姑娘，生命还未绽放，便颠着小脚同这箱子，一并过了门和她们从未谋面的男人们过生活，为人妻人母。

受穷也好，受气也罢，挨打挨饿都得忍了，细心伺候公婆，照顾小姑小叔，和妯娌们和睦相处，最后所有的委屈终在一个大胖小子的呱呱坠地中得以释放，然后是第二个，第三个，……

无论男女，只要兴旺。

曾祖母一生有过八个孩子，四个夭折，那些姑娘怕也是如此，最美的季节全在照顾一个个先后出生的孩子身上，直到不能再生。

她们一生都没有名字，只是在夫君家的姓前加一个“氏”。

现在它空空如也，一言不发，那些人，那些事，那些炽烈的感情，那些彻心的悲伤，那一生都没有机会再回去的故乡，那未见得最后一面的生养自己的双亲，唯有在深夜抱着怀中待哺的幼子，仰望清冷的月夜，暗自垂泪。

抑或连这些也没有，只是或平淡或麻木，颠沛流离的生活，常空空如也的腹肠，还有日复一日、毫无目的的等待和期盼，都随着开启箱盖那一瞬间，化作一股湿冷的潮气，消散在五月立夏刺目的阳光里。

如今，她静静地躺在我书房的一角。

我将祖父生前的日记、手稿、照片，祖母的线板、木梳，帕子放进去，闲来打开翻看一二，在古老的皮革气味的氤氲中，回到美好童年的旧时光……

作者简介：席洁，笔名沐阳，河南郑州市人，在国有银行从事管理工作。酷爱文学，擅长散文、诗歌、游记。作品散见《西散原创》等网络平台。

冬记

陆伟

凛冬的傍晚，落日早早地便失去了盛夏的刚劲，竭力地想从昏暗的云层中挣脱出来，希望在夜幕降临之前为万物撒下最后一抹余晖。街道上南来北往的车群，在粗犷的轰鸣声中川流不息，诉说着无尽的忙碌。路边，盘根交错着几棵苍老的榕树，泛黄的枯叶不时地从枝丫间凋落，掠过行人的眉梢。偶尔一阵微风拂过，不自觉地席落在灌木丛中，便又成就了一番“零落成泥碾作尘”的壮举。人头攒动的校门口，早已集结了一帮稚嫩的孩童，三五成群地在学归的路上尽情地嬉笑作伴，爽朗的笑声似乎褪却了冬日的严寒。彼时，冬的寂寥与悲壮相织，寒冷与火热交融，已被描绘得淋漓尽致。

我独自一人行进在冬日的古城中。伯先路两侧的民国宅院遥相以对，虽然历经百年的战火洗礼与风雨侵蚀，依旧坚挺如故。充分昭示着建筑者的无穷智慧。巷陌纵深的小巷在古宅的楼间迂回蜿蜒，一眼看不到尽头，只得顺着青石铺就的小路向前徐徐地摸索。残损的巷壁上残痕斑斑，已不能辨别出它的原形。如同一个垂垂老矣的长者，在经历了一个多世纪的风云变幻后，早已风烛残年，满目疮痍。这充分印证了那句话：“建筑是凝固的诗，庄重沉稳，带着岁月的沧桑。”徜徉在这深巷群中，极力地想看清每一片青砖绿瓦，踏遍每一处羊肠小道，叩开每一扇檀香木门。让躁动的心在此刻沉静，让忙碌的躯体在此处归隐，让身心伴着似水的流年掠过那万千浮华，与过往的岁月结伴而行，细数旧时的尘埃。既不愿去追名逐利，也不想去惊世骇俗，忘却世俗的烦恼与纷争，让那一番古韵在心头搁浅。静静地品，细细地尝，躲进小巷成一统，管它春夏与秋冬！

此刻，湮没的记忆重新浮现在脑中。儿时因父母在创业初期，无暇顾及我，于是便自己寻乐。时常趁着家中无人之际，约上两三个小伙伴在家门口的小巷中你躲我藏，远远地看着寻人者焦急的神态，弱小的心灵便获得了大大的满足感，快乐在那时便是如此得简单！这样的场景怕是再也不会出现了！

古城的风韵总是在静谧中凸显深邃。抚动尘封的琴弦，一阕西津古渡曲，一部岁月风华史。曾几何时，当此起彼伏的浪涛漫过浅滩的流沙，江水清澈的褶裙撩拨纤夫的脚踝；当满载而归的客商在此驻足，闲坐在江岸的酒肆里畅谈近日的见闻；西津渡，已然悄悄地铺开了卷轴，挥洒着丹青，细画着别具一格的“清明上河图”。它融天然和人文于一身，汇西式和东方于一体。将古城的文化底蕴完美地织就在巨幅长卷中。正如每一座古城曾经都流淌过属于自己的一汪清水。君不见，浔阳江边，夜下行歌。“浔阳江头夜送客，枫叶琵琶秋瑟瑟”，白乐天一曲《琵琶行》唱出了多少风流韵事。君不见，秦淮河畔，画舫凌波。“烟笼寒水月笼沙，夜泊秦淮近酒家”，桨声灯影照亮了多少亭台轩榭里的儿女情长。比起它们，西津古渡的江水可能没有多少值得吟风弄月之处。然而，这就是西津渡的独领风骚之处，它无须文人墨客在此舞文弄墨，为它谱就锦绣文章。更不必痴男怨女在此遗帕惹相思，演绎千古情缘。

偶然，迎面走来一对青年男女。

“让你多穿点，就是不听话！”男子一边埋怨旁边的女子，一边连忙脱下外套迅即披在女子的身上。

“知道了！知道了！说了多少遍了，啰唆不？”女子一边笑嘻嘻地回应着，一边含情脉脉地看着男子。

在短暂的对话中，两人有说有笑地从我身旁擦肩而过。“愿得一心人，白首不分离”，我想，这就是西津渡式的爱情吧！它如同西津渡一样质朴而又纯真。举手投足之间饱含人世间最动容的温情。其实，夫妻之间本就如此！渴了，为她捧上一杯茶；饿了，为她盛上一碗饭；冷了，为她披上一件衣。当这些看似微乎其微的举动，固化为一种生活习惯时。心中便有了一分长久的牵挂。久而久之，在岁月的年轮中，爱情的甜蜜也就慢慢地释放出亲情般的温暖。

“镇江，一个美的让你吃醋的城市”当旅者闲懒的脚步在古城的街道中停留时，随处可见这样的一句宣传语。梁武儒帝乡，山水人文城！在这座有着千年历史积淀的东吴之地中处处散发着沁人心脾的古色古韵。坐落在街头巷尾的老屋是最经典的桥段，遗留在北固山脚的碑石是最真实的典籍，屹立在金山湖畔的古刹是最巍峨的史诗。它们如同一根根凌乱的丝线，将古城散落的片段有序地穿梭起来，编织一幅鲜活的云锦。让远赴这里的游者惊艳叫绝，流连忘返！

冬日的古城，景美，人更美。

黄昏中的镇江，夕阳遍地洒……

作者简介：陆伟，江苏监狱系统民警，镇江市作家协会会员，“青年作家网”签约作家。作品散见于司法部《幸福的黄丝带》《现代快报》《金山》《清风文学《齐鲁文学》及江苏散文网、创新文学网、西散原创等报刊、网站。2019年江苏省总工会“我和我的祖国”全省征文比赛一等奖。

月下婵

易美

窗外，月光如水水如天。

在午夜里梦醒，星星为我点亮寂寥的心事。一阵清风送来蔷薇的暗示，好像是邀请我去一个绮丽的幻境。一袭长裙，一抹垂坠的黑发在风里飘逸清扬，我轻轻地走出我的“红楼”。

走在青草依依的小径，露水濡湿了裙裾，故乡的月又有着让人依恋的美，于是想起一句很美的诗“露从今夜白，月是故乡明”。心里的疲惫在月下变成悠然的宁静，一个美丽的夜。

走在花儿都睡觉的园子里，心里有种虚幻的等待，等待着浪漫。

池塘里，睡莲香梦正酣，全然不顾萤火虫儿不懈地追求；蛙声正隆，又是一夜的狂欢！水中月满盘，唯有我影孤单。今夜可与我相约西厢月下的人在哪？今生可与我笑醉清风的人又该是谁？心好像永远停留在十七八岁写满心情的日记中。纵然心中有千卷雪，万径花，也只能付与清风明月，才会叫人午夜梦独醒，长亭空对月啊！

向天摊开手，接一片月辉在手心，手掌上纠缠的曲线让我忽然又想念相爱过的，注定一生无缘的人。

他从来不会骑白马，可是他会牵着我的手，像马儿一样欢快地奔跑，直到我们的手心被汗湿透。他送过我一朵新鲜的玫瑰，还曾认真地在地摊上为我精心挑选一玫戒。他会开心地傻笑，还会轻轻地帮我梳理好散落在额前的发。

他的心是最好的城堡，我曾在那里住过，就像女王一样。

他的眼睛是一潭最纯净见底的清泉，我曾放肆的在水里游泳，只有我一个人。

可是，少年，我今生最爱的人啊！我还是于滚滚红尘中失去了他。“渐行渐远渐无书，水阔鱼沉何处问。”怎不教人心痛？

此后经年，“晓看天色暮看云，行也思君，坐也思君”“思君如满月，夜夜减清辉”。想他的时候，难免有泪不小心滑落，我会用他握过的手悄悄地抹掉。我多想找回遗失的、青涩的美好！

与他相恋，我的美便于烟花盛放至极，自别后，便归于死灰般的沉寂。我甚至怀疑，此后的苟延残喘，是否为了再见到他？

我们曾一起走过的初夏，茶蘼迂延开放在路边，粉里透着白，白里浸着粉，无一不象征着曾经的美好。那是春天留下的最后的一抹记忆，有如女子美好的青春，盛放至极，极致落寞；有如美好的爱情，热烈缠绵，绵至散场。

有幸在青春的茶靡时光里，为他绽放最后的美，此生便无憾。

我们的爱情像那春末夏至最后的花，素雅又有着明媚的忧伤，像是静坐伤春的女子。那芬芳寂寥的心事何须他人懂？开到茶靡花事了，默然一杯茶的时间，纷杂心事了无痕，唯有他在心中一世萦徊，我永远记得。

可人生若都只能活在“记得”里，那何尝不是一种悲哀？我不知道他是如何度过那悲凉无助的岁月，又如何跨越那漫长的记忆，在遥远的一隅，触摸到城堡里，那个“记得”里的我。

他又怎会知道，我已将那经年累月堆积的思念筑为空旷的城堡。我只能无数次在回忆里、在梦里，去感受他的存在。时光如白驹过隙啊！他的脸上是否有胡子拉碴的沧桑？他的眼睛是否依旧灿烂若星辰？是否有谁为他着了红装？

往事被尘封在一本叫青春的文集里，随便一翻可都是他。即便将来白发苍苍，坐在摇椅上，遥想青春年少，还有他，我想，我依然会满脸温柔地笑。

纵然相思成疾，我仍知足，感念：今生能在红尘中相守相望也好过从未相遇！我期待来生，即使变成两片叶，两只虫也要在一起。

只是今夜，我的爱，你在谁身旁？让黑夜绚烂……

夜风轻吻我粉色的脸，抚平我眉间辗转的情绪。夜风啊夜风，可愿透漏那个他的信息，来自某年某月某日哪个转角？我能否恰好会遇到？我多想要和他相守到老！

“相思相见知何日？此时此夜难为情！”我的寂寞此时如月光泻满地，谁来收拾这遍地冷霜？

远山不语，群花缄默。唯长风撩我，裙裾飘飘，诗意袅袅。

作者简介：易美，湖南人。西部散文学会会员、《精短小说》杂志广东站采编主任、豆瓣阅读签约作者、《西部散文选刊》微刊编辑、《月昱时光》微刊主编、有作品发表于《西部散文选刊》《精短小说》《作家文苑报》等报刊。

春天里的收获

顾丽雯

一年之计在于春！春天阳光明媚，大地复苏，万物都充满了生机。“春种一粒粟，秋收万颗子”，说的是春天是播种的季节，而今天我想说的是，春天也是收获的季节。

正月十六那天幼儿园开学了，我担任了幼儿中班班主任，迈进教室，孩子们扑闪着清澈如水的眼睛，露出天真无邪的笑脸，“老师早上好！”我的心里一下子暖暖的：“小朋友们早上好！”有一个男孩坐在第一排不作声，只是两手交叉在一起，怯生生地瞧着我。“这个孩子 ××，今年四岁，因为两年前闹过一场大病，落下病根，到现在腿脚还不灵便。站不稳，更别说走路，特别容易跌倒，你可要小心啊！”这是园长临开学时对我说的男孩的情况。我走到男孩面前，伸出手想拉拉他的手，他慌的向后躲，“我不在这班，我不在这班！”“以后让老师来照顾你，和你玩好不好？”男孩嘴里“嗯——”了一下，尾音很长，我知道了他的不情愿。从此无论男孩去哪，我和男孩经常是同框出镜，我牵着男孩的小手，男孩抓着我的大手。这成了一道风景。

园里新学期开办了新课程——户外体智能课，为孩子们上课的是专业的男幼师，我牵着男孩领着孩子们到运动场，孩子们站成两列，“××，你也站到队列里和小朋友们一起玩好不？”我试探着男孩，我知道这是让男孩锻炼的好时机。“我不去，我不去！”男孩边说边往后退，生怕我把他拽过去。唉！男孩的心窗始终关闭着。我没有言语，音乐响起来，孩子们和体智能的西瓜老师一同跳起来，笑声喊声不断。我让男孩坐下，跑前跑后给孩子们摄影，摄着影还瞄着男孩，男孩看着伙伴们的快乐模样，他的笑容也在脸上荡漾开来，我怦然心动，他一定感受到了快乐！

一个月后，又到了上体智能课的日子，孩子们像小鸟一样叽叽喳喳说个不停，他们喜欢上了体智能，“老师，今天上体智能课吧？西瓜老师来吗？”孩子们在问我，男孩也在问我。“来！来！”我笑着应着。上完一节课后，孩子们又照例在操场列队，我也照例从教室里拿把小椅子，让男孩来坐。男孩不坐，也不说话，眼睛只是盯着小伙伴们和体智能老师。啦啦啦……孩子们跟着音乐尽情地跳着，慢慢地，慢慢地，男孩的手动起来了，脚也动起来，啊！他的心窗打开了，一缕阳光照进来。“小朋友们，今天西瓜老师带你们玩一个做汉堡，吃汉堡的游戏！来，过来抻着大汉堡。”“我去！我去！”男孩抬起脚甩开我伸过来的手，一扭一扭地跑向小伙伴们，加入到游戏行列。“我说摁下，你们就把汉堡边放到地上，我说吃，你们就爬到大汉堡中间！”西瓜老师比画着。“摁下——吃——”孩子们笑着做着，男孩笑着做着。我的眼睛却湿润了，男孩心窗终于打开，这是第一次和小朋友们一起做游戏啊！

时间过得真快，不知不觉就到了四月，园里组织了陆海空三军军事演习的亲子活动，看着自己，看着爸爸妈妈都一身戎装精神焕发，孩子们高兴得溢于言表。活动开始了，要求孩子们匍匐前进钻“隧道”，家长们蹲在两边，用手扯着迷彩遮阳布，我带领孩子们来到入口，猛然我想起了什么，“教练，这男孩腿脚有点儿不灵便，不然别让排在第一名了，我担心他……”我着急地说，话音还未落，男孩噗地趴在地上，钻进“隧道”，我哑然，急匆匆跑到出口，宝贝爬过来了，脸上笑意盈盈，大大的眼睛瞧着我，好像在说“我胜了！我胜了！”哦，男孩也长出了翅膀，他要展翅飞翔了啊！

只要打开心窗，阳光就会照进来。春天里，男孩收获了自信、坚强、勇敢和快乐！孩子们收获了自信、坚强、勇敢和快乐！我呢，有什么比孩子们健康成长还贵重的礼物呢？春天里，我有了更大的收获！

作者简介：顾丽雯，笔名草色入涟，河北省滦州市人，唐山市作家协会会员、华夏精短文学学会签约作家，散文、小说和诗歌散见于报纸杂志和公众平台。

岁月里有雨，亦有温柔

阮丹文

日，静静落下；夜，迟迟降临。夜晚 8 点半，大理仍安静地浸在一丝丝或隐或现的亮光中，每一寸土地都似乎铺上了一层宁静的灰色，夜非夜，那么美丽，我已分不清身处何处。“青青小筑”客栈天台上，夜风中摇曳的茶花、三角梅，光影暖暖，馨香淡淡，默默芬芳着清韵流年。

午后的一场大暴雨，铺天盖地倾泻而下，似乎要将这座古城千百年来的所有繁杂，洗得一尘不染。此时的大理，凉意拂人，空气中飘着雨后清新的味道。

来大理，盼望已久。下关风、上关花、苍山雪、洱海月的美丽与浪漫，一次次路过我的梦境，带来了相思情浓。都说在大理，一朵花开，一缕风来，就有了夏天的故事，就有了温柔的岁月。

在湛江认识的一位热心的朋友对我说，“在这里生活久了，如果你忘了曾经的自己，不如一路往西去大理。”如果我去大理，他说一定请我喝最好喝的花茶。真的好想穿上漂亮的碎花长裙，戴上草帽，立在双廊的黄昏里，迎着洱海的风，聆听茶马古道悠悠的铃声。于是，大理，我来了。

在他开的“青青小筑”客栈天台上，我望着远处的洱海在朦胧的夜色中，安静地等待苍山雪的融化。千年的等待，千年的守候，时光仿佛静止了。苍山洱海，恋人般相拥着，沉醉在大理安静的夜空下。洱海月照苍山雪，千百年来，多少相思，化作双廊守望亭的点点离人泪；多少情深，化作苍山顶望夫云的凄美；多少意浓，化作洱海上红色月的唯美。一个个浪漫的故事，在大理的风花雪月中美丽着……

古城于我，异乡土地，我竟有种久别重逢的感觉，似乎前世与这座城有着千丝万缕的联系。

手中的花茶清香氤氲，我边品着边听朋友讲他这些年东奔西走，现在尘埃落定云南的故事。从开第一家客栈的不易，到现在已经好几家客栈的顺利运转，到他每年都要去西藏几次，躺在纳木措湖边上的地上，望着头顶的星星，他找到了最初自己想要的东西。人也许就是在一次次的远行中才逐渐完成自己生命和成长吧。

天色渐渐暗下来，此时，品了几壶花茶，尝着鲜花饼，聊着聊着，夜深了。高原的夜有丝丝凉意，朋友递给我一条在本地人人都习惯戴着的特色围巾。大理这美好的夜已迷醉了我，此刻，我只想安安静静地沉沦在洱海苍山的柔情之中。

在大理的两天，朋友放下手中的事，陪着我和湛江一起过来的几个同伴。两天两夜，他带着我们观洱海苍山，品云南美食。苍山脚下，人山人海，他顶着炎炎烈日买票排队，汗流全身，却满脸笑容，不时地给我们介绍这里的风光与传说。当缆车穿梭云海，当各种各样奇异植物在眼前一闪而过，当到达海拔近4000米的高度时，我看到了从未看过的景象。这时，苍山顶上，狂风暴雨，寒冷无比，所有的羽绒被服都停止出租，我把所有的防晒衣、围巾和朋友脱下的外套都披在了身上，仍是刺骨的冷。可是，看着他笑着耐心地讲解着苍山洱海的故事，我的心暖暖的，感动油然而生。

夜已深，互道晚安，我躺在可以望见漫天星斗的床上，似梦非梦，想起了朋友说的，他躺在纳木措的边上，伸手就可以触摸到星星，很美好。近距离接触到星星的人，他的内心也如星光灿烂。突然，脑海浮现苏利·普吕多姆的《异乡人》那句话："似乎有一种无限的幸福该属于你。"有一种美好就藏在夜深人静之时，当你迎风回望，才发现，那一朵花依旧静静绽放，那一抹香仍是默默芬芳。今夜让我化作百花仙子，枕着清香入梦吧。想必明天一早，醒来不知身是客，人在洱海的浪声涛里梦着醉着，听着时光缓缓流淌，仿佛洱海月那一眸，已是万年。寻你，梦里千百度，蓦然回首，依然惊喜，方知心底最深处的缱绻，从未远去。

从自己生活的熟悉的城市到一个城市去的意义是什么？或许就是在旅途中，摒弃世俗杂念，净化心灵，归还人之初最本性的纯净，寻觅到最美最真最纯的自我和他人。我们都固守在彼此的城里，听着海风椰涛，看着花开叶落，或许从不知道，寒冬里的暖是怎样融化一片冰雪；更不知道，在海拔4000米的雪山上，遇到真心比遇到千年雪莲更为稀罕。是的，在自己的城市待久了，我可以一路往西，到大理寻找风花雪月，寻找浅浅流年中的温情。

一夜入梦，梦里苍山雪融化了，千年等待终遇上，洱海月朦胧又朦胧，温柔了千年的守候……

一梦醒来，恍如隔世。几缕阳光温柔地洒进房间，今天要启程去丽江玉龙雪山了。

朋友有事前往昆明，我们约定几天后在丽江古城小酒小聚，挥手笑别。

午后，车子行走在笔直的一望无际的公路上，前不见古人，后不见来者，只有高原的风吹过两旁偶尔出现的格桑花，白云悬挂在远处的半山腰，洱海渐渐消失在身后，大理的风花雪月留在美好的记忆里。

在这场山水迢遥的旅途中，时而阳光，时而风雨，刚刚经历了一场暴雨，一下子前面又晴空万里，遥远的天边挂着一道彩虹，眼前突然出现了一大片紫色的薰衣草花海。我们停下车子，戴上草帽，朝薰衣草奔跑而去。在一阵沁人心脾的花香中，阳光轻洒，白色的长裙在风中轻轻飘动，我张开双臂，尽情感受这份绚烂。这独特的浪漫芬芳，让我驻足，我轻盈地走在花海里，如一个公主。在这紫色的浪漫中，人不知不觉变得温柔起来，只想轻轻地醉倒薰衣草花语中，静静等待，静静感受。抬头，天格外的蓝，一道完整的彩虹跨越薰衣草花海的上空，远处粉色的风车缓缓转呀转，目之所及，清心且倾心，一株薰衣草拂过我的脸庞，我流连在梦境之中，似梦似醒，梦里的花，被海风吹响；想见的花，就在眼前，在高原的风中摇曳浅笑。此时此刻，万事万物都搁浅，这样的静谧，这样的美好，我只想让时光停下来，别走得太快。流年荏苒，风景要慢慢欣赏，人生要温柔地过。

傍晚，在一场大暴雨中，我们来到了丽江。朋友联系了他在丽江的熟人小夏，安排我们住进了布置雅致的风情客栈，然后我们徒步到丽江古城品尝当地特色晚餐。到了古巷口，大雨又倾盆而下，我们在一间古色古香的店屋檐下避雨，小夏让我们稍等，他撑伞进入雨帘，穿着皮鞋的脚浸泡在雨水里。过了一会儿，他买来几对避雨鞋套让我们套在鞋子上。暴风雨里，这份真心，让我感动到泪光闪烁。冒着大雨，小夏的女朋友也赶了过来。在屋檐下，萍水相逢的我们遇见一场接一场下不停的暴雨，遇见温暖，遇见美好。林夕说："我们都是风雨里的夜行人，因相遇摩擦，便融化了彼此肩上的雪花。"今夜，凉意习习的丽江古城暴雨下，融化的是我的心。当我离开之时，我会带走暴雨中所有的暖意，在经年里每一个雨夜，深情地回想。这个世界有多少暴雨，就有多少温柔的你。

在这家古城里颇有名气的饭馆镂空的木楼二楼，我们喝了梅子汤，吃了洱海的弓鱼，品尝了久闻盛名的"水性杨花"，听着门外缓缓的流水声，大家像相识已久的朋友那般畅谈、欢笑。出饭馆的时候，正是丽江古城各种各样酒吧在夜雨中迷醉的时候，小夏的女朋友，这位土生土长的大理白族姑娘，她说来丽江古城，一定要去感受夜晚的小酒馆。

灯火昏暗的小酒馆里，萍水相逢的我们举杯畅饮，陶醉在丽江这个暴雨后的深夜里。多少年以后我都不会忘记：这位从事普洱茶生意的大理姑娘，这位几天来开着红色捷豹带着我们在昆明的大街小巷里穿梭的姑娘，这位今晚冒着大雨，淋湿身子，湿透了鞋子的姑娘；这位美丽姑娘的男朋友小夏，一个偶尔会飞去国外打高尔夫球的男子，他冒着雨，穿着皮鞋踩在雨水中的身影。离开云南那天，小夏开着黑色捷豹送我们一程又一程，这一切一切，不管多少年过去，美好的人，美好的事，都不会逝去。以至于后面，几年后的一个午后，我们在湛江重逢，丽江古城初遇的美好，在我们举杯的欢笑中重现，一切从未忘记。

原来，到一个陌生的城市，不同的人，不同的景，不同的事，会让我慢慢完成自己生命的成长。从此，烟火流年，风雨突至，我脸上再也不会出现不安的神色，而是忆大理的雨，丽江的雨，忆我生命中这些温柔的人。正是这些温柔的人，让我成为一个更温柔的自己。

夜已深，我们把眼前十罐啤酒一杯一杯地融进了最真挚最自然的情意里。离开小酒馆，我们走在长长的小巷里，洱海的风拂过脸庞，丽江的夜晚，凉爽入骨。

在流水潺潺的丽江，深夜里，我醉了。

清晨醒来，推开门，深呼吸一口清新爽利的空气，走在一米阳光中，在古老的青石板街漫步，在清纯秀丽的丽水河岸静坐。昨夜的雨，今朝的风，如梦如幻。我似乎忘记了时间，忘记了身在何处，完完全全融入那醉人的情、迷人的景，真想长久留下。

离开云南，准备前往贵州的那天，朋友在我手心里用手指写下他的电话号码，他微笑着说只要我来云南，迷路的时候，打这个号码，他就会来找我，让我不要忘记这个号码。号码其实早已存在手机里了，我握着手心里的电话号码，心想，今生今世，我一定会是一个非常善良非常温柔的人。模糊的视线中，车子渐渐远去。玉龙雪山也渐渐远去，可是那种纯净永远刻在脑海中。握着手上从雪山上带走的沉甸甸的石头，看着手中手工制作的花香四溢的香包，我没有说再见，只是在心里送上我美好的感谢，感谢在这里度过的美好时光。

回到湛江，每一个宁静的夜晚，听着雨声，一杯云南咖啡，一曲《寂寞的双手》，看看手心里玉龙雪山的小石头，读着林徽因的文字："记忆的梗里，谁没有两三朵娉婷，披着情的小花，无名地绽放。"是的，在雨里，我也要如花温柔绽放，一如你。白落梅说，"是岁月，留下的真实痕迹，是浮年，难寻的简约美丽，才会叫人如此深情，心动的不能自已"。年年岁岁，风风雨雨，只要有你，就有温柔的人间。

风起，窗外花香浓了夏夜。风会记住一朵花的香，我会记住那场雨，记住那样的你。突然很想念大理的风和月，想念那样温柔的夜，想去看看心念已久的苍山雪，看看洱海……

作者简介：阮丹文，笔名淡缃缌，中学语文教师，广东省青工作协会员，湛江市作家协会会员，湛江市麻章区作协副主席。作品见于《湛江日报》《湛江晚报》《湛江文学》等。

秦淮河里流淌的小花

谢士萍

朋友相邀去南京一游，最先想到的就是去秦淮河。我只知道那是一条古老的河流，经历了许许多多的朝代。小时候读过杜牧的名诗：“烟笼寒水月笼沙，船泊秦淮近酒家。商女不知亡国恨，隔江犹唱后庭花。”大概说的是南朝陈后主的事吧。那时候就知道了秦淮河。后来读了朱自清先生的《桨声灯影里的秦淮河》，知道了许多关于那古老河流的河房，清隽小船的躺椅，在秦淮河里小舟徜徉，谈天望远。向往着看水的涟漪，谈论着这河上发生的旧事。历史的厚重，无数的人物，演绎着多少故事。

当我真正来到这六朝古都的时候，尽管多年来总是匆匆路过，尽管从来就没有在这里停留过，最先想到的还是这十里秦淮。曾经的纸醉金迷，曾经的笙箫管弦，夜色下的桨声灯影。其实眼下的粉堂楼舍也许比旧时的更加鳞次栉比，入夜以后的霓虹早就胜过那昔日的灯影，那秦淮河里倒映的桥、楼、船、人都远远胜过了六朝的繁华。摇曳的灯光在桨声里散开，流光溢彩，化作了珠玉，与水交织在一起。你会在岸边倚栏出神，奇怪这水光交错，动人心魄。不知道那媚香楼是不是李香君那个时代的旧楼，幻想着那美人探身而出的倩影。那血溅的桃花，殷殷的红色是否依然混在那流波碎影之中？那河房楼道里曾经悠悠扬起的笙箫，河里飘荡的是否还有柳如是那得气的桃花瓣？那华丽的小舟是否还有董小宛的指痕？那河里晃动的是不是她明媚的笑靥？还有那让吴三桂“冲天一怒为红艳”的陈圆圆，婉转的歌声还在水中打旋？还有寇白门，顾横波、卞玉京、马香兰，她们各有各的故事，像一朵朵小花漂浮在秦淮河里，湮没在历史的长河里。

我喜欢秦淮河，它流淌着太多太多的故事。在明末清初的动荡日子里，每天都在演绎着不同的故事，每一个人都让人唏嘘，令人感叹。

名动一时的柳如是便是叩动我心弦的一位奇女子。她聪慧好学，因家贫而沦落风尘。最终嫁给了晚明大才子，东林领袖钱谦益，成了他的侧室。秦淮河畔的花天酒地，纸醉金迷抑制不了柳如是的爱国心。她写下了《湖上草》《戊寅草》《柳如是诗》《红豆村庄杂录》《梅花集句》《东山酬唱集》等诗集。在绛云楼里的酬唱给世间留下了很多名篇。在认识钱谦益之前柳如是还有好几段爱情，特别是陈子龙。陈子龙是在抗清战斗中牺牲的，也是柳如是的真爱。钱谦益其实真不值得她爱，是个没有志气的酸儒。清兵兵临南京城下时，柳如是劝钱谦益和她一起投水殉国，钱谦益沉思无语，最后走下水池试了一下水，说："水太冷，不能下"，柳如是"奋身欲沉池水中"，却给钱谦益硬托住了。可见钱谦益这个人的气节。说是清流，临了却剪了辫子。柳如是始终把他往反清复明的路上引，可谓煞费苦心。而钱谦益却反反复复，最终入了《贰臣传》，还被乾隆皇帝讥笑。晚节不保，德才不配，成了他一生的耻辱。而钱谦益投降以后，应清朝的要求去北京当官。在那个"出嫁从夫"的年代，柳如是毅然选择了跟丈夫相反的道路，独自留在了南京。我曾在虞山看到过柳如是的墓，奇怪的是柳墓与钱墓相距百米，却未能葬在一处。据说钱死之后，钱氏族人聚众欲夺其房产，柳如是为了保护钱家产业，吮血立下遗嘱，然后解下腰间孝带悬梁自尽，死得非常悲惨。柳的名分未能让其与钱葬于一处，墓碑上也没有任何文字说明她的身份。还有传说柳如是下葬时棺材是用绳子吊在木桩上，悬挂而不直接接触泥土，以显示与满清势不两立。这一点已经无从考证，柳墓曾经被盗两次，唯有那草草垒就的一抔黄土和残碑还在向人们诉说着她凄美的人生和令人堕泪的故事。

秦淮河让人想到的太多，河里流淌的历史让人唏嘘。柳如是不过是那河中流淌着的一朵小花与泡沫。

比起柳如是来，人们对李香君的纪念要多得多。秦淮河畔至少还有媚香楼，后人还可以在这河房领略她的风采。谈论孔尚任的《桃花扇》，那带血的桃花，风流公子侯朝宗。

还有陈圆圆和吴三桂的故事，田琬如何在秦淮河选到陈圆圆，又如何据为己有，又如何宴请吴三桂，吴陈二人一见钟情，陈又如何被李自成手下掳去，吴三桂又如何怒发冲冠引清兵入关，如何夺回了陈圆圆。我还想起昆明的荷花池，那矗立池中的陈圆圆的汉白玉雕像。近年来说的活灵活现的故事是吴三桂后人居住的村庄，以及陈圆圆没有跳入荷花池自尽的传闻。秦淮河会载着这些故事一代一代传下去，一如你看到那河中漂浮的一朵朵小花。

董小宛则是流淌在秦淮河里的又一朵小花。父亲的突然病亡和董家绣庄的败落，使原本生活优渥的董小宛流落到秦楼楚馆，章台烟柳之地。她坚守着卖艺不卖身的底线，苦苦打发着岁月。她遇到了钟情的冒辟疆，随他来到了冒家的水绘园，虽然是小妾，过上了幸福的日子。但是命运多舛，在尽心尽力服侍生病的冒辟疆后，年仅二十八岁的董小宛就香消玉殒了。留下的只是故事，化作了相思，化作了漂浮的碎花，流淌在秦淮河的故事里。

如今，古老的秦淮河依旧在流淌。六朝古都的南京正焕发出新时代的异彩，女子的命运再也不像历史中的人物那样。中华女儿正洋溢着幸福，和男人一样快乐地工作。秦淮河会变得更加美丽。

短短的南京之行，我虽然未能尽兴，但秦淮河畔的悠悠思古之情却让我有无尽的怀念。利涉桥，桃叶渡，长干里，还有这载满历史风情的秦淮河。在我眼前浮现的秦淮八艳的故事，像流星一样闪过，像繁花一样开过，但留下的痕迹，却在心头涌动，经久不散。

作者简介：谢士萍，女，安徽淮南人，从事舞蹈培训工作，自由撰稿人，文章散见于报刊，有多篇散文作品发表于《西部散文选刊（原创版）》。

岁末遥思

李凤利

小年已过，岁末的除夕也越发临近。家在我们整整一天的忙碌中，逐渐面目一新。某些平日难以擦拭到的犄角旮旯，也在我们持竿登高的协作下，拂抹去了沉积一年的尘灰。一些长久无用的物件，亦做了断舍离的弃送。

这样彻底的除旧，犹如也扫去了腻留在心的尘。我们以干净的家、整洁的心，辞别这即将离去的旧岁，迎接下一轮的人事、春秋。

然，这样除旧的时节，手持旧物时，总不免让人唏嘘。唏嘘时光的荏苒、岁月的如梭；唏嘘过去的成败得失、悲欢杂糅。

于是在这灯火渐熄的夜，我亦如是、如思。静坐在后庭茶室，闭着困倦的双眸，向后仰靠在椅背上，于明窗之下默然遥思，遥思这即将辞去的一年。

迷蒙的思绪，如渔夫般抛撒出密匝的渔网，在幽远的忆海中，一点一点打捞着沉留下的浮光掠影。冗烦碌碌的生活、浮沉琐碎的人事、来来回回新识旧交的面孔、走走停停的身影、悲欢离合的聚散……一点一滴汇聚成一网，如鱼儿般鲜活跳脱的过往。

然，睁眼欲书时，那些鲜活如鱼儿般跳脱的过往，却又都似一条条挂晒在竹竿上，失了水分的干瘪鱼干，使即将落笔的手，在临空一刹间恍然词穷。想来可笑，也正应了我曾写《醉东风》的一句词文“莫道心事千重，落笔一刹词穷”。

看来遥思便就是如此，闭眸沉思时它鲜活如初、恍然如昨，睁眼欲诉时，才觉时光悠远，连记忆都被抽得干薄。但无论它的鲜活与否、干薄如何，那些既已留存的往事、体悟，终将会在回忆中，拼凑成一段沉积过去的“历史”。

2019，己亥猪年，我的本命年。一向不迷信的我，在身边好友的多番劝诫下，诚惶诚恐地买了几套红色的小衣小裤，老老实实地穿了一年。于是这一年，我家庭和睦，身体健康。

这年暑假，我带着儿子和两边都已年迈的父母，细细地慢游了首都北京。我们由升旗仪式开始，到天安门城楼、毛主席纪念堂、北京故宫，再到天坛、长城、颐和园、圆明园、以及鸟巢、水立方、北京杂技团……小半个北京，我们游了 7 天。

四位老人玩得开心、聊得尽兴。看着他们热情、融洽的相处，开怀畅谈；看着他们攀爬长城时彼此搀扶，仍不忘互道着：“不到长城非好汉”的壮语；看着他们其乐融融互布饭菜，笑谈间再约明年……使身为儿媳、女儿的我，觉得已是人生最好的美满。

当我们有闲亦有能力的时候，他们都还健康的安在，让我们能以一颗孝若涓尘的心，回报他们当年慈如河海的哺育之恩。

初到北京天安门时，他们激动的心，一直久久不能平复。两两搀扶徘徊在天安门前，仔细地望看着那幅挂在天安门城楼上的毛主席巨像。导游耐心地为他们讲解着有关这幅画的履历，他们伸着脖子如孩子般仔细聆听。

我想我终是懂了，为何他们都不愿同我们去国外游玩。因人间已无一处仙境，能胜似这片国土的心脏对于他们的意义崇高、深远。

他们曾历经贫寒饥饿，他们曾见证血泪苦难，他们要来看看这饱经沧桑蹂躏后，又顽强崛起的祖国心脏。在他们还能蹒跚出行的时候，在他们目还能视物的时候，泼洒出他们深埋在骨子里，隐了大半辈子的一片赤诚、炙热的爱国之情。

在毛主席纪念堂，瞻仰冰棺主席遗体的一刻，他们的神情无比凝重、严肃，让站在旁边的我们，都不由得肃然起敬。临近出口时不识字的公公，竟如绅士般优雅朝着冰棺的方向，深深地鞠了长长的一躬。

那郑重、缓缓、久久弯折的腰身，触动了我胸中一团莫名的炙热。这是一个 70 岁老农对带领着他们，走出贫困的领袖存积了一辈子由心而发的感恩。是一声掩在他心底迟到了 43 年的无声道别。无疑也是一次对我和儿子的无言之教。国耻勿忘、国难勿忘、国恩亦勿忘。“爱国便是那一颗深植于心的信仰。”

今年重读了《鲁迅全集》和原本《西游记》，诸多的感受和心境，与早年间判然不同。

对于鲁迅，童年时家中的《狂人日记》我从未看懂过，唯觉内容颠三倒四、疯癫神叨。少年时又觉鲁迅的文章，太过犀利多刺，十分得不够温和包容。后来才渐渐觉得其文其章“仰之弥高，钻之弥坚”。实是一位铁肩辣手，于黑暗中顶盔披甲、持矛把盾的斗士。

而今再次重拾，却已从头到脚地读出了许多无奈。“彷徨”“呐喊”……的背后，无不潜藏着“哀其不幸、怒其不争”的太多无奈。当然，也或许是自己快要到不惑的年纪，所以才无奈迷惑得多了些。

对于《西游记》，儿时只爱看一路的降妖除魔。而今重读才发现，许多的未解之谜，求证之路却颇为艰难。太多的虚幻无从下手，一一刨根寻底才发现也不过是以虚幻证虚幻罢了。

秋时，一位友人忽然意外辞世。灵堂前她至亲们，鼻泪交加不能自已的悲恸，使我不敢近前细听亲睹。唯在归来后的无数夜间，默默悼念、无言缅怀。偶尔翻看着她曾发的语音或信息，以及手机里她笑颜如花的照片，似乎觉得她一直还在。在那等着与我闲话家常，在那与我约着吃吃喝喝后，释放一番各自生活中的苟且。

然，世间已无她，我却常常又觉着她依然还在。看来回忆不灭，她便常在吧。

今年儿子成熟了许多。半大的孩子已开始十分注意个人私密问题了。睡觉、洗澡、换衣、如厕等日常琐事，已对我严防死守到关门闭户。偶尔拍其屁股一下，便回过头来控诉我侵犯了他的个人隐私。

老公还是日复一日，按部就班地忙着。只是年底时腰椎出了些问题，看来对已过不惑的他，要开始敦促着养生、健身了。

眼下打理了五年的庭院，终是郁郁常青、花木繁茂了。于是我便常于廊下遥想，来年的来年，它又该是何等景致……

转眼窗外，夜已渐深，岁亦更末。满园的林叶于看不见的风中，瑟瑟轻响。

在这细密如网的遥思中，虽大多的尘事已如鱼儿般逃脱，成了沤浮泡影。却仍留得一些刻骨铭心，记得一些浮光掠影，累积成那年、那月的一段过往。

作者简介：李凤利，1983年生，祖籍西安。连云港市作家协会会员、《齐鲁文学》签约作者、《西部散文选刊（原创版）》贤人榜。作品散见于《江南时报》《连云港日报》以及各大杂志、网站、论坛、公众号。